STAY

N. C. BASTIAN

STAY

intégrale

HARPERCOLLINS FRANCE

83-85, boulevard Vincent-Auriol, 75646 PARIS CEDEX 13.
Service Lectrices — Tél. : 01 45 82 47 47

www.harlequin.fr

ISBN 978-2-2804-2019-8

Avant que tu partes

Prologue

Comme un court-circuit brutal, ma vie venait de basculer dans l'obscurité.

Que feriez-vous si, sur la route, un chauffard ivre percutait de plein fouet votre voiture ?

Que feriez-vous si le conducteur était la personne que vous aimez le plus au monde et également celle avec qui vous étiez en train de vous disputer ?

Que feriez-vous si, à cause de vous, le conducteur avait détourné la tête de la route pour vous regarder une fraction de seconde de trop ?

Que feriez-vous si vous vous releviez et que lui, non ?

Est-ce que vous fermeriez les yeux ?

Est-ce que vous pleureriez ?

Est-ce que vous prieriez ou encore crieriez ?

Je ne savais pas pourquoi je respirais encore. Je ne savais pas pourquoi la place du mort dans la voiture m'avait permis de rester vivante. Et je ne savais pas pourquoi mon cœur battait toujours, alors que lui semblait mort.

Les flashs crépitaient de partout, mais peu m'importait. C'était à cause d'eux que tout cela était arrivé.

À trop chercher l'exclusivité, des clichés croustillants qui feraient vendre leurs torchons, ils avaient tout anéanti. Tout ça, c'était leur faute, mais à présent ils l'avaient, leur exclusivité.

Qu'ils prennent leurs photos, qu'ils nous salissent, qu'ils nous détruisent…

J'étais déjà entièrement fracassée. Comme laissée à l'abandon au bord de la route, j'étais témoin d'une scène étrange qui me semblait pourtant familière. J'étais détruite parce que au fond, je leur reprochais mon malheur alors que j'en étais la seule responsable.

À constamment le repousser…

À toujours chercher ce qui n'allait pas au lieu d'apprécier ce qu'il m'offrait…

À trop regarder ce qui nous séparait au lieu de voir cette évidence qu'il était entièrement fait pour moi.

Pourquoi fallait-il qu'un drame nous atteigne pour que je voie enfin la réalité des choses ? Pourquoi n'avais-je pas ouvert les yeux plus tôt et accepté qu'il puisse m'aimer inconditionnellement ? Pourquoi ne l'avais-je pas pris tel qu'il était ?

Aujourd'hui, il était trop tard.

Témoin de son corps immobile sur l'asphalte, je regardais l'homme que j'aimais inconscient, abîmé de toute part. Des hommes et des femmes l'entouraient, tentant de le réanimer, tandis que d'autres me parlaient, mais je n'entendais rien.

Il fallait qu'il respire. *Je voulais qu'il respire.*

Il ne devait pas partir. *Il ne pouvait pas partir.*

Il ne pouvait pas m'abandonner, parce que jamais je ne réussirais à me le pardonner.

Je le regardais, complètement immobile et sous le choc, mais il semblait toujours aussi inconscient, et les deux hommes qui l'entouraient s'acharnaient sur lui. Pourtant, il n'ouvrit pas les yeux.

Tout était ma faute. Il m'avait aimée, et je n'avais pas su le voir pendant qu'il était encore temps.

Son amour pour moi venait de le tuer.

Dans un éclat de verre, nos vies venaient de basculer…

1

18 heures.

J'étais encore en train de me changer alors que tous mes collègues avaient déjà dîné, prêts à accueillir les premiers clients.

— Mais rentre, bon sang !

Je me tortillais dans tous les sens pour entrer dans cette saleté de pantalon taille 40, qui me semblait aujourd'hui trop petit. Je pensai furtivement à ma collègue Talina qui, avec son mètre soixante-dix et sa taille 36, avait un corps de rêve et pouvait se glisser dans tous les pantalons qu'elle souhaitait.

Je la déteste, grognai-je intérieurement en rentrant au maximum le ventre pour fermer ce fichu bouton. S'il ne sautait pas dans l'œil d'un client ce soir, je pourrais dire que j'aurais réussi mon service.

Tu n'es pas vraiment grosse, tu as juste des formes, me disais-je pour me rassurer. J'avais de larges hanches, qui ne me permettaient pas de porter n'importe quel pantalon, et mettre une robe moulante était inenvisageable. Quoi qu'il en soit, je finis par réussir à fermer le bouton de mon pantalon et, après quelques mouvements pour essayer de détendre le tissu rêche suite au passage à la machine à laver, je rejoignis mes collègues dans le hall d'entrée.

Encore une soirée sans manger, me dis-je, boudeuse.

Pour pouvoir payer mes études, je travaillais le soir en tant que serveuse dans un des restaurants les plus chics de la capitale. C'était plutôt bien payé, et en plus les pourboires coulaient à flots ; je n'avais aucune raison de me plaindre.

— Qu'est-ce qui t'a pris autant de temps ? me souffla Raphaël, alors que tous les autres serveurs se positionnaient à leur rang.

— J'ai fini plus tard que prévu, j'ai fait aussi vite que j'ai pu. Les rangs ont déjà été attribués ?

Raphaël était grand. Très grand. C'était plutôt un avantage quand je le cherchais dans la foule mais, quand on avait une discussion face à face, j'étais sûre de me retrouver avec un torticolis rapidement. Tout en finesse, il avait des yeux d'un vert perçant qui pouvait troubler la plus coincée des saintes-nitouches. Il n'était pas vraiment un mec qu'on qualifiait immédiatement de « beau », mais il avait un charme réel, et son caractère joyeux en faisait craquer plus d'une.

À mon arrivée à Paris, Raphaël avait été la première personne que j'avais rencontrée. C'était d'ailleurs lui qui m'avait pistonnée dans ce restaurant, le Vandôme, qui était aussi un hôtel.

— Tu as hérité du rang VIP, me dit-il avec une grimace, contrit.

Je stoppai net et le regardai avec la même curiosité que s'il venait de me parler dans une autre langue.

— Qu'est-ce que tu viens de dire ?

— Je suis désolé, Gaby. Tu n'étais pas là, donc Sam en a profité pour te placer là-bas.

Je me retournai et fis les quelques pas qui me séparaient de Samuel. Il discutait avec Talina, qui, elle aussi, semblait contrariée. Et pour cause : en temps normal, c'était elle qui s'occupait du coin VIP. Sans prendre de pincettes, je l'interpellai :

— Sam, il doit y avoir une erreur.

— Merci, Gaby ! s'exclama Talina en levant les mains en l'air. J'étais en train de lui dire la même chose.

Contente d'avoir La Peste à mes côtés, je pris la même posture qu'elle, posant les mains sur mes hanches.

Tiré à quatre épingles, Samuel nous regarda toutes les deux sans laisser transparaître la moindre émotion, si ce n'était peut-être de l'ennui.

— Les rangs ont été attribués, c'est ainsi et pas autrement, déclara-t-il fermement. Les premiers clients vont arriver, allez prendre place, mesdemoiselles.

J'allais protester, mais, sans me toucher, il plaça mécaniquement un doigt devant ma bouche, me signifiant clairement qu'aucune contestation n'était envisageable.

Impuissante, je soupirai et regardai notre chef de salle se diriger vers l'entrée où, déjà, les voituriers se mettaient en place pour récupérer les premiers carrosses luxueux.

Samuel était quelqu'un que l'on pouvait qualifier de coincé. Le premier mois suivant mon embauche, je n'avais cessé de rire à son sujet, il me faisait penser aux majordomes des vieux films des années 1980. Toujours sérieux et à l'écoute, cet homme ne semblait vivre que pour servir les clients prestigieux de ce restaurant. Je m'étais finalement faite à ce grincheux adorable.

Mais ce soir, je le détestais.

— Gaby, on échange ? me demanda Talina sur mes talons.

— Tu as quel rang ?

— Celui de la classe moyenne.

Je lui lançai un regard éloquent, n'appréciant guère sa remarque. J'avais appris que derrière ce physique superficiel se trouvait un caractère tout aussi creux. Malgré tout, je ne pouvais pas ne pas l'apprécier. Talina était sincèrement une fille *gentille*, si on parvenait à oublier le fait qu'elle méprisait les gens de « classe moyenne » comme elle les appelait.

— D'accord.

Elle me tapa dans la main avec un sourire éclatant signé Colgate, avant de se diriger vers le salon VIP situé sur une plate-forme, comme pour mieux sublimer ceux qui étaient vraiment riches.

Pourtant, la classe moyenne était encore bien plus riche que moi.

Il y avait une raison simple pour laquelle je détestais le salon VIP : les riches étaient extrêmement arrogants et me donnaient toujours l'impression d'être une moins-que-rien. Parfois même, ils ne se gênaient pas pour me le faire comprendre avec des mots clairs et nets.

Sympas !

Je n'avais essayé qu'une seule fois les VIP et, certes, je m'étais fait la moitié de mon salaire en une soirée grâce aux pourboires mais, si c'était pour être constamment ridiculisée, non merci.

Je regardai la silhouette élancée de Talina trottiner jusqu'aux marches menant au salon. J'enviais ses hanches fines et sa taille de guêpe, qu'elle marquait en roulant des fesses. Si je faisais la même chose qu'elle, ça friserait le ridicule. Le monde était injuste parfois…

— Ferry !

Je sursautai et vis Samuel s'avancer vers moi, les mains dans le dos. Même sa démarche était coincée. Je souris rapidement, avant de reprendre mon sérieux.

— Pourquoi n'êtes-vous pas dans votre rang ? me demanda-t-il en s'arrêtant près de moi, me surplombant de sa haute taille.

— Je suis dans mon rang, Sam. On a échangé avec Talina.

— Roussel ! cria-t-il sans me lâcher du regard.

Derrière Samuel, Talina grimaça et mima le geste de lui tordre le cou.

— Quel mal y a-t-il à échanger nos rangs puisque nous préférons chacune la place de l'autre ? protestai-je, les sourcils froncés.

— Le mal est que je vous ai déjà dit non lorsque vous me l'avez demandé. Je n'aime pas que mes ordres ne soient pas respectés. Reprenez donc vos places et, quand je parle de vos places, je parle de celles que JE vous ai attribuées.

Il tourna les talons et s'en alla, les mains toujours jointes dans le dos.

— Vieux schnock, marmonna Talina, boudeuse.

J'acquiesçai, puis secouai la tête, dépitée à l'idée de la mauvaise soirée que je m'apprêtais à passer. Je savais que Samuel l'avait fait exprès. Il m'appréciait, mais détestait le retard. Malheureusement, le jeudi, je ne pouvais faire autrement, et me mettre chez les VIP était une forme de vengeance.

Je me rendis à ma place d'un pas traînant, me postant à l'entrée de la salle comme un piquet, prête à recevoir le premier client.

Le salon VIP était décoré entièrement de fauteuils quadrillés noir et blanc. Je m'étais assise un jour dans l'un d'entre eux pour tester… Et ils étaient vraiment, vraiment confortables.

Les premières personnes arrivèrent toutes pimpantes et souriantes. Je les installai selon leur préférence afin de prendre soin d'elles, comme dirait Samuel.

— Où se trouve Talina ? me demanda un homme d'âge moyen.

Le groupe d'hommes d'affaires attendait ma réponse avec une grande curiosité.

— Je suis désolée, messieurs. Talina est dans l'autre salle, c'est moi qui vais vous servir ce soir.

— Et vous êtes ?

Leurs manières hautaines et leurs tons snobs me donnaient déjà des envies de meurtre.

— Gabrielle Ferry, monsieur.

Toutes ces marques de politesse me tapaient sur le système, et devoir sourire même aux remarques déplacées m'était insupportable.

Pourtant, je le faisais en me rappelant pourquoi j'étais ici. Mes études avant tout.

Ils passèrent commande les uns après les autres avec une rapidité effrayante, même pour un cerveau comme le mien qui savait tout mémoriser sans que j'aie à noter. Je sus à cet instant que ma mauvaise soirée ne faisait que commencer.

Quelques minutes plus tard, alors que j'apportais les cocktails aux hommes d'affaires, un sifflement aigu se fit entendre dans mon dos. Je me tournai et découvris un groupe de jeunes hommes qui n'avaient clairement pas la même classe que la clientèle habituelle des VIP. Ils étaient quatre, tous habillés de manière plutôt décontractée. Ils faisaient presque tache dans cette atmosphère, pourtant je les accueillis avec un sourire et les installai dans le coin de la pièce. À leur tour, ils passèrent commande lorsque je revins vers eux plus tard, en s'amusant des noms des plats.

— Poularde au champagne, se moqua un des garçons aux cheveux blonds décolorés. Cuisse de pintade, flambée au vin blanc sur son lit de ravioles. Sérieusement ? Je sais à présent où emmener ma nana si je veux la chauffer, s'esclaffa-t-il.

Je ne pus m'empêcher de sourire réellement, essayant de ne pas penser au reste de la carte du moment. Parfois, les noms des plats pouvaient être très… étranges.

Trois des jeunes hommes passèrent commande, ce qui prit pas mal de temps, et tous riaient, trouvant toujours une connotation musicale ou sexuelle aux noms des plats.

Le dernier, beaucoup plus calme et posé que les autres, m'observa un moment de son regard froid et inquisiteur, ce qui était très troublant. Ses yeux noisette rieurs, ourlés de longs cils, lui donnaient un air calculateur et charmeur. Cet homme avait quelque chose d'un ange, mais aussi du démon incarné. J'étais dans l'incertitude. Moi qui avais tendance à cerner rapidement les gens, j'étais presque mal à l'aise face à lui.

Des quatre, ce n'était pas le plus charmant, mais il avait quelque chose en plus. J'étais quelqu'un de plutôt direct et franc, pourtant, je ne réussis pas à planter le regard dans le sien.

— Que prendrez-vous ? demandai-je finalement, ne supportant plus son attention lourde sur moi.

Certaines personnes avaient un pouvoir bien personnel.

Un regard, un geste, et cela vous désarmait. Eh bien, cet homme en faisait partie. Il ne devait pas être beaucoup plus vieux que moi. Sa carrure athlétique, sa décontraction et son charme naturel suffisaient à me déstabiliser.

— Qu'est-ce que c'est « poularde au champagne » ?

— C'est de la géline, une espèce de poulet avec une sauce à base de champagne.

Il regarda la carte, tandis que ses amis s'amusaient à je ne sais quoi. Il avait une belle silhouette et un beau visage, des traits fins mais bien masculins, une barbe naissante et un regard pétillant totalement envoûtant. Je remarquai aussi ses mains, grandes et larges, il ne devait pas être du genre à jouer du piano…

Je les détestais tous autant qu'ils pouvaient être. Fils à papa ou nouveaux riches, ils semblaient vivre comme si rien ne pouvait leur arriver. Ils étaient tous parfaitement à l'aise avec le fait de payer une bouteille de champagne qui ne valait pas loin de cinq cents euros.

C'en était écœurant.

Revenant sur terre, je me sentis réellement mal quand j'eus à nouveau conscience du regard de Noisette sur moi, qui me scrutait très attentivement.

Encore un malade mental, me dis-je en retrouvant un visage parfaitement neutre.

— Vous avez choisi ?

Un léger sourire effleura les lèvres de Noisette, qui ne le rendit pas simplement charmant mais totalement magnifique. Un de ses amis siffla doucement et me regarda en riant.

— Appréciez son sourire, mademoiselle Ferry, car notre ami Kylian n'est vraiment pas du genre à sourire aux inconnus.

— Pourquoi, vous avez un problème avec les femmes ?

Je m'insultai une bonne centaine de fois dans ma tête, me demandant ce qui n'allait pas avec moi. Ses amis éclatèrent de rire, ce qui me valut un deuxième sourire de ce Kylian.

Reprenant mon rôle de simple serveuse, je me confondis en excuses.

— Je suis désolée, monsieur. Je ne sais pas ce qui me prend ce soir. Pardonnez mon indiscrétion...

— Ce n'est rien, répondit-il sans me quitter du regard. Je vais prendre la poularde au champagne.

J'acquiesçai et filai rapidement en cuisine, ayant besoin de quelques minutes pour faire redescendre la pression. Si j'arrivais à ne pas me faire virer, ce soir, ce serait une excellente nouvelle. Malgré tout, le fait qu'il n'ait pas répondu à ma question indiscrète titillait grandement ma curiosité, et je me demandais si j'avais raison de penser qu'ils étaient tous psychopathes.

— Alors ? Comment vont mes portefeuilles ? me demanda Talina en déposant des assiettes sales sur le comptoir.

— Une vraie catastrophe.

— Quoi... Tu ne t'es pas fait de bons pourboires ?

— Si, bien sûr que si, mais... Je n'ai pas ton tact.

— Personne ne l'a, poupée. Tu as vu les basketteurs ?

— Quels basketteurs ?

Talina repoussa sa queue-de-cheval rousse dans son dos et me regarda comme si j'étais une alien.

— Sérieusement, Gaby ? Tu viens de quelle planète ? Tu ne connais pas les joueurs de basket de ton propre pays ? Morgan Dumas, Adama Fall, Karim Abadi et Kylian Foster ? Quatre des cinq joueurs de notre équipe sont dans le salon !

— D'accord.

— D'accord ? C'est tout ce que tu trouves à dire ?

Je me demandai si Talina allait nous faire une crise ou une syncope... Les deux à la fois peut-être. J'entrai toutes les commandes dans le tableau de bord pour les envoyer en cuisine, puis me tournai vers ma collègue qui semblait toujours sous le choc.

— Gaby, est-ce que tu te rends compte ? Tu as devant toi des joueurs connus dans le monde entier, bourrés de fric et canon de surcroît ? Se taper un joueur de basket est dix fois mieux qu'un vieux pervers, crois-moi.

Je levai les yeux au ciel, souhaitant sincèrement ne pas connaître la suite de sa tirade. Tout le monde savait qu'en plus d'être serveuse Talina repérait les « portefeuilles », comme elle les appelait, et faisait quelques extras d'un tout autre genre.

— Je dois y retourner, dis-je en récupérant deux bouteilles de champagne hors de prix.

La voix de Talina résonna en fond sonore toute la fin de soirée.

Il ne restait que très peu de monde dans le restaurant, je pus donc grignoter un petit morceau entre deux allers-retours, en dépit de l'œil contrarié de Samuel. J'aimais beaucoup l'embêter et plus encore le faire sortir de ses gonds pour le voir se décoincer, même si cela restait très rare.

Retournant en salle, je passai entre les rangs pour m'occuper de mes clients, quand je sentis une claque bruyante et douloureuse portée à mon fessier. Je me figeai, réfléchissant à toutes les options qui s'offraient à moi, autrement dit : très peu.

Levant les yeux au ciel, je pris une grande inspiration et continuai mon chemin, injuriant intérieurement l'homme d'affaires au regard vitreux qui venait de me claquer les fesses.

Rester calme, rester calme, rester calme, me répétai-je obstinément, ce qui eut en fait l'effet inverse. Je bouillonnais littéralement.

Je ramassais quelques assiettes et nettoyais une table, lorsqu'une dame d'un certain âge portant des bijoux étincelants m'interpella :

— Excusez-moi, serveuse ? (Je m'approchai d'elle avec un sourire.) Pourriez-vous dire à ces jeunes messieurs de couper le son de leur… musique ?

Haussant les sourcils, je me tournai vers la table qu'elle m'indiquait subtilement, remarquant seulement à présent que les joueurs de basket avaient mis la musique sur l'un de leurs téléphones. Je souris à la dame aux bijoux et acquiesçai, avant de filer rapidement jusqu'à leur table.

— Pourriez-vous couper votre musique, s'il vous plaît ?

Encore toutes ces obligations de respect. Si cela ne tenait qu'à moi, j'aurais éteint l'appareil moi-même.

Le jeune homme à la peau sombre voulut prendre le téléphone des mains de son ami pour exécuter ma demande, mais celui aux cheveux blonds décolorés l'en empêcha et répliqua en rigolant :

— Pour quelle raison ? Notre musique ne convient pas à la vieille dame ?

Il semblait légèrement ivre, ce qui me fit me demander si cela me donnait le droit de le mettre à la porte. Ces foutus riches m'enquiquinaient vraiment.

— Ne déconne pas, Morgan. Éteins ça, grogna le garçon qui lui faisait face.

Je ne pus m'empêcher de jeter un regard à Kylian, dont les yeux étaient encore une fois posés sur moi. Je sentis mon sang bouillonner, parce que, quand bien même la demande venait d'une personne riche, j'étais parfaitement d'accord sur le fait que le respect d'autrui était essentiel.

C'était moi qui pensais cela, alors que je les méprisais, tous autant qu'ils étaient…

— Nous sommes dans le coin VIP, Adama, reprit Morgan. Si je veux écouter mon rap, je le fais. Où est le problème ?

— Le problème, m'énervai-je, c'est que vous vous trouvez dans un lieu public et que ce n'est pas parce que…

— Éteins cette musique, Dumas, dit simplement Kylian en me coupant dans ma tirade.

Le timbre autoritaire de sa voix eut pour effet immédiat de plonger la table dans un silence pesant. Les deux amis se défièrent du regard, puis le jeune joueur blond finit par abdiquer, avec un visage contrarié, soufflant exagérément.

Je ne savais pas si je devais encore plus m'énerver, ou bien le remercier pour m'avoir évité de dire le fond de ma pensée, qui n'aurait pas été agréable à entendre.

Préférant prendre sur moi, je m'éloignai de leur table, en sachant que je pouvais faire une croix sur un quelconque pourboire, mais la vieille dame m'interpella à nouveau et, avec un sourire, me glissa un billet dans la main.

Cela eut l'avantage de faire grandement redescendre la pression. Je n'étais pas en train de dire que l'argent avait une quelconque importance – même si, bien sûr, ça en avait –, mais j'appréciai la reconnaissance que je vis dans ses yeux, même si elle ne me remercia pas à voix haute.

Je finis par encaisser les hommes d'affaires, qui me firent deux blagues salaces absolument abjectes. J'en étais même gênée pour eux, ils étaient pathétiques.

J'imaginais parfaitement comment Talina aurait réagi : en rigolant abusivement, leur faisant croire qu'ils étaient tordants, mais je n'avais ni sa patience ni son hypocrisie. Au lieu de quoi, je leur souhaitai une bonne soirée et filai bien avant que l'un d'eux ait fini sa troisième blague stupide.

En retournant en cuisine, j'aperçus des paparazzis campant de pied ferme devant le restaurant.

Soupirant, je retournai dans le salon pour nettoyer et redresser les tables pour le service du lendemain. Il n'y avait presque plus personne dans la salle, et j'avais procédé à l'encaissement de tout le monde, même celui des joueurs de basket, qui étrangement s'était fait dans le calme total. Cela m'avait même mise mal à l'aise.

Oui, j'étais pleine de contradictions.

— Pourquoi travailles-tu ici, si tu n'aimes pas ce genre de clientèle ? me demanda Raphaël en comptant ses pourboires dans l'arrière-salle.

Je m'affalai sur la chaise lui faisant face, étendant mes jambes lourdes.

— Parce que ce travail me permet de réunir assez d'argent pour payer mes études, mon loyer et les à-côtés.

Il acquiesça, puis rangea son argent en me lançant un grand sourire.

— Cent cinquante euros en une soirée, c'est plutôt pas mal.

Je levai les yeux en l'air, ce qui le fit rire d'autant plus.

— Tu es jalouse parce que ta mauvaise humeur ne te fera pas gagner autant, même dans le coin VIP.

— La ferme, grognai-je en me levant sous le regard réprobateur de Samuel.

Je n'avais pas encore terminé mon service, quelques clients se trouvaient toujours assis dans le salon, à croire qu'ils comptaient crécher ici. En nettoyant toutes les tables vides, j'eus la bonne surprise de voir que les hommes d'affaires m'avaient laissé un gros pourboire. Comme quoi, mon sale caractère pouvait être à mon avantage, ou bien n'était-ce que par politesse ?

Un mot était glissé sur le reçu :

Si tu veux une deuxième fessée, appelle à ce numéro.

J'éclatai de rire et fourrai le ticket de caisse dans ma poche arrière, trouvant cette blague sincèrement drôle, même si ce n'en était pas une. J'empochai le pourboire composé de plusieurs billets avant de continuer mes redressages.

— Tu as besoin d'aide, Gaby ?

Je me tournai vers Talina, qui était appuyée contre un pilier blanc à l'entrée. Même quand elle posait naturellement, son corps transpirait de sensualité. C'était définitif, je la haïssais.

— Non, ça ira. J'ai fini, merci.

Elle écarquilla ses yeux bleus, comme pour me faire passer un message télépathique que je ne captai pas. Tournant le regard vers l'unique table restante, je soupirai et levai les yeux au ciel avant de rire brièvement.

— Si tu insistes, dis-je théâtralement. Il y a la cinq et la sept à redresser.

Les deux tables étaient placées autour des joueurs de

basket. J'avais bien compris qu'elle essayerait d'empocher bien plus qu'un simple pourboire.

— Je t'aime, me souffla-t-elle avec un grand sourire en se dirigeant vers les garçons.

Cette fille était complètement intenable. Elle portait une jupe dans les tons gris, qui dévoilait ses longues jambes fines et interminables. Je soupirai en me forçant à détourner le regard.

— Est-ce que vous êtes lesbienne ?

Je sursautai et me retrouvai face à un mur gigantesque.

Reculant d'un pas, je fis face à Kylian Foster. Avec un léger sourire confiant, il me regarda de sa haute taille, moqueur. Je n'avais même pas remarqué qu'il n'était plus à table et qu'il s'était approché de moi sans un bruit. Je n'avais pas non plus fait attention à sa grande taille, l'ayant réellement regardé une fois qu'il était assis, mais à présent qu'il se tenait devant moi, debout, dans une posture nonchalante, je me demandai qui de lui ou de Raphaël était le plus grand.

— Pourquoi pensez-vous que je pourrais l'être ?

Il se passa la langue sur les lèvres, ce qui me fascina. Je m'exaspérai d'être fascinée par une chose aussi stupide.

— Vous avez regardé les jambes de votre collègue avec un réel intérêt.

— Comment avez-vous pu voir ça alors que vous vous trouviez derrière moi ?

— Donc, vous ne niez pas ?

— Il se trouve que je ne suis pas lesbienne, mais dans tous les cas cela ne vous concerne pas.

Me détournant de son regard ravageur et troublant, je continuai mon dressage, m'attardant sur les détails insignifiants pour ne pas avoir à le regarder à nouveau. Pour le coup, Samuel aurait été fier de mon travail, peut-être que je lui montrerais plus tard, pour qu'il sache que moi aussi je pouvais être minutieuse.

J'ignorai royalement la présence du basketteur, mais Kylian Foster ne bougea pas pour autant, à croire que me voir installer des couverts était intéressant. J'eus un réel instant de stupéfaction lorsqu'il m'aida à poser les fourchettes de la table.

— Mais… Qu'est-ce que vous faites ?

Je me redressai en me demandant s'il n'avait pas perdu l'esprit. Cet homme était vraiment étrange.

— Je vous aide.

— Ce n'est pas votre travail.

— Et alors ?

— Alors… Je… Si mon supérieur vous voit m'aider je vais me faire taper sur les doigts. Et puis, je sais faire mon boulot, mais merci quand même.

Il me sourit franchement, dévoilant une ligne de dents ultra-blanches. Mon Dieu ! Cet homme était dangereux. Déjà son regard pouvait en faire tomber plus d'une, mais son sourire… J'étais sûre qu'avec un sourire comme le sien il ne devait pas avoir besoin de parler pour attirer les filles dans son lit.

Mais à quoi tu penses ?

Me renfrognant, je repris mon dressage, passant rapidement à une autre table pour m'éloigner de lui, mais il ne comprit pas le message. Il me suivit lentement et, tandis que le rire de Talina éclatait bruyamment dans mon dos, je vis du coin de l'œil Kylian se passer une main sur le menton, prêt à prendre à nouveau la parole, mais je l'arrêtai.

— Je ne sais pas ce que vous voulez mais, si vous pouviez retourner près de vos amis, je vous en serais reconnaissante. Ma collègue sera plus ouverte à… Toutes sortes de choses.

Je secouai la tête, tentant de me calmer, parce que cette hargne qui s'écoulait de ma voix ne me ressemblait pas.

— Je voulais simplement vous demander s'il était possible pour vous de nous faire sortir par une autre issue que la porte principale. Les paparazzis sont encore présents, et je suis presque sûr qu'une photo d'un des joueurs de l'équipe de France ivre, la veille d'un match, ne fera pas l'unanimité.

Je me sentis rougir de honte. Pouvais-je simplement

aller me cogner la tête contre un mur jusqu'à ce que mort s'ensuive ? Quelle idiote j'étais !

Je fermai les yeux et me tournai vers le joueur avec un sourire d'excuse.

— Pardonnez-moi encore une fois. Je ne suis pas de bonne compagnie, ce soir. Bien sûr, vous pourrez passer par la sortie du personnel, qui donne sur la rue adjacente.

Il rigola doucement en me voyant complètement perdre mes moyens.

Je me figeai lorsqu'il approcha les doigts de mon visage. Il me caressa la pommette à pleine main. Elle était rugueuse et puissante, mais sa douceur me perturba.

— Vous êtes magnifique lorsque vous rougissez.

Évidemment, je rougis dix fois plus. Me détournant de lui, je le vis récupérer sa main, qu'il fourra dans sa poche.

— Je vais trop loin, c'est à moi de m'excuser à présent.

— Je vais appeler mon supérieur pour qu'il vous indique la sortie.

Le basketteur grimaça, mais acquiesça en me suivant des yeux. Même lorsque je me retrouvai près de Samuel, je sentais encore son regard me brûler le dos.

Volontairement, je ne les regardai pas s'en aller, terminant rapidement de dresser mes tables restantes ainsi que la leur, où j'eus l'agréable surprise de trouver cent euros de pourboire. Ah ! ces riches… Ils ne savaient vraiment pas quoi faire de leur argent, du vrai n'importe quoi !

Bien sûr, intérieurement, je jubilais complètement. En comptant finalement mes pourboires, je criai en direction de Raphaël :

— Trois cent vingt euros et des poussières ! Que dis-tu de ça ?

— Bien joué ! Mais sache que je te hais !

Je rigolais en mettant tout cet argent dans mon portefeuille au moment où Talina se posta devant moi.

— Est-ce que ça veut dire que tu comptes refaire le salon une prochaine fois ?

— Sûrement pas ! Je te le laisse.

— Tant mieux, ce coin m'appartient, me signala-t-elle, visiblement soulagée. Les joueurs reviennent ce week-end, j'ai déjà hâte de leur faire mon numéro. Je me demande comment ce doit être avec un basketteur au lit ! Et imagine avec deux en même temps ?

Je secouai la tête en couinant en continu pour ne pas entendre la suite de ses paroles qui m'inspiraient des images atroces.

— Je te ramène chez toi pour trois cents euros, me dit Raphaël en souriant. Je te fais charité des vingt restants.

— Dans tes rêves, imbécile.

Il rit et se dirigea vers le vestiaire des hommes. Je lui emboîtai le pas, mais aperçus Samuel près de la porte d'entrée, dans une posture de statue au regard sévère. Quand ses yeux se posèrent sur moi, je lui tirai la langue en grimaçant, puis entrai dans le vestiaire des filles.

Voir son visage horrifié par ma gaminerie me fit pleurer de rire et marqua la fin de cette soirée, qui ne s'était finalement pas si mal déroulée.

2

En sortant de cours le lendemain, je me rendis dans la salle de détente où se trouvaient des distributeurs de nourriture, de boissons, ainsi que des canapés assez confortables, dont un était occupé par Marie.

J'avais fait sa rencontre en deuxième année de licence. D'origine canadienne, elle était arrivée à Paris pour faire un stage à l'hôpital américain, qui s'était tellement bien passé qu'elle avait décidé de rester à l'université Diderot de Paris, celle où je faisais mes études pour devenir masseur-kinésithérapeute. C'était lors du stage à l'hôpital que je l'avais rencontrée, puis je l'avais aidée à trouver un logement, et depuis elle vivait dans la résidence étudiante, au même étage que moi, à l'autre bout du couloir. Nous avions tissé une amitié unique, avec une complicité que je n'avais jamais eue auparavant avec quiconque.

Marie était toute en longueur. Elle n'avait pas beaucoup de formes, mais un visage d'ange aux traits fins. Elle était d'un calme inébranlable, sauf lorsqu'elle buvait ; elle devenait alors comme possédée par le démon. Elle avait de longs cheveux blonds qui aujourd'hui ressemblaient à un champ de bataille, ce qui n'était pas du tout dans ses habitudes. Cette fille était d'une beauté à laquelle personne ne pouvait résister, elle en avait conscience et savait en jouer lorsque cela était nécessaire, mais ce que je retenais le plus, c'était qu'elle était une amie formidable, d'une intelligence que je jalousais secrètement.

— Qu'est-ce qui t'arrive ? demandai-je en m'affalant à ses côtés.

Les yeux braqués sur l'écran de son téléphone, elle ne semblait pas m'avoir entendue, perdue dans ses pensées.

— Marie ?

Elle releva la tête, surprise de me voir ici. S'il y avait bien une chose que Marie prenait soin de faire chaque jour, c'était de se coiffer et de se maquiller impeccablement. Quelque chose n'allait pas.

— Gaby ! Tout va bien ?

Elle me fit un sourire bancal qui confirma mon intuition. J'ignorai sa question pour poser les miennes.

— Qu'est-ce qui se passe ? Une mauvaise nouvelle ?

— Rien qui sorte de l'ordinaire.

Haussant les sourcils, elle secoua la tête et me montra son téléphone.

— Depuis deux jours, Grégory ne cesse de m'envoyer des mots doux.

Je grimaçai. Ce démon n'était pas un homme pour Marie. Il ne faisait que l'utiliser, puis la jeter comme un vulgaire mouchoir. Elle le savait très bien, mais impossible de se détacher d'une personne dont on est accro.

Dernièrement, elle avait reçu une douche glaciale en découvrant qu'il menait une triple vie. Elle avait donc enfin décidé de mettre un terme à cette relation malsaine.

J'avais eu l'impression qu'elle allait mieux ces derniers temps mais, en la voyant aussi négligée aujourd'hui, je me rendis compte que nous étions loin du compte.

— Ce qui me rend aussi maussade, c'est de douter de ma capacité à le tenir éloigné.

— Bloque son numéro.

Grâce à la technologie du XXIe siècle, tout était possible. Marie eut un rire las et me lança un regard blasé.

— J’ai bien essayé de le bloquer, mais il me poursuit en changeant sans cesse de numéro.

— Dans ce cas, change le tien.

J’observai du coin de l’œil sa réaction.

— Écoute-moi, soupirai-je en lui rendant son téléphone et en cherchant son regard. Tu ne retourneras pas avec lui, Marie. Cette obsession que tu as pour lui n’est pas saine. Il n’est pas pour toi, il t’a toujours fait du mal. Tu n’as fait que lui donner sans qu’il n’y ait jamais eu un quelconque retour. On ne sait pas combien de fois il a pu te tromper.

— Je le sais bien…

— Je serai là, Marie. Je serai ta conscience, ne t’en fais pas.

Elle passa les mains sur son visage, puis se secoua comme pour chasser son trouble.

— On va finir par se marier, dans ce cas, me dit-elle en souriant. Je pense que j’aurai besoin de toi pendant très longtemps encore. Je te souhaite vraiment de ne jamais tomber amoureuse comme je le suis. C’est trop douloureux.

— Ne t’en fais pas pour ça. Je suis bien trop rationnelle et terre à terre pour tomber dans ce genre de piège.

— Je t’envie beaucoup, soupira-t-elle à nouveau tristement. Mais tu sais, parfois ça te tombe dessus sans que tu t’en rendes compte. Enfin bref, allons dîner ! Qu’en penses-tu ?

Quc c’est une excellente idée !

Je lui attrapai la main et la traînai en direction de la sortie. La malbouffe n’était sûrement pas conseillée pour moi, mais j’aurais tout le temps de regretter plus tard.

Le soir venu, j’étais sincèrement heureuse de ne pas bosser et de pouvoir me coucher tôt. Étrangement, tout le monde avait dû se passer le mot dans le bâtiment étudiant, car tout était silencieux. Même mes voisins semblaient avoir déserté, ce qui me convenait parfaitement.

J’avais même pris le temps de faire un peu de ménage, ce qui a l’avantage d’être rapide dans un studio.

Je réussis à me mettre au lit un peu avant 9 heures après avoir passé un quart d'heure au téléphone avec ma mère. J'avais encore une tonne de devoirs à rendre, mais j'avais vraiment besoin de repos, surtout que le lendemain j'étais du matin, et je supposais que Samuel n'apprécierait pas un retard supplémentaire au Vandôme.

Mettant la télé en sourdine, je regardai les images défiler en me faisant mon propre film et mes propres paroles dans mon esprit.

Mes yeux devenus trop lourds pour que je puisse lutter se fermèrent tout seuls.

Je roulai sur le ventre pour me mettre à l'aise et rencontrai un corps chaud. Ouvrant les yeux, la tête dans le brouillard, je me sentis sourire en touchant un torse ferme. L'homme qui se trouvait à mes côtés prit mon visage dans ses mains et m'embrassa avant de me faire rouler sous lui.

Au chaud dans ses bras, je me laissais couvrir de baisers, sentant son souffle brûlant glisser sur mon corps. Il me touchait à peine, mais c'était une pure extase. Je ne me souvenais pas de la dernière fois où un homme m'avait fait ressentir autant de choses avec de simples baisers.

Lorsqu'il releva son visage vers moi, je croisais ses yeux noisette envoûtants. Il me fit un sourire et dit :

— Dring.

— Hein ? fis-je sans comprendre.

— Dring !!

Je me réveillai en sursaut, le cœur battant, et regardai frénétiquement autour de moi sans comprendre ce qui n'arrêtait pas de sonner.

Réalisant que j'avais dû m'endormir devant la télé en sourdine, je soupirai en me passant une main sur le visage, puis attrapai mon téléphone, encore bouleversée par les images de mon rêve et les sensations que j'avais éprouvées.

Incroyable comme un simple rêve pouvait nous emmener loin…

— Allô ? dis-je en m'étirant.

— Tu dormais ? me demanda Raphaël.

Avec le bruit de vaisselle que j'entendais en fond sonore, je compris que Raphaël était toujours au Vandôme. Je jetai un rapide coup d'œil à l'heure sur l'écran de mon téléphone et fus surprise d'y voir que j'avais dormi presque trois heures.

— Ouais, répondis-je en recollant le téléphone à mon oreille. Tout va bien ?

— Oui, ça va. Excuse-moi, je ne pensais pas que tu dormirais aussi tôt.

— Qu'est-ce que tu veux, Raph ?

Oui, j'étais assez pressée de retourner dans les bras de mon charmant… Je réalisais petit à petit : j'avais vraiment rêvé du basketteur aux yeux noisette ? *Oh non !*

— J'ai une enveloppe pour toi.

— Une enveloppe ? répétai-je, surprise. Samuel a enfin accepté de m'augmenter ?

À l'autre bout du fil, Raphaël éclata d'un rire cristallin et moqueur, m'indiquant par la même occasion que je n'y étais pas du tout.

— Bon, d'accord, ce n'est pas une augmentation, mais qu'est-ce que c'est, dans ce cas ?

Attrapant la télécommande, je zappai sur la chaîne sport, cherchant à voir si notre équipe de basket avait gagné, mais c'était déjà l'après-match. Les commentateurs faisaient leurs speechs et leurs critiques en détail sur le jeu.

Plusieurs images de ce qui s'était passé durant le match repassèrent au ralenti à l'écran, montrant un Kylian froid, calculateur, déterminé et concentré sur le panier.

Obnubilée par ce que je voyais à l'écran, j'en oubliai que j'étais au téléphone.

— Tu m'écoutes ?

— Pardon, Raph, j'étais en train de rêver. Tu disais ?

— Que tu as tapé dans l'œil d'un de nos clients VIP. L'un d'entre eux vient de me remettre une enveloppe avec ton prénom dessus, joliment calligraphié d'ailleurs. Je peux l'ouvrir ?

— Sûrement pas !

Je me relevai en me demandant lequel de ces imbéciles fortunés m'avait laissé ce cadeau. Une petite voix intérieure me souffla que cela pouvait être Kylian.

Bon sang ! Qu'est-ce qui m'arrive ?

Ce serait plutôt le genre d'un de ces hommes d'affaires, qui m'avait laissé son numéro de téléphone sur son reçu.

J'espérais que c'était la dernière fois que je rêvais de ce basketteur, car clairement ce rêve avait fait griller tous mes neurones.

— Je te la mets dans ton casier dans ce cas, continua Raphaël. Tu ne veux pas savoir qui c'était ?

— Je me fiche de qui ça peut provenir, mentis-je. Ce sont tous des imbéciles de toute façon.

Raphaël éclata de rire à nouveau, puis me salua avant de raccrocher.

Je me rallongeai dans mon lit et fixai l'écran, à la recherche d'une image montrant ce basketteur qui s'était infiltré dans mon rêve. Les commentateurs continuaient leur résumé du match, annonçant que ça n'avait pas été le meilleur de l'équipe pour cette saison, mais que les deux points du dernier panier marqués par un certain Gary avaient permis de remporter la victoire pour accéder au prochain match contre la Serbie.

Je décrochai de ce qu'ils disaient lorsque à l'écran apparut Kylian en fin de jeu, complètement en sueur, le regard toujours aussi froid et concentré, tandis que ses coéquipiers semblaient ravis de leur victoire. Sur le replay, Kylian s'essuyait le visage avec le bord de son maillot, laissant apercevoir son torse. Dans ma tête, une voix cria : *Oh my God !!!* Oui, avec tous ces points d'exclamation.

Comme quoi, faire du sport permettait d'avoir un corps divin. Ce n'est pas pour autant que je m'y mettrais. Je n'aimais pas le sport et tant pis pour mes rondeurs, elles resteraient là où elles se trouvaient, je m'y étais faite depuis longtemps.

L'image changea à nouveau, montrant furtivement les commentateurs qui ressemblaient à des pilotes d'avion avec leurs gros casques sur les oreilles, avant de revenir sur l'équipe entière qui quittait le terrain.

Mes yeux trouvèrent rapidement Kylian. J'enregistrai les traits de son visage, sa barbe naissante, son regard déterminé, en plus des détails que j'avais déjà remarqués, comme ses abdominaux et le tatouage-écriture qu'il portait en dessous du nombril.

Si je devais rêver à nouveau de lui, autant que ce soit le plus réaliste possible.

— Bon sang, grognai-je vivement en éteignant la télé. Je deviens complètement tarée.

Je m'enfouis sous les couvertures et tournai dans tous les sens, en colère contre moi-même. Évidemment, avec ces nouvelles images, je n'arrivais plus à l'effacer de mes pensées. Dès que je fermais les yeux, l'image de Kylian s'essuyant le visage se rejouait, et cette foutue enveloppe que quelqu'un m'avait laissée me travaillait de curiosité et d'agacement mélangés.

Pourquoi n'avais-je pas tout simplement demandé à Raphaël de me dire de qui cela provenait ? Ce que je pouvais être stupide parfois… Moi et ma foutue fierté.

***

Lorsque mon téléphone me réveilla en sursaut, j'eus envie de le jeter contre le mur, mais l'ayant déjà fait deux fois j'avais pris l'habitude de le mettre assez loin pour m'éviter de le regretter ensuite.

Étirant le bras au maximum, je finis par réussir à le mettre en sourdine, puis reposai la tête sur l'oreiller, prête à me rendormir.

Enveloppe.

Je rouvris instantanément les yeux, totalement éveillée cette fois. Cette foutue enveloppe allait avoir ma peau en me rendant folle de curiosité.

D'habitude, je laissais huit réveils sonner avant de me lever, mais aujourd'hui les choses étaient différentes. Je voulais savoir quelle surprise m'attendait dans mon casier au Vandôme ! Pour être tranquille, sans regard indiscret, il me fallait arriver plus tôt, ce qui me laisserait quelques minutes de solitude.

Foutue lettre. Foutus riches !

Je me levai, encore groggy par le sommeil, puis filai dans la salle de bains pour une douche express, avant de revenir près de mon canapé-lit où mon deuxième réveil sonnait en continu. J'éteignis le bruit infernal et annulai tous les autres, avant de quitter l'appartement.

Dans le métro parisien, les gens lisaient le journal, écoutaient de la musique ou terminaient leur nuit, le visage fermé et les sacs serrés contre eux. Adoptant leur air maussade et blasé de la vie, je m'installai sur un strapontin, puis appuyai la tête contre la barre en métal avant de fermer les yeux, tentant de prolonger ma nuit sans y parvenir. J'étais bien trop pressée de savoir. Ma curiosité m'achèverait un jour ou l'autre.

Le trajet fut bien trop long à mon goût, mais je ne pouvais pas me plaindre, au moins personne n'avait décidé de bloquer la rame d'une quelconque façon. J'arrivai donc au Vandôme bien avant mes collègues, alors même que le jour n'était pas encore levé.

En passant par la porte réservée au personnel, je fus surprise de n'entendre aucun bruit. Tout était silencieux. Pas de vaisselles, pas de rires ni d'insultes envoyées à travers les couloirs. Rien. Je faillis même décider de toujours arriver bien plus tôt pour être tranquille avant le rush… Juste faillis.

Je me trompais cependant sur une chose : je n'étais pas seule. En entrant dans l'arrière-salle réservée aux serveurs, j'aperçus Samuel assis seul au bout de la table où nous mangions tous ensemble parfois. Il semblait boire un jus de chaussette qu'il appelait thé, ce dont j'avais horreur.

Lorsqu'il me vit, il fut si stupéfait que je crus qu'il allait se pincer pour être sûr de ne pas avoir rêvé.

Je rigolai doucement et m'installai à ses côtés.

— Je pensais que ce jour n'arriverait jamais, dit-il calmement, buvant une gorgée du liquide en levant le petit doigt.

— Aujourd'hui est une exception, Sam. Tu sais parfaitement que je ne suis pas amie avec la ponctualité. Et puis... J'adore te faire râler.

Il remonta ses lunettes en haut de son nez fin avant de se rembrunir. Il était si facile de le contrarier que c'en était devenu une habitude.

— Va donc te changer et ouvrir cette lettre qui a été donnée à ton attention.

Fronçant les sourcils, je ne fus cependant pas étonnée qu'il soit au courant. Sous ses airs stricts, Samuel adorait les potins.

— Comment es-tu au courant de ça ?

— Roussel n'a pas arrêté de pester hier soir. Je n'ai pas eu besoin de faire grand-chose pour que Lefèvre me fasse la confidence.

C'était donc Raphaël qui avait lâché le morceau et, s'il l'avait dit à Samuel, cela voulait dire que toute l'équipe était au courant. Génial !

Par déduction je me disais que, si Talina n'avait pas arrêté de pester, c'est que j'allais recevoir ses foudres d'ici peu, mais surtout que cette fichue enveloppe devait provenir d'un de ses portefeuilles.

Il ne m'en fallut pas plus pour que je me lève aussi vite que s'il y avait eu le feu sous ma chaise. Je trottinai rapidement jusqu'aux vestiaires, avant de sauter sur mon casier une fois hors de la vue de Samuel. Bien sûr, dans ma précipitation, je fus incapable de mettre correctement la clé dans la serrure, ce qui m'agaça prodigieusement.

Lorsque enfin je pus ouvrir mon casier, je sentis mes épaules se décontracter, avant de me raidir à nouveau en entendant la voix de Raphaël dans mon dos.

— Je savais que tu viendrais tôt.

Refermant mon casier, je me tournai vers mon ami et croisai les bras sur ma poitrine.

— Bonjour à toi aussi ! Et dois-je te signaler qu'il s'agit des vestiaires des filles ?

Il haussa les épaules, puis croisa les bras à son tour, adoptant la même position que moi.

— Finalement, tu ne t'en fous pas tant que ça…

Comprenant qu'il faisait référence à notre conversation de la veille et qu'il me connaissait un peu trop bien, je levai les bras en l'air avec un grognement.

— Je suis juste curieuse !

— Mais bien sûr.

Il m'observa attentivement, semblant attendre quelque chose qui m'échappait.

— Qu'est-ce que tu veux ?

— Savoir ce que contient cette enveloppe ! Un mot d'amour ? Un numéro ? Tu te retrouveras peut-être bientôt à la une d'une page de magazine qui te proclamera nouvelle chérie de Foster !

Je me figeai en comprenant qu'il parlait effectivement de Kylian.

Bon sang ! Pourquoi m'avait-il fait passer un mot ? Après s'être immiscé par deux fois dans mes rêves, il devait aussi s'infiltrer dans ma vie réelle ?

Il ne m'en fallut pas plus pour rouvrir mon casier, prendre l'enveloppe sur laquelle mon prénom était inscrit joliment en petites lettres, avant de la déchirer sans ménagement pour récupérer une petite feuille blanche qui se trouvait à l'intérieur. Lorsque je l'ouvris, deux billets colorés rectangulaires tombèrent au sol, ce qui fit gémir Raphaël.

— Putain, Gaby, t'as le cul bordé de nouilles !

J'ouvris les yeux en me retenant de rire, sans comprendre

pourquoi cette expression d'un autre monde venait de sortir de sa bouche. Raphaël récupéra les deux bouts de papier et les regarda successivement avec des étoiles dans les yeux.

— Qu'est-ce que c'est ?

— Des billets VIP pour le prochain match de basket !

Je perdis mon sourire, ne comprenant vraiment pas pourquoi ces deux billets mettaient mon ami dans tous ses états.

— Il te suffit de faire le service une fois dans le carré VIP pour récupérer des places en or ! Je suis définitivement jaloux et je te promets de te mener la vie dure si tu ne m'emmènes pas avec toi.

Je rigolai pour de bon cette fois en voyant ses sourcils froncés à mon intention.

— Je te laisse les deux billets, je n'en veux pas. Le sport n'est pas mon truc.

Je n'eus pas besoin de le dire deux fois. Avant d'avoir pu terminer ma phrase, je me retrouvai à la hauteur de Raphaël, qui manqua de m'étouffer avec sa puissante étreinte.

— Tu peux me lâcher, maintenant ? couinai-je en cherchant mon souffle.

Il me déposa au sol, m'embrassa sur la joue puis, apparemment très satisfait, me laissa seule dans le vestiaire, gardant précieusement en main les billets pour le prochain match contre la Serbie.

Secouant la tête sans comprendre l'engouement des hommes pour le sport, je m'appuyai contre mon casier et ouvris la feuille blanche qui contenait les billets. N'y voyant aucune inscription, je la retournai, perplexe.

Kylian m'avait seulement donné des billets ? Pas de mot d'accompagnement, rien ? Frustrée d'avoir perdu quelques minutes de sommeil pour rien du tout, je déchirai la feuille et la jetai à la poubelle, vraiment contrariée. De toute façon, à quoi est-ce que je m'attendais ? Ce crétin devait être un illettré de toute manière…

Me déshabillant pour me mettre en tenue, je me bagarrai

comme toujours avec mon pantalon, me promettant pour la millième fois de faire un régime, puis me rendis dans l'arrière-salle où Raphaël et deux autres collègues se trouvaient.

Tous les trois échangeaient bruyamment à propos des billets que Raphaël avait en main. Levant les yeux au ciel, je récupérai un café et un croissant avant de m'installer à l'autre bout de la table, attendant le début du service.

Le temps passa bien trop vite à mon goût. Comme si tout le monde s'était donné rendez-vous, tous mes autres collègues arrivèrent en même temps, donnant le top départ de la matinée.

Comme avant chaque service, Samuel nous donna nos rangs, et je fus sincèrement soulagée d'entendre que c'était Raphaël qui se tapait les VIP.

Bien sûr l'ambiance du matin était plus détendue, mais peu m'importait ; si je pouvais éviter ce carré de snobs prétentieux, cela me convenait parfaitement.

Tous les serveurs quittèrent l'arrière-salle un par un, jusqu'à ce qu'il ne reste plus que Samuel et moi.

— Tu me donnes congé pour aujourd'hui ? m'enquis-je en voyant qu'il ne me confiait aucun rang.

Il haussa un sourcil, puis mit les mains derrière son dos, comme chaque fois qu'il prenait son rôle de supérieur.

— Tu es commise aux commandes, ce matin.

— Pardon ?

Les commandes se déroulaient dans les chambres d'hôtel, plus couramment appelées room service. Cette tâche ne m'était jamais confiée parce que j'étais bien trop ronchonne au goût de Sam, et cela me convenait parfaitement. Apparemment, Samuel avait trouvé un nouveau jeu : m'enquiquiner.

Ce n'est que le retour de bâton, supposai-je.

— Roussel est malade…

— Malade ? le coupai-je ironiquement. Talina n'est jamais malade. Elle est plutôt coincée…

Je m'arrêtai dans ma tirade, sachant que ce qui allait

sortir de ma bouche ne serait plus que du venin, puisque j'étais réellement contrariée. Pourquoi avoir choisi ce job, si je n'aimais pas la clientèle, me direz-vous… Eh bien, c'était uniquement pour l'argent.

— Elle est malade, affirma-t-il avec un regard qui me mit clairement au défi de le contredire. Tu sembles t'être bien débrouillée, avant-hier. De plus, tu as fait bonne impression auprès de la clientèle, je suppose donc que tu peux te charger du room service.

— Raphaël pourrait très bien s'en charger, ou même Margaux.

— Sauf que ce sera toi. Raphaël te rejoindra s'il y a trop de commandes à gérer en même temps.

Il fit le drôle de sourire qu'il affichait toujours lorsqu'il était satisfait, restant planté devant moi jusqu'à ce que je daigne bouger. Non sans un dernier regard assassin, je filai à l'accueil de l'hôtel pour récupérer les premières commandes.

Comme j'étais globalement une insatisfaite de la vie, je détestais aussi le room service. En passant de chambre en chambre, on ne savait jamais sur quelle situation on allait tomber. Je n'avais jamais fait de room service, mais en avais assez entendu pour détester d'avance.

En temps normal, il y avait des employés pour faire ce travail, mais le week-end, nous, simples serveurs, y étions commis d'office. Les serveurs du Vandôme étaient réputés pour être proches de l'excellence. Leurs sondages avaient dû être faits bien avant mon arrivée !

En traînant mon chariot rempli de commandes avec les numéros de chambre inscrits dessus, je tombai sur des gens aux regards étranges, certains avec la gueule de bois, d'autres trop fatigués pour se rendre au restaurant, un étage plus bas.

Puis je tombai sur mon premier cas.

— Room service ! annonçai-je en frappant.

— Entrez !

Je fis ce que l'homme me demandait et entrai à l'aide de

la carte magnétique passe-partout en embarquant les deux plats commandés. Passant devant la salle d'eau, qui semblait être utilisée, je continuai ma route jusqu'à la chambre, saluant l'homme poliment. Ce dernier semblait tout juste arrivé, il défaisait doucement sa cravate, ne prenant pas la peine de répondre à mon bonjour.

Ce n'était qu'un détail – et ce n'était surtout pas le premier à être impoli –, mais cela me fit pester intérieurement.

— Posez les plats sur la table.

Aucune marque de politesse. Un ordre… Que j'exécutai contre ma volonté.

— Je suis prête ! cria une femme depuis la salle d'eau.

Jetant un coup d'œil vers l'homme, j'eus un mouvement de recul. Il se tenait fièrement en sous-vêtement, ce qui me donna envie de l'insulter et de rire à la fois.

— Vous auriez pu attendre que je sois partie, ne pus-je m'empêcher de dire.

— Je suis sûr que vous en avez vu d'autres.

Il me fit un sourire que je ne sus interpréter, mais qui me mit mal à l'aise. Son corps ressemblait au tapis qui se trouvait dans mon salon : grisonnant et poilu. Je détournai le regard, mais ma langue dérapa à nouveau, plus doucement, cette fois.

— Oui, mais beaucoup plus beaux et de loin…

— Qu'avez-vous dit ?

— Que je vous souhaitais une bonne journée, avec les remerciements du Vandôme.

Je n'attendis pas plus longtemps pour m'enfuir de cette chambre, disparaissant d'un pas rapide sans attendre un quelconque pourboire. Ces personnes étaient vraiment bizarres. Je n'aimais définitivement pas les gens.

Je montai ensuite au second étage, priant pour ne pas tomber sur une nouvelle bizarrerie. M'arrêtant devant la chambre 217, je répétai mon manège, annonçant ma venue.

— Entrez !

Pitié, faites qu'il n'y ait rien qui me mette mal à l'aise !

J'attrapai les trois cloches après avoir ouvert la porte, puis entrai sans cesser de prier intérieurement. Ici les lustres remplaçaient les lumières standards. La pièce était bien plus vaste, ressemblant plus à un petit appartement qu'à une simple chambre.

Traversant le couloir, je pilai net lorsqu'un jeune homme sortit de la salle de bains, avec une simple serviette autour de la taille.

Je le dévisageai – que dis-je ? –, je le dévorai complètement du regard. Voilà ce qu'était un corps magnifique. Ferme, légèrement musclé et si bien dessiné que j'eus du mal à garder la bouche fermée.

Il m'ignora cependant et se rendit dans le petit salon, tandis que mon cerveau se remit doucement en marche. Me secouant, je repris mon avancée avec un sourire, ravie de tomber sur ce genre de bizarrerie.

— Habille-toi, Gary. On a de la visite.

Découvrant le second homme présent dans la chambre, je perdis le sourire.

Cette mâchoire puissante, ce corps tout en longueur, ces yeux noisette ornant un visage concentré et paisible à la fois... Kylian avait réellement décidé de s'imposer dans ma vie.

Lorsqu'il croisa mon regard, il sembla surpris, avant de se reprendre et de me sourire. Sourire auquel je ne répondis pas, bien trop perturbée de l'avoir à nouveau en face de moi, alors que cette nuit nous avions... Que mon esprit l'avait utilisé à des fins personnelles.

Baissant le regard pour cacher ma soudaine gêne, je me sentis très mal à l'aise, d'autant plus que le fameux Gary-au-corps-de-rêve, après s'être habillé tranquillement, quitta la chambre à une vitesse foudroyante.

Zut ! J'étais désormais seule avec Kylian.

3

La porte se rouvrit brusquement sur le visage de Gary.

— N'oublie pas qu'on a rendez-vous dans la salle de réunion dans quinze minutes, Foster !

Il referma la porte sans plus de cérémonie.

Je sentais le regard de Kylian sur moi, me faisant perdre le fil de mes pensées. Je revêtis mon masque de serveuse et le pris de court en jouant parfaitement mon rôle.

— Voici vos commandes : des œufs brouillés, un café au lait avec des biscottes, ainsi qu'un assortiment de fruits, énumérai-je en pointant chacune des cloches.

— Vous semblez écœurée.

Haussant les sourcils, je pris la position fétiche de Samuel, mettant les mains dans mon dos, avant d'affronter son regard. Effectivement j'étais écœurée par toute cette nourriture qu'il allait engloutir. Le matin, rien d'autre que du liquide ne pouvait franchir mes lèvres.

— Je n'ai aucun avis, monsieur.

Il grimaça en m'entendant l'appeler ainsi, mais poursuivit tout de même :

— Il est très facile de lire sur votre visage.

Que dire ? N'ayant aucune réponse adéquate, je pinçai les lèvres, prête à servir le discours de remerciement au nom du Vandôme, mais il me prit de court à son tour.

— Vous avez eu mon cadeau ?

Plissant les yeux, je me demandais sur quel terrain j'allais avancer. Il fronça les sourcils, toujours assis sur l'un des sofas, et interpréta mal mon expression faciale.

— On ne vous a pas remis l'enveloppe que j'ai laissée à votre attention ?

— Je l'ai bien eue, répondis-je au ralenti.

Il fit une drôle de tête puis se leva, comme s'il avait besoin de bouger. Sur son visage, l'incompréhension se lisait clairement.

— Vous ne vous souvenez pas de moi ?

Son air sidéré par cette pensée infondée me fit sourire, ce qui le détendit.

— Je me souviens de vous, finis-je par dire clairement. Et, comme je vous l'ai dit, j'ai bien reçu vos billets, merci. Je vous souhaite une bonne journée, avec les remerciements…

— Est-ce que vous viendrez ?

Je secouai la tête, tout en me demandant pourquoi je devais répéter cette foutue phrase, dont tout le monde se fichait.

— Non. Je suis désolée, je ne suis pas branchée sport.

— Alors qu'appréciez-vous ?

Toute cette conversation était irréelle et, lorsque son regard parcourut entièrement mon corps de haut en bas, j'eus envie de prendre mes jambes à mon cou. Malheureusement, je me devais de rester professionnelle – ou bien peut-être étais-je simplement curieuse de la tournure des choses. Ce n'était pas tous les jours que je pouvais discuter avec l'homme qui avait pris d'assaut mes rêves.

— Rien.

Bon, d'accord, mes réponses évasives ne faisaient pas beaucoup avancer les choses, mais cela ne sembla pas le décourager.

— Je me doutais que vous répondriez ça.

— Pourquoi ?

— Je vous ai beaucoup observée avant-hier. Vous semblez complètement mépriser les gens comme moi, ce qui m'amène à ma prochaine question : pourquoi n'avez-vous pas encore pris la fuite ?

— Parce que je reste professionnelle.

— Vous voulez partir de cette chambre ?

— Non.

La curiosité était un vilain défaut, et ma spontanéité venait de me trahir. Kylian Foster pencha la tête sur le côté, comme sincèrement surpris par ma réponse. Cela tombait bien, car j'étais moi-même surprise de ma franchise.

— Dans ce cas, est-ce que je peux me permettre de vous inviter une nouvelle fois au prochain match de basket ?

— À quoi cela servirait, exactement ? Je serais dans les tribunes à regarder des hommes courir pour mettre un ballon dans un panier. Pourquoi m'inviter à un match ? Et pourquoi moi ?

— Parce que vous m'intriguez et que j'espère à présent pouvoir vous faire changer d'avis sur ce sport. (Il se leva, puis récupéra quelque chose dans un de ses sacs.) J'espérais aussi pouvoir vous retrouver en fin de soirée, pour que l'on puisse apprendre à se connaître. Je ne suis pas très doué dans le relationnel, alors j'espère que ma franchise ne vous fera pas peur.

Non, elle ne me faisait pas peur, elle me terrifiait. Je compris à cet instant que cet homme allait droit au but.

Devais-je dire droit au panier ?

Stupide pensée.

Je fis un pas en arrière, complètement paniquée. Si je me rapprochais petit à petit de la porte, est-ce qu'il le remarquerait ? Je reculai encore, mais je le vis fixer mes pieds et compris que j'avais beau le penser stupide, il ne l'était pas.

Essayant de reprendre le contrôle et de faire baisser cette montée brutale de tension, je me raclai la gorge, tentant de reprendre un visage neutre et professionnel.

— Je n'aime pas le sport tout court. Cette conversation n'a donc pas lieu d'être.

— Je suis sûr que je peux vous faire apprécier le basket.

— Non, je suis sûre du contraire.

— Laissez-moi au moins essayer ! Vous verrez, ce sport peut réellement être amusant, et cela nous permettra d'apprendre à nous connaître. Qu'en dites-vous ?

D'accord, me dis-je au fond de moi-même.

— Non. De toute façon, j'ai déjà donné vos billets à quelqu'un. Je dois vous laisser, j'ai d'autres clients à servir. Bonne journée, avec tous les remer… Bref, au revoir.

Je quittai la chambre aussi vite que je le pouvais sans courir. Dans le couloir, je récupérai le chariot vide, étant donné qu'il était mon dernier client – oui, j'avais menti –, et fonçai droit vers l'ascenseur. J'eus sincèrement peur qu'il me poursuive et respirai seulement lorsque les portes se refermèrent sans encombre.

Je sautillai d'un pied sur l'autre en prenant de grandes inspirations pour me calmer. Je ne savais pas pourquoi ce garçon me mettait dans tous mes états mais, plus loin je me tiendrais de lui, mieux je me porterais. Ces deux fichus rêves me déconcentraient…

Quand je retournai en cuisine, on me remit une commande supplémentaire, puis deux autres de dernière minute. Je ne pus m'empêcher de rigoler comme une imbécile en voyant le numéro de la chambre : 217. Kylian avait passé deux nouvelles commandes.

Mon Dieu ! Qu'allais-je faire de lui ?

J'interceptai Raphaël quand il apparut dans les cuisines. Il hésita un instant à venir vers moi lorsqu'il vit mon sourire suppliant.

— Qu'est-ce que tu veux ? demanda-t-il avec un sourire crispé.

— Je suis bien ta meilleure amie ? Celle qui t'a donné deux billets pour le prochain match de basket en place VIP. Tu te souviens ?

— Hmm oui… De quoi tu as besoin ?

— J'aurais juste besoin que tu livres ces deux plats dans la chambre 217, je t'en supplie !

Il rigola en fronçant les sourcils, sans comprendre pourquoi je le suppliais.

— C'est une chambre où il se passe des choses bizarres ?

Réfléchissant à toute vitesse, je finis par acquiescer.

— Oui, le genre vieux pervers. S'il te plaît, il ne te fera rien, tu es un homme, mais je t'en prie, vas-y pour moi.

Levant les yeux au ciel avec un sourire bienveillant, il posa sa grande main sur ma tête en acceptant.

— C'est bien parce que c'est toi.

— Merci !

Soupirant de soulagement, je riais doucement en imaginant la réaction qu'aurait Kylian en voyant Raphaël débarquer à ma place. J'aurais donné cher pour être une petite souris et assister à la scène.

Je livrai de mon côté la dernière cloche sans encombre. J'étais même incroyablement de bonne humeur et d'une politesse jamais vue.

Je commençais à m'inquiéter cependant car, un quart d'heure plus tard, Raphaël n'était toujours pas revenu. C'était d'autant plus étrange que Kylian avait une réunion avec le reste de son équipe dans une des salles prévues à cet effet dans l'hôtel. J'avais vérifié trois fois à l'accueil pour être sûre de l'horaire de réservation. C'était entre 7 heures et 8 heures, autrement dit, tout de suite.

Une autre question revint me tarauder : pourquoi Kylian m'avait-il demandé deux jours auparavant s'il pouvait sortir par une autre porte que celle de l'accueil pour éviter les paparazzis alors que toute son équipe séjournait dans cet hôtel ? Avait-il menti ce soir-là pour ne pas admettre la vérité ?

« — Je ne sais pas ce que vous voulez mais, si vous pouviez retourner près de vos amis, je vous en serais reconnaissante. Ma collègue sera plus ouverte à… Toutes sortes de choses.

— Je voulais simplement vous demander s'il était possible

pour vous de nous faire sortir par une autre issue que la porte principale. »

Je n'aurais sûrement pas la réponse à mes questions, malheureusement…

— Ferry ! m'interpella Samuel dans mon dos, me faisant sursauter. Où se trouve Lefèvre ?

— Je…

— Je suis là, Sam ! Pause pipi urgente, je retourne en salle tout de suite.

Raphaël n'attendit pas de réponse et, sans me regarder, fonça rapidement en cuisine.

Bon sang ! À présent, je mourais d'envie de savoir ce qui s'était passé, ce qu'ils s'étaient dit.

— Tu voudrais peut-être une chaise ?

Me rappelant la présence de Samuel, je souris en acquiesçant.

— Oui, s'il te plaît. Avec une tasse de chocolat, ce serait parfait !

Il plissa le nez et me lança un regard noir. Un jour, je me ferais virer pour insubordination avec mes sarcasmes sans fin. J'étais presque sûre qu'en cet instant il regrettait de m'avoir engagée. Mais, depuis le temps, il savait aussi comment je fonctionnais.

Me retenant de rire face à son regard faussement furieux, je lui tournai le dos et filai droit en cuisine. Je voulais parler à Raphaël, mais ce traître prenait tout son temps en salle, et d'autres commandes arrivèrent à l'accueil, me forçant à patienter.

Je n'aimais pas attendre.

Ce n'est qu'une heure plus tard, lorsque le rush s'estompa doucement, que je pus souffler. En salle, les clients se firent plus rares, aussi j'en profitai pour foncer droit sur Raphaël, qui m'ignora royalement. Je le suivis comme son ombre, ce qui à mon avis l'agaça sans toutefois qu'il m'en fasse part.

Il tenait bon.

— Raph, grognai-je pour la dixième fois.

Il détourna le visage, mais pas assez vite pour que je ne remarque pas son sourire. Il s'amusait, l'andouille.

— Allez ! suppliai-je, ce dont j'avais horreur.

— Un vieux pervers, hein ?

J'eus envie de l'embrasser simplement parce qu'il m'avait adressé la parole.

— Oui, quelque chose comme ça.

Il se figea, déposa la vaisselle sale et fronça ses épais sourcils. De malicieux et chaleureux, son visage passa à la froide colère.

— Attends… Tu es en train de me dire que Foster a essayé quelque chose sur toi ?

Houlà ! Il fallait vraiment que je fasse attention à ce que je disais.

— Non ! Non, rassure-toi, il n'a rien fait.

— Donc, tu m'as menti.

— Presque, admis-je avec un sourire d'excuse.

Il leva les yeux au ciel, puis me contourna pour regagner la salle.

— D'accord ! capitulai-je. Je t'ai menti pour ne pas devoir retourner dans sa chambre.

— Qu'est-ce qu'il ne faut pas faire pour te faire cracher le morceau… Attends-moi dans l'arrière-salle, j'arrive dans deux minutes mais, pour info, je lui ai dit que tu pensais qu'il était un vieux pervers.

Voyant ma réaction choquée, il éclata de rire, puis me tourna le dos en trottinant pour éviter la serviette sale que je lui lançai.

J'eus subitement chaud. Très chaud. M'éventant à l'aide de ma main – ce qui ne servit pas à grand-chose –, je me mis à marcher sans but précis.

Retournant finalement à l'accueil, où aucune commande ne m'attendait, je descendis à la blanchisserie au sous-sol pour récupérer les nappes ultra-blanches que nous mettions sur chaque table avant d'y poser les couverts.

Pourquoi Raphaël m'avait-il vendue ainsi ? Le traître ! C'était bien fait pour moi et ma langue fourchue. Bon sang ! C'était définitif, je ne voulais plus jamais revoir Kylian.

Transportant n'importe comment les draps blancs parfaitement repassés, j'eus un sourire espiègle en pensant que si Samuel me voyait malmener les nappes propres il me crierait sûrement dessus.

Je n'étais pas du tout concentrée sur ce que je faisais, je ne pensais qu'à ce que Raphaël avait pu dire à Kylian et j'étais très gênée. J'avais voulu lui faire bonne impression, pas l'insulter. Quelle andouille j'étais !

Mais pourquoi voulais-je lui faire bonne impression déjà ?

Je me figeai devant l'étagère sur laquelle j'étais en train de mettre les nappes moins bien repassées, tentant de comprendre mon comportement.

— Les nappes doivent être déposées dans l'autre placard, me signala doucement Raphaël dans mon dos. Celui-ci est pour la tenue des chefs.

Jetant un œil à l'armoire en question, puis à l'autre, je me demandai à quel moment elles avaient décidé de changer de place. Elles aussi étaient des traîtres à présent.

Je n'avais qu'une envie, retourner dans mon lit. Ce matin, tout allait pourtant bien…

Reprenant mon tas, je me rendis de l'autre côté de la pièce, pour ranger correctement les nappes sur leur étagère.

— Tu pensais à Kylian ?

Comme prise sur le fait, je fus sincèrement heureuse d'être dos à mon ami et qu'il ne puisse pas voir mes joues rougir.

— Pas du tout !

Raphaël se planta à mes côtés et ouvrit la bouche avec un demi-sourire.

— Si ! Tu pensais à lui !

J'eus vaguement l'impression d'avoir régressé d'une dizaine d'années. Avec des phrases comme ça, c'était assez facile à imaginer. Mon visage consterné ne le perturba pas, puisqu'il poursuivit :

— Alors notre basketteur t'a tapé dans l'œil ? Je n'en reviens pas. Moi qui me demandais si tu n'étais pas lesbienne finalement...

Je le poussai en rigolant, puis grognai rapidement :

— Non, Raph, je ne pensais pas à lui et je n'ai pas un quelconque béguin pour ce garçon. Je pensais à comment j'allais pouvoir me venger de toi.

— Mais bien sûr.

Levant les yeux au ciel, je me mis à réellement réfléchir à ce que je pourrais bien lui faire : lui arracher les yeux ? Déchirer ses stupides places de basket ? Bourrer son casier de ballons d'eau ?

J'étais en pleine réflexion, trouvant des idées de plus en plus tentantes, mais il m'arrêta.

— Lui, pourtant, semble être vraiment intéressé.

Dans mon cerveau, l'image de son casier rempli de mousse à raser s'imposa, alors que je refusais d'entendre les mots qu'il venait d'employer.

— C'est faux, dis-je néanmoins. On ne se connaît même pas.

— Il a bien rigolé lorsque je lui ai dit ce que tu pensais de lui.

J'attrapai le stylo qui se trouvait dans ma poche arrière de pantalon et le lui jetai dessus, mais manquai de précision, et il passa bien loin de son visage.

— Bon, très bien, je m'en vais, je ne dis plus rien.

Le voyant quitter le sellier, je me précipitai derrière lui et l'entraînai dans l'arrière-salle.

— Bon d'accord, d'accord. Pardon. Raconte-moi tout.

Il s'installa sur une chaise, le sourire aux lèvres, et attendit que nos collègues se dispersent dans les vestiaires pour m'expliquer :

— Il était déçu en me voyant arriver à ta place, et moi j'ai failli m'étouffer. En fait, je devrais te remercier, parce que c'était vraiment cool de le servir. (Il haussa les épaules, ce qui me donna l'envie furieuse de lui ordonner d'accélérer.) Il m'a demandé pourquoi ce n'était pas toi qui le servais, et je lui ai dit que l'excuse que tu m'avais donnée pour que j'y aille à ta place, c'est que c'était un vieux pervers.

À nouveau, j'eus une grande envie de meurtre. L'idée de soulever la table et de lui la balancer en pleine face me démangea, mais j'étais sûre de ne pas avoir assez de force pour accomplir cet exploit.

— Ensuite, il m'a demandé de te donner deux autres billets pour son prochain match. Il a insisté sur le, je cite : « Dis-lui qu'elle vienne. »

— Et ils sont où exactement, les billets ?

Il leva son T-shirt à l'effigie du restaurant. Les deux places étaient coincées entre son bas-ventre et son pantalon.

— Tu n'es vraiment qu'un porc, Raph ! Tu aurais pu les mettre ailleurs !

Il rigola et les glissa sur la table.

— Tu vas y aller ?

— Non.

— Pourquoi ?

— Pourquoi irais-je ?

— Une expérience. Je suis vraiment surpris de voir que la plus grande curieuse du monde n'ait pas envie de découvrir ce que cet homme lui veut.

Un point pour lui. Je finis par récupérer doucement les billets et regardai la date. Comme si le destin me poussait dans cette direction, le match tombait samedi soir, mon jour de repos.

— Ça va être génial, murmura Raph avec un sourire certain.

Je lui tirai la langue, faussement contrariée. En vérité, j'étais impatiente d'y être. Kylian m'amusait, et peu de choses m'amusaient dans la vie, alors pourquoi ne pas tenter l'expérience ?

Ma décision était prise : j'irais, et on verrait bien ce qui allait advenir.

4

— Tu as l'air dans la lune.

Tournant le regard vers Marie, j'aperçus sa feuille noircie de lignes, alors que je n'avais fait que gribouiller tout et n'importe quoi sur la mienne.

— Non, ça va. Et toi ? Je pensais que tu passerais à la maison, hier soir.

— Je me suis endormie assez tôt. J'avais besoin d'être seule.

Elle ne s'attarda pas sur le sujet, ce qui titilla ma curiosité, mais avant que je puisse l'interroger, elle posa son regard bleu sur ma feuille et sourit.

— Woooooh ! Je comprends pourquoi tu n'étais pas concentrée sur les cours. Si un regard comme celui-ci me hantait, je serais sûrement dans la lune moi aussi.

Je regardai mes gribouillages et fus horrifiée d'y reconnaître parfaitement le regard de Kylian. Il ne manquait plus que la couleur marron-vert pour que ce dessin soit parfait, mais en soi j'avais très bien retranscrit, sans même m'en rendre compte, son regard froid et calculateur à la fois.

Je chiffonnai ma feuille et la jetai à la poubelle, puis m'enfuis d'un pas rapide vers l'extérieur, comme pour éviter Marie.

— Qui est-ce ?

— Personne.

— « Personne » a réellement un très, très beau regard !

L'ignorant totalement, j'accélérai le pas, sachant déjà que

j'allais à nouveau arriver en retard, sauf si Flash Gordon se pointait pour me sauver la mise. Malheureusement, nous n'étions pas dans une fiction de Marvel.

— Allez, Gab, raconte-moi tout ! Ce n'est pas tous les jours qu'il se passe quelque chose dans ta vie…

Je m'arrêtai net et la regardai en me demandant si j'avais bien entendu. Était-elle en train de sous-entendre que j'étais une « *no life* » ?

— … Enfin, non. Ce n'est pas ce que je voulais dire. Il se passe plein de choses dans ta vie, comme… Plein de choses, débita-t-elle en s'enfonçant un peu plus. C'est juste que nos conversations tournent très souvent autour de ma personne et de mes problèmes, alors savoir qu'il y a un truc croustillant que tu ne veux pas me dire attise grandement mon intérêt pour ta petite vie.

— Petite vie de *no life*, c'est ça ?

— Non, ce n'est pas ça. Disons plutôt, une petite vie tranquille remplie de choses merveilleuses mais aussi très discrètes.

Comprenez : une *no life*.

— Peu importe.

Je traversai la rue en direction du métro. J'avais très peu de temps pour arriver au Vandôme, et Marie ne semblait pas vouloir m'aider.

— Je t'emmène au travail si tu me racontes tout en chemin.

Réfléchissant rapidement, je me dis que c'était quitte ou double. En prenant le métro, je devrais changer de ligne deux fois, mais en voiture on ne peut jamais prévoir… Avec un peu de chance, ça pouvait quand même être plus rapide.

— D'accord, acceptai-je. Allons-y mais, pitié, ne conduis pas au ralenti. Je suis déjà en retard.

Elle tapota dans ses mains en contenant sa joie, ce dont je lui fus reconnaissante. Sur la route, je lui racontai mes deux rencontres avec Kylian dans les moindres détails, ce qui était assez vite fait. Marie m'écoutait et se faufilait entre les voitures avec une rapidité et une souplesse qui nous permirent d'arriver rapidement.

— Oh ! je comprends maintenant pourquoi tu ne sors avec aucun garçon du commun des mortels. C'est parce que tu attendais le top du top.

— Je t'en prie, Marie, épargne-moi tes conclusions.

— D'accord, grogna-t-elle, déçue, en se garant en double file. Dans ce cas, qu'est-ce que tu comptes faire, à présent ?

— T'emmener avec moi au prochain match ?

— J'espérais vraiment que tu me dirais ça !

Un immense sourire sincère illumina son visage, ce qui me fit réellement plaisir. Je ne savais plus depuis combien de temps je ne l'avais pas vue aussi radieuse, et sa joie déteignit sur moi. Puis, d'un coup, elle se mit à passer les doigts dans mes cheveux, à arranger mes vêtements et sortit même son mascara, ce qui me fit peur.

— Mais qu'est-ce que tu fais ?

— Gaby, cet homme est dans ton hôtel, tu es susceptible de le voir à n'importe quel moment !

Je reculai la tête, refusant qu'elle fasse de moi sa poupée.

— Non, c'est hors de question ! Je ne cherche pas à le séduire, Marie.

Elle leva les yeux au ciel, son sourire s'estompant rapidement.

— C'est nul ! Tu es nulle !

— Je sais. Je te dis à ce soir ! Merci de m'avoir déposée !

Je sortis de la voiture et fonçai vers le vestiaire en saluant mes collègues. Lorsque j'ouvris mon casier, une enveloppe tomba au sol. Souriant nerveusement, je la récupérai et l'ouvris, heureuse d'être seule.

Un unique mot était inscrit en petit et au milieu de la feuille blanche : « Viens ».

Donc comme ça, nous ne nous vouvoyions plus ? Ce petit changement me fit sourire encore plus, mais bien vite je fronçai les sourcils, me trouvant complètement stupide.

Rangeant l'enveloppe dans mon sac, je me changeai et

m'attachai les cheveux selon le règlement du Vandôme, avant de lisser mon T-shirt du plat de la main. Je jetai un regard à l'image que me renvoyait le miroir puis, réalisant que ce geste ne me ressemblait pas, je pestai contre moi-même jusqu'à arriver devant Samuel.

Ce dernier regarda son poignet pourtant dénué de tout bijou et haussa les sourcils.

— Sept minutes de retard. Tu as de la chance que Roussel m'ait supplié de lui laisser le salon, sinon il aurait été pour toi.

Cet homme avait une horloge dans la tête. Je ne le lui avouerais jamais, mais il m'impressionnait vraiment.

— Désolée.

— Comme d'habitude…

Je lui fis une grimace d'excuse, puis rejoignis Talina et l'embrassai sur la joue.

— Merci !

Je filai ensuite vers Raphaël, mais Talina m'intercepta en m'attrapant par le bras.

— Attends une minute ! Pourquoi as-tu donné des places de basket VIP à Raph et pas à moi ?

J'eus envie de répondre que c'était parce que Raphaël était mon ami, mais pressentis que cette remarque était un peu trop méchante, alors je pesai mes mots.

— Il était là quand j'ai ouvert l'enveloppe. Et puis, j'ai un peu plus d'affinités avec lui, alors…

— C'est stupide. Raph ne fera que regarder le jeu, il perdra son temps ! Alors que, si tu m'avais passé tes places, j'aurais mis ce temps à profit…

— Je n'en doute pas, Talina, mais apparemment tu étais malade, hier.

Elle leva les yeux au ciel, réellement contrariée. Même quand elle boudait, elle était belle. Cette fille était réellement agaçante.

— Pour te faire pardonner, tu me laisses mettre une option sur Foster ?

Ne m'attendant absolument pas à cette demande, je me sentis légèrement affolée.

— Pourquoi me poses-tu cette question ?

— Parce qu'il a réservé une table ce soir et que je compte bien me surpasser pour lui faire tourner la tête. Je voulais juste être sûre que je ne vole pas un client à ma collègue.

Elle me fit un immense sourire, puis fila en direction du salon.

Bon sang ! Pourquoi est-ce que tout à coup je me sentais si mal ? Peut-être parce que je savais que Talina arrivait toujours à ses fins. Je me sentais idiote mais n'eus pas vraiment le temps d'y réfléchir, car déjà les premiers clients arrivaient.

Je regardais sans cesse vers le salon mais ne voyais absolument rien, puisque le coin VIP était placé de manière privative, ce qui attisait encore plus ma curiosité.

Je ne cessais d'imaginer Talina aguichant Kylian, et cela m'agaçait prodigieusement, allant jusqu'à déteindre sur mon service. Mes clients semblèrent s'en accommoder et heureusement, car je n'aurais pas eu la patience de leur cirer les pompes.

Je me forçai à me ressaisir après avoir confondu les plats de deux clients. Même contrariée et de mauvaise foi j'avais toujours été professionnelle, mais apparemment aujourd'hui était une exception.

Pourquoi l'idée que Talina ait mis Kylian sur sa liste de portefeuilles me perturbait-elle ainsi ?

M'arrêtant cinq minutes en cuisine, je m'appuyai contre le comptoir des desserts en fermant les yeux, priant pour que cette soirée se termine. Je n'aimais pas ce que je ressentais. Cette sorte de jalousie absurde ne me ressemblait pas.

— Un petit coup de fatigue ? me demanda Raphaël en se postant à mes côtés.

— Quelque chose comme ça, oui.

Nous vîmes Samuel passer furtivement devant nous, puis revenir sur ses pas quand il réalisa que nous étions tous les deux tranquillement en pause. Je me relevai avant de voir les foudres de mon supérieur s'abattre sur nous, mais Talina entra en cuisine, comme sur un nuage.

— Devinez qui a un nouveau numéro de téléphone à ajouter à sa liste de portefeuilles ?

Elle sautilla d'un pied sur l'autre, le sourire jusqu'aux oreilles. Je me forçai à sourire, m'insultant intérieurement de ressentir cette pointe de déception. À quoi m'attendais-je ? Nous n'étions pas dans un Walt Disney. Dans la vraie vie, les princes étaient horriblement laids, ne chevauchaient pas leurs chevaux avec l'épée à la main et n'offraient pas une vie parfaite à la simple couturière.

Raphaël me lança un regard surpris. Je restai totalement neutre, affichant un visage que j'espérais amusé. Il fronça les sourcils et se tourna vers Talina.

— Donc tu vas avoir tes propres places pour le match ?

— Mieux ! Je vais me rendre à l'after. Il y a une soirée organisée pour une œuvre de charité, qu'ils gagnent ou qu'ils perdent, si je ne me trompe pas. Je vais pouvoir très prochainement ajouter « joueur de basket » à mon palmarès. Que c'est bon de travailler ici !

Elle frappa dans ses mains, tellement excitée que je ne pus m'empêcher de rire de bon cœur, toute jalousie envolée. Talina était ma collègue, je ne pouvais décemment pas lui en vouloir pour un idiot avec qui je ne partageais rien de plus qu'une nuit inventée de toutes pièces par mon esprit.

— N'avez-vous rien de mieux à faire que de discuter en cuisine ?

Comme d'habitude, Samuel nous rappela à l'ordre, toujours aussi tendu et strict, mais lorsque Talina lui raconta son anecdote un petit sourire fantôme apparut furtivement au coin de ses lèvres.

Samuel aimait les potins et même bien plus que nous, ce qui nous assurait de ne pas nous faire taper sur les doigts.

De retour en salle, je ne cessai de bouger dans tous les sens, m'occupant des clients avec ardeur pour ne surtout pas penser. J'étais presque sûre d'avoir réussi l'exploit que les clients en aient marre de moi.

Je refusais d'imaginer Talina se rendant dans une soirée de charité au bras de Kylian. Au fond, il était beaucoup plus logique qu'il s'intéresse à elle.

Je me figeai lorsque je le vis sortir du salon, fouillant la salle du regard, avec une telle beauté dans ses mouvements que je me sentis subjuguée. Je me baissai discrètement derrière une table, avant de me rendre compte de mon geste complètement stupide.

Quelques clients me regardèrent étrangement, ce qui me fit éclater de rire. Récupérant un objet imaginaire au sol, je me relevai comme si de rien n'était, avant de foncer droit en cuisine. Je ne pus m'empêcher de jeter un coup d'œil dans sa direction et ne fus pas surprise de croiser son regard amusé.

Je me souvins alors du quiproquo du vieux pervers et sentis une gêne indescriptible m'envahir. Je me réfugiai à l'entrée des cuisines et l'observai.

En haut des marches, Kylian avait tellement de charisme et de charme qu'il éclipsait à lui seul la totalité de la clientèle présente. C'était comme regarder un soleil, j'étais totalement éblouie. C'était complètement ridicule, mais je n'arrivais pas à détacher les yeux de sa personne.

Croisant son regard, je supposai qu'il pensait exactement la même chose que moi. Ce que j'avais dit la veille ne semblait pas l'avoir fait changer d'avis…

Bien !

Mais je me sentis très vite déçue, à l'idée que jamais je ne pourrais aller plus loin. Quand bien même il ne se passerait rien avec Talina – chose qui était impossible avec ma collègue –, il était à présent chasse gardée.

Baissant finalement les yeux, je pris une longue inspiration et tournai les talons, préférant les ignorer, lui et ma déception.

5

Chaque jour jusqu'au match, je trouvai une nouvelle enveloppe dans mon casier, avec toujours le même mot : « Viens ».

Je ne comprenais pas pourquoi Kylian voulait toujours que j'aille à ce fichu match.

Je ne savais pas non plus par qui transitaient ces enveloppes, car si ça avait été par un de mes collègues j'en aurais entendu parler à longueur de service, ce qui n'était pas le cas.

Je l'imaginais s'infiltrer en douce jusqu'aux vestiaires des filles et y glisser l'enveloppe, mais l'image ne collait pas.

Il avait sûrement un complice…

Allongée sur mon canapé lit, Marie se releva d'un bond après que je lui eus raconté les dernières nouvelles.

— Tu es en train de me dire que les hommes sont tous des imbéciles ?

J'éclatai de rire en m'affalant à ses côtés, puis haussai les épaules.

— Quelque chose comme ça, oui.

— Tu ne t'es pas demandé si c'était bien avec Kylian que Talina allait à la soirée ? Si ça se trouve, c'était d'un autre basketteur qu'elle parlait.

— Kylian était seul ce soir-là, je crois. C'est bien lui. Elle ira avec lui.

Elle se rallongea, puis regarda le plafond, l'air maussade.

— Je suis désolée, Gaby. Pour une fois qu'il se passait quelque chose d'intéressant dans ta vie…

Je lui balançai un coussin qu'elle n'eut pas le temps de rattraper. Elle rit en se relevant et me le renvoya à son tour.

— Je plaisantais ! (Elle perdit son sourire et fronça les sourcils.) Est-ce que c'est pour cette raison que tu es toujours en jogging et les cheveux en bataille ? Tu ne comptes pas aller au match ?

— Non. C'était ma curiosité qui me poussait à y aller, mais maintenant…

Marie me jeta trois coussins à la figure.

— On va y aller ! Premièrement, ça nous sortira de notre routine. Deuxièmement, quand bien même il préférerait s'intéresser à une fille matérialiste, tu ne te seras pas faite belle pour rien, puisque ensuite nous irons au Rex. Et bien sûr, nous passerons une bonne soirée.

Je ne pus m'empêcher de sourire en entendant le discours que je lui faisais presque tous les week-ends quand c'était elle qui déprimait.

Non pas que je déprimais, loin de là.

Il était vrai que j'avais ressenti une pointe de déception, mais c'était vite passé. Après les premières rencontres amusantes, Kylian aurait sûrement été ennuyeux et sans intérêt. Il était donc préférable que ma curiosité s'arrête dès maintenant.

— Mais nous n'avons pas besoin d'aller au match pour passer une bonne soirée, contrai-je en me levant à mon tour.

— Nous irons quand même ! C'est une chose que nous n'avons jamais faite. Ça nous changera !

Je ne savais pas si voir Kylian terriblement sexy sur un terrain me ferait passer une bonne soirée, mais je finis par céder.

Je ne cessais cependant pas de me dire que c'était une mauvaise idée. Une sensation étrange se baladait dans mon ventre, à moins que ce ne fût le stress de le revoir, ce qui était encore plus idiot.

Décidément, ces derniers temps, tout me paraissait ridicule et stupide.

En arrivant devant le stade, nous vîmes une foule impressionnante, patientant en file pour entrer. Je ne comprenais définitivement pas pourquoi les gens se torturaient à faire la queue pour voir un match de basket.

Marie me traîna presque jusqu'à l'entrée opposée pour les places classées Or et ne put s'empêcher de faire du charme aux deux hommes présents au guichet, qui nous passèrent les bracelets VIP, complètement envoûtés par mon amie.

— La soirée s'annonce bien !

Je la regardai du coin de l'œil en souriant. Chaque fois que nous sortions, Marie testait son potentiel de charme, et cela fonctionnait toujours parfaitement bien.

Elle me traîna ensuite jusqu'à nos places, non loin de celles de Raphaël. Il était déjà présent, plein d'étoiles dans les yeux, alors même que le terrain était vide de tout joueur.

Je m'affalai à ses côtés, le sortant de sa rêverie.

— Tu es venu seul ? m'enquis-je en regardant la place vide à ses côtés.

— Annulation de dernière minute. Talina m'a supplié de l'emmener, elle ne devrait pas tarder.

Marie intervint, les sourcils froncés !

— Elle n'a pas eu de places ?

— Non, elle est juste invitée pour l'after, en tant qu'escort.

J'échangeai un regard avec Marie, qui sembla ne pas comprendre non plus.

— Comment ça, en tant qu'escort ? demanda-t-elle à ma place.

Raphaël haussa les épaules en souriant.

— C'est ce qu'elle m'a dit. Elle a été en quelque sorte engagée par un joueur pour simuler le rôle de petite amie durant l'after, mais elle n'a pas été invitée pour le match.

Raphaël me coula un regard que je ne voulais pas interpréter. Je l'ignorai donc, reportant le mien sur la masse de gens qui s'engouffraient dans les gradins du stade, mais cela ne le découragea pas.

— Tu ne devrais pas laisser Talina te voler Foster.

— Elle ne m'a pas…

Je fus interrompue dans ma tirade par l'arrivée de l'intéressée. Vêtue d'une robe moulante, couleur corail, qui lui arrivait à mi-cuisses, ses cheveux couleur de feu ramenés sur le côté lâchement, avec un maquillage léger, Talina était magnifique.

J'étais obnubilée par elle, persuadée qu'elle pourrait faire tourner la tête de la plus coincée des hétéros.

— Salut, les enfants, nous dit-elle en souriant.

Son sourire aurait presque pu illuminer tout le stade. Cette fille était terriblement agaçante et transpirait la sensualité.

Je lui retournai son sourire, puis me concentrai sur le terrain et les détails insignifiants, comme ces deux hommes qui passaient un dernier coup de balai sur le parquet lustré. Les caméras étaient en cours de réglages, un présentateur parlait devant l'une d'elles, tandis que la musique s'élevait dans les haut-parleurs, résonnant aux quatre coins du stade. La dernière chanson de Sia débuta, ce qui fit s'agiter Marie à ma droite. Elle chanta aussi fort que faux, me faisant sourire et revenir sur terre.

— … dois porter ce bracelet qui vaut pas mal d'argent, et qui sera assorti à son propre bracelet, en plus masculin bien sûr, expliqua Talina avec un grand sourire en exhibant son poignet. On va arriver en limousine et ensuite se faire prendre en photo. Peut-être que demain vous me verrez sur Internet ou dans un magazine. Je suis si excitée !

— Génial, grognai-je doucement.

Raphaël me donna un coup de coude, mais je refusais de le regarder. Je savais parfaitement qu'il me dirait un truc du genre : « Tu es jalouse. »

Je n'étais pas jalouse, mais il est vrai que j'aurais aimé être à sa place. Pas pour le luxe d'une belle robe, de beaux bijoux ou de belles soirées avec limousine, mais pour être avec Kylian. C'était idiot une fois de plus mais, à présent que j'écoutais ma collègue parler, j'aurais simplement aimé passer une bonne soirée à rire. Parce que c'était le pouvoir qu'avait Kylian sur moi.

Il m'amusait – entre autres.

Mes amis me faisaient rire aussi, mais ce n'était pas la même chose. Je n'étais pas quelqu'un qui aimait vivre joyeusement. J'étais plutôt du genre pessimiste, à voir le mal partout. Ce même mal disparaissait à chacune de mes rencontres avec Kylian.

À nouveau je me sentis un peu découragée.

À quel moment la situation s'était-elle retournée ? À quel moment m'étais-je mise à rechercher sa compagnie ?

— C'est parti !

Je regardai Marie, puis le centre du stade. Plusieurs personnes entrèrent sur le terrain, en costard, avant que la musique s'élève un peu plus sur le dernier tube de David Guetta et qu'une voix d'homme annonce la venue des joueurs.

Les cris résonnèrent dans le stade, et je fus aussi surprise que choquée de voir Raphaël se lever et crier à son tour.

Il me faisait penser à une groupie, c'était flippant.

Marie éclata de rire, puis cria elle aussi en se levant et en dansant sur le rythme de la musique. Les hurlements montèrent en intensité lorsque les joueurs des deux équipes rivales entrèrent sur le terrain, suivis d'une mascotte. Une vraie.

C'était un genre de joker de couleur orange à la tête en forme de ballon de basket.

Ce dernier chauffa la salle, mettant la plupart des gens en transe. C'était très étrange, je me demandai subitement ce que je pouvais bien foutre ici.

Kylian entra sur le terrain en dernier, le visage concentré et parfaitement neutre. Marie me dit quelque chose, mais mon esprit était ailleurs.

Les autres joueurs saluèrent la salle, ainsi que leurs rivaux, puis les deux équipes se réunirent chacune dans un coin opposé du terrain.

J'observai avec attention la silhouette de Kylian qui, tandis que son entraîneur indiquait les dernières consignes, leva les yeux et trouva mon regard.

Même de loin, j'étais sûre de voir le coin de ses lèvres s'étirer en un léger sourire conquérant. À côté de Raphaël, Talina se leva et fit de grands gestes de salutation, ce qui me refroidit sévèrement. Son sourire ne m'était pas destiné.

Le match débuta rapidement. Je ne comprenais rien aux règles du jeu, si ce n'était que le ballon devait atterrir dans le panier du camp adverse. Pour ce qui était des points, mes yeux revenaient sans cesse vers l'écran géant, qui indiquait le total pour chaque camp ainsi que le temps restant.

Les équipes allaient sans cesse d'un panier à l'autre, ce qui durait longtemps. Il y eut plusieurs quart-temps et, chaque fois, le regard de Kylian revint vers Talina, avec ce même sourire. C'était agaçant.

— Contrairement à ce que tu dois penser, me dit Raphaël dans l'oreille, je suis sûr que c'est toi qu'il regarde.

Je secouai la tête, refusant de laisser un quelconque sentiment perturbant m'envahir. C'était faux. Il valait mieux que je n'y pense pas.

Et, si Raphaël pouvait arrêter de me sonder et de lire aussi ouvertement en moi, je ne m'en porterais que mieux.

Dans les dernières minutes, les gens semblaient revivre, s'excitant et criant sur les joueurs. Les fautes étaient huées, les paniers applaudis. Mes yeux ne quittaient pas le tableau, indiquant deux points d'avance pour la Serbie.

Je commençai à légèrement stresser lorsque les Serbes mirent deux points supplémentaires alors qu'il ne restait que cinq minutes de jeu.

L'homme que j'avais aperçu quasi nu, Gary, cria quelque chose à Kylian et à un autre jeune joueur. Les trois garçons acquiescèrent avant de se disperser.

Je vis immédiatement le visage de Kylian se refroidir, puis devenir plus calculateur. Je n'étais pas assez proche pour voir les détails de ses traits, mais je le trouvais définitivement magnifique. Aucune émotion ne traversait son visage, ce qui me donnait envie de le rejoindre et de faire l'andouille, simplement pour le faire sourire.

Les dernières minutes se firent plus hargneuses, les deux équipes se battant avec rage pour marquer des paniers. Notre équipe égalisa, et l'euphorie autant que le stress du stade finirent par m'atteindre.

Un joueur serbe créa la surprise en lobant tout le monde dans un trois points magnifique qui les conduisait tout droit vers la victoire. Mais Kylian réussit à intercepter la balle en sautant si haut que j'en fus sidérée. Il lança le ballon à Gary, qui marqua avec aisance. Ils répétèrent la technique deux fois, avant que la dernière minute s'engage.

Nous avions deux points d'avance mais, quand j'entendais Raphaël expliquer à Talina que tout pouvait encore se renverser, mon stress s'accéléra.

Mes yeux restèrent fixés sur le tableau des secondes, mais Marie m'attrapa la main, et je me mis à regarder le jeu en retenant mon souffle.

Un joueur serbe courut sauvagement jusqu'au panier et s'élança pour marquer, mais Kylian bondit en même temps et dévia la trajectoire du ballon, à la seconde précise où le buzz final retentit.

Je compris que notre équipe avait gagné lorsque Raphaël hurla en sautant dans tous les sens.

Je me mis à rire pour rien, sans trop savoir si c'était le stress qui redescendait ou Raphaël qui me rendait joyeuse. À moins que ce ne fût parce qu'on avait gagné ?!

Mes yeux trouvèrent instantanément ceux de Kylian sur le terrain. Cette fois-ci, j'étais sûre que son regard m'était destiné. Un immense sourire éclaira son visage au moment où il découvrit le mien, comme s'il était satisfait de me voir aussi joyeuse.

Je secouai la tête et l'applaudis. Il me fit une petite révérence qui mit tous mes sens en émoi. C'était pour *moi*. Son sourire et sa révérence, c'était pour *moi*.

Cela me rendit totalement niaise.

Je me rassis sans cesser de sourire. Les joueurs quittèrent le terrain en se saluant mutuellement, puis la musique revint dans les haut-parleurs.

L'excitation du stade mit beaucoup de temps à redescendre. Le public finit par quitter les gradins tranquillement.

— On attend un peu que les gens soient partis avant d'y aller ? me demanda Marie en dansant.

— Quel est le programme ? s'enquit Raphaël.

— Pour moi, c'est un after que j'espère chaud. Très chaud, nous annonça Talina en exhibant des cartes de visite qu'elle avait récupérées pendant le match. Je vous laisse ! Bonne soirée !

En une seconde elle disparut dans la marée humaine. Comme elle me l'avait indiqué, elle avait passé son temps à étoffer sa liste de portefeuilles. Elle était incroyable…

— Pour nous ce sera le Rex, répondit Marie avec un grand sourire.

— Latino ? Ça ne vous dérange pas si je me joins à vous ?

Je secouai la tête, puis m'étirai, impatiente de pouvoir bouger et me dégourdir les jambes.

Lorsqu'il ne resta plus que quelques personnes, Raphaël nous signala qu'on pouvait y aller. Mais au moment où j'allais emprunter les marches, un homme au crâne chauve et en costard, visiblement un vigile, m'arrêta.

— Mademoiselle Ferry ?

Je fronçai les sourcils, en acquiesçant. Qu'avais-je fait comme bêtise, encore ?

— Veuillez attendre ici s'il vous plaît et ne pas quitter les gradins.

— Pourquoi ?

— On me l'a demandé.

— Qui ?

— Le staff de l'équipe de France.

— Pour quelle raison ?

— Je n'en sais rien, mademoiselle.

— Et vous faites souvent ce qu'on vous demande de faire, sans savoir pourquoi ?

L'homme à la large carrure s'esclaffa en haussant les épaules, l'air sincèrement amusé.

— C'est mon travail, donc je dirais que oui.

— C'est Foster, me dit Raphaël. J'en suis sûr.

Mon ami semblait tellement obsédé par Kylian que je faillis lui dire d'attendre à ma place, mais Marie me coupa dans ma lancée.

— Je vais dehors avec Raph. Envoie-nous un message si cette entrevue dure plus longtemps que prévu.

Les traîtres !

J'eus envie de leur crier que je les détestais, mais les paroles de Raphaël se frayèrent un chemin jusqu'à mon cerveau, me faisant stresser à nouveau. Et s'il avait raison ?

Je m'assis sur le siège le plus proche, observant le vigile qui ne me quittait pas des yeux. Une bataille du regard se mit en place, et je tins bon. Au bout d'un long moment, il se mit à sourire avant d'appuyer sur son oreillette et de répondre dans sa manche.

— Elle est bien présente.

Bon sang ! J'eus l'impression d'être une James Bond girl. Ce type avait la panoplie du célèbre agent secret.

— Est-ce que je pourrais avoir votre oreillette, s'il vous plaît ?

J'étais d'humeur polie, mais surtout pour qu'il accepte ma demande.

— Pourquoi ?

— J'aimerais parler à votre interlocuteur.

— Désolé, mademoiselle Ferry. Je ne peux pas.

— Pourquoi ?

— Parce qu'on vient de me dire de ne pas vous donner l'oreillette.

— On est sur écoute ?

— Oui.

Me vint une furieuse envie de dire pas mal de choses qui feraient saigner toutes les oreilles indiscrètes.

Prenant sur moi, je souris hypocritement, puis croisai les jambes en posant les mains sur mes genoux, comme une gentille fille que je n'étais pas.

La bataille du regard se remit en place. Je ne clignais presque pas des yeux, j'étais déterminée, James Bond perdrait, et peu importait le temps que cela prendrait.

Et j'eus raison.

Après plusieurs longues minutes, il baissa la tête, puis porta de nouveau l'avant-bras à sa bouche.

— Bien reçu.

— Qu'est-ce qui est bien reçu ? lançai-je en voyant le vigile monter les marches vers la sortie.

— Restez ici, mademoiselle.

Je le suivis des yeux sans comprendre pourquoi je devais rester seule. Le vigile monta jusqu'à l'étage supérieur, puis se posta près d'une des sorties, se figeant dans la même position stricte que Samuel.

Je le sentis avant même de le voir. C'était une sensation étrange, comme si la personnalité de Kylian avait le pouvoir de compacter l'air, le rendant opaque.

C'était donc bien lui. Mais, dans ce cas, pourquoi Talina n'était-elle pas présente ?

Pourquoi me faire attendre ?

Je supposai que j'allais avoir les réponses à mes questions d'ici peu…

6

Habillé d'un costume noir et d'une cravate blanche, Kylian s'engagea sur le terrain comme si l'endroit lui appartenait. Les mains dans les poches de son pantalon, il avançait d'un pas sûr et déterminé, comme à chaque fois que je l'avais aperçu.

Je pris une grande inspiration, me souvenant que cet homme était dangereusement sexy, avec un certain pouvoir naturel qui fonctionnait parfaitement sur moi. C'était comme s'il avait un champ de force invisible en guise d'aura, qui m'attirait irréversiblement vers lui, alors que je ne le connaissais même pas…

Comme toujours lorsqu'il se trouvait dans mon champ de vision, j'étais hypnotisée par lui, même si techniquement il n'y avait plus personne dans le stade, à part le vigile qui devait se trouver quelque part dans les gradins supérieurs.

Je me levai sans vraiment réfléchir à ce que je faisais, puis descendis les quelques marches pour m'arrêter aux barrières qui me séparaient du terrain, un mètre plus bas.

Pour se mettre à ma hauteur, sans toutefois venir de mon côté, il avança nonchalamment pour se hisser, dans un mouvement à la fois souple et assuré, sur la barrière qui nous séparait.

Ce que je trouvais complètement ridicule, c'était que mon cœur s'accélérait légèrement, comme pour accompagner cette sensation d'appréhension et d'excitation que je ressentais déjà.

— Tu es venue finalement, dit-il simplement en détaillant de ses yeux noisette la totalité de mon visage.

C'était ça… Son regard. Il avait cette manière de me regarder qui me faisait me sentir à nu. C'était déstabilisant et, du plus loin que je me souvenais, personne n'avait eu cette emprise sur moi. Autant j'avais réussi à garder les yeux braqués dans celui du vigile, autant dans le sien cela m'était impossible.

— Je suis venue.

— Et tu as apprécié cette soirée ? Tu t'es amusée ?

— Pas vraiment.

Guettant sa réaction, je le vis hausser les sourcils, comme s'il était surpris.

— Pourtant, tu semblais heureuse qu'on ait gagné.

— Oui, un petit peu.

— D'accord… Alors je vais faire en sorte de changer la donne. Accorde-moi une minute. Tu veux bien me rejoindre de l'autre côté de la barrière ?

— Pour quoi faire ?

— Viens, et tu verras.

Il sauta et atterrit un mètre plus bas tout en souplesse, sur le parquet du terrain.

Il n'y avait pas à dire, il savait comment attiser ma curiosité. Enlevant mes petits talons, je passai de l'autre côté de la barrière, priant pour ne pas glisser. Il devait sûrement y avoir un accès plus simple mais, comme j'avais déjà une jambe de l'autre côté de la barrière, cela ne me servait plus à rien de rebrousser chemin.

Et ensuite ? me demandai-je comme une imbécile.

J'allais sûrement devoir sauter…

Bravo, Sherlock ! Belle déduction.

— Je te rattrape, me dit-il en tendant les bras.

J'éclatai de rire en imaginant déjà les gros titres du lendemain : « *Le célèbre joueur de basket K. Foster est décédé suite à un écrasement brutal de sa partenaire.* »

Stupide pensée.

— Je vais y arriver seule. Écarte-toi.

Il eut un sourire en coin, me faisant me demander s'il n'était pas télépathe. Il me donnait cette impression qu'il connaissait la moindre de mes pensées, c'était très troublant.

Kylian s'écarta, accédant à ma requête, puis n'hésitant qu'une fraction de seconde je me jetai dans le vide en priant pour ne pas m'écraser comme une crêpe.

Lorsque mes pieds touchèrent le sol, j'eus l'impression que des milliers d'aiguilles me transperçaient la plante des pieds. Les frissons de douleur remontèrent jusqu'à ma nuque, mais je ne dis rien. Je lui souris, les dents serrées, pour lui faire comprendre que je n'avais pas besoin de lui.

Il pinça les lèvres, comme s'il avait très bien compris mon malaise, et je me jurai que s'il faisait une seule remarque je me suiciderais de honte sur-le-champ. Mais il ne dit rien et s'avança simplement jusqu'au milieu du terrain, où je le suivis en laissant mes chaussures sur le bord.

Sans talons, le haut de ma tête lui arrivait aux épaules.

— Qu'est-ce qu'on fait ici ? m'enquis-je en tournant sur moi-même pour regarder le stade en globalité.

Je n'imaginais même pas la pression que les joueurs devaient avoir sur le terrain, entourés d'un public énorme.

— J'aimerais te montrer que le basket peut être amusant.

— D'accord, mais sans ballon ?

Un éclat amusé traversa son regard, puis il me fit signe d'attendre, avant de trottiner jusqu'à une salle située en dessous des gradins.

Je remarquai le vigile posté près d'une sortie, toujours dans la même position, et lui fis un grand signe de main en l'agitant rapidement, ce qui sembla le faire rire.

Kylian revint en poussant un chariot, où se trouvaient plusieurs ballons. Il l'emmena jusqu'à une extrémité du terrain, près d'un panier. Il récupéra un ballon à une seule main et me le lança avec un regard de défi.

— Je te propose de jouer. Si tu marques un panier, tu

pourras me poser n'importe quelle question, si tu perds, ce sera moi qui te la poserai.

Ou comment me mettre la pression…

Je voulais le connaître sans toutefois me dévoiler. Je devais donc gagner.

— OK !

Il m'indiqua où me placer en fonction des marquages au sol, puis se positionna à nouveau près du chariot, sans jamais me quitter des yeux. C'était très troublant.

Le panier était bien plus haut que celui que nous avions lorsque j'étais au lycée, ce devait être pour cette raison que tous les joueurs étaient grands.

Prenant mon temps, je finis par lancer le ballon qui, miracle, atterrit droit dans le panier.

— Oui ! criai-je, fière de moi-même.

Je me retins de faire la danse de la victoire… Nous ne nous connaissions pas encore assez bien, mais j'allais commencer à remédier à ce problème.

Jetant un coup d'œil vers Kylian, je le vis me regarder avec un sincère intérêt, sans vraiment sembler surpris.

Il écarta les bras et me dit :

— Pose-moi ta question. Tout ce que tu veux.

Si je lui demandais s'il avait déjà rêvé de moi, je passerais sûrement pour une folle, n'est-ce pas ? J'optai donc pour la simplicité.

— Qui es-tu, Kylian Foster ?

Stupide question à laquelle personne ne pouvait répondre sans en faire un exposé de trois heures ou au contraire l'expédier en trois secondes.

— Un vieux pervers, répondit-il simplement.

J'ouvris la bouche, me sentant brusquement changer de couleur, complètement gênée. Je me retins de rire nerveusement mais, lorsque je vis un nouvel éclat amusé traverser son regard avant qu'un sourire ironique étire ses lèvres, j'eus envie de lui balancer un ballon dessus.

Le problème étant que je n'avais plus de ballon entre les mains.

— Ce n'est pas ce que je pense de toi, fis-je en riant doucement. J'ai dit ça, à Raph, simplement pour qu'il accepte de monter dans ta chambre à ma place.

— Pourquoi tu ne voulais pas revenir ?

Je lui indiquai les ballons, ainsi que le panier.

— Tu n'as pas encore le droit de poser de questions.

Il haussa les sourcils en se mordillant la lèvre inférieure, puis acquiesça, avant de me donner un nouveau ballon, en mains propres cette fois-ci, et resta planté à mes côtés. J'étais sûre que c'était pour me déconcentrer, et cela fonctionna.

Je tentai tout de même de faire abstraction de sa personne, en me demandant ce que j'allais bien pouvoir répondre à cette question, dans le cas où je perdrais.

Je lançai finalement le ballon et criai à nouveau ma joie lorsqu'il atterrit dans le panier. Cette fois-ci, je m'accordai la chanson de la victoire, ayant la furieuse envie de danser autour de lui pour bien lui montrer que ses tentatives de déconcentration ne fonctionnaient pas.

— Ce n'est pas si compliqué en fait, dis-je entre deux chansonnettes.

Il regarda le panier aussi sûrement que s'il le prenait pour un traître.

— Apparemment, non.

Réfléchissant à ma prochaine question, je me rendis compte que ce garçon était très fort : non seulement il n'avait pas vraiment répondu à ma première question, mais en plus il m'avait fait bien plus parler que je n'aurais dû.

Je me tournai vers lui et reculai d'un pas, le voyant un peu trop proche, puis lui dis :

— Tu n'as pas vraiment répondu à ma première question...

— Peut-être que j'espère que tu le découvriras par toi-même.

Mon esprit bugga légèrement, mais je me repris rapidement et fis comme si je n'avais rien entendu.

— Je vais t'en poser une autre. Pourquoi le basket ?

— Parce que je ne connais que ça.

— Comment ça ?

Des tonnes de questions m'envahirent l'esprit, mais en voyant son sourire espiègle je compris. Il me faudrait marquer un autre panier.

Il me tendit un ballon, avec un regard calculateur, puis se positionna de nouveau à mes côtés et attendit silencieusement.

Je me concentrai. Lorsque je lançai le ballon, il se racla la gorge bruyamment, me faisant louper mon lancer.

— Tu l'as fait exprès ! C'est de la triche !

Il rit en levant les mains au niveau des épaules, puis secoua la tête.

— J'avais un truc coincé dans la gorge.

— Truc de la connerie, grognai-je, boudeuse.

Oui, j'étais mauvaise joueuse, mais surtout, très mauvaise perdante. Il rit à nouveau, puis alla prendre un ballon qu'il fit tourner sur un doigt avant de le prendre à deux mains.

— Pourquoi es-tu venue ce soir ?

Zut ! Je n'avais réfléchi qu'à la question précédente, je ne m'attendais pas à celle-ci !

Me balançant d'un pied sur l'autre, je haussai les épaules en fixant le panier. Sa personnalité était bien trop perturbante.

— Je ne comptais pas venir, parce que je n'en voyais pas l'intérêt, mais avec tous tes petits mots dans mon casier la curiosité a eu raison de moi, et me voilà !

— Donc tu vois finalement un intérêt à être ici ?

Je secouai la tête, refusant de répondre. Il sembla contrarié de se faire prendre à son propre jeu. Son regard changea légèrement, sans que j'arrive à le qualifier, mais j'eus la sensation qu'il avait une idée derrière la tête.

Il avança vers moi avec le ballon en main.

— Recule, m'intima-t-il à voix basse.

Il me donna le ballon, puis s'écarta de moi et défit le bouton de sa veste avant de l'enlever.

J'eus la stupide envie de soupirer, et encore plus lorsqu'il desserra légèrement sa cravate. Ce qu'il pouvait être sexy !

Je me demandai vaguement ce qu'il avait en tête, mais restai silencieuse, appréciant simplement la vue qu'il m'offrait. Sa chemise noire épousait à la perfection son corps, dessinant ses bras, son torse. Toute femme apprécierait ce que je voyais.

Cet homme est dangereux, me dis-je encore une fois.

— On change les règles du jeu.

— Ah bon ?

— Oui. Étant donné que tu sais marquer des paniers, je vais te compliquer la tâche. Tu devras marquer contre moi.

— Ça aussi, c'est de la triche. Tu mesures quoi ? Deux mètres ? En plus, tu es un professionnel et moi non.

Ça sentait la défaite à plein nez.

— Je ne fais pas deux mètres et je te promets d'être fair-play.

Je levai les yeux au ciel, sachant bien que cette nouvelle règle de jeu était tout sauf fair-play. Mon air défaitiste le fit sourire.

— Prête ?

Il posa les mains sur ses genoux, prêt à défendre le panier. Il observait le moindre de mes mouvements, m'intimidant réellement. Il était calculateur, et moi j'étais tout simplement foutue.

Positionnée sur la ligne de tir, je fis rebondir la balle au sol maladroitement avant de me dire que la seule façon de gagner était de le tromper sur mes intentions.

Attrapant la balle à deux mains, je l'observai furtivement, toujours dans la même position, le corps tendu, et eus envie de figer l'instant simplement pour garder un souvenir. Puis, me décidant, je fis mine de tirer, ne le fis pas, avant de lancer réellement.

Ma feinte le déstabilisa et, même s'il sauta, il eut un temps de retard. Je hurlai ma joie lorsque je marquai le panier, exactement comme si je venais de gagner la Coupe du monde à moi toute seule.

Un jour, lorsque je serais vieille et ridée, je pourrais dire à mes petits-enfants que j'avais marqué un panier contre un professionnel…

— Putain, jura-t-il doucement. Je n'y crois pas.

Il se frotta l'arrière du crâne en me regardant aussi curieusement que si je représentais la plus grande énigme qu'il ait jamais vue.

Mes applaudissements pour moi-même firent écho à ceux du vigile, qui résonnèrent doucement à mes oreilles. L'ayant oublié, je souris d'autant plus en me tournant vers lui, puis lui fis une révérence.

Je narguais Kylian comme je le pouvais…

Ce dernier reprit rapidement sa position initiale, me regardant avec la même assurance qu'un défenseur de rugby. J'eus l'impression qu'il allait me tacler d'une seconde à l'autre.

— Encore, me dit-il alors que je n'avais pas posé de question.

Je me repositionnai sur la ligne de tir, essayai une deuxième fois ma feinte mais, au lieu de lancer le ballon, je courus en le dépassant par la droite, tout en dribblant.

Je compris que quelque chose clochait lorsque le ballon ne rebondit plus jusqu'à ma main.

J'entendis très vaguement le rire de Kylian, avant qu'il fasse ricocher la balle au sol et qu'il saute pour marquer.

Cette andouille s'accrocha même au panier, réellement satisfait.

Je récupérai le ballon, agacée d'avoir perdu, et repris ma position initiale, prête pour un nouveau tour, en essayant rapidement de reprendre mon souffle.

Je refis le même schéma, passant de l'autre côté, mais il l'intercepta au vol, me faisant crier de frustration.

Lorsqu'il se retourna pour marquer, je tombai au sol en me tenant la cheville.

— Aïe !

Il faut vraiment que je revoie mon jeu d'actrice, pensai-je en grimaçant.

Kylian s'arrêta et avança vers moi rapidement, le ballon à la main. Je fus surprise qu'il tombe aussi facilement dans mon piège et eus la stupide envie de rire.

Il s'agenouilla près de moi mais, avant qu'il puisse poser la main sur ma cheville, je le repoussai en arrière, récupérai la balle en me levant, puis courus jusqu'au panier.

Je tirai une première fois mais ratai sous la crainte de le voir débouler d'un instant à l'autre, puis une seconde fois en marquant pour de bon.

Je levai les bras au ciel, complètement heureuse d'être une tricheuse.

Me tournant vers Kylian, je le vis toujours assis par terre, les bras entourant ses genoux, avec une expression que je n'arrivais pas à interpréter. Peut-être quelque chose entre un sourire vaincu et conquis à la fois.

Abandonnant le jeu, je vins m'asseoir en face de lui, l'observant entièrement. Sa chemise marquait son corps bien trop magnifiquement à mon goût. Retrouvant son regard chaleureux, il garda le silence, se contentant de m'observer aussi, ce qui me mit mal à l'aise.

— Je n'ai jamais dit que je serais fair-play aussi, finis-je par dire pour briser ce silence oppressant.

Il acquiesça en souriant.

— Je prends note. (Il continua de m'observer, ce qui faillit me rendre folle, et poursuivit.) À la vue de ton sourire, est-ce que je peux en déduire que tu t'es amusée ?

— Hm... Oui, on peut dire ça.

— Mais je ne te connais pas encore comme je le souhaiterais.

Je détournai la tête et tombai sur le vigile. Ou comment changer de sujet...

— Pourquoi il reste là ?

Kylian suivit mon regard, avant de répondre :

— Pour assurer la sécurité.

Je me mordis la lèvre inférieure, tentant tant bien que mal de retenir ma bêtise à l'intérieur de ma bouche, mais ce fut plus fort que moi.

— C'est bon, James Bond, vous pouvez y aller, je ne vais pas lui sauter dessus !

Je fus satisfaite de voir le vigile éclater de rire en levant la main. Kylian ne rigola pas, mais m'observa d'un œil bien trop attentif à mon goût. Il était beaucoup trop déstabilisant pour moi, je ne savais même plus pourquoi j'étais présente.

J'avais réussi à détourner une fois de plus la conversation, mais avec mes écarts de conduite je sentis que Kylian arrivait à lire entre les lignes. J'eus l'impression qu'il connaissait les moindres de mes pensées et sentiments, ce qui était terriblement angoissant et excitant à la fois.

Il fallait que je m'éloigne de lui. Ce qu'il me faisait ressentir ne me ressemblait pas vraiment…

7

Cherchant quoi faire pour me soustraire à son regard, je décroisai les jambes, puis sentis qu'il allait parler. Je le devançai :

— Tu n'avais pas une soirée après le match ? C'est-à-dire, tout de suite ?

— Si, en effet, mais je suis là, avec toi.

Et non avec Talina, eus-je envie de dire. Ce point attisait bien trop ma curiosité pour que je ne pose pas la question.

— Tu devais t'y rendre avec Talina… ?

— Ta collègue ? (Il sourit en plissant les yeux, comme s'il analysait ma question-affirmation, avant de répondre.) Non.

— Alors pourquoi est-elle là-bas ?

— C'est Morgan qui la voulait.

Je fouillai dans mes souvenirs à la recherche d'un Morgan, sans succès. Kylian me rafraîchit la mémoire.

— Au restaurant, celui qui a mis la musique.

— Oh ! oui, je me souviens maintenant.

Je souris en me demandant comment devait se passer la soirée de ma collègue.

Elle qui avait l'habitude de sortir avec des hommes riches et mûrs, elle était à présent embarquée avec un garçon qui semblait fou furieux – enfin, ce n'était que mon avis.

— Tu veux y aller aussi ?

Me sortant de mes pensées, je jouai l'idiote.

— Où ça ?

— À l'after. J'ai pensé t'inviter, mais…

Il fouilla dans sa poche et en sortit deux bracelets. L'un bien masculin, dans une matière qui ressemblait fortement à de l'acier, et l'autre en diamants.

Combien de loyers pouvais-je payer avec ce bijou ?

— … Je me suis dit que tu n'apprécierais peut-être pas d'être prise en photo entourée de personnes fortunées.

Je souris, légèrement surprise.

— Finalement, tu me connais plutôt bien.

— Parce que je suis bon observateur. J'aimerais maintenant découvrir ce qui se trouve en dessous de la carapace.

Ignorant ma gêne, il déposa un des bracelets au sol, avant de prendre mon poignet pour m'y accrocher le second, mais j'écartai rapidement ma main.

— Je ne veux pas porter ce genre de bijoux.

— Ces bracelets sont les titres d'entrée pour la soirée. Le bénéfice va à une association sportive. Ce ne sont pas de vrais diamants.

Il haussa un sourcil, comme pour me défier de le repousser une nouvelle fois, avant de reprendre mon poignet pour attacher le bijou.

Je me laissai faire, figée par la sensation de ses mains sur ma peau. Un simple contact qui me mit plein d'images inspirantes en tête.

Observant son visage, je le vis concentré sur le petit fermoir qui semblait lui donner du fil à retordre. Patient, il fronça légèrement les sourcils, approchant mon poignet de ses yeux, comme si voir de plus près l'aiderait avec le loquet.

Lorsqu'il parvint enfin à me l'attacher, il referma ses grandes mains autour de la mienne, puis déposa les lèvres sur la base de mon pouce, avant de me libérer.

Est-ce que si je posais mes lèvres à l'endroit qu'il venait d'embrasser cela reviendrait à l'avoir embrassé par procuration ?

Stupide pensée.

— Où as-tu appris à jouer au basket ? me demanda-t-il en m'arrachant à ma réflexion.

J'écartai toutes pensées et tous sentiments étranges et me concentrai à nouveau sur lui.

— Je ne sais pas jouer au basket. Je ne comprends rien aux règles du jeu, mais mon frère aimait bien faire des paniers quand nous étions plus jeunes, et je jouais avec lui souvent. Je suppose que c'est comme le vélo, ça ne s'oublie pas.

— Donc tu as un frère ? Et tes parents ? Comment sont-ils ?

Je mis pas mal de temps à répondre, trouvant sa question très bizarre. Je supposai qu'en sachant comment étaient mes parents il en saurait beaucoup sur ma propre personne. J'hésitai avant de répondre :

— Très aimants, je dirais. Ils sont fous.

— Fous ?

Je souris en pensant à eux, puis acquiesçai.

— J'ai tendance à toujours me plaindre d'eux, parce qu'ils ont le chic pour me mettre la honte partout où nous allons ensemble, mais je ne les changerais pour rien au monde.

— Tu les aimes.

Je ne répondis pas, parce que ce n'était pas une question, mais cette remarque curieuse me fit me poser beaucoup de questions.

— Et toi ? Tes parents ?

Il plissa les yeux, me fixant singulièrement comme pour mieux me percer à jour. Il semblait un peu surpris, mais bien plus encore amusé.

— Tu pourrais avoir la moitié des réponses à tes questions sur Internet, mais tu ne sembles pas avoir cherché. Pourquoi ?

— Je suppose que ça ne m'a pas traversé l'esprit.

C'était vrai. Pourquoi étais-je si stupide de n'y avoir pas pensé ?

— Pourquoi travailles-tu au Vandôme ?

Il avait réellement le chic pour esquiver et contourner toutes mes questions. Je fronçai les sourcils en me demandant si je n'avais pas mis les pieds dans le plat, et si Kylian avait une famille, avant de répondre :

— Nous ne sommes pas tous fortunés. Il faut que je paye mes études, mon loyer, les charges de tous les jours et mes sorties. Voilà pourquoi.

— Tu fais des études de masseur-kinésithérapeute, tu comptes te spécialiser ?

Comment pouvait-il savoir tout cela ?

J'avais vaguement l'impression d'être en pleine interview, c'était assez étrange, mais je me prêtais au jeu, me promettant de lui faire cracher toutes les réponses à mes questions ensuite.

— Je ne sais pas encore si je veux me spécialiser. Je pourrais arrêter la première année, puis travailler dans un hôpital, passer des concours ou ouvrir un cabinet, pour l'instant je n'en ai aucune idée.

— Ou bien, tu pourrais continuer et faire un stage d'apprentissage chez les sportifs de haut niveau, par exemple.

Cette idée ne m'avait jamais traversé l'esprit, le cercle des athlètes était très sélect et fermé.

Au sourire qu'il me fit, je compris que ce qu'il venait de me dire était plus une suggestion-proposition qu'une simple idée.

Décidant que nous avions assez parlé de moi, je lui lançai un regard qui, je l'espérais, le dissuaderait de détourner à nouveau la conversation.

— Tu m'as dit que tu ne connaissais que le basket. Qu'est-ce que tu voulais dire ?

Il haussa les épaules et me répondit en me regardant droit dans les yeux :

— Que je tiens un ballon depuis que je sais marcher.

Comment faisait-il pour soutenir ainsi mon regard, alors que je n'y arrivais pas ? C'était très agaçant.

— Et comment es-tu arrivé jusqu'ici ?

— Ma mère m'a toujours poussé au-delà de mes espérances. Elle m'a inscrit très jeune dans des clubs de basket, puis s'est démenée pour ramener les gros bonnets de la Ligue française me voir jouer. De fil en aiguille, je me suis amélioré et j'ai gravi les échelons.

— Ta mère doit être quelqu'un de bien.

Kylian se leva et replaça les manches de sa chemise.

Il ne laissa rien paraître, mais je ressentis que parler de lui et de sa famille le mettait mal à l'aise.

Mon Dieu ! Ce garçon rempli de mystère allait me faire mourir de curiosité.

Au moins, il avait une mère. Je me demandais à quoi elle pouvait ressembler… Ça devait être quelqu'un de bien pour qu'elle ait réussi à emmener son fils jusqu'en haut de l'échelle.

Mes parents étaient plus du genre à se ficher de ce que je pouvais faire de ma vie. Même si je partais à l'autre bout du monde pour vivre comme les hippies des années 1970, cela leur conviendrait, du moment que je faisais ce qui me plaisait et que j'étais heureuse.

Kylian récupéra un ballon, le fit rebondir au sol plusieurs fois, avant de me lancer un nouveau regard de défi.

Je craquais complètement.

Son regard déstabilisant et son charme naturel me frappaient d'autant plus qu'il était habillé chiquement. Je l'avais observé toute la soirée mais, à chaque fois que ses yeux se posaient sur moi, c'était comme si un bus me renversait. Il me rendait complètement dingue.

— Une dernière partie ? me demanda-t-il toujours avec ce même regard de défi.

Avec plaisir, me dis-je sans l'annoncer à voix haute.

Je me relevai, contente de retrouver un terrain plus neutre.

Alors que j'arrivais à sa hauteur, il dribbla en me faisant comprendre qu'il attendait que je lui prenne la balle. Je me préparai psychologiquement à perdre, car j'étais sûre que le coup de la cheville tordue ne fonctionnerait pas une seconde fois.

J'avançai vers lui, tentai de lui prendre le ballon, mais il me tourna le dos, m'éloignant de mon but.

J'en profitai pour mater son derrière. J'en imaginai la dureté, avant de me ressaisir. L'objectif était d'attraper le ballon et non ses fesses bien rondes.

Je tentai de le contourner, mais il me bloquait de son large dos. Alors, ne sachant pas comment faire et commençant à m'impatienter, je passai un bras autour de son ventre, tandis que de l'autre je tapais sur son bras sans ménagement, mais cela ne changea absolument rien.

Je me figeai lorsque je compris que j'avais un contact un peu trop rapproché avec lui.

Mes mains se sentaient pourtant bien là où elles se trouvaient, sur son ventre ferme. Le nez collé à son dos, je respirai son odeur discrètement en souriant, avant de faire un pas en arrière à regret.

Retrouvant mon espace vital, je croisai les bras sur ma poitrine, ne trouvant plus ce jeu drôle du tout.

Voyant mon visage contrarié, il sourit et me lança le ballon.

— On échange.

Mon sourire revint instantanément et, attrapant le ballon à deux mains, je me mis à courir jusqu'au second panier à l'autre bout du terrain.

Malheureusement pour moi, le panier était super loin, et je fus vite essoufflée.

J'entendis les pas souples et rapides de Kylian dans mon dos, ce qui me fit angoisser et rire à la fois.

Bien vite, il arriva à ma hauteur, passa un bras autour de ma taille et récupéra le ballon, sans toutefois me lâcher.

Je me laissai aller contre lui en éclatant de rire sachant que, quoi que je fasse, je perdrais.

Le son de son rire glissa dans mes oreilles et je fus surprise de le trouver aussi mélodieux. C'était la première fois que je l'entendais véritablement.

Je l'adorais.

Voyant qu'il ne me lâchait pas, je repris mon sérieux, puis m'écartai de lui.

Je tâtai discrètement l'endroit de mon ventre qu'il avait touché pour savoir ce qu'il avait bien pu sentir sous ses doigts. Alors qu'il était ferme, j'étais plutôt molle, ce qui me fit grimacer.

Bien sûr, maintenant qu'il avait de nouveau le ballon, je me demandais une fois de plus comment j'allais pouvoir le récupérer sans lui sauter dessus.

Il dribbla en continu, comme pour mieux me narguer.

Restant droite comme un I, je l'observai, agile, rapide et sûr de lui. Je n'avais aucun moyen de lui reprendre cette balle, sauf si je réussissais à le déstabiliser.

— Qu'est-ce que tu attends de moi, au juste ?

Mon but était de le faire parler jusqu'à ce qu'il en oublie notre jeu.

— Pourquoi penses-tu que j'attends quoi que ce soit ?

— Parce que tu m'as laissé quatre mots dans mon casier, en insistant pour que je vienne au match de ce soir. Tu m'as dit que c'était pour apprendre à me connaître, mais ensuite ? Qu'est-ce que tu veux ?

Il attrapa le ballon à deux mains, puis le bloqua sous son bras.

— Pourquoi ne pas simplement voir où les choses nous mèneront ?

— J'aime savoir dans quelle direction je vais.

Je m'approchai de lui de quelques pas, ignorant l'excitation et l'appréhension qui me gagnaient à cause de cette conversation.

— Tu ne veux pas savoir à quoi je pense, affirma-t-il. (Il ne me quittait pas des yeux, comme s'il jaugeait ma réaction.) Et tu ne veux pas savoir non plus quelles sont mes intentions.

On aurait dit un psychopathe. Avais-je bien entendu ?

— Au contraire. J'aimerais savoir.

En fait, non, je ne voulais pas savoir, mais ma curiosité, elle, si.

— Disons plutôt que je ne veux rien te dire. Tu prendrais la fuite.

— Pourquoi ai-je la sensation que tu me connais parfaitement bien ?

Il haussa un seul de ses sourcils, énigmatique.

Il se mit face au panier, m'offrant presque le ballon, mais je ne tentai rien, bien plus intéressée par la tournure de la conversation.

— J'ai comme l'impression que tu as fait des recherches sur moi, continuai-je en m'arrêtant à ses côtés. D'ailleurs, comment as-tu su le genre d'études que je fais ?

— Je me suis peut-être renseigné sur toi. Peut-être que j'étais un peu trop pressé de te connaître.

— Tu es étrange.

— Parce que j'ai envie de te connaître ?

Il se tourna vers moi et plongea le regard dans le mien, sincèrement curieux de ma réponse.

— Oui.

— Pourquoi ?

— Parce que tu pourrais avoir une vie trépidante. Au lieu de ça, tu passes le reste de ta soirée avec une étudiante lambda, dont la vie est totalement classique.

— Et si je te disais que je trouve cette soirée avec toi bien plus intéressante que n'importe quel after, par exemple ?

— Je te confirmerais que tu es très étrange.

— Et si je te disais que j'aimerais rendre ta vie trépidante ?

— Tu serais toujours aussi étrange.

— Et… Si je te disais que je ne pense qu'à toi depuis que je t'ai rencontrée ?

Mon cœur s'arrêta pour mieux repartir. Je pris une longue inspiration, essayant de contrôler la bouffée de chaleur qui m'envahissait, avant de répondre :

— Je dirais que c'est cette conversation qui devient étrange.

Il sourit sincèrement, puis se passa la langue sur les lèvres sans jamais me quitter du regard.

Je me sentis fondre une nouvelle fois. Je pourrais facilement me perdre, et perdre le fil du temps, dans ses yeux.

— Je suis trop direct pour toi ?

Touché !

— Non, mentis-je. Mais je ne comprends pas pourquoi moi.

— Ton attitude, ton corps, ton sourire m'ont d'abord fasciné et intrigué. À présent, ta manière de te comporter, ton rire, tes complexes… Tout ce que je découvre me plaît.

Mon Dieu ! Ce garçon n'y allait vraiment pas par quatre chemins. Je n'en revenais pas de ce que j'avais entendu. J'imaginai un instant lui dire le fond de ma pensée aussi ouvertement qu'il venait de le faire et me sentis rougir.

— Et ça, continua-t-il. Lorsque tu penses à quelque chose qui te paraît absurde et que tu te mets à rougir…

Il tendit la main et me caressa la joue, exactement comme le jour de notre rencontre. Je me perdis dans son regard noisette, ne sentant plus rien d'autre que sa main sur mon visage.

Ses lèvres s'étirèrent un peu plus, ce qui me fit reprendre mes esprits.

J'en profitai pour taper dans le ballon, qu'il perdit sous le coup de la surprise. Je le contournai puis récupérai la balle, avant de lui refaire face. Il semblait réellement amusé et poursuivit :

— Et cette manière de toujours échapper à un instant de sérieux. Ça me donne encore plus envie de recommencer et de dire plein de choses pour savoir comment tu comptes te sortir de la situation.

Je souris en sachant qu'il m'avait parfaitement bien cernée, alors que moi pas du tout.

Du moins, pas encore.

Je fis rebondir le ballon au sol puis avançai dans sa direction. Kylian se trouvait en dessous du panier, alors je fis un pas de plus, m'apprêtant à sauter pour marquer, mais il m'attrapa par la taille et me souleva à hauteur du panier.

Je m'étranglai presque, paniquant à l'idée qu'ainsi il avait la pleine conscience de mon poids. Cela me gênait au plus haut point.

Je mis tout de même le ballon dans le filet – autant en profiter – puis lâchai :

— Repose-moi au sol.

Il s'exécuta, me faisant redescendre doucement dans ses bras.

Je sentis mon corps glisser contre le sien, ce qui faillit réellement me faire tomber dans les pommes. Cet homme était bien trop beau, bien trop sexy, bien trop tout, pour que je puisse rester de marbre.

Il me garda un instant contre lui et chuchota :

— Tu as gagné.

Il me reposa au sol, alors que je ne m'étais toujours pas remise de mes émotions.

Il savait me rendre folle.

À cet instant, j'aurais donné cher pour l'embrasser, mais je ne le fis pas. J'étais bien trop pudique pour faire le premier pas.

Mais, si je me sentais déjà comme ça alors qu'il me touchait, j'allais mourir foudroyée s'il m'embrassait, n'est-ce pas ?

Je reculai d'un pas en regardant mes pieds nus, les trouvant véritablement intéressants, avant de me souvenir d'un détail.

— Raph ! J'ai oublié de leur envoyer un message pour les prévenir de ne pas m'attendre…

Je trottinai jusqu'au bord du terrain où mes chaussures se trouvaient, Kylian sur mes pas.

— Ne t'en fais pas pour tes amis, j'ai envoyé quelqu'un les prévenir de ne pas t'attendre.

Surprise, je me retournai vers lui. Il semblait jauger à nouveau ma réaction comme s'il se rendait compte qu'il avait pris une initiative que je pourrais peut-être mal prendre. Ce n'était pas le cas, mais je gardai le silence encore un peu pour le faire douter, puis demandai :

— Et comment je fais pour rentrer chez moi maintenant ?

— Je te raccompagne.

Bien sûr. C'était tellement logique…

Est-ce que ce n'était pas un subterfuge pour savoir où j'habitais ?

Voilà qu'à présent je voyais des complots partout, sauf que…

Ce complot était très plausible et, au sourire qu'il me fit, je fus certaine que j'avais vu juste.

Cet homme était un loup furtif et irrésistible, qui semblait réussir à obtenir tout ce qu'il voulait.

Je ne savais pas encore comment, mais je comptais bien lui rendre la tâche délicate.

8

Le dimanche matin était généralement fait pour dormir. Bon d'accord, certains allaient à l'église, faisaient leur ménage ou leur jardinage, mais rien de tout cela ne valait une bonne grasse mat pour moi.

Le problème ? Mes voisins super bruyants ne pensaient pas la même chose. Ils mirent leur musique comme s'il était 4 heures de l'après-midi, coupant court à toute idée de nuit prolongée.

J'avais donc envoyé un message à Marie, qui avait rappliqué cinq minutes plus tard, les yeux totalement gonflés de fatigue.

À présent elle était entièrement réveillée, les yeux aussi ronds que des boules de billard.

— C'est tout ? Tu es en train de me dire qu'il t'a raccompagnée mais qu'il n'a rien tenté ? Pas de bisous ? Rien ?

Cela lui parut tellement irréel que je finis par me poser des questions à mon tour.

— Absolument rien, répondis-je en grimaçant. Il m'a déposée, m'a souhaité une bonne nuit, il a attendu que j'entre dans le bâtiment et ensuite il est parti.

— Tu es sûre qu'il n'est pas gay ?

Je ris en secouant la tête.

— Sûre. Il est peut-être ce qu'on appelle un gentleman.

Elle me lança un regard si perplexe que je redoublai de rire. Elle finit par s'étirer, puis se leva.

— Je peux t'emprunter ta douche ?

J'acquiesçai et attendis qu'elle s'enferme dans la salle de bains pour attraper mon ordinateur portable. Je fis ce que j'aurais dû faire il y a déjà plusieurs jours de cela. Je tapai « Kylian Foster » dans la barre de recherche et tombai instantanément sur d'innombrables articles.

Je cliquai sur l'onglet des photos et souris en le voyant poser pour plusieurs grandes marques, comme pour des chaussures ou des lignes de vêtements de sport.

Il y avait pas mal de photos de lui pendant les matchs de basket, dont certaines le montraient beaucoup plus jeune.

Je cessai de sourire lorsque je vis une série de clichés pris lors de soirées, avec des filles toujours différentes au bras. Différentes, mais pas si différentes en fin de compte.

En faisant la comparaison, toutes ces filles avaient certains critères communs. Elles étaient toutes blondes, minces, grandes, avec un visage qui rivalisait avec celui de Barbie.

Le problème n'était pas qu'il se trouve toujours avec une fille différente, mais que ces femmes soient l'exact opposé de moi. J'étais brune, pas vraiment grande, avec des rondeurs…

Je me demandai à nouveau ce qu'il attendait de moi.

Je retournai sur les pages web, tombai sur sa description complète sur le site de l'équipe de France, ses points et son parcours sportif. Ainsi, j'appris qu'il avait vingt-sept ans, donc deux ans de plus que moi.

Sur un autre site, j'appris qu'il faisait partie de la sélection des futurs joueurs potentiellement candidats pour la League de basket-ball américaine.

Ce garçon ira loin, me dis-je.

Une petite part de moi se demandait ce que je pourrais bien faire dans sa vie déjà bien remplie. Pensée que j'écartai rapidement.

Je tombai ensuite sur plusieurs sites qui divulguaient ses relations amoureuses tumultueuses, ce qui me fit légèrement grincer des dents. J'étais consciente que les sites étaient des promoteurs à potins infondés, mais je ne pus m'empêcher de ressentir une certaine jalousie.

Je refermai l'ordinateur brutalement, m'arrêtant dans mes recherches qui m'énervaient plus qu'autre chose.

— Je suppose que tu viens de faire des recherches sur Foster ?

Je sursautai en me tournant vers Marie qui avait dû regarder par-dessus mon épaule. Enfermée dans ma recherche, je ne l'avais même pas entendue sortir de la salle d'eau.

— Oui.

— Pourquoi tu es aussi contrariée ?

— Ce que j'ai vu et lu m'a légèrement refroidie.

— Qu'est-ce que tu imaginais, Gab ?

Je fronçai les sourcils, ne m'attendant pas à cette réplique.

— Tu savais qu'il ne sortait qu'avec des pimbêches blondes ?

Elle se laissa tomber à mes côtés et haussa les épaules.

— J'ai fait des recherches, oui.

— Pourquoi tu ne m'as rien dit ?

— Attends une minute… Tu espères quelque chose de sérieux avec lui ?

J'observai mon amie et me sentis mal à l'aise. Le sens de cette conversation me contrariait.

— Je ne sais pas. Non, je n'espère rien du tout.

Pourquoi me sentais-je si stupide, mais surtout aussi naïve ?

— Gab, c'est un basketteur professionnel, me dit-elle comme pour me rafraîchir la mémoire. Chaque semaine, il se trouve une nouvelle femme, tu ne peux pas attendre quelque chose de sérieux avec un type comme lui ! Je ne t'ai rien dit, parce que je pensais que tu voulais juste tenter une nouvelle expérience…

— Je n'attends rien de lui, Marie, répétai-je pour mettre les choses au clair, en me sentant tout de même agacée. Mais je ne pensais pas qu'il avait un type de femme précis. Pourquoi faire tout ce cinéma avec moi, dans ce cas ?

Je soupirai, déçue encore une fois. Comment pouvais-je

rivaliser avec des Barbie ambulantes ? Mon humeur ne cessait de faire des loopings, me fatiguant sincèrement.

— Il est jeune, célèbre et friqué, énuméra-t-elle pour finir de m'achever. Il n'est forcément pas sérieux. Prends ce qu'il te donne et passe à autre chose.

Avais-je le droit de détester ma meilleure amie pour toutes ces vérités qu'elle m'exposait ?

Je voulais bouder. Étant donné que Kylian n'était pas présent, je comptais faire du boudin à Marie, qui devrait se coltiner ma mauvaise humeur tout le reste de la journée.

Pourtant, j'eus l'impression qu'elle venait de m'ouvrir les yeux et je devais bien avouer qu'elle n'avait pas tort.

À quel moment avais-je été aveuglée par ce garçon ?

Bon sang ! Il était vraiment temps que je me ressaisisse.

Je retournai cependant plusieurs fois sur les sites parlant de Kylian, comme pour mieux m'achever.

Ma mauvaise humeur fut encore amplifiée quand j'arrivai au Vandôme, car Samuel ne trouva rien de mieux à faire que de me convoquer pendant une décennie dans son bureau, pour un prétendu problème avec ma fiche de paye.

Problème inexistant.

Je fis donc mon service l'estomac vide. Je restai cependant professionnelle avec mes clients, mais ne pensais qu'à retrouver mon lit pour que cette journée s'achève au plus vite.

En fin de service, Raphaël me posa plein de questions auxquelles je ne répondis pas, ce qui le fâcha aussi.

Au moins, je ne boudais plus toute seule.

Dans les vestiaires, j'eus droit à la tirade de Talina sur sa soirée des plus étranges. Ce fut la seule chose qui me remonta le moral.

— Ce type est fou ! s'écria-t-elle en gesticulant en sous-vêtements, parlant de son cavalier de la veille. Il se fiche de tout et de tout le monde. Il m'a même fait danser sur du rap ! Du rap, Gaby !! J'aime bien ce style de musique, mais moins glamour, il n'y a pas. J'ai cru mourir de honte. Si encore il savait danser… Mais non !

Je rigolai sans pouvoir m'arrêter, regrettant de ne pas avoir été témoin de la scène. Elle continua en ignorant mes larmes d'amusement.

— J'avais dit que je voulais un joueur de basket mais, s'il danse à l'horizontale aussi mal que sur la piste de danse, je suis foutue.

Je haussai les sourcils, surprise qu'il ne se soit rien passé entre eux la veille.

Talina acquiesça en voyant mon regard.

— Je te l'ai dit ! Ce Morgan est fou ! Il a tellement bu que c'est moi qui l'ai raccompagné ici même. C'est moi qui ai conduit ! Gaby… C'était la pire soirée de ma vie.

Je repartis en fou rire, finissant par m'affaler sur le banc, sans même réussir à enlever mon haut entièrement.

— Merci, Tal, soupirai-je en reprenant mon sérieux.

— Pourquoi ?

Elle enfila une robe-pull, replaçant ses magnifiques cheveux couleur feu, en croisant mon regard dans le miroir.

— De me faire rire.

— De rien, chérie. Le pire, c'est qu'il veut qu'on remette ça. S'il ne m'avait pas offert un bracelet qui vaut un paquet de thune, je l'aurais planté comme il se doit.

Je me figeai, me souvenant parfaitement qu'elle avait porté un bracelet semblable à celui que m'avait offert Kylian, mais il m'avait bien précisé que ce n'étaient pas des diamants. Je pris donc peur.

— Quel bijou ?

— Celui que je portais hier. C'était le pass d'entrée de la soirée. Je l'ai vendu ce matin à mon revendeur. J'en ai soutiré pas loin de quatre mille euros.

Je me sentis devenir blême. Portant la main à mon poignet autour duquel se trouvait toujours le bracelet, je me rendis compte que Kylian m'avait menti.

— Tu en fais une tête ! (Talina vint s'asseoir à mes côtés, puis regarda mon poignet.) Gaby ! Où as-tu eu ça ? Je ne t'ai pas vue à l'after ! Mon Dieu ! C'est le bracelet au-dessus de la gamme du mien. Il y avait plusieurs tailles, et celui-ci était en deuxième position sur la grille des tarifs. C'est Foster qui te l'a offert ? Tu pourrais facilement en toucher le double de ce que j'ai eu…

J'allais tourner de l'œil.

— … Je serais presque jalouse. Raph a raison : tu as le cul bordé de nouilles. Gaby, ça va ?

Je pris une grande inspiration et réussis même à sourire.

— Ouais… Ça va.

— D'accord. On en reparle demain, j'ai un rendez-vous ce soir, que j'espère beaucoup plus calme que ma soirée d'hier. Tu me diras si tu veux le numéro de mon revendeur. À demain !

J'acquiesçai sans me rendre vraiment compte qu'elle quittait le vestiaire, me laissant seule dans la petite pièce. Mes yeux ne cessaient d'observer le bracelet.

Pourquoi Kylian m'avait-il menti ?

Il y avait une raison simple pour laquelle je détestais les fortunés, outre le fait que la plupart d'entre eux étaient du genre snob. Toute ma vie, l'argent avait toujours été un problème pour mes parents. Ils avaient bien failli se séparer pour cette raison. Pendant un temps, ils croulaient tellement sous les dettes qu'ils avaient failli vendre tous leurs biens pour que mon frère et moi puissions vivre correctement.

Tous ces riches ne savaient pas ce qu'étaient les problèmes d'argent, et ce genre de bijoux qui valent les yeux de la tête avait tendance à me hérisser le poil.

Je me déshabillai pour enfiler un jogging et un simple pull, avant de retirer le bracelet que je mis dans ma poche sans ménagement.

Refermant brutalement mon casier, je m'appuyai sur ce dernier un instant. Il y avait tant de mystères autour de Kylian que j'avais l'impression que ma tête allait exploser.

En sortant du vestiaire, je tombai sur Samuel, qui semblait m'attendre de pied ferme.

— Ferry…

— Il n'y a aucune erreur sur ma fiche de paye, Sam. Quand bien même ce serait le cas, est-ce que cela peut attendre demain ? J'aimerais juste aller me coucher.

— Je comprends, mais ton sommeil devra attendre. Suis-moi, sans ronchonner, s'il te plaît.

Mes épaules s'affaissèrent, mais la curiosité me donna la force de traîner ma carcasse sur les pas de Samuel, d'autant plus lorsque je vis qu'il montait les marches en direction du coin VIP.

Il s'arrêta à l'entrée du salon et me sourit. Je lui souris nerveusement en retour, c'était la première fois que je voyais le visage de mon boss s'illuminer.

J'étais sous le choc.

— Je savais que ce miracle arriverait tôt ou tard. Merci, mon Dieu, je suis encore en vie pour voir ça.

Samuel se rembrunit immédiatement, reprenant sa posture habituelle, les mains dans le dos, le visage strict.

— Tais-toi donc et entre dans la salle.

Fronçant les sourcils, je me demandai quel genre de bêtise j'avais encore fait pour qu'il me fasse ce sketch. Je m'exécutai néanmoins, puis me figeai en entrant dans le salon, plongé dans une semi-pénombre.

Au milieu de la salle, une table était dressée, près de laquelle Kylian se tenait. Debout, habillé simplement d'une chemise blanche et d'un jean sombre, il semblait hésitant et me sourit timidement.

Très loin dans mes pensées, une petite voix me répétait en boucle que j'étais habillée comme un sac. Je la fis taire et écartai les envies qui montaient en moi, comme celle de m'approcher de lui, simplement pour le voir de plus près, ou encore l'envie de le déshabiller du regard. Parce que je me rendais compte que quoi que Kylian puisse porter il était à tomber.

Je me fis violence pour rester neutre, avec un regard que j'espérais froid, avant de m'avancer lentement vers lui, tout en espérant qu'il comprendrait que je n'étais pas d'humeur à ses petits jeux. Et s'il attendait que je sois sa serveuse personnelle…

Espérons qu'il n'a pas cette idée en tête, me dis-je en resserrant les doigts autour des lanières de mon sac à main.

Il franchit la distance qui nous séparait, et je me fis de nouveau violence pour garder le regard dans le sien, car rien n'y faisait, même si j'étais contrariée, il gardait ce pouvoir sur moi.

Il posa la main sur mon épaule et la glissa le long de mon bras, avant de me prendre la main.

Je coupai le contact physique qui me brouillait les idées, puis récupérai le bracelet dans ma poche, que je lui mis dans la main.

— D'abord tu me mens, ensuite tu voudrais peut-être que je sois ta serveuse personnelle alors que mon service est terminé ? Je ne sais pas à quoi tu joues, Kylian, mais je ne suis clairement pas celle qu'il te faut, alors laisse-moi tranquille.

Je ne voulais pas parler directement de toutes ces femmes avec lesquelles il s'était fait prendre en photo. Ça me démangeait, mais je ne voulais pas passer pour une fille jalouse.

Trop tard, apparemment.

Ses sourcils se froncèrent, il semblait surpris. Je reculai d'un pas, prête à prendre la fuite, mais il récupéra ma main, qu'il tint fermement, m'empêchant de m'éloigner.

— De quoi tu parles ?

— Du bracelet. Il est en diamants, tu m'as menti.

Une lueur de clarté traversa son regard, et il fit une moue d'excuse et insista pour que je le garde.

— Je voulais seulement que tu acceptes mon cadeau.

Je le savais parfaitement, alors je passai à autre chose.

— Je ne compte pas te servir, ce soir. Si tu veux manger, tu commanderas au room service.

— Ce n'est pas pour moi, cette table, mais pour nous. Toi et moi.

Je le fixai, totalement surprise, avant de me tourner vers Samuel qui s'était approché, ne perdant pas une miette de notre échange. Mon boss acquiesça comme pour valider les paroles de Kylian, ce qui me fit complètement perdre le fil de mes pensées.

Replongeant dans son regard, je trouvai une lueur d'amusement, ce qui me fit craquer d'une tout autre façon.

— Je ne suis pas celle qu'il te faut, je ne comprends pas ce que tu veux de moi…

— Pourquoi dis-tu ça ?

La réponse restait bloquée dans ma gorge, à cause d'une peur stupide qui n'avait pas lieu d'être. J'avais peur qu'il s'imagine des choses qui étaient malheureusement fondées, comme ma jalousie.

— Je ne suis pas blonde.

Il resta quelques secondes silencieux, le regard totalement victorieux, avant qu'un sourire éclaire son beau visage. Je vis parfaitement qu'il avait envie de rire pour se moquer de moi. Je me sentis presque vexée.

Bon, d'accord, j'étais vraiment vexée.

— Tu as finalement fait des recherches sur moi ? constata-t-il en souriant.

— Parce que c'est drôle ?

S'était-il déjà pris un sac à main dans la figure ? Parce que l'envie de lui balancer le mien me démangeait.

— Non… Enfin, si, ça l'est. Tout d'abord, je me fiche de ta couleur de cheveux, je les aime tels qu'ils sont. Ensuite, je pensais sincèrement que je ne te plaisais pas mais, maintenant que je sais que tu as fait des recherches sur moi, je me dis que j'ai peut-être eu tort. Je te plais ?

— Je te déteste, plutôt.

Il sourit pleinement et se tourna vers Samuel.

— Elle m'aime.

Je m'étranglai en voulant un peu trop rapidement nier, ce qui redoubla le rire mélodieux de Kylian.

— Je plaisante, Gabrielle. Je ne sors pas qu'avec des blondes, contrairement à ce que tu as pu voir, ça ne reflète pas la réalité. Ces femmes qui ont défilé à mon bras, c'était pour le show, pour faire parler les médias. C'est une stratégie de ma mère, pour gagner plus d'argent. C'est une longue histoire.

— Que je veux connaître.

Il acquiesça et passa doucement un doigt sur ma joue.

— À présent que ces points sont éclaircis, pouvons-nous passer à table ?

Je souris, puis me regardai. Je me trouvais horrible dans mes vêtements trop grands, qui me grossissaient sûrement…

— Tu es parfaite comme tu es. (Il posa l'index sous mon menton et me releva le visage.) Tu es parfaite pour moi.

Il garda le regard braqué dans le mien, comme pour me laisser le temps de jauger sa sincérité. Aussi étrange que cela paraisse, je le crus.

Mais ne m'aveuglait-il pas ?

— Tu as faim ?

Je mourais de faim, dans tous les sens du terme…

9

C'était étrange de m'asseoir à la table des VIP, de manger ce qu'habituellement je servais, d'être observée par Kylian qui semblait boire chacune de mes paroles idiotes, fixer chaque mouvement que je pouvais faire, comme s'il réussissait à mieux me définir avec ce genre de petits détails insignifiants.

C'était troublant mais aussi enivrant.

Le plus étrange était d'être servie par Samuel en personne. Il n'en semblait pas ravi d'ailleurs, mais était aux petits soins avec Kylian.

Il ne répondit à aucune de mes remarques sarcastiques, m'ignorant comme il savait si bien le faire. Pourtant, je le vis bon nombre de fois tendre l'oreille pour écouter ce qu'on pouvait se raconter, à l'affût du moindre petit ragot. Malheureusement pour lui, la conversation qui s'était installée ne tournait qu'autour du basket et de mes études.

Je compris néanmoins plusieurs choses.

Je savais déjà que Kylian était quelqu'un qui obtenait tout ce qu'il voulait, mais ce soir, alors que nous étions en train de manger dans mon restaurant après sa fermeture, je compris que vraiment rien ni personne ne lui résistait. Pas même Samuel.

Ce qui m'amena à ma deuxième déduction : le complice de Kylian et de ses fameux petits mots dans le casier n'était pas un de mes collègues, mais mon supérieur lui-même.

Ce détail titilla bien trop ma curiosité pour que je le passe sous silence.

— Comment as-tu fait pour soudoyer Sam ? m'enquis-je en reposant mes couverts, le ventre plein.

Kylian avait déjà fini depuis un moment. Il ne savait pas manger doucement. D'ailleurs, il ne mangeait pas, il engouffrait tout, ce qui m'avait beaucoup fait rire.

— Je n'ai pas le droit d'en parler. C'était une des conditions pour qu'il accepte notre arrangement.

Je soupirai en plissant les yeux, me demandant si je pouvais à mon tour soudoyer Kylian pour qu'il m'avoue tout, mais je n'avais aucune carte dans mon jeu qui me permettrait de le faire plier.

En revanche, il me devait une explication…

— D'accord. Alors, est-ce que tu peux me raconter l'histoire autour de ta mère et de ces Barbie blondes ?

Il n'eut aucune expression explicite, mais je ressentis jusqu'au bout des doigts le frisson de mal-être que lui inspirait ma demande.

— On ne peut pas en parler plus tard ?

— Non.

Il sourit comme s'il s'était attendu à cette réponse, puis acquiesça en posant calmement les deux bras sur la table, comme si cette posture l'aidait à ne dévoiler aucune émotion. Il me fixa et m'expliqua sans jamais détourner le regard :

— Je t'ai déjà parlé de l'acharnement de ma mère concernant ma carrière. Elle a toujours tout fait pour que je sois dans les meilleurs clubs avec les meilleurs entraîneurs. Lorsque j'ai approché de la majorité, elle s'est mise en quête de sponsors qui nous feraient gagner de l'argent…

— Pourquoi dis-tu « nous » ? le coupai- je.

— Parce qu'elle est devenue petit à petit mon agent. Donc elle touche une commission sur ma rémunération.

C'était logique. Je posai les coudes sur la table et le menton sur mes mains croisées, lui signifiant qu'il avait toute mon attention et qu'il pouvait continuer.

— J'ai donc réussi à avoir mon premier sponsor un peu avant ma majorité, alors que je n'avais pas encore signé officiellement mon contrat chez les pros juniors et que j'étais toujours scolarisé. Là, ma mère a compris qu'on pouvait se faire pas mal d'argent avec la publicité. Je crois que c'est à ce moment-là qu'elle s'est transformée en une business woman ingérable. Depuis ce jour où j'ai signé le premier contrat avec une grande marque, ma mère n'a plus vu que l'argent.

— Et pas toi ?

— Ce qui m'importe, c'est le jeu. Bien sûr le confort que m'offre l'argent n'est pas négligeable, mais…

Il ne finit pas, ce qui me frustra beaucoup. Je sus que ce qui se trouvait au bout de la phrase le mettrait à nu et me dévoilerait ce qui se trouvait sous son apparence de maître du jeu.

Je suggérai donc :

— Elle ne te voit plus que comme un portefeuille sur pattes ?

L'expression que je venais de voler à Talina le fit sourire, puis il acquiesça.

— On peut dire ça, oui.

— Et l'histoire des filles ?

— Une autre idée de ma mère. Je ne sais pas trop comment elle s'y prend, mais elle a compris qu'en faisant parler les médias, en les poussant à mettre des photos de moi un peu partout, cela rapportait aussi de l'argent. Alors elle s'est mise en tête de me faire apparaître à n'importe quelle soirée avec une femme différente au bras, glissant un ragot totalement inventé à un des journalistes présents, qui est instantanément repris par d'autres. Cela fait couler de l'encre, et l'argent.

Tout son monde ne semblait tourner qu'autour de ça. Le

basket-ball pouvait être bien plus qu'un jeu. C'était tout un univers où l'argent avait pleinement sa place.

Une petite partie de ma jalousie refoulée se demandait si toutes ces femmes qui avaient défilé à son bras avaient aussi visité son lit.

Je ne poussai cependant pas le vice de mes questions jusque-là.

— Donc ta mère est très présente dans ta vie, conclus-je en observant sa réaction.

— Seulement quand elle y voit un intérêt financier.

Je continuai de l'observer, fière de réussir à garder les yeux dans les siens. Il semblait ne vouloir montrer aucune émotion, pourtant je savais au fond de moi que le sujet le rendait mal à l'aise.

Je repensai à sa question sur mes parents et à son intérêt quand je lui avais dit que je les aimais. Même si je me faisais une petite idée du personnage que pouvait être sa mère, je me demandais néanmoins à quoi elle pouvait ressembler.

Kylian resta neutre, comme détaché, mais j'eus quand même envie de le prendre dans mes bras.

Samuel revint aussi silencieusement qu'une ombre et débarrassa notre table. J'en profitai pour l'embêter et alléger l'ambiance.

— Un sourire peut-être ? Pour tes clients préférés ?

Il me lança un regard rapide, avec un seul sourcil haussé, avant de s'affairer à sa tâche.

— Le client est pourtant roi, bougonnai-je sous le regard amusé de Kylian.

— Monsieur Foster est un client. Toi, tu es mon employée, répondit Samuel avec le visage contrarié, mais souriant toujours à Kylian.

— Pas ce soir, Sam, contrai-je. Tu es mon serveur, donc je pourrais presque dire que c'est moi qui t'engage… Mon Dieu ! Deux miracles en une soirée, c'est beaucoup trop pour ma petite personne.

Mon boss me fixa, et je vis parfaitement l'instant où l'idée de vengeance lui traversa l'esprit. Je souris nerveusement, comprenant qu'il allait me le faire payer cher. J'étais foutue.

Kylian régla l'addition, puis remercia Samuel. Je me retins de faire une remarque désobligeante pour ne pas aggraver mon cas, même si ça me brûlait les lèvres.

Les deux hommes échangèrent quelques mots à voix basse, que je tentai d'intercepter sans succès, puis Kylian m'invita à le suivre, ce que je fis en saluant Samuel avec un respect inhabituel. Je fus presque sûre de le voir sourire et secouer la tête, mais il s'éclipsa trop vite pour que j'en sois certaine.

Dehors, une voiture noire aux vitres teintées s'arrêta au bord du trottoir mais, au lieu d'un de nos portiers, ce fut le vigile de la veille qui descendit et nous salua d'un signe de tête.

— Oh ! James Bond ! Comment allez-vous ?

Il passa la main sur son crâne rasé et me sourit, comme s'il se sentait mal à l'aise d'être au centre de l'attention.

— Je vais très bien, mademoiselle Ferry, je vous remercie. Avez-vous passé une bonne soirée ?

C'était définitif, j'aimais cet homme. Il rentrait dans la catégorie de mes gros nounours, qui comptabilisait mon père et à présent lui.

— Une très bonne soirée, oui, mais appelez-moi Gabrielle, ou Gaby, ou Gab.

Il acquiesça et jeta un coup d'œil à Kylian qui, lui, m'ouvrit la portière arrière de la voiture. Il me prit la main et m'invita à monter avec un sourire. Il attendit que je sois installée avant de s'asseoir à mes côtés.

James Bond monta devant et démarra, après que Kylian lui eut glissé mon adresse.

Je levai les yeux au plafond et remarquai que le toit était en fait une grande vitre. Je m'installai confortablement et observai les lumières de la ville.

La nuit, Paris était tout simplement magique.

— Tu veux qu'on fasse un tour avant de rentrer ? me demanda Kylian, légèrement tourné vers moi.

— Pourquoi pas ?

Je n'avais pas vraiment envie de rentrer. Je voulais encore rester avec lui, le regarder, lui parler, et j'avais terriblement envie de le toucher, mais j'avais l'impression que je n'en avais pas le droit.

Pas encore.

Il sourit, comme si ma réponse le satisfaisait, puis il parla à l'intention de James Bond, sans toutefois me quitter du regard.

— On ne rentre pas tout de suite. Faisons le tour de Paris.

On changea de direction, nous éloignant de ma résidence étudiante. Croisant le regard de Kylian, je lui demandai :

— James Bond n'est pas un simple vigile ?

— En effet. Appelle-le JB.

— JB ? Comme James Bond ?

Les deux hommes rigolèrent doucement, puis Kylian secoua la tête en me répondant :

— Comme Jean-Baptiste.

Je rigolai nerveusement, me sentant stupide. Pendant une fraction de seconde, j'avais sincèrement cru qu'il s'appelait comme le célèbre agent secret.

Le buste légèrement tourné vers moi, Kylian ne semblait pas se lasser de m'observer, alors pour essayer de me donner une contenance je continuai :

— Qui est-il pour toi ?

— Un ami.

— Un ami qui travaille avec toi…

— Oui. C'est le caméléon de l'équipe. L'homme qui résout tous les problèmes, et qui est parfois notre chauffeur, comme ce soir.

Je comprenais au ton de sa voix que Kylian le respectait sincèrement.

Je lui posai ensuite pas mal de questions sur ses journées,

ses entraînements. Je cherchais à en savoir un maximum sur lui, sans jamais oser poser de questions personnelles.

J'en oubliai James Bond, Paris et ses illuminations. J'en oubliai tout ce qui n'était pas nous.

Il me racontait une anecdote sur un des joueurs de son équipe, et je ne pus retenir un bâillement. Il me sourit, puis retrouva son sérieux.

J'avais déjà vu cette réaction d'hésitation dans ses yeux, mélangée à une envie qui m'était encore inconnue. Il avait une idée en tête, mais je n'eus pas le temps de me poser davantage de questions car il passa à l'action.

Comme toujours, sans me quitter du regard, il tendit le bras vers moi, détacha ma ceinture et me prit par la main.

— Viens près de moi, me dit-il en continuant de jauger ma réaction.

À mon tour, j'eus un instant de flottement, comme si j'avais mal compris sa requête – qui était plus un ordre qu'autre chose –, puis, mon cœur s'affolant légèrement, j'effaçai la distance qui nous séparait en glissant sur les sièges en cuir.

Une fois à ses côtés, je souris nerveusement, hésitant sur la posture à adopter, mais il ne me laissa pas vraiment le choix. Il passa un bras autour de moi et me cala contre lui.

Portant le regard vers la vitre, je ne cessai de sourire comme une imbécile en appréciant son contact ferme et assuré, puis fermai les yeux, parce que les illuminations me laissaient de glace, comparées à la chaleur et aux sentiments qui s'écoulaient librement en moi, telle une avalanche.

C'était tout ce qui comptait.

J'imprimais mentalement la forme de son corps, bien trop confortable. Ce garçon était tout ce que j'aimais et tout ce que je détestais. Il me faisait me sentir vivante et me terrifiait en même temps.

Silencieusement j'écoutais sa respiration, tandis qu'il jouait avec le bracelet qu'il m'avait offert.

De peur de m'endormir au chaud contre lui, je levai le visage vers lui et demandai :

— Qu'est-ce que tu attends de la vie ?

Il baissa le regard vers moi, passa la langue sur ses lèvres et regarda brièvement les miennes avant de me répondre :

— Je vis au gré de mes saisons de basket. Aujourd'hui je joue pour la Coupe d'Europe, ensuite je retournerai à Chalon, ou bien je partirai aux États-Unis… C'est toujours incertain.

Est-ce que cela voulait dire qu'il n'attendait rien de la vie ? Il n'avait pas vraiment répondu à ma question, mais une fois de plus je me demandais quelle place je pouvais avoir dans sa vie.

— Et toi ? Tu as réfléchi à ma proposition ?

— Ta proposition ? Quelle proposition ?

— De te spécialiser en seconde année.

— C'était une proposition ?

Il me sourit et haussa les épaules.

— Si c'est ce que tu souhaites, je pourrai t'aider à accéder à ce cercle relativement fermé. Tu ne seras pas obligée de choisir le basket, toutes les fédérations sportives recrutent des kinés…

Il laissa sa phrase en suspens, me regardant avec ses yeux noisette pétillants.

— Mais…, l'incitai-je à continuer.

— Mais tu serais très, très bien chez nous.

— Je te promets d'y réfléchir.

— Ça me va.

Je me calai à nouveau contre lui, le sourire aux lèvres.

— Et… (Je relevai la tête, curieuse.) J'aimerais savoir ce que tu accepterais de ma part.

— Comment ça ?

— Tu ne veux clairement pas de bijoux, alors qu'est-ce que tu aimerais ?

— La tour Eiffel, dis-je en rigolant lorsque je l'aperçus au loin. Ou bien Disneyland Paris !

Je le vis sourire et acquiescer à la fois.

— Donc, aucun cadeau…

— Tu as tout compris.

Il rigola brièvement, m'offrant à nouveau son rire chaud et mélodieux.

Me détendant confortablement contre lui, je vis sa main posée sur sa cuisse, ouverte, comme un appel silencieux. Il m'avait bien ordonné de venir contre lui, c'était donc sûrement dans mon droit de le toucher aussi.

Je glissai ma main dans la sienne, croisant mes doigts avec les siens, qu'il referma, avant de porter nos mains jointes à sa bouche.

Je ne savais pas dans quoi je m'embarquais, mais c'était plus qu'enivrant. Je me promis que tant que j'aurais les pieds sur terre tout irait bien…

Fermant les yeux, je me concentrai sur sa respiration et, sans m'en rendre compte, je m'endormis.

Je repris conscience quelques minutes ou quelques heures plus tard, je ne saurais le dire. Ce sont des voix qui me permirent de refaire surface.

Je reconnus celle grave et douce de Kylian, ainsi que celle plus chaude de James Bond.

— Assure-toi que ce soit réglé et qu'aucun journaliste ne soit dans les parages mais, surtout, laisse ma mère en dehors de tout ça, dit Kylian.

— Ce sera fait. Est-ce que nous la raccompagnons chez elle ?

— Non. Continue de rouler, elle a son premier cours tôt demain. Laissons-la se reposer un peu.

— Et toi ? s'enquit JB après quelques minutes de silence. Tu as entraînement de bonne heure. Le coach ne te loupera pas.

— Gary me couvre. Ne t'en fais pas pour moi.

Un nouveau silence s'installa. Je sentis que je n'étais plus contre le corps chaud de Kylian, mais que ma tête devait reposer sur ses cuisses. Ses doigts glissaient dans mes cheveux, repoussant sans cesse ma crinière en arrière.

Je voulus annoncer mon retour à la surface, mais le conducteur posa une question qui me figea.

— Tu penses que c'est une bonne idée ?

— De quoi tu parles ?

— De Mlle Ferry et de toi.

J'eus envie de lui dire de m'appeler par mon prénom mais, étant donné que je ne pouvais pas le faire sans me dévoiler, je gardai le silence sans bouger.

— Elle me fait du bien. Elle est mon total contraire, et c'est exactement ce qu'il me faut.

— Je ne suis pas contre, Kylian. Mais qu'est-ce qui se passera lorsque ta mère l'apprendra ?

— Je ne suis plus un enfant et j'en ai marre de ses jeux de manipulation. Je saurai lui faire face, mais encore faut-il que Gaby soit de la partie.

— Elle le sera, assura James Bond, alors même que j'étais en train de douter.

— Je l'espère…

Kylian me faisait peur. Comme il l'avait annoncé, nous et nos univers étions totalement différents, et cela me terrifiait.

Raphaël me dirait de foncer. Talina me dirait de m'amuser. Quant à Marie, elle me dirait de me méfier, et c'est bien ce dernier conseil que je comptais suivre.

Kylian me faisait ressentir des choses que je m'étais promis de ne jamais ressentir, pour avoir vu les dégâts que cela causait. Pourtant, plus je passais du temps avec lui, et plus mon besoin de lui augmentait.

Je devenais complètement folle. Et je redoutais que cette folie devienne incontrôlable…

10

Les jours passèrent dans cette même confusion. J'avais tenté de comprendre et de mettre en ordre ce que j'avais pu entendre, puis avais fini par abandonner.

J'avais aussi abandonné l'idée de me battre contre ce que je pouvais ressentir. À présent que je laissais pleinement ces sentiments couler librement en moi, je me sentais… heureuse.

Non, ce n'était pas le bon mot. Je me sentais stupidement bien quand je le voyais, puis, lorsque je revenais à la vraie vie, je me sentais à nouveau normale, mais je n'aimais plus cette normalité.

Kylian apportait quelque chose à ma vie, il la pimentait. Je pourrais presque dire que je m'ennuyais, lorsqu'il n'était plus dans mon champ de vision.

Ce problème fut réglé quand il enregistra son numéro dans mon téléphone, alors qu'il me raccompagnait chez moi après une de nos innombrables sorties tardives.

C'était un de ces soirs où tout semblait parfait pour un premier baiser – depuis le restaurant, j'étais assez obsédée par cette prochaine étape – mais, alors même que la tension était présente, que j'avais vu dans ses yeux l'envie le démanger, il m'avait simplement glissé le téléphone dans la main et m'avait dit à voix basse qu'il ne tenait qu'à moi de l'appeler.

Tous les soirs, c'était ainsi. Cette tension me rendait complètement folle mais, s'il avait dans l'idée que ce soit moi qui fasse le premier pas, il pouvait toujours courir… Ou bien je finirais enfermée dans un asile, devenue folle à cause d'un baiser qui ne serait jamais venu…

Stupide pensée.

Au lieu de l'appeler, j'avais préféré lui envoyer un texto, trouvant que c'était beaucoup plus facile de discuter ainsi. En l'appelant, j'aurais été sûre d'être perturbée par sa voix.

Ainsi, j'avais pu lui poser pas mal de questions et en apprendre plus sur lui, même s'il trouvait toujours le moyen d'en contourner certaines, sans vraiment me répondre.

J'avais donc compris que cet homme avait peur de se dévoiler, ce qui était assez simple à détecter, mais j'étais encore à la recherche du pourquoi.

Quoi qu'il en fût, des centaines d'autres suivirent ce premier message. Je me réveillais chaque matin avec son texto, puis cela continuait tout au long de la journée. J'avais constamment le nez collé à l'écran de mon téléphone, que ce soit en cours, chez moi, et parfois même au travail, ce qui faisait pousser des cheveux blancs à Samuel.

À présent, mes cours me paraissaient insignifiants. Je savais que cela finirait par se faire ressentir sur mes notes, mais c'était comme si ma bonne conscience avait disparu, laissant place à un ange-démon-je-m'en-foutiste.

Plus rien n'avait d'importance que ses messages, qui me faisaient rire et me rendaient euphorique.

Au travail, mes collègues mouraient de curiosité. Talina et Raphaël étaient tellement désireux de savoir qu'ils m'inventaient toute une vie. Je ne comptais plus le nombre de fois où je les avais vus m'imitant avec Kylian, inventant des scènes pittoresques, et parfois même vulgaires, qui me faisaient tordre de rire ou rougir de honte.

Ils savaient qu'un changement s'opérait et que cela avait un rapport avec Kylian Foster, mais je refusais d'en parler, parce que pour en parler il aurait fallu forcément mettre des mots sur ce qui se passait dans ma vie, et comment le faire alors que je n'arrivais pas à me l'expliquer à moi-même ?

Le soir venu, les textos continuaient jusqu'à ce que le premier s'endorme. Je ne savais pas comment Kylian faisait pour tenir le rythme, mais il était le premier et le dernier à envoyer les messages.

Depuis deux jours, ces fameux messages devenaient doucement plus… intimes. À croire que nous avions liquidé les conversations neutres.

Mais aujourd'hui…

Aucun message ce matin, ni à midi ni pendant mes cours. J'avais espéré en voir un après mon travail, mais rien. Je rentrai chez moi l'esprit vide, ressentant une tristesse immense.

Ma journée avait été longue. Très, très longue.

Je lui avais pourtant envoyé quatre messages, avant de m'arrêter de peur qu'il me prenne pour une harceleuse folle de lui.

Et, avec cette crainte, j'avais aussi compris que c'était presque le cas.

Avec toutes ces nouvelles habitudes addictives, je me sentais perdue et je m'étais ennuyée toute la journée. Même à présent que j'étais de retour chez moi, je ne savais pas comment m'occuper pour faire passer le temps.

Que faisais-je avant que Kylian entre dans ma vie ?

C'est à ce moment-là que je compris que j'étais réellement accro.

Putain ! Nous ne nous étions même pas encore embrassés !

Assise sur mon canapé, dans le silence total, je déverrouillai mon téléphone une nouvelle fois pour vérifier mes messages. Sait-on jamais, si mon téléphone avait eu l'envie de me faire une farce… Mais les derniers étaient bien de moi...

Je tapai un texto, avant de lâcher mon téléphone aussi vivement que s'il m'avait brûlée.

— C'est pas vrai ! râlai-je contre moi-même.

Il fallait vraiment que je fasse une cure de désintox.

Kylian avait un match important prévu demain soir, il devait sûrement se préparer…

Oui, sûrement, me rassurai-je.

Je récupérai mon téléphone, puis tapai :

Bonne chance pour le match !

Non, c'est stupide, me dis-je.

Le match n'était que demain… J'effaçai le message, puis tapai :

Je pense à toi.

Un peu trop franc et surtout trop vrai.

J'effaçai à nouveau et envoyai enfin :

J'espère que ça va…

Je posai le téléphone sur ma table, me trouvant sincèrement ridicule, et plus encore lorsque je me mis à espérer qu'il répondrait à ce dernier texto.

Comme si je pouvais faire apparaître la réponse en lançant un regard intimidant à mon téléphone…

Je me levai, puis sursautai lorsque enfin il sonna. Je me jetai littéralement dessus en rigolant, me moquant de moi-même, mais fus déçue de voir que le numéro qui s'affichait n'était pas celui de Kylian.

Me rasseyant sur mon canapé, je décrochai tout de même.

— Bonjour, mademoiselle Gabrielle.

— James Bond ? demandai-je, surprise, en me levant.

Mon interlocuteur rigola.

— C'est bien moi. J'espère que je ne vous dérange pas ?

— Non. Bien sûr que non.

Je fis les cent pas, me sentant étrangement nerveuse.

— Je dois vous déposer un courrier, puis-je monter chez vous ?

— Oui, bien sûr. Deuxième étage, la porte sera ouverte.

En raccrochant, je sautai sur les vêtements qui traînaient et les cachai derrière le canapé, avant de camoufler rapidement le désordre qui régnait.

J'ouvris la porte au moment où JB, habillé tout de noir, pénétrait dans le couloir de mon étage. Je l'imaginais avec toutes sortes de gadgets sur lui, que tout James Bond se devait d'avoir.

Il me salua de la tête, puis me remercia lorsque je le fis entrer dans mon petit studio. Il resta dans l'entrée et me tendit une lettre.

Légèrement nerveuse, je l'ouvris et reconnus l'écriture de Kylian, petite et propre.

Je lus rapidement :

Habille-toi confortablement et, s'il te plaît, suis JB sans poser de questions.

Kylian.

Je ne pus m'empêcher de sourire, me sentant tellement euphorique que je crus que j'allais exploser.

— Est-ce que je suis bien habillée ? demandai-je avant de répondre moi-même. Non, bien sûr que non…

Je filai vers mon armoire et récupérai un jean, avant de me souvenir que je ne rentrais plus dedans. Je le rangeai, puis pris un pantalon légèrement ample, mais féminin, ainsi qu'un haut simple, beige.

— Ça devrait aller avec ça, marmonnai-je.

J'étais si excitée que j'avais l'impression d'être une pile électrique. JB ne dit rien, me regardant simplement avec le sourire. Je passai devant lui pour filer dans la salle de bains, avant de me figer.

— Je suis vraiment impolie ! m'excusai-je en me tournant vers lui. Je ne vous ai même pas proposé de vous installer ou même à boire !

— Tout va bien, mademoiselle Gabrielle.

— Gabrielle tout court. Je suis quand même désolée. Voulez-vous quelque chose ?

— Non, merci, Gabrielle.

Je lui souris pleinement en entendant qu'il m'appelait enfin correctement, puis m'enfermai dans la salle de bains, avant de me changer rapidement. Je passai un coup de peigne dans mes cheveux étrangement gonflés…

C'était à présent certain, j'avais trop d'électricité dans le corps.

Lorsque je ressortis, j'interrogeai JB du regard, qui leva les deux pouces en l'air.

J'avais dû insister pour m'asseoir à l'avant de la voiture. Je n'aimais pas l'idée de prendre ce grand nounours pour mon chauffeur, puisqu'il ne l'était pas.

Cela faisait plus de vingt minutes que nous roulions sur le périphérique parisien, sans que je sache où nous allions. Il était presque 1 heure du matin et je commençais sincèrement à me poser un million de questions lorsque nous prîmes l'autoroute.

J'avais, bien sûr, craqué.

Je n'avais cessé de poser des questions, la jambe tremblant frénétiquement. JB était resté calme, affichant un son sourire bienveillant, tout en me répondant inlassablement :

— Je suis désolé, Gabrielle. Je ne peux rien dire.

— Même pas un indice ? demandai-je à nouveau. Un petit, tout petit indice ? (Il secoua la tête négativement.) Un micro-indice ? Microscopique ? Un atome d'indice ?

Oui, j'étais désespérée.

JB rigola en me répétant :

— Non, je suis désolé. Mais, si cela peut vous rassurer, Kylian était dans le même état que vous l'êtes actuellement avec votre jambe.

Je cessai de l'agiter, m'enfonçant dans le siège confortable, m'efforçant de rester zen physiquement, même si ce n'était pas le cas intérieurement.

JB mit le clignotant, puis sortit en direction d'une station essence très peu éclairée, mais assez pour que je reconnaisse la silhouette de Kylian, appuyé sur une Volkswagen 4x4, de couleur noire.

Il se redressa en nous voyant, tandis que je sentais mon cœur s'accélérer sous l'effet de la peur et de l'excitation mêlées.

Je pris une longue inspiration pour enlever ce léger poids qui s'était installé dans mon ventre. Pour le coup, j'eus l'impression que mes jambes n'allaient plus m'obéir, elles me semblaient soudainement comme anesthésiées, sans aucune force.

Je réussis néanmoins à sortir de la voiture sans me ridiculiser, me focalisant sur les battements frénétiques de mon cœur. Ce traître ne voulait pas se calmer.

Je fus surprise de voir que JB quittait la station essence sans un mot de plus, nous laissant seuls.

Souriant nerveusement, je mis les mains dans mes poches en m'arrêtant près de Kylian. Il était habillé simplement et, au contraire de moi, il sortit les siennes pour les poser sur mes épaules, avant de les glisser le long de mes bras.

— Ça va ? demanda-t-il comme s'il cherchait à se rassurer.

— Quand je saurai ce que tu as préparé, je pense que ça ira mieux…

Il sourit et acquiesça, avant de passer un bras autour de mes épaules, pour me diriger vers le côté passager. Il m'ouvrit la porte et m'invita à monter dans sa haute voiture spacieuse et ultramoderne.

— Tu le sauras très bientôt, je te le promets.

Il me fit un clin d'œil tellement attirant que j'en gardai la bouche fermée. Cela eut le don de couper court à toutes les questions que j'étais en train de me poser. C'était un exploit.

Je l'observai faire le tour de la voiture en m'agitant sur mon siège. Une petite voix me disait de lui sauter dessus à l'instant même où il ouvrirait sa portière, mais la têtue que j'étais refusait d'agir ainsi.

Il démarra la voiture sans me quitter du regard, le sourire aux lèvres.

Mon Dieu, qu'il est sexy ! me hurlait ma conscience, émoustillant chaque terminaison nerveuse de mon corps.

Il ne se départit pas de son sourire, fixant la route silencieusement, ce qui me fit craquer encore plus, si c'était possible.

— Où est-ce qu'on va ?

Il rit, me jeta un rapide coup d'œil amusé et moqueur à la fois.

— J'étais en train de me demander combien de temps tu tiendrais avant de poser cette question.

L'enfoiré, pensai-je, amusée malgré moi.

— Ça ne répond pas à ma question.

— La réponse se trouve au bout de cette route.

Il prit une bretelle de sortie, qui était si sombre que cela ne me renseigna pas vraiment. Puis une très longue avenue droite et illuminée s'ouvrit devant nous, faisant complètement disjoncter le compteur de mes questions.

Au bout de cette route, j'aperçus une sorte de grande maison rose, puis, ahurie, je vis les néons clignotants de la tour de la Terreur.

— Qu'est-ce qu'on fait à Disney ?

Il sourit, puis ralentit légèrement, le temps d'observer ma réaction qui devait être assez comique puisqu'il éclata de rire.

Il me répondit après s'être calmé, sans pour autant cesser de sourire, le regard toujours aussi pétillant.

— Tu m'as dit que la seule chose que tu accepterais de moi, c'était la tour Eiffel ou Disneyland.

— Quoi ?

Je pris soudain peur. Il le vit sûrement dans mon regard et posa une main sur ma nuque, me la massant doucement. Cela eut le don de me calmer instantanément.

— Je t'offre Disney. Ce parc est à nous pour toute la nuit.

11

— Tu es fou, soufflai-je, perdue dans son regard.

Il était sur le point de dire quelque chose, mais nous fûmes tous les deux surpris par un dos-d'âne.

Kylian récupéra sa main pour la poser sur le levier de vitesses, et je ressentis un courant d'air froid passer sur ma nuque.

Il tourna sur la voie menant au parking, puis se gara tout proche de la sortie – ce qui ne fut pas compliqué, puisqu'il n'y avait presque aucune voiture.

Sur le chemin menant aux portes du parc, je me sentais dans un état second. Je pourrais ajouter « avoir un parc d'attractions juste pour moi » à la liste de souvenirs que je raconterais à mes petits-enfants.

Pourtant, quelque chose de plus réaliste me perturba.

Combien avait-il dépensé pour louer ce parc toute une nuit ?

Moi et mes idées idiotes…

Je compris qu'il ne faudrait plus jamais dire des choses farfelues, car apparemment pour Kylian rien n'était impossible.

Le regard dans le vide, j'imaginais un nombre avec beaucoup de zéros, et mon silence dut alerter Kylian, car il passa un bras autour de mes épaules. Il s'arrêta après quelques pas, puis me tourna vers lui. Il se baissa légèrement pour que nos visages soient l'un en face de l'autre et pour verrouiller le regard dans le mien, comme pour être sûr d'avoir toute mon attention.

— Arrête de réfléchir, Gaby. Ne pense à rien. Et ne t'inquiète pas des frais, je connais les directeurs du parc, ils me devaient une faveur. Profite seulement de l'instant avec moi, d'accord ?

— Oui, dis-je doucement, obnubilée par ses yeux et ses lèvres.

Mon regard revenait sans cesse sur ces dernières, ce qui donna le sourire à Kylian. Il passa la langue sur les siennes et fixa les miennes, avant de se rapprocher.

Ça y est, me dis-je, *on y est*. Il allait m'embrasser.

Cette prise de conscience me fit légèrement paniquer. Mon cœur s'affola, battant aussi rapidement que les ailes d'un colibri. Je me sentis aussi peu sûre de moi que lors de mon premier baiser des années auparavant.

Un autre des pouvoirs flippants de Kylian.

Bon sang ! Je le voulais pourtant, ce fichu baiser !

— On y va ? lança-t-il tout naturellement.

J'ai loupé un épisode ? me demandai-je en le voyant se redresser, prêt à partir.

Est-ce qu'il avait perçu mon incertitude ?

Triple idiote !

J'acquiesçai cependant et le suivis. Nous croisâmes quelques groupes sortant de la Vallée Village, plus communément appelée Disney Village, ce qui me donna envie de crier à tout le monde que MOI j'allais dans le parc, telle une gamine de cinq ans.

À l'entrée principale, deux hommes en costume nous accueillirent, serrant chaleureusement la main de Kylian, puis la mienne. Mon esprit était déjà totalement tourné vers l'intérieur du parc illuminé, bien que je n'y aie pas encore posé un seul pied.

L'un des deux hommes nous ouvrit les portiques de sécurité, qui nous donnèrent accès au parc, me faisant régresser instantanément d'une dizaine d'années. J'avançai sur la grande place, observant le château de la Belle au bois dormant au bout de la longue allée, bordée de magasins illuminés mais fermés.

— Par quoi tu veux commencer ? me demanda Kylian en arrivant derrière moi.

— Je n'en ai aucune idée. C'est la première fois que je viens ici, alors à part la dernière attraction, dont la pub est passée à la télé, je ne connais rien du parc.

— Alors, suis-moi.

Il m'entraîna dans la longue allée, avançant lentement parce que j'avais le nez collé aux vitrines, s'arrêtant toutes les cinq secondes. Lorsque nous passâmes le château, Kylian continua de marcher tranquillement, alors que j'avais envie de courir comme une folle. Je ne le montrais pas mais j'étais excitée comme une puce, j'avais envie de m'extasier sur tout, exactement comme une enfant l'aurait fait.

— Tu as l'habitude de venir ici ? m'enquis-je distraitement.

Sous-entendez « avec des filles ».

— Pas dernièrement, mais je venais souvent ici quand j'étais petit. J'y venais une ou deux fois par an avec ma mère, avant que le basket me prenne tout mon temps libre.

Rassurée, je me sentis sourire comme une idiote, puis fronçai les sourcils.

— Est-ce que tu veux réellement faire du basket ?

Il haussa les sourcils et me regarda, surpris.

— Bien sûr, pourquoi cette question ?

— Parce que j'ai parfois l'impression en t'écoutant que le basket est une tare.

— Non. C'est simplement que j'ai dû faire beaucoup de concessions et me priver de beaucoup de choses pour jouer, mais je ne l'aurais pas fait si ce n'était pas ce que je voulais. (Je tentai de le questionner à ce sujet, mais il enchaîna.) Prête ?

L'excitation remonta en moi aussi rapidement qu'une fusée. J'acquiesçai, impatiente.

Kylian nous fit faire deux petits jeux calmes dans l'esprit de Disney, le premier mettant en scène des pirates du monde de Peter Pan, le second autour de Pinocchio, avant de m'entraîner vers la première attraction à sensation.

Ne pas faire la queue pour monter dans le train fut vraiment agréable.

— Ça fait peur ? demandai-je en montant dans le wagon.

— Non, me répondit-il avec un sourire énigmatique, tout en montant à mes côtés.

— Dans quelle attraction sommes-nous ?

— Le train de la mine. Ce n'est pas le nom exact, mais tout le monde l'appelle ainsi.

Rassurée par le nom de l'attraction, je rabattis le levier de sécurité sur mes jambes, regardant un des hommes en costume vérifier que nous étions bien attachés, comme pour les manèges précédents.

— Tu es sûr que ça ne fait pas peur ?

Il haussa les épaules en souriant, l'air complètement décontracté.

— Pense simplement à lever les mains en l'air.

Je l'observai sans savoir si c'était un indice qui devait me faire comprendre que cela était effrayant ou non.

Le train démarra rapidement, avant de prendre de la hauteur dans un tunnel complètement sombre, faisant un raffut pas possible.

— Est-ce que j'ai raison d'avoir peur ?

À mes côtés, Kylian éclata de rire, puis mit la main sur ma nuque, comme s'il cherchait à me rassurer.

— C'est le plus doux des manèges à sensation.

Je ne dis rien, tentant de voir quelque chose dans ce tunnel sans fin, sans succès. Même Kylian m'était invisible. Ne pas voir où j'allais m'effrayait, je n'imaginais même pas ce que cela allait donner si le parcours se faisait dans le noir total.

Le train se remit à l'horizontale au moment où nous sortions du tunnel, pour ensuite entrer dans un nouveau qui nous fit grimper encore plus haut.

Accrochée aux poignées du wagon, je tentai une nouvelle fois de percer les ténèbres, sans succès. Seul le rire de Kylian et le crochetage des rails se répercutaient dans la pénombre.

Il se moquait de moi !

Kylian prit ma main et la leva en l'air, m'indiquant que la montée était terminée. Le train prit de la vitesse en tournant brusquement dans un sens, puis dans l'autre, toujours plus vite, avant qu'une descente me surprenne.

Je récupérai ma main pour m'accrocher aux poignées en criant à percer mes propres tympans.

Dans les tunnels de la mine, je me protégeai la tête avec les mains, parce que je ne voyais strictement rien et que, contrairement à ce que m'avait dit Kylian, ce manège faisait très peur. Lui ne cessait de rire, se moquant ouvertement de moi.

Le train fou repartit de plus belle dans le noir total, avant de nous faire sortir un court instant, nous offrant une vue partielle sur le parc. Je n'eus cependant pas le temps d'en profiter, car le train replongea dans un tunnel, prenant des descentes qui me firent crier et qui remontèrent tous mes organes jusqu'à mon cerveau.

Lors d'un nouveau passage à l'extérieur, j'eus le temps de voir Kylian se mettre dans une position décontractée, comme s'il prenait le thé sur la terrasse d'un café, alors que j'avais l'impression d'être constipée sur mon siège, avant que des flashs nous aveuglent, pile pendant une descente.

Cette andouille savait même où se trouvait l'appareil photo !

Je voulus lui crier dessus de ne rien m'avoir dit, et c'est ce que je fis, mais pas de la façon que j'espérais. Je restai accrochée aux poignées jusqu'à ce que le train ralentisse enfin, laissant mon corps entier se décontracter doucement.

Kylian descendit du train les larmes au coin des yeux, sans parvenir à s'arrêter de rire. Il ne m'aida même pas à me sortir de là, comme si toutes ses forces l'avaient quitté. Je finis par sourire malgré moi, sans cesser de l'observer.

C'était la première fois que je le voyais autant rire.

J'avais les mains gelées et douloureuses à force d'avoir serré les poignées comme une malade. Kylian les réchauffa, comme pour se faire pardonner, mais il n'abandonna pas son stupide sourire moqueur.

En fait il était magnifique, mais je préférais bouder.

Il finit par passer un bras autour de mes épaules, m'entraînant jusqu'à la sortie. J'éclatai de rire en voyant, sur l'écran des photos, mon visage contracté, les yeux fermés et les cheveux en l'air.

J'avais eu raison : une constipée.

Kylian, quant à lui, était dans une position détendue, mais rigolait en me regardant, se moquant de moi. Je comprenais à présent pourquoi…

Le second homme en costume nous fit patienter, puis nous transmit notre photo que Kylian récupéra.

— C'est parti pour une autre ?

— Je te suis, dis-je, à nouveau prête.

Les attractions et les manèges à sensation se succédèrent. Ainsi, nous fîmes Indiana Jones, et mon premier looping me rendit les jambes flageolantes. Puis Space Mountain, où je crus perdre connaissance, ainsi que Star Wars, qui me donna le vertige.

Je n'avais jamais autant hurlé de ma vie, et c'était aussi la première fois que je voyais Kylian mourir littéralement de rire, à en perdre la voix.

J'avais toujours su au fond de moi que j'étais quelqu'un de drôle…

Nous fîmes ensuite, à ma demande, des jeux plus soft, comme Buzz l'Éclair qui consistait à viser des cibles en mouvement et à marquer le plus de points possible. Kylian me battit à plate couture. Il chanta MA chansonnette de la victoire, déclamée lorsque j'avais marqué plusieurs paniers contre lui, le soir après son dernier match. Il était donc logique que je boude en sortant du jeu.

Pour se faire pardonner, il m'embrassa sur la joue, mais je le repoussai avec toute la force dont j'étais dotée, avant de le rattraper par son pull et de passer les bras autour de sa taille. Il n'y avait pas un instant où nous ne nous touchions pas.

Je pouvais affirmer que jamais je ne m'étais autant amusée que ce soir.

Nous fîmes ensuite plusieurs autres jeux, plus calmes, où nous passâmes notre temps à discuter et à rire de tout et n'importe quoi, comme deux enfants intenables.

Marchant en direction du *Mesa Riverboat* – un paquebot – qui nous ferait faire le tour de l'île en plein milieu du parc, je vis à nouveau les deux hommes en costume, avec JB.

— Pourquoi nous suivent-ils ? demandai-je doucement pour ne pas me faire entendre d'eux.

— Parce qu'il n'y a aucun autre employé. Ce sont les directeurs du parc, ils nous suivent pour assurer le fonctionnement des jeux que nous voulons faire.

— D'accord, mais pourquoi JB est là, aussi ?

— Pour s'assurer qu'aucune photo ne filtre.

— Il ne s'ennuie pas avec toutes nos sorties ?

— Ne t'en fais pas pour ça.

Nous entrâmes dans la file d'attente inexistante pour prendre le paquebot. Il était presque 4 heures du matin, le temps passait bien trop vite à mon goût. Je n'étais pas du tout fatiguée, probablement à cause de toute cette adrénaline qui n'avait cessé de couler dans mes veines ces dernières heures.

Kylian ne semblait pas plus fatigué que moi. Il me prit par la main et monta sur le grand bateau, avant de me guider pour que nous montions sur le pont.

— Pourquoi as-tu loué ce parc ?

Je l'observai discrètement, espérant qu'il s'ouvrirait un peu plus à moi.

— Parce que je voulais te faire plaisir. Et je ne le regrette pas. De tous mes achats compulsifs, celui-ci est, de loin, le meilleur que j'ai fait.

— Qu'est-ce que tu veux dire par « achats compulsifs » ?

Il regarda les illuminations du parc au loin, avec une expression qui m'indiqua qu'il avait plus parlé qu'il ne l'avait souhaité.

— Je veux dire que, parfois, j'achète tout et n'importe quoi. J'ai ce besoin d'avoir constamment de nouvelles choses, qui souvent ne servent à rien.

— Pourquoi ?

— Je ne sais pas… Sûrement parce que je le peux.

Observant son expression, je sus qu'il ne me disait pas la vérité. Ce que je comprenais, c'était qu'il lui manquait quelque chose, dont il avait cruellement besoin, mais que cela ne s'achetait pas. Je n'avais jamais fait de psychologie, mais en le regardant je réalisai qu'il n'était pas heureux et que c'était ce qu'il essayait d'acheter…

Malheureusement, le bonheur ne s'achetait pas.

Je passai une main autour de sa taille, sentant un léger malaise s'installer.

Ce garçon était rempli de mystères, que je comprenais petit à petit. C'était comme s'il me donnait quelques pièces de puzzle par-ci, par-là, me laissant le soin de tout assembler moi-même.

Il était célèbre, sportif de haut niveau, riche, mais manquait de tout affectivement parlant. Il ne me l'avait pas dit clairement mais, en compilant toutes nos conversations, j'en arrivais à cette conclusion.

Lorsque le bateau se mit en route, j'avançai jusqu'aux barrières, observant le parc, n'arrivant toujours pas à croire que tout ça était réel.

Kylian vint se placer derrière moi, posa les mains sur les miennes et, en silence, observa lui aussi ce qui se trouvait autour de nous.

Il remonta ensuite les mains sur mes bras, qu'il frictionna, comme pour me réchauffer. Il est vrai qu'il faisait plus frais ici, mais je ne ressentais rien d'autre que la chaleur de Kylian.

J'avais une extrême conscience de sa proximité, de son corps collé contre mon dos, de ses mains sur mes bras… De lui tout simplement.

Qu'attendait-il pour m'embrasser ?

Je lui fis face. Alors que nous étions toujours aussi proches l'un de l'autre, je passai les bras autour de sa taille, le serrant contre moi, sans briser notre contact visuel. Ses mains remontèrent sur ma nuque, puis l'une d'elles vint se poser sur ma joue.

Comme chaque fois que la tension montait, nous étions d'un sérieux qui n'existait pas entre nous en temps normal.

Cette fois-ci, je ne me défilerais pas. Je voulais qu'il m'embrasse, je ne détournerais pas le regard, ni ne glisserais sous son bras, à cause de ma stupide peur de sentir ses lèvres sur les miennes.

Au contraire.

Je me sentais idiote de le contempler avec des yeux que je supposais suppliants. Les siens passèrent sur mes lèvres, avant de sonder mon regard.

— À quoi tu penses ? m'enquis-je doucement.

— Je me demande ce qui se passe dans ta tête et je me demande à quel moment tu vas te défiler.

— Je ne me défilerai pas. Et la seule chose qui se passe dans ma tête, c'est une question : qu'est-ce que tu attends ?

Il haussa brièvement les sourcils, surpris, puis l'ombre d'un sourire apparut sur ses lèvres.

— J'ai cru que tu ne le dirais jamais…

Il n'attendit pas plus longtemps et captura mes lèvres avec force, sans plus se retenir.

Je serrai son sweat dans mes mains, sentant une avalanche d'émotions traverser mon corps et mon cœur. Ce dernier se mit à faire des loopings.

Je fus certaine d'être maladroite, mais Kylian dirigea notre baiser, qui devint plus doux à mesure qu'il se prolongeait.

Plus rien n'existait.

Plus rien, si ce n'était ses lèvres, sa langue, son goût et ses mains qu'il glissa dans mon dos, comme pour me rapprocher encore plus de lui.

Était-ce possible de s'évanouir à cause d'un baiser ? Ce serait bête tout de même…

Parce que mon cœur s'envola, mes jambes semblèrent flasques et mes lèvres anesthésiées.

J'ouvris les paupières et surpris son regard sur moi. Ses yeux brillaient, voire brûlaient d'intensité. Il passa les deux mains dans mes cheveux et les repoussa en arrière, avant de m'embrasser une dernière fois.

Il me prit ensuite contre lui et me serra dans ses bras fortement. Je le serrai en retour, en comprenant son besoin de simplement me tenir contre lui, puisque je ressentais la même chose.

Je revins sur terre lorsque le bateau s'arrêta à quai.

Un pas venait d'être franchi, et maintenant je ne voulais plus jamais quitter ses lèvres et sa chaleur. Ce besoin irrationnel, que j'éprouvais habituellement en sa présence, grimpa d'intensité, frôlant presque la folie.

Je n'étais plus rationnelle, je ne voyais plus que par lui, et alors même que ce sentiment aurait dû me terrifier il me rendit simplement heureuse d'avoir celui que je voulais près de moi.

12

En retournant à la voiture après avoir fait toutes les attractions de Disney Studio – où je crus mourir une centaine de fois –, je me sentis véritablement épuisée.

— Je prends mon service dans une heure, soupirai-je en montant dans la voiture. Je plains les clients que je vais servir.

Kylian s'attacha, puis se tourna vers moi.

— J'ai entraînement dans deux heures et un match à assurer aujourd'hui.

— D'accord, tu as gagné.

Satisfait, il sourit et démarra.

— Tu viendras ce soir ? me demanda-t-il en roulant doucement jusqu'à la sortie du parking.

— Tu veux que je vienne ? (Il me coula un regard en coin qui me fit rire.) D'accord, je serai là !

— Les places sont dans la boîte à gants.

J'ouvris le compartiment, où je récupérai une pochette rectangulaire contenant les places.

— Trois places ? Pourquoi trois ?

— Deux pour toi, et une pour ta collègue, de la part de Morgan.

Je souris, impatiente de voir la réaction de Talina lorsque je lui dirais que Morgan voulait remettre le couvert.

M'installant confortablement au fond du siège, je fermai les yeux et souris, l'esprit rempli de magnifiques souvenirs.

Je réussis à garder les yeux ouverts jusqu'à ce qu'on arrive dans la capitale. Nous restâmes silencieux tout le long du trajet. Kylian garda ma main dans la sienne, les yeux figés sur la route, tandis que les miens le regardaient, lui. Il avait des cernes, qui semblaient le rajeunir.

C'était injuste ! Mes cernes devaient sûrement me faire ressembler à une chouette fatiguée.

— Pourquoi ne pas avoir attendu demain, pour me faire cette surprise ?

Je ne reconnus pas ma propre voix. Elle était grave, sûrement parce que j'avais trop crié. J'eus presque honte d'ouvrir la bouche pour parler, j'avais une voix de camionneur. D'accord, j'abusais légèrement, mais c'était presque ça.

Kylian sembla surpris de me voir toujours éveillée. Peut-être était-ce pour cette raison qu'il était resté silencieux.

— Lundi, tu as cours assez tôt, m'expliqua-t-il en reportant son attention sur la route. Et, comme dimanche tu ne travailles pas, je me suis dit que tu pourrais te reposer.

— Comment connais-tu mon emploi du temps ?

— Tu me l'as dit.

— Ah bon ? À quel moment ?

— Par texto. Tu m'informes toujours si tu es en cours, chez toi ou au travail. J'ai une bonne mémoire.

— N'empêche que tu as un match important, ce soir…

— Je vais trouver le temps de me reposer pour assurer. Ne t'en fais pas pour moi.

Je l'espérais.

Kylian s'arrêta en double file dans une rue commerçante encore endormie, puis coupa le moteur.

— Je reviens dans deux minutes.

Il sortit rapidement de la voiture, sans me laisser le temps de poser mes questions. Il trottina jusqu'à une petite ruelle sombre, qui mit ma curiosité à rude épreuve.

Je l'imaginai en train d'acheter de la drogue auprès de gens étranges.

Cette ruelle sombre était le coin de deal idéal. Je me demandais s'il prenait ce genre de cochonneries…

Non. Avec tous les tests antidopage que les athlètes faisaient, ce n'était pas possible.

J'avais encore tant de choses à apprendre sur lui.

Je gigotais sur mon siège, sincèrement mal à l'aise à cette idée, lorsque Kylian réapparut en courant vers la voiture, un sac en papier dans la main.

Je me tendis quand il monta dans la voiture, le visage grave. Il verrouilla les portes et posa le sac en papier sur mes genoux.

— Allons-y, vite, dit-il, pressé, en allumant le moteur.

— Quoi ? Pourquoi ? Qu'est-ce qui se passe ? lançai-je, paniquée, prête à jeter le sac en papier par la fenêtre, aussi sûrement que si c'était une bombe.

Kylian se figea, me regarda un court instant, les yeux brillants.

— J'ai braqué la boulangerie.

Je le regardai, le corps toujours aussi tendu, avant de jeter un coup d'œil dans le sac et de comprendre.

Kylian éclata de rire, tandis que je grognais un je-ne-sais-quoi dans ma barbe, me sentant stupide de m'être fait avoir en beauté.

Je le frappai à l'épaule en souriant nerveusement, avec des envies de vengeance et de meurtre mélangées.

Il me rapprocha de lui et m'embrassa sur la tempe sans cesser de rire, puis démarra.

— C'était trop facile, me glissa-t-il, fier de lui.

— Je n'étais pas censée savoir qu'une boulangerie se trouvait dans une ruelle sombre.

— Je suis passé par l'arrière parce qu'elle n'est pas encore ouverte. Je connais le propriétaire, comme ça on a des croissants tout chauds. Je sais que tu ne manges pas le matin, mais comme on ne s'est pas couchés…

Il ouvrit le sac d'une main tout en tenant le volant de l'autre, puis sortit un croissant qu'il tenta de me fourrer dans la bouche.

Je rigolai, récupérai le croissant et le frappai sur la main. Il rit à son tour et attrapa un deuxième croissant qu'il croqua à pleines dents. Il avala deux bouchées et engloutit le reste.

— Tu ne prends jamais le temps pour manger ?

Il haussa les épaules, puis saisit un autre croissant qu'il dévora tout aussi rapidement. Secouant la tête, je reportai mon attention sur la route, avant qu'une question titille ma curiosité.

— Pourquoi avoir attendu mon consentement avant de m'embrasser ?

— Tu es un grand mystère pour moi.

— Moi ? Un mystère ?

Se foutait-il de moi ?

— Oui, toi. Depuis toujours, les personnes qui m'entourent disent « oui » à tout ce que je leur demande. La seule chose pour laquelle j'ai dû me battre, c'est le basket. Avec toi, j'ai toujours senti de l'hésitation. D'abord, tu n'as pas su qui j'étais le premier jour de notre rencontre, ensuite, tu as refusé les billets du match que je t'offrais, puis tu m'as redonné le bracelet, sans hésiter à me dire le fond de ta pensée. La seule chose dont je suis certain c'est que, si tu es avec moi, ce n'est pas par intérêt.

— Tu pensais que j'allais refuser de t'embrasser ?

— Refuser, me repousser ou me jeter sur la lune.

J'éclatai de rire en acquiesçant.

— Oui, te jeter sur la lune serait plus probable.

Il sourit et me lança un rapide coup d'œil.

— Ton visage est très expressif, mais j'ai appris à ne pas m'y fier. Tu es quelqu'un de très imprévisible.

Pouvait-on parler de son cas à lui ? Il était bien pire encore.

Il ralentit, avant de s'arrêter devant le Vandôme. Il coupa le moteur, puis se pencha et m'embrassa à nouveau avec douceur, avant de sourire et de me dire :

— Mais maintenant, je sais que tu ne refuseras plus aucun de mes baisers.

— Ah oui ? Et pourquoi ça ?

Il fronça les sourcils en me répondant sérieusement :

— Parce que je te les donnerai quand même.

Il voulut m'embrasser, mais je détournai la tête et lui tendis la joue. J'éclatai de rire en pensant qu'il ne fallait jamais me mettre au défi. En retour, il m'attrapa le visage à deux mains et réussit à m'embrasser tout de même. Apparemment, il ne fallait pas le mettre au défi non plus.

Comme à chaque fois que son visage se trouvait tout près du mien, je me sentis enivrée par sa proximité. Il m'observa un instant avant de soupirer et de se détacher.

— On y va ?

J'acquiesçai, puis sortis de la voiture. Un voiturier récupéra les clés de Kylian, tandis que ce dernier me rejoignait. Il passa un bras autour de mes épaules, m'embrassa sur la tempe à l'instant même où je vis un objectif se diriger vers nous.

Je baissai la tête, mettant la main sur mon visage, et sentis mon cœur s'accélérer brusquement à l'idée de voir une photo de moi sur Internet et dans les magazines.

Kylian fit barrière entre moi et les deux journalistes présents, puis me poussa jusqu'aux portes, tandis que les flashs crépitaient sans relâche.

— Comment appréhendez-vous le match de ce soir, Kylian ? demanda un des journalistes.

— Qui est la fille ? renchérit l'autre.

— Un commentaire ? Une remarque ?

Je m'engouffrai dans les portes automatiques, puis tournai rapidement en direction du restaurant pour être hors de vue, Kylian sur les talons.

— Je suis désolé, Gaby, me souffla-t-il en dégageant les cheveux de mon visage. Je n'ai pas pensé qu'il pourrait y avoir des journalistes à l'entrée…

Il semblait si tendu et inquiet que je secouai la tête en souriant.

— Ce n'est rien. Je savais que ce serait à prendre en compte en sortant avec toi. Mais attends… On sort ensemble ?

Je le vis se détendre, puis il me sourit et m'embrassa à nouveau, comme s'il voulait prendre possession de mon corps entier. Mon cœur disjoncta légèrement, ne sachant plus comment battre, tandis que mon cerveau s'embrumait.

Bon sang… Cet homme était un orgasme tout entier.

— Est-ce que ça répond à ta question ?

J'acquiesçai sans discuter, l'esprit légèrement vide ou trop plein, je n'aurais su le dire. Il dut remarquer l'effet qu'il avait sur moi, car il rit doucement, les yeux remplis de malice et d'une fierté que je ne lui avais jamais vue.

— Il faut…, commençai-je sans savoir ce que je voulais dire.

— Qu'on se quitte, je sais. Ça ira pour ton service ?

— Oui, et toi ?

— Oui, ça ira. Alors, à ce soir ?

J'acquiesçai, puis le regardai une dernière fois avant qu'il disparaisse de ma vue.

Je m'appuyai sur le mur, réfléchissant à ces journalistes. J'avais menti, je ne m'étais pas préparée à l'idée d'être sous les feux des projecteurs, à cause de ma relation avec Kylian.

Pourtant, c'était logique.

C'était aussi terrifiant, et j'étais presque sûre de ne pas être prête, ni de vouloir toutes ces choses qui étaient présentes dans la vie de Kylian, et qui ne me ressemblaient pas.

Je le voulais, lui, et non ce qui l'entourait.

Le service fut une horreur, mais Samuel ne me fit aucune remarque désobligeante en voyant mon visage décomposé par la fatigue. J'étais comme au ralenti, sans comprendre pourquoi les clients n'avaient toujours pas pris la fuite.

Pourtant tout le monde me laissa tranquille, à l'exception de deux énergumènes.

Dans le vestiaire en fin de service, je regardai l'écran de mon téléphone désespérément éteint par manque de batterie, puis me laissai tomber sur le banc avec la terrible envie de m'allonger pour dormir. Peu m'importait si je me trouvais dans le vestiaire avec Talina et Justine en sous-vêtements sous mes yeux, j'étais juste épuisée comme jamais je ne l'avais été.

Je n'avais même pas la force de me changer…

— Oh ! mon Dieu ! s'écria Talina en me faisant sursauter. C'est toi !?

Elle me regarda avec des yeux exorbités. Étais-je aussi horrible que je le pensais pour qu'elle me pose cette question ?

Elle me tendit son téléphone, et je compris.

Fronçant les sourcils, incrédule, je regardai la photo qui s'affichait, terrifiée de me retrouver sur un site Internet. Je fus cependant soulagée de constater que j'avais parfaitement bien caché mon visage, j'étais méconnaissable, sauf pour mes proches évidemment.

Raphaël entra dans les vestiaires sans prévenir, ce qui ne sembla pas déranger Talina, alors qu'elle était à moitié nue.

— Habille-toi, lui dis-je en cachant les yeux de Raphaël lorsqu'il s'assit à mes côtés.

Deux de nos collègues sortirent du vestiaire, le regard curieux, nous laissant seuls dans la pièce, tandis que Talina enfilait rapidement une chemise, puis un jean, qu'elle ne boutonna même pas.

Gardant les yeux sur l'écran du téléphone, j'essayais encore d'assimiler le fait qu'une ou plusieurs photos de moi se trouvaient sur Internet.

— Je le savais, soupira Raphaël. Vous êtes ensemble ?

« Kylian Foster miserait à présent sur les brunes… », disait le site.

— Bien joué, Gaby ! s'esclaffa Talina, enjouée, alors que je n'avais pas répondu à la question de Raphaël.

L'esprit en coton, j'écoutais les échanges de mes amis d'une oreille distraite. Je n'avais pas besoin de parler, puisqu'ils enchaînèrent chacun leur tour :

— Ça fait plusieurs semaines que j'épie les sites Internet

pour connaître ta vie, m'expliqua Raphaël. Puisque tu ne me dis rien, j'ai employé le seul autre moyen à portée de main…

Talina regarda mon ami étrangement.

— Tu n'as donc aucune vie ?

— Si, j'en ai une. Et toi ? Qu'est-ce que tu faisais sur le site ?

— J'allonge ma liste de portefeuilles en me tenant informée de qui se trouve dans la capitale, pour connaître mes prochaines victimes.

Raphaël leva ses yeux verts au ciel, puis me fixa.

— Tu n'as pas dormi ?

— Comment c'était ? enchaîna Talina avec un sourire malicieux.

Elle m'adressa ensuite un regard si intense que j'éclatai de rire sans savoir pourquoi. Probablement la fatigue…

— Vous êtes ensemble ? demanda une seconde fois Raphaël.

— Oui, Raph, soupirai-je. Et non, Tal, nous n'avons pas couché ensemble.

— Mais pourquoi ?!

Face à son visage choqué et rempli d'incompréhension, je ris à nouveau.

— Parce que… Je ne vais pas coucher avec lui, c'est tout.

— Ah bon ? Et vous faites quoi alors, quand vous êtes ensemble ?

Mon Dieu ! Avait-elle déjà eu une relation sans rapport avec le sexe et l'argent ?

— Ils se regardent dans le blanc des yeux, répondit Raphaël à ma place.

— Ça doit être terriblement ennuyeux…

À présent, Talina m'observait comme si je représentais la plus grande énigme qu'elle ait jamais vue.

— Gaby ? enchaîna Raphaël. Est-ce que ça veut dire que tu as accès à tous les matchs ?

Je levai les yeux au ciel, n'étant pas surprise du sous-entendu de mon ami.

— Il n'y a donc que les matchs qui t'intéressent ? s'indigna Talina. Tu veux peut-être aussi un pass pour les vestiaires ? (Elle sursauta à ses propres paroles, son visage s'illumina, puis elle se tourna vers moi, les yeux grands ouverts.) Tu as accès aux vestiaires ? Parce que, là, je suis entièrement preneuse.

Par pitié, priai-je intérieurement. Pouvais-je juste rentrer chez moi ?

— Tout ce qui t'intéresse, ce sont les vestiaires ? interrogea Raphaël.

— Non, je m'intéresse aux hommes et à leurs portefeuilles, contra Talina.

— Et pas à ce qui se trouve entre nos jambes ?

— Si, à ça aussi.

— Tu sais, nous sommes dans un vestiaire, et j'ai ce truc entre les jambes, moi aussi.

J'eus envie de me boucher les oreilles, mais ça aurait été donner trop de forces que je n'avais plus. Au lieu de quoi je fermai les yeux, puis les rouvris en sentant ma tête tourner.

— Ton « truc », comme tu l'appelles, ne vaut pas de l'or, répliqua Talina. Il ne m'intéresse donc pas.

— Une vraie matérialiste et profiteuse.

— Et je l'assume entièrement, chéri.

Je me levai, récupérai mes vêtements dans mon casier, ainsi que les places pour le match de ce soir, que je leur tendis.

— Venez tous les deux. Tal, l'invitation vient de Morgan.

— Oh ! chuchota-t-elle, tandis que Raphaël faisait l'amour à son ticket. Je vais enfin savoir s'il danse aussi mal à l'horizontale que sur la piste de danse. Merci !

Raph se figea d'un seul coup, puis demanda :

— Si Tal a été invitée par Morgan, est-ce que ça veut dire que j'ai été invité par Foster ?

Je le dévisageai, me rendant compte que sa question était véritablement sérieuse.

— À ce soir, grognai-je en quittant le vestiaire.

— Attends, Gab ! m'interpella Talina. Tu ne nous as encore rien dit…

Et je ne comptais définitivement pas le faire !

13

Crie mon nom quand j'entrerai sur le terrain.

Je relus le message deux fois avant d'éclater de rire, tout en cachant l'écran de mon téléphone aux yeux indiscrets de Raphaël qui tentait de lire par-dessus mon épaule.

Il grogna dans sa barbe, se tourna vers Talina, qui l'ignora aussi, occupée à discuter avec un homme que je supposais être un portefeuille potentiel.

Pauvre Raphaël, me dis-je en souriant.

Assis dans les gradins, nous attendions le début du match en silence, tandis que la foule qui prenait place autour du stade s'agitait, chantait et criait des choses que je ne comprenais pas forcément, ce qui donna une idée à Raphaël.

Il se leva et entama *La Marseillaise* en chantant aussi fort que faux.

Je l'ignorai encore plus, essayant de me persuader que ce garçon n'était pas mon ami et que je ne le connaissais pas.

Pourtant, le stade reprit la chanson, et bientôt ce fut une immense chorale qui résonna bruyamment aux quatre coins des murs.

Il finit par se rasseoir avec un immense sourire, puis me regarda satisfait et fier de lui.

Secouant la tête, sans comprendre son engouement toujours aussi vif, je reportai mon attention sur mon téléphone, relisant le message que Kylian venait de m'envoyer, avant de répondre :

Hors de question, je ne suis pas ta groupie !

La réponse ne tarda pas :

Tu ne veux donc pas encourager ton joueur préféré ?

Qui a dit que tu étais mon joueur préféré ?

Quel est le traître, que je puisse le tuer ?

Gary a l'air pas mal du tout… Surtout en serviette !

Je rigolai en envoyant le texto, me disant que je cherchais définitivement la guerre. La réponse mit du temps à arriver :

C'est parce que tu ne m'as pas encore vu, moi, en serviette.

L'imaginer avec une serviette autour de la taille pour unique habit me fit soupirer. Le peu que j'avais vu de lui m'avait déjà complètement subjuguée, alors devais-je m'attendre à devenir une réelle groupie quand je le verrais en tenue d'Adam ?

Est-ce que j'étais réellement en train de penser à ça ?

Stupide pensée.

Je secouai la tête, lorsqu'un autre message arriva :

Crie mon nom, tu réaliseras mon fantasme du moment.

Oui, j'étais définitivement en train de penser à ça…

— Oh là là, lâchai-je doucement, avant de rire brièvement.

— Qu'y a-t-il ? s'enquit Raphaël, l'air de rien, faisant semblant de se concentrer sur le terrain vide.

— Rien du tout.

— Pfff ! On ne me dit jamais rien de toute façon.

Je passai un bras sous le sien, puis posai la tête sur son épaule, comme pour lui demander pardon. Raphaël était un grand enfant à qui on ne pouvait vraiment pas résister.

Je bâillai à m'en décrocher la mâchoire, alors même que j'avais dormi une bonne partie de la journée, puis comme la fois précédente la musique augmenta significativement, avant que les joueurs, les entraîneurs et la mascotte entrent sur le terrain.

Des hurlements se firent entendre, me donnant envie de me boucher les oreilles. Le pire des cris fut celui de Raphaël. J'eus l'impression qu'il m'imitait la nuit dernière à Disney. Cette fois-ci, bien que toujours aussi surprise, j'éclatai de rire, me moquant ouvertement de lui, ce qui ne sembla pas le déranger, puisqu'il cria plus fort encore.

Je devais être la seule personne dans le stade à rester assise. Pourquoi tout le monde était debout ? Est-ce que les gens se rendaient compte qu'ils se levaient et acclamaient des joueurs de basket ?

Stupide pensée.

Bien sûr qu'ils le savaient, mais qu'avaient ces joueurs que nous n'avions pas ? Non, définitivement, je ne comprendrais jamais les fans de sport...

Quand je vis Kylian entrer sur le terrain, je souris inconsciemment et, quand il trouva mon regard, cela me donna une idée.

Je me levai et criai à l'oreille de Raphaël :

— Hurle le nom de Kylian, ça lui fera plaisir.

Cette andouille s'exécuta, en hurlant aussi fort qu'un fan devant son idole. Sous le choc, je regardai mon ami, avant d'exploser de rire en voyant Kylian avancer tête baissée. Il mit une main sur ses yeux, tentant de se retenir de rire, mais je vis parfaitement son sourire.

Il finit par secouer la tête, puis me regarda en plissant les yeux, me faisant une promesse de vengeance, avant de rejoindre le reste de son équipe.

Je me rassis, satisfaite, puis regardai l'écran suspendu, où le compteur de points et le compte à rebours s'affichèrent.

Le match débuta rapidement, et les points s'accumulèrent, malheureusement pas en notre faveur.

Les supporters ukrainiens regroupés à l'autre bout du terrain semblaient ravis, tandis que les Français râlaient – pour changer – avant de se mettre à scander des hymnes connus pour encourager nos joueurs.

Mes yeux ne quittèrent pas Kylian un instant. Il était fatigué, cela se voyait réellement car il était nettement moins réactif et moins concentré que la dernière fois.

— Qu'est-ce que tu as fait à Foster ? râla Raphaël au premier quart-temps.

— Rien du tout ! Nous avons juste fait une nuit blanche.

— Juste une nuit blanche ? Le jour d'un match ?

— Ce n'est pas sa faute si l'équipe a du mal à prendre le dessus, Raph. Il a quatre autres coéquipiers qui pourraient assurer !

— Gaby… Ils sont ce qu'on appelle : une équipe. Un joueur n'est pas au mieux de sa forme, et tout le jeu se retrouve déséquilibré.

— Peut-être que ce sont les Ukrainiens qui sont meilleurs que nous, tout simplement…

— Tu me déçois, souffla-t-il en se détournant de moi. Autant de pessimisme ne devrait pas être autorisé. Si on perd, je te tiendrai personnellement pour responsable.

Je levai les yeux au ciel, amusée de voir que mon ami était sincèrement inquiet quant à l'issue du match.

Pour ma part, j'étais inquiète pour Kylian. Il était normalement bien parti pour être recruté dans une des équipes américaines – sans que je sache encore laquelle – mais, s'il n'assurait pas, j'avais peur que ce transfert n'ait jamais lieu.

Dans un coin du terrain tout proche de nous, le coach de notre équipe hurla sur ses joueurs, qui eux ne parlèrent pas, restant têtes baissées, et acquiescèrent lorsqu'il le fallait.

Le second quart-temps ne fut pas meilleur, bien que l'écart de points se réduisît un peu.

Mes oreilles saignèrent à force d'entendre Raphaël dire plein de gros mots, dont certains n'existaient même pas.

— Qu'est-ce que ça fait si nous perdons ce match ? demandai-je en espérant que Raphaël ne m'assassine pas sur place.

— Rien, mais il faudra absolument gagner le prochain pour atteindre les quarts de finale.

— Alors pourquoi tu t'énerves en leur criant dessus ?

Raphaël était une véritable énigme pour moi.

— Je ne m'énerve pas, je stimule mon équipe.

— Parce que tu crois vraiment qu'ils t'entendent ?

Raphaël m'ignora sciemment en secouant la tête, avant de crier à nouveau je ne sais quoi, lorsque les équipes reprirent leur place sur le terrain.

Je continuai mon analyse sur Kylian, le regardant se déplacer sur le parquet en le survolant rapidement. Je ne savais pas ce que son coach avait dit, mais il semblait requinqué, plus vif et plus concentré.

Centré sur ses coéquipiers, il semblait se focaliser sur les joueurs de l'équipe rivale, comme s'il cherchait toujours une tactique d'attaque et de défense.

À force de l'observer, je compris lentement sa stratégie et me mis à sourire quand il fit exactement ce que je pensais qu'il devait faire.

Lorsqu'il courut jusqu'au panier et qu'un joueur lui bloqua le passage, je me dis qu'en tournant sur lui-même il pourrait le contourner sans cesser de dribbler, ce qu'il fit, avant de marquer. À un autre moment où il n'avait aucune issue, mon esprit analysa le comportement des autres joueurs, et je fus surprise de réussir à savoir quand le moment était propice pour marquer ou pour faire une passe à un de ses coéquipiers.

Bientôt, j'eus envie de lui crier quoi faire, me sentant excitée d'avoir réussi à décrypter sa technique de jeu.

Kylian dominait le terrain. Faisant abstraction des sentiments que j'éprouvais pour lui, et alors même que j'étais loin d'être une pro du basket, je réalisai pleinement qu'il était un joueur clé de l'équipe.

Il appréhendait le jeu de ses adversaires, de l'attaque, de la défense, comme s'il avait toujours un coup d'avance.

Les spectateurs étaient euphoriques, chantant des hymnes toujours plus fort et criant à en devenir sourds lorsque les paniers s'enchaînaient. Je compris soudain l'intérêt que les gens pouvaient avoir pour le basket.

Voilà que j'étais à mon tour « hypnobaskettisée ».

Je me surpris à prendre du plaisir à regarder le jeu, mais surtout à deviner les prochaines passes et paniers, aussi sûrement que si c'était moi qui me trouvais sur le terrain.

Mes yeux suivirent Kylian sans relâche et, à présent que je comprenais sa manière de penser, je le trouvais d'autant plus sexy, parce qu'il était loin d'être stupide. Son intelligence me fit fondre à nouveau. Je le trouvais sexy même lorsqu'un Ukrainien le fit tomber, entraînant une faute qui permit à Kylian de mettre trois paniers supplémentaires.

Seul le buzz final me sortit de ma transe.

— Qui a gagné ? demandai-je en portant le regard sur l'écran géant.

Nous avions gagné, j'aurais pu le deviner, avec un Raphaël hurlant de joie, c'était logique.

Lorsque son euphorie redescendit et qu'il se rassit, je me tournai vers lui, le sourire aux lèvres.

— Vu que tu as dit que, s'ils perdaient, ce serait ma faute, est-ce qu'on peut dire que s'ils ont gagné c'est grâce à moi ?

Il me coula un regard assassin qui me fit rire, mais pas abandonner.

— Parce que dans ce cas tu peux m'applaudir, et je ne serais pas contre une révérence et tout le toutim.

Son visage resta de marbre, ce qui me fit éclater de rire.

— Tu pousses le bouchon un peu trop loin, Maurice.

Je perdis le sourire et le regardai en lui signalant que sa blague en référence à une célèbre pub des années 2000 n'était réellement pas drôle. Il rit à son tour, retrouvant sa bonne humeur.

Reportant le regard sur le terrain, je vis Kylian donner une interview rapide, puis une seconde, avant de regagner les vestiaires. Pas un seul sourire n'avait illuminé son visage, comme chaque fois que je l'avais vu pendant le match.

Regardant les gens se lever pour quitter le stade, je restai assise à écouter la musique. Je me demandais si je devais attendre comme la dernière fois ou rentrer avec Raphaël.

Lorsque la question se posa, je finis par me lever, me disant que Kylian irait sûrement se reposer, mais Talina me retint.

— Nous devons rester, lança-t-elle en me faisant un signe de tête en direction du terrain.

Je me tournai dans la direction qu'elle m'indiquait, puis souris en voyant JB me faire signe de rester sur place.

Raphaël grogna fortement, puis fronça les sourcils.

— Le monde est vraiment injuste…

Il nous salua, puis monta les marches des gradins pour se diriger vers la sortie.

— Tu connais ton programme avec Morgan ? demandai-je en prenant la place de Raphaël.

— Non. Je n'ai pas eu de contact avec lui depuis l'after de la dernière fois.

Je la vis sortir des cartes de visite de son soutien-gorge, qu'elle rangea dans sa pochette brillante.

— Tu as réussi à repérer d'autres portefeuilles ? (Elle haussa les sourcils en souriant.) Pourquoi fais-tu ça, Talina ?

Elle croisa mon regard en retrouvant son sérieux, puis haussa les épaules.

— On n'est pas tous nés avec une cuillère en platine dans la bouche. J'ai des besoins, qu'il faut réussir à assumer financièrement parlant. (Son regard s'assombrit un court instant, avant qu'elle retrouve sa joie habituelle.) Et puis, je m'amuse ! C'est le principal.

Je fronçai les sourcils, comprenant qu'elle cachait quelque chose, et soudainement je me sentis empathique. Talina avait beau être ce qu'elle était, je ne pouvais pas ne pas l'apprécier, surtout qu'à présent je savais que quelque chose la poussait dans la voie de la débauche.

— Mademoiselle Roussel ? intervint JB.

— C'est moi, dit Talina en se levant.

— Suivez-moi, s'il vous plaît.

— Avec plaisir, beau mâle.

Je pinçai les lèvres, me retenant de rire face au visage gêné de JB, puis tous deux quittèrent le terrain, disparaissant je ne sais où.

Râlant intérieurement contre Kylian de me faire patienter pendant une éternité, je soupirai de soulagement quand JB refit surface, me signalant de descendre sur le terrain.

Je m'exécutai, en passant par l'escalier cette fois, puis le rejoignis à petites foulées.

Dans sa tenue de James Bond, il m'indiqua de le suivre avec son sérieux habituel.

Excitée de découvrir les coulisses, je pris le temps de regarder partout autour de moi, voyant des affiches et plusieurs écrans repasser le match de ce soir.

Nous prîmes un couloir sur la gauche, dans lequel il y avait plusieurs portes. L'une d'elles s'ouvrit, laissant apercevoir un kiné exécuter les étirements post-exercice sur un des joueurs, ce qui me fascina.

Dans mes différents stages, j'avais travaillé sur des patients présentant des douleurs musculaires et articulaires, pour la plupart suite à un accident de vie, mais jamais sur des sportifs.

JB s'arrêta finalement devant une porte et me fit signe d'entrer. Je le remerciai, puis m'exécutai, ravie de pouvoir enfin retrouver mon joueur préféré.

J'entrai dans une salle qui était vraisemblablement un vestiaire. La porte se referma derrière moi, me laissant dans un silence pesant.

J'avançai à pas de loup jusqu'à un banc où je m'assis, ne sachant pas vraiment ce que je faisais là.

Des mouvements se firent entendre, avant que Kylian

apparaisse, vêtu uniquement d'une serviette de bain autour de la taille.

J'ouvris la bouche, puis clignai des yeux avant de rire, me sentant légèrement euphorique et subjuguée par lui.

Il devait sortir de la douche, puisqu'il était encore humide. Il me tendit la main et m'entraîna avec lui dans une des rangées de casiers, avant de me sourire.

— Alors ? Est-ce que Gary est toujours ton joueur préféré ?

Je me passai une main sur la joue, ayant soudainement chaud, n'arrivant pas à détourner le regard de son corps. J'allais défaillir, il était parfait, tout en longueur et musclé juste comme il le fallait.

Je me souvins subitement qu'il m'avait posé une question et me forçai à le regarder dans les yeux. Kylian avait toujours son sourire et ses yeux brillants.

— Euh… non.

— Parfait !

Il me prit la main et me tira pour me serrer contre lui. Je défaillis complètement, mon cerveau refusait de se mettre en route, de réfléchir correctement. Kylian semblait être tout droit sorti d'une pub de magazine.

J'en avais vu des corps d'homme, mais le sien les surpassait de très, très loin.

Était-ce possible d'être aussi physiquement parfait ?

Me prenant le visage à deux mains, il m'embrassa un long moment, puis récupéra une autre serviette, avec laquelle il s'essuya la tête.

Je me laissai tomber sur le banc contre le mur et le regardai faire, sans réussir à trouver une parole cohérente à dire.

Il transpirait la sensualité.

— Est-ce que cette fois-ci tu t'es amusée ? me demanda-t-il en passant la serviette sur son torse.

— Hum, acquiesçai-je sans ouvrir la bouche.

Bon sang ! Avait-il seulement conscience de l'effet qu'il me faisait en prenant son temps pour s'essuyer ainsi ?

Au sourire qu'il affichait, je compris que oui.

L'andouille !

Me forçant à reprendre mes esprits, je me passai une main sur le visage.

— Habille-toi rapidement, s'il te plaît.

— Pourquoi ? Tu ne voudrais pas adopter la même tenue que moi ?

Je m'étranglai presque et secouai la tête.

— Hors de question ! Pas alors que toi tu es… Que tu présentes tout cet… (Je le montrai du doigt et parcourus à nouveau son corps du regard.) attirail.

Il rigola, puis me jeta la serviette au visage. Je fermai les yeux avant qu'il retire la serviette qui le cachait pour s'habiller. J'allais tomber dans les pommes ou atterrir au paradis des Kylian, avec plein de Kylian nus autour de moi.

— Tu peux ouvrir les yeux.

J'ouvris un œil, puis l'autre, en voyant qu'il avait enfilé un pantalon. Il vint s'asseoir à mes côtés et me lança un regard intrigué.

— Donc, tu t'es amusée ?

Il était encore torse nu, mais je réussis tout de même à me focaliser sur son regard.

— Oui, mais au début le jeu ne s'est pas bien présenté. (Je passai un doigt sous ses yeux.) Tu es fatigué.

— Je n'étais pas concentré au début mais, comme je te l'ai dit, mon équipe a assuré, c'est ce qui importe.

Il m'embrassa à nouveau, mais s'arrêta lorsque la porte des vestiaires s'ouvrit.

Kylian fronça les sourcils, puis se leva, se mettant devant moi. J'entendis un soupire féminin puis, curieuse comme j'étais, je penchai la tête sur le côté, pour voir qui venait d'arriver, mais surtout pour voir à qui Kylian souhaitait me cacher.

Je me levai et me plaçai à côté de lui.

— C'est donc elle…

Je regardai la femme blonde décolorée qui venait de parler,

soigneusement habillée et maquillée. Elle était chic et avait un charisme certain. Elle ne semblait pas du tout mal à l'aise d'être dans les vestiaires, bien au contraire.

Elle me détailla de la tête aux pieds avec un regard tellement hautain et méprisant que j'eus envie de vomir.

Elle était exactement le genre de personnes que je détestais.

À mes côtés, Kylian était crispé, avec un regard si froid et meurtrier que je pris peur et compris.

Cette femme était la mère de Kylian…

14

Je regrettai instantanément de ne pas être restée derrière lui, parce qu'il apparaissait clairement que cette femme ne voulait pas d'une fille comme moi dans la vie de son fils.

Elle était habillée d'une robe cintrée beige qui lui arrivait à mi- cuisse, soulignant sa taille marquée et ses jambes galbées. Sa fortune était presque inscrite en gras sur sa tenue. Ses talons hauts, sans être vulgaires, du même beige que sa robe à motif en dentelle, et ses cheveux blonds tirés en arrière en un chignon serré et parfait avec une frange discrète, rendaient son personnage sympathique ; mais son regard d'un marron simple, qui semblait vouloir me faire disparaître sur-le-champ, démentait totalement mon analyse.

— C'est donc à cause de cette fille que tu n'es pas venu à la soirée de charité ? Et que tu m'ignores depuis plusieurs semaines ? demanda-t-elle à Kylian d'une voix neutre, sans toutefois me quitter du regard.

— Ne commence pas, maman, grogna-t-il en posant une main dans le bas de mon dos.

Elle ne loupa pas ce simple geste, qui lui fit rétrécir les lèvres en une fine ligne crispée.

— Ce petit jeu ne durera pas. (Elle fit un pas vers nous, regarda son fils en souriant, puis continua.) Elle n'a pas les épaules pour supporter une relation avec toi, mon fils. Je sais qu'au fond de toi tu en es conscient.

— Tu te trompes, soupira Kylian en se braquant. Tu ne la connais même pas.

J'avais légèrement envie de hisser le drapeau blanc, comme pour annoncer la mi-temps et ma présence, mais je pressentis que ce n'était pas une bonne idée…

Et puis, de toute façon, je n'avais pas de drapeau blanc.

Cependant, en voyant les visages crispés de Kylian et sa mère, je compris que ni l'un ni l'autre ne changeraient de position sur mon cas.

Je fus certaine que si Kylian avait pu il nous aurait téléportés ailleurs, très loin de ces vestiaires.

— Je te pensais plus intelligent que ça, Kylian. Et ça vaut pour toi aussi, jeune fille. Tu ne sais pas où tu mets les pieds et sache que, en restant avec mon fils, sache que tu perdras des plumes.

Je voulus garder la bouche fermée… Je le voulus réellement…

— Je prends le risque, dis-je clairement, malgré mon cœur qui battait à vive allure. Si je dois perdre des plumes, qu'il en soit ainsi, mais je ne me laisserai pas influencer par vous ou quiconque à qui notre relation ne plaît pas. Si je peux me permettre, tant que j'y suis, je vais vous contredire au sujet de Kylian : il est largement assez intelligent pour savoir ce qu'il fait et savoir ce qu'il veut.

Bon… Pour ce qui était du copinage avec la mère, c'était définitivement loupé.

Je faisais face à ce genre de personnages tous les jours au Vandôme. Je fus donc presque soulagée de pouvoir dire le fond de ma pensée. Le « presque » étant que je m'adressais à une personne importante pour Kylian.

Ce dernier glissa un bras autour de ma taille et me serra contre lui.

— Il est temps pour toi de partir, maman.

Sa voix me parut tellement lasse que mon cœur se serra. Je me demandais quel autre genre de situation il avait dû affronter avec cette femme qu'il avait pour mère.

Cette dernière sourit, pas du tout vexée par les paroles de son fils, puis me regarda une seconde de trop avant de faire volte-face, nous tournant le dos avec tant de grâce que j'en fus presque jalouse.

Lorsque la porte du vestiaire se referma, Kylian soupira, puis m'embrassa le front et me prit dans ses bras sans parler, comme si ce besoin de simplement me tenir contre lui était vital.

Comment une femme qui ressemblait à un ange pouvait-elle être aussi malveillante ? Avec la description que m'avait faite Kylian d'elle, je m'étais dit que je réservais mon jugement pour le cas où je serais amenée à la rencontrer, mais finalement j'aurais préféré que ce jour n'arrive jamais.

Il n'empêche que ses paroles firent leur chemin jusqu'à mon cerveau, ce qui me chiffonna.

— Kylian… Ta mère a peut-être raison…

— Non, non, non. N'associe pas ma mère avec la raison. Rien de bon ne pourra s'ensuivre.

— Ce que je veux dire, c'est qu'elle a raison sur le fait que je n'ai pas les épaules pour assumer ta célébrité. Elle ne l'a pas dit en ces termes, mais je le comprends ainsi. Me retrouver sur Internet ou photographiée par des paparazzis me fait horreur.

Il me regarda gravement, puis secoua la tête dans l'incompréhension.

— Tu m'as pourtant dit que tu t'y étais préparée…

— J'ai menti pour que tu ne culpabilises pas mais, si je pouvais choisir, je préférerais rester éloignée de cette partie de ta vie.

Il garda le silence un instant, réfléchissant sûrement à mes propos, puis il acquiesça et m'embrassa du bout des lèvres, se faisant rassurant et cherchant une certitude dans mon regard.

— D'accord. Cela risque d'être assez compliqué puisque nous sommes en pleine Coupe d'Europe, mais je ferai tout pour te tenir éloignée de cette facette de ma vie. Une fois le championnat fini, tout redeviendra normal, je ne serai plus traqué. Nous serons tranquilles.

Une part de moi se doutait que cette part de lui ne le quitterait jamais. Une autre part encore doutait du fait que nous serions toujours ensemble après le championnat. Comment réussirions-nous à gérer ce genre de relation ?

J'acquiesçai sans en croire un mot.

Je passai les bras autour de sa taille et le serrai contre moi, essayant d'oublier les jours sombres qui m'attendaient.

J'avais bien peur d'être tombée beaucoup plus profondément que je ne voulais bien l'admettre dans ses filets. Mon cœur était bien trop accro à lui, je ne me voyais définitivement pas heureuse dans un avenir sans lui.

Marchant sur le parking du staff, à l'arrière du stade, je regardais la voiture noire qui semblait nous attendre, quand Kylian prit la parole.

— Ma mère va sûrement essayer de t'approcher pour…

— Arrête de t'inquiéter, Kylian, le coupai-je. Je ne suis pas quelqu'un qu'on achète ni qu'on manipule, tu es pourtant bien placé pour le savoir.

— Oui, je sais, mais je connais aussi ma mère.

— J'ai confiance en toi et, si tu as confiance en moi, tout ira bien.

Son sourire revint enfin sur son visage, légèrement bancal mais tellement magnifique à la fois que je soupirai réellement.

Il se pencha et m'embrassa doucement, puis me fixa si longtemps que j'en fus mal à l'aise. Je n'arrivais pas à lire dans son regard, ni à interpréter son expression, mais j'aurais pu encore une fois me perdre dans ses yeux.

— Quoi ? grognai-je finalement.

Il rit et secoua la tête.

— Rien. JB va t'accompagner. Je dois encore me rendre dans un studio d'enregistrement pour une interview qui ne devrait pas durer longtemps.

— À minuit passé ?

— Malheureusement, oui. Si je la reporte, j'aurai moins de temps pour être avec toi. Ça peut paraître idiot mais, entre mes entraînements et mon coach qui ne va plus me lâcher après le match de ce soir, je vais avoir de moins en moins de temps.

— D'accord. Alors, on se dit à plus tard ?

— À tout à l'heure, plutôt.

Je souris, tout en me demandant s'il comptait se pointer dans mon ministudio… Je perdis le sourire, trouvant que l'image de Kylian dans cet espace réduit ne collait pas.

— Je t'étouffe ? s'enquit-il en cherchant un indice sur mon visage.

— Non.

— Alors, tu penses que je vais trop vite ?

— Non plus. Pourquoi cherches-tu toujours quelque chose que tu ferais mal ?

— Je te l'ai dit, tu es une énigme pour moi. J'ai toujours la crainte de faire un faux pas qui te pousserait à prendre la fuite.

Je gardai le silence, espérant qu'il en dise encore plus. Kylian effleurait toujours ses sentiments sans jamais entrer dans le vif du sujet, ou contournait la question avec professionnalisme. J'étais littéralement pendue à ses lèvres, quand il continua :

— Je sais encaisser un refus, donc n'hésite pas.

— Tu penses que j'hésiterais à te dire le fond de ma pensée si je trouvais que tu allais trop vite ?

Il fronça le nez, puis sourit brièvement.

— Non. C'est vrai que tu n'es pas comme les autres.

— Voilà la raison pour laquelle je te tolère. Tu sais qui je suis ou, en l'occurrence, qui je ne suis pas : les autres.

— Tu ne crois pas que tu fais un peu plus que me tolérer ?

Il approcha son visage de moi en souriant, s'apprêtant à m'embrasser, mais s'arrêta à mi-chemin, puis haussa les sourcils, attendant une réponse. Seulement, moi, j'étais totalement hypnotisée. Il s'en rendit compte et éclata de rire, me faisant revenir sur terre. Je le frappai à l'épaule, puis me mis sur la pointe des pieds et l'embrassai en soufflant :

— Tu as raison. Beaucoup plus que tolérer.

— Monsieur ? nous interrompit un homme du même gabarit que James Bond. Il est temps d'y aller, si nous ne voulons pas être en retard.

Kylian acquiesça sans me quitter du regard, puis se redressa et me laissa aux mains de JB, son ami agent secret.

Sur la route, j'observais les lumières du périphérique défiler, en repensant à la rencontre avec Mme Foster. Je ne savais pas à quel genre de situation j'allais devoir faire face, ce qui me nouait légèrement le ventre.

Notre relation avait pourtant si bien débuté…

Mais peut-être qu'elle comprendrait. Peut-être qu'elle l'accepterait ?

Non. J'en étais convaincue après avoir rencontré son regard où je n'avais pu apercevoir que de la malveillance.

Me tournant vers JB, j'expliquai :

— Mme Foster ne semble pas m'apprécier, JB. Est-ce qu'elle va essayer de me mettre hors jeu ?

JB rigola brièvement et secoua la tête, sans quitter la route des yeux.

— Mme Foster n'aime aucune personne un tant soit peu proche de Kylian. Quant à savoir si elle va tenter de faire quelque chose contre vous, je ne sais pas, mais je garderai l'œil ouvert, je vous le promets.

Cet homme était un amour.

Lorsqu'il s'engagea dans un parking souterrain, j'oubliai la dernière pensée qui m'avait traversé l'esprit, me tendant sur mon siège.

— Nous n'allons pas chez moi ? m'enquis-je, nerveuse.

— Non, Gabrielle. Kylian m'a demandé de vous ramener chez lui.

Je me tendis comme un arc.

— Pardon ?

JB me fit un sourire contrit, puis haussa les sourcils.

— Je pensais que vous étiez au courant.

— Pourquoi aller chez lui ? Il ne dort plus à l'hôtel ?

— Pas le lendemain d'un match. Ils prennent tous un jour de repos.

J'acquiesçai, sans réussir à me détendre. Et cela ne répondait pas à ma question.

Mon Dieu ! Qu'allait-il se passer ce soir ? Cette nuit ?

Mon cœur s'affola brusquement, tandis qu'une lumière ultra-brillante s'alluma dans mon cerveau. Non. Je devais me faire des films…

Mais, dans ce cas, pourquoi me ferait-il venir chez lui, si ce n'était pas pour me mettre dans son lit ? Il était bien connu que les hommes ne pensaient qu'au sexe, et me retrouver dans un endroit aussi intime était très, trop dangereux.

Mais, penser cela, est-ce que ça ne faisait pas de *moi* une fille qui ne pensait qu'à ça ?

Essayant de me détendre, je me dis que depuis le début Kylian ne cessait de me surprendre, alors j'avais l'espoir qu'il le fasse une fois de plus.

JB se gara à côté du 4x4 Volkswagen de Kylian, puis coupa le moteur. Je descendis, les jambes en coton, puis suivis le vigile jusqu'à un ascenseur, qu'il appela à l'aide d'une clé électronique.

Kylian devait réellement avoir confiance en lui pour lui laisser un double de clés. Sauf si c'était un piège, et que JB m'accompagnait tout droit chez la sorcière.

J'étais tellement désorientée que je voyais le mal partout.

Nous montâmes jusqu'au huitième étage. Les portes de l'ascenseur s'ouvrirent sur un tout petit couloir, donnant sur deux grandes portes en bois, assurément sculptées à la pièce, puisqu'elles étaient différentes l'une de l'autre.

La curieuse en moi refit surface, mais la peureuse me fit

hésiter. J'entrai finalement dans l'appartement, regardant autour de moi exactement comme lorsque j'étais arrivée à Disney.

J'étais dans la tanière de Kylian.

— Je vous laisse, Gabrielle, me dit JB sur le pas de la porte. Kylian ne devrait pas tarder.

— Qu'est-ce que je suis censée faire jusque-là ?

Il me sourit et haussa les sourcils, comme surpris.

— Je pense que vous saurez vous occuper. (Il attendit que j'acquiesce, puis me fit un signe de tête.) Je vous souhaite une agréable soirée.

Je répondis vaguement que je lui souhaitais la même chose, puis il disparut, me laissant seule dans l'immense appartement. À côté de mon petit studio, ici tout semblait démesuré.

L'entrée était immense, et je n'avais même pas besoin d'allumer la lumière, car des capteurs automatiques la déclenchaient pour moi. J'avançai à pas de loup vers une grande pièce à vivre, où un immense canapé trônait. Au mur, il y avait carrément un écran de cinéma. J'abusais légèrement, mais l'écran de télévision était si grand que j'eus envie de prendre des photos pour les envoyer à mon frère qui deviendrait vert ou violet de jalousie.

Je souris stupidement. JB avait raison, je savais quoi faire dans cet appartement.

Je me frottai les mains, puis tournai sur moi-même, cherchant des indices au mur ou sur les meubles, comme des photos, des trophées ou toute autre chose qui m'aiderait à comprendre encore un peu plus Kylian, mais je fus déçue.

Aucune photo n'ornait les murs blancs. Aucune trace réelle n'indiquait que l'appartement lui appartenait.

Je traversai la grande pièce, n'osant toucher à rien, même si l'envie me démangeait de fouiller les tiroirs. Je passai par la cuisine ouverte sur la grande pièce principale, puis traversai un couloir où plusieurs portes se trouvaient.

Avais-je le droit de visiter moi-même ?

Je me l'autorisai et ouvris les portes les unes après les autres. Je bavai littéralement quand j'atterris dans une salle de bains dotée d'une baignoire immense.

Depuis combien de temps n'avais-je pas pris de bain à bulles ?

J'entrai ensuite dans un garde-manger très peu garni. C'était comme si Kylian ne vivait presque jamais ici, ce qui me parut presque normal, étant donné qu'avec les entraînements il était constamment à l'hôtel.

Puis j'entrai dans une chambre qui à elle seule était plus grande que mon studio. C'était l'unique pièce qui semblait vivante, puisque les draps étaient défaits.

Enfin quelque chose de normal...

Le lit était immense. Des poids traînaient au sol, et j'eus juste le temps de voir deux portes situées des deux côtés de la pièce, quand j'entendis une porte claquer au loin.

Je sursautai, paniquée à l'idée de me faire prendre en flagrant délit de curiosité.

Je courus alors dans le couloir aussi discrètement qu'un éléphant traversant un centre commercial, avant de m'arrêter net à l'entrée de la pièce principale, presque essoufflée.

Essayant de respirer normalement, je pénétrai dans le grand salon avec décontraction, au moment où Kylian arrivait à son tour, à l'autre bout de la pièce.

Son regard noisette me transperça si violemment que j'eus la sensation d'être complètement nue. Je me sentis soudainement sexy, et si belle sous son regard que c'en était totalement enivrant.

Un léger sourire étira le coin de ses lèvres. Il déposa son lourd sac au sol, puis marcha lentement vers moi.

Mon cœur s'affola.

Mes jambes tremblèrent.

Mon cerveau cessa de fonctionner.

Ma peau ne fut plus que chair de poule.

J'eus l'impression de me retrouver en plein match. Kylian

avançait vers moi, rempli d'assurance, sans toutefois se départir de son regard déterminé.

Cette fois-ci, dans ses yeux, je décelai parfaitement qu'il ne voyait que moi, que rien d'autre n'existait.

Exactement de la même manière, je ne voyais plus que lui. Une étrange connexion se créa entre nous, qui n'était pas pour me déplaire.

Mais une alarme se déclencha dans ma tête en même temps que le sentiment de plénitude coulait dans mes veines. Je souhaitais que ce regard sur moi ne change jamais…

Arrivé à ma hauteur, il leva un bras qu'il posa sur ma joue, puis dans mes cheveux. Il me tira légèrement la tête en arrière et m'embrassa en glissant son autre bras dans mon dos, pour me plaquer contre lui.

Sa langue joua brièvement avec la mienne, puis sa bouche descendit sur ma joue, puis dans mon cou, me faisant frissonner de plus belle.

Dans les méandres de mes pensées embrumées par le désir, mais surtout par les attentions de Kylian, une petite voix me souffla : *nous y sommes…*

15

Dans le brouillard de mes pensées confuses, une nouvelle alarme s'enclencha. Je tendis le bras et éteignis la lumière manuellement, mais il la ralluma immédiatement. Je l'éteignis à nouveau, mais il ne comprit pas le message et ralluma.

Comment lui dire que je ne voulais pas qu'il me voie ?

— Je ne veux pas que tu me voies.

Voilà, comme ça par exemple.

Bon sang ! Je me rendis compte de ce que je venais de dire et d'insinuer en même temps, et me sentis rougir. J'éteignis donc la lumière rapidement, mais Kylian la ralluma en m'observant avec un sourire éclatant.

Je me cachai le visage dans sa chemise.

— Pardon, grognai-je en relevant les yeux vers lui. Je suis… légèrement stressée.

C'était un euphémisme.

Kylian me regarda sans cesser de sourire, puis il haussa un seul de ses sourcils.

— J'ai remarqué, me dit-il calmement.

D'accord… J'étais vraiment transparente avec lui.

Prenant une courte inspiration pour faire redescendre la pression, je me mis sur la pointe des pieds, puis l'embrassai à nouveau.

Pourquoi stresser ? Ce n'était pas mon premier amour, mon comportement était ridicule. Pourtant, alors qu'il m'entraînait jusqu'au canapé, mon cerveau n'arrivait pas à se calmer. Il bouillonnait littéralement de questions, de doutes, de nervosité…

Il y avait tant de choses que je ne savais pas à son sujet ! Étais-je assez folle pour aller aussi loin avec lui ? Étais-je vraiment décidée à franchir ce cap, quitte à en perdre la raison ?

Parce que si je couchais avec lui, ce soir, je savais que mes sentiments prendraient un tout autre tournant. Il n'y aurait pas de retour en arrière possible, et puis, ce serait partager une partie de mon âme avec lui. Chaque jour mes sentiments devenaient un peu plus ancrés en moi, alors je savais que si nous passions à l'acte je m'enfoncerais encore plus loin dans ses filets, et je me trouvais déjà si proche de la folie que cela me terrorisait…

— Est-ce qu'on va coucher ensemble ? m'enquis-je entre deux baisers.

J'avais définitivement perdu mon intelligence… Il me rendait stupide, idiote, bête et tout autre synonyme du genre.

Pourtant, sa réponse me surprit.

— Non, Gaby. Nous ne coucherons pas ensemble. Pas ce soir.

Qu'est-ce qui n'allait pas avec moi ? me demandai-je soudainement. J'avais pourtant eu l'impression qu'il me désirait…

— Ah, non ?

— Non. Je sais que tu n'es pas prête. Tu es bien trop complexée devant moi, et j'aimerais que le jour où ça arrivera tu te sentes bien.

Il me picora doucement les lèvres et continua :

— Pas stressée…

Il passa la langue dans le creux de mon cou, me procurant mille frissons.

— Sexy.

Il mordilla ma lèvre inférieure en plongeant le regard dans le mien. Il faisait soudain très très chaud !

Ses paroles faisaient leur chemin jusqu'à mon cerveau, et je savais qu'il y avait encore pas mal de boulot s'il attendait réellement que ce soit le cas.

Je secouai la tête, refusant de lui laisser maîtriser la danse. Après tout, si c'était ce dont j'avais envie, pourquoi me priver ?

— Je ne suis plus stressée. On peut faire l'amour.

Mon ton si déterminé me fit éclater de rire, surtout lorsque je me rendis compte de ce que je disais. J'étais réellement pleine de contradictions.

Kylian sourit et haussa les sourcils, comme s'il ne me croyait pas.

— Ah, oui ?

— Oui ! Mon Dieu... Je crois que je ne réponds plus de rien lorsque je suis avec toi.

— Et j'aime ça.

Je pris une grande inspiration, puis lançai :

— Alors embrasse-moi.

Il secoua légèrement la tête, amusé, mais s'exécuta néanmoins, mettant tout son savoir-faire à l'œuvre. Il me renversa ensuite sur le canapé, me calant sous son corps.

Je me sentais bien dans le cocon chaud de ses bras.

Posant les mains dans son dos, j'attrapai la bordure de sa chemise que je tirai hors de son pantalon pour pouvoir toucher sa peau, douce et chaude à la fois. Je remontai les mains dans son dos, prenant le temps de caresser la courbure de ses reins, ainsi que le creux de sa colonne vertébrale, appréciant de sentir ses muscles rouler sous mes doigts.

Kylian m'embrassa, puis descendit dans mon cou, avant de tirer sur le col de ma chemise.

Il effleura le bord de ma clavicule, puis alla jusqu'à l'extrémité de l'autre, avant de se rallonger sur moi, où je pus sentir pleinement son désir centré plus au sud.

Pourtant... Il y avait tant de choses que je ne savais pas sur lui !

— J'ai une question, murmurai-je tout bas.

Il releva la tête, l'air absolument pas surpris.

— Je t'écoute.

Existait-il plus patient que lui ?

— Est-ce que tu as eu une réponse pour ton transfert ?

Il passa une main sur mon visage, puis joua avec une mèche de mes cheveux, avant d'acquiescer.

— Deux équipes américaines seraient prêtes à m'engager. Je vais les rencontrer la semaine prochaine.

Mon cœur se calcina.

Bien sûr, j'étais heureuse pour lui, mais je ne réussis pas à me réjouir. Entre le championnat, ses entraînements et mes partiels de fin d'année qui arrivaient à grands pas, il apparaissait clairement que notre relation allait se terminer beaucoup plus rapidement qu'elle n'avait commencé.

— Félicitations, dis-je néanmoins.

— Nous n'y sommes pas encore. N'y pense pas.

Facile à dire…

Cette nouvelle me conforta dans l'idée de prendre absolument tout ce qu'il accepterait de me donner. Tant pis pour mon cœur. Quitte à se mouiller, autant plonger, n'est-ce pas ?

Cette révélation m'indiqua clairement que même sans avoir couché avec lui j'étais déjà en train de me noyer dans mes propres sentiments.

Je l'embrassai aussi intensément que s'il devait partir demain.

Kylian resta sage, prenant son temps. Ses caresses n'étaient que des effleurements qui semblaient me mettre à chaud et à froid en même temps. Je ne savais pas ce qu'il attendait pour passer aux choses sérieuses, mais j'avais l'impression que je pourrais mourir de désir avant qu'il se décide.

J'avais peur et mal à la fois, mais j'avais aussi besoin de lui. J'avais besoin de ses mains et de ses lèvres sur moi. De savoir qu'il était là, et pas à des milliers de kilomètres…

— Parle-moi de toi, Kylian.

Il sourit une nouvelle fois, ne se rendant pas compte de mon tiraillement intérieur.

J'avais envie de parler sans cesse, mais aussi de son contact. Je voulais tout en même temps.

— D'accord, grognai-je en changeant d'avis. Laissons tomber la discussion. Faisons l'amour, c'est mieux.

— Non. (Kylian déposa un léger baiser sur mes lèvres, puis m'observa en respirant calmement.) Tu comprends pourquoi j'ai dit que nous ne coucherions pas ensemble, ce soir ?

— Parce que je parle trop ?

— Non, dit-il en rigolant brièvement. C'est parce que ce n'est pas le bon moment, tu n'es pas prête.

Je secouai la tête gravement.

— Je suis prête, au contraire. Je veux juste tout savoir de toi.

Quelque chose dans le ton de ma voix lui fit froncer les sourcils. Il m'observa un moment, cherchant un indice quelconque sur les traits de mon visage. Je ne sais pas ce qu'il trouva, mais il se releva en m'entraînant dans sa lancée, puis me cala contre lui, avant de m'embrasser sur le haut de la tête.

— Je ne partirai pas sans toi, Gaby.

Je fus transpercée par cette facilité qu'il avait à lire en moi. Je me raclai la gorge, puis secouai la tête.

— Nous parlons de ta carrière, Ky…

— Et moi, je te parle de nous.

Mon cœur se serra, avant de s'ouvrir en libérant quelque chose que je n'avais encore jamais ressenti jusqu'alors. À tel point qu'aucun mot ne pouvait le décrire.

— Mais… Tu ne peux pas mettre un frein à ta carrière à cause de moi. Je ne le veux pas.

— Je n'y mettrai aucun frein, mais je fais ce que bon me semble.

— Et ta mère ?

— Chut ! m'ordonna-t-il en posant la main sur ma bouche. Pas un mot à propos de ma mère. Je ferai ce qui me semblera juste. Est-ce que cette réponse te convient ?

— Est-ce que c'est sincère ?

— Très.

— Alors oui, elle me convient.

Je posai une main sur sa joue piquante, puis l'observai sans réussir à trouver une solution idéale pour préserver et son parcours professionnel et mon cœur.

Est-ce que c'était égoïste de ma part de souhaiter de tout mon être qu'il reste avec moi ?

Posant la tête dans le creux de son épaule, j'aurais voulu mettre le temps sur pause, simplement pour gagner quelques instants. Ce silence qui s'installa était apaisant, mais aussi comme en suspens.

— Tu voulais me poser des questions ? me demanda-t-il doucement.

Je me décalai légèrement pour pouvoir lui faire face et acquiesçai.

— Oui. Finalement, je te connais au présent, je sais qui tu es, mais à part ça je ne sais rien de toi, de ton passé, de tes projets…

— Peut-être que c'est mieux ainsi.

— Pourquoi ?

— Parce que mon passé n'est pas réellement intéressant.

— Tu n'es pas passé de simple joueur à joueur professionnel de Coupe d'Europe en un claquement de doigts ?

Il soupira, posa la tête en arrière, puis haussa les épaules.

— Comme tu voudras… Demande-moi ce que tu veux.

Une ribambelle de questions défilait dans mon esprit, et je dus prendre sur moi pour ne pas toutes les poser en même temps.

— Où se trouve ton père ?

Aïe… Peut-être que je commençais un peu trop fort…

Pourtant, il me répondit sans une once de crispation.

— Je ne sais pas. Tout ce que je sais, c'est que ma mère est tombée enceinte jeune, à l'âge de vingt ans, et qu'elle a été mariée à mon père pendant trois ans. Elle n'a jamais voulu me parler de lui, mais je n'ai jamais ressenti de manque non plus, puisque JB a comblé le vide.

Je compris mieux pourquoi Kylian et JB avaient cette relation précieuse.

— Tu n'as jamais pensé à faire des recherches ?

— Non, et je n'en ai pas envie.

— Pourquoi ?

— Quand j'étais petit, j'ai posé pas mal de questions sur lui à ma mère mais, en voyant que je n'avais aucun retour, j'ai abandonné en me disant que je finirais par le retrouver quand je serais plus grand. Ensuite, quand j'ai commencé à gagner de l'argent avec le basket, les gens ne m'ont plus regardé de la même façon. J'ai eu soudainement plein d'amis, avant de rapidement comprendre que ce n'était que par intérêt. Seul JB est resté celui qu'il a toujours été. Alors, je me suis dit que je ne voulais pas retrouver un père qui finirait sûrement par me voir de la même façon que tous les autres. Même ma mère a changé… Et je ne te parle pas de la gent féminine…

Je plissai le nez, n'appréciant pas beaucoup cette dernière partie de l'histoire, mais elle attisa tout de même ma curiosité.

— Les femmes ne s'intéressaient à toi que pour le profit ? Tu n'as jamais eu de relation sérieuse ?

— Si. J'ai eu une relation sérieuse, il y a trois ans. Mais, au bout d'un an, j'ai compris qu'elle avait été manipulée par ma mère. J'ai aussi compris qu'elle ne m'avait jamais aimé et qu'elle était présente à mes côtés simplement pour le prestige que lui apportait ma compagnie. D'ailleurs, aujourd'hui, elle défile sur les plus grands podiums… C'est à cette époque d'ailleurs que ma mère a compris comment gagner toujours plus d'argent et s'est mis en tête de me faire apparaître à chaque sortie avec une femme différente au bras.

— Pourquoi est-ce que tu acceptes tous ces petits jeux menés par ta mère ?

— Je pense que d'une certaine façon ça a toujours été ainsi, et donc c'est une habitude. Je me suis toujours fié à elle pour tout ce que j'ai pu faire, et cela m'a mené bien au-delà de mes espérances. Alors je suppose que je lui fais confiance. Sa carrière dépend de la mienne. Si elle veut garder son confort, elle n'a pas d'autre choix que de me pousser au plus haut.

À sa voix lasse, je compris qu'il avait tout pour être heureux, mais qu'il ne l'était définitivement pas.

— Qu'est-ce que je peux faire pour que tu sois enfin heureux ?

— Reste près de moi, me dit-il en me regardant. (Il passa un bras autour de mes épaules et me cala contre lui.) En dehors du terrain, tu es ce qu'il y a de plus naturel autour de moi. Je n'ai jamais autant ri que depuis que tu es entrée dans ma vie.

— Dis que je suis un clown !

Il rigola doucement, en me serrant un peu plus fort.

— Non. Tu es authentique, et dans mon milieu ça n'existe presque pas.

Cette conversation me fit remonter un souvenir datant de presque deux mois, soit la première fois que nous nous étions retrouvés en face à face sur le terrain de basket, après un match amical.

— Un jour, tu m'as demandé si je voyais un intérêt à me retrouver avec toi… Est-ce que tu pensais que j'étais superficielle ?

— J'ai appris à rester sur mes gardes, mais j'ai très vite eu ma réponse quand je t'ai offert le bracelet de diamants. D'ailleurs, quand j'ai vu que tu n'en voulais pas, j'ai réfléchi instantanément à tout ce que j'allais pouvoir t'offrir, simplement pour découvrir ce que tu aimes, mais tu m'as tout de suite dit « aucun cadeau », alors j'ai réfréné mes ardeurs.

Je rigolai en me disant que cet homme était totalement fou. Je voulus poursuivre mon interrogatoire, mais il me devança.

— Et toi ? Ton enfance ?

Je compris qu'il était temps de faire une pause en ce qui concernait sa vie. Kylian semblait se dévoiler petit à petit, sans jamais aller jusqu'au fond des choses, comme si parler de lui l'ennuyait. J'accédai alors à sa requête silencieuse, bien que nous ayons déjà eu des tonnes de conversations sur ma famille.

— J'ai un petit frère, Mike, qui m'a pourri la vie plus jeune. Mes parents sont des gens parfois négligents, mais qui m'ont toujours soutenue dans mes choix. J'ai grandi bien entourée, je suppose que je n'ai pas de quoi me plaindre.

— Où sont-ils ?

— Dans une petite ville tranquille, en Bourgogne.

— Et pourquoi dis-tu que ton petit frère t'a pourri la vie ?

Je levai les yeux vers Kylian, étonnée de voir que le sujet l'intéressait réellement. Il me regarda en attendant la réponse, comme curieux de connaître cet autre moi.

— Les petits frères et les petites sœurs ne sont conçus que pour mener la vie dure à leurs aînés. Petit, il racontait à mes parents chacune de mes bêtises et, comme tu peux l'imaginer, j'en faisais des tonnes.

Il rit en acquiesçant, puis enchaîna :

— Où est-il, à présent ?

— À l'université, pas loin de chez mes parents. Il prépare un diplôme dans la branche commerciale.

Kylian garda le silence un instant, comme s'il réfléchissait à tout ce que je venais de lui révéler, avant de reprendre :

— Pourquoi l'argent et tout ce qui s'en approche te rebutent autant ?

— Ce n'est pas l'argent qui me rebute. Ce sont les gens qui en possèdent. Tu m'as toi-même dit que tu achetais tout et n'importe quoi, simplement pour l'attrait de la nouveauté…

— Ouch !

Il posa une main sur son cœur, faussement touché.

— C'est la vérité, Kylian ! Je ne suis pas une bonne samaritaine, mais il y a tellement de gens qui luttent simplement pour réussir à nourrir leurs enfants, qui doivent parfois même s'endetter pour pouvoir assumer les besoins de leurs proches, qu'être témoin de ce genre d'achats compulsifs et futiles me fait froid dans le dos.

Son bras toujours autour de moi, Kylian glissa les doigts sous mon haut, caressant mes hanches. Je me demandai s'il appréciait de sentir mes poignées d'amour…

D'ailleurs, pourquoi les appeler ainsi ? On leur ferait plutôt la guerre à ces poignées tenaces.

Kylian resta silencieux un instant, ignorant mes réflexions internes, puis trouva mon regard.

— C'est du vécu, n'est-ce pas ?

Je pris une longue inspiration, puis acquiesçai sans vouloir entrer dans les détails.

— Et pourquoi la célébrité ne t'attire pas, dans ce cas ?

Je souris en comprenant qu'il aurait aimé que les choses soient différentes. Lui aussi était paradoxal dans ses envies. Un autre point commun.

— Parce que ça ne me ressemble pas, répondis-je finalement en reportant mon attention sur les murs nus de toute décoration. Si un jour je réussis à inventer une machine spatio-temporelle je me mettrai moi-même un tapis rouge mais, être en première ligne pour une relation amoureuse qui devrait rester dans l'intimité, très peu pour moi.

— Je comprends. Mais, si un jour notre histoire finissait étalée dans un magazine, comment tu réagirais ?

Je l'observai à nouveau, mais il semblait fuir mon regard. Je fus soudain inquiète.

— Je n'en sais rien, parce que j'espère vraiment que ça n'arrivera pas. Pourquoi cette question ?

— J'ai écarté toute idée que toi et moi avions une relation pendant mon interview de ce soir, mais… je crains que ma mère ne cherche à te tester. À nous tester.

— Pourquoi ? Pourquoi est-ce qu'elle ne pourrait pas simplement te laisser vivre ?

— Elle veut le contrôle. Elle a un objectif, mais je ne sais pas encore lequel.

Je mentirais en disant que cela ne m'angoissait pas. Bien au contraire. Si sa mère voulait m'écarter de son fils, j'imaginais bien qu'elle trouverait comment faire. Elle n'aurait pas réussi à emmener Kylian en haut de l'échelle en étant stupide.

Qui savait quelles cartes elle avait dans son jeu ? Ou même les relations haut placées qu'elle pouvait mettre sur l'échiquier ?

Je ne savais pas où tout cela allait me mener, et un énorme doute s'installa en moi.

Peut-être que Kylian croyait en notre relation, mais moi…

Oui, je voulais croire en nous, mais j'avais peur d'y croire tout de même.

16

Nous finîmes allongés en travers de son grand lit. En toute sincérité, je ne me rappelais pas du tout comment nous nous étions retrouvés ici.

À un moment nous parlions sérieusement, puis nous avions fini par tellement rire l'instant d'après – sûrement du fait de la fatigue et de nos paroles incompréhensibles – que j'étais entrée dans une phase d'ivresse, alors que je n'avais pas touché une goutte d'alcool.

Kylian m'avait montré la salle d'eau adjacente à sa chambre, puis son dressing, où tout était rangé par catégorie : d'abord ses vêtements de tous les jours, puis ses vêtements de sport et enfin ses costumes. Sous sa longue penderie étaient alignées des chaussures par centaines, qui me rendirent jalouse. Quelques objets s'y trouvaient aussi, comme des ballons, des trophées et des équipements sportifs.

Nous étions ensuite retournés sur le lit, où nous n'avions ri que de lui, à cause de toutes ces choses qu'il achetait sans raison particulière.

— Un jour, j'ai même acheté une sculpture à 12 000 euros, me dit-il.

Riant au point que plus aucun son ne sortait de ma bouche, je dus me reprendre à trois fois avant de réussir à dire :

— À quoi ça a servi ?

— Strictement à rien. (Il secoua la tête en riant de lui-même.)

Je le sais aujourd'hui, mais sur le coup j'étais persuadé que c'était un bon investissement.

Les anecdotes comme celle-ci s'enchaînèrent jusqu'à l'aube, et pour la première fois Kylian s'endormit avant moi…

Je restai chez lui jusqu'au lundi matin. Je n'avais cessé de découvrir un peu plus de lui à chaque seconde qui passait. Cette nuit-là, il sembla s'ouvrir entièrement, me laissant voir tout de lui, me dévoilant son univers et son cœur. J'avais notamment appris qu'il n'était que très rarement présent dans cet appartement, du fait de ses nombreux déplacements à Chalon, où il jouait toute l'année, ce qui expliquait le manque de décoration.

Au réveil, j'avais pris un délicieux bain à bulles, mais je n'avais pas pu m'y attarder, car Kylian m'avait priée de le rejoindre pour manger.

J'avais ensuite appris qu'il était un très, très mauvais cuisinier, ce qui s'était fini par un fou rire, suivi d'une livraison à domicile d'un assortiment gigantesque de plats japonais.

Ce week-end, j'avais découvert un Kylian joyeux, drôle et attentionné. Ces facettes de lui me rendaient folle, m'envoûtant toujours un peu plus.

C'est donc totalement morose que je me réveillai lundi matin. Kylian était parti une heure plus tôt, un sac de voyage pendu à l'épaule. La tristesse avait débuté à ce moment-là, puis avait continué pendant ma douche rapide, mais avait cessé lorsque j'étais montée en voiture avec JB.

Voir mon agent secret me redonna le sourire jusqu'à ce que j'arrive chez moi, où je devins complètement grognon, sans malheureusement avoir quelqu'un sur qui grogner… Dommage !

Après m'être changée, je récupérai mon ordinateur portable, ainsi que mon chargeur, puis me rendis à la fac.

Le retour à la réalité était dur… Très dur.

Les élèves étaient plus rares en cours, comme à chaque fois que les partiels approchaient. Pour ma part, je passai la matinée la tête dans les nuages, l'esprit envahi de souvenirs que je revivais en boucle.

À midi, je rejoignis Marie au restaurant universitaire. Je la trouvai à notre place habituelle, en train de réviser. Je m'installai en face d'elle et la saluai. Salut auquel elle ne me répondit que par un signe de tête.

Décidant de la laisser dans ses révisions, j'entamai une petite salade en guise d'entrée, tout en lisant le dernier texto que Kylian venait de m'envoyer.

L'équipe organise un barbecue ce soir. Soirée privée, aucun paparazzi, juste entre nous. Tu voudrais venir ?

Je répondis par l'affirmative, en précisant que je le retrouverais après le travail.

Reportant mon attention sur Marie, je la vis dans la même position, lisant toujours la même page, ce qui me perturba.

— Marie ?

— Oui ? répondit-elle sans même lever le visage.

— Est-ce que ça va ?

— Très bien.

Non, me dis-je. *Elle ne va définitivement pas bien.*

— Regarde-moi, s'il te plaît.

J'avais déjà vécu trop de fois cette situation pour ne pas comprendre ce qu'il en était.

Marie mit tant de temps à relever la tête que je crus qu'elle ne le ferait jamais. Quand elle plongea ses yeux bleus troubles dans les miens, je soupirai en me calant contre mon dossier.

— Tu as recommencé à consommer ? demandai-je à voix basse.

— Non.

Je pris une courte inspiration pour ne pas m'énerver, mais l'agacement se fit entendre dans mes paroles rapides.

— Non ? Est-ce que tu t'es regardée dans un miroir ? Parce que tes cernes violets et ton regard absent ne me laissent aucun doute sur le fait que tu as pris de la drogue.

— Ne me fais pas la morale, s'il te plaît.

L'animosité transpirait dans sa voix, ce qui ne lui ressemblait absolument pas.

— Je ne veux pas te faire la morale, Marie, mais je pensais que tu en avais fini avec ces conneries !

— D'accord ! J'ai craqué ! Satisfaite ?

Elle se leva, attrapa ses affaires qu'elle cala sous son bras, puis s'éloigna de moi à grands pas. Je soupirai sans comprendre ce qui lui passait par la tête, puis récupérai mon Coca, avant de jeter le reste de mon plateau.

À ce rythme, j'allais devenir squelettique.

Je trottinai jusqu'à la sortie, puis continuai sur les pas de ma meilleure amie. Je finis par la rattraper aux portes de l'université, où la chaleur de l'extérieur me frappa de plein fouet, me faisant transpirer instantanément.

Quand je disais que j'allais devenir squelettique… Je fondais littéralement sur place.

— Arrête de fuir, Marie. Dis-moi ce qui s'est passé ce week-end.

— Je te l'ai dit, j'ai craqué.

— Grégory ? (Son silence me fit comprendre que cet homme maléfique était bien la raison qui l'avait fait craquer.) Pourquoi ? Dis-moi ce qui s'est passé.

— Ce qui s'est passé ? Tu n'étais pas là. Voilà ce qui s'est passé !

Les larmes noyèrent ses yeux bleus. Elle s'affala ensuite sur un banc, en se cachant le visage, puis continua :

— J'ai essayé de lui dire non, Gab. J'ai réellement essayé de le repousser depuis trop de semaines. Seulement, il a toujours cette emprise sur moi, et j'ai fini par craquer. Nous sommes restés ensemble tout le week-end, dormant la journée et allant en soirée la nuit. Dès que je suis avec lui, c'est comme si toutes mes bonnes résolutions s'envolaient. En plus, il est comme j'ai toujours voulu qu'il soit, Gab, c'est une pure torture.

— Il essaye juste de te récupérer !

— Et il a réussi ! (Elle releva le visage vers moi en reniflant.) J'ai essayé de t'appeler d'innombrables fois, mais tu n'as pas répondu…

Elle fondit en larmes, et je fus heurtée de plein fouet par la culpabilité.

— Je suis désolée, soufflai-je sans savoir quoi dire d'autre.

— Tu m'as dit que tu ne me lâcherais jamais. Je ne voulais pas craquer, je te le jure, mais tu es ma seule bouée, et je suis tombée une fois de plus dans son piège. Je sais que je devrais être plus forte, mais je n'y arrive pas une fois devant lui.

— Tu y arriveras, Marie, je te le jure. Je ne te laisserai plus.

Je me sentais une amie horrible. J'avais vu ses appels mais, dans ma bulle d'amoureuse transie, je n'avais pas voulu répondre, pour ne pas revenir sur terre trop tôt. Puis j'avais finalement éteint mon téléphone.

Prenant sa main dans la mienne, je gardai le silence le temps qu'elle se calme, puis lui demandai :

— Après le travail, je vais à une soirée, tu veux venir ?

— Une soirée avec ton basketteur ?

— Il y aura toute l'équipe, ce sera tranquille et ça te changera les idées.

Elle s'essuya les yeux en prenant soin de ne pas étaler son maquillage, puis se reprit doucement et acquiesça.

— D'accord. Je pourrai enfin faire la connaissance de celui qui occupe tes pensées.

J'acquiesçai, soulagée de la voir se calmer. Cela me brisait le cœur de la voir aussi mal. Quand elle releva le visage vers moi, je me rendis compte qu'elle était extrêmement fatiguée. Elle trouva la force de me sourire timidement, puis me demanda :

— Tu l'aimes ?

Cela m'aurait écorché la gorge de le dire à voix haute, alors j'acquiesçai.

— Tu es sûre qu'il est sérieux ?

— Oui, assurai-je d'une voix ferme.

Du moins, l'espérais-je.

Le soir venu, je soufflai un bon coup après le service qui venait de s'écouler. J'avais échappé au salon, mais Samuel m'avait tout de même mené la vie dure, en fait comme depuis plusieurs semaines, depuis qu'il avait été mon serveur avec Kylian.

Pourtant, ce que je lui avais dit n'était qu'une toute petite remarque…

Quoi qu'il en fût, je fus ravie de me retrouver seule dans les vestiaires. J'en profitai pour aller prendre une douche dans la pièce adjacente, au calme. Je ne prenais que rarement des douches ici, parce que c'était une grande pièce collective, et j'étais un peu… pudique, dirons-nous.

Il me restait environ vingt minutes avant que Marie me rejoigne, je pris donc tout mon temps, ce que je n'aurais sûrement pas dû faire.

La porte de la douche s'ouvrit, laissant apparaître une Talina en tenue d'Ève.

— Talina ! criai-je en cachant ma poitrine et tout mon corps comme je le pus.

Elle leva la main devant elle, solennelle.

— Non, Gaby. Il faut qu'on parle.

— Quand j'aurai fini ma douche et que je ne serai plus toute nue !

— Je suis nue aussi, pour info.

— Oui, je le vois bien, et c'est très étrange d'ailleurs.

Non, prendre une douche avec ma collègue n'était pas dans mes habitudes.

Elle leva les yeux au ciel, absolument pas gênée, puis se dirigea vers le jet d'eau à côté du mien. Je me rinçai en vitesse accélérée et m'enveloppai de ma serviette avant de m'appuyer contre le mur.

— J'ai besoin de parler à quelqu'un, Gaby, et tu es ma seule amie.

Surprise d'entendre que ma collègue me considérait comme son amie, et encore plus d'être la *seule*, je lui accordai toute mon attention.

— Je t'écoute.

— C'est Morgan. Il est… Il me…

Mon Dieu ! Talina qui bégayait ? Une première. Le problème devait être grave.

— Qu'est-ce qu'il a fait ?

— C'est un étalon, un pro du sexe…

Je m'étranglai, puis éclatai de rire sans comprendre ce qu'il y avait de mal à ça.

— Pourquoi tu sembles sous le choc ?

— Parce que normalement c'est moi qui mène la danse. C'est moi qui suis au-dessus, qui prends les choses en main. Qui décide quand et comment ça explose…

— Épargne-moi les détails, je t'en prie.

— D'accord. En gros, c'est moi qui tiens les rênes. Mais ce week-end, il m'a fait… Il… Merde ! Il m'a fait l'amour !

Je posai les mains sur mes yeux, essayant de ne pas rire, mais le visage angélique de Talina sidérée pour si peu était hilarant.

— Où est le mal ?

— On ne m'a jamais fait l'amour.

Je l'observai, malheureusement pas vraiment surprise par cette révélation, du fait de sa longue liste de portefeuilles. Pourtant, je compris que ce détail changeait absolument tout.

— Ce n'est pas bien ?

— Ce n'est surtout pas le pire. Il a attrapé mon téléphone, a enregistré son numéro, puis a pris le mien, et depuis… Il m'envoie des choses étranges.

— Étranges comment ?

Elle grimaça en se rinçant, puis s'enveloppa dans une serviette avant de venir près de moi.

— Des choses, me dit-elle en chuchotant. Des choses comme « je pense à toi ».

Je souris en secouant la tête.

— Ce n'est pas étrange, Talina.

— Ah, non ? Mais personne n'a jamais pensé à moi.

Je perdis mon sourire.

— Qu'est-ce que tu veux dire ?

— Que les hommes ne pensent pas à moi en dehors du lit. Personne ne l'a jamais fait, et je suis terrifiée par ça. D'habitude, je passe du bon temps, tout en réussissant à soutirer de l'argent à mes partenaires à travers des bijoux, des vêtements ou autre. Mais là, Morgan mène le jeu. Il décide. Il me fait l'amour… C'est trop pour moi.

— Je ne sais pas quoi te répondre, dis-je en pensant à ce qu'elle venait de me révéler. C'est ce qui arrive quand on a une relation.

— Une relation ? Je n'ai pas de relations ! Je couche avec des hommes, et c'est tout !

Je plissai le nez, sans savoir quoi lui dire. Talina était définitivement un cas particulier.

— Je ne sais pas quoi te dire, répétai-je.

— Ne t'en fais pas, je ne cherche pas de réconfort, j'avais juste besoin de parler.

Elle retrouva son sourire, haussa les épaules, me remercia et retourna dans les vestiaires.

Cette fille était bien trop étrange pour que je réussisse à la comprendre…

Je rejoignis finalement Marie devant l'hôtel, puis nous nous rendîmes à la Terrasse du 43, qui se trouvait au centre de la capitale, et dont la terrasse dominait tout Paris.

Il y avait beaucoup de monde, beaucoup trop pour que ce ne soient que des joueurs de basket. Je zyeutai partout, à la recherche d'un visage que je connaîtrais, mais ne trouvai personne.

Ça commence bien, me dis-je en grimaçant.

Je me dirigeai vers le bout de la terrasse, espérant avoir un meilleur angle de vue.

— Je vais nous chercher à boire, me signala Marie après quelques minutes.

J'acquiesçai en me tournant vers la tour Eiffel, puis attrapai mon téléphone, prête à envoyer un message à Kylian, quand sa voix résonna tout près de mon oreille.

— Salut.

Je me retournai en souriant, heureuse de l'entendre et d'être au bon endroit.

Il était habillé d'un jean et d'une chemise classique. Il m'embrassa du bout des lèvres et me tendit un verre.

— Il y a beaucoup de monde pour un simple barbecue, dis-je en observant la foule.

— Il semble que tout le monde ait eu l'idée d'inviter des amis.

Marie revint avec deux verres et grimaça en voyant que j'étais déjà servie. Je fis les présentations officielles, puis Kylian nous laissa quelques minutes pour s'entretenir avec un homme rondouillet à l'air sympathique.

— Il est encore plus charmant en vrai qu'à la télé, me dit-elle en trinquant avec moi. Quand je disais que tu attendais le top du top…

Je gloussai, contente de voir que mon amie retrouvait le sourire, mais les effets du manque étaient tout de même visibles. Elle ne cessait de se frotter le bras comme si elle avait froid, alors qu'il faisait plutôt doux.

J'avais trop souvent vu ce genre de signes pour ne pas les identifier immédiatement.

Marie ne montrait cependant rien, et je fus fière que mon amie réussisse à prendre sur elle. Elle s'appuya sur les barrières et observa la foule avant de me dire :

— Je vais aller faire un tour, je te retrouve tout à l'heure ?

J'acquiesçai, soulagée de la voir essayer de redresser la barre. Je perdis ma bonne humeur lorsque j'aperçus la mère de Kylian dans mon champ de vision. Elle me fixa, puis, m'ignorant ostensiblement, se tourna vers JB.

C'était sûrement bon signe…

Kylian les rejoignit, et l'homme rondouillet à l'air sympathique vint s'appuyer sur la barrière à mes côtés.

— Bonjour, mademoiselle Ferry.

Cet homme était résolument anglophone. Habillé décontracté, il ajusta sa casquette où des sortes de griffes semblaient incrustées dans le tissu. Je le saluai en retour, curieuse, et serrai sa main lorsqu'il me la tendit, puis il se présenta.

— Je suis monsieur Hanks, le second coach de l'équipe des Chicago Monsters. Un peu plus tôt dans la journée, j'ai rencontré M. Foster, que nous essayons de recruter, mais qui m'a clairement fait comprendre ses attentes, qui ne se limitent pas au terrain de basket.

Une certaine appréhension monta en moi, alors même que le visage de ce monsieur restait amical. Il continua sans voir mon malaise grandissant.

— Il ne partira pas d'ici sans vous, mademoiselle. Le problème qui se pose, c'est que j'ai l'ordre de ne pas rentrer tant que je n'aurai pas une promesse orale d'engagement de la part de M. Foster. Le second problème est qu'un autre coach est aussi à la recherche de cet engagement. Je vous dis tout cela pour vous faire une proposition, mademoiselle.

Je sentais la magouille à plein nez. Est-ce que c'était un piège ? Le monde des fortunés n'était-il pas corrompu de toute part ?

Je ne répondis pas, mais acquiesçai en lui signifiant qu'il avait toute mon attention.

— M. Foster nous a suggéré de vous engager dans l'équipe pour une année de stage en tant que kinésithérapeute.

Je le fixai, sans que ses mots arrivent à mon cerveau. J'eus un moment d'hésitation, avant de comprendre que tout cela n'était pas une blague.

— Votre proposition est vraiment gentille, mais je n'ai

pas encore validé mon cursus, monsieur. De plus, je ne suis pas spécialisée dans les sportifs.

— Ce n'est qu'un détail. Vous pourrez poursuivre vos études, et nos experts vous enseigneront le reste.

— Euh…

Complètement abasourdie par cette nouvelle, je pensai à Kylian et à sa folie d'un côté, à ma famille de l'autre.

— Vous n'êtes pas obligée de me donner votre réponse ce soir. Voici ma carte, me dit-il avec un sourire en me tendant un carton plastifié avec les mêmes griffes que sur sa casquette – sans doute le logo de l'équipe. Appelez-moi quand vous vous serez décidée.

J'acquiesçai sans pouvoir parler. J'étais sous le choc, trop sidérée pour pouvoir dire quelque chose de cohérent.

Premièrement, un monde nouveau que je ne connaissais pas m'ouvrait ses portes.

Deuxièmement, Kylian ne m'avait pas menti. Il ne partirait pas sans moi…

17

Je glissai la petite carte dans mon sac quand Kylian revint vers moi.

— Tout va bien ? me demanda-t-il avec un sourire malicieux.

— Très bien.

Je me mordis l'intérieur de la joue, n'arrivant pas à croire qu'il soit assez fou pour me mettre en condition de la signature de son contrat.

— Tu as rencontré M. Hanks ?

— Oui, et il m'a fait une proposition dont tu es à l'origine…

Il sourit à pleines dents et acquiesça.

— Je ne plaisantais pas lorsque je te disais que je pouvais t'aider à entrer dans le monde des sportifs. Il ne tient qu'à toi d'accepter ou non, mais prends le temps d'y réfléchir, d'accord ?

Il paraissait inquiet de m'entendre refuser d'emblée. Prenant une longue inspiration, je finis par acquiescer.

— D'accord, mais tu te rends compte que tu es en train de mettre en balance ton contrat pour moi, Kylian ?

— C'est tout l'intérêt d'une négociation, se moqua-t-il légèrement.

Je lui frappai l'épaule, me sentant stupide.

— Tu es fou.

Il s'approcha de moi, puis sourit tout contre mes lèvres.

— De toi, oui.

Mon cœur se remit à faire des loopings. C'était bien une déclaration, n'est-ce pas ?

Avec son baiser, et cette possible perspective, l'avenir ne me paraissait plus aussi sombre. Avec cette nouvelle possibilité, tout s'illuminait, et je voyais la probabilité d'être heureuse. Comme l'avait dit Kylian, il ne tenait qu'à moi de saisir cette chance.

Passant les bras autour de sa taille, je le serrai puis levai les yeux vers les siens, brillants d'un éclat que je n'avais encore jamais vu.

— Tu as aussi rencontré le second entraîneur ? m'enquis-je.

— Oui. Mais Hanks est le seul à avoir pris en compte ma demande te concernant, pour le moment.

— Et, si tu devais choisir sans penser à moi, quelle équipe rejoindrais-tu ?

— Les Monsters, sans hésiter.

Je souris, soulagée. Je ne voulais pas qu'il se décide uniquement pour moi.

— Tu as faim ?

Je secouai la tête en grimaçant.

— Non, je suis désolée, j'ai mangé avant mon service.

— Heureusement que je t'ai dit qu'on faisait une soirée barbecue…

Son ton ironique me fit grimacer à nouveau, mais il ne semblait pas m'en vouloir.

Je me justifiai tout de même.

— J'ai loupé mon repas du midi et j'avais vraiment faim.

— Pourquoi ?

— Longue histoire.

— Cette longue histoire a-t-elle un rapport avec ta meilleure amie ?

— En grande partie, oui.

— D'accord. Eh bien, je vais aller me chercher à manger et je reviens.

J'acquiesçai, puis le regardai partir en se faufilant délicatement entre les gens.

Je me demandais ce que mes parents diraient si je leur annonçais que je partais à l'autre bout du monde. Ils m'avaient encouragée lorsque je leur avais appris que je quittais la maison pour faire mes études à Paris, mais cette fois-ci je ne pourrais plus leur rendre visite quand je le souhaiterais…

Je souris tristement en comprenant que je cherchais le moindre prétexte qui pourrait me retenir ici, parce que mes parents me diraient assurément de foncer tête baissée. Ils n'avaient jamais été très prévenants.

Mon regard trouva Marie, qui discutait avec un homme en costume, quand une voix me fit sursauter.

— Est-ce que tu sais pour quelles raisons mon fils est avec toi ?

Tournant le visage vers Mme Foster, je sentis mon ventre se contracter d'appréhension, mais tentai de ne rien laisser paraître.

— Vous allez sûrement me le dire, je vous écoute.

Un peu plus grande que moi, perchée sur ses hauts talons, elle s'appuya sur la barrière avec une coupe de champagne, l'air faussement amical. J'imaginais parfaitement l'image que nous donnions : une simple discussion bienveillante, ce qui n'était absolument pas le cas.

— Mon fils est en pleine crise d'adolescence retardée. Il ne cherche qu'à me contrarier, et pas seulement sur le plan de sa vie affective. Tu n'es qu'un pion pour lui, parce que assurément tu n'es pas son type de femmes. Il ne sort avec toi qu'à des fins personnelles dirigées contre moi.

— Peut-être qu'au contraire il ne veut pas de réplique à votre image, rétorquai-je sans hésiter.

Ferme-la, Gaby, m'intimai-je, mais ce qu'elle venait de me dire m'atteignait trop pour que je ne crache pas mon venin aussi.

Mme Foster ne s'offusqua pas, au contraire. Elle sourit, puis je vis clairement son expression changer. Elle me regarda différemment, comprenant sûrement que je ne me laisserais pas faire aussi facilement.

— C'était un conseil. Mon fils ne restera pas indéfiniment avec toi. Tu n'es pas comme lui. Il finira par trouver une femme à sa hauteur, avec plus de… classe.

Je lâchai un rire bref en comprenant le sous-entendu, puis secouai la tête en me rappelant intérieurement d'essayer de me taire.

J'imaginais que si je continuais à parler, elle finirait par savoir où frapper pour que cela fasse mal, et je ne voulais lui céder aucune carte avec laquelle elle pourrait mener le jeu.

— Crois-moi, jeune fille, continua-t-elle lorsqu'elle vit que je ne répondais pas. Il ne veut que me prouver je ne sais quoi. Une fois qu'il aura compris que je m'en fiche, il te laissera.

— Vous ne vous en fichez pas tant que ça, apparemment. Alors, je pense qu'à ce rythme, en partant du principe que vous dites vrai, nous resterons un long moment ensemble.

J'eus envie de lui cracher pas mal de choses sur sa façon d'être mère, de lui dire de se mêler de ses affaires, mais ce n'était pas mon rôle, et une part de moi était assez terrifiée de ce dont était capable cette femme.

— C'est dommage, conclut-elle en se décollant de la barrière. Tu avais l'air d'une fille intelligente.

Je la regardai partir, en me demandant ce que je risquais si je la jetais par-dessus la barrière… La prison sûrement.

Kylian revint vers moi à grands pas, en lançant un regard mauvais à sa mère au loin. Les sourcils froncés, il me demanda :

— Qu'est-ce qu'elle t'a dit ?

— Rien qui vaille la peine d'en parler.

— Elle a essayé de t'acheter ?

Son regard devint plus inquiet et rageur à la fois.

Je posai mon verre sur la table la plus proche, puis encadrai son visage de mes mains en le fixant droit dans les yeux, pour qu'il comprenne que j'étais sérieuse.

— Elle ne pourra jamais m'acheter, Kylian. Ni me soudoyer

ni rien d'autre. Je suis avec toi pour ce que tu es, pas pour ton prestige, et encore moins pour ton argent.

Il se détendit, puis acquiesça, semblant revenir à lui- même. Il eut un rire las, puis secoua la tête.

— Je suis désolé.

— De quoi ?

— De douter.

Je fronçai les sourcils, sans comprendre.

— Tu doutes de quoi, exactement ?

— J'ai tendance à penser que ma mère obtient tout ce qu'elle veut et…

— C'est étrange, c'est exactement ce que je pense de toi, le coupai-je en souriant.

Il me regarda avec un léger sourire en gardant le silence, puis soupira :

— Je ne doute pas de nous, Gaby. Je crains juste qu'elle réussisse à t'éloigner de moi d'une manière ou d'une autre.

— Il n'y a aucune raison qu'elle y arrive, n'est-ce pas ?

— Non, aucune.

Il s'appuya sur la barrière à côté de moi, puis engloutit ses deux sandwichs, avec une rapidité qui me fit rire une fois de plus, ce qui nous détendit tous les deux.

— Le prochain match que je vais jouer, ce sera pour accéder aux quarts de finale. Je te dis cela pour t'annoncer que, si nous gagnons, les dates des prochains matchs seront beaucoup plus rapprochées, mais je ferai en sorte de toujours avoir du temps pour toi.

— Avec mes partiels qui approchent, je vais passer mon temps à réviser aussi… Mais tu me serais fort utile pour mes révisions.

Il sourit pleinement en haussant les sourcils, soudainement très intéressé.

— Je me porte volontaire en tant que cobaye. Je me dévouerai pleinement à tes soins.

Je ris en secouant la tête, prête à dire que ça promettait

d'être très intéressant, mais un de ses coéquipiers arriva, me coupant dans ma lancée.

Gary observa avec intérêt Kylian, un peu moqueur. Kylian le frappa, avant de le pousser loin de moi, mais Gary en décida autrement et se présenta devant moi en me tendant la main.

— Tu dois être Gabrielle, celle qui réussit à faire sourire Kylian. Je suis Gary junior, l'homme à la serviette.

Je me retins de rire et serrai la main de Gary, en voyant du coin de l'œil Kylian grimacer.

L'anecdote de la serviette me fit me demander si Kylian lui avait fait un reproche ce jour où je l'avais vu dans sa chambre avec pour seul vêtement une serviette autour de la taille.

— L'homme à la serviette, dis-je en souriant. Oui, je me souviens parfaitement.

Kylian passa un bras autour de mes épaules et fronça les sourcils.

— Qu'est-ce que tu veux, Gary ?

— Simplement rencontrer la fille qui rend mon meilleur pote joyeux.

— Eh bien, tu l'as rencontrée, c'est fait. À plus tard.

Je regardai Kylian et compris qu'il ne plaisantait pas.

Gary éclata de rire, mais ne bougea pas.

— Plus sérieusement, reprit-il. Il y a trop de monde ici, avec le reste de l'équipe, on va au coin de la rue, il y a un terrain, et Fall a parié les titulaires contre les remplaçants. Qu'est-ce que t'en dis ?

Je vis l'envie passer dans le regard de Kylian, pourtant il s'apprêtait à secouer la tête. Avant qu'il puisse refuser, je pris la parole.

— Pourquoi pas ?

Kylian haussa les sourcils, prêt à prendre la parole à son tour, mais Gary donna une tape sur son épaule.

— Je vais prévenir les autres que tu es de la partie.

Il disparut sans que quelqu'un puisse ajouter quelque chose, ce qui me fit sourire.

— Tu n'aurais pas préféré qu'on aille ailleurs ? me demanda Kylian en se tournant vers moi.

— J'aime te voir jouer et je ne t'ai encore jamais vu sans qu'il y ait d'enjeu particulier.

— Crois-moi, avec mes coéquipiers, il y a toujours un enjeu…

Je souris, puis haussai les épaules.

— À toi de gagner dans ce cas.

— Qu'est-ce que j'ai à gagner ?

Je réfléchis à toute vitesse sans trouver de challenge, bien que beaucoup de choses me traversent l'esprit. Au lieu de quoi, je lui chuchotai à l'oreille :

— Gagne et tu verras.

Houla ! Cette toute petite phrase, suivie du regard suggestif de Kylian, me fit me sentir terriblement aguicheuse.

— Je vais chercher Marie et je reviens, dis-je doucement pour me soustraire à son regard un peu trop lourd de sens.

Il faisait chaud tout d'un coup, non ?

Je l'entendis rire alors que je m'éloignais de lui.

J'entrai dans le bar, cherchant ma copine du regard, avant de la trouver assise avec un homme et une femme, en pleine discussion.

Elle me dit qu'elle souhaitait rester ici, je passai alors rapidement aux toilettes, avant de tomber sur madame Foster et JB, près du couloir que j'empruntais. Je me cachai, mon cœur s'accéléra légèrement. La dernière chose que je souhaitais, c'était une autre entrevue avec la mère de Kylian.

La curiosité prenant le dessus, je tendis l'oreille.

— … ne peut pas continuer, JB. Trouve quelque chose sur elle, sur eux, peu importe. Mais trouve quelque chose.

J'eus envie de sortir les griffes et les crocs, comprenant que sa vie ne tournait réellement qu'autour de celle de son fils.

— Pourquoi ne pas les laisser tranquilles ? répondit JB calmement. Regarde Kylian, Anna. Il est heureux, pourquoi ne le laisses-tu pas vivre ?

— Je te rappelle que c'est mon fils et non le tien. Je sais mieux que quiconque ce qui est bon pour lui.

— Tout ce que tu vas finir par faire, c'est le perdre.

Mme Foster garda le silence, ce qui était une première pour moi. Je leur jetai un coup d'œil rapide et les vis bien plus proches que de simples amis. Lorsque JB se pencha vers elle pour clairement l'embrasser, je me repliai derrière le mur, refusant de jouer les voyeuses.

— Fais ce que je te dis, finit par dire mme Foster.

JB ne répondit rien mais, s'il était en couple avec la mère de Kylian, est-ce que je pouvais toujours avoir confiance en lui ? Est-ce qu'il était à ce point dévoué à Kylian uniquement pour l'épier ? M'épier aussi par la même occasion ?

Je restai figée derrière le mur, réfléchissant à cette nouvelle information qui me rendit réellement mal.

Est-ce que Kylian avait quelqu'un dans son entourage qui était sincère avec lui ?

Je finis par sortir de ma cachette, mais tombai nez à nez avec JB que je faillis bousculer. Mon cœur s'accéléra, j'espérais qu'il ignorait que je venais de l'espionner.

— Vous n'êtes pas très discrète, Gabrielle.

D'accord.

Très clairement, il savait.

18

L'expression de JB resta neutre, ni colère ni contrariété ne passèrent sur son visage comme à son habitude. Mais la déception, mélangée à la colère que je ressentais moi par rapport à ce que je venais d'entendre, me fit froncer les sourcils.

— Est-ce que c'est ce que vous faites ? Espionner Kylian ?

— Non, Gabrielle.

— Vous n'avez pourtant pas bronché lorsqu'elle vous a ordonné de faire ce qu'elle vous a dit.

— Parlez-en avec Kylian.

Quelque chose comme de la résignation traversa son regard. Je ne savais vraiment plus dans quelle case le mettre. JB restait visuellement un nounours à mes yeux, mais le doute qui s'installait me rendait méfiante.

— Allez le retrouver avant qu'il vienne vous chercher.

Je le contournai, prête à partir, puis me ravisai.

— À quel moment avez-vous su que j'étais là ? m'enquis-je.

— Je ne vous ai aperçue que lorsque vous avez jeté un coup d'œil vers nous.

Je pris acte et lui tournai définitivement le dos.

Je marchai lentement jusqu'à la terrasse, essayant de mettre de l'ordre dans mon esprit. Je me forçai à sourire lorsque j'arrivai près de Kylian qui discutait avec un homme que je ne connaissais pas. Il me sourit en retour, puis me prit par la main, avant de saluer l'homme avec qui il parlait et de m'entraîner vers la sortie.

— Mon équipe est déjà sur place, tu es sûre de vouloir aller là-bas ?

— Certaine.

Il plongea les yeux dans les miens, acquiesça et nous fit descendre par l'escalier. Il me parla de ses coéquipiers sur le chemin, puis s'arrêta à quelques mètres du terrain de basket public, avant de me demander :

— Qu'est-ce que tu as ? Qu'est-ce qui s'est passé avec ta meilleure amie ?

— Marie ? Pourquoi tu me parles de Marie ?

— Tu es allée la voir pour lui dire que nous partions et, depuis, tu sembles être ailleurs.

— Ce n'est pas Marie, dis-je en secouant la tête. J'ai vu…

Je le regardai, mal à l'aise. Il s'agissait de sa famille. Je n'avais pas le droit de m'immiscer ainsi dans sa vie. Mais, si je ne lui disais rien et qu'il n'était pas au courant, alors d'une certaine façon je lui mentais…

Je soupirai, puis lâchai :

— J'ai vu ta mère et JB. Ensemble. Tu le savais ?

Il acquiesça, me soulageant grandement, puis passa une main sur ma joue.

— Ils sont ensemble depuis longtemps. Ce n'est pas nouveau. C'est ce qui te perturbe ?

— Oui. Mais tu as quand même confiance en JB ?

— Bien sûr. Ma mère pense qu'elle l'a dans la poche et qu'il fait tout ce qu'elle lui demande mais, quand tu la côtoies de près, tu finis par savoir comment jouer sur son terrain. C'est un homme de confiance, ne t'en fais pas pour ça.

Je me détendis, puis il m'embrassa en souriant.

— Est-ce que tu t'inquiéterais pour moi, par hasard ?

— Aucun rapport.

Il rit, puis m'entraîna avec lui jusqu'au terrain, où deux

hommes en costume nous laissèrent entrer. Kylian déposa sa veste, puis regarda le reste de son équipe en souriant.

— Tu es sûre que tu ne veux pas qu'on aille ailleurs ? me demanda-t-il avec une moue pleine d'espoir.

— Certaine, répondis-je en m'installant sur la barrière.

Je savais que je finirais par avoir mal aux fesses, mais c'était ma manière de lui faire comprendre que je voulais le voir jouer.

Kylian m'embrassa, puis me fit un clin d'œil.

— Dans ce cas réfléchis bien à ma récompense, parce que je vais gagner.

Il était tellement sexy que je fermai un instant les yeux pour ne pas perdre la raison. Son regard était rempli de promesses…

Il rejoignit ses coéquipiers, et je les vis se charrier pendant un moment, avant de se disperser un peu partout sur le petit terrain.

Les titulaires, Kylian, Gary Morel, Morgan Dumas, Karim Abadi et Adama Fall, s'approchèrent de la barrière où je me trouvais, puis, chacun leur tour, enlevèrent leur T-shirt. J'observai, sidérée, ce défilé de corps somptueux avec un sourire niais.

Kylian se posta devant moi, en haussant un seul de ses sourcils.

— N'en profite pas, grogna-t-il d'un ton léger.

— Alors enlève ton haut, que je puisse au moins profiter de toi.

Il sourit, puis écarta les bras. Comprenant le message, j'attrapai le bord de son T-shirt et le fis passer par-dessus sa tête, sous les sifflements des autres garçons.

Je souris en baissant les yeux, gênée mais satisfaite de le voir à nouveau torse nu.

Il n'y avait rien de plus beau que son corps. Posant son haut sur mes genoux, je ne le quittai pas du regard, jusqu'à ce qu'il prenne place sur le terrain. Ce dernier était beaucoup plus petit que celui des championnats, ce qui me donna l'impression que les joueurs étaient très imposants. Vu leurs longues jambes, je supposai que le jeu serait beaucoup plus rythmé et vif à la fois.

Avec mon téléphone, je pris une photo rapide de l'équipe et, même si l'image n'était pas très nette car seuls deux lampadaires nous éclairaient, je l'envoyai à Talina.

La réponse ne tarda pas :

Où es- tu ? J'arrive !

Je souris en lui envoyant les indications pour qu'elle puisse me rejoindre.

Les garçons démarrèrent le jeu cinq contre cinq, jouant calmement, comme pour s'échauffer, mettant quelques paniers, avant que Fall annonce :

— Deux contre deux, et on tourne.

Kylian resta au centre du terrain avec Gary, contre deux remplaçants.

Je me demandais ce qu'ils faisaient, puisque techniquement un match se jouait à cinq. Déjà que je ne comprenais rien, alors s'ils inventaient de nouvelles règles j'étais mal partie…

Gary dribbla, pendant que Kylian restait en retrait près du panier. De là où il était, Gary aurait pu facilement tenter de marquer, mais ce n'était apparemment pas ce qu'il comptait faire. Il prit son temps, observant son adversaire, puis passa plusieurs fois le ballon entre ses jambes, comme s'il cherchait à narguer le joueur d'en face.

Ce dernier finit par s'impatienter et, quand il voulut récupérer le ballon, Gary feinta en le faisant rouler le long de ses bras, puis tourna sur lui-même pour esquiver l'attaque, avant de se mettre à courir vers le panier. Il sauta en lançant la balle en l'air, Kylian bondit et mit le ballon dans le panier de toutes ses forces.

Il s'accrocha même à ce dernier d'une main, restant suspendu un moment avant de faire quelques tractions.

Frimeur, pensai-je, amusée.

Je souris en le voyant faire, sans comprendre le but du

jeu. Était-ce une sorte de battle de basketteur ? Celui qui gagne étant celui qui fait les plus beaux dribbles et paniers ?

Ah… Les hommes !

Je regardais Kylian toujours accroché au panier, les muscles de ses bras se gonflaient au rythme de ses tractions. Même ses abdos semblaient se mouvoir. Je souris d'autant plus lorsqu'il lâcha prise, atterrissant souplement au sol.

Il me faisait penser à un félin agile et puissant à la fois.

Les quatre mêmes joueurs se remirent en place mais, cette fois-ci, ce fut Kylian qui démarra avec le ballon.

Comme Gary précédemment, il dribbla en narguant son adversaire, faisant passer la balle entre ses jambes et derrière lui. Kévin, son opposant, tenta plusieurs fois de la lui reprendre, mais Kylian feinta autant de fois, le faisant courir et s'impatienter.

Kylian semblait s'amuser comme un fou. Il projeta le ballon devant lui, le faisant passer entre les jambes de son adversaire.

— Han ! criai-je. Petit pont !

J'éclatai de rire en pensant que j'étais un véritable démon, surtout lorsque les autres joueurs sur la touche se mirent à imiter mon sifflement.

Kylian contourna le joueur, puis récupéra le ballon sans aucune pression. Il sauta en faisant rebondir la balle contre le cadran du panier, puis Gary sauta à son tour et marqua en exécutant une drôle de figure dans les airs, qui faillit le faire tomber.

Les deux joueurs vainqueurs se firent une accolade, se congratulant mutuellement, avant de se mettre sur la touche, pour laisser place à Dumas et Fall face à deux autres adversaires. J'entendis soudain la voix de Talina m'appeler.

Tournant la tête vers l'entrée du terrain, je vis ma collègue bloquée par les deux hommes de la sécurité.

Je la rejoignis et lui attrapai la main.

— Elle est avec moi, assurai-je en la tirant à ma suite.

Elle fit un sourire triomphant aux deux hommes, puis me remercia.

— Ton rendez-vous s'est bien passé ? m'enquis-je en souriant lorsque je croisai le regard de Kylian.

N'entendant aucune réponse, je me tournai vers elle, qui tirait sur le col de sa chemise pour me montrer un magnifique collier.

— Comme tu le vois, c'était un rendez-vous très rentable. Mais j'ai abrégé ma soirée quand tu m'as envoyé la photo. L'homme avec qui j'étais n'a clairement pas les mêmes atouts que nos joueurs.

Elle les regarda, puis fit un bruit de gorge étrange lorsque Kylian vint près de moi. Passant un bras autour de ma taille, il se cala entre mes jambes et me murmura à l'oreille :

— Tu as trouvé ma récompense ?

— J'ai plusieurs idées, mais je n'ai pas encore arrêté mon choix.

Il me fit un sourire en coin, auquel je répondis.

Il y avait tant de choses qui passaient entre nous à cet instant que j'eus une bouffée de chaleur, surtout lorsque je me souvins de la présence de ma collègue.

Il m'embrassa dans le cou, puis s'éloigna doucement de nous.

— Tu n'as toujours pas couché avec lui ? me demanda Talina pas très discrètement.

Kylian se retourna en souriant, me faisant clairement comprendre qu'il avait tout entendu. Je rigolai nerveusement, puis secouai la tête en direction de Talina.

— Non, toujours pas.

— Mais comment tu fais ? C'est comme avoir le plus doux et le plus merveilleux des bonbons dans la main, et ne pas pouvoir le manger. C'est de la torture !

— Il pense que je ne suis pas prête, expliquai-je en reportant mon attention sur le jeu.

— Tu l'es ? Prête, je veux dire.

— Oui, mais si je peux être honnête avec toi, je ne me

sens pas vraiment à l'aise avec mon corps et je redoute énormément ce moment d'intimité.

— Sans blague, me dit-elle d'un ton ironique. À mon tour d'être honnête avec toi : tu n'as aucune raison de ne pas te sentir à l'aise avec ton corps. Les hommes aiment les rondeurs et, en toute sincérité, je te trouve très bien comme tu es.

— Dixit la fille qui est roulée comme un mannequin.

— Chérie… Aux yeux des hommes, je ne suis qu'un fantasme, rien de plus. Pourquoi penses-tu qu'aucun d'entre eux ne me retient ?

— Et M. Morgan Dumas ?

Je rigolai en la voyant faire les gros yeux.

— Morgan est une exception. Je le soupçonne d'être un extraterrestre.

Je secouai la tête sans cesser de sourire, puis portai mon attention sur l'intéressé qui frimait avec le ballon.

— Tu ne penses pas qu'il pourrait simplement t'apprécier pour ce que tu es ?

Elle me regarda aussi sûrement que si j'étais moi aussi un extraterrestre.

— Je suis quelqu'un de superficiel, Gaby. Je n'aime que le sexe et l'argent. Qui donc pourrait apprécier une femme comme moi ?

Comme pour répondre à sa question, Morgan cria :

— Elle est pour toi, celle-là, bébé !

Il marqua un très beau panier et bomba le torse fièrement.

J'éclatai à nouveau de rire face au grognement étrange que fit Talina. Cette dernière finit tout de même par sourire. Retrouvant doucement mon sérieux, je haussai les épaules, puis lui demandai :

— Si tu n'aimes que l'argent et le sexe, alors pourquoi avoir quitté ton rendez-vous pour venir ? Tu savais pourtant qu'il n'y avait aucun enjeu ici.

Elle perdit son sourire et me regarda gravement. Elle

repoussa ses cheveux roux en arrière, s'apprêtant à protester, mais je la devançai :

— Tu ne projettes qu'une façade, Tal. Tu es bien autre chose que quelqu'un de superficiel. Et si je peux le voir, Morgan le peut aussi, tu ne penses pas ?

Elle secoua la tête en fronçant les sourcils, refusant d'accepter ce que je disais.

— Nous étions en train de parler de ta vie sexuelle avec Kylian, comment en sommes-nous arrivées à mon propre sujet ?

Je haussai les épaules en souriant, puis me braquai lorsque je vis quelques flashs crépiter derrière les grillages.

— Reste détendue, Gaby. Je sais que tu es mon opposée et que tu refuses de faire la première page d'un magazine mais, si tu restes calme, sans chercher à te cacher, les journalistes ne s'intéresseront pas à toi, uniquement à l'action, au match en cours.

J'acquiesçai. Les équipes tournèrent, et je finis par sourire à chaque fois que Kylian avait le ballon. Il était doué. Très doué. Il était aussi beau et sexy, et je finis par me dire que Talina avait raison, je ne savais pas ce qui me retenait…

— Apprends-moi à être sexy, lançai-je brusquement.

— Avec plaisir, ma chérie, répondit-elle d'une voix sexy.

Elle sortit un bloc-notes de son sac, puis écrivit quelque chose, avant de déchirer la feuille et de me la tendre.

— C'est mon adresse, viens mercredi soir.

— Pourquoi mercredi ?

— C'est le seul soir de la semaine où nous avons notre soirée de repos en commun, avec Raph.

— Attends… Tu comptes dire à Raph de venir ?

Elle me regarda sérieusement, comme si quelque chose clochait avec moi.

— Rassure-moi, Gaby… Tu es au courant que le meilleur des avis n'est pas celui de tes copines mais celui d'un homme ?

— Euh… Oui, peut-être. Enfin, non, je ne savais pas, mais Raph ? Vraiment ?

Elle secoua la tête, aussi circonspecte que si elle avait une chose non identifiée devant elle. En l'occurrence : moi.

— Raph ne te verra jamais autrement que comme une amie. Il n'hésitera donc pas à te dire la vérité. Je ne te garantis pas qu'il puisse réfléchir avec autre chose que ce qui se trouve entre ses jambes, mais il est très bien placé pour te dire ce qu'il pense vraiment de toi.

Dans quoi venais-je de m'embarquer ?

Je n'eus pas le temps de protester, car Morgan arriva tel un ouragan. Il passa les bras autour de la taille de Talina, la forçant à écarter les jambes pour qu'il puisse être au plus près d'elle.

— On s'en va, bébé ?

Il plongea le visage dans la poitrine de ma collègue qui, elle, ne bougea pas d'un pouce, mais me fit les gros yeux, si gros d'ailleurs que j'éclatai de rire.

Je m'éloignai sous les protestations gestuelles de Talina, qui m'ordonnait de rester.

Je lui soufflai un « bonne chance », auquel elle répondit « traître », le tout sans qu'aucun son ne sorte de nos bouches.

Me dirigeant vers la sortie, je croisai le regard de Kylian et lui indiquai qu'on se rejoignait plus loin, pour éviter toute photo de nous. Il acquiesça, et je sentis son regard sur moi jusqu'à ce que je sois hors de vue.

Lorsqu'il me rejoignit au coin de la rue où se trouvait la terrasse, il avait remis son T-shirt. Il arriva en trottinant, puis passa les bras autour de ma taille en m'entraînant avec lui dans un petit recoin sombre, avant de m'embrasser.

— Alors, quelle est ma récompense ? me demanda-t-il entre deux baisers.

— Tu l'auras jeudi, après le match que tu as intérêt à gagner.

Il colla son corps au mien, puis m'embrassa à nouveau en passant les doigts dans mes cheveux. Ses baisers ressemblaient fortement à des préliminaires. J'aurais donné beaucoup pour ne pas être au milieu d'une ruelle, même si elle était déserte.

— J'ai hâte dans ce cas.

Je me perdis dans son regard noisette qui me dévorait ouvertement.

Tout à coup, je fus totalement aveuglée. D'abord par une forte lumière, puis par une rafale de flashs. Je me cachai brusquement le visage, bien qu'ayant compris que c'était trop tard, et entendis Kylian jurer. Il avança vers le paparazzi, lui arracha l'appareil photo, et le projeta au sol avec tant de puissance que l'objectif éclata, tout comme l'appareil lui-même.

Il m'attrapa ensuite par la main et m'entraîna jusqu'à sa voiture sous les protestations violentes du journaliste qui le menaçait de lui faire un procès.

Il ferma brutalement ma portière, puis disparut quelque part derrière la voiture. J'eus soudainement peur qu'il ne fasse une bêtise en s'énervant plus que de raison sur le journaliste.

Je me retournai et eus le temps de le voir attraper le paparazzi par le col de sa veste et le chasser hors de son chemin, aussi facilement que s'il écartait une mouche gênante.

Il récupéra la pellicule de l'appareil photo en miettes, revint et monta dans la voiture.

Je restai figée sur mon siège, regardant cet homme que j'aimais dans un état de colère glaciale que je ne lui connaissais pas.

Pour la première fois de ma vie, les questions qui défilaient dans ma tête ne franchirent pas la frontière de mes lèvres.

Je gardai le silence, espérant qu'il n'y aurait aucune répercussion pour lui, comme pour moi…

19

Kylian mit le moteur en route et nous éloigna du point d'altercation sans dire un mot. On longea la Terrasse du 43, et j'eus juste le temps d'apercevoir sa mère au pied de l'immeuble, avant qu'il accélère rapidement.

— Mets ta ceinture, s'il te plaît, lui dis-je doucement en prenant des pincettes.

Il s'exécuta avec des gestes raides et brusques à la fois. Je gardai le silence, regardant discrètement le compteur kilométrique. Nous roulions bien trop vite à mon goût. Ce n'est que lorsque nous entrâmes sur le périphérique qu'il sembla reprendre vie, s'adoucissant visiblement.

— Je suis désolé, Gaby. C'est ma faute. J'aurais dû t'emmener directement dans la voiture au lieu de vouloir prendre mon temps.

— Ce n'est pas grave.

— Mais je sais que tu ne veux pas te faire prendre en photo et te retrouver sur je ne sais quel magazine ou site Internet.

— Kylian, ce n'est pas grave, répétai-je. De toute façon, l'appareil photo doit être mort à l'heure qu'il est.

Il me lança un regard en coin, souffla en souriant doucement, puis m'embrassa le dos de la main.

— J'ai juste peur que quelque chose t'éloigne de moi. Et je le refuse.

Il semblait tellement persuadé que quelque chose finirait par nous séparer que mon cœur se serra.

— Même si nous finissons sur Internet ou ailleurs, cela ne m'éloignera pas de toi. Nous n'avons qu'à être plus prudents.

Il acquiesça, puis se passa une main sur le visage, comme pour se ressaisir.

— Je te ramène chez toi, j'irai ensuite voir JB pour essayer de réparer les dommages du paparazzi avant qu'il entame un procès.

— D'accord.

Je me détendis pleinement, puis l'observai en essayant d'assimiler cette nouvelle facette de lui. Elle ne me dérangeait pas, mais je me demandais à quoi il était prêt pour que rien n'entrave notre relation.

Il semblait réellement déterminé, c'en était presque terrifiant.

Kylian fit ce qu'il m'avait dit. Il me déposa directement chez moi, avant de filer je ne sais où retrouver JB. Je n'eus de nouvelles de lui que le lendemain matin, où je me réveillai grognon, mais son message m'apaisa quelque peu.

Il m'indiquait que le problème était résolu et qu'il n'y aurait aucune répercussion avec le paparazzi.

Nous continuâmes à textoter pendant les vingt-quatre heures suivantes. Il s'excusa de ne pas pouvoir venir me voir le mercredi soir. Je lui répondis que ce n'était pas grave, sans lui dire que cela m'arrangeait, au contraire.

Je ne lui racontai rien non plus au sujet de ma soirée avec Talina et – pour mon plus grand malheur – Raphaël.

Regardant le numéro sur le bout de papier chiffonné que ma collègue m'avait donné, je m'arrêtai devant un grand grillage noir donnant sur une petite cour très propre, tout en me demandant comment j'allais pouvoir entrer. Il n'y avait ni interphone ni quoi que ce soit pour que je puisse annoncer ma présence, alors je tentai de pousser la grille, qui s'ouvrit sans aucun problème.

Ce n'était finalement pas si compliqué.

J'avançai jusqu'au hall du bâtiment plutôt chic, puis sonnai au nom de Roussel.

— Tu as la tête toute bleue, Gaby ! s'exclama Raphaël à l'interphone. C'est génial ce truc !

Je regardai la petite caméra et grimaçai en imaginant le visage que je pouvais avoir avec ces reflets.

— Arrête de faire l'andouille, Raph, et ouvre-moi !

— Entrez donc, avatar Gaby !

Je levai les yeux au ciel sans pouvoir m'empêcher de sourire, puis poussai la lourde porte. Je pris l'ascenseur jusqu'au troisième étage et débarquai sur un long couloir. Une porte était entrouverte d'où de la musique s'échappait, et le visage angélique de ma collègue passa dans l'embrasure, avant qu'elle m'ouvre en grand.

Curieuse comme j'étais, j'avais hâte de voir dans quel genre d'endroit ma collègue pouvait bien vivre. Je ne fus pas surprise que son appartement soit aussi grand et chic. Elle avait même un lustre imposant suspendu au plafond.

Son appartement était typiquement parisien, avec une hauteur déraisonnable et un sol en parquet. Les pièces étaient spacieuses, les meubles modernes. Je n'imaginais pas combien elle devait payer pour réussir à avoir ce logement.

Raphaël me salua de la tête, semblant bouder sur le canapé.

— Qu'est-ce qui lui arrive ? demandai-je doucement à Talina en souriant.

— Je l'ai puni. Je n'en peux plus de ce garçon ! Je suis sûre qu'il était hyperactif quand il était petit et qu'il n'a pas dû prendre ses médicaments aujourd'hui.

Je rigolai en acquiesçant, sachant combien les pitreries de Raphaël pouvaient être fatigantes.

Talina me donna un verre à cocktail rempli d'un liquide bleu turquoise, tout en me faisant faire le tour de son habitat.

Comme pour Kylian, j'essayai de projeter l'image de Talina dans mon petit studio, mais ça ne collait pas.

— Qu'est-ce qu'on fait ici, au juste ? s'enquit Raphaël, lorsque nous revînmes dans la grande pièce principale.

— Tu ne lui as rien dit ? demandai-je à mon tour à ma collègue.

Raphaël se tendit en grimaçant, nous jetant des regards inquiets, s'imaginant sûrement devenir notre rat de laboratoire. Lorsqu'il voulut se lever, Talina le repoussa sur le canapé blanc pour qu'il reste tranquille.

Je ris en voyant ce grand enfant froncer les sourcils, toujours aussi peu rassuré, avant que Talina lui explique :

— Nous sommes ici tous les trois, pour apprendre à Gaby à être sexy.

Raphaël se détendit instantanément.

— Faites de moi ce que vous voudrez !

Je lui balançai un coussin dans la tête, ce qui le fit rire.

— Stupide garçon, dis-je, avant de me prendre un coussin dans le visage à mon tour.

— Passons aux choses sérieuses ! déclara Talina, ce qui me fit grimacer.

Elle apporta plusieurs sacs de fringues qu'elle mit dans le coin de la pièce, puis me prit la main pour m'aider à me lever, avant de se mettre à faire les cent pas devant moi comme un vieux prof grincheux attendant la bonne réponse.

— Premièrement, pour être sexy, tu dois te persuader que tu l'es.

Je rigolai en dévisageant mon amie, me demandant si elle avait perdu la tête.

— Tu plaisantes ?

Talina s'arrêta de marcher, puis m'observa en secouant la tête.

— Être sexy, c'est une manière d'être. Tout passe dans l'attitude, le regard et les manières. (Elle me prit par la main, puis m'emmena à l'autre bout de la pièce.) Essaye. Marche de façon sexy en direction de Raph.

Je rigolai, mais me prêtai au jeu, puis défilai comme si j'étais sur un podium. Raphaël se moqua ouvertement de moi, ce qui déclencha mon propre rire. Je me trouvais ridicule !

Talina secoua la tête, puis défila à son tour, accrochant son regard à celui de Raphaël. Restant sérieuse, elle marcha normalement, la tête haute et le regard enflammé.

Bon sang ! J'étais moi-même subjuguée !

— Ça, c'est une attitude sexy, déclara-t-elle en se tournant finalement vers moi. Il faut que tu te persuades que tu es sexy, même dans la pire des tenues. Tu accroches le regard des gens et, si tu finis par baisser les yeux, tu t'assures de sourire légèrement pour indiquer à l'homme qui t'intéresse que c'est parce qu'il t'intimide. Les hommes aiment se sentir hommes. Cela lui gonflera les chevilles, et il te mangera dans la main.

Raphaël grogna en acquiesçant.

— Elle est forte.

— C'est comme ça que tu fais ? demandai-je tout en validant de la tête la remarque de Raphaël.

— Toujours. Avec le temps, c'est devenu naturel et ça fait à présent partie de ma personnalité.

Je pris note mentalement du jeu du regard, de la tête haute et de l'air sûr de soi.

— La deuxième étape, c'est la tenue, enchaîna-t-elle en attrapant les sacs. Je me suis permis de faire quelques achats pour toi. Tu ne m'en voudras pas si je te dis que j'ai découvert la taille de tes vêtements au travail…

— Cette fille est folle, marmonna Raphaël en écho à mes propres pensées.

Talina releva la tête, en fusillant Raphaël du regard.

— J'ai juste une mission à accomplir. Donc… Pas besoin de t'habiller avec des robes moulantes ou des minijupes. Mets simplement ta tenue et tes atouts en valeur. Un haut léger décolleté et un jean sombre suffiront, mais surtout n'oublie jamais les talons. Cela rendra tes jambes infinies, et les hommes aiment les talons, qui leur rappellent la féminité. C'est une chose d'être femme, c'en est une autre d'être féminine.

Elle me tendit un jean sombre en coupe droite, avec un haut bleu aux bordures en dentelle, puis des escarpins de la même teinte. Dans un autre sac, elle récupéra un long collier, avec une paire de créoles.

— Va dans la pièce d'à côté et enfile ça.

Je secouai la tête, notant aussi de lui donner mes prochains pourboires pour la rembourser.

Je fis néanmoins ce qu'elle m'ordonnait, enfilant les vêtements sans rencontrer le moindre souci de fermeture. Regardant la taille sur l'étiquette, je souris en voyant qu'elle avait pris du 42. Elle avait dû remarquer qu'au travail j'étais légèrement à l'étroit dans mes vêtements.

Passant le collier et les boucles d'oreilles, je retournai dans le salon, sous les sifflements de Raphaël.

— Les talons changent la donne, ma belle !

D'habitude, j'étais en chaussures plates, beaucoup plus pratiques pour se déplacer. Quand on vivait dans une grande ville comme Paris, les pieds étaient quelque chose de réellement précieux. Et plus encore lorsqu'on devenait serveuse.

— Dis que d'habitude je m'habille mal, grognai-je en crispant les doigts de pied, comme pour essayer de gagner un peu plus de place.

Talina posa une main sur ma bouche et secoua la tête.

— Dès l'instant où tu as parlé, tu n'étais plus sexy. L'attitude, chérie. N'oublie pas l'attitude. (Elle ne me laissa pas le temps de protester et continua.) Étape numéro trois : le maquillage. Nul besoin de mettre une tonne de peinture sur le visage. Mets simplement une crème pour la peau et sublime ton regard et ta bouche : très important.

Elle m'attrapa par la main et m'entraîna avec elle, en intimant à Raphaël de rester dans le salon. Elle m'emmena jusqu'à sa salle de bains, munie d'un immense miroir aux multiples spots, qui rivalisait avec ceux des professionnels. Elle me fit ensuite un cours accéléré sur le maquillage.

Il était aussi vrai que je ne me maquillais que très rarement, alors je pris note de tout.

Elle sortit un nouveau sac d'une petite armoire non loin de nous, puis me sourit.

— Je sais que tu es quelqu'un d'assez prude, alors je te le dis hors des oreilles de Raph, mais n'oublie jamais de porter de jolis sous-vêtements. Quelle que soit ta tenue, les sous-vêtements sont tout aussi importants, et même si tu ne les montres pas. Tu n'es pas obligée de les mettre maintenant, mais penses-y demain soir, quand tu donneras à Kylian sa récompense.

— Comment tu sais pour la récompense ?

Je détournai le regard pour ne pas montrer combien ce sujet me rendait mal à l'aise.

— Je vous ai entendus. D'ailleurs, cette tenue n'est pas celle que tu devras porter demain. La tenue que tu porteras est placée dans un autre sac que je te remettrai quand tu partiras.

— Merci, Talina.

Son sourire fut aussi lumineux que ses spots. Elle était toujours rayonnante, mais je me souvins tout de même que sous cette façade se cachait quelqu'un de beaucoup plus… seul.

Elle terminait son cours en me mettant un rouge à lèvres rose pâle, lorsque nous entendîmes le volume de la musique, à l'autre bout de l'appartement, augmenter significativement. Raphaël préparait probablement une bêtise.

Ce garçon était la plupart du temps très prévisible, mais se révélait parfois aussi très surprenant.

J'échangeai un regard complice avec ma copine, qui rangea tout son équipement avant de me mettre face au miroir.

Mes yeux marron me paraissaient immenses. Je savais que c'était moi, et l'image que reflétait le miroir me le confirmait, mais il y avait quelque chose en plus… Comme l'avait dit Talina, elle m'avait sublimée.

Je me trouvais jolie, et quelque chose dans mon regard dut lui transmettre cette pensée, car elle grogna d'approbation.

— Maintenant, tu es sexy. Garde ce regard. Sens-toi fière et belle. Aie une attitude sûre de toi, car il n'y a rien de plus sexy aux yeux d'un homme qu'une femme décomplexée, et à ce moment-là sois sûre que Kylian tombera à la renverse. Je sais qu'il a un corps magnifique, mais crois-moi, cette fois, ce sera toi qui le mèneras par le bout du nez.

— Comment tu sais que c'est lui qui me fait baver ?

— Tu m'as clairement dit que tu n'appréciais pas tes formes. J'en ai déduit le reste.

— Oui, c'est assez facile à deviner, en effet.

Elle tapota dans ses mains en souriant, puis me regarda, satisfaite.

— Retournons dans le salon, et cette fois-ci, marche vers Raphaël comme si tu te dirigeais vers Kylian. Tu te souviens lorsque je t'ai dit que Raph ne te verrait jamais autrement que comme une amie ? C'est le moment de voir si tu es vraiment sexy. Un homme reste un homme, même s'il est homosexuel. Un gay te dira sincèrement que tu es sexy si tu l'es. Un hétéro ne dira rien, mais son regard t'indiquera fortement qu'il ne te voit pas comme sa sœur, sa mère ou sa meilleure amie.

Je tentai de me retenir de rire, sans succès.

— Tu es en train de me demander de séduire Raph ?

— Non. Seulement de lui montrer que tu peux être une femme à part entière et non simplement une bonne pote.

Je souris, puis suivis ma copine dans le couloir. Entrant dans le salon, je vis Raphaël debout. Je souris à nouveau légèrement, ne réussissant pas à rester sérieuse face à lui et son regard vert malicieux.

Ses yeux me détaillèrent lentement, de bas en haut, s'arrêtant finalement sur mon visage. J'eus l'impression qu'il me voyait pour la première fois, c'était très étrange.

Mon regard tomba sur ses pieds, et je ne pus m'empêcher d'éclater de rire lorsque je le vis perché sur des hauts talons. Lui ne rit pas, il voulut se tourner vers moi mais se tordit la cheville et s'écroula au sol.

Pliées en deux, Talina et moi finîmes sur le canapé, nous moquant ouvertement de notre ami, qui, lui, tentait de se remettre sur ses pieds comme il le pouvait.

— Tu es superbe, Gaby ! dit-il finalement, lorsqu'il fut à nouveau debout.

— Merci ! Mais tu peux me dire ce que tu fais avec ces talons trop petits pour tes grands pieds ?

Il sourit en essayant de se regarder entièrement, puis haussa les épaules.

— J'ai toujours voulu savoir ce que ça faisait de mettre des talons.

Je secouai la tête, avant qu'il se mette à défiler exagérément, se tordant la cheville à de nombreuses reprises.

Nous passâmes le reste de la soirée à rire de Raphaël et de ses pitreries.

Nous finîmes même par prendre notre ami comme cobaye, le travestissant à notre goût.

Ce dernier râla beaucoup, mais se prêta au jeu en nous faisant jurer que jamais cette soirée ne devrait être dévoilée à quiconque.

J'avais toujours su que Raphaël adorait les femmes, mais je n'avais jamais pris conscience qu'il pourrait être une femme sublime…

20

Je ne vis pas la journée du jeudi passer. J'avais démarré par le remplacement de Raphaël au Vandôme pour avoir ma soirée de libre. J'aurais dû ensuite aller en cours, mais j'avais tant de choses à faire que j'avais rapidement abandonné l'idée, préférant sécher pour m'occuper à autre chose.

Autre chose comme aller chez l'esthéticienne, où je compris l'expression « il faut souffrir pour être belle ».

Talina m'avait pourtant dit que ça ne faisait pas mal… Mais je l'avais toujours soupçonnée d'avoir des penchants masos.

Elle m'avait finalement rejointe et m'avait traînée chez le coiffeur où je crus devoir pleurer pour que ce dernier arrête de tailler mes cheveux. Je lui avais pourtant dit de ne pas trop toucher à cette fichue longueur !

J'avais ensuite passé la fin de l'après-midi à me préparer pour ma soirée, seule cette fois-ci.

Quand j'avais découvert la tenue que m'avait choisie Talina, j'avais refusé catégoriquement de la porter. Elle avait insisté et, devant mon blocage, m'avait proposé de la jouer à pile ou face. Elle avait choisi « pile », et c'est ce qui était sorti.

Voilà comment j'ai fini par me retrouver dans les gradins du stade, avec une robe bordeaux qui m'arrivait à mi-cuisse sans pour autant mouler mes hanches et un trench fin noir satiné assez long pour maintenir l'effet de surprise de la robe.

Dans cette tenue, j'avais réellement l'impression d'être

une pédophile, attendant le premier petit garçon venu pour dévoiler mes atouts.

De plus, j'avais chaud. À la mi-mai, les températures étaient assez élevées pour que les vestes et manteaux ne soient plus à l'ordre du jour, mais comme une idiote j'avais cédé à Talina.

Seulement maintenant, j'étais en sueur, presque autant que les joueurs sur le terrain, qui criaient leur victoire.

Je n'arrivais même pas à me réjouir, tellement j'étais focalisée sur ma mission.

Je passai une main dans mes tout petits cheveux, qui m'arrivaient à présent aux épaules, je tirai ensuite un peu plus sur mon trench, stressant à l'idée que l'on puisse voir un peu trop mes jambes. Comme d'habitude j'attendis patiemment que tout le monde quitte le terrain, ainsi que les gradins.

Un peu après que les caméras eurent disparu, la musique cessé et que les gradins furent vidés, je reçus un message de Kylian :

Tu te souviens du chemin pour me rejoindre dans les vestiaires ?

C'était parfait. En le rejoignant là-bas, je n'aurais pas à penser aux regards des autres. Alors je me levai en souriant, impatiente de le retrouver. Je bouillonnais littéralement à l'idée qu'il me voie autrement.

Et, si cela ne lui plaisait pas, eh bien, nous en ririons plus tard.

En attendant, j'espérais quand même qu'il serait charmé par ma démarche. Je descendis sur le terrain, tâchant de ne pas tomber de mes hauts talons, qui claquèrent ensuite bruyamment sur le parquet toujours aussi bien lustré.

Me munissant de la carte « visiteuse », que Kylian m'avait fait parvenir le matin même, je me rendis dans les coulisses qui grouillaient de monde. Personne ne me remarqua et je pus gagner les vestiaires sans qu'on me demande des comptes.

M'arrêtant devant la porte, je me répétai obstinément que

j'étais sexy, n'y croyant que partiellement. J'étais différente, mais pour ce qui était du sexy...

Poussant la porte, je pris soin de fermer le loquet derrière moi pour qu'aucune mère vampire ne m'interrompe dans ma lancée.

Ce soir j'étais déterminée !

J'avançai doucement dans la grande pièce, marchant sur le bout des pieds pour éviter de faire claquer les talons sur le carrelage, puis je passai deux rangées de casiers, avant de finalement repérer Kylian assis au fond, sur un banc, vêtu uniquement d'un pantalon noir de costume.

Je pris le temps de l'observer. Il avait les yeux rivés sur son téléphone. Le mien bipa soudain, m'annonçant un message.

Kylian releva la tête, puis sourit en m'imaginant l'épier.

Mon cœur s'accéléra quand je compris que c'était le moment. Je sortis de ma cachette, menton haut et regard perçant.

Il fronça les sourcils, observa mes pieds, mes jambes, mon visage. Même de loin je pus voir son regard changer. Pétillant de malice, mais se densifiant à mesure que j'avançais vers lui.

Sous ce regard, j'oubliai presque tout ce que Talina m'avait enseigné. Je ne me persuadais plus d'être sexy, je me *sentais* sexy.

Il me fixa un moment sans bouger, avant de se lever alors que j'arrivais près de lui. Il passa une main dans mes cheveux, ce qui me fit sourire. Puis il m'embrassa rapidement en soulignant mes yeux de ses pouces.

— Tu es magnifique. C'est en quel honneur ?

— Merci. Tu n'as pas une petite idée ?

Un large sourire anima son visage, puis il se mordilla la lèvre inférieure, comme s'il n'osait pas y croire.

— Ma récompense ?

— Il faut encore que tu déballes le cadeau.

Je pinçai les lèvres en le voyant hausser un sourcil. Une lueur de désir traversa son regard quand il comprit que j'étais sérieuse, puis une de ses mains déboucla doucement ma ceinture, sans qu'il me quitte un instant des yeux.

Je ne cessai de sourire, appréhendant sa réaction. Ma robe était simple, mais dévoilait pas mal de choses. Bien plus que ce que je m'autorisais en temps normal à vrai dire, sans pour autant être vulgaire – sur l'avis de Tal.

De plus, elle m'avait finalement conseillé à la dernière minute de ne mettre aucun sous-vêtement, m'assurant que ce détail le rendrait fou. C'était excitant mais aussi terriblement inconfortable pour moi.

Sans percevoir mon trouble, Kylian défit les boutons de mon manteau, en prenant son temps, sans que je sache si c'était pour se torturer lui ou me torturer moi.

Quand il en écarta finalement les pans, je vis ses yeux noisette briller d'une lueur particulière qui mit mes sens en émoi.

Il le fit ensuite glisser sur mes épaules, me détaillant entièrement. J'eus l'impression que ma peau chauffait partout où son regard se posait.

Il m'observa un moment, assez longtemps pour que je me sente légèrement mal à l'aise, puis il finit par se rapprocher de moi. Il posa les mains sur mes côtes, avant de descendre sur mes hanches et le haut de mes cuisses. D'une poussée, il me souleva dans ses bras, puis me colla doucement contre les casiers, avant de m'embrasser.

Étrangement, je me fichais pas mal qu'il puisse avoir pleinement conscience de mon poids. Je me fichais de tout en fait, parce qu'il n'y avait plus rien d'autre qui m'importait que de sentir son corps contre le mien.

Je touchai sa peau bouillante, effleurant chaque centimètre qui était à ma portée.

Ma robe remonta légèrement sur mes cuisses, et la peur de me retrouver les fesses à l'air me fit subitement revenir sur terre.

Je quittai ses lèvres pour mordiller le lobe de son oreille, puis lui murmurai :

— Je ne porte absolument rien sous cette robe.

Pour toute réponse, il grogna, avant de me mordre l'épaule.

Il posa les mains sur mes fesses, comme pour vérifier mes dires, puis s'assit sur le banc, toujours en me gardant contre lui.

— Je devais me rendre à l'entrée du stade pour aller à la rencontre des supporters, mais ce sera pour une prochaine fois…

— Très bonne idée.

Il m'embrassa, puis prit le temps de détailler les courbes de mon corps avec ses mains. Je fis la même chose, profitant de sa nudité partielle pour pleinement apprécier ses propres atouts plus que parfaits à mes yeux. C'était comme si je souhaitais inconsciemment imprimer chacun de ses muscles dans ma mémoire sensorielle.

Lorsque ses mains revinrent sur mes fesses, je lui mordis la lèvre inférieure, avant de glisser le long de son torse. Il me regarda faire, suivant les mouvements de mes doigts, avant de croiser mon regard, les yeux enflammés par le désir.

Mes doigts furent arrêtés par sa ceinture, que je défis.

Plus bas, son pantalon était déformé par son membre, m'indiquant que j'avais raison de penser qu'il avait, lui aussi, envie de moi, mais lorsque je voulus défaire son bouton une de ses mains se referma sur les miennes.

— Tu es ma récompense, c'est à moi de déballer mon cadeau. Ceci devra attendre.

J'allais protester, mais il m'embrassa en me bloquant le visage à l'aide de son autre main, posée sur ma nuque.

Il écarta légèrement les jambes, puis fit glisser les doigts le long de ma cuisse, avant de les faire disparaître entre mes jambes.

— Tu n'imagines même pas tout ce qui me traverse l'esprit, murmura-t-il contre mes lèvres.

J'eus envie de lui demander à quoi il pensait, mais je fus

interrompue par un autre de ses baisers. Plus encore, j'eus envie qu'il me *montre* ce à quoi il pensait.

Mon cœur s'accéléra réellement lorsque je réalisai qu'aucun retour en arrière n'était plus possible. Je savais que si je l'arrêtais il serait frustré, mais accepterait ma demande. Sauf qu'au point où j'en étais je n'avais aucune envie d'arrêter.

Jamais.

Lorsque ses doigts rencontrèrent les replis de mon intimité, je cessai de l'embrasser, gardant cependant la bouche contre la sienne. Mon cerveau se déconnecta de toute pensée rationnelle, restant figé sur cette douce caresse.

Il grogna d'approbation lorsqu'il se rendit compte que je le désirais aussi, puis joua un instant avec mon clitoris, avant de glisser lentement un doigt en moi.

Je fermai les yeux en l'embrassant, mon cœur s'affolant subitement sans trop savoir comment battre, tandis que ma tête bouillonnait de toutes ces choses que je souhaitais lui dire, comme combien je l'aimais.

Au lieu de ça, je continuai de l'embrasser, pressant ses épaules en priant pour que le temps s'arrête.

Lorsqu'il doubla les va-et-vient de ses doigts avec son pouce sur mon point sensible, j'étouffai un soupir dans sa bouche en frissonnant.

J'aurais donné cher pour être chez lui, dans un endroit où nous aurions pu être plus à l'aise.

— Allons chez toi, dis-je en me forçant à redevenir rationnelle.

Il ne s'arrêta cependant pas, redoublant d'attention portée à mon intimité, à un point tel que je vis trouble.

Je cessai de l'embrasser pour enfoncer le visage dans son cou, presque à bout de forces. Quand il accéléra ses mouvements, une avalanche de frissons dévala le long de mes reins, avant qu'un orgasme explose dans mes entrailles.

— Encore, grogna-t-il lorsque je redescendis sur terre.

Je relevai le visage, sans comprendre.

— De quoi, encore ?

Bon sang ! Ma voix me parut étrange, comme cassée et plus grave, suite à l'explosion de bien-être.

— Je veux encore entendre le son qui est sorti de ta bouche quand tu as joui.

Oh… Qu'avais-je fait comme bruit ? Dans mon ivresse de sensations, je ne m'en étais même pas rendu compte.

— Chez toi. Allons chez toi.

Il acquiesça en m'embrassant, puis attrapa sa chemise qu'il enfila rapidement, tandis que je me relevais en me rhabillant correctement, sans pour autant me sentir très stable sur mes jambes.

Kylian remit sa ceinture, secoua son pantalon, pour sûrement se sentir moins à l'étroit, ne prit pas la peine d'y ranger sa chemise, ni de nouer correctement sa cravate, qu'il passa simplement autour de son cou. Il m'entraîna jusqu'à la sortie, puis m'emmena à sa voiture, avant de prendre la route.

N'arrivant pas à croire que nous étions en train de sceller notre relation en passant à l'étape suivante, je me mis à sourire stupidement, probablement à cause de l'effet post-orgasme.

Je n'en avais cependant pas assez et, prise d'un élan d'assurance, je posai la main sur son ventre avant de caresser le renflement situé sur le haut de son pantalon.

Il accéléra significativement, ce qui me fit rire et le fit grogner en retour.

Dans son parking, il se gara négligemment, puis détacha ma ceinture en m'embrassant, avant de descendre.

J'eus à peine le temps de me remettre de son baiser et de poser la main sur la poignée que Kylian était de mon côté, pour m'ouvrir la portière.

Il me fit marcher devant lui, et je sentis parfaitement à quel moment son regard se posa sur mon postérieur. Je me mis à sourire, puis à rouler des fesses en espérant que cela ne serait pas ridicule.

Kylian passa un bras autour de ma taille et colla le torse contre mon dos, avant de presser le bouton de l'ascenseur.

M'appuyant contre lui, je frottai les fesses sur son érection toujours aussi présente, provoquant une respiration plus lourde de sa part.

Il m'embrassa dans le cou, avant de me faire entrer dans l'ascenseur. Toujours plaqué contre mon dos, il mit sa clé dans le boîtier prévu à cet effet, puis sélectionna le dernier étage, en pressant mes hanches contre lui.

Une de ses mains remonta sur mon ventre, avant d'effleurer ma poitrine en une caresse douce et torturante à la fois. Il me tourna ensuite vers lui et colla le front contre le mien.

— Tu es sûre ?

Il n'avait pas besoin de préciser ce à quoi il pensait.

— Absolument.

— Tu m'aimes ?

Je souris en caressant sa joue piquante, puis lui retournai :

— Et toi ?

Il rit en se redressant, puis redevint sérieux avant de m'embrasser à nouveau. Je ne sentais plus mes lèvres, elles étaient comme anesthésiées.

Lorsque les portes de l'ascenseur s'ouvrirent, Kylian me prit par la main et me fit entrer chez lui. Il récupéra deux verres, une bouteille de je ne sais quoi au frais, avant de m'emmener dans sa chambre. Cette dernière était exactement comme nous l'avions laissée la dernière fois : totalement en désordre.

Debout au pied de son lit, je le regardai déposer les verres sur sa table de chevet, avant de venir se placer derrière moi.

— Maintenant, je peux déballer mon cadeau ?

J'acquiesçai en souriant, tout en stressant à l'idée de me retrouver nue devant lui. Doucement, il défit la fermeture de ma robe, me mettant en feu. Il prenait son temps, comme s'il avait besoin d'apprécier chaque seconde qui passait.

Lorsque ce fut fait, je tournai sur moi-même, plongeant dans son regard devenu plus marron que vert. Je posai les mains sur ses épaules, avant de les faire descendre sur ses bras, retirant sa veste au passage. Je redéfis sa ceinture, puis lui retirai sa chemise. Il fit glisser les bretelles de ma robe sur mes épaules, puis sur mes bras. Ses lèvres suivirent le mouvement, traçant un sillon de feu sur ma peau. Il laissa ensuite tomber ma robe sur mes hanches, avant qu'elle finisse au sol.

J'étais nue. Définitivement nue.

Je pris une grande inspiration, résistant à l'envie de me couvrir. Lorsque les mains de Kylian se posèrent sur mes hanches et qu'il les remonta jusqu'à ma poitrine, j'oubliai tout.

Il m'embrassa, puis me serra contre lui, avant de retirer lui-même son pantalon, sans jamais que sa bouche ne quitte la mienne.

Il me souleva dans ses bras, à présent aussi nu que moi. Je laissai mes mains parcourir sa peau, avec l'envie de ne faire plus qu'un avec lui.

Il monta sur le lit doucement, puis me tendit un préservatif, le regard toujours aussi enflammé. M'asseyant sur le lit, je souris en le déballant, puis souris d'autant plus lorsque je vis combien il avait envie de moi. Je déroulai la protection sur son membre gonflé et dus m'y reprendre à deux fois – oui, j'étais stressée tout de même –, puis le tins un instant dans ma main, avant de le caresser.

Kylian encadra mon visage de ses mains et m'embrassa. Il était déjà en sueur. Il finit par me repousser en arrière, avant de me caresser à son tour et de faire courir les lèvres et la langue sur chaque centimètre de ma peau. Quand il se rallongea sur moi, il chercha mon regard.

Nul besoin de mots. Nous nous comprîmes instantanément.

Il se positionna, puis colla sa bouche à la mienne, en me pénétrant doucement, me serrant de plus en plus fort dans ses bras.

Dans son regard, je pus voir son amour. C'était juste une évidence.

M'embrassant du bout des lèvres, il se retira tout aussi doucement, avant de reprendre sa place au fond de moi.

Rapidement nos corps se couvrirent de sueur et de chair de poule. Chacune de ses caresses me faisait frissonner.

Au bout d'un moment, je sentis que Kylian n'était plus très loin de l'explosion. Ses baisers se firent pressants et tremblants, ses coups de reins plus vifs.

M'accrochant à ses épaules et resserrant les jambes autour de ses hanches, je le fis basculer sur le côté, avant de monter sur lui. Je remuai les hanches en l'embrassant, étouffant ses grognements dans ma bouche.

Il tenta de m'arrêter, mais je redoublai de vitesse, voulant le voir jouir. Quand je le sentis se tendre, je ralentis le mouvement, pour faire durer l'instant.

Il m'embrassa en m'emprisonnant contre lui, jouissant et me serrant fort dans ses bras.

Nous restâmes accrochés l'un à l'autre pendant un moment avant qu'il me fasse rouler sous lui avec un regard malicieux.

— C'est loin d'être fini, tu le sais ?

— Je l'espère.

Il me fit jouir à mon tour plusieurs fois dans la nuit et dans la journée qui suivit. Comme je l'avais prévu, je l'aimais d'autant plus à présent que mon âme s'en mêlait.

Je me fichais pas mal de sécher les cours, pourvu que ce moment ne s'arrête jamais…

21

Les vingt-quatre heures suivantes furent comme une bulle dans le temps. Une pause bienvenue, où il n'existait plus rien d'autre que Kylian et moi. Plus de paparazzis, plus de mère envahissante, plus de partiels, plus de matchs de basket. Il n'y eut plus que cette bulle protectrice et chaleureuse, dans laquelle mon esprit refusa de penser à autre chose qu'à l'homme qui occupait entièrement mon cœur.

Le retour à la réalité fut donc une nouvelle fois dur. Très dur.

Je n'avais aucune envie d'aller travailler mais, si, moi, je pouvais éventuellement me permettre de sécher le travail en me faisant porter pâle, Kylian, lui, ne le pouvait absolument pas.

Malgré tout, ce fut de bonne humeur et en nous charriant l'un l'autre que nous partageâmes le réveil, puis notre trajet jusqu'au Vandôme. Pour cette matinée, je lui avais emprunté ses vêtements, trop grands pour moi – pour une fois.

Nous rigolions comme des imbéciles heureux. J'en avais conscience, mais j'aimais cette stupidité enivrante.

Devant l'hôtel, le car de l'équipe de basket était présent pour emmener nos joueurs jusqu'au terrain d'entraînement à l'autre bout de la ville. Je sentis plus que je ne vis Kylian se tendre. Je descendis néanmoins de voiture, alors même qu'il tentait de m'en empêcher, mais j'étais déjà dehors quand quelques voix m'interpellèrent rapidement.

— Mademoiselle Ferry, est-ce que votre relation avec Foster est sérieuse ?

Je fixai l'homme qui collait presque son micro à ma bouche pour ne pas perdre une miette de ce que je pourrais dire.

— Gabrielle, quand votre relation a-t-elle commencé ?

Je regardais ces gens braquer des objets en tout genre vers moi, sans comprendre quel était leur problème… Ne voyaient-ils pas qu'ils étaient tous ridicules ? Avec leur visage crispé et rempli d'espoir inutile…

J'eus envie de rire, sûrement sous le coup de la surprise qui m'empêchait d'analyser réellement la situation.

Kylian passa un bras autour de mes épaules en faisant barrage aux journalistes qui continuaient de poser leurs questions jusqu'à ce qu'on arrive à l'abri de leurs yeux et oreilles indiscrets. Kylian était tendu comme un arc, il m'emmena jusqu'à mon vestiaire sans ralentir, puis fit fuir mes deux collègues avec un regard meurtrier.

Les pauvres, me dis-je en retrouvant doucement le fil de mes pensées.

— Gaby, commença-t-il une fois que nous fûmes seuls, mais je le coupai.

— Ils connaissent mon identité… Comment ont-ils fait pour savoir qui je suis ?

— Je n'en sais rien.

Je m'assis sur le banc, tandis que Kylian s'accroupit devant moi, inquiet et furieux à la fois.

— Est-ce que ça veut dire qu'ils vont nous harceler ?

Il secoua la tête, néanmoins pas très sûr de lui.

— Non, il n'y a aucune raison qu'ils le fassent si nous leur donnons ce qu'ils veulent.

— C'est-à-dire ?

— Des infos, ou alors, il faudrait que nous nous montrions en public.

Son regard était tellement hésitant et désemparé que je me sentis obligée de le rassurer.

— Ça me terrifie, Kylian.

Bon, d'accord, pour ce qui était de le rassurer, ce n'était pas trop ça…

— Je le sais, mais nous trouverons une solution à ce problème.

Talina entra dans le vestiaire de manière théâtrale, mais se figea en nous voyant tous les deux.

La présence de mon amie n'interpella pas Kylian, qui resta concentré sur mes mains qu'il tripotait, réfléchissant sûrement à toutes les solutions qui pourraient m'éloigner du côté médiatique de sa vie.

Restant à distance, Talina me fit des gestes pour me demander si j'allais bien. J'acquiesçai, puis elle montra Kylian avec un point d'interrogation dans le regard, auquel je répondis par un haussement d'épaules.

Me concentrant de nouveau sur ce dernier, je posai une main sur sa joue, le faisant sortir de ses pensées. Il se leva, et quelque chose comme de la colère passa dans ses yeux, sans que je sache ce qui l'énervait à ce point. Il m'embrassa rapidement, avant de me dire qu'il m'appellerait.

J'eus l'impression de me retrouver dans un film de mauvais goût, où le garçon promet de rappeler, mais ne le fait jamais.

La panique monta en moi à mesure qu'il s'en allait. J'avais peur qu'il ne fasse une bêtise ou que tous ces petits problèmes ne l'éloignent, lui, de moi.

Je dois lui faire confiance, me répétai-je inlassablement.

Pourtant, quelque chose dans l'air me faisait angoisser.

Talina vint s'asseoir près de moi, les yeux étincelants.

— Si tu m'avais vue briller sous leurs projecteurs… Depuis la soirée sur le terrain en plein air, les paparazzis sont à mes trousses, c'est tellement excitant !

Cette remarque me redonna le sourire.

— Ils connaissent aussi ton identité ?

— Oh oui ! Je leur ai dit. Si tu avais entendu leurs

acclamations… Enfin, ce n'était que des questions, mais c'est pareil.

— C'est ce que tu veux ? Être sous les projecteurs ?

Talina me lança un regard plein d'étoiles avec un sourire rêveur.

— Tu imagines la pub que ça va me faire ? Depuis que je suis arrivée ici, je ne pense plus qu'au fric que je vais pouvoir me faire…

— Au fric ? répétai-je, les yeux grands ouverts.

— Ne me regarde pas comme ça, Gaby ! Je sais que le business du sexe n'est pas très légal mais, après tout, j'ai une liste de portefeuilles et je vais très bientôt pouvoir l'allonger. Je ne serai plus considérée comme une anonyme et je vais pouvoir devenir encore plus exigeante avec mes partenaires.

Je secouai la tête en souriant, puis soupirai :

— J'aimerais avoir ta décontraction.

— Qu'est-ce qui t'en empêche ?

— Moi et mes principes de rester dans l'anonymat ?

— Tes principes sont stupides.

Dans la bouche de Talina, cela paraissait tellement simple.

— Je ne veux pas que ma vie soit étalée sur Internet ou sur papier. Tu trouves cela vraiment stupide ?

Elle grimaça en s'attachant les cheveux.

— Non, dit comme ça, ce n'est pas idiot, mais tu es avec un basketteur, et nous sommes en plein championnat, alors bien sûr il y a tout le buzz médiatique à côté, mais cela ne durera pas. Pour ma part, je vais essayer de surfer sur la vague. Toi, essaye de les éviter autant que possible, mais ne te braque pas, cela finira par te causer des problèmes inutiles.

J'acquiesçai, puis me levai pour me changer, suivie par ma collègue. Fourrant les vêtements de Kylian dans mon casier, je souris en voyant Talina me lancer un regard espiègle.

— Comment c'était ?

Je passai mon T-shirt par-dessus ma tête, puis refermai mon casier en faisant face à ma collègue.

— C'était parfait.

Elle lâcha un petit cri d'excitation, puis fronça les sourcils.

— Combien de fois ?

— En une nuit ou en une nuit et une journée ?

— Les deux, en tout.

— Cinq fois.

— Et cinq septième ciel ?

— Sept.

— Oh ! donc, vous vous êtes explorés autrement !

— Là tu vas trop loin.

Talina éclata de rire, puis referma son propre casier.

Je rigolai aussi en repensant au soir où elle m'avait dit qu'elle posait une option sur Kylian, me rendant jalouse par la même occasion. Cela me paraissait si loin…

— Évidemment, tout ce que je te dis reste entre ces murs, Tal. Ne t'avise pas d'aller raconter ça à qui que ce soit, et surtout pas à Morgan.

— Morgan ? Il se surpasserait, simplement pour me prouver qu'il est bien meilleur que Kylian. (Elle fronça les sourcils, puis sourit.) C'est une magnifique idée, ça !

J'éclatai de rire au moment où Samuel entrait dans le vestiaire.

— Je ne pense pas qu'il soit l'heure de prendre une pause. (Nous voyant pouffer de rire, il se redressa et passa les mains dans son dos.) Je peux savoir ce qui vous amuse ?

Talina répondit avant que je puisse le faire :

— Je lui racontais ma vie sexuelle torride, Sam… Dans les moindres détails.

Je regardai ma collègue avec des yeux écarquillés, n'arrivant pas à croire qu'elle puisse dire cela ouvertement à Samuel.

Notre supérieur ne broncha pas, toisant simplement Talina avec un regard blasé, comme s'il était habitué à ce genre de répliques de la part de ma collègue.

— Bien ! Dans ce cas, Ferry au salon. Roussel au service en chambre.

Je baissai la tête, soudain plus du tout amusée. Je donnai un coup de hanche à Talina en lui souhaitant bonne chance, puis sortis en soupirant.

La matinée fut bien longue mais, lorsque je retournai à mon casier, je découvris avec bonheur un message de Kylian me donnant rendez-vous pour une de ses séances photos dans l'après-midi.

Finalement, ce matin n'avait dû être qu'un malaise passager. Il m'avait dit qu'il m'appellerait… Un message, c'était pareil, non ?

J'eus la surprise de trouver JB en bas de chez moi, un peu avant 16 heures. Ne sachant toujours pas si je lui faisais confiance ou non, je ne réussis pas à me réjouir de sa présence comme avant. Il dut se rendre compte de mon hésitation et sourit bien avant moi, m'invitant à monter à l'arrière de sa voiture noire, puis tentant de me faire la conversation. Est-ce que mes cours se déroulaient bien, est-ce que j'étais confiante pour mes partiels, est-ce que j'allais accepter le contrat proposé par M. Hanks…

Je restai vague dans mes réponses, et mon manque de répondant finit par le décourager. Je voyais qu'il cherchait à m'approcher, mais j'avais du mal à lui accorder de nouveau toute ma confiance, quand bien même cela me brisait le cœur.

J'observais ce grand nounours du coin de l'œil, essayant de le percer à jour. Je n'arrivais pas à associer son image à celle d'Anna, la mère de Kylian. Un homme comme lui ne pouvait pas être avec une mégère comme elle…

Je soupirai discrètement, me disant que c'était une grande perte, lorsque je reçus un message de Marie :

Que s'est-il passé pour que tu te retrouves ici ?

Son message était suivi d'un lien, sur lequel j'appuyai. Le site montrait une photo de Kylian et moi proches de la voiture datant du matin même, suivie d'un autre cadre, plus petit, montrant un Kylian avec une sublime blonde.

Qui c'est, celle-là ? me demandai-je avant de secouer la tête, refusant d'entrer dans le jeu de la psychose.

Je savais que Kylian avait eu de nombreuses aventures, du moins, de nombreux rencards. Cette fille n'était rien aujourd'hui, c'était moi qui comptais.

Je lus l'article en diagonale, sans réussir à digérer le fait qu'il y avait écrit mon nom un peu partout, que j'étais qualifiée de serveuse, au mépris de mon statut d'étudiante. Les médias à potins résumaient très bien la situation : Kylian avait abandonné les jolies blondes pour une brune aux formes pulpeuses.

Formes pulpeuses… Avais-je le droit de rire ? Ou bien devais-je pleurer ?

La curiosité prenant le dessus, je relevai le visage vers JB, qui semblait sur les nerfs, sans que j'aie pu remarquer l'instant où son humeur avait changé.

Hésitante, je l'observai un instant, puis me lançai.

— James Bond, qui est-elle ? demandai-je en agrandissant la photo de la blonde sur mon téléphone.

Il secoua la tête, avant de lâcher :

— Une histoire très laide.

— Ce n'est pas une réponse, grognai-je, avant de comprendre. Oh… C'est elle !

Je compris que j'avais vu juste lorsque JB ne répondit rien, restant focalisé sur la route. Cette grande blonde était donc la fille avec qui Kylian avait eu une longue relation. L'autre fille qu'il avait aimée.

Pourquoi me sentis-je jalouse et furieuse en même temps ? J'eus envie de lui arracher les cheveux et les yeux, simplement pour l'amocher et qu'elle ne puisse plus jamais poser son regard sur l'homme qui était le mien.

— Vous ne devriez pas aller à la séance photos, Gabrielle.

Je haussai les sourcils, surprise, puis verrouillai mon téléphone, lui signalant qu'il avait toute mon attention.

— Pour quelle raison ?

Il garda le silence, me faisant comprendre que nous ne devrions pas avoir cette discussion.

Ce détail fit exploser ma curiosité.

— Anna sera là-bas. C'est elle qui m'a envoyé vous chercher, pour être certaine que vous seriez là.

— Pourquoi voudrait-elle me faire venir à un endroit où Kylian est ? Elle n'est pas bipolaire, rassurez-moi ?

— Non, elle ne l'est pas. Je ne sais pas pourquoi elle veut absolument que vous soyez présente, mais je la connais assez bien pour savoir qu'elle a une idée derrière la tête. Alors, je vous demande de m'ordonner de vous ramener chez vous.

Je réfléchis un instant. Je savais qu'Anna ne m'appréciait pas, mais ma curiosité me poussait à y aller, simplement pour découvrir ce qu'elle manigançait.

— Merci, JB, de me l'avoir dit, mais je compte l'affronter et non l'éviter. Je veux qu'elle comprenne qu'elle ne réussira pas à m'évincer aussi facilement.

Il acquiesça, restant néanmoins contrarié. Une part de moi me disait de lui faire confiance. L'autre imaginait que c'était un coup monté. Oui, j'avais tendance à voir le mal partout. Je profitai tout de même de cette petite brèche pour essayer d'en savoir plus sur lui.

— Je sais que cela ne me regarde pas, mais est-ce que vous ne pourriez pas trouver dix autres femmes plus jolies et surtout plus aimables qu'Anna ?

Il rigola, puis croisa mon regard dans le rétroviseur, semblant être heureux que je retrouve ma langue.

— Les choses sont plus compliquées qu'elles ne paraissent. Anna n'est pas une mauvaise femme. Elle souhaite juste modeler son fils à son image.

— Mais il a vingt-sept ans ! Quand est-ce qu'elle va comprendre qu'il n'est plus un enfant ?

— Sans doute jamais. Ou quand ce sera trop tard.

— C'est dommage.

— Je suis d'accord. Et c'est aussi pour cette raison que je suis avec elle : pour amortir les dégâts. Je fais le lien entre Kylian et elle, pour que l'un ne sache pas ce que prépare l'autre.

— Cela pourrait très bien se retourner contre vous.

Il croisa à nouveau mon regard, restant silencieux. Je compris qu'il avait considéré cette fin possible.

C'est à ce moment-là que je sus que James Bond était réellement du côté des gentils.

Le studio dans lequel je me rendis se situait dans une petite rue commerçante. À première vue, le bâtiment devant lequel JB s'arrêta ressemblait à un immeuble d'habitation.

Je montais jusqu'au second étage, lorsque je vis Kylian sortir d'un des appartements le visage fermé, donnant l'impression qu'il était en colère.

Au moment où il m'aperçut, il sembla incrédule.

— Qu'est-ce que tu fais là ? me demanda-t-il en m'entraînant avec lui au fond du couloir.

— Tu m'as envoyé un message en me donnant rendez-vous ici pour ta séance photos.

— Hein ? Je ne t'ai pas envoyé de message…

Je crus à une blague, mais son visage sidéré attestait qu'il ne m'avait jamais écrit. Est-ce qu'il avait d'ailleurs prévu de le faire ? Le doute enfla en moi, et je sentis mon cœur et mon estomac se contracter de douleur.

Je comprenais ce que JB m'avait dit concernant le plan de sa mère, mais ce que je ne comprenais pas, c'était pourquoi Kylian me tenait à distance.

— Tu ne devrais pas rester ici.

— Pourquoi ?

— Ma mère est là, et puis… il vaut mieux que tu ne restes pas.

— Sérieusement ?

Je me sentis violemment rejetée. Je n'étais pas habituée à ce genre de choses venant de lui, et ça me terrifia, surtout lorsque je ne vis aucune empathie sur son visage, comme s'il craignait quelque chose que je ne comprenais pas.

Je me mis à psychoter.

— Maintenant que je suis là, je pourrais rester ?

Bon, d'accord, je faisais ce qu'on appelle de l'insistance, mais je voulais savoir ce que cachait ce comportement pour le moins étrange.

— Je ne préfère pas.

Je lâchai un rire bref, absolument pas amusée, puis m'apprêtai à tourner les talons, sincèrement blessée, mais la mère de Kylian fit son apparition, portant des lunettes de soleil et habillée très classe comme d'habitude. Je me mis à grincer des dents lorsqu'elle me sourit.

— Bienvenue, jeune fille. Kylian, ne reste pas ici, la séance va bientôt commencer. Gabrielle, suivez-moi.

Kylian grinça des dents à son tour, si fort que je l'entendis. J'observai sa réaction, ne comprenant pas cette double facette chez lui.

J'hésitai un instant, sachant qu'Anna avait une idée en tête, mais finis par la suivre, la curiosité l'emportant. Je pressentais que j'allais le regretter, mais c'était bien plus fort que moi.

Il fallait que je sache…

22

La séance photos se déroulait dans un appartement. Le salon avait été tapissé de draps blancs, et des sortes de projecteurs étaient disposés un peu partout dans la pièce, la rendant très lumineuse.

Le photographe, un jeune homme d'une quarantaine d'années habillé en Ralph Lauren comme les golfeurs, m'indiqua de m'installer près des maquilleuses, le temps de la séance. De l'autre côté de la pièce, Anna s'entretenait avec Kylian. Elle avait l'air sereine, Kylian furieux.

C'était incroyable comme je ne me sentais pas du tout à ma place en cet instant.

Kylian vint finalement s'asseoir près de moi.

— Pourquoi tu ne veux pas de moi ici ? demandai-je sans comprendre ce qui le perturbait.

— Je ne vais pas être seul à poser pour les photos.

Il se pencha vers moi et posa les mains sur mes cuisses, le visage grave.

Bon sang ! Il me foutait presque la trouille à me regarder ainsi.

— Qui d'autre sera là ?

— Personne qui compte plus que toi. Souviens-toi de ça.

Il se pencha un peu plus et m'embrassa sans aucune chaleur, avant de se lever pour aller s'entretenir avec le photographe. Peu m'importait ce qu'il venait de me dire, cela ne me rassura pas du tout. Sans parler de son baiser sans aucune émotion.

Avais-je raison de me sentir aussi mal à l'aise ? De penser que Kylian voulait peut-être m'éloigner de lui à présent que nous avions franchi un cap ? Peut-être qu'il avait peur… Mais de quoi ?

Je l'observais du coin de l'œil, lorsqu'une jeune femme entra dans la pièce aussi fraîche qu'une fleur. Je me raidis en voyant ses longues et belles jambes, ses cheveux blonds, son visage d'ange.

C'était elle…

Je levai les yeux au ciel, comprenant à présent ce qu'Anna avait cherché à faire : activer ma jalousie en ramenant l'autre femme que Kylian avait aimée quelques années plus tôt. J'aurais dû écouter JB et ne jamais venir, mais partir maintenant ne serait-il pas un signe de défaite ?

Alors je ne bougeai pas, restant dans mon fauteuil, observant cette jeune femme ravissante avancer dans la grande pièce comme si l'endroit lui appartenait.

Comment s'appelait-elle, déjà ? Je l'avais pourtant vu dans l'article… Je regardai sur mon téléphone, la page était toujours ouverte, puis parcourus le papier avant de trouver : Karine Montgomery.

Elle ne se présenta pas au photographe, qu'elle snoba royalement, mais embrassa Anna comme si elles étaient de vieilles amies, avant de la serrer dans ses bras.

Bon, d'accord, maintenant, j'étais jalouse.

Cette fille semblait être la perfection incarnée aux yeux de la mère de Kylian, et ce détail me rendit envieuse. C'était stupide, j'en avais conscience, mais l'imaginer au bras de l'homme qui était mien, savoir qu'elle avait possédé ce qui m'appartenait aujourd'hui et qu'elle avait encore l'amitié d'Anna me fit silencieusement bouillonner de sentiments négatifs.

Elle salua ensuite Kylian en le serrant dans ses bras un peu trop longtemps. Ce dernier resta impassible, mais lui rendit tout de même son salut.

Ne pouvait-il pas l'envoyer bouler à l'autre bout du monde ?

me demandai-je, avant de fumer par les oreilles lorsqu'il sourit à une de ses phrases.

Non, tu ne céderas point à la jalousie maladive, me dis-je plusieurs fois, tel un mantra.

Tous d'eux quittèrent la pièce principale pour se changer. Je me mis à faire des recherches sur elle et lui, ce dont j'aurais dû m'abstenir. Ils avaient fait l'objet de pas mal d'articles, ce qui me donna accès à beaucoup de photos d'eux deux, proches, semblant être heureux. Je pouvais même voir l'amour dans les yeux de Kylian sur une des photos, les montrant sur une plage en maillot de bain.

Je mis mon téléphone en veille, me sentant réellement triste. J'étais une idiote finie. Comment pouvais-je rivaliser avec toutes ces femmes qui allaient continuer de défiler ? Kylian finirait par se rendre compte que je n'étais pas comme ses ex-copines. Qu'est-ce que j'avais de plus ? Comment réussirais-je à le garder près de moi sans qu'il aille voir ailleurs ?

Oh mon Dieu ! Pourquoi avais-je couché avec lui ?

Je sentis ma respiration s'accélérer sous le coup de la panique. Il fallait que je me ressaisisse et vite, la crise d'angoisse n'était pas loin.

Je fermai les yeux, contrôlant ma respiration, mais surtout mes émotions toutes retournées.

De toute façon, Kylian était assez grand pour savoir ce qu'il voulait. Ce n'était pas à moi de le garder dans ma vie, mais à lui de me faire comprendre qu'il souhaitait y rester. Ou pas. Tant pis si je m'étais trompée sur lui, quand bien même cela me brisait le cœur.

Quand je rouvris les yeux, Karine était assise sur le siège me faisant face, attendant une maquilleuse. Je refermai les yeux, priant pour ne pas céder à l'impulsion rageuse qui montait en moi.

— Tu dois être la nouvelle moi, déclara Karine sur un ton joyeux.

Je souris jaune, tournant la langue mille fois dans ma bouche avant de lui répondre.

— Non, nous n'avons rien en commun, dis-je en gardant mon faux sourire.

J'aurais donné cher pour avoir un chalumeau et pouvoir foutre le feu à ses jolis cheveux. J'aurais peut-être dansé tout autour d'elle.

Karine sourit en retour, et je sus que même alors que sa voix était guillerette, presque joyeuse, elle n'était pas celle qu'elle montrait.

Ne dit-on pas que les yeux sont les fenêtres de l'âme ? Dans ses yeux à elle, quelque chose d'autre, qui était tout sauf sain, planait subtilement.

— C'est bien vrai, marmonna-t-elle en me regardant de haut en bas, souriant franchement à la maquilleuse qui arrivait.

Inconsciemment, je croisai les jambes et les bras, la foudroyant du regard. J'eus envie de hurler de frustration. J'eus même envie de m'abaisser à l'insulter, simplement pour l'atteindre d'une façon ou d'une autre.

Mais très clairement je n'avais aucune arme en main, et cela me faisait sortir de mes gonds.

Karine ferma les yeux pour laisser le soin à la maquilleuse de faire son travail, alors j'en profitai pour l'observer. Elle n'avait pas un gramme de graisse en trop, pas un bouton, pas une ride… Elle avait tout pour que je la déteste d'autant plus.

Kylian réapparut dans la grande pièce, en attachant les manchettes de sa chemise blanche, qui moulait son corps à la perfection. Il était magnifique. Tout comme Karine…

Je baissai les yeux lorsque je sentis une légère caresse dans le cou. Kylian me sourit, puis s'assit à mes côtés, sans jeter un seul coup d'œil à son ex-copine.

Je zyeutai le moindre de ses gestes, cherchant un signe, une marque d'attention envers cette autre fille que je détestais déjà, quelque chose qui m'indiquerait qu'il avait toujours des sentiments pour elle.

En fait, je ne savais pas si je cherchais à me torturer ou à me rassurer…

Kylian fronça les sourcils en me regardant, puis tourna mon siège dans sa direction, avant de coincer mes jambes entre les siennes. Il se pencha vers moi, me donnant la sensation d'être dans un cocon intime, bien que ce fût loin d'être le cas.

— Ce n'est pas notre journée, n'est-ce pas ?

Je haussai les sourcils, surprise mais heureuse de savoir qu'il m'incluait toujours dans sa vie.

— Non, pas vraiment.

— Tout est clair entre nous ? Tout va bien ?

Est-ce que ce n'était pas à lui de répondre à cette question ?

— Je crois que oui.

Je lançai un regard en direction de Karine, mais Kylian rattrapa mon visage en me forçant à le regarder, lui.

— Il n'y a personne qui compte plus que toi, Gaby. Le passé est le passé. Je l'ai oubliée depuis longtemps, alors ignore-la, d'accord ?

Je soupirai en sentant le poids dans mon ventre s'alléger. C'était exactement ce que j'avais besoin d'entendre, mais un dernier point me tracassait.

— Pourquoi est-ce que tu semblais aussi énervé, tout à l'heure ?

— Gaby, la dernière chose que je veux, c'est te faire du mal ou que tu te mettes à imaginer des choses insensées. Je sais que, même si tu ne le dis pas, ce que tu verras ici te fera du mal, et c'est normal. Et je sais que ma mère n'est pas pour rien dans ta venue, alors…

— Si je n'étais pas venue, est-ce que tu me l'aurais dit ? Est-ce que tu m'aurais parlé de cette séance photos avec elle ?

— Je ne savais même pas que je devais être avec elle pour la séance, mais oui je te l'aurais dit, parce que dans tous les cas tu l'aurais vu sur Internet.

— Et si tu avais eu la garantie que je ne le voie pas ?

— Non, je ne te l'aurais pas dit.

— Pourquoi ?

Je me redressai, ne comprenant pas pourquoi il voulait me tenir à distance de certaines choses.

— Parce que ça ne compte pas, Gaby.

J'eus un rire las, puis secouai la tête, ne le croyant pas une seconde.

— Si cela ne comptait vraiment pas, alors tu me l'aurais dit, peu importe la situation.

Il me regarda en secouant la tête.

— On va vraiment se disputer pour cette raison ?

— Non, on ne se dispute pas, mais… (Je fermai les yeux, puis me lançai.) Je… je t'aime, Kylian, et je ne veux pas que tu me mettes à l'écart de ta vie, soi-disant pour me protéger.

Pouvait-on s'exposer plus que ça ? J'en avais mal au cœur, simplement parce que je doutais à présent que ce soit réciproque.

Kylian ne répondit rien. Il me fixa de ses yeux noisette, dans lesquels une multitude de choses défilèrent. Finalement, il se pencha à nouveau vers moi et m'embrassa en prenant tout son temps. J'avais envie que plus jamais il ne s'arrête, de peur que ce ne soit notre dernier baiser.

Le nez contre le mien, il prit mon visage dans ses mains, m'embrassa une dernière fois, puis sourit.

— Je t'aime aussi, Gaby. Tout ce que je veux, c'est que rien ne se mette entre nous.

— Alors ne me tiens pas éloignée de ta vie.

Il acquiesça, m'embrassa sur le front, puis se tourna vers la maquilleuse qui l'attendait.

M'enfonçant dans mon siège, je ne résistai pas à la tentation de jeter un coup d'œil vers Karine. J'eus le bonheur de voir qu'elle me regardait, alors je me sentis mesquine et ne pus me retenir de lui sourire avec provocation.

« Voilà en quoi je ne suis pas toi », eus-je envie de dire. « Il m'aime et pas toi. »

En voyant son regard mauvais au grand jour, je fus tentée

de crier victoire. Le message était passé, ce qui me satisfit pleinement.

Eh oui, je pouvais moi aussi être une garce.

Avant que tous les deux se rendent près du photographe, Kylian me fit un clin d'œil complice.

Tandis qu'ils prenaient place sur un canapé sous les directives du photographe, la voix de Kylian me chuchotant qu'il m'aimait tournait en boucle dans ma tête. Je ne tiquai même pas lorsque Anna s'installa sur le siège qu'avait précédemment occupé Kylian. J'avais l'impression de pouvoir affronter n'importe quelle tempête, du moment que j'avais Kylian à mes côtés. Tout me paraissait possible.

Sentiment aussi enivrant que terrifiant, puisque je savais parfaitement qu'à partir du moment où le bien-être d'une personne dépendait de celui d'une autre cela menait forcément à la souffrance.

La séance débuta, avec Kylian et Karine à l'opposé l'un de l'autre sur le canapé, quand une nouvelle bataille se déclara à ma gauche.

— Tu as finalement de plus larges épaules que je ne pensais, dit gentiment Anna à mon intention, tout en regardant son fils.

Adoptant la même position qu'elle, je demandai vaguement :

— Comment ça ?

— Tu n'as pas encore fui.

— Je n'ai pas l'intention de fuir.

Jetant un coup d'œil vers elle, je la vis sourire malicieusement.

— Pourtant, tu ne feras jamais le poids face à Karine.

Je secouai la tête. Je haïssais réellement cette fichue ex. Cette conversation était à prendre avec des pincettes, et je supposais qu'Anna n'en prendrait aucune.

— Il n'y a pas lieu de parler de compétition puisque j'ai déjà gagné.

— Tu es bien présomptueuse, jeune fille. Regarde comme Kylian est tendu…

— Sûrement parce que vous ne cessez de le piéger.

Elle ignora ma remarque et continua sur sa lancée.

— Il a toujours des sentiments pour elle, Gabrielle. Il essaye juste de ne rien montrer, mais je suppose que tu le remarqueras dans la seconde partie de la séance.

— Faites-vous plaisir et dites-moi ce qui est prévu pour la seconde partie.

— Non. (Elle tourna le visage vers moi en souriant cyniquement.) Mon plaisir viendra quand tu le verras par toi-même. Amuse-toi bien.

Elle se leva, puis se rendit près de JB à l'autre bout de la salle. Ce dernier me lança un regard compatissant, puis discuta avec Anna, qui semblait s'énerver.

Pourquoi était-elle aussi mesquine ? Méchante ? Démoniaque ? Était-ce parce que je n'étais pas milliardaire ? Ou parce que je n'étais pas blonde ?

Dans cette vie, n'y avait-il pas quelque chose qui pouvait être simple ?

Ma bonne humeur s'effaça vite. Je m'attendais au pire. J'observai Kylian qui semblait effectivement très tendu.

Ce n'est que dix minutes plus tard que le photographe annonça un changement. Il indiqua à Kylian de remonter les manches de sa chemise, tandis que Karine allait se changer. Elle revint quelques instants après, les cheveux lâchés, vêtue d'une robe de chambre presque entièrement transparente.

Les accessoiristes déplacèrent le canapé et le remplacèrent par un sofa plus large de couleur rouge, qui détonnait avec leurs habits blancs.

Qu'est-ce qui lui prenait à ce photographe ? Il comptait faire des photos de charme ?

Je gigotai sur mon siège, horrifiée à l'idée que cette fille complètement sexy et à l'aise avec son corps se tienne dans cette tenue près de Kylian.

Ce dernier ne la regarda pas, écoutant simplement les instructions du photographe. Je ne manquai aucun de ses faits et gestes, ayant l'impression d'être réellement en danger. Tous les « je t'aime » du monde n'y changeraient rien. Je ne pouvais pas me sentir autrement qu'agacée par cette situation.

Kylian finit par secouer la tête, puis me lança un regard, avant de s'allonger sur le sofa. Karine prit place sur lui, avant que les accessoiristes disposent ses cheveux blonds et sa robe de différentes manières.

Le sang bouillonnait dans tout mon corps lorsqu'elle posa la tête sur son torse. J'eus beau me répéter que cela ne comptait pas, rien n'y faisait.

Et, lorsqu'ils se mirent à prendre la pose en se regardant dans les yeux, sensuellement, et que leurs visages furent très proches l'un de l'autre, je sentis l'impact de la réalité me frapper aussi fort que si je venais de me prendre un mur à pleine vitesse.

Je vis dans ses yeux qu'il m'avait menti. Elle comptait. Elle comptait toujours.

Je parlais de la fenêtre de l'âme que représentaient les yeux. Eh bien, son regard ne me trompa pas. Je ne pouvais pas parler d'amour, mais il éprouvait toujours quelque chose pour elle…

Sentant mon cœur se fissurer, je récupérai rapidement mon téléphone et simulai un appel pour pouvoir m'éclipser d'ici sans montrer que j'étais blessée.

Je parlai dans le vide, sans vraiment savoir ce que je disais, puis quittai l'appartement, mais avant que j'atteigne l'escalier, la porte derrière moi se rouvrit.

Gardant le téléphone à l'oreille, je restai le dos tourné, pour que personne ne puisse voir mon malaise et ma tristesse.

— Gaby…

Je me tendis lorsque la voix de Kylian me parvint. Prenant une grande inspiration, je continuai mon jeu d'actrice.

— Attends une minute, Marie, dis-je au téléphone avant de me retourner. Oui ?

Kylian passa une main sur l'arrière de sa tête, puis avança vers moi.

— Tout va bien ?

— Ça va, mentis-je très mal.

— Ça ne compte pas, tu te souviens ?

J'eus un rire sans joie, me sentant soudain hargneuse.

— Tes yeux ne trompent pas, Kylian, mais tu as raison, continue de mentir et d'y croire. Je m'en vais, j'ai une urgence.

— Gaby…

Il me rattrapa par le poignet, mais je me dégageai.

— Plus tard. Nous en parlerons plus tard.

Je dévalai l'escalier sous son regard impuissant. Au fond de moi, j'espérais qu'il se sente mal, exactement comme je ressentais une douleur atroce.

Je croisai deux joueurs de l'équipe, qui montaient. Ils me saluèrent, tout en discutant de la séance photos qu'ils feraient ensuite, mais je n'étais pas d'humeur à parler. Je leur souris brièvement et filai le plus vite possible sans toutefois courir.

J'eus envie de m'arrêter une fois à l'air libre, mais n'importe qui d'Anna ou de Karine pouvait me voir, alors je continuai mon chemin, les larmes aux yeux.

Je me sentais trahie.

Je me sentais impuissante et inutile.

De toute façon, c'était à prévoir.

Quelle idiote j'étais !

Montant dans le premier bus qui s'arrêtait, je m'installai dans un coin près des portes, retenant mes larmes avec force et détermination. Je ne pleurerais pas devant des inconnus.

Lorsque je descendis, je marchai pendant un long moment. Cela me fit du bien, mais pas assez pour soulager mon cœur douloureux.

Je récupérai mon téléphone, puis composai le numéro qui pouvait calmer tous mes maux.

— Allô ?

Je fermai les yeux et eus un sourire triste.

— Maman ?

— Bonjour, ma chérie ! me répondit la voix guillerette de ma mère. Tout va bien ?

— Ça va, mentis-je à nouveau, à deux doigts de craquer. Est-ce que je peux venir ce week-end ? Je prends le premier billet de train disponible.

— Pourquoi ne pas attendre le week-end prochain ? Ce week-end est déjà bien entamé…

— J'ai envie de vous voir.

— Tu sais que la porte t'est toujours ouverte. Je ne sais pas ce qui presse tant, mais tu peux venir.

— Merci, maman. Je file à la gare, je te rappelle pour te dire mon heure d'arrivée.

— D'accord, mais, ma puce ? Chaque problème a sa solution. Souviens-toi de ça.

Je raccrochai au moment où j'arrivais au pied de mon immeuble, puis fondis en larmes. Je montai les marches quatre à quatre en me tordant la cheville.

Je croisai un homme en costume, du même gabarit que JB, si bien que je crus pendant un instant que c'était lui. Il me regarda, me fit un signe de tête, puis descendit les marches.

À travers mon flot de larmes, j'eus l'impression d'avoir déjà vu cet homme, sans réussir à me souvenir où. Une chose était certaine, il n'habitait pas ici.

Entrant chez moi, je m'affalai sur mon canapé, laissant les images du regard de Kylian hanter mon esprit, puis regardai les horaires des prochains trains.

J'appelai Marie et je tombai directement sur sa messagerie. Je lui laissai un court message, puis appelai Samuel pour me faire porter pâle. Avec ma voix rouillée, je n'eus aucun problème à mentir.

Prenant ensuite le premier sac que je trouvai, je fourrai dedans quelques vêtements, avant de quitter l'appartement.

Besoin de distance.
J'avais besoin de partir.
Faire le vide. Faire le tri.
Anna avait raison… Je prenais la fuite.

23

« Nous arrivons en gare de Mâcon-Loché TGV. Arrêt deux minutes. »

Je récupérai mes affaires, puis patientai devant la porte, attendant que le train s'arrête enfin. J'étais impatiente de retrouver ma famille, que je n'avais pas vue depuis plusieurs mois.

L'air que je respirai lorsque je pointai le bout de mon nez à l'extérieur me projeta dans mes souvenirs. Ici, l'atmosphère était plus légère, plus fraîche, plus respirable. Il y avait aussi un je-ne-sais-quoi de plus, qui me rappelait mon enfance.

Je vis mon père au loin, grand et bedonnant, qui donna un coup de coude à ma mère, plus petite et menue. Cette dernière agita les bras en l'air et cria mon prénom à tue-tête, au cas où je ne l'aurais pas vue.

Hum… Je réalisai brusquement pourquoi je les adorais de loin.

Mes parents – surtout ma mère – avaient une fâcheuse tendance à me mettre mal à l'aise, et ce dans n'importe quelle situation. Désespoir aidant sans doute, je me sentis pour la première fois heureuse d'éprouver cette gêne, qui me rappelait mes racines, et qui me fit même rire.

Je m'arrêtai cependant assez rapidement. Je n'avais pas le cœur à être joyeuse.

— Comment va ma fille préférée ? me demanda mon père.

Il n'attendit aucune réponse et me serra contre lui d'un seul bras, au point de m'étouffer presque.

— Je suis ton unique fille, papa, grognai-je néanmoins.

Mon père avait le visage constamment joyeux, à tel point qu'on pouvait se demander s'il n'était pas soûl en permanence… Il était du genre joueur et taquin, à avoir systématiquement le mot pour rire. Je l'avais toujours considéré comme mon nounours.

Je perdis à nouveau mon sourire. Cette image me fit penser à JB, qui, lui, me fit penser à Kylian – non pas qu'il ait quitté un instant mon esprit.

— Oh non, jeune fille ! me dit ma mère en m'embrassant sur la joue. Nous savons que tu es épuisée, mais tu viens juste d'arriver, alors laisse-nous profiter un peu de toi avant de nous faire du boudin.

Je levai les yeux au ciel, puis les suivis jusqu'au parking.

Mes parents me posèrent des tas… plutôt des tonnes de questions. Ils semblaient faire la course de la meilleure demande, parlant vite et fort, sans même me laisser le temps de répondre.

En fait, j'étais persuadée qu'ils se fichaient des réponses. Ce n'était pas méchant, c'était seulement leur moyen à eux de dépasser les bla-bla inutiles et ennuyeux. Et leur brouhaha incessant me fit penser à autre chose.

À quelqu'un d'autre, loin d'ici, sûrement dans les bras d'une jolie blonde…

J'écoutai mes parents d'une oreille distraite, tout en portant mon attention sur l'extérieur. Cette ville était tellement différente de Paris. Moins éclairée, plus petite, mais tout aussi charmante. Ici les habitations étaient des maisons. Revoir la mienne après un quart d'heure de trajet me serra le cœur.

Pourquoi avais-je eu l'idée de quitter ce logement ? Pourquoi faire des études ?

Je savais que je remettais stupidement mes objectifs

en question, mais c'était comme si je voyais les choses différemment.

Pendant plusieurs années, j'avais vécu une vie solitaire, sortant parfois avec mes amis, mais depuis quelques mois… ma vie n'avait tourné qu'autour de Kylian. Il avait doucement remplacé mon soleil, devenant ma principale source de lumière, m'aveuglant sur tout le reste. Le voir avec cette femme plus tôt dans la journée m'avait remis les idées en place.

Comment une fille aussi terre à terre que moi avait-elle pu se laisser hypnotiser de la sorte ? Il fallait réellement que je revoie mes priorités. À quel moment Kylian était-il devenu plus important que mes études ? Que mes amis ?

C'est en silence que je retrouvai mes parents, quelque temps après avoir déposé mon bagage dans ma chambre, à la grande table du salon, où ma mère avait disposé le repas constitué d'une salade pour l'entrée et d'un gratin aux pommes de terre et poulet pour le plat principal.

Pour la première fois de ma vie, je vis mes parents aussi silencieux que moi, ce qui me parut réellement étrange. En temps normal, ils étaient bavards, riaient sans cesse, voire s'envoyaient des insultes parfois mignonnes parfois grossières, mais il y avait toujours de l'animation.

Seulement, ce soir, ils devaient en avoir décidé autrement, car aucun ne parlait.

Ma mère fixait son assiette, tandis que mon père me regardait, moi. Nous avions les mêmes yeux marron, mais la ressemblance s'arrêtait là. Il était assez grand, avait des traits fins qui détonnaient avec son petit ventre bedonnant. Mon père ressemblait réellement à un nounours, avec une barbe que j'ai toujours adoré tirer.

Son regard et son silence me mirent mal à l'aise et, alors même que je rêvais de m'enfermer dans ma chambre pour m'y terrer jusqu'à la fin de mes jours – bon, d'accord, j'abusais légèrement –, je tentai de briser la glace.

— Vous avez enterré un cadavre dans le jardin ? demandai-je sérieusement en observant ma mère, puis mon père.

Ma mère releva la tête et me fit de gros yeux surpris, tandis que la barbe de mon père frétilla.

Il se retenait de rire.

— Non, mais cela ne va sûrement pas tarder, dit-il.

Je fronçai les sourcils sans comprendre. Il semblait sérieux.

— Pourquoi ?

Il s'essuya la bouche avec sa serviette, alors même qu'il n'avait rien mangé.

— Nous savons pour ta relation avec ce basketteur…

Mon père fit un vague geste de la main, alors qu'en grand fan de basket qu'il était il connaissait le nom de tous les joueurs. Il poursuivit comme si de rien n'était :

— J'ai entendu ce que ta mère t'a dit au téléphone plus tôt dans la journée. J'en conclus que, si tu es là, ce n'est pas parce que tu es heureuse. Je ne sais pas si je dois t'interdire de revoir ce garçon comme un père possessif, ou bien le tuer, lui.

J'ouvris la bouche, sans savoir quoi répondre. Bien sûr que mes parents étaient au courant… Les dernières photos montraient très clairement mon visage et indiquaient mes nom et prénom.

Quelle idée de venir me réfugier chez mes parents ! grognai-je intérieurement.

J'étais prête à nier tout en bloc. Pour rien au monde je n'aurais avoué à mon père que j'avais une relation avec un homme sans être sûre que ce soit vraiment sérieux. Oui, c'était stupide, puisque toutes les preuves étaient partout sur le Net, mais c'était plus fort que moi.

— Je ne vois…, commençai-je, mais la sonnette de la porte d'entrée me sauva la vie.

Je me levais d'un bond, en rigolant nerveusement.

— Je vais ouvrir !

Je me précipitai hors de la pièce, puis ralentis une fois devant la porte. L'individu qui se trouvait derrière sonnait sans interruption, ce qui me fit grimacer. Une seule personne pouvait avoir ce culot.

J'ouvris la porte et secouai la tête en croisant ce regard marron d'escroc.

— Pousse-toi de mon chemin, Bibi, me dit mon frère en me bousculant sans ménagement.

Je le frappai à l'épaule aussi fort que possible, mais c'était comme essayer de tuer une mouche, elle s'envolait toujours avant. Il esquiva mon attaque, puis me donna une tape à l'arrière de la tête, ce qui me fit crier de frustration.

Mike, mon petit frère plus grand que moi, rigola puis posa une main sur ma bouche pour me faire taire comme lorsque nous étions petits – et qu'il commençait à avoir le dessus sur moi – , avant de me prendre dans ses bras, en guise de bonjour. Ce bonjour finit d'ailleurs par m'étouffer. Je lui pinçai la peau au niveau des côtes, ce qui le fit lâcher prise.

J'avais les sourcils froncés, ma respiration ressemblait à celle d'un buffle, et j'étais prête à l'attaquer toutes griffes dehors, mais j'étais heureuse de le revoir. Entre ses études, les miennes, et nos vacances en décalé, nous ne nous voyions que très peu.

— Qu'est-ce que tu fais là ? m'enquis-je, toujours sur la défensive.

— Maman m'a appelé pour me dire que tu venais, répondit-il, totalement décontracté.

— Et, comme tu es d'humeur généreuse, tu t'es dit que tu allais venir aussi, c'est ça ?

— Non, j'espérais que ton sportif sans cervelle vienne avec toi.

Je restai un instant sans voix.

— Eh bien, il n'est pas là ! Et, pour ta gouverne, il a une cervelle et sait s'en servir.

— Waouh ! Bibi défend son mec !

Je le frappai à nouveau, mais cette fois il ne se déroba pas.

Il rigola simplement de sa gaminerie, puis couina faussement de douleur au moment où ma mère arriva.

— Gaby ! lança-t-elle. Arrête de frapper ton frère ! Il vient à peine d'arriver que tu l'agresses ?

— C'est lui qui a commencé ! protestai-je en souhaitant à nouveau le frapper de toutes mes forces.

Mike avait tendance à me faire régresser de plusieurs années à chacune de nos rencontres. Cela avait toujours été ainsi : mon frère adoré et machiavélique réussissait toujours à mettre mes parents dans sa poche, tandis que j'en prenais plein mon grade sous son regard satisfait.

— Arrête tes enfantillages, et retournons à table, me dit-elle en secouant la tête comme lorsque j'étais petite.

Bizarrement cette situation me fit du bien. Comme toujours c'était moi qui prenais les reproches, mais c'était aussi réconfortant. Tout n'avait pas tant changé que ça.

En regagnant le salon, je levai les yeux au ciel en voyant mon frère et mon père se serrer la main virilement, avant d'échanger une tape dans le dos à qui la donnerait le plus fort.

Je remarquai alors qu'il y avait en effet quatre assiettes sur la table. Mes parents n'avaient sûrement pas jugé bon de me prévenir que mon enquiquineur de frère allait venir…

Mon téléphone s'alluma, puis clignota, m'annonçant un appel silencieux. Je le remis en veille, ignorant une fois de plus l'appel de Kylian. Cela eut le don de me remettre désagréablement les pieds sur terre.

Attrapant le saladier, je me servis en silence, ignorant le regard de ces trois autres personnes du même sang que moi. J'avais horreur d'être au centre de l'attention, et ce même lorsqu'il s'agissait de ma propre famille.

Je mangeai en me focalisant sur mon assiette et sur ces petites feuilles bien vertes. C'est fou comme je pouvais trouver passionnantes certaines choses insignifiantes, quand je souhaitais me faire oublier.

— Bibi, grogna mon frère à ma gauche.

Je secouai la tête en pointant ma fourchette vers lui.

— Je ne veux pas en parler. Fous-moi la paix.

— Euh… Je voulais juste que tu me passes le saladier.

Je plissai les yeux lorsqu'il me fit un sourire aussi grand que faux. Ce n'était évidemment pas ce qu'il voulait puisqu'il avait horreur de la salade. Je lui passai le plat avec un petit sourire ironique et le regardai le poser à côté de son assiette sans pour autant se servir.

Ce repas fut assez étrange et rempli de non-dits. Je fus donc soulagée lorsque sonna la fin. Je m'empressai d'aller faire la vaisselle – que j'avais horreur de faire en temps normal – simplement pour échapper à cette ambiance oppressante.

— Ça ne te ressemble vraiment pas d'être aussi silencieuse, me souffla ma mère d'une voix douce, tout en prenant un torchon pour essuyer les assiettes.

— Si, maman. Le silence me ressemble, c'est à vous qu'il ne ressemble pas.

Elle grimaça, puis acquiesça en prenant appui contre le meuble à mes côtés.

— Tu sais que tu peux tout me dire.

— Je le sais.

— Alors pourquoi ne me racontes-tu rien sur ce Foster ?

Je soupirai en plongeant les mains au fond du bac. Que pouvais-je dire à ma mère ? Que j'avais tellement peu confiance en moi que je doutais à présent de Kylian ? Que certains regards ne trompaient pas, et que je me sentais terriblement mal à l'idée que celui que j'aimais en aimait une autre ?

— Je ne saurais pas vraiment quoi te dire, maman.

— Simplement la vérité. À commencer par ce qui t'a amenée à fuir Paris pour te terrer ici !

Tournant le regard vers elle, je la vis me sourire, retrouvant dans ses yeux chocolat cette curiosité brûlante que je connaissais bien.

— J'ai peur d'avoir fait une erreur. Il est basketteur, connu en plus…

— Dis-moi quelque chose que j'ignore, s'il te plaît.

Je souris, puis sortis les mains du bac, avant d'adopter la même position qu'elle.

— Je pense qu'il aime toujours son ex. De plus, sa mère me déteste et fait tout pour m'éloigner de son fils.

— Te détester ? Qui pourrait te détester si ce n'est quelqu'un qui n'est pas sensé ?

— Tu dis ça parce que tu es ma mère. C'est ton devoir de me dire ça.

— Oui, c'est pas faux.

Elle remit une mèche de cheveux imaginaire derrière mon oreille, puis rattacha la pince qui retenait les siens, courts et châtain clair, en arrière. Chose qu'elle faisait toujours lorsqu'elle réfléchissait.

Elle prit une courte inspiration, puis me dit :

— Tu ne peux pas plaire à tout le monde, c'est un fait, mais est-ce que l'appréciation de cette femme est si importante ?

— Elle est très présente dans la vie de Kylian.

Je lui fis un rapide compte rendu de ce que je savais, ce qui la fit grimacer.

— Si tu veux mon avis, il y a plus que cela. Ce que je veux dire, c'est que ce jeune homme semble avoir la tête sur les épaules. Autant que tu saches, j'ai fait des tas de recherches sur lui, sûrement un truc de maman… (Elle me sourit comme une petite fille avouant une bêtise, puis secoua la tête.) Cette femme semble vouloir le contrôler, et quelqu'un qui n'a toujours connu que ça ne sait pas vivre autrement. Je pense que les choses sont plus profondes que tu ne le penses. Lui en as-tu parlé ou as-tu directement fui ?

Je grimaçai, ce qui lui donna la réponse. Mon téléphone s'alluma, puis clignota m'annonçant un nouvel appel de Kylian. Je le remis en veille, sous le regard réprobateur de ma mère.

— Pourquoi ne pas lui répondre ?

— Je ne veux pas lui parler…

— Mon Dieu ! Il faut tout t'apprendre, jeune fille. Un homme qui t'appelle ainsi est ouvert à la discussion. C'est donc le meilleur moment pour tout lui faire avouer et imposer tes conditions. Et puis… Tu ne penses pas qu'il pourrait s'inquiéter pour toi ?

Je soupirai, mais je n'avais pas pour autant envie de lui parler. Peut-être avais-je agi trop radicalement en prenant la fuite, mais… sur le moment, cela avait été mon unique moyen de me protéger.

— Ma fille… Réponds-lui au prochain appel. Clarifie les choses et redeviens cette jeune femme amusante, qui n'a pas sa langue dans sa poche. Je n'aime pas te voir ainsi.

— Et si les choses empirent ? S'il préfère mettre un terme à tout cela ?

— Alors tu sauras combien il est idiot. Quel garçon doué d'intelligence te laisserait filer ? Oui, c'est mon devoir de maman de te dire cela, mais je le pense réellement, alors est-ce que ça compte ?

Je ris en acquiesçant puis, dans un dernier regard, elle quitta la cuisine. Me tournant vers l'évier, je grimaçai en réalisant qu'elle venait discrètement de me laisser la tâche de l'essuyage de vaisselle au complet.

En rejoignant ma famille dans le salon un peu plus tard, je souris en regardant mon frère et mon père concentrés sur un match de football féminin qu'ils n'arrêtaient pas de commenter. Quant à ma mère, elle lisait à l'autre bout du canapé, perdue dans son monde.

La chieuse que j'étais se jeta entre les deux hommes, les forçant à me faire une place. Leurs commentaires machos passèrent des femmes footballeuses à la plus emmerdante de la famille : moi.

Mon téléphone clignota à nouveau, m'annonçant un énième appel, mais avant que j'aie pu le mettre en veille mon frère l'attrapa et se leva en quatrième vitesse.

— Ne fais pas ça, Mike ! hurlai-je, paniquée.

— Fais-le, fils, répondit mon père fièrement.

Mon frère rigola, puis décrocha.

— Ouais ?

Typiquement masculin.

Je pris un coussin que je plaquai sur ma bouche, terrifiée à l'idée de ce que Kylian pourrait penser… Mais surtout de ce que mon crétin de frère pourrait dire.

Les yeux de ce dernier s'agrandirent, avant qu'il regarde l'écran de mon téléphone d'une drôle de façon et le colle à son oreille. Il éclata de rire et s'éloigna de quelques pas, complètement hilare.

Je me levai et le poursuivis comme son ombre, tentant tant bien que mal de récupérer mon téléphone, mais il était bien trop furtif.

— Ah, oui ? Tout ça ? Tu as d'autres menaces à proférer ? Elles sont assez imagées, j'aime beaucoup.

Mike me repoussa, puis s'enfuit par la porte du garage. Je me rendis sur le balcon, l'observant faire les cent pas dans le jardin, tandis que je bouillonnais de sentiments contradictoires. J'avais beau tendre l'oreille, rien ne me parvenait si ce n'était quelques mots qui ne m'avançaient en rien.

Au bout de ce qui me parut une éternité, Mike raccrocha, puis me lança mon téléphone, sans s'occuper de savoir si je le rattraperais ou non. Heureusement pour moi, j'avais une coque assez résistante. Je hurlai après mon frère, tout en ne souhaitant qu'une seule chose : qu'il me raconte mot pour mot la conversation qu'il avait eue avec Kylian.

Mon père se leva et échangea un regard complice avec mon frère.

— Alors ? demanda-t-il simplement.

Mike haussa les épaules et annonça sérieusement :

— Je vais chercher les pelles, on va bientôt avoir un cadavre à enterrer.

— Hein ?!? lançai-je, paniquée.

Mon frère se tourna vers moi et me sourit malicieusement.

— Le basketteur arrive.

Mon sang ne fit qu'un tour. Ce n'était pas possible. Nous étions à trois heures et demie de route de Paris…

Le destin me contredit une fois de plus lorsque la sonnette d'entrée résonna étrangement à mes oreilles.

Il y aurait bien un cadavre, mais ce ne serait pas celui de Kylian.

Ce serait le mien. J'allais mourir de peur d'un instant à l'autre…

24

Je ne savais plus quoi faire.

Je regardai la porte d'entrée comme si c'était l'ange de la mort qui venait frapper. Je savais que c'était idiot encore une fois, mais mes réactions étaient totalement incontrôlables. Une part de moi voulait s'enfuir loin d'ici pour échapper à ces retrouvailles, mais surtout… à la confrontation avec mes parents.

C'était officiel, la situation était dramatique.

Totalement décontracté, mon frère me lança un regard malicieux, puis me sourit. Je relevai le visage bien haut, lui montrant que j'étais loin d'être une trouillarde, alors que j'aurais pu fondre sur place tellement j'avais chaud.

Il avança vers la porte et lança un regard à mon père, qui ne me rassura pas sur leurs intentions. Alors je pris les devants, courant vers la porte pour empêcher mon frère d'ouvrir.

— Personne ne lui parlera tant que je n'aurai pas eu de discussion avec lui, dis-je en posant les mains de part et d'autre de la porte d'entrée encore fermée.

Mon frère voulut protester, mais ma mère lui donna une tape à l'arrière de la tête, qui lui fit fermer la bouche. Dans d'autres circonstances, j'aurais fait la danse de la joie pour le narguer, mais j'étais bien trop nerveuse pour ça.

Voyant ma famille attendre clairement que je passe à l'action, je me décalai, puis posai la main sur la poignée, sans ouvrir pour autant. Je savais que si Kylian avait fait tout ce chemin ce n'était pas pour me dire que notre histoire était finie, auquel cas je laisserais mon frère l'assommer à coups de pelle et mon père l'enterrer au fond du jardin.

Cette idée me fit sourire et me donna le courage de franchir le dernier rempart qui me séparait de lui.

Je me faufilai rapidement à l'extérieur pour que ma famille ne puisse rien voir, prenant soin de claquer la porte, pour qu'elle ne se rouvre pas.

Sur le perron, Kylian était debout sur la dernière marche, me tournant le dos. Une de ses mains était fourrée dans sa poche tandis que l'autre tenait un bouquet de fleurs. Il était magnifique, bien que je ne puisse voir son visage, c'était comme si tout son être m'appelait.

J'étais contente qu'il ne me fasse pas directement face. Si nous pouvions même rester ainsi, sans nous regarder, cela me conviendrait parfaitement.

J'avançai d'un pas, décidant de passer aux choses sérieuses, puis chuchotai :

— Est-ce que tu l'aimes toujours ?

C'était pour moi le point le plus important, qui déterminerait la suite de cette discussion. Je n'aimais pas me sentir aussi mal, alors autant aller directement au sujet épineux.

Kylian se retourna doucement, puis attendit que je le regarde droit dans les yeux pour me répondre :

— Non, je ne l'aime pas, et tu le sais au fond de toi.

Sa voix glissa sur ma peau comme une caresse de soulagement. Pourtant, ce que j'avais vu ne pouvait pas être une invention.

— Au contraire, Kylian. Ce que je crois, c'est que tu es loin de l'avoir oubliée.

— Vas-y, ma fille, entendis-je grogner derrière la porte.

Au secours !

Je soupirai, puis fis signe à Kylian de me suivre. Du coin

de l'œil, je le voyais marcher à mes côtés tel un robot, le regard vide.

Nous avançâmes dans un silence total jusqu'aux abords d'un terrain de football un peu plus loin, qui était à l'abri de tout regard indiscret. J'avais la terrible envie de le toucher, de le serrer dans mes bras en fermant les yeux, et que tout ne soit que du passé mais, même si je tentais de faire taire cette petite voix qui me rappelait ce que j'avais vu, elle finirait par entacher mon cœur d'une rancune qui ne me ressemblerait pas, sans parler de ce doute qui grandirait sans cesse.

Très peu éclairé, le terrain de foot était totalement vide. Je m'arrêtai près d'un lampadaire éteint, puis lui fis face. À présent que j'y prêtais attention, je remarquais qu'il semblait réellement malheureux…

Son bouquet de fleurs toujours à la main, il se frotta le front, avant que son regard se durcisse légèrement.

Kylian croisa le mien et secoua la tête avant de débiter rapidement, comme s'il était fâché et à bout de forces :

— Je ne sais pas ce que tu as vu et je me fiche de ça. Je me fiche complètement de ce que tu as pu voir, parce que ça ne reflète pas la réalité.

— Kylian….

— Tais-toi, Gaby.

Je le regardai en fronçant les sourcils. Je n'aimais pas vraiment les ordres mais, de sa part et compte tenu de la situation, je fus un peu trop surprise pour réussir à lui en vouloir.

— Tu n'as pas confiance en toi, ni en nous, ni en moi, énuméra-t-il, les sourcils froncés. Est-ce que tu sais ce que ça m'a fait de savoir que tu étais partie ? Surtout que tu es partie pour une raison absurde. Gaby, je me fiche de cette fille. Ça fait longtemps qu'elle n'existe plus à mes yeux et, même si tu as pu voir je ne sais quoi, il ne s'agissait que d'un jeu avec l'appareil photo. C'est toi qui m'importes, personne d'autre, et je deviendrais fou si pour cette raison tu souhaitais en finir avec nous.

Je gardai la bouche close et fermai les yeux. J'avais imaginé bon nombre de scénarios, plus fous les uns que les autres, mais celui-ci était le meilleur qu'il ait pu inventer.

Prenant une longue inspiration, je sentis ce poids d'incertitudes s'envoler doucement. Il avait raison. Je n'avais confiance en personne, et surtout pas en moi, mais je n'arrivais tout de même pas à effacer cette image de lui et de Karine…

— Cette fille reste ton premier amour. Tu ne peux pas l'oublier comme ça, et je le comprendrais…

Je le comprenais vraiment et je la haïssais sincèrement pour cette raison.

Kylian fit un pas vers moi, sans toutefois me toucher. Je levai les yeux vers lui, dans l'attente d'une réponse, même si je n'avais pas vraiment posé de questions.

— Oui, je l'ai aimée. Oui, j'ai un passé avec cette fille, mais le plus petit sentiment s'est envolé lorsque j'ai compris qu'elle n'était à mes côtés que par intérêt. Gaby, je ne peux pas effacer le passé, il fait partie de moi, aussi sûrement que tu fais partie de moi aujourd'hui. Il va seulement falloir me croire lorsque je te dis que le seul sentiment que je ressens en sa présence c'est de l'indifférence. La seule personne qui m'importe, c'est toi.

Je fermai à nouveau les yeux, essayant d'être honnête avec moi-même. Est-ce que je le croyais parce que je l'aimais ? Ou bien parce que je sentais qu'il disait vrai ?

C'était une question à laquelle je ne pouvais pas répondre. Alors, comme n'importe quelle femme sur cette terre, je suivis mon instinct et mon cœur.

Je le crus.

— Je ne t'aurais pas quitté pour cette raison, soufflai-je en haussant les épaules nonchalamment.

Je retrouvai un semblant de sourire lorsque je le dévisageai. Il plissa les yeux, comme s'il m'en voulait, ce qui était contredit par le coin de sa lèvre qui s'étira en un sourire.

Il lâcha le bouquet de fleurs, puis m'attrapa le visage et

m'embrassa, tout en me faisant reculer. Il m'entraîna jusqu'à une table de ping-pong adjacente au terrain de football, puis me fit asseoir dessus, avant de me serrer contre lui.

— Je sais que j'ai agi bêtement en prenant la fuite, dis-je doucement, le nez dans son cou. Mais l'idée même que tu puisses encore avoir de quelconques sentiments pour Karine… Ça m'a brisé le cœur.

— Mets-toi définitivement en tête que tu es celle que j'aime, Gaby. Ne t'enfuis plus sans moi. Il y a beaucoup de choses qui sont importantes dans ma vie, mais aujourd'hui je me suis rendu compte que toutes ces choses avaient un goût amer si tu n'étais pas avec moi.

Je souris, puis avouai :

— J'ai remis tous mes projets en question, parce que j'ai eu la sensation que plus rien n'importait si tu te désintéressais de moi.

Il sourit puis recula, avant de froncer les sourcils, comme si une idée venait de lui traverser l'esprit.

— On est mal barrés, je crois.

J'acquiesçai en me disant que les sentiments que j'éprouvais pour lui étaient dangereux. Je venais de me rendre compte que s'il me quittait la vie perdrait de ses couleurs.

Malgré tout, nos problèmes n'étaient absolument pas résolus pour autant.

— Pourquoi as-tu fait presque quatre heures de route pour me retrouver ? Je ne dis pas que ça ne me fait pas plaisir, bien au contraire, mais tu aurais aussi pu attendre que je rentre.

— Quand tu as refusé de me répondre au téléphone, j'ai demandé à Marie où tu pouvais être. C'est elle qui m'a dit que tu étais partie, et j'ai compris que tu n'étais pas partie seulement pour voir tes parents, mais surtout pour prendre de la distance avec moi. En toute sincérité, l'idée que tu ne veuilles plus de moi m'a terrifié.

Je baissai les yeux, comprenant que je l'avais blessé.

— Je suis désolée. Te voir avec une autre m'a légèrement

assommée. Quitter Paris ne serait-ce que pour le week-end m'était réellement vital.

Il passa une main dans mes cheveux lâchés et sourit tristement.

— Tu me fuyais pour te protéger. Je peux le comprendre. J'aimerais seulement que tu aies confiance en nous et que tu ne laisses pas ma mère t'impressionner d'une manière ou d'une autre. Je suis assez grand pour savoir ce que je veux, et c'est toi que je veux.

Je posai la tête sur son épaule, en me disant qu'il fallait que j'arrête de fuir. Si je voulais Kylian, ne fallait-il pas que je me batte pour lui ? Que je lui fasse confiance ? Que je me mette en danger et, surtout, que j'affronte les problèmes avec lui ?

— Kylian… Je sais que ta mère fera tout pour m'évincer de ta vie.

Il ferma les yeux, contrarié, mais acquiesça néanmoins.

— Je pensais sincèrement pouvoir la gérer, mais elle a tout calculé.

— Comment ça ?

Il vint s'asseoir à mes côtés et, alors que mes pieds flottaient dans le vide, les siens reposaient fermement à terre.

— Je ne sais pas comment elle s'y est prise, mais c'est elle qui t'a envoyé le message de mon téléphone, pour que tu viennes à la séance, aujourd'hui. Elle avait tout prévu. Et il y a quelque chose que j'ai omis de te dire. Quand elle a commencé à me décrocher des contrats avec des sponsors, elle m'a fait signer un contrat à moi aussi. Ce contrat stipule qu'elle garde tous les droits sur mes sponsors, autrement dit, c'est elle qui planifie mon agenda, mes interviews, mes rendez-vous pour les promotions de marques, ou encore les séances photos, entre autres. Je n'avais jamais pensé aux termes du contrat et à l'emprise que cela pourrait avoir sur ma vie amoureuse, avant nous. Ma mère pourrait organiser de nombreuses rencontres avec n'importe quelle fille, simplement pour te faire craquer, et de mon côté je n'aurais pas d'autre choix que d'accepter sans rechigner.

Je regardai mes pieds se balancer dans le vide, comprenant que me débarrasser de la malade mentale Anna n'était plus une option envisageable.

Je demandai néanmoins :

— Tu ne peux pas renoncer à ce contrat ?

Il eut un sourire las, puis secoua la tête.

— Si je romps ce contrat, ma mère obtiendra toute ma fortune. Je n'aurai plus de sponsors et je ne pourrai pas récupérer ceux que j'ai actuellement, à cause de la clause de non-concurrence qu'elle a fait signer à chaque sponsor.

Je le regardai, sous le choc. Quel genre de mères était-elle ?

— Mais pourquoi fait-elle ça ?

— Pour l'argent. Je suppose aussi qu'elle n'a pas trouvé d'autre moyen de me garder sous sa coupe. J'ai signé ce contrat à dix-huit ans. Pour moi, ma mère savait ce qu'elle faisait, et je lui faisais confiance. Ce n'est qu'à mes vingt ans que j'ai commencé à comprendre les inconvénients de ce contrat.

— Alors, ça veut dire que ce sera ainsi jusqu'à la fin de ta carrière ?

Il se leva de la table de ping-pong et vint se placer entre mes jambes.

— Non. (Il me fit un sourire rassurant, puis frotta mes cuisses-boudins aplatis sur la table.) L'année prochaine, je vais partir aux États-Unis, pour jouer avec les Monsters. Le contrat de ma mère est valable uniquement en France. Une fois de l'autre côté de l'Atlantique, je pourrai me faire mes propres sponsors et gérer ma vie comme je l'entends.

Je souris pour de bon, heureuse pour lui de savoir qu'il allait avoir un boulet en moins à la cheville.

— Est-ce que tu y as réfléchi ? reprit-il, avec des yeux noisette pleins d'espoir. À la proposition de Hanks, je veux dire.

Bien sûr… Partir aux États-Unis avec lui. Mes études. La proposition…

— Oui, j'y ai réfléchi. Il faut que j'en parle à mes parents mais, si on est certains que ta mère ne nous poursuit pas au bout du monde, j'accepte de partir avec toi terminer mes études là-bas.

Il se mordilla la lèvre inférieure sans pour autant réussir à retenir l'immense sourire qui illuminait son beau visage. Il me renversa en arrière et m'embrassa passionnément.

Il retira la mèche de cheveux qui me barrait le visage, puis me couvrit de baisers.

— Un coup de pelle sur la nuque, ça devrait le faire, tu crois ?

Je sursautai en reconnaissant la voix de mon frère. Ma famille au complet était présente, même notre amie, la pelle.

Oui, mon crétin de frère avait apporté une pelle qu'il portait renversée sur l'épaule.

Je repoussai brusquement Kylian de toutes mes forces en rougissant, heureuse qu'il fasse nuit, puis me levai sans trop savoir comment réagir. Présenter mon petit copain à ma famille était une chose. Qu'ils me voient dans une position très compromettante avec ledit petit copain en était une autre.

— Euh… Je…, bégayai-je.

Je claquai la langue, agacée et gênée à la fois. Et si ma famille le détestait ? On ne pouvait pas dire qu'ils voyaient notre relation d'un bon œil.

Kylian, lui, se frotta l'arrière de la tête, comme s'il cherchait quelque chose qu'il avait perdu.

Son regard se porta non loin de là, puis il sourit et trottina jusqu'au bouquet de fleurs qu'il ramassa, avant de s'approcher de ma mère en ignorant royalement les regards suspects de mon père et mon frère.

Ma mère joignit les mains devant elle, en souriant.

— Je suis désolé, madame Ferry. Je n'ai pas pris soin de ces fleurs, mais je vous en rachèterai un bouquet demain matin. (Il lui offrit tout de même les fleurs encore parfaites, avant de tendre la main.) Je suis Kylian Foster et je suis enchanté de vous rencontrer.

Ma mère sourit pleinement et prit la main de Kylian.

— Enchantée, jeune homme. Je suis Nora, la mère de Gabrielle, et voici Patrick, qui je l'espère en prendra de la graine, ajouta-t-elle à l'intention de mon père qui grimaça en voyant le bouquet de fleurs. Pour finir, voici mon fils, Mike, qui n'en a apparemment pas fini avec son chien imaginaire…

J'éclatai bruyamment de rire, avant de me pincer le nez pour me faire taire, en vain.

Lorsque nous étions petits, Mike n'avait pas un ami imaginaire, mais un chien imaginaire. Muni d'une pelle, il creusait des trous partout et cachait toutes sortes de choses, croyant fermement que son chien, inventé de toutes pièces, déterrerait un jour ses trésors.

Mon frère comprit parfaitement l'allusion et me fusilla du regard. Je ris de plus belle, et cela me décontracta. J'aurais pu soulever ma mère dans les airs, sincèrement reconnaissante qu'elle ait détendu l'atmosphère.

Kylian ignora les sous-entendus et fit face à mon père, ce qui me fit immédiatement redescendre. Ce dernier le dévisagea en plissant les yeux.

Au bout d'un moment bien trop long à mon goût, il demanda :

— Est-ce que tu vas gagner cette Coupe d'Europe ?

J'ouvris la bouche, sans en croire mes oreilles.

— Sérieux ? demanda mon frère, aussi surpris que moi.

— J'en suis sûr, monsieur, répondit Kylian sincèrement.

— Alors enchanté, mon garçon !

Il lui serra la main et lui donna une grande claque dans le dos, comme il le faisait avec Mike. Ce dernier sembla se rembrunir et fronça les sourcils en pointant un doigt vers Kylian.

— Fais-lui du mal, et je creuserai un trou pour ta carcasse.

Kylian haussa les sourcils, se demandant sûrement s'il plaisantait.

Ma mère poussa mon père et mon frère en direction de la maison, puis se tourna vers Kylian.

— Viens un moment à la maison, Kylian. Nous pourrons ainsi faire plus ample connaissance.

Il acquiesça, puis se tourna vers moi en souriant. Il me tendit une main, que je pris, sous le regard bienveillant de ma mère. Cette dernière finit par rejoindre les hommes de ma famille, nous laissant un peu d'intimité.

— Tu crois qu'ils m'apprécient ? me souffla doucement Kylian.

Je rigolai, toujours sous le coup de la surprise.

— Ils ne te connaissent pas encore suffisamment, mais je suis certaine que ce sera le cas.

Mes parents n'étaient pas vraiment difficiles, tant qu'ils me voyaient épanouie.

Kylian passa un bras autour de mes épaules, puis m'embrassa.

— Je crois comprendre de qui tu tiens ton caractère et ta langue bien pendue !

Je lui donnai un coup de coude, ce qui le fit rire.

— Je suis contente que tu puisses les rencontrer, même si je ne sais pas encore ce que ça va donner. C'est une grande première pour moi.

Nous marchâmes en silence jusqu'à la maison.

Je n'aurais jamais pensé que cette situation puisse arriver aussi tôt. Mon copain rencontrant mes parents ? C'était quelque chose que je redoutais. C'était étrange, mais j'étais heureuse que Kylian entre ainsi dans ma vie. Nous tous réunis, je ne pouvais que me sentir vivante et pleinement satisfaite.

Kylian rapprocha son visage de moi, puis me souffla doucement :

— C'est quoi le problème de ton frère, avec la pelle ?

J'éclatai de rire, puis secouai la tête en regardant l'intéressé marcher simplement, sa pelle sur l'épaule à la façon des sept nains.

— Je te raconterai tout plus tard, promis, dis-je en entrant dans la maison.

Il acquiesça, puis entra à son tour, les yeux braqués sur moi.

Il m'aimait. C'était une certitude.

Il fallait simplement que j'arrête de douter toujours de nous, ainsi que de moi.

Je mis cette histoire derrière nous, même si une petite voix me soufflait que nous étions loin d'en avoir fini…

25

La soirée fut assez étrange. Toute la famille assise dans le salon avait les yeux rivés sur Kylian. Le silence de plomb qui s'éternisa après des tonnes de questions sur sa vie et ses projets me rendit nerveuse. J'avais presque envie de crier un bon coup, pour que la tension s'apaise.

Le seul qui semblait parfaitement bien dans ses baskets, c'était Kylian. Confortablement installé, il était aussi serein qu'un moine bouddhiste en pleine méditation. Il regarda mon père, puis mon frère, et finit par adresser un sourire à ma mère qui le lui rendit. À un moment elle se leva et me fit signe de la suivre.

C'était mal de laisser l'homme que j'aimais aux mains de ceux de ma famille, mais j'aurais pu embrasser les pieds de ma mère de m'offrir cette porte de sortie.

Il fallait comprendre que j'avais horreur des pieds, alors les embrasser… C'était dire si j'étais heureuse qu'elle me donne une tâche à exécuter.

Avec un regard d'excuses pour Kylian qui sembla n'y voir aucun inconvénient, je suivis ma mère jusqu'à la cuisine, où elle fit chauffer de l'eau.

— Je l'aime bien, me dit-elle d'une voix musicale.

M'asseyant sur le plan de travail à ses côtés, je lui souris et grimaçai dans la foulée.

— Je crois que Mike n'est pas de ton avis.

— Il a toujours pensé qu'il était le grand frère. Laisse-le dans son coin, il finira par changer d'avis, j'en suis sûre.

Elle s'appuya contre l'évier, tandis que l'eau chauffait doucement dans la bouilloire.

— Kylian m'a fait une proposition pour l'année prochaine, dis-je en regardant mes mains.

— Il t'a demandée en mariage ?

— Non ! lançai-je précipitamment en secouant la tête.

Elle rit.

— Tu sais, je me suis mariée à ton âge, jeune fille. Et je ne connaissais ton père que depuis quelques mois.

— Les temps ont changé, maman, et si cela arrivait je pense qu'Anna aurait un infarctus sur-le-champ.

Ma mère me lança un regard en coin, puis me dit à voix basse sur le ton de la confidence :

— Au moins, tu serais définitivement débarrassée d'elle.

J'éclatai de rire en confirmant d'un hochement de tête, même si ce n'était pas ce que je souhaitais.

— Alors, quelle est cette proposition ?

Je me mordillai l'intérieur de la joue, prenant conscience que la proposition que m'avait faite M. Hanks devenait chaque jour un peu plus réelle.

— Il me propose de poursuivre mes études pour une année de stage dans son équipe de basket.

— C'est génial ! Ce sont de grandes portes qui pourront s'ouvrir à toi !

— Aux… Aux États-Unis.

— Oh… (Ma mère sembla réfléchir un instant, puis me sourit.) Avec ton père, nous avons toujours rêvé de parcourir la route 66, alors cela nous donnera l'occasion de le faire quand on viendra vous voir !

Je sentis un immense poids glisser de mes épaules. Je savais pourtant que mes parents se fichaient royalement de ce que je pourrais faire de ma vie tant que j'étais heureuse, mais annoncer que je partais à des milliers de kilomètres de la maison était tout de même une grande étape.

— J'ai hâte d'y être. Est-ce que tu pourrais le dire à papa ?

Elle rigola doucement, puis acquiesça en récupérant la bouilloire qu'elle posa avec les tasses sur un plateau, lorsqu'un raffut se fit entendre dans le salon.

M'imaginant déjà voir mon frère traînant le corps de Kylian au fond d'un trou dans le jardin, je croisai le regard de ma mère, avant de sauter de mon perchoir et de courir au salon pour voir ce qui se passait.

Je ne vis que mon père, assis confortablement sur le canapé. Ni mon frère ni Kylian n'étaient présents, ce qui ne me rassura pas.

— Où sont-ils ? demandai-je, sur le qui-vive.

Mon père se leva, puis me fit face en souriant. Je n'aimais pas beaucoup ce que cela annonçait.

— Ils sont allés disputer un match dans le jardin.

— Mike ne joue jamais pour rien. Qu'a-t-il parié ?

Mon père bougonna et tenta de se défiler en grognant je ne sais quoi, mais cela ne m'arrêta pas. Je répétai ma question avec plus d'autorité, quand bien même je savais n'en avoir aucune.

— Toi, répondit-il dans sa barbe de Père Noël.

Je levai les mains au ciel, puis me tournai vers ma mère.

— Maman !

Munie de son plateau, elle ne quitta pas mon père du regard et s'adressa à moi.

— Va donc dans le jardin, je m'occupe de lui.

Je ris doucement, heureuse de l'avoir de mon côté. Mon père, lui, se rassit sur le canapé et grogna :

— Je ne suis pour rien dans cette histoire.

Je descendis l'escalier menant au garage, qui ressemblait plus à un débarras, puis arrivai dans le jardin, où Mike et Kylian se faisaient face, prêts à démarrer une partie de basket.

Finalement, j'aurais sans doute dû prendre des chips, pour

voir ce massacre. Dans son orgueil, mon frère avait sûrement oublié que Kylian était un professionnel, à moins qu'il ne pense réellement pouvoir prendre le dessus.

M'installant sur l'herbe qui bordait le petit terrain en béton où j'avais passé mon enfance à jouer avec Mike (et à me faire battre à plate couture), je souris, satisfaite et impatiente de voir mon frère perdre.

Kylian mit vite quelques paniers mais en restant très soft dans son comportement, tandis que je faisais la danse de la victoire, narguant mon frère comme jamais je n'avais réussi auparavant. Je me pris en retour quelques ballons dans la tête de sa part, mais cela ne gâcha en rien ma joie.

Mike finit par mettre un panier, puis deux, en trichant aussi sûrement que j'avais pu le faire le soir où j'avais joué contre Kylian.

Ce dernier m'interpella avec un sourire rayonnant.

— La triche, c'est de famille, c'est ça ?

Je lui donnai un coup de coude en rigolant, puis lui rétorquai :

— Tu m'as vue tricher, alors je suis sûre que tu vas finir par savoir à quel moment Mike le fera, nous sommes pareils. Tu es intelligent et calculateur, mets-lui donc une bonne raclée !

Kylian me fit un salut militaire, puis m'embrassa rapidement, avant de se remettre en place.

Je vis tout à coup que mes parents nous observaient depuis le balcon, ce qui ne me mit pas très à l'aise, mais je décidai de les ignorer. Sans surprise Kylian écrasa complètement mon frère qui, contrairement à ce que j'avais pu penser, s'inclina finalement, fair-play. Les deux hommes se serrèrent la main, puis tous deux se tournèrent vers moi. Mon frère secoua la tête, me signalant qu'ils n'en avaient pas terminé, mais qu'il nous laisserait tranquille au moins pour ce soir.

Je me relevai, puis attrapai la main de Kylian, impatiente de l'éloigner de ma famille de fous. Il comprit et sortit du jardin par le portail ouvert, avant de déverrouiller sa voiture pour me laisser monter dedans. Lorsqu'il prit place du côté conducteur, il se tourna vers moi, le regard pétillant.

— Pourquoi tu es aussi joyeux ? demandai-je en fronçant les sourcils.

— Je suis simplement content de connaître ta famille. Elle est tout aussi fascinante que toi.

Je souris en secouant la tête, puis changeai de sujet.

— Tu as mangé ?

Il fit non de la tête.

— Alors allons faire un tour.

Il alluma le moteur, puis nous éloigna doucement sur la petite route. Je lui fis faire le tour de la ville, lui montrant tous les endroits où j'avais passé mon enfance, avant de l'emmener dans le centre-ville où il tourna de lui-même sur le parking du McDonald's.

Il commanda pour dix personnes au moins, puis je l'emmenai sur les quais en bord de Saône, où nous prîmes place sur un énorme escalier en béton, en face de l'eau. Autour de nous, la nuit s'installait définitivement.

Kylian mangea son premier sandwich avec un grognement de bonheur, qui me fit rire, puis enchaîna tout ce qu'il avait pris petit à petit, comme si son estomac était sans fond.

— Je t'ai apporté les papiers concernant ta prochaine année, me dit-il finalement en sortant un tas de feuilles pliées à l'infini de sa minuscule sacoche.

J'attrapai le tas, puis regardai Kylian qui me fit une grimace d'excuse.

— J'ai quitté Paris comme un voleur. C'est l'unique document que j'ai pris avec moi…

— Tu savais que j'accepterais quand même de partir avec toi ?

— Je n'aurais pas accepté que tu me quittes pour cette raison. Je t'aurais kidnappée si ça avait été nécessaire.

Je secouai la tête en souriant, puis feuilletai les documents rédigés en anglais. Tout un tas d'informations m'étaient demandées, telles que le nom de mon université, mon identité, mon numéro de Sécurité sociale, entre autres.

Je finis par replier les feuilles comme Kylian me les avait données puis, voyant qu'il avait fini de manger, je me levai et lui demandai de me suivre.

Nous déambulâmes main dans la main avant de nous arrêter devant un marchand de glaces ambulant. Je nous en offris une à chacun, puis nous nous assîmes sur les marches menant à une immense et magnifique église.

Nous avons ri, beaucoup, parlé longtemps, un nouveau lien se formait entre nous. Je découvris le goût de la glace noisette sur la peau de Kylian qui se laissa lécher la joue sans broncher. Il me mit ensuite de sa glace un peu partout pour se venger, ce qui fut un moment émoustillant et drôle.

On retourna finalement sur les quais, où on marcha un court moment, avant qu'un silence apaisant s'installe. On s'arrêta près des barrières et, comme deux adolescents se découvrant, on s'embrassa pendant une éternité.

Toute ma vie, j'avais détesté ces couples qui s'embrassaient ouvertement dans la rue, et c'était exactement ce que j'étais en train de faire… Mais aujourd'hui, je m'en fichais, j'étais presque heureuse de pouvoir rendre les autres envieux.

On termina notre soirée près de chez moi, sur le terrain de football.

Appuyée contre lui sur l'herbe fraîche, je regardai les étoiles, fascinée.

J'avais l'impression d'être un Chamallow ramolli dans les bras de Kylian. Complètement détendue, j'avais presque sommeil. Aucun sujet fâcheux ne vint entacher notre soirée, comme Anna ou sa vie professionnelle.

Bientôt, la Coupe d'Europe serait finie. Plus que deux matchs et nous partirions loin de la France et de tout ce qui nous mettait des bâtons dans les roues…

— J'aurais adoré avoir un frère comme le tien, déclara Kylian, les yeux à moitié fermés.

— Oh non ! Mike n'est pas un cadeau.

— Il est plutôt drôle.

— Enquiquinant.

— Protecteur.

— Possessif.

— Mais pourtant, tu l'aimes.

— Pourtant, oui, je l'aime.

Kylian resta silencieux, semblant réfléchir, avant de reprendre :

— Est-ce que tu sais la chance que tu as d'avoir une famille comme la tienne ?

Je décelai une pointe de douleur dans sa voix, ce qui m'alerta. Je m'assis et lui fis face.

— Je le sais, oui.

— Je ne me suis jamais vraiment demandé ce qu'aurait été ma vie si mon père n'était jamais parti, mais je t'avoue que ce soir, après avoir rencontré ta famille, je me pose la question.

— Ma mère m'a toujours dit de ne jamais refaire le monde avec des « si », parce que ta vie telle qu'elle est a fait de toi ce que tu es aujourd'hui. Et regarde-toi, Kylian. Tu es quelqu'un de bien, qui vit de sa passion, ce n'est pas si fréquent, ce n'est pas rien.

— Ta mère est quelqu'un de sage.

Je ne pus qu'acquiescer.

Kylian leva les yeux au ciel, et je suivis son regard, observant les innombrables étoiles. Avec le peu de lumière qui nous éclairait et le ciel dégagé, la vue était superbe.

— Tu crois vraiment que toi et moi ça pourrait fonctionner ? demandai-je sans quitter le ciel du regard.

— Comment ça ?

— Avec ta carrière, la mienne qui semble plus prometteuse que je ne le pensais, la vie loin d'ici…

— Oui. J'en suis certain.

— Même si cela ne fait que quelques mois qu'on se connaît ?

— Oui, je n'ai aucun doute. Tu en as, toi ?

— J'ai beaucoup de doutes, mais je crois en nous. Il y a aussi la peur. J'ai peur. Tu m'offres une nouvelle vision de l'avenir. Tu as chamboulé ma vie entière, alors que je la pensais toute tracée. L'imprévu me fait peur. Ma relation avec toi me fait peur.

— Pourquoi autant de peurs ?

Je sentais son regard sur moi, mais je ne me résolus pas à le regarder aussi. Discuter tout en focalisant mon attention sur autre chose me permettait de mettre mes idées en place et de sortir les mots plus facilement, plus sincèrement.

Je n'excellais pas dans l'exercice de me mettre à nu.

— Parce que avant toi je n'ai jamais réellement compris ce que voulait dire aimer quelqu'un. Et puis, tu es arrivé, et c'est comme si j'avais été aveugle pendant tout ce temps, et qu'on m'offrait un peu de lumière pour mieux voir la vie. Sauf que je me rends compte que, si tu n'es plus là, je perds absolument tous mes repères. C'est terrifiant, parce que je *savais* vivre avant de te rencontrer et, maintenant, je crois que je ne saurais plus comment faire sans toi.

Je mis quelques secondes avant d'oser le regarder. Je lui avais déjà offert mon corps. Je venais de lui ouvrir mon âme et mes pensées. Cet homme avait réellement mon cœur entre les mains.

Il ne sourit pas, mais ses yeux brillèrent d'une intensité que je ne lui connaissais pas. Il n'y avait pas beaucoup de lumière, pourtant je les vis parfaitement.

— Tu penses peut-être que je vois les choses différemment, mais c'est faux, finit-il par me dire. Tu es tout ce que je veux, Gaby. La seule différence que je ressens par rapport à toi et à tout ce que tu viens de me dire, c'est que rien ne me fait peur, si ce n'est te perdre. Tu es ma force. Tu me permets de voir les choses autrement et tu me permets d'être la personne que je veux réellement être.

Il attrapa une poignée de mes cheveux qu'il tira légèrement

pour me rapprocher de lui, avant de m'embrasser avec une douceur qui me fit frissonner.

Je pris le temps de le goûter avant d'ouvrir les yeux, plongeant dans les siens qui brillaient toujours de cette même intensité.

— Je t'aime vraiment, Gaby. Tu es mon complément et tu rends véritablement ma vie encore plus belle.

— Et si un jour tu te lasses de mes folies ? De ma personnalité ?

— C'est impossible. Je ne connais pas l'avenir, mais je ne suis pas avec toi simplement parce que tu m'amuses et que tu m'offres quelque chose de nouveau dans la vie. Je suis avec toi pour tout ce que tu représentes. Tant que tu restes toi, telle que tu es aujourd'hui, que tu cesses de me repousser et que tu cesses de douter de nous, alors c'est ensemble qu'on affrontera les choses.

Il me regarda en levant les sourcils, puis sourit.

— Mais c'est vrai que tu es un sacré clown, quand même.

Je rigolai en grimpant sur lui, l'embrassai et le repoussai en arrière sur la pelouse.

Ses mains se posèrent naturellement sur mes fesses, qu'il massa fermement. Il glissa une de ses mains sous mon haut, puis me caressa la peau, avant que je me sente soudain beaucoup moins à l'étroit dans mes vêtements. Kylian venait de décrocher mon soutien-gorge.

Je le regardai en haussant les sourcils, à quoi il répondit par un sourire éblouissant.

Il me fit rouler et prit le dessus, avant de passer la tête sous mon haut. J'éclatai de rire, tentant de le faire sortir de là-dessous, mais rien n'y fit. Il captura un de mes seins dans sa bouche et joua avec l'autre avec les doigts.

Je retrouvai mon sérieux doucement, fermant les yeux pour apprécier ces caresses bien plus qu'agréables.

Il réapparut quelques minutes plus tard, les sourcils froncés.

— Je dois repartir tôt demain matin. Tu rentres avec moi ?

— Je rentrerai en train, je vais rester un peu avec ma famille.

— C'est sûr ? Tu seras là demain soir ?

— Promis.

Il m'embrassa, puis repartit sous mon T-shirt, satisfait.

J'en profitai, savourant chaque recoin de son corps parfait à mes yeux. Je pris tout ce qu'il me donna, ignorant l'endroit où nous nous trouvions.

Comme toujours, dans les bras de Kylian, plus rien n'existait que sa chaleur, sa peau et ses lèvres.

26

Je repris le train le lendemain soir. Mike m'accompagna à la gare, restant étrangement silencieux durant le trajet, chose qui n'était pas normale étant donné qu'il était le plus excité des frères au monde.

Ce n'est que sur le quai de la gare, alors qu'on attendait le train, que je craquai.

— Qu'est-ce que tu ne me dis pas ?

Le regard perdu au loin, Mike haussa les épaules et secoua la tête.

— Rien.

— Arrête tes bêtises, il y a quelque chose.

Je le frappai à l'épaule pour le faire réagir, mais il resta de marbre. Alors, j'usai de la méthode de ma mère en employant le regard qui tue, ce qui fonctionna après une minute à l'observer.

— Je crois que tu me manques.

Surprise par sa révélation, je souris.

Il semblait réellement sérieux et mal à l'aise.

— Pourtant, nous sommes toujours en contact.

— Ce n'est pas pareil. Nous étions constamment ensemble avant. Ça fait trois ans que tu as quitté la maison, et maintenant que je l'ai quittée moi aussi… Je ne sais pas, c'est étrange.

— Cela n'a pas un rapport avec Kylian, rassure-moi ?

— Peut-être que si, justement. Je te vois pour la première

fois avec un mec, et tu n'es pas tombée sur n'importe lequel. J'ai peur que cette relation te détruise et t'éloigne de nous. Maman m'a dit que tu comptais partir aux États-Unis, avec lui…

— Je reviendrai toujours, Mike.

— Et moi j'irai te voir, je le sais bien, mais s'il t'arrivait quelque chose une fois que tu seras là-bas ?

À aucun moment il ne me regarda dans les yeux, comme si parler librement avec son cœur le mettait mal à l'aise.

Je glissai un bras sous le sien et posai la tête sur son épaule, tentant de le rassurer comme je le pouvais.

— Il ne m'arrivera rien.

— Tu ne peux pas en être sûre. Le monde dans lequel Foster vit n'est pas celui auquel tu es habituée. Depuis combien de temps tu le connais ?

— Plusieurs mois, maintenant.

— Tu es sûre qu'il ne te lâchera pas ?

Je réfléchis un instant et décidai de rester franche.

— Je ne sais pas de quoi l'avenir sera fait mais, aujourd'hui, je suis persuadée qu'il ne me laissera pas tomber.

— Ouais… J'espère, parce que dans le cas inverse je ressortirai ma pelle.

Je rigolai doucement et collai mon épaule à la sienne.

À présent qu'il m'avait fait remarquer que nos vies respectives prenaient un chemin bien différent, je comprenais ce qu'il voulait dire. D'ici à quelques mois, je ne pourrais plus aller voir mon frère sur un coup de tête, sans être ruinée par le trajet en avion.

Mais cela ne m'empêchait pas d'avoir envie de poursuivre mes études aux États-Unis avec Kylian. Je voulais partager son monde, son univers, le pousser toujours plus loin et le voir s'épanouir dans ce qu'il aimait, mais surtout pouvoir vivre pleinement notre relation, sans plus de mère poule envahissante.

Alors oui, mon frère me manquerait, mais je savais

aujourd'hui que ma vie n'était plus ici, elle était là-bas, avec Kylian, outre-Atlantique.

— Même à des milliers de kilomètres, rien ne ternira notre lien. Nous serons malheureusement frère et sœur jusqu'à ce que la mort nous sépare.

— Malheureusement, oui, rigola-t-il en me tirant les cheveux.

— Et toi ? Tes amours ?

— Je suis sûr que tu préfères ne pas savoir ce qui se passe dans ma vie, me dit-il en secouant la tête. Je pense que c'est interdit aux sœurs.

Je le regardai, et ne pus m'empêcher d'imaginer des soirées remplies de filles et d'alcool gratuit, ce qui me fit grimacer.

— C'est encore pire que ce que tu peux imaginer, susurra-t-il avec un véritable regard de démon.

Je mimais le geste de me faire vomir lorsque l'annonce de mon train résonna dans les haut-parleurs.

— J'irai sûrement te voir avant que tu partes.

J'acquiesçai en me levant, puis le frappai.

— Il se pourrait que j'aie une connaissance à te présenter qui pourrait t'indiquer tous les bons plans de la capitale.

— Elle est jolie ?

— Qui te dit que c'est une fille ?

— Parce que tu me connais.

Je secouai la tête, sachant qu'il avait entièrement raison. Ma « connaissance » n'était autre que Talina.

Mike entra dans le train pour déposer mon minuscule bagage, puis me donna une tape sur la tête en guise d'au revoir. J'eus beau tenter de le frapper en retour, cet imbécile esquiva toutes mes attaques.

Lorsque les portes du train se refermèrent, mon cœur s'alourdit, mais j'éclatai de rire avec les yeux humides en voyant mon frère faire l'andouille sur le quai, puis courir après le train au démarrage, comme un amoureux transi.

Oui… Ma famille était folle.

C'était donc à cause d'eux que je l'étais moi-même…

Marie vint me chercher à la gare de Lyon, ce qui fit râler Kylian, alors même qu'il avait un rendez-vous important à ce moment-là et qu'il ne pouvait pas venir lui-même.

Je le retrouvai le lendemain matin – moment un peu trop court –, lorsque je repris mon service sous le regard étrange de Samuel qui resta un peu trop silencieux à mon goût. Il redevint lui-même après trois quatre petites phrases sarcastiques qui me valurent des regards noirs.

J'eus la mauvaise surprise de voir les photos de Kylian et son ex reprises partout dans les journaux à potins, chose que je préférai ignorer, me focalisant sur la signature de mon contrat et ses termes avec M. Hanks.

Les partiels arrivèrent trop rapidement pour ma mémoire complètement perturbée par un homme qui ne m'aidait absolument pas.

Sauf…

Sauf quand je révisais sur lui, bien sûr. Malgré tout, avec toutes les bêtises que Kylian me faisait faire pour, selon lui, m'entraîner, je n'avais jamais aussi rapidement progressé qu'à présent. Comme quoi…

Je l'aidais en retour. Ou pas, mais une chose était certaine, c'était que je le soutenais comme je le pouvais. La demi-finale approchait et, plus les jours passaient, plus la tension grandissait dans son corps. Je le savais parce que je le manipulais… Tout le temps.

Alors il est vrai qu'on riait beaucoup, qu'on se chamaillait aussi et qu'on ne faisait pas que réviser, mais réussir à dénouer tous les nœuds de son corps ou lui prodiguer les soins post-entraînement me faisait moi-même progresser.

Je n'avais jamais autant adoré mes études qu'en ce moment.

Même Anna n'avait pas pointé le bout de son nez, pour mon plus grand bonheur. À croire qu'elle savait parfois s'effacer… Ou presque.

***

Je me trouvais dans les gradins vides du stade, en présence de Raphaël, tandis que l'équipe de Kylian s'entraînait. Raphaël avait insisté pour venir me faire réviser, parce que selon lui l'énergie de l'équipe l'aiderait à tout me faire retenir.

— Qu'est-ce qu'une RPG ? demanda-t-il, les yeux sur le terrain.

— C'est une méthode pour améliorer la posture déficiente par des étirements musculaires progressifs dans des postures bla-bla-bla. C'est ça ?

— Oui, oui. Tout juste.

J'attrapai mon sac et le lui balançai à la figure. Ne s'y attendant pas, il se le prit en pleine face et s'écroula en arrière. Seulement, il ne se releva pas. Il resta au sol, sans bouger, les yeux fermés.

— Arrête tes bêtises, tête de lémurien.

Je me penchai vers lui en riant, quand je le vis faussement respirer avec difficulté.

— Je crois que j'ai besoin de bouche-à-bouche, murmura-t-il, le sourire aux lèvres.

Je lui donnai à nouveau un coup de sac, qu'il esquiva cette fois, éclatant de rire.

— Crétin, grognai-je. Tu étais censé me faire réviser !

— Mais tu connais tes cours par cœur, Gaby. Ça fait une bonne demi-heure que je te pose des questions et que tu y réponds sans fautes. Si encore tu faisais des erreurs, je me dirais que je sers à quelque chose, mais ce n'est pas le cas.

— Bien sûr… Parce qu'en écoutant la moitié de mes réponses tu peux savoir que je connais mes cours par cœur.

Raphaël vint s'asseoir près de moi et me regarda gravement.

— Pardon.

Il n'était absolument pas désolé. Je finis tout de même par rire, mais profitai de son relâchement pour lui donner une tape sur l'arrière de la tête.

— Aïe ! (Il se frotta le crâne et haussa un sourcil.) Est-ce que ça veut dire que tu me pardonnes ?

Je secouai la tête, me disant que c'était peine perdue. Ce garçon, accessoirement mon ami, allait me rendre folle.

Je sursautai quand il se leva en criant « BRAVO ! », levant les mains en l'air pour applaudir.

Oui, définitivement, j'avais perdu Raphaël.

Je m'éloignai de lui en lui grognant tout plein de choses, mais cette andouille m'ignora royalement. Je m'installai un peu plus haut dans les gradins et ouvris mon livre sur un cours de kiné respiratoire pour enfants, me plongeant réellement dedans, en ignorant les bruits de ballons, de chaussures crissant sur le parquet et les cris du coach, ainsi que ceux de Raphaël.

Le plus important de mes examens se déroulait le lendemain. Il ne fallait pas que je me loupe et, alors même que je n'avais pas réellement stressé pour les étapes précédentes, je redoutais celle-ci.

— Mon fils m'a parlé de vos projets, déclara la voix d'Anna qui me sortit de ma bulle.

Espérant que ce n'était que le fruit de mon imagination, je relevai la tête. Malheureusement, Anna était bien là et s'installa à mes côtés, comme si de rien n'était.

— De quels projets parlez-vous ? demandai-je en me disant que l'ignorer aurait été mieux.

— Celui de partir aux États-Unis.

Je la regardai, surprise qu'elle n'ait pas été au courant plus tôt du transfert de son fils.

— Ne fais pas cette tête, jeune fille. Les transferts ne me concernent en rien. Je ne suis donc pas obligée d'être tenue informée. Il s'avère seulement que cela me pose un gros problème.

— Parce qu'il m'emmène avec lui ?

— Non. Parce qu'il me fuit.

Quelle surprise ! m'exclamai-je intérieurement.

— Je ne peux rien faire pour vous.

Je retournai à ma lecture, pour lui signifier que cette discussion était close, mais apparemment je n'avais pas mon mot à dire, puisqu'elle continua :

— Tu vas rester en France.

Je clignai des yeux, prête à éclater de rire, mais me retins et observai la mère de Kylian avec un simple sourire.

— Je ne suis pas à vos ordres et, même si je voulais obéir, le contrat est déjà signé. Je partirai, quoi qu'il arrive.

— Non. Tu ne partiras pas, Gabrielle Ferry. Je ferai en sorte que tu ne le puisses pas, et ainsi mon fils restera ici. Tu ne gagneras pas contre moi, sache-le.

Je fronçai les sourcils, me sentant prête à exploser. Cette femme était totalement malade.

— C'est quoi votre problème ? Une mère digne de ce nom voudrait le meilleur pour son fils…

— Tu n'es pas ce qu'il y a de meilleur pour lui.

— … Elle ferait en sorte qu'il soit heureux, continuai-je en ignorant sa remarque. Une vraie mère se ficherait de savoir avec qui il se trouve, ou bien où il se trouve. Une vraie mère serait simplement satisfaite de savoir son fils heureux !

Anna se leva, le visage toujours aussi joyeux, comme si nous avions une conversation amicale. Elle passa les mains sur sa jupe beige hors de prix, comme pour en effacer des plis inexistants, puis se pencha légèrement vers moi.

— Je ne suis pas tes parents, Gabrielle.

— Encore heureux. (Avant qu'elle s'éloigne, je l'interceptai.) Qu'est-ce que vous avez contre moi au juste, Anna ?

Envers et contre tout… Une part de moi aurait aimé être appréciée de celle qui avait mis au monde l'homme que j'aimais. Elle me regarda droit dans les yeux et sourit.

— Demande à un roi d'épouser une servante. Tu auras la réponse à ta question.

Je ne bougeai pas d'un pouce jusqu'à ce qu'elle disparaisse de ma vue. Avait-elle vraiment dit ça ? Je me rassis en rigolant, comprenant que le problème ne venait définitivement pas de moi mais d'elle.

Cette femme est folle !

C'était peine perdue. Je refermai mes livres, n'ayant plus du tout la tête à réviser. Raphaël avait raison, j'étais prête pour ma plus grosse journée d'examens.

Le coup de sifflet final de l'entraînement résonna un quart d'heure plus tard. Raphaël me rejoignit, le sourire aux lèvres, puis me donna un coup d'épaule.

— Je vais retrouver Talina au Vandôme, tu veux venir ? me demanda-t-il, les yeux papillonnants.

— J'ai des examens demain, tu as déjà oublié, tête de poisson rouge ?

Il allait faire une remarque sur mon insulte, mais secoua finalement la tête.

— Tu vas louper une bonne soirée entre amis !

Il me frappa à l'épaule et s'éloigna rapidement.

— Ouais, marmonnai-je, avant de hausser la voix. Cette fois-ci, évite de défiler en talons aiguilles !

Il me fusilla du regard en mettant un doigt sur sa bouche pour me réduire au silence. J'éclatai de rire, puis l'observai disparaître hors des gradins.

Kylian surgit en grimpant sur la barrière. Le voir se soulever avec tant d'aisance me faisait presque croire que c'était simple.

Ouais, surtout quand on avait des muscles, ce que je n'avais définitivement pas.

Il monta l'escalier pour me rejoindre, puis me prit dans ses bras.

— Tu es tout collant, Kylian !

Je tentai de le repousser, profitant quand même de son corps bouillonnant.

— Tu ne trouves pas ça sexy ?

Je ne répondis pas tout de suite, sachant qu'une partie de moi pensait que si, c'était sexy, mais sur lui, pas sur moi.

Et, quand il frotta sa joue sur la mienne en rigolant, je le repoussai pour de bon.

— C'est dégeu !

Sans cesser de rire, il s'affala sur l'escalier et s'essuya le front avec son T-shirt.

— Tu ne disais pourtant pas ça, la dernière fois.

Je souris en rangeant mes affaires, sans relever cette dernière remarque, avant de me laisser tomber à ses côtés.

Il m'observa longuement, me détaillant du regard, alors je fis de même, ce qui ne le fit rire qu'un bref instant, avant qu'il recouvre entièrement son sérieux.

— Je t'ai vue parler avec ma mère…

— Ne t'inquiète pas pour ça, répondis-je en secouant la tête.

Il soupira et posa les coudes sur ses genoux, le regard dans le vague.

— Il ne reste que deux semaines, Gaby. Deux semaines, et la Coupe d'Europe et l'après coupe seront finies. Ensuite, nous partirons, mais j'ai bien peur que ma mère ait décidé de me compliquer la vie jusqu'au bout. Elle sait que je suis transféré depuis avant-hier, quand l'annonce a été rendue officielle, du coup, elle se venge en remplissant mon agenda de rendez-vous inutiles.

— Tu l'as dit, Kylian. Deux semaines. Ce n'est pas grave si nous nous voyons moins souvent, puisque ensuite je t'aurai pour moi toute seule.

Il retrouva le sourire, puis s'appuya sur moi de tout son poids. Je le repoussai en rigolant, mais il continua de frotter sa joue humide de transpiration contre la mienne, avant de s'éloigner le regard pétillant.

— Maintenant, tu n'as plus qu'à prendre une douche, dit-il malicieusement.

— D'accord pour la douche, mais ce sera chacun de notre côté pour la peine.

Il se leva et retira son T-shirt, me dévoilant son torse.

— N'y pense même pas.

Il me fouetta avec son T-shirt, puis dévala l'escalier, alors que je frottais ma cuisse fortement pour faire passer la douleur.

— Andouille, murmurai-je en grimaçant.

— Je t'ai entendue ! Ramène-toi dans les vestiaires, que je puisse te décrasser.

— Je vais décrasser autre chose, tu vas voir, grognai-je doucement.

— Je ne suis pas contre.

Je me sentis mal à l'aise en comprenant tardivement le sous-entendu. Il rigola, puis sauta la barrière avec aisance.

Voilà qu'il rejouait à Tarzan…

Je récupérai mes affaires et descendis l'escalier avec paresse, rejoignant le terrain où deux de ses coéquipiers faisaient des paniers. Près des vestiaires, un aide-soignant m'intercepta.

— Tu t'occupes de lui ? me demanda-t-il comme si c'était tout à fait normal.

Je lançai un regard à Kylian en souriant.

— Non.

Kylian fronça les sourcils, puis m'attrapa par les épaules.

— Si, Gaby s'occupera de moi, ne t'en fais pas.

Il m'entraîna rapidement en direction des vestiaires sans que je puisse protester, tandis que l'aide-soignant haussait la voix pour se faire entendre.

— Les étirements sont indispensables, Foster ! Si tu ne les fais pas, tu sais ce qui peut se…

Kylian referma la porte derrière nous, coupant court à la tirade de l'homme dans le couloir.

— Tu es vraiment impoli ! remarquai-je en secouant la tête.

— Caprice de star, répondit-il en se foutant de moi.

Je levai les yeux au ciel, puis regardai autour de nous. Il n'y avait pas un chat.

— Où sont tes coéquipiers ?

— En salle de soins, ou bien dans l'autre salle de douche collective.

— Vous prenez vos douches tous ensemble ?

— Oui, nous ne sommes pas aussi pudiques qu'une certaine personne ici présente.

Je lui fis une grimace, puis me tournai vers le fond de la pièce, où des cabines de douche se trouvaient, ignorant le regard de rapace que me lançait Kylian.

Oui, je savais parfaitement ce qui allait se passer, mais j'allais aussi prendre un malin plaisir à me venger, d'où le fait que je ne restai que très peu de temps à le regarder, toujours torse nu.

Je retirai mes chaussures, puis mon T-shirt, restant en soutien-gorge, avant de me diriger vers le fond de la pièce.

Kylian me rattrapa et m'embrassa dans le cou, en me serrant contre lui. Je souris en frissonnant, puis passai les mains dans mon dos, avant de tirer sur le cordon de son short pour le desserrer.

De son côté, il défit aisément ma ceinture, avant de déboutonner mon pantalon.

Sans perdre de temps, il glissa la main dans ma culotte et me caressa avec douceur.

Je laissai tomber la tête en arrière sur son épaule, fermant les yeux un instant pour apprécier ces sensations de pur bonheur. Kylian continua de m'embrasser dans le cou, tout en faisant glisser mon pantalon de son autre main.

Je l'aidai rapidement, puis me retournai pour l'embrasser. Je le débarrassai de son short et de son boxer de sport, puis attrapai son membre dans ma main, le caressant à mon tour sans jamais le quitter du regard.

Mon soutien-gorge disparut puis, l'embrassant une dernière fois, je me dirigeai vers une cabine de douche, avant de m'y enfermer… seule.

J'enlevai ma culotte et la jetai par-dessus la porte. Je l'entendis rire nerveusement derrière le battant, puis il toqua doucement.

— Ouvre-moi.

— Non.

Je posai la main sur ma bouche, puis reculai au fond de la petite cabine, me retenant d'éclater de rire.

— Je vais devoir employer les grands moyens, dans ce cas.

Sa voix était lourde dans tous les sens du terme. Elle glissa sur ma peau telle une caresse, telle une promesse.

— J'ai hâte de voir ça.

— Au lieu de sentir mes mains sur toi, ma langue sur ta peau et entre tes jambes, tu préfères rester dans cette cabine, seule ?

Non, bien sûr que non, me dis-je en regardant la porte stupidement.

— Bien sûr. Je peux très bien me faire plaisir autrement. Savoir que tu sais ce qui se passe derrière cette porte sans que tu puisses rien faire est assez… jouissif.

— Gaby, grogna-t-il. Ouvre cette porte.

J'allumai l'eau et soupirai. J'entendis tout à coup un raffut impossible. Toutes les cabines de douche tremblèrent sans exception, me faisant peur.

— Tu es tombé ? demandai-je avec l'envie de rire.

— Non.

Je sursautai en voyant son visage apparaître au-dessus de la porte, avant qu'il fasse passer le reste de son corps de mon côté.

— C'est impossible, dis-je, surprise. Comment tu as fait pour te hisser ?

Pour toute réponse, il gonfla son biceps. Il effaça la distance qui nous séparait, puis agrippa mes fesses fortement.

— Où en étions-nous, avant que tu essayes de te venger de moi ? murmura-t-il en plissant les yeux.

— Je crois que tu parlais de me décrasser ?

Un léger sourire en coin étira ses lèvres, avant qu'il nous place sous le jet d'eau.

— Très bonne idée, mais le savon se trouve de l'autre côté de la cabine, et il est hors de question que je sorte d'ici.

Il captura ma bouche sans me laisser le temps de dire

autre chose, puis repartit à l'assaut de mon corps, sa main et ses doigts se déplaçant habilement jusqu'à mon intimité. Il fut satisfait quand il entendit le premier gémissement sortir de ma bouche et s'arrêta dans sa lancée, le sourire aux lèvres.

— N'est-ce pas mieux que de se donner du plaisir seule ?

Un grand sourire illumina son visage avant qu'il se mette sous le jet d'eau et se frotte la tête, oubliant totalement ma présence.

Il se foutait de moi ?

— C'est tout ? demandai-je, frustrée et l'esprit confus.

Il ne me répondit pas, et je compris qu'il se vengeait à son tour. Les yeux fermés, la tête sous l'eau, il ne sembla même pas perturbé pour un sou.

J'en profitai alors pour me mettre à genoux sans qu'il me voie, puis le pris dans ma bouche. Je le vis se tendre et baisser doucement le visage vers moi, le regard fou.

Ses mains plongèrent dans mes cheveux, puis je m'arrêtai lorsque je le vis se laisser aller et me relevai en lui lançant un regard de défi.

— Et maintenant ?

Il ne répondit pas, mais se plaça devant moi, avant de me soulever et de me plaquer contre la paroi de douche. Je jure que toutes les cabines tremblèrent tellement le geste fut brusque.

Voilà que j'allais tout casser, à présent…

Le regard dans le mien, il se glissa en moi sans douceur. L'eau s'arrêta de couler et, bientôt, les seuls bruits qui résonnèrent furent nos souffles et gémissements, nos peaux claquant l'une contre l'autre, sans oublier les parois de douche qui tremblèrent inlassablement.

Je m'agrippai à Kylian comme si ma vie en dépendait, perdant peu à peu la notion du temps et de la vie en elle-même.

Et, quand l'orgasme frappa à ma porte, je gémis longuement, sans vraiment pouvoir le contrôler. Kylian augmenta le rythme, puis finit par jouir à son tour. Il me déposa doucement au sol et me garda contre lui, quand nous entendîmes la porte de la salle d'eau s'ouvrir ou bien se refermer.

Je redescendis brusquement de mon nuage, la brume de bien-être dans mon cerveau se dispersa, laissant place à un sentiment d'inquiétude.

Kylian fronça les sourcils, des questions plein les yeux. Un léger bruit de papier résonna, nous indiquant que nous n'étions pas seuls.

— C'est qui ? demanda Kylian.

Mais personne ne répondit, alors il ouvrit la porte et passa la tête à l'extérieur. Je le vis froncer les sourcils lorsqu'il jeta un regard dans ma direction, puis il sortit entièrement, avant d'attraper une serviette qu'il mit autour de sa taille. Je l'entendis marcher, ouvrir une porte, puis il revint, le visage confus.

— C'était qui ?

— Je ne sais pas. Je n'ai vu personne.

— Et si on nous avait écoutés, ou pire…

Je laissai ma phrase en suspens, sans vouloir dire le fond de ma pensée, mais dans ma tête l'idée d'une vidéo qui, assurément, me détruirait fit grimper mon inquiétude.

— Non, ne t'inquiète pas, aucun journaliste ne peut entrer ici, me rassura Kylian. Ce devait être un de mes coéquipiers.

— Et s'il nous a entendus ?

— Il saura combien notre partie de jambes en l'air a été bonne.

Je le frappai à l'épaule. Il rigola, mais je n'étais pas rassurée pour autant.

Kylian ouvrit le gel douche qu'il avait récupéré en sortant, puis me sourit.

— Il est temps de te décrasser.

Je le frappai à nouveau, ce qui le fit rire, et je me détendis légèrement, mais une part de moi n'était pas sereine…

***

En sortant des vestiaires, Kylian passa rapidement dans la salle de soins pour ses étirements. Je n'avais pas vraiment le temps de le faire et, malgré mon corps détendu, je n'oubliais pas que ma plus grosse journée d'examens se déroulait le lendemain. Il fallait que je me couche tôt.

Le match de Kylian n'était que le surlendemain, je pourrais donc y assister !

Me dirigeant vers la salle de détente, j'aperçus une silhouette ressemblant à celle de Marie. Je trottinai vers le couloir dans lequel elle avait tourné, mais n'y trouvai personne. Je fronçai les sourcils, puis secouai la tête. À bien y réfléchir, que ferait Marie ici ?

Je me rendis donc dans la salle de détente pour attendre Kylian, où je croisai un homme en costard, dont le visage impassible et le regard froid me parurent familiers.

Cela me perturba de ne pas me rappeler où j'avais bien pu le voir. Je ne pensai qu'à cela, jusqu'à ce que Kylian apparaisse, vêtu lui aussi d'un costard, terriblement beau.

— Je te ramène ?

J'acquiesçai et le rejoignis, retrouvant JB qui nous sourit et nous guida jusqu'à la voiture.

Prenant place sur le siège arrière, je récupérai mon téléphone et vis un message de Marie :

J'ai fait une bêtise. Je t'en prie, viens me chercher.

Suivi de l'adresse.

— Est-ce que nous pouvons faire un détour ? demandai-je à JB, complètement stressée.

— Bien sûr, répondit-il avec le sourire.

Je lui donnai l'adresse, puis me tournai vers Kylian, qui regarda son téléphone, les sourcils froncés.

— Il faut que je récupère Marie. Je ne sais pas dans quoi elle s'est encore fourrée. Est-ce que tout va bien ?

— Oui, ça va, ne t'en fais pas. Je viens avec toi, me répondit-il, le visage fermé.

Je ne savais pas pourquoi il semblait si sombre, mais mon esprit restait tourné vers ma meilleure amie. J'avais tellement peur qu'elle n'arrive jamais à s'en sortir…

27

L'adresse que Marie m'avait communiquée ressemblait fortement à celle d'un bordel. Bon, c'était peut-être un peu exagéré, mais en tout cas on n'était vraiment pas tombés dans une soirée lambda.

La musique beuglait dans les haut-parleurs, à ne plus pouvoir s'entendre, tandis que les corps de personnes non identifiées se trouvaient emmêlés sur les canapés, et parfois à même le sol.

Un bordel.

J'entendis Kylian jurer avant de m'entraîner dans le dédale de couloirs formés par les corps des gens, jusqu'au fond de l'unique grande pièce, où se trouvait un escalier menant à la mezzanine.

Je me demandai comment il pouvait pressentir où se trouvait Marie, mais en effet, en haut des marches, je l'aperçus assise sur un lit, le visage décomposé, totalement stone, ce qui fit disparaître toutes mes pensées rationnelles.

— Marie, soufflai-je, quand bien même je savais que personne ne m'entendrait.

Je trottinai jusqu'à elle, puis dégageai ses cheveux blonds et ternes de son visage, la forçant à me regarder.

Un garçon maigre sembla protester quelque chose et, jetant un coup d'œil vers lui, je reconnus vaguement le visage de Grégory, le démon de Marie. Comment avait-il réussi à la faire à nouveau tomber dans son piège ?

Ce qui me terrifia le plus fut de voir la silhouette de ce jeune homme autrefois charmant, aujourd'hui amaigri, presque fantomatique. Je refusai d'imaginer un jour Marie dans cet état.

— Mais bon sang, qu'est-ce que tu as fait ? criai-je, en colère.

Elle ne me répondit pas, gardant les yeux fixés sur un point qu'elle seule pouvait voir. Je me baissai à son niveau puis, observant ses bras, je jurai plusieurs fois, voyant le creux de son coude bleuir. Elle s'était piquée, et cela ne devait dater que de quelques minutes.

— Va-t'en, grogna-t-elle dans mon oreille d'une voix d'outre-tombe que je ne reconnus pas.

— Il n'en est pas question ! Tu m'as appelée, je compte bien te sortir de là.

— Non, tu ne comprends pas. Va-t'en.

Sans l'écouter, je me relevai, cherchant Kylian du regard. Je ne pourrais pas faire sortir Marie d'ici, seule. Il n'était plus là.

Je rebroussai chemin en direction de l'escalier, quand une main m'attrapa et me fit presque basculer en arrière.

Grégory m'empoigna et me secoua en me criant tout un tas de choses que je ne comprenais pas. Je le repoussai de toutes mes forces, comme s'il s'agissait d'une sangsue, mais ce garçon semblait vraiment déterminé à me faire comprendre quelque chose. Peut-être ne voulait-il pas que j'éloigne Marie de lui…

Il me terrifiait.

Il m'entraîna vers le fond de la pièce, sans que je puisse me défaire de son étreinte. Je paniquais gravement. Je reconnus tout à coup le coude de Kylian surgissant derrière son dos et vis Grégory s'écrouler.

Une série de flashs m'aveugla avant que je revienne sur terre. Je me frottai les poignets endoloris, puis tentai de calmer Kylian, mais il n'y avait qu'une rage froide dans son regard.

Ce n'est que lorsqu'une seconde série de flashs crépita que je compris qu'un autre problème se posait à nous : les photographes.

Kylian le comprit aussi, car il relâcha Grégory, puis me couvrit à l'aide de sa veste. Il nous emmena rapidement vers Marie, qui s'accrocha brièvement à mon sac avec toute la force dont elle disposait, c'est-à-dire à peu près aucune, puis s'effondra dans les bras de Kylian qui la porta tout en essayant de me cacher aux yeux des autres.

— Il est trop tard pour se cacher, Kylian. Fonce à la voiture, qu'on puisse partir loin de cet endroit.

Il croisa mon regard, puis acquiesça, avant de chasser l'unique photographe présent en le repoussant fortement. Je les suivis de près et fus soulagée lorsque je respirai enfin l'air extérieur. Kylian déposa Marie à l'arrière de la voiture de JB, puis s'entretint rapidement avec ce dernier à voix basse, tandis que je ne cessais de frotter mes bras comme pour me réchauffer. L'air était pourtant chaud, mais ce loft m'avait réellement donné des sueurs froides.

Une voiture de police passa au ralenti près de la nôtre, puis s'arrêta en double file, avant qu'une seconde nous bloque en s'arrêtant à côté de nous.

— Assure-toi que Marie n'a aucune drogue sur elle, me souffla Kylian, les sourcils froncés.

J'acquiesçai, légèrement prise de panique, puis montai à côté de ma meilleure amie pour la fouiller. Bien heureusement, les vitres de la voiture étaient teintées, ce qui me permit d'opérer en toute discrétion.

Je ressortis finalement, soulagée de n'avoir rien trouvé d'illicite.

Deux agents s'arrêtèrent près de Kylian et JB, mains sur leurs crosses, dans une caricature totale. L'un d'eux, plutôt jeune, entama la conversation d'un ton suspicieux.

— On nous a signalé un tapage et des trafics de stupéfiants. Êtes-vous au courant de quelque chose ?

JB se mit en avant, attirant l'attention des agents.

— Nous avons effectivement entendu de la musique dans ce bâtiment, mais nous ne sommes au courant de rien.

L'agent silencieux, un peu plus âgé que le premier, observa Kylian avec un petit sourire, l'ayant clairement reconnu. Il voulut prendre la parole, mais son coéquipier l'arrêta dans sa lancée.

— Donc vous ne verrez aucun inconvénient à ce qu'on vous fouille ?

Kylian me jeta un regard discret, auquel je répondis par un léger « non » de la tête, lui signifiant qu'il n'y avait rien à déclarer.

— Je vous en prie, intervint Kylian en ouvrant les bras.

Le deuxième agent se fit un plaisir de faire une rapide fouille corporelle. Les deux hommes échangèrent quelques paroles, et même des rires, tandis que le policier plus jeune s'occupait de JB qui, lui, semblait sincèrement ennuyé. Il fronçait les sourcils en regardant quelque part derrière moi.

Je me mis à jurer de toutes mes forces quand je vis que le photographe du loft se trouvait au coin de la rue, se faisant un plaisir de prendre des milliers de photos.

Si j'avais pu… Je lui aurais refait le portrait ou bien j'aurais explosé son appareil photo comme Kylian l'avait fait avec un autre, quelques semaines plus tôt.

— À votre tour.

Je revins sur terre, surprise qu'un homme veuille me fouiller, mais parce que c'était le mauvais flic, je lançai :

— Faites appel à une femme. Aucun autre homme que le mien ne posera les mains sur moi.

Bon, d'accord, j'aurais peut-être dû réfléchir avant de parler, je n'étais pas vraiment en position de protester, et puis, si je voulais réellement éloigner toute suspicion, c'était loupé.

Le jeune agent fronça les sourcils, mais s'exécuta tout de même, appelant une de ses collègues postée près de la seconde voiture.

J'écartai les bras, puis les jambes, sous le regard de Kylian qui, lui, appuyé contre notre voiture, me détaillait de ses yeux moqueurs. Néanmoins, il perdit rapidement son sourire lorsque le jeune policier ouvrit les portières de la voiture et tomba sur Marie.

— Elle est avec vous ? s'enquit-il, le visage dur.

Kylian acquiesça, le visage tout aussi fermé que son interlocuteur, comprenant que la présence de Marie dans un état déplorable ne pouvait que nous porter préjudice.

— Mademoiselle ? demanda le policier à Marie. Pouvez-vous sortir de la voiture ? (Pas de réponse.) Pouvez-vous nous donner votre identité complète ?

La femme qui s'occupait de moi me relâcha pour fouiller mon sac. Je ne quittai pas Marie des yeux, qui semblait complètement dans les vapes.

— Qu'a-t-elle consommé ? lança le policier en nous regardant tour à tour.

— Aucune idée, répondit Kylian en haussant les épaules. Elle nous a envoyé un message pour nous demander de venir la chercher. C'est pour ça que nous sommes là.

— Mademoiselle ? m'interpella la femme policière à mes côtés.

Je devins blême en voyant plusieurs sachets suspects dans sa main. J'étais presque sûre qu'il ne s'agissait pas de farine.

— Ce n'est pas à moi, dis-je avant même qu'elle me pose la question.

— Vous allez nous expliquer ça au poste de police.

Je passai une main sur mon visage, me sentant soudain très mal.

— Je vous dis que ce n'est pas à moi.

Le ton montait aussi de l'autre côté de la voiture. Kylian protestait contre deux policiers qui étaient presque en train de porter Marie dans le véhicule de police.

— Veuillez monter dans la voiture, mademoiselle, me dit la policière en m'attrapant le bras.

Je me dégageai brutalement et la fusillai du regard.

— Ne me touchez pas. Je vais monter dans votre fichue voiture, mais ne me touchez pas.

Elle m'indiqua le chemin avec un regard hostile, comme prête au combat, chemin que je finis par prendre, complètement dépitée.

Bon sang, je vais louper mes examens, pensai-je, au bord des larmes.

— Où l'emmenez-vous ? demanda Kylian en s'interposant entre moi et le reste du monde.

— Au poste de police, répondit la femme. Si vous voulez lui éviter des ennuis supplémentaires, veuillez vous écarter et nous laisser travailler.

Kylian n'obtempéra pas, ce qui me fit légèrement paniquer.

— Kylian, marmonnai-je. Ce n'est pas le moment. Reste avec JB et essaye de me sortir de là avant demain midi.

Il se tourna vers moi, m'embrassa sur le front et acquiesça, le visage froid et impassible.

Je montai dans la voiture à côté d'une Marie inconsciente.

Comment cette soirée avait-elle pu tourner au cauchemar ?

Comment cette drogue s'était-elle retrouvée dans mon sac ?

Je repassai les images de la soirée dans ma tête et compris que la drogue avait pu être mise à deux moments : lorsque je m'étais retrouvée sous la douche avec Kylian, ou quand Marie s'était agrippée à mon sac.

Je regardai ma meilleure amie, puis secouai la tête, me disant que c'était tout simplement impossible. Cela ne pouvait pas être elle, elle était bien trop comateuse pour réussir à faire ça.

Cela fit surgir une autre pensée dans mon esprit : comment avait-elle réussi à m'envoyer un message ?

Je passai les deux heures suivantes dans un bureau sans fenêtre, dans le poste de police du 15e arrondissement de Paris. Pas idéale comme soirée, j'aurais dû accepter la proposition de Raphaël… J'imaginais d'avance le fou rire qu'il aurait quand je lui raconterais tout ça.

Depuis mon arrivée, deux policiers avaient pris ma déposition. J'avais donc dû raconter deux fois que je ne savais pas comment de la drogue s'était invitée dans mon sac. Je n'avais revu personne depuis trois quarts d'heure. Je ne savais pas où était Marie, ça m'angoissait. Elle aussi passait les partiels demain. J'étais presque sûre que ma meilleure amie ne serait pas en état.

Quand la femme qui m'avait fouillée revint vers moi avec la totalité de mes affaires éparpillées dans des sacs transparents comme de vulgaires pièces à conviction, je soupirai, me demandant si j'allais devoir répéter une troisième fois que je n'étais au courant de rien. Cependant, cette fois-ci, les choses furent différentes.

— Est-ce que tous ces objets vous appartiennent, mademoiselle Ferry ?

Je regardai chacune de mes affaires, avant de secouer la tête en voyant un collier brillant de mille feux.

— Non, ceci ne m'appartient pas.

— À qui est-ce ?

— Il n'y a pas encore écrit devin dans mon CV, je vous répondrai donc que je n'en sais rien.

La femme policière soupira et se pencha vers moi.

— Vous feriez mieux de prendre les choses avec plus de sérieux. Ce collier fait l'objet d'une plainte.

— D'une plainte ? Et qu'est-ce que j'ai à voir avec ça ?

— Ce bijou était dans votre sac.

J'ouvris la bouche, puis la refermai en fronçant les sourcils.

— C'est une blague ?

— J'ai bien peur que non. Je répète donc ma question : à qui est-ce ?

— Je n'en ai pas la moindre idée.

Elle jeta le sac contenant le bijou sur la table, puis plaça les mains sur ses hanches.

— Très bien. Suivez-moi.

Je me levai, contente de pouvoir bouger, mais je déchantai

rapidement en comprenant qu'elle m'emmenait dans la pièce vitrée, au fond du bureau.

— Vous allez réellement m'enfermer là-dedans ?

— Vous êtes en garde à vue, l'avez-vous déjà oublié ?

Je sentis mes épaules s'affaisser, puis me rendis dans la petite pièce comme une vulgaire criminelle. Je pris place sur le banc inconfortable, regardant la porte se refermer.

Heureusement que je n'étais pas claustrophobe.

Je n'avais ni téléphone, ni papier, ni stylo. Concrètement, pour faire passer le temps, je pouvais soit dormir, soit regarder la pendule au mur et compter les secondes en même temps que le mouvement des aiguilles.

Plus passionnant, c'était impossible.

J'eus un brin d'espoir que les choses s'améliorent lorsque je vis Marie, sur pied, entrer dans le bureau. Les menottes aux mains, le visage toujours aussi déconfit. Mon optimisme retomba lorsqu'on la plaça dans la cellule transparente adjacente à la mienne.

— Qu'est-ce qui va se passer ? demandai-je à un policier inconnu en me levant.

— Je ne peux rien vous dire pour l'instant. Quelqu'un va venir vous voir d'ici peu.

Je retournai m'asseoir, étendant mes jambes sur le banc, faisant face à Marie.

— Comment tu te sens ? m'enquis-je quand nous fûmes seules.

— Mal.

Compte tenu de ses cheveux blonds en bataille et de son teint pâle, je me rendis compte que ma question était assez nulle, alors j'enchaînai :

— Qu'est-ce qui t'a pris d'aller à ce genre de soirées ?

— J'en avais besoin.

— Besoin ? Pourquoi ?

— Décompresser.

Elle passa la main sur ses tempes, comme si cette conversation lui faisait mal à la tête. Il fallait qu'elle s'habitue, parce que je n'étais pas prête à lui lâcher la grappe.

— Ne me sors pas l'excuse des exams qui t'oppressent, tu n'as jamais été stressée par les études. Tu m'as promis de tenir bon, Marie.

— Ne commence pas à me faire la morale.

Je me levai, soudainement en colère contre elle et le monde entier. J'étais fatiguée, stressée par les épreuves du lendemain qu'il me fallait passer et furieuse de cette situation dans laquelle je me trouvais.

— Est-ce que je dois te rappeler que c'est ta faute si nous sommes là ? Si tu veux foutre ta vie en l'air, ça te regarde, mais la prochaine fois ne m'appelle pas. J'en ai marre de tes conneries, Marie. (J'hésitai un instant, puis lâchai.) Est-ce que c'est toi qui as mis cette drogue dans mon sac ?

Recroquevillée sur elle-même, elle ne leva même pas le regard pour me répondre :

— Tu penses que c'est moi ?

Je me rassis, toujours aussi furieuse, sans donner suite à sa propre question, mais mon silence fut éloquent. Elle ne tiqua même pas, ne s'offusqua pas non plus, ce qui me fit horriblement douter.

Un policier entra par la porte du fond, me donnant à nouveau de l'espoir, qui se transforma en cauchemar lorsque je vis Anna entrer à son tour. La pièce était composée de deux parties, l'une comportant trois cellules, et l'autre, bien à l'écart, dans laquelle se trouvaient des bureaux où ils prirent place.

Je me demandai un court instant si Kylian avait fait appel à sa mère pour me sortir de là, avant de comprendre que ce serait complètement absurde. Kylian casserait les murs de ses propres mains avant de faire appel à sa mère.

Les deux nouvelles personnes parlèrent à voix basse au fond du bureau, et bien que je tendisse l'oreille au maximum je ne perçus aucune de leurs paroles.

Ce ne fut que lorsque le policier sortit et qu'Anna vint jusqu'à ma cellule que je compris que les choses qui s'annonçaient n'allaient pas me plaire.

— Ça a l'air très inconfortable, dit-elle en observant ma pièce minuscule.

— Qu'est-ce que vous voulez ?

Elle sourit légèrement et trouva mon regard.

— Je suis ici pour déposer plainte contre toi, très chère.

— Pour quelle raison ?

— Pour vol. (Elle posa la main sur son cœur, faussement déçue.) Tu m'as volé mon collier de saphirs.

— Vous savez aussi bien que moi que je n'ai jamais fait ça.

— Ce sera ta parole contre la mienne. Regarde ta situation et regarde la mienne. Qui de nous deux sera la plus crédible ?

— Qu'est-ce que vous voulez ? grognai-je avec l'envie de traverser la porte transparente pour la tuer.

— Tu sais parfaitement ce que je veux.

— Que Kylian reste en France, mais j'ai déjà signé le contrat, je ne peux pas faire machine arrière.

— C'est vrai, mais ça ne fait pas deux semaines que tu l'as signé. Comme pour tout contrat, tu peux faire marcher ton droit de rétractation.

Elle sortit son téléphone portable, pianota rapidement dessus et me le tendit à travers le petit espace libre entre ma cellule et celle de Marie.

— Il est hors de question que j'accepte d'annuler mon contrat.

— Gabrielle, soupira-t-elle. Que tu l'acceptes ou non, ça revient au même. Si tu acceptes – ce que je ne peux que te conseiller –, je retirerai ma plainte, et tu pourras passer tes examens, parce que ta garde à vue prendra fin rapidement. Dans le cas contraire, elle se prolongera, et tu ne pourras pas te rendre à tes épreuves, donc tu ne pourras pas aller aux États-Unis. C'est soit tu perds un peu, soit tu perds beaucoup. Qu'en penses-tu ?

J'eus le tournis.

Me sentir prise au piège était une sensation terriblement désagréable. J'eus envie de rire de nervosité, de pleurer, de crier… Mais au final, est-ce que j'étais prête à tout perdre ?

Et où se trouvait ce foutu flic ?

Baissant la tête, j'attrapai le téléphone, dans un état de décomposition proche de celui de Marie.

— Tu fais le bon choix, susurra-t-elle, satisfaite, le regard triomphant.

Regardant l'écran du téléphone, je vis que le numéro de M. Hanks était déjà composé. Je plaçai le combiné à mon oreille et m'exécutai, le cœur comprimé.

Contrairement à ce que j'avais pensé, M. Hanks ne protesta pas, grognant seulement par moments. Je sentis sa déception et raccrochai, hargneuse, ayant définitivement fait une croix sur un avenir avec Kylian loin de sa mégère de mère.

Je retournai à ma place, le cerveau en ébullition. J'eus soudainement froid, et une furieuse envie de pleurer, ce que je ne ferais jamais devant elle.

— Merci pour ta coopération, Gabrielle. Un petit cadeau t'attend chez toi…

Je ne répondis pas, au bord de la nausée, mais la vis se déplacer et s'arrêter devant la cellule de Marie. J'étais au bord de l'implosion. La moindre remarque sur ma meilleure amie risquait de me faire perdre la tête.

Je détestais cette femme.

Je la haïssais.

Lorsqu'elle prit la parole, je sentis que j'allais devenir dingue.

— Ta copine est pitoyable.

Anna se mit à rire, puis haussa les épaules.

Elle plissa les yeux, l'air totalement heureuse et à sa place, comme si elle vivait le plus beau jour de sa vie, puis continua :

— Merci d'avoir si gentiment coopéré, Marie. Ton aide a été précieuse…

28

J'arrivai chez moi à 7 heures du matin. Je n'avais pas la moindre envie d'appeler quelqu'un pour venir me chercher et avais donc traversé la capitale avec les premiers transports.

Après le passage d'Anna, j'avais réussi à me contenir, à ne pas pleurer, ni même bouger d'un pouce, jusqu'à ce que Marie ouvre la bouche. Alors, seulement, je m'étais mise à hurler de rage et de peine. J'avais tellement hurlé que mes propres paroles m'étaient incompréhensibles.

Immédiatement toute la cavalerie s'était pointée. Deux policiers m'avaient transférée dans une autre salle et m'avaient vulgairement menottée à un bureau.

J'avais pleuré comme une enfant sans espoir. Les larmes s'étalent mêlées à d'autres mucosités, et je m'étais finalement endormie, le front posé sur le bureau.

Alors que j'étais dans un état plus que déplorable, un policier m'avait réveillée pour encore m'interroger. Il m'annonça finalement que mon calvaire prendrait fin à 6 heures du matin, mais que ma possession de stupéfiants serait portée devant le juge et que je devrais répondre de mes actes.

Répondre de mes actes, comme si j'avais fait quelque chose de grave…

Mon seul acte répréhensible avait été de vouloir récupérer Marie.

Marie…

Je secouai la tête sans vouloir penser à elle. Elle m'avait trahie. Je n'avais pas eu d'explication parce que je ne lui avais pas laissé l'occasion de m'en donner, mais j'avais parfaitement compris qu'elle, ainsi qu'Anna, avaient passé un marché, et ce marché stipulait de me détruire et de détruire mon couple.

Mais peut-être était-il de toute manière voué à l'échec ?

Ce fut tout juste si j'eus la force de mettre la clé dans la serrure et, quand j'ouvris la porte, je me sentis si épuisée que je pleurai à nouveau.

Comment allais-je annoncer à Kylian que je n'irais pas avec lui aux États-Unis ? Et s'il était assez fou pour tout laisser tomber ?

Non, son transfert était officiel, il ne pourrait pas revenir sur son contrat. Pas comme moi. Mais Anna le savait aussi, alors quel intérêt avait-elle à me voir rester ici ? Autre que celui de ne pas voir son fils avec moi ?

Je supposais finalement que c'était une raison suffisante pour elle.

Je refermais ma porte quand j'aperçus une enveloppe au sol.

Est-ce que j'avais réellement la force d'ouvrir ce fameux cadeau qu'Anna avait glissé sous ma porte ?

Je la récupérai et m'affalai dans mon canapé-lit, complètement à bout de forces et de nerfs. Je séchai mes larmes en essuyant mes yeux déjà gonflés, puis ouvris l'enveloppe, le cœur serré. Tout ce qui venait d'Anna était empoisonné.

Comme toujours, la curiosité prit le dessus, et j'ouvris son cadeau maudit. J'en sortis trois photos de bonne qualité, que je disposai l'une après l'autre devant moi, essayant de mettre un peu d'ordre dans ce que je voyais.

Sur la première figurait Kylian, dans le même genre de costumes que je lui avais vu lors de sa séance photos. La photo était assez zoomée pour que je reconnaisse son expression déterminée.

La deuxième réunissait Kylian et Karine. Je compris en la

voyant dans sa robe blanche, presque transparente, que ces photos avaient été prises le jour de la fameuse séance photos.

Je fronçai les sourcils en la voyant attraper Kylian par le poignet puis, quand je portai mon attention sur la troisième photo, mon sang se glaça.

Ils s'embrassaient.

Non. Il devait y avoir une explication. Mon cerveau partit en roue libre, essayant de trouver des arguments qui disculperait Kylian.

Il devait sûrement être à ma recherche, et elle l'a rattrapé, puis l'a embrassé pour essayer de le retenir…

Elle était peut-être au courant qu'il y aurait quelqu'un pour les photographier.

Kylian ne me ferait pas ça. Il ne me mentirait pas.

Il ne semble même pas vouloir l'embrasser, vu que ses bras pendouillent le long de son corps.

Mais alors…

Pourquoi est-il penché vers elle, comme s'il lui rendait son baiser ?

Je retournai brusquement les photos, dont la vue m'était soudain insupportable, mais une inscription attira mon attention :

Il ne sera jamais entièrement à toi.

Je les déchirai en hurlant toute la rage qui coulait dans mes veines, tellement fort que je n'arrivais plus du tout à reprendre le dessus.

Je balançai les petits morceaux dans le salon et me recroquevillai dans mon lit, laissant libre cours à mes larmes. Pourquoi continuer quand tous ceux que j'aimais me trahissaient ?

Mon téléphone vibra, mais je l'ignorai, refusant de parler à quiconque. Tout ce que je voulais c'était dormir. Dormir pour oublier. Oublier jusqu'à qui j'étais.

Il vibra à nouveau quelques secondes plus tard et, jetant

un coup d'œil à l'écran, j'hésitai un instant. Devais-je répondre à Kylian ? Non…

Je cachai mon téléphone pour que la lumière ne m'aveugle plus, puis me tournai sur le ventre, inconsolable.

Ma vie n'avait jamais été parfaite mais, avant Kylian, elle était stable, sans frivolités me faisant voler à des kilomètres au-dessus du ciel ou, au contraire, m'enfonçant six pieds sous terre.

Je râlais contre tout le monde, et tout le monde s'en contentait. Je n'étais pas la fille la plus regardée, ni celle qui était convoitée, mais cela me satisfaisait.

Mais depuis que Kylian était entré dans ma vie…

Mon univers avait changé. Je m'étais rendu compte de mes qualités ainsi que de mes défauts. Je pouvais pleurer, puis rire l'instant d'après, par sa faute. Je pouvais me sentir invincible, puissante, belle, juste quand il me regardait.

Nos mondes étaient simplement incompatibles.

Cette pensée me déchira le cœur, j'avais tellement cru à cette histoire, malgré sa mère maléfique et le côté médiatique qui semblait vouloir lui aussi notre peau.

J'imaginais parfaitement que les photos de mon arrestation étaient déjà partout sur Internet. J'imaginais aussi comment les journaux me décrieraient.

Moi qui n'avais jamais aimé me retrouver au centre de l'attention, j'étais maintenant servie… Mais je ne pouvais m'en prendre qu'à moi-même, j'avais été prête à l'accepter.

Après une autre série d'appels, le silence s'installa. Je regardai donc mon téléphone et vis que Kylian m'avait laissé un message vocal.

J'ignorai ses textos, puisque si je les lisais il verrait que je les avais ouverts. Je portai l'appareil à mon oreille, le cœur serré, et laissai sa voix m'envahir.

« Gaby, je sais que la garde à vue a pris fin. Je suis allé au poste de police, mais on m'a dit que tu étais déjà partie… (Il soupira et

prit une grande inspiration.) *J'ai envie de t'entendre. J'ai envie d'être avec toi, rappelle-moi, s'il te plaît.* »

J'avalai ma salive, puis appuyai sur play pour réécouter son message, encore et encore.

Oui, j'avais envie de le croire, mais Anna avait raison : il ne serait jamais réellement à moi. Vivre constamment avec des doutes, ce n'était pas vivre.

Il avait un passé avec cette Karine, je ne pourrais rien y faire, et à présent que je ne le suivrais pas aux États-Unis… Je n'avais plus envie de me battre.

Je sursautai lorsque des tambourinements retentirent contre ma porte. Je m'assis sur mon lit, en alerte, puis attendis comme une imbécile, les yeux rivés droit devant moi.

— Gaby, ouvre-moi, supplia presque Kylian.

Je restai sur mon lit, les yeux fixés sur la porte, sans bouger d'un pouce. Il me semblait si proche et si loin en même temps.

Non, je n'avais pas la force de lui faire face. Je me rallongeai, serrai mon oreiller dans mes bras, puis fermai les yeux en espérant que ce supplice prendrait fin rapidement.

Je l'entendis parler au téléphone, puis il frappa à nouveau à la porte. Il m'appela encore une fois sur mon téléphone, et enfin, s'en alla.

Je pleurai à nouveau et m'endormis ainsi.

***

Je me réveillai avec un mal de tête atroce, en plus d'être terriblement en retard.

Mon ventre était serré de stress et de douleur. Si cela n'avait tenu qu'à moi, je serais restée dans mon lit toute la journée et aurais envoyé au diable les examens. Mais alors mon entrevue avec Anna le matin même n'aurait servi à rien…

Je devais le faire pour moi.

Je devais réussir.

Ce fut laborieux. Je passai l'après-midi devant une tonne de questions qui me semblaient incompréhensibles tant mes pensées étaient perturbées. Je réussis néanmoins à tout terminer dans le temps imparti et j'eus même quelques minutes pour me relire.

J'étais sûre de l'avoir, ce fichu examen.

En rendant ma copie, je parcourus du regard l'ensemble de l'amphi, mais je ne vis pas Marie. J'étais soulagée de ne pas devoir lui parler, mais cela m'attristait pour elle.

Malgré tout, je voulais quand même qu'elle s'en sorte.

Lorsque je rentrai chez moi, je ne pus m'empêcher de jeter un coup d'œil à la porte au fond du couloir, celle du studio de Marie. J'aurais aimé avoir des réponses, mais renonçai rapidement. Savoir ne me ferait que plus de mal.

J'entrai chez moi, effaçai les messages que Kylian ne cessait de m'envoyer, puis m'affalai dans mon lit aux draps défaits, réfléchissant au match de ce soir.

Devais-je y aller ?

Cette question trotta en boucle dans ma tête, jusqu'à ce qu'on sonne à ma porte. Je sentis mon cœur se serrer à l'idée que Kylian était derrière, puis je réalisai qu'il devait s'entraîner à l'heure qu'il était.

À quelques heures de la demi-finale, son entraîneur ne le laisserait pas s'en aller.

Je jetai un coup d'œil dans l'œilleton de ma porte et soupirai.

Kylian ne pouvait pas se déplacer, mais JB, si.

— Bonjour, Gabrielle.

— JB, répondis-je sans grand enthousiasme.

Sans honte quelconque, j'ouvris ma porte pour le laisser entrer, me moquant royalement du désordre qui régnait.

— Je suis là pour…, commença-t-il.

— Je sais pourquoi vous êtes là, le coupai-je en refermant la porte. Vous êtes présent pour savoir si je suis vivante et me ramener au match.

JB sourit brièvement, puis haussa les épaules.

— Je suis aussi ici pour me rassurer moi-même. Cette nuit a été assez rude. Est-ce que je peux faire quelque chose pour vous ?

Je l'observai et secouai la tête en me rendant compte que cet homme de main était devenu bien plus que ça pour moi.

— Non, merci, finis-je par dire en me forçant à sourire. Il n'y a rien à faire, si ce n'est attendre mon jugement.

— Je vais m'assurer que notre avocat s'occupe de vous. Je sais que vous n'y êtes pour rien et, malheureusement, je ne peux pas supprimer les charges qui pèsent sur vous, mais cet homme est le meilleur.

— Merci, JB.

Ce trop-plein de compassion m'enleva un poids et me donna envie de pleurer à nouveau.

— Je sais que vous préféreriez rester chez vous, mais Kylian tient beaucoup à votre présence. Il est très instable depuis que la police vous a embarquée, et j'ai bien peur qu'il ne fasse perdre la tête à son entraîneur avec son humeur insupportable, s'il n'a pas de vos nouvelles. Alors, est-ce que vous accepteriez de me suivre au stade ?

Je pris une grande inspiration et acquiesçai. Il fallait que Kylian réussisse. J'avais compris que Karine, Anna et ses maudites photos se mettraient toujours entre nous et que notre histoire allait s'achever prochainement, mais je voulais qu'il gagne.

Le trajet fut long du fait des embouteillages. Je pris des infos auprès de JB sur la presse et les dégâts que l'altercation de la veille avait engendrés. Mes craintes furent confirmées, et je me félicitai de ne pas être allée fouiller sur Internet pour lire tout ce qui se disait sur nous.

C'était mieux ainsi.

Quand j'entrai dans le stade encore vide, je me rendis compte que je n'étais pas prête à faire face à Kylian. Je me sentais trahie, j'avais du mal à tout encaisser et je ne voulais pas lui faire croire que tout allait bien.

Pourtant, lorsqu'il interrompit son entraînement pour venir à ma rencontre, qu'il me serra dans ses bras et qu'il m'embrassa… tout sembla s'effacer immédiatement.

La douceur de ses baisers, l'inquiétude dans son regard, ses gestes doux, son odeur… Je voulus simplement m'abandonner dans ses bras. Lâcher prise. Me foutre de tout.

Mais je ne pouvais pas.

Mon mal-être revint au galop, et je m'éloignai de lui, mal à l'aise.

— Tu vas bien ? Tes examens se sont bien passés ? demanda-t-il en repoussant mes cheveux en arrière, tandis que son coach l'appelait en hurlant toutes sortes de choses.

— Ça va, répondis-je, morose, obsédée par les photos.

— Tu es sûre ?

— Je suis juste fatiguée, mais tout s'est bien passé, répondis-je en acquiesçant. Tu devrais retourner sur le terrain avant que ton coach fasse une crise.

Il m'observa un instant, puis m'embrassa du bout des lèvres.

— Deux semaines, Gaby. On tient bon encore deux semaines et on se barre.

— FOSTER ! ! ! hurla l'entraîneur.

— J'y vais, grogna-t-il en me souriant, alors que j'étais pétrifiée par ses dernières paroles.

Je montai dans les gradins, le cœur en miettes. Mon regard n'arrivait pas à rester concentré sur Kylian. Quoi qu'il se soit passé avec Karine, c'est moi qui mettrais un terme à notre relation. Après le match, je lui dirais que j'avais annulé le contrat. J'hésitais à lui révéler que c'était à cause de sa mère. Elle lui avait déjà fait tant de mal, et il m'avait répété tant de fois qu'il voulait que rien ne se mette entre nous.

Pour la première fois depuis le début de la Coupe d'Europe, personne ne m'accompagna. Raphaël et Talina travaillaient tous les deux au Vandôme, et Marie… bref, j'étais seule. Cela ne m'aida pas à me détendre et, quand le match débuta, mes yeux ne cessèrent de fixer l'écran géant qui affichait les minutes restantes. Ces minutes s'écoulèrent bien trop vite. Le moment de ma séparation d'avec Kylian se rapprochait atrocement.

Je décrochai totalement du match lorsque je compris que nous gagnerions. Avec une vingtaine de points d'avance, cette demi-finale serait une victoire écrasante.

Le buzz final retentit suivi d'une salve de hurlements et de bonheur, qui ne m'atteignit pas.

Comme à son habitude, Kylian félicita ses coéquipiers, mais resta sobre et ne sourit que lorsqu'il croisa mon regard.

Il était heureux.

Je lui rendis son sourire et l'applaudis, contente pour lui, mais l'heure était arrivée…

Je voulus partir en toute discrétion lorsque le stade se vida, mais JB me retint en me parlant de choses et d'autres, comme s'il avait deviné mes intentions. Je finis par me résoudre à attendre le retour de Kylian, l'esprit en ébullition.

— Est-ce que vous viendrez à la soirée organisée pour la victoire ? me demanda JB, bienveillant.

— Bien sûr qu'elle viendra, répondit Kylian dans mon dos, alors que j'allais gentiment décliner.

Il passa les bras autour de moi et colla le torse contre mon dos, avant de m'embrasser sur la joue.

Je me dégageai doucement, puis secouai la tête.

— Allez-y sans moi, je préfère aller me coucher.

— Dans ce cas, je viens avec toi.

Croisant le regard de Kylian, je compris qu'il savait qu'un certain malaise s'était installé entre nous.

— Va fêter ta victoire avec tes coéquipiers. JB peut me ramener, n'est-ce pas ? m'enquis-je auprès de l'intéressé, pleine d'espoir.

— Bien sûr, répondit-il chaleureusement.

— Non, je te ramène, intervint Kylian, l'air contrarié.

Il lança un regard plein de défi à JB, comme si d'un seul coup ce dernier pouvait être un potentiel concurrent. JB se retira avec un signe de tête, puis nous nous mîmes en route vers le parking.

Je restai silencieuse, me demandant si je ne devais pas attendre le lendemain pour lui révéler que je ne le suivrais pas dans deux semaines, sans parler des photos, ce qui me démangeait bien plus que le reste. Une partie de moi bouillonnait de savoir ce qui s'était vraiment passé avec Karine, mais l'autre était désespérée à l'idée que quoi qu'il puisse arriver nos chemins allaient se séparer.

De l'autre côté du parking, loin de nous, se trouvait le car de l'équipe, où une foule de fans félicitait les joueurs. La finale était dans trois jours. J'espérais que ma décision ne le détruirait pas…

Sur la route, je sentais Kylian tendu, il roulait vite et plus encore lorsqu'il entra sur le périphérique intérieur, pourtant limité à soixante-dix kilomètres/heure.

— Est-ce que tu vas me dire ce qui ne va pas ? demanda-t-il en serrant le volant.

Je tournai le regard vers lui et soupirai :

— Je n'ai rien. Mets ta ceinture, Kylian.

Jetant un coup d'œil au compteur, je ne pus m'empêcher d'ajouter :

— Ralentis, s'il te plaît.

Il relâcha l'accélérateur, mais ne mit pas sa ceinture. Au lieu de ça, il me prit la main et l'embrassa.

— Tes examens se sont bien passés ?

Son changement soudain de sujet me surprit, mais j'acquiesçai tout de même en le dévisageant. Il fronça les sourcils.

— Je sais que la nuit dernière n'a pas été facile, mais tu sais que je ne laisserai rien de mal t'arriver. Il n'y aura rien sur ton casier, et cette histoire sera vite étouffée, surtout si nous gagnons la finale. Je te le jure.

— Je sais…

— Alors quoi ? Je te connais, Gaby. Dis-moi ce qui ne va pas.

Je décidai que le moment était venu.

— Je n'irai pas aux États-Unis avec toi.

— Quoi ?

— Je ne…

— J'ai compris ce que tu as dit, s'énerva-t-il. Ce que je ne comprends pas, c'est POURQUOI ?

— J'ai annulé le contrat, répondis-je simplement, sachant bien que ce n'était pas une explication.

— Pourquoi tu as fait ça ? (Il serra ma main dans la sienne, comme s'il s'accrochait à un espoir inutile.) Deux semaines, Gaby. Deux putains de semaines ! Qu'est-ce qui t'a pris d'annuler ton contrat ?

— Tu ne le vois pas pour le moment, mais c'est mieux ainsi, mentis-je, le cœur serré.

Il me jeta un rapide coup d'œil, la fureur courant dans ses pupilles noisette.

— Ma mère… C'est ma mère, c'est ça ?!

— Peu importe.

— Comment elle a fait ? demanda-t-il d'une voix que je ne reconnus pas.

Je me mis à légèrement trembler en voyant la colère glaciale monter dans ses yeux et dans sa voix. Il accéléra à nouveau, puis me lâcha la main, comme si elle l'avait brûlé.

Ce geste me fit plus mal au cœur que n'importe quoi d'autre.

— Comment a-t-elle réussi à te faire annuler le contrat ?!? répéta-t-il de plus en plus furieux.

— Chantage, murmurai-je en me sentant stupide.

— On va arranger ça, Gaby. Il est hors de question que je parte sans toi. On s'est battus pendant tout ce temps, et ce n'était pas pour rien. On va y arriver…

— Non, Kylian. Tu ne seras jamais complètement à moi. Tu ne comprends pas ? Peu importe où nous nous trouverons, il y aura toujours quelqu'un pour se mettre entre nous.

— De quoi tu parles ?

— De Karine.

J'essayais de me calmer, mais la colère que je ressentais subitement me faisait trembler.

— J'ai vu les photos d'elle et toi vous embrassant après la séance photos. On venait de se dire pour la première fois qu'on s'aimait, et toi tu l'as embrassée ?! Pire encore, tu me l'as caché et, au final, tu as donné des cartes supplémentaires à ta mère pour qu'elle réussisse à m'atteindre ! Tu te fous de moi, Kylian. Félicitations, ta maman a réussi.

Il secoua la tête, serra la mâchoire plusieurs fois, puis me regarda tristement.

— C'est elle qui m'a embrassé, Gaby. Je sais que ça ne change rien, mais je sais aussi qu'au fond de toi tu sais parfaitement que ça ne signifie absolument rien pour moi.

— Peu importe.

Je me forçai à le regarder dans les yeux, me retenant de pleurer.

— C'est préférable qu'on arrête là.

À force de me retenir de pleurer, une boule douloureuse s'était formée dans ma gorge.

Il accéléra encore, furieux, le regard désespéré.

— Donc tu abandonnes ? Je compte si peu pour toi ?

Ses paroles me tuèrent.

Comment lui expliquer que je n'avais pas le choix ? Comment lui expliquer qu'on aurait beau essayer, jamais on ne nous laisserait en paix ?

— C'est faux, dis-je finalement doucement… Mais c'est mieux ainsi. Tu sais que je ne veux que ton bien, et pour ça il est préférable que tu partes et que je m'en aille de mon côté.

Il eut un rire sans joie. Il prit la bretelle de sortie, puis me regarda.

— Si tu ne veux réellement que mon bien, alors je ne comprends pas pourquoi tu pars.

Ses mots me brisèrent le cœur, déjà que je prenais cette

décision contre mon gré. Une larme s'échappa et coula sur ma joue.

Je détournai le regard, en entendant un concert de klaxons, puis vis les phares d'une voiture pile en face de nous.

— KYLIAN, ATTENTION ! hurlai-je à pleins poumons.

Kylian braqua le volant pour l'éviter et pila, mais la voiture qui roulait à contresens nous percuta de plein fouet.

À la vitesse à laquelle nous roulions, je sentis la voiture décoller du sol, nous ballottant dans tous les sens.

Tout devint confus.

Des éclats de verre.

Des cris. Les miens.

La main de Kylian attrapant la mienne et la serrant.

Un raffut impossible.

Puis plus rien…

29

Comme un court-circuit brutal, ma vie venait de basculer dans l'obscurité.

Que feriez-vous si, sur la route, un chauffard ivre percutait de plein fouet votre voiture ?

Que feriez-vous si le conducteur était la personne que vous aimez le plus au monde et également celle avec qui vous étiez en train de vous disputer ?

Que feriez-vous si, à cause de vous, le conducteur avait détourné la tête de la route pour vous regarder une fraction de seconde de trop ?

Que feriez-vous si vous vous releviez et que lui, non ?

Est-ce que vous fermeriez les yeux ?

Est-ce que vous pleureriez ?

Est-ce que vous prieriez ou encore crieriez ?

Je ne fis rien de tout cela et passai sans arrêt de l'état de conscience à celui d'inconscience. J'eus le temps d'apercevoir l'homme que j'aimais sur le siège à mes côtés, inconscient, avant de sombrer à nouveau. Dans mon esprit noyé par la douleur et l'inquiétude, le prénom de Kylian ne cessait de résonner.

Est-ce que quelqu'un s'occupe de lui ?

Des mains me touchaient, me manipulaient, des voix me hurlaient inlassablement de rester éveillée.

Si j'en avais eu la force, je leur aurais crié dessus en retour pour leur dire de me foutre la paix et de s'occuper uniquement de Kylian.

La fraîcheur de la nuit me caressa la peau et me donna la force de bouger un peu. Après m'avoir crié dessus pour que je reste éveillée, on m'ordonna de ne pas bouger, mais il le fallait.

Je devais le rejoindre.

Kylian. Où est-il ?

Je me sentis soulevée. Un homme bien plus âgé que moi me braqua une lampe dans chaque œil, lorsque nous fûmes à l'abri dans ce qui ressemblait à un camion médical.

L'intensité de l'éclairage faillit me faire pleurer. Ces manipulations me donnèrent une violente migraine, qui me fit gémir.

Je ne reconnus pas ma voix. Elle me parut grave et brisée à la fois. Pourtant, je recommençai une seconde fois, comme pour me faire entendre.

— Ne bougez pas, mademoiselle, m'ordonna l'homme qui désormais me manipulait la tête avec lenteur. Je vais vous mettre une minerve pour stabiliser votre cou.

Tout en m'expliquant ce qu'il faisait, il s'exécuta, prenant soin de ne pas me faire mal. Si seulement il savait combien je me fichais de ma souffrance physique.

La seule chose à laquelle je pensais, c'était Kylian.

— Où est-il ? finis-je par réussir à dire, la voix enrouée.

— Restez tranquille, mademoiselle, vous allez être transférée à l'hôpital Cochin.

— Non. Je veux savoir où est Kylian.

L'homme garda le silence, puis, voyant probablement la détresse dans mes yeux, il soupira et plaça le visage tout près du mien.

Je plongeai le regard dans le sien, sombre mais amical à la fois, avant qu'il se mette à parler à voix basse, comme s'il me confiait un secret.

— M. Foster n'est pas dans une forme olympique. Il a eu un très gros choc à la tête, et le non-port de la ceinture n'a rien arrangé. Il est trop tôt pour que je puisse vous faire un rapport complet sur son état général, mais mes collègues sont très compétents et s'occupent du mieux qu'ils peuvent de votre ami.

Je compris qu'il essayait de me rassurer, mais l'impact de l'annonce eut l'effet totalement inverse. Je tentai de me relever, déterminée à rejoindre Kylian, mais une vive douleur m'électrisa le corps et me força à rester allongée sur la civière.

— Laissez-moi le voir, suppliai-je douloureusement. Je vous en prie, laissez-moi le voir. Laissez-moi lui parler.

— Vous ne pourrez rien faire de plus, mademoiselle. Laissez mes collègues se charger de lui.

— Mais j'en ai besoin ! Il le faut. C'est ma faute…

Je sentais la crise de nerfs monter. Les larmes inondèrent mes yeux trop rapidement pour que je puisse les retenir.

L'adrénaline qui coulait dans mes veines me permit de surmonter la douleur et, sous les récriminations explicites du médecin, je réussis à me relever. L'homme m'aida en s'assurant que je gardais une posture bien droite.

Après une chute de tension tellement forte qu'elle fit apparaître des points noirs dans ma vision, je pris quelques respirations aussi profondes que je le pus malgré la douleur ressentie dans ma poitrine compressée, puis essayai de me calmer.

Je connaissais le corps humain parfaitement, je savais donc qu'il était préférable après un tel choc de ne pas bouger et de reposer ma colonne vertébrale, mais il m'était impensable de l'abandonner ici, surtout sans l'avoir vu au moins une fois.

Je finis par m'asseoir sur le brancard, qui donnait une vue directe sur le lieu du crash. Des morceaux de carcasse jonchaient le sol jusque très loin de l'endroit de l'accident. Notre voiture était sur ses quatre roues, mais l'avant était enfoncé, et les vitres avaient explosé.

J'appris par la police que l'homme qui nous avait percutés était apparemment alcoolisé mais indemne.

Forcément…

Si je ne m'étais pas disputée avec Kylian, il aurait pu l'éviter. Il aurait pu faire en sorte que l'accident soit moins grave.

Ma culpabilité monta en flèche, et le remords m'assaillit. Pourquoi étais-je aussi stupide ?

J'aperçus les grands draps blancs installés autour de l'endroit accidenté pour nous protéger des flashs des paparazzis, qui crépitaient autour de nous.

Je fronçai les sourcils, entrant dans une colère noire.

Tout ça c'était leur faute. C'était à cause d'eux que tout cela était arrivé. À trop chercher l'exclusivité, des clichés croustillants qui feraient vendre leurs torchons, ils avaient tout anéanti. Tout ça, c'était leur faute, mais à présent ils l'avaient, leur exclusivité. Qu'ils prennent leurs photos, qu'ils nous salissent, qu'ils nous détruisent…

Mon sang, qui bouillonnait rageusement, se glaça à la seconde où mes yeux se posèrent sur le corps de Kylian, étendu sur le sol. Je n'osais plus bouger, ni même respirer. J'eus l'impression qu'un morceau de glaçon avait emprisonné mon cœur, l'empêchant de battre correctement.

J'étouffais.

Je posai la main sur ma poitrine et sentis les larmes couler à flots. Je ne savais pas pourquoi je respirais encore. Je ne savais pas pourquoi la place du mort dans la voiture m'avait permis de rester vivante. Et je ne savais pas pourquoi mon cœur battait toujours, alors que lui semblait mort.

Ce n'était pas moi qui allais l'abandonner, mais lui qui partirait…

J'eus un hoquet de douleur, qui me brisa le corps, le cœur et l'âme.

Kylian ne pouvait pas m'abandonner, il ne pouvait pas s'arrêter de se battre pour vivre. Il ne fallait pas… Je refusais cette possibilité, alors que tout ce que je voyais sous mes yeux me démontrait le contraire.

J'étais déjà entièrement fracassée. Comme laissée à l'abandon au bord de la route, j'étais témoin d'une scène étrange qui me semblait pourtant familière. J'étais détruite parce que, au fond, je leur reprochais mon malheur alors que j'en étais la seule responsable.

À constamment le repousser…

À toujours chercher ce qui n'allait pas au lieu d'apprécier ce qu'il m'offrait…

À trop regarder ce qui nous séparait au lieu de voir cette évidence qu'il était entièrement fait pour moi.

S'il partait…

S'il partait, la dernière chose qu'il aurait entendue de ma bouche était que je le quittais, alors que je l'aimais. Je l'aimais bien plus que de raison.

Pourquoi étais-je aussi stupide ? Pourquoi ne l'avais-je pas écouté ? Pourquoi n'avais-je pas cru en lui, lorsqu'il m'avait dit qu'il s'occuperait de tous nos soucis ?

Mon Dieu ! S'il mourait…

— Putain de merde, jurai-je, avant de vomir aux pieds du médecin qui jura en retour.

On essaya de me calmer, de me ramener à la raison mais, lorsque j'eus rendu le peu de choses qu'il y avait dans mon estomac, je ne cessai plus de hurler le prénom de Kylian en boucle.

J'étais en état de choc, mon cerveau refusait d'enregistrer la scène pourtant bien réelle de Kylian se faisant secourir.

J'eus cette sensation étrange de ne plus être maîtresse de mon corps, comme si mes émotions avaient pris le contrôle de mes membres.

Le brouillard s'installa dans ma tête, laissant place à l'hystérie, à la peine, à la douleur, puis au désespoir.

Que ferais-je s'il ne se battait pas ? Comment pourrais-je survivre en sachant que c'était moi qui avais provoqué cela ?

Pourquoi continuerais-je à me battre s'il n'était plus là pour vivre avec moi ? Il était inconscient.

Et s'il succombait à cet accident ?

— Mademoiselle, restez tranquille, vous ne pouvez rien faire de plus que le SAMU, m'assena le médecin en essayant de me maîtriser.

Je me rendis compte qu'en plus de répéter sans cesse le prénom de Kylian je cherchais à le rejoindre. Je voulais lui dire… Je voulais qu'il entende que je l'aimais, mais tout le monde m'empêchait de bouger.

Alors mes nerfs lâchèrent pour de bon, et je sentis mon corps s'affaisser. Je rendis les armes et m'effondrai en pleurs.

Témoin du corps immobile de mon amour sur l'asphalte, je regardais l'homme que j'aimais inconscient, abîmé de toute part. Des hommes et des femmes l'entouraient, tentant de le réanimer, tandis que d'autres me parlaient, mais je n'entendais rien.

Il fallait qu'il respire. *Je voulais qu'il respire.*

Il ne devait pas partir. *Il ne pouvait pas partir.*

Il ne pouvait pas m'abandonner, parce que jamais je ne réussirais à me le pardonner.

Je le regardais, complètement immobile et sous le choc, mais il semblait toujours aussi inconscient, et les deux hommes qui l'entouraient s'acharnaient sur lui. Pourtant, il n'ouvrit pas les yeux.

Essayaient-ils de le réanimer ? Je ne comprenais pas ce que je voyais, mon cerveau rejetait de toutes ses forces cette scène.

Je ne savais pas dans quel état il était réellement. J'entendais les hurlements des secouristes encourageant Kylian à réagir. Pour qu'il reprenne conscience… Pour qu'il respire.

Mais il semblait toujours aussi inerte. Sans vie.

Tout était ma faute. Il m'avait aimée, et je n'avais pas su le voir tant qu'il était encore temps.

Dans ma tête tout s'embrouilla. La douleur émotionnelle fut si intense que j'eus envie de sortir de mon propre corps.

De le rejoindre dans cet autre monde. Pour être avec lui, près de lui. Peau contre peau, aspirant sa chaleur.

Dans ses bras, appréciant ses câlins, et sa bouche contre la mienne. Pour sentir mon cœur se gonfler d'amour à chacun de ses rires et chacune de ses caresses.

Pour être avec lui, à jamais.

Je hurlais sans plus pouvoir m'arrêter.

Ma tête bouillonna, ma vision devint floue, tout semblait se mouvoir étrangement autour de moi.

Malgré ma minerve, je vis tout de même cette seringue, que le médecin retira de mon bras sans ménagement.

Assisté de deux autres personnes, l'homme m'aida à m'allonger. J'essayai de me débattre, de lutter contre eux tous, contre le sommeil qui semblait m'emporter, mais mon corps pesait si lourd !

La fatigue m'engourdit peu à peu le corps et l'esprit.

Je me sentis flotter avant de fermer les yeux et de me laisser emporter par le sommeil, espérant y trouver un repos où la douleur n'existait plus.

Où Kylian serait là.

Près de moi.

Son amour pour moi venait de le tuer.

Dans un éclat de verre, nos vies venaient de basculer…

30

Boum, boum.

Boum, boum.

Boum, boum…

La pièce était tellement silencieuse que je pouvais compter les battements de mon propre cœur.

Assise dans un fauteuil roulant, j'observais l'emplacement vide où devrait se trouver prochainement le lit de Kylian.

J'avais été transférée à Cochin, et cela faisait un peu plus de cinq heures que j'étais redevenue consciente.

Je m'étais réveillée en fanfare, craintive et me plaignant à la fois. C'était une femme très douce, mais aussi très ferme, qui avait réussi à me calmer. Elle m'avait expliqué où se trouvait Kylian.

Non, il n'était pas à la morgue, mais en salle d'opération. Il était vivant, mais tout de même dans un état incertain, et on ne pouvait pas se prononcer sur les séquelles pour l'instant.

J'avais ensuite demandé à cette gentille infirmière si elle pouvait me conduire dans la chambre de Kylian pour que je puisse l'y attendre, malgré le fait que j'étais dans le brouillard total, comme si on m'avait administré un calmant pour grizzly, ce qui était sans doute le cas. Ma demande avait pris beaucoup de temps, parce que la chambre de Kylian n'avait pas encore été attribuée et parce qu'un médecin avait décidé de me faire une série d'examens inutiles.

Je n'avais pas arrêté de lui répéter que j'allais bien et que je n'avais rien de cassé, mais il n'avait même pas daigné me répondre.

J'avais donc passé une radio thoracique, un scanner crânien et une auscultation corporelle très dérangeante. J'avais mal dans tout le corps, je ne pouvais pas le nier, et je savais que les médecins suivaient le protocole, mais la seule chose que je voulais réellement, c'était retrouver Kylian.

J'avais finalement atterri dans une chambre aux couleurs claires et n'avais pas bougé d'un pouce depuis lors.

J'attendais que quelqu'un vienne me donner des nouvelles et, comme j'avais peur qu'on m'en donne de mauvaises, je n'allais pas au-devant des informations.

Tant que je ne savais rien, mon espoir de le voir se réveiller restait intact. Mon calme enfin recouvré devait sonner comme un air de vacances pour le personnel de l'hôpital.

Mon cœur fit un triple looping quand la porte de la chambre s'ouvrit. L'infirmière qui avait réussi à me calmer entra avec un léger sourire rassurant sur les lèvres. Sa blouse blanche était impeccable, ses cheveux afro remontés en un chignon serré étiraient ses yeux noirs en amande. Elle était très jolie. Et stupidement, parce qu'il me fallait m'occuper l'esprit, je cherchai un défaut quelconque sur son visage ou sa tenue sans cependant en trouver.

Je refusais de penser à l'objet de sa visite, mais elle ouvrit la bouche.

— Est-ce que tout va bien ?

Je hochai la tête pour toute réponse, ce qui déclencha un éclair de douleur le long de ma nuque encore fragile. J'appréhendais les nouvelles, ce qu'elle dut ressentir.

— Gabrielle. M. Foster est un homme solide. L'opération s'est bien déroulée. Il va porter un plâtre à la jambe pendant quelque temps, mais il aura une grande série de tests à faire par la suite pour qu'on soit sûrs que son cœur et sa tête vont bien. Il a un traumatisme crânien, et personne n'est capable d'affirmer à cent pour cent qu'il n'y aura pas de séquelles. Il va falloir être patiente.

— Pourquoi son cœur ? chuchotai-je, la gorge nouée. Qu'est-ce qu'il a, son cœur ?

— À cause du choc, votre ami a fait une bradycardie. Ce qui signifie que son cœur s'est mis à battre très lentement. Bien trop lentement.

Je connaissais ce terme, même si je n'étais pas une spécialiste, mais je la laissai néanmoins parler sans l'interrompre. Sa voix m'apaisait malgré l'horreur de la situation.

— C'est pour ça que les secouristes lui ont fait un massage cardiaque ?

Elle opina de la tête, ce qui me soulagea, puis continua :

— Heureusement, les personnes alentour ont été très réactives après l'accident et ont effectué les premiers soins avant l'arrivée des secours. Les airbags ont sûrement sauvé votre ami. Je pourrais presque dire que c'est un miracle, parce qu'il ne portait pas de ceinture et aurait très bien pu être éjecté du véhicule.

— Alors il va s'en sortir ?

— Il nous faut attendre son réveil.

Je compris que ce n'était pas encore gagné.

— Vous avez tous les deux eu beaucoup de chance. Nous avons vu des accidents beaucoup moins spectaculaires dont les personnes ne se sont pas sorties comme vous.

— Et l'autre homme ? Celui qui roulait à contresens ?

— Il est en vie. Son état est meilleur que les vôtres. La vie a parfois ses propres lois.

J'acquiesçai, tout en étant tout de même soulagée pour cette personne que je ne connaissais pas, bien qu'elle soit à l'origine de notre accident. Ça ne m'aurait pas consolée qu'il soit mort sur le coup.

— M. Foster est en salle de réveil, mais il y en a encore pour un moment avant qu'il soit rapatrié dans cette chambre.

Je la remerciai doucement avant qu'elle quitte la chambre en me faisant promettre de ne pas hésiter à l'appeler si besoin.

Le poids du monde dégringola sur mes épaules à l'instant où elle franchit le seuil, et je m'effondrai en larmes, sans savoir si c'était de soulagement ou de peur.

J'avais hâte de voir ses yeux noisette me regarder, de voir son beau sourire et de pouvoir serrer son corps chaud contre moi.

Pourtant rien n'était gagné. Je le savais. Un traumatisme crânien n'était pas rien. Il pouvait très bien y avoir des complications, comme une commotion ou une contusion cérébrale, mais il pouvait y avoir pire encore.

Je tentai de ne pas céder à l'inquiétude. Il était entre de bonnes mains. Je pensais maintenant à sa carrière de basketteur.

Si une de ses jambes était plâtrée, c'est qu'il se l'était cassée ou fêlée, mais cela voulait aussi dire que les prochains mois, et encore s'il s'en sortait sans autres séquelles, il allait devoir faire de la rééducation. Dans ce genre de cas, et surtout pour les sportifs, le suivi était relativement strict, mais cela ne devrait pas l'empêcher d'ici quelques mois de jouer avec les couleurs des Chicago Monsters. Du moins, je l'espérais tout autant que j'espérais qu'il n'ait pas d'autres séquelles.

J'espérais aussi de tout mon cœur que cet accident ne réduirait pas sa carrière à néant. Je ne me le pardonnerais jamais si c'était le cas.

Après un quart d'heure à passer intérieurement en revue tous les problèmes qu'il pouvait avoir à cause de ce traumatisme ou même de la bradycardie, je vis la porte s'ouvrir sur JB et Anna.

Malgré mon corps douloureux, je réussis à me lever, poussée par une force que je ne pensais pas avoir.

La colère donnait parfois l'énergie nécessaire pour se battre.

J'attendis que JB ait refermé la porte derrière Anna, avant de m'avancer jusqu'à cette dernière.

— Tout est votre faute ! hurlai-je. Si vous ne vous étiez pas mêlée de notre vie comme vous l'avez fait, si vous ne m'aviez pas fait tout ce chantage, on n'en serait pas là, aujourd'hui. Kylian ne serait pas dans une salle d'opération, et tout irait bien. Pauvre malade ! Vous voulez tellement contrôler la vie de votre fils dans votre UNIQUE intérêt que vous l'avez fait passer après vous !

— Gabrielle, dit-elle simplement d'une voix cassée.

Cela ne m'arrêta pas. J'avais du venin en moi, j'avais envie de tout casser et j'étais loin d'en avoir fini.

— Vous n'êtes qu'une femme arrogante et égoïste. Si vous vous étiez intéressée un peu plus à lui au lieu de ne regarder que votre nombril, vous auriez vu combien votre fils est un homme merveilleux et rempli de qualités innombrables. Vous auriez vu qu'il ne cherchait qu'à vous satisfaire, pour que vous l'aimiez, au moins comme une mère aime son fils, et non pas parce qu'elle le considère vulgairement comme une poule aux œufs d'or.

Pendant ma tirade, Anna s'était déplacée vers l'unique canapé de la pièce, s'y était installée et avait appuyé sur le bouton pour appeler les infirmiers.

Pas une émotion ne passait sur son visage, pourtant je voyais parfaitement combien elle était fatiguée. J'étais certaine qu'elle avait dû pleurer avant de se remaquiller pour masquer les ravages des larmes.

JB resta dans le coin de la pièce, sans bouger, le visage baissé. Il semblait beaucoup plus affecté par tout cela qu'Anna.

J'en profitai pour en rajouter une couche.

— JB a plus été un père pour lui que vous une mère. Et ça je suis certaine que vous le savez aussi bien que moi.

Un infirmier entra dans la chambre, semblant surpris de ne voir aucun patient. Il lança néanmoins :

— Vous nous avez appelés ?

— Oui, répondit Anna. Mon fils va être admis dans cette chambre, et cette jeune fille n'a rien à faire ici. Elle ne fait pas partie de la famille. Je refuse qu'elle reste.

J'ouvris la bouche, estomaquée.

L'infirmier me regarda avec un air désolé. Avant qu'il parle, je secouai la tête.

— Il est hors de question que je quitte cette chambre, dis-je, en larmes, mes nerfs lâchant. Cette femme a peut-être des liens de sang avec Kylian, mais c'est tout ce qu'elle a. Vous ne pouvez pas me faire quitter cette chambre, je refuse !

— Je suis désolé, mademoiselle. Seule la famille est autorisée à être ici. Si c'est le souhait de sa mère, nous n'avons pas d'autre choix que de vous faire sortir.

Le poids du monde retomba à nouveau sur mes épaules.

Je fermai les yeux, et compris que rien ne pourrait changer la donne. Je me résolus à exécuter la demande d'Anna, mais la colère et la rancœur que je ressentis à son encontre ne firent qu'accroître.

Si j'en avais eu la force…

Mais je ne l'avais pas, alors à quoi bon ?

— Vous êtes la personne la plus nauséabonde qu'il m'ait été donné de rencontrer, murmurai-je, à bout de forces.

Sans récupérer mon fauteuil roulant, je me traînai jusqu'à la sortie, appuyée sur le portant métallique qui était relié à mes perfusions, ressentant des douleurs vives mais inexistantes à côté de ma colère.

Avant de quitter la chambre, je me tournai vers JB.

— Vous méritez tellement mieux que ce démon, JB.

Il acquiesça sans me regarder. Je franchis le seuil et me mis à pleurer silencieusement. Même dans le pire des scénarios, Anna cherchait encore à m'éloigner de Kylian.

L'infirmière qui s'était occupée de moi s'approcha et posa une main amicale sur mon épaule.

— Ne vous en faites pas, Gabrielle. Je vous tiendrai informée de tout ce qu'il m'est permis de vous dire sur son état de santé.

Je pleurai un peu plus et m'assis sur la première chaise que je trouvai.

— Merci, dis-je finalement en retrouvant mon souffle.

— Voulez-vous que je vous raccompagne dans votre chambre ?

— Non, je vais rester ici.

— Vous ne le pouvez pas non plus. Je suis désolée.

— Alors je dois attendre dans ma chambre, et c'est tout ?

— J'ai bien peur que oui.

J'acquiesçai, sachant que je ne pouvais pas me battre contre les règles, et retournai dans ma chambre, infiniment triste.

Je sentis que mon corps me remerciait lorsque je m'allongeai dans mon lit. Je ne pus m'empêcher de soupirer en fermant les yeux.

— Je n'ai pas encore les résultats du scanner que votre ami a passé, mais je vous tiendrai informée et vous préviendrai quand il sera réveillé et transféré dans sa chambre. J'aimerais faire plus, mais je ne peux pas.

— Vous en faites déjà beaucoup. Merci. Sincèrement.

Elle me fit un léger sourire, puis quitta la pièce, me laissant seule.

Je passai les minutes suivantes à imaginer tous les moyens de faire le plus de mal possible à Anna lorsque j'aurais retrouvé mes forces. Mes pensées étaient sombres, très sombres. J'étais même surprise de vouloir autant de mal à quelqu'un, avec autant de force.

Je finis par somnoler. Ce léger repos fut tortueux et encombré de mauvais rêves sans queue ni tête. Lorsque j'ouvris à nouveau les yeux, je ne savais pas vraiment si j'avais dormi ou non, ni combien de temps s'était écoulé.

Je tournai la tête et vis le visage de Talina.

Je la fixai et souris avant de pleurer à nouveau.

Elle vint s'asseoir à mes côtés et me prêta son épaule, sur laquelle je posai la tête. Doucement, elle me caressa les cheveux sans parler. Je séchai mes larmes.

— Comment tu te sens ? Je sais, cette question est stupide, mais je me sens obligée de te la poser.

— Physiquement, j'ai mal partout. Psychologiquement, je suis au fond du trou.

— Comment va-t-il ?

— Je ne sais pas, répondis-je en sentant mes yeux me brûler. Je sais qu'il est en vie, mais je ne sais rien de son état, ni s'il aura des séquelles.

Talina remit une de ses mèches rousses derrière son oreille, comme pour occuper ses mains. Elle semblait mal à l'aise, ou bien peut-être triste, je n'aurais su le dire.

Nous restâmes silencieuses, sa présence me faisait du bien. Au bout de quelques minutes, elle finit par m'expliquer :

— Je venais de rentrer lorsque j'ai appris la nouvelle. Je regardais les derniers potins en ligne, puis j'ai reçu une alerte concernant Kylian, puis toi – oui, j'avoue, j'ai créé une alerte Google pour vous.

Cela ne m'étonna pas mais, comme je connaissais la suite, cela ne réussit pas à me faire sourire pleinement.

Je la laissai continuer :

— Quand j'ai vu le titre, je n'ai pas compris tout de suite. Et, quand j'ai cliqué sur le lien de l'article, il y avait toutes ces photos… des photos de la voiture de Kylian. Mon Dieu !

Son visage se froissa, et je la vis faire un effort surhumain pour retenir ses larmes. Elle ne put en empêcher une de rouler doucement le long de sa joue.

Talina l'essuya du pouce et secoua la tête, comme si elle n'arrivait pas à croire que tout cela était réel.

— Je n'ai pas su quoi faire. J'ai imaginé le pire. J'ai appelé Raph, il est venu chez moi, on a contacté tous les hôpitaux de Paris pour savoir où tu étais. Ça a duré des heures, on rappelait sans cesse les mêmes cliniques, personne n'avait d'infos, c'était atroce. Quand on a su que tu étais finalement ici, on est venus directement, sans savoir dans quel état on allait te retrouver, c'était horrible, Gaby !

Cette fois-ci, elle pleura réellement, et je faillis pleurer moi aussi. Je me rapprochai d'elle et lui offris mon épaule à mon tour. Elle me prit dans ses bras sans me serrer, puis se reprit très vite.

— Raph est allé appeler tes parents. Heureusement, je connais le mot de passe de ton téléphone.

Cela ne me surprit pas, mais je lui fis néanmoins une moue contrariée.

— Pardon, s'excusa-t-elle avec un petit rire.

— Ce n'est rien, et merci de vous occuper de moi.

Talina renifla, puis leva les yeux au ciel en essuyant le coin de ses yeux.

— Pourquoi n'es-tu pas auprès de lui ? demanda-t-elle en se positionnant plus confortablement.

Je lui expliquai tout ce qui s'était passé depuis mon réveil.

Son visage se fermait à mesure que je lui relatais les événements avec Anna. Je terminai en ployant les épaules :

— Je ne sais rien de plus. L'infirmière m'a dit qu'elle me tiendrait au courant quand elle en saurait plus. Ça me tue d'être ici, alors que lui…

Talina posa la main sur la mienne en signe de réconfort et acquiesça.

— Si tu veux, je peux aller dans sa chambre et défigurer Anna ?

Je souris. L'idée était très tentante, mais je fis non de la tête.

— Tu ne pourras pas accéder à la chambre. Elle est dans une aile de l'hôpital particulière.

Elle semblait tout de même chercher une idée, quand Raphaël entra dans la chambre. Son soulagement fut visible.

— Merci, mon Dieu ! Comment tu te sens ?

— Je lui ai déjà demandé, lâcha Talina. Et c'est une question stupide, Raph.

— Je n'étais pas là pour écouter la réponse, je te signale.

— Tu vois bien qu'elle n'est pas au mieux de sa forme ! Que tu es bête, parfois.

Je m'installai confortablement contre la tête de lit et

regardai mes deux amis se chamailler. Cette scène familière me fit du bien. Beaucoup de bien.

Je les observais en essayant de faire le vide dans ma tête, mais Kylian n'était jamais bien loin.

J'aurais donné cher pour être avec lui.

Près de lui.

J'étais totalement submergée de culpabilité.

J'avais beau rejeter la faute sur les autres, il n'en était rien.

Je savais au fond de moi que tout était ma faute.

31

Mes amis étaient restés quelques heures, puis avaient quitté l'hôpital en milieu d'après-midi. J'en avais profité pour appeler mes parents et les avais rassurés comme je l'avais pu.

La distance et les médias ne m'avaient cependant pas aidée. Après avoir raccroché, je m'étais finalement rendue sur Internet, pour savoir ce qui se disait de nous.

J'appris que, contrairement à ce que j'avais pensé, nous n'allions pas si vite. La voiture de Kylian avait percuté de plein fouet celle de l'homme à contresens, puis nous nous étions encastrés dans le muret du bas-côté. Les articles s'accordaient à dire que l'autre voiture était presque à l'arrêt lorsque le choc avait eu lieu. Peut-être que, si ce véhicule avait roulé aussi vite que nous, nous aurions fait des tonneaux et que les choses auraient été plus graves encore.

Je parcourus rapidement les témoignages des passants et secouristes mais, n'apprenant rien de plus, ni sur notre accident ni sur l'état de Kylian, jugé incertain dans les articles, je reposai mon téléphone.

Je dormis un peu, avant qu'on vienne me réveiller pour m'ausculter à nouveau. Je me laissai faire sans broncher, même lorsqu'on changea le pansement situé en dessous de mon œil droit, alors que ça me faisait mal.

La seule chose que je demandai au médecin qui me prit en charge, c'étaient des nouvelles de Kylian.

Il me répondit qu'il allait bien, mais ne pouvait rien me dire de plus à la demande de la famille.

Je me remis immédiatement à pleurer.

Malgré tout, savoir qu'il allait bien était un soulagement immense, et je m'accrochai à cette maigre mais rassurante nouvelle.

Ce n'est qu'en fin d'après-midi que l'infirmière qui m'avait si gentiment promis de me tenir informée entra dans ma chambre avec un fauteuil roulant.

— Comment vous sentez-vous ce soir, mademoiselle ?

Sa bonne humeur ne m'atteignit pas, mais je répondis tout de même en m'efforçant de sourire :

— Mieux qu'en arrivant, même si j'ai toujours mal partout.

— C'est normal. On peut augmenter les antalgiques si vous le souhaitez, mais je crains que vous ne puissiez plus rien faire d'autre que de dormir.

— Non, merci, dans ce cas. Vous avez des nouvelles ?

Elle me regarda, puis me sourit en tapotant le fauteuil roulant.

— Que diriez-vous d'aller vérifier par vous-même ?

Je me redressai en ignorant la protestation de mon corps, en alerte.

— Quoi ? Comment ça ?

— Votre ami est réveillé. Il est majeur et m'a donné l'autorisation de vous amener près de lui. L'avis de sa mère devient donc caduc. Venez avec moi.

Je me levai en grimaçant de douleur mais crevant d'impatience. J'étais bouleversée, je ne savais plus quoi penser. Étais-je heureuse ? Soulagée ? En colère contre Anna ? Impatiente ? Triste ?

C'était le bal émotionnel dans mon cœur et dans mon corps.

Ne réalisant pas mon malaise intérieur, l'infirmière s'assura que j'étais bien assise, avant de me conduire à travers les couloirs jusqu'à la chambre de Kylian.

Je voulus lui dire d'accélérer, mais aussi de ralentir.

Dans quel état serait-il ? Qu'allais-je lui dire ? Et s'il m'en voulait ? Je pris une grande inspiration pour me calmer, ce qui marcha presque. Peu importait qu'il me rejette. Peu importait ce qui se passerait, du moment que je pouvais lui dire que je l'aimais. Du moment que je pouvais revenir sur tout ce que j'avais pu lui lancer avant que nous ayons cet horrible accident.

Je voulais qu'il sache combien il comptait pour moi. Que j'étais désolée de ne pas lui avoir fait confiance, d'avoir douté de nous…

Mes pensées bouillonnaient tant que je faillis fondre en larmes devant sa chambre. La porte s'ouvrit sur JB, qui me fit un sourire et m'ouvrit en grand. Je le remerciai, trouvai immédiatement Kylian des yeux, et plus rien d'autre n'exista.

L'infirmière me dit quelque chose, auquel j'acquiesçai, sans savoir ce à quoi j'avais répondu.

Il était là.

En vie.

Devant moi.

J'attendis que tout le monde soit sorti pour me lever de mon siège et me rendre en traînant mon portant jusqu'au lit de Kylian. Je m'installai sur la chaise à côté de lui et observai son corps.

Il avait bien la jambe droite dans un plâtre, légèrement surélevée. Tout comme moi, il avait des perfusions reliées à des poches de médicaments. Il portait une robe propre à l'hôpital, et une machine enregistrait les battements de son cœur, qui étaient lents mais réguliers.

Sur son visage gonflé et rougi, un hématome s'étendait de sa tempe droite à son front, et des points de suture ornaient son arcade sourcilière.

J'eus envie de toucher son visage, mais eus peur de lui faire mal, même s'il dormait. Alors je lui pris la main et lui embrassai les doigts.

Je posai le visage sur son bras et attendis ainsi, heureuse de pouvoir toucher sa peau chaude, de le *sentir*.

Je ne sais pas combien de temps cela dura, mais JB revint par deux fois s'assurer que tout allait bien. Il ne me dit rien, pourtant, je voyais le soulagement sur les traits de son visage.

Lorsqu'il revint une troisième fois, je ne pus m'empêcher de demander :

— Où se trouve Anna ?

Il traîna une chaise à mes côtés et s'y assit.

— Affairée à coller un procès à l'homme qui était à contresens et qui vous a percutés.

Je fermai les yeux, décontenancée, me demandant pourquoi elle s'occupait de ça maintenant plutôt que de veiller sur son fils.

Enfin, tant mieux pour moi, je n'avais aucune force pour une nouvelle confrontation, mais ça me chagrinait pour Kylian.

— Qu'est-ce que dit le scanner ? m'enquis-je en changeant de sujet.

Je me rendis compte que, obnubilée par la présence de Kylian, je n'avais même pas pensé à poser la question.

— Une légère commotion. Aucune lésion cérébrale, ni hémorragie, mais il faut encore qu'il sorte de son état à moitié anesthésié postopération et qu'il passe toute une série d'examens supplémentaires pour qu'on puisse déterminer s'il y a des séquelles que le scanner ne nous aurait pas montrées.

J'opinai, plutôt soulagée.

Le silence s'installa entre nous, seuls les bips des battements de cœur de Kylian résonnaient dans la pièce.

Puis, au bout de quelques minutes, JB reprit :

— Je connais les grandes lignes mais, Gaby, comment vous vous sentez ?

— Je vais bien, JB. J'ai juste l'impression que mon corps est un hématome géant et que ma tête risque d'exploser à tout moment. Mais je vais bien.

Il acquiesça, semblant réfléchir, puis continua :

— Je sais que ce n'est pas forcément le bon moment, mais M. Hanks m'a appelé. Il m'a demandé de vous informer que votre contrat n'est pas rompu quoi que vous ayez pu lui dire. Il savait que vous appeliez du téléphone d'Anna, parce qu'elle l'a contacté quelques heures plus tôt, et souhaitait vous parler en personne avant d'entreprendre quoi que ce soit. Il pensait que vous viendriez à la soirée après le match. Il vous y attendait, mais vous n'êtes pas venue.

Je ne savais pas quoi penser de cette information. Me réjouissait-elle ? Me donnait-elle encore plus de remords ? Si j'avais été à la soirée au lieu de vouloir rentrer, les choses auraient été tout autres…

— Étiez-vous au courant ? demandai-je en me rendant compte que la réponse à cette question m'était réellement importante.

— Que vous vouliez rompre le contrat ? Ou que c'est Anna qui vous y a contrainte ?

— Les deux.

— Non. Je n'étais au courant de rien. Je l'ai appris quand j'ai eu M. Hanks au téléphone. Ce que vous avez dit ce matin à Anna m'a confirmé le reste.

Je jaugeai sa sincérité, puis acquiesçai, soulagée que JB n'ait pas été complice des manigances d'Anna.

Je finis par soupirer, puis confiai :

— Cet accident est ma faute.

Comme mon père pouvait le faire, il passa une main sur ma tête, tentant de me rassurer.

— Comment pouvez-vous dire ça ?

— On se disputait avant que la voiture apparaisse devant nous. Je venais de lui dire que j'avais annulé le contrat, que je ne partirais pas avec lui aux États-Unis et que je le quittais. Il était énervé, il roulait vite, et…

Je ravalai ma salive, essayant de faire passer l'énorme boule de culpabilité qui ne quittait pas ma gorge.

— Même si vous ne lui aviez pas dit tout ça, Kylian aurait

pris la même bretelle de sortie, et la même voiture serait venue à contresens. Gabrielle, vous ne pouvez pas porter sur vos épaules la responsabilité de cet accident. Ce n'est pas votre faute.

Je reniflai, baissai la tête pour cacher les larmes qui me venaient aux yeux et restai silencieuse, de crainte que parler n'ouvre les vannes de ma tristesse.

— Ce n'est pas ta faute, chuchota Kylian.

Je relevai la tête brusquement. Bien trop brusquement d'ailleurs, ce qui déclencha un éclair de douleur le long de ma nuque, puis regardai l'homme que j'aimais ouvrir péniblement les yeux.

Je lâchai un petit rire bref, sans plus pouvoir retenir mes larmes, et me rapprochai de son visage, embrassant son menton à plusieurs reprises, bien trop heureuse de revoir ses yeux noisette.

JB se leva et me signala qu'il nous laissait tranquilles.

Je ne relevai pas, n'ayant d'yeux que pour Kylian. Ce dernier grimaça et se débattit avec ses paupières pour les garder ouvertes, mais chaque fois elles retombaient d'épuisement.

Sans pouvoir me retenir plus longtemps, je débitai rapidement :

— Je ne veux pas que tu partes sans moi, Kylian. Je suis désolée pour tout ce que je t'ai dit. Je suis désolée de ne pas avoir eu confiance en toi et d'avoir fait passer mes craintes avant tout. Je suis désolée d'avoir laissé ta mère se mettre entre nous. Pardonne-moi de t'avoir dit que c'était fini. Je ne pensais rien de ce que je disais. J'ai cru mourir de te voir inconscient sur le bitume et je t'aime. Je me fiche de mes études, je suis prête à tout laisser tomber, tant que je suis près de toi…

— Gaby.

— Oui ?

Il ouvrit les yeux une petite seconde et me dit :

— Chut. J'ai mal à la tête.

Il me fit un petit sourire, les yeux toujours fermés. J'éclatai de rire.

Il écarta un de ses bras et chuchota :

— Viens par là.

Je me rapprochai de lui et posai la tête sur son oreiller, tout près de la sienne. Je ne voulais plus le quitter du regard.

— Est-ce que tu vas bien ? demanda-t-il très doucement.

— Oui, maintenant, je vais bien.

— Alors c'est tout ce qui compte.

Je sus qu'il se rendormait lorsque le bruit de ses battements de cœur ralentit. Oui, tout ce qui comptait, c'était qu'il allait bien et que j'avais assez de forces pour être près de lui.

***

Je sortis de l'hôpital trois jours plus tard.

J'avais encore le corps meurtri, mais j'étais bien trop heureuse de pouvoir rentrer chez moi pour me plaindre.

Après avoir signé tout un tas de papiers administratifs et réglé une somme astronomique pour mon séjour dans une chambre particulière que mon assurance ne prenait pas en compte, je retournai voir Kylian.

Il dormait énormément, pour ne pas dire tout le temps. Nous parlions peu, car il souffrait de migraines les rares fois où il se réveillait.

Les médecins continuèrent de nous informer en temps réel de sa situation, qu'ils jugeaient très prometteuse, sans toutefois se prononcer sur sa commotion cérébrale. Ils ne cessaient de nous expliquer que seul le temps pourrait nous dire s'il y aurait des séquelles, mais que son état était encourageant et qu'il réagissait très bien aux derniers examens qu'ils lui avaient fait passer.

JB finit par me mettre gentiment dehors, insistant pour que

j'aille me reposer moi aussi. Il me signala qu'il m'informerait à la seconde s'il y avait du nouveau.

J'étais épuisée, c'était indéniable, mais j'eus beaucoup de mal à quitter la chambre de Kylian. J'avais peur de partir et qu'il m'échappe.

Je finis tout de même par obtempérer. Raphaël vint me récupérer en voiture, et des agents de sécurité nous conduisirent vers une sortie annexe, afin d'éviter les paparazzis qui campaient nuit et jour à l'entrée.

Nous ne pûmes cependant pas éviter ceux qui attendaient devant ma résidence étudiante.

— Je vais jouer ton garde du corps, Gaby, ne t'inquiète pas.

Je remerciai mon ami d'un sourire, puis m'extirpai de la voiture en soupirant. Je n'avais même pas encore sorti ma carcasse de l'habitacle que les questions fusèrent.

— Gabrielle, dites-nous ce que vous savez sur l'état de Kylian ! Comment va-t-il ?

— Est-il vrai que Kylian ne portait pas sa ceinture ?

— Des rumeurs disent qu'il est dans le coma. Confirmez-vous ces propos ?

Leurs questions me donnaient des envies de meurtre. Je les détestais déjà d'ordinaire, mais là ce n'était vraiment pas le moment.

Raphaël m'ouvrit la voie, mais je dus tout de même forcer le chemin pour pouvoir continuer d'avancer. C'était tout juste s'ils ne m'agrippaient pas par la veste pour me retenir.

Je soupirai en entrant dans le hall de mon immeuble, puis grimaçai de douleur en montant l'escalier, ressentant notamment des éclairs au niveau de la hanche. Ce ne fut que lorsque j'entrai dans mon appartement que je me décontractai réellement.

Les morceaux des photos que j'avais déchirées et jetées dans le salon traînaient au sol, me remémorant ma dernière journée infernale avant l'accident.

— Toujours aussi bordélique.

Je haussai les épaules.

— On peut dire ça, oui, répondis-je en me pliant pour ramasser les photos.

— Tu veux que j'appelle Marie ? me demanda Raphaël en s'affalant sur le canapé déplié à mes côtés.

— Non. Laisse-la où elle est.

Mon humeur s'assombrit quand j'entendis son nom. Elle m'avait trahie.

En voyant le regard incrédule de Raphaël, je secouai la tête.

— Laisse tomber. Je te raconterai tout plus tard.

— Comme tu veux. Je dois retourner au Vandôme.

— D'accord. Merci, Raph.

— Je t'en prie, ma copine.

Il se leva mais, avant d'ouvrir la porte d'entrée, il se tourna vers moi et me sourit.

— Je suis content que tu ailles bien. Et, crois-le ou non, Sam est inquiet pour toi. Il essaye de le cacher et il y arriverait presque, s'il ne me demandait pas de tes nouvelles constamment.

Je rigolai, puis regardai mon ami partir l'esprit plus léger.

En croisant mon visage dans le miroir, je pris peur. J'étais pâle, les cheveux sales et emmêlés. J'avais un bleu à la mâchoire, et ma joue était gonflée. J'étais laide comme un pou.

C'était comme si j'étais passée sous un train. Remarquez, c'était presque le cas, non ?

Sous la douche, je laissai l'eau couler sur ma tête, appréciant la chaleur qui m'enveloppait. Je pensais en boucle à tout ce qui s'était passé depuis ces cinq derniers jours. C'était comme un cauchemar, et j'avais encore du mal à réaliser que les événements récents s'étaient réellement déroulés.

Je pensai à Kylian, et aux mois qui allaient suivre, me disant que ça n'allait pas être simple pour lui. Puis je songeai à notre départ, qui serait sûrement repoussé de quelques semaines.

Je me remémorai Anna, que je n'avais pas revue depuis notre altercation. Je savais aussi que, même si elle avait eu peur de perdre son fils, elle n'était toujours pas résolue à nous laisser vivre notre vie tranquillement. Une part de moi appréhendait déjà sa prochaine manigance.

Enfin, je pensai aux journalistes en bas de chez moi, à ceux de l'hôpital et à ceux qui continueraient de nous poursuivre.

Étais-je prête à leur faire face ? Non, bien sûr que non. Il me fallait accepter ce côté médiatique pour pouvoir vivre avec Kylian, mais ça me pesait beaucoup.

Je reçus un appel de M. Hanks. Lorsque je vis son nom s'afficher sur mon téléphone, j'eus une boule à l'estomac. Pourtant, il se fit rassurant. Il prit de mes nouvelles et de celles de Kylian. Il me signala qu'il passerait le voir le lendemain, puis me demanda simplement si ce que je lui avais dit au téléphone quelques jours plus tôt était toujours d'actualité.

Bien sûr, je répondis que non et je me confondis en excuses. Il sembla satisfait et se moqua même un peu de moi en me disant qu'il ne m'aurait pas laissée annuler le contrat aussi facilement, surtout si cela lui coûtait le joueur qu'il voulait.

Je passai le reste de l'après-midi à dormir et retournai à l'hôpital en fin de journée. Cette soirée était importante, car la finale de la Coupe d'Europe allait se disputer, et je voulais être près de Kylian pour la voir.

Malgré son interdiction de regarder tout type d'écran, nous eûmes l'autorisation exceptionnelle d'allumer la télévision pour ce match spécial contre l'Espagne.

Je ne cessais d'observer l'homme que j'aimais. Il semblait fatigué, à bout de forces, mais tint bon, les yeux à demi clos, braqués sur l'écran. J'eus un énorme pincement au cœur lorsque les commentateurs parlèrent de l'accident.

« *Nous avons eu un retour positif sur l'état de notre joueur, Kylian Foster,* disait un des hommes à la télé. *Toutes nos pensées vont à lui et à ses proches. On aurait largement préféré le voir ce soir sur le terrain mais, si tu nous regardes, Foster, sache qu'on te souhaite un bon rétablissement et qu'on est de tout cœur avec toi !* »

Kylian sourit, puis ferma les yeux un instant.

J'embrassai ses doigts, sachant que ce message le touchait. Moi aussi j'aurais préféré le voir sur le terrain. Il ne rouvrit les yeux que lorsque le match débuta, et aucun de nous ne parla jusqu'à ce que le deuxième quart-temps arrive.

Kylian passa les doigts dans mes cheveux, puis eut un sourire triste.

— Je suis désolé, Gaby.

Mon cœur se serra d'appréhension.

— Pourquoi ?

— J'aurais dû depuis longtemps te protéger du côté néfaste de ma vie. Te protéger de moi, et de ma mère.

— Qu'est-ce que tu dis ? Pourquoi de toi ? Tu ne m'as jamais voulu de mal.

— Non. Seulement je sais que ma vie n'est pas simple et, par pur égoïsme, je t'ai convoitée et j'ai voulu y croire.

Je restai un instant silencieuse, ne sachant pas vraiment si je comprenais le sous-entendu.

— Qu'est-ce que tu essayes de me dire ?

— Que je suis désolé de ne pas t'avoir protégée. De m'être énervé alors que j'aurais dû t'écouter. D'avoir conduit aussi vite… D'avoir failli nous tuer.

— Mais on est en vie, c'est le plus important. Je ne t'en veux pas. Je me sens aussi coupable que toi de cet accident.

Il me caressa la joue, puis me sourit.

— Tout ce que je voulais, c'était te rendre heureuse.

Un malaise grandit soudain en moi. Qu'est-ce que cet imparfait voulait dire ?

Je ne pus m'empêcher d'aller droit au but.

— Tu es en train de me quitter ?

Doucement, il fit non de la tête.

— Non, mais cet accident ne change rien. Ce sera même pire avec les journalistes. Je sais que tu veux rester loin de ce côté de ma vie et je comprendrais, si toi tu voulais t'en aller ou si tu m'en voulais.

— Oui, c'est vrai que j'aimerais que ce détail de ta vie

n'existe pas mais, au contraire, cet accident a tout changé pour moi. Ça m'a fait prendre conscience que je ne voulais pas passer une minute sans toi à mes côtés. J'ai eu si peur de te perdre, Kylian. Et, même si ta mère ne supporte pas l'idée que nous soyons un couple, je sais que c'est ensemble que nous sommes plus forts.

— Tu es sûre de toi ? De vouloir affronter tout ça ?

— Tant que tu es là, près de moi, j'en suis sûre à cent pour cent, à présent.

Il m'offrit un magnifique sourire, qui, malgré sa fatigue et ses ecchymoses, le rendit éblouissant.

— J'ai eu M. Hanks au téléphone tout à l'heure, poursuivis-je.

Kylian sembla vouloir se redresser, mais abandonna l'idée, tournant simplement le visage vers moi.

— Qu'est-ce qu'il t'a dit ?

— Il m'a demandé de tes nouvelles et il devrait passer te voir demain.

— D'accord. Il t'a parlé de ton contrat ? Ou du mien ?

— De mon contrat, oui. Il m'a demandé si je voulais toujours l'annuler, et j'ai répondu que non. Il a semblé heureux de ma réponse.

Kylian eut un large sourire, puis m'embrassa le poignet.

— Je le suis aussi.

— J'ai demandé si le fait que tu te sois cassé la jambe changeait quelque chose pour le tien. Il m'a répondu que non. Qu'il espérait qu'il n'y aurait aucune séquelle suite à ta commotion, et que tu pourras venir aux États-Unis pour faire ta rééducation là-bas avec leurs spécialistes, dès que ton plâtre sera enlevé, si tu le souhaites. Mais il te dira tout ça lui-même.

— Donc tu pars avec moi ? Tu ne feras plus marche arrière ?

— Non. Plus de marche arrière. Je pars avec toi, quoi qu'il arrive.

Il me sourit à nouveau, puis ferma les yeux jusqu'à la fin de la publicité. Il sembla apaisé. Fatigué mais véritablement apaisé.

Il s'agita dans les dernières minutes du match, semblant

vouloir contrôler les joueurs, car son équipe avait du mal à mener le jeu. Mais il dut se résoudre à ne pas trop bouger, et même à s'énerver en silence à cause de son mal de tête.

Lorsque la dernière seconde du jeu retentit et que la France fut déclarée championne d'Europe, il ne put retenir un hurlement de joie.

Je fis de même et me levai pour applaudir, avant de l'embrasser longuement.

Nous discutâmes pendant deux bonnes heures. La plus longue discussion depuis son réveil, ce qui me ravit. Nous fûmes interrompus par l'arrivée de Gary dans la chambre, suivi de près par toute son équipe, le coach et JB.

Ils étaient tous habillés en costard, la belle coupe en or à la main, et je sentais l'excitation de la victoire parcourir la chambre.

Je décidai que c'était le bon moment pour rentrer, les laissant seuls avec Kylian. Chacun d'eux me dit un mot gentil, puis je filai avec un dernier regard vers Kylian, qui semblait sincèrement heureux.

Ensemble nous serions plus forts.

Ensemble nous y arriverions.

Le pire était derrière nous, il était temps de se tourner vers un avenir meilleur.

Épilogue

Les jours passèrent, et mes douleurs ne devinrent qu'un mauvais souvenir. L'état de Kylian s'améliorait à mesure qu'il reprenait des forces. J'assistais de très près à tous les examens, qui étaient de plus en plus encourageants, malgré son intolérance persistante à la lumière du jour et ses migraines continuelles.

Les médecins commençaient à parler d'une possible sortie, moyennant un suivi rigoureux. Le temps de repos, suivi du temps de rééducation de sa jambe, allait être long.

Je n'eus aucun contact avec Anna, qui semblait tout faire pour m'éviter, ou bien peut-être ne trouvait-elle pas le temps de venir voir son fils… Quoi qu'il en fût, j'étais ravie. Plus loin je me tenais d'elle, mieux je me portais.

Avec Kylian, nous arrivions à avoir de plus longues conversations à mesure que le temps passait et qu'il recouvrait ses forces. Nos projets reprenaient là où nous les avions laissés. On s'imaginait déjà loin d'ici, de cet accident, ce qui semblait le requinquer, comme s'il oubliait alors la fatigue, les douleurs qu'il ressentait, et même l'endroit où on se trouvait.

On ne cessait de le visualiser portant son maillot rouge et remportant des victoires. On s'imaginait arpenter les rues de Chicago en toute simplicité, enfermés dans notre bulle, ainsi que toutes les expériences que nous pourrions faire ensemble.

En somme, nous étions impatients de vivre cette nouvelle vie. Un nouveau départ.

Mais il culpabilisait.

À mesure que les jours passaient, j'arrivais à sentir combien il prenait conscience de l'accident, des conséquences, ainsi que de ce qui aurait pu arriver de pire. J'essayais d'éloigner le plus loin de nous ce souvenir tragique, mais il revenait sans cesse sur le sujet, comme s'il avait besoin d'en parler, de se justifier, de s'excuser… Et je voyais toujours un peu plus de culpabilité dans son regard.

M. Hanks vint s'entretenir avec lui, qui choisit de faire sa rééducation aux États-Unis. Il me demanda si je voulais partir en même temps que lui ou si je voulais partir plus tôt. Bien sûr, je répondis que je préférais attendre Kylian.

Les choses commencèrent à se dégrader quelques jours plus tard. Kylian semblait constamment sur les nerfs, changeant d'humeur d'une seconde à l'autre. Cela devint pire lorsqu'il sortit de l'hôpital.

Il me teint de plus en plus hors de sa vie.

Il ne répondait que rarement à mes appels, jamais à mes messages. Il ne vint presque plus me voir, jusqu'à ce qu'il finisse par ne plus me donner de nouvelles du tout.

Le dernier message que j'avais eu de lui fut à l'annonce des résultats de mes examens. Mes notes n'étaient pas des plus brillantes, mais assez pour que je valide mon année. Kylian m'avait simplement félicitée et m'avait dit qu'il n'avait jamais douté de moi, ni de mon intelligence.

L'incompréhension m'envahissait.

Je savais qu'il culpabilisait, mais cela n'expliquait pas son comportement. Sa commotion jouait peut-être sur son humeur, mais ce n'était pas non plus une excuse valable.

Je ne comprenais plus rien. Son attitude me blessait.

J'avais des nouvelles grâce à JB, qui n'arrivait pas à me

donner plus d'explications de ce qui se passait. Lui aussi semblait perdu.

Le jour du grand départ arrivait, et Kylian se chargea de me faire parvenir mon visa, mon billet d'avion, le contrat final me liant avec la League, et s'occupa même de mon déménagement.

Il me tenait loin de lui, mais me faisait tout de même comprendre qu'il voulait que je parte avec lui.

Assise sur ma valise au milieu de mon appartement vide, je regardai l'endroit dans lequel j'avais passé mes dernières années d'étudiante, le cœur lourd. Mes premières années de femme indépendante étaient gravées dans ces murs.

J'avais tant de souvenirs…

Bien sûr, la dernière année écoulée avait été plus mouvementée, et elle avait signé un changement déterminant pour ma vie amoureuse et ma carrière. J'étais satisfaite du parcours que j'avais fait.

Pourtant, j'avais le cœur lourd parce que Kylian n'était pas à mes côtés. C'était avec lui que j'aurais voulu vivre ces derniers moments. Au lieu de ça, j'appelai ma mère.

— On est si fiers de toi, me dit-elle après les politesses habituelles.

— Vous allez tellement me manquer.

Je fermai les yeux, sentant mon cœur devenir de plus en plus lourd.

— Ma chérie, ce ne sont que des kilomètres en plus. Je te rappelle que ça fait déjà plusieurs années que tu es loin de nous. Et puis, avec ton père, nous avons déjà commencé à regarder les billets d'avion. Tu n'auras pas le temps de réellement t'installer que tes vieux parents envahiront déjà ton espace.

Je rigolai et fus surprise de sentir une larme couler le long de ma joue.

— Je t'aime, maman. Tellement ! dis-je en essuyant ma joue.

— Moi aussi, ma fille.

— Tu diras à papa que je l'aime aussi, et je te promets d'appeler quand je serai arrivée.

— Je lui dirai. Tu l'excuseras, tu le connais, il n'aime pas les au revoir. Il a prétexté devoir aller faire une course quand tu as appelé. Mais tu sais aussi qu'il t'aime. Et je suis sûre que ce jeune et charmant Kylian saura prendre soin de toi.

— Oui.

Je pris une grande inspiration, ne sachant pas si je disais ou non la vérité.

Je raccrochai lorsqu'on sonna à ma porte. Il était encore un peu tôt pour que ce soit JB. Peut-être Talina et Raphaël étaient-ils venus me dire au revoir, même si j'avais passé la nuit entière avec eux ?

Lorsque j'ouvris la porte, je fus sincèrement surprise.

Marie se tenait sur le seuil, mal à l'aise. Je ne fis rien pour que cela change, gardant une expression neutre.

— Qu'est-ce que tu veux ? demandai-je en m'appuyant contre la porte.

— Euh… J'aurais dû venir te voir plus tôt, par rapport à tout ce qui s'est passé.

Elle semblait de plus en plus mal à l'aise, et je compris que je ne ressentais plus pour elle que de l'indifférence.

— Qu'est-ce que tu veux ? répétai-je.

— Je suis désolée. Je voulais simplement te dire que je suis sincèrement désolée. Que je m'en veux vraiment. Et que je ne voulais pas te trahir.

J'eus un sourire las, puis je secouai la tête.

— Peu importe tes intentions. Ton acte n'est pas excusable. Tu ne voulais pas me trahir, mais c'est ce que tu as fait. Qu'est-ce que tu imaginais en mettant la drogue dans mon sac ?

Je l'observai danser d'un pied sur l'autre, puis continuai :

— Je suis contente de voir que tu sembles aller mieux. Que tu sembles t'être reprise en main. Seulement, quand je te regarde, je ne vois que la femme que je considérais comme ma meilleure amie, et qui a voulu détruire ma vie. Et pour quoi ? Un peu de drogue ? De l'argent ? Pour quoi au juste ? Ne te fatigue même pas à répondre…

— Je suis désolée.

— Sois heureuse, Marie. Mais pas au détriment des autres.

Je reculai d'un pas, lui signifiant que la discussion était close. Elle comprit le message et me regarda fermer la porte sur elle avec de grands yeux tristes.

Je n'avais aucune colère et je lui pardonnais même son geste, malgré ce que cela avait engendré, mais je ne le lui fis pas comprendre, par fierté.

J'espérais que cela lui servirait de leçon.

Bien sûr, jamais plus nous ne serions amies, mais je souhaitais que les erreurs passées servent à l'avenir et qu'elle arrête ses conneries.

Je retournai m'asseoir sur ma valise, impatiente de quitter cet endroit, tout en étant terriblement angoissée. Je partais à l'aventure. Loin de ma zone de confort et de ce que je connaissais.

C'était terrifiant.

Je fermai les yeux et laissai les souvenirs envahir mon esprit. Mes premières impressions en arrivant dans la Capitale, mes premiers pas à l'université, mes rencontres, Kylian, Marie, Raphaël, Talina et Samuel.

Lorsque j'avais posé ma démission après mon dernier service une semaine plus tôt, un grand pot de départ avait été organisé par Sam. Cet être parfois snob, parfois un peu trop coincé et strict, n'avait fait aucun discours, aucun compliment, ni même vraiment participé à cette fête. Non. Il m'avait simplement dit : « Je n'aurai plus à m'inquiéter de tes retards. » Ni plus ni moins. Autrement dit, il me souhaitait une bonne continuation, mais jamais il ne l'aurait formulé ainsi.

Je souris, puis me levai lorsque mon téléphone sonna.

JB se trouvait au pied de mon immeuble. C'était l'heure de partir.

Je récupérai mes deux grosses valises, puis regardai une dernière fois mon appartement, avant de partir pour de bon.

En bas de l'escalier, je déposai mes clés dans la boîte aux lettres. Raphaël m'avait assuré qu'il s'occuperait de l'état des lieux prévu le lendemain. Je lui avais passé le matin même le double de mes clés, pour qu'il puisse faire le nécessaire.

Je pris une grande inspiration et sortis rejoindre JB. Il m'accueillit avec un large sourire et me dit :

— C'est le grand départ ! Vous êtes prête ?

— Je pense, oui.

Regardant autour de moi, je fus déçue et triste à la fois de ne pas voir Kylian, ce qui ajouta un peu plus à mon cœur déjà lourd.

Je savais par JB que Kylian avait fait enlever son plâtre une semaine plus tôt. Cependant, il n'avait pas pris la peine de m'en informer lui-même. JB me disait tout ce qu'il savait, mais lui aussi semblait être mis sur la touche.

Lorsqu'on arriva à l'aéroport, l'appréhension monta encore d'un cran. Je ne savais pas si c'était dû au départ ou aux retrouvailles avec Kylian que je n'avais pas vu depuis plus de trois semaines.

Une chose était certaine : je me sentais terriblement mal.

Kylian ne se montra finalement que lorsque le vol fut annoncé. La capuche rabattue sur la tête, il marchait sans vraiment poser son pied auparavant plâtré au sol, aidé par une béquille.

Le voir se déplacer au milieu de la foule me fit presque frissonner. Je ne l'avais pas vu debout depuis une éternité. J'étais heureuse, mais une sensation gênante oppressait ma poitrine.

Je l'observai attentivement avancer vers nous, le regard errant sur la foule, et c'est à ce moment que je compris.

Il ne viendra pas avec moi.

Il n'avait aucun bagage.

Son regard se posait partout sauf sur moi, comme s'il cherchait à fuir avant même de m'avoir affrontée. Ce brusque pressentiment m'oppressa le cœur, me donna envie d'embarquer dans l'instant et de ne jamais avoir cette conversation avec Kylian.

Mais c'était plus fort que moi, il fallait que je comprenne ce qui n'allait pas, que je sache si c'était ma faute.

Je pris encore quelques secondes pour l'observer. Quand son regard croisa le mien, je sentis que cette connexion étrange qu'il y avait depuis le début de notre histoire existait toujours.

Pourtant, cette fois, aucun éclat dans ses prunelles noisette.

Rien.

— Comment tu vas ? demanda-t-il doucement en gardant tout de même ses distances.

— Je crois que je préfère ne pas répondre à cette question pour le moment. Tu n'embarques pas avec moi, n'est-ce pas ?

Je ne prenais jamais de gants. Il fallait que j'aille droit au but, cette torture durait déjà depuis trop longtemps.

Il eut un sourire sans joie et secoua la tête.

— Non. J'ai choisi de faire ma rééducation ici. C'est mieux pour nous.

— Pour nous ?

Mon cœur prit feu. La sensation d'un malaise grandissant me donna la nausée.

— Qu'est-ce qui se passe, Kylian ? Tu étais impatient de partir et ensuite tu as commencé à me mettre de côté, à ne plus me donner de nouvelles. Qu'y a-t-il ?

Dans ma voix, j'entendais la supplication et j'avais horreur de ça. Mais je voulais tant savoir…

— Il y a eu cet accident, répondit-il sans me regarder.

— Pourtant, nous sommes tous les deux ici. En vie.

— Mais ça aurait pu être pire.

Il passa un doigt sur ma joue d'où le gros bleu avait disparu.

Je me sentais à l'étroit dans mon propre corps. Je ne voulais pas l'affronter, ni même entendre qu'il voulait mettre de la distance entre nous.

L'idée qu'il ne veuille plus de moi dans sa vie m'était insupportable, mais pourtant cela devenait une évidence. Je me faisais violence pour ne pas me jeter à ses pieds, ou simplement partir en courant. Il me fallait aller jusqu'au bout.

— Sauf que ça ne l'est pas, repris-je, la gorge nouée, en comprenant parfaitement où il voulait en venir. Pourquoi me tenir loin de ta vie ?

Il fuit mon regard.

Je vis parfaitement que c'était pénible pour lui d'avoir cette conversation. Il ne se sentait pas à l'aise et n'avait pas l'air de vouloir dire ou expliquer ce qu'il faisait. Cela n'avait aucun sens.

Il me regarda finalement et prit une longue inspiration avant de répondre :

— J'ai simplement compris que nos mondes n'avaient rien de compatible. Je ne peux pas te faire endurer des choses qui vont à l'encontre de tes principes et de ton mode de vie.

Il est en train de me quitter, me dis-je en prenant pleinement conscience que c'était réel.

Mon cœur s'ouvrit en deux.

Cette douleur se propageait aux quatre coins de mon corps à mesure que je comprenais qu'il cherchait vraiment à mettre un terme à notre histoire.

Je pris sur moi pour ne rien laisser paraître de mes émotions, même si je n'avais qu'une envie : celle de lui hurler de ne pas faire ça.

— C'est une blague ? Parce que ce n'est pas drôle. Après tout ce qu'on a traversé, après tout que ce qu'on a vécu, c'est maintenant que tu oses me dire que je ne suis pas faite pour ce monde ? Ton monde ?

— Il faut que tu comprennes, Gaby.

J'ignorai son ton suppliant. C'était comme si m'annoncer qu'il me quittait le faisait souffrir, je le voyais sur son visage, je l'entendais dans sa voix. Mais je ne comprenais toujours pas et je ne voulais pas partir avant d'avoir mes réponses.

Je souffrais bien trop pour le quitter sur des non-dits. J'avais besoin d'éclaircir notre situation pour de bon.

Je savais que je ne pouvais rien faire s'il voulait me quitter et je ne comptais pas le supplier de me garder près de lui, mais il n'y avait rien de pire que de ne pas comprendre.

— Ce n'est pas logique, Kylian. Pourquoi t'être assuré que mon contrat pour mes études était bouclé et carré ? Que mon déménagement soit assuré dans les meilleures conditions, si c'est pour m'annoncer ensuite que c'était sympa entre nous mais que, non, nous ne sommes pas faits pour être ensemble ? Me dire que je ne suis pas compatible avec ton monde, après avoir tout mis en œuvre pour m'y faire entrer ? Tu te rends compte que tu dis n'importe quoi ?

Pouvais-je lui crier qu'au contraire nous étions faits pour être ensemble ?

Qu'il ne devait pas laisser sa mère gagner ?

Qu'il n'avait pas le droit de m'abandonner ?

J'avalai douloureusement ma salive, le regardant en espérant qu'il fasse machine arrière et qu'il m'explique ce qui le poussait à me tenir éloignée de lui.

— Après tout ce que je t'ai fait subir, je veux seulement que tu aies une vie confortable, m'expliqua-t-il simplement, en revêtant un visage impassible. Et je sais qu'un contrat avec une équipe de basket-ball professionnel, qui plus est, à l'international, pourra t'ouvrir d'immenses portes pour la suite de ta carrière.

Est-ce que je pouvais lui hurler qu'il se trompait ? Bien sûr, j'appréciais son geste, mais devenir professionnelle dans son équipe ne signifiait rien à mes yeux, s'il n'était pas à mes côtés.

— C'est tout ? Tu te rends simplement compte que nos mondes ne sont pas compatibles, donc tu abandonnes ? Et mon avis ? Mes envies ? Tu y penses ?

— Gaby…

Son expression s'adoucit lorsque les larmes me vinrent aux yeux. Je n'y pouvais rien, je me sentais tellement… impuissante.

Il entoura mon visage de ses grandes mains, laissant tomber sa béquille sans la retenir, et me regarda intensément.

Comment pouvait-il me laisser, m'abandonner ? N'avait-il pas compris que ma vie ne rimait à rien s'il n'était pas présent pour la vivre auprès de moi ?

C'était complètement ridicule !

M'avait-il menti ? M'avait-il simplement fait croire que ses sentiments étaient aussi profonds que les miens, sans que ce soit vrai ?

— Tu ne m'aimes plus ? demandai-je néanmoins.

Il posa les lèvres sur mon front et resta ainsi si longtemps que je crus que c'était un moyen pour lui d'esquiver ma question. Pourtant, il finit par me regarder à nouveau et secoua la tête.

— Je n'aurai jamais la possibilité de cesser de t'aimer.

— Alors, pourquoi ? Pourquoi me quitter ?

— C'est mieux pour toi, Gaby. Si je pouvais faire autrement, je resterais avec toi et je planifierais chacune de mes journées pour les faire coïncider avec les tiennes, mais ce n'est pas possible. Fais-moi confiance. S'il te plaît.

— Donc je dois seulement partir ? Continuer ma vie sans toi, et tout ça parce que tu penses que c'est mieux pour moi ?

— Ça paraît absurde, mais, oui.

— Est-ce que ta mère t'a fait du chantage ? Est-ce que quelqu'un te met une quelconque pression, ou…

Cela ne pouvait pas être un choix qu'il avait fait de lui-même. Ça n'avait aucun sens.

En parlant, je sentis l'espoir renaître en moi.

Espoir inutile qui s'effondra rapidement.

— Non. C'est mon choix. Je t'aime, Gaby. Sincèrement. Mais il faut que nos chemins se séparent. Pour ton bien.

J'eus l'impression d'avoir exactement la conversation inverse de celle que nous avions eue juste avant l'accident. Me remémorant ses dernières paroles avant l'impact avec l'autre voiture, je les lui balançai à mon tour.

— Si tu ne penses vraiment qu'à mon bien, alors je ne comprends pas pourquoi tu pars.

Il parut surpris, comme frappé de plein fouet par mes propos. Je sus que je l'avais blessé et que les souvenirs de notre ancienne conversation l'avaient atteint.

À travers mes mots, je voulais lui faire comprendre qu'il se trompait, de la même manière que je m'étais trompée.

Kylian baissa les yeux, comme s'il réfléchissait, puis secoua la tête. Au même moment, dans les haut-parleurs, on annonça l'embarquement de mon vol.

— Il faut que tu montes dans l'avion, Gaby. Je te rejoins dans deux mois.

— Je me fiche de cet avion ! Qu'est-ce que c'est censé vouloir dire ? Que nous continuerons notre conversation dans deux mois ? Que notre histoire reste en suspens pendant ce temps-là ?

Il reprit mon visage dans ses mains et plongea le regard dans le mien.

— Continue simplement de vivre, Gaby. Sans moi. Ne m'attends pas.

Il m'embrassa ensuite. Et ce fut un baiser d'adieu.

Un véritable adieu.

Je le sentis aussi intensément que ses bras qui m'entourèrent et me serrèrent fort.

Sa langue se mêlait à la mienne, sans aucune douceur. C'était brutal, pressé et désespéré. Je le serrai contre mon corps, de toutes mes forces, souhaitant que ce moment ne cesse jamais.

Mon corps cria au sien de ne pas me quitter.

Mon cœur suppliait le sien de le faire battre encore et encore.

Mes larmes se mêlèrent à notre baiser, lui donnant un goût salé.

Le deuxième appel pour l'embarquement de mon vol retentit dans les haut-parleurs.

— Tu me rejoins dans deux mois, repris-je lorsqu'il se sépara de moi. Mais ne compte pas sur moi pour faire comme si tu n'étais rien de plus qu'un joueur de basket. Je ne sais pas ce qui te pousse à me tenir loin de toi, mais je refuse que notre histoire s'achève ainsi. Tu penses peut-être au mieux pour moi, mais tu ne prends pas en compte mes sentiments, ni mes envies. Il est hors de question que je laisse quelqu'un d'autre décider pour moi.

— Je ne veux pas continuer, Gaby. Mon avis ne changera pas dans deux mois. Et je ne te laisse pas le choix.

Je reçus ses mots comme un coup de poignard en plein cœur. Oui, après ce baiser, j'avais eu l'espoir qu'il ravale ses paroles et change d'avis. Mais je m'étais trompée.

Il m'aimait, mais me quittait et ne voulait plus de moi. Il devait s'être lassé de moi.

Ma tête était tellement embrouillée par les émotions que je ne comprenais plus rien à toutes ces informations paradoxales. Je savais simplement que ça n'avait aucun sens et que c'était douloureux. Trop douloureux.

Il sembla vouloir s'éloigner d'ici, mais je le retins par sa veste. J'eus besoin d'un petit moment pour affronter son regard mais, quand je le fis, je retrouvai simplement l'amour de ma vie. L'homme que j'aimais et qui semblait me contempler de la même manière que je le faisais.

— Attends, soufflai-je en retenant une autre vague de larmes. Je ne suis pas prête à te dire au revoir. J'ai besoin d'une minute. Juste une minute.

Il acquiesça, sans montrer aucune émotion, puis passa les doigts dans mes cheveux.

Sans jamais détourner le regard, on resta l'un et l'autre, yeux dans les yeux. Une vague d'émotion déferla en moi. Les souvenirs affluaient dans ma mémoire, et je les laissais m'envahir pleinement.

Notre curieuse rencontre au Vandôme. Moi, serveuse, qui ne savais même pas que je servais les joueurs de notre équipe nationale de basket.

L'étrange fascination que je lui inspirais et les lettres dans mon casier, qui avaient attisé ma curiosité au plus haut point.

Nos heures passées ensemble sur le terrain de basket, à nous découvrir et à jouer.

Nos soirées à arpenter les rues de Paris.

Notre premier baiser à Disneyland Paris.

Notre première nuit à discuter jusqu'au petit matin.

Notre première fois.

Sa rencontre avec mes parents.

Nos heures passées à rire chez lui, et les révisions que je faisais sur son corps.

La minute requise passa. Je n'étais toujours pas prête, mais je ne pouvais pas le forcer à rester. Je reniflai, puis il m'embrassa sur la tempe et me chuchota :

— J'espère que tu feras un bon voyage.

Je secouai la tête, comme si je comprenais qu'il ne ferait rien pour arranger notre situation. Qu'il ne ferait rien pour adoucir la douleur de mon cœur. Qu'il me laisserait simplement partir et qu'il faudrait à présent que j'avance seule.

Ça n'avait aucun sens.

Je me tournai finalement vers JB, qui attendait à quelques pas de nous, mes papiers en main.

J'essuyai la larme qui coulait sur ma joue et, sans me retourner, filai vers les portes d'embarquement.

Deux mois. C'était long. Trop long.

Je comprenais qu'il s'était assuré que mon déménagement

se ferait sans retard pour que je n'aie pas d'autre choix que de partir.

Sans lui.

Il avait tout planifié. Même me quitter à l'aéroport. C'était vraiment cruel et cliché, pourtant la douleur était la même.

Je ne cessais de renifler et d'avaler, comme pour faire passer l'énorme boule qui obstruait ma gorge, en vain.

Le cœur gros, je donnai le billet d'avion à une hôtesse et, avant de passer les portes de l'embarquement, je saluai JB qui m'avait accompagnée en silence.

Je ne pus m'empêcher de lancer un coup d'œil en direction de Kylian, mais il avait disparu.

J'eus envie de m'effondrer. C'était irréel. Je comprenais ses intentions, mais une part de moi refusait de l'admettre complètement. Je n'arrivais pas à y croire.

— Faites un bon voyage, Gabrielle, me salua JB.

Je le remerciai et, avant de tourner les talons, je le pris dans mes bras, ce qui sembla le surprendre sincèrement. Pourtant, il se laissa faire et me serra maladroitement en retour.

— Merci pour tout, JB.

Il hocha la tête sans trop savoir pourquoi je le remerciais et me fit un sourire rassurant.

Je me retournai et suivis le chemin de l'embarquement, l'esprit totalement dans le brouillard, le cœur meurtri.

L'amour était une flèche qui m'avait traversé le corps, le cœur et l'âme. Et elle avait fait des ravages. Comment ce sentiment pouvait-il vous faire vous sentir aussi vivante, invincible et heureuse, puis l'instant d'après, totalement morte ?

Il n'y a rien de pire qu'un cœur qui se vide de la personne qui le faisait battre.

Je pris une grande inspiration et montai dans cet avion qui me mènerait loin d'ici. Loin de lui.

Deux mois.

À dans deux mois, Kylian.

***

Kylian

La capuche rabattue sur la tête, je me plaçai derrière un pilier blanc, me cachant de sa vue.

La regardant se retourner et me chercher dans la foule, je sentis mon cœur se serrer.

Je l'observai à la dérobée.

Je l'avais blessée. Je l'avais détruite. Je m'étais détruit aussi.

Je bouillonnais de colère envers moi-même. Mon univers et mes proches avaient détruit cette fille qui était aussi précieuse que la plus belle des pierres de la terre à mes yeux.

Ma mère avait réussi à détruire le bonheur que j'éprouvais avec Gabrielle. La première qui m'avait fait comprendre ce que c'était de vivre. La première qui m'avait fait comprendre que je pouvais être aimé, non pas pour mes qualités de basketteur, mais simplement pour moi-même.

Elle m'avait appris à être un homme meilleur.

Je me frottai la poitrine en la regardant donner son billet d'avion à l'hôtesse, puis me sentis comme anéanti.

En la laissant partir, en la quittant, je venais d'éteindre la flamme de vie et de bonheur qu'elle avait réussi à faire flamboyer en moi.

Je m'appuyai pleinement contre le mur, soudain épuisé.

Depuis combien de temps je n'avais pas dormi ? Ni même mangé ? Cela faisait des semaines que je pensais à ce jour, me torturant des pires manières qui pouvaient exister.

Deux mois.

Je ne la reverrais que dans deux mois.

D'ici là, il me faudrait régler mes comptes, ce que je n'avais pas réussi à faire auparavant.

Me débarrasser des parasites qui me liaient les mains.

Et si je n'y arrivais pas…

Je passai une main sur mon visage, déjà fatigué du parcours et du combat qui m'attendaient.

Car, si je n'y arrivais pas, alors ce que j'avais dit à Gabrielle deviendrait réel et permanent.

On m'atteignait en lui faisant du mal. Elle n'en avait pas conscience, et je voulais que jamais elle ne le sache.

Je lui avais dit qu'elle était ma plus grande force. C'était véridique mais, cela étant, elle était aussi ma plus grande faiblesse.

Il me fallait la quitter.

Prenant appui sur ma béquille, je sortis de l'aéroport, le cœur lourd.

Je tiendrais bon, pour elle…

Pour que personne ne lui fasse du mal.

Pour que tu reviennes

Prologue

Le retrouver… C'était mon unique préoccupation depuis des mois.

Kylian était l'amour de ma vie. Il était constamment dans mon esprit. Ancré dans ma chair.

J'avais connu le bonheur à ses côtés, j'avais compris ce que voulait dire se donner entièrement à une personne, corps et âme.

Jamais je n'avais aimé quelqu'un comme je l'aimais, lui.

J'avais connu l'atroce douleur de penser que je l'avais perdu. Puis je l'avais réellement perdu.

Pour enfin prendre mon courage à deux mains, me battre pour lui. Pour nous.

Cela avait-il payé ? Je n'en étais pas certaine…

J'avais souvent entendu que se remettre avec son ex et se retourner sur un passé consumé était une erreur. Mais comment tourner la page alors que mon cœur me poussait à tout faire pour le retrouver ?

Mais aujourd'hui… J'étais partagée entre le cœur et la raison.

Toutes les caméras étaient pointées dans ma direction, à l'affût d'une réaction, un geste, un mot de ma part.

Accepter ou refuser.

Le cœur ou la raison.

Je ne parvenais pas à choisir. J'étais muette. Pourtant, il me fallait dire quelque chose.

Il me fixait, les yeux emplis d'espoir, suspendu à ma réponse. Mais cela signifierait tirer un trait définitif sur *lui*.

Le cœur serré et lourd, je plongeai les yeux dans les siens, puis les fermai, regrettant déjà mes prochains mots.

Les caméras, les photographes, le public… Tout les regards étaient braqués sur moi.

Je sentis les larmes affluer, puis je fis ce que je devais faire.

Je mis un terme définitif à toute possibilité qu'il puisse un jour me revenir…

1

Deux mois.

Deux mois que je n'avais rien fait d'autre que d'attendre ce moment. L'horloge à l'entrée de mon salon affichait 18 h 20. Cette même horloge que j'avais fixée pendant des heures, des jours, des semaines. Il me restait environ quarante minutes pour rejoindre le Chicago Stadium, situé non loin de ma résidence.

J'observai mon reflet dans le miroir sans trop savoir si ce que je voyais me plaisait.

J'avais perdu du poids. Pas beaucoup, et surtout, pas aux endroits que j'aurais vraiment voulu voir disparaître, mais cela se voyait nettement sur mon visage. Mes joues étaient plus creuses, plus dessinées. Mais je me reconnaissais, c'était déjà ça.

Est-ce qu'il me trouvera toujours jolie ?

Deux mois qu'*il* ne m'avait pas contactée. Deux mois que ma stupide fierté m'avait interdit de le faire moi-même. Probablement par peur du rejet, par protection.

Malgré tout, mon cœur s'était doucement apaisé. Au fil des semaines, je m'étais sentie un peu moins mal, finissant même par apprécier ce que je découvrais à Chicago. D'une part, cette ville était fantastique, d'autre part, surtout, je n'avais aucun souvenir avec *lui*, ici.

Pas encore, du moins.

Mais peut-être me sentais-je mieux uniquement parce que je savais que j'allais le retrouver dans quelques minutes.

Il était là. Quelque part dans l'immense résidence dans laquelle je vivais. Son arrivée avait été relayée par la chaîne CBS Chicago, ainsi que par le journal sportif local.

Entre les cauchemars et les cogitations sans fin, j'avais eu beaucoup de mal à trouver le sommeil ces dernières semaines. J'imaginais sans cesse nos retrouvailles, tantôt magiques comme au cinéma, tantôt horribles. J'étais épuisée mais impatiente de me rendre au stade pour l'ouverture de la saison des Monsters.

Pour *le* voir.

Pour *l'*affronter.

Pour le toucher et peut-être même l'embrasser.

J'exagérais en disant que je n'avais aucune nouvelle, ayant assez vite cédé à la tentation de l'espionnage. Talina m'avait aidée à me créer une alerte Google pour *lui*. J'étais aussi en contact permanent avec JB, bien qu'il fût dévasté depuis qu'il avait été mis de côté. Je n'avais donc pas beaucoup d'informations sur son rétablissement, excepté ce qu'il en disait dans ses interviews.

J'avais développé une obsession inexplicable. Ne pas savoir s'il allait bien, ce qu'il faisait et avec qui, était insupportable. Je n'arrivais ni à croire à notre histoire ni à y renoncer.

L'espoir était un sentiment terriblement angoissant, magnifique et vertigineux à la fois. Il nous permettait d'avancer sans jamais savoir si cela nous mènerait au firmament ou dans un gouffre sans fond.

Je l'aimais toujours et je sentais au fond de mon cœur que notre relation n'était pas finie. Elle était même loin de l'être. Je refusais catégoriquement d'y mettre un point final. Ce goût d'inachevé obsédant allait disparaître.

Je ne savais pas si reprendre notre histoire là où nous l'avions laissée était possible. Probablement pas. Peu importe, nous improviserions. Je ne pouvais pas continuer sans lui.

J'avais essayé, mais c'était comme voir en noir et blanc : la vie, fade, sans saveur, avait perdu de ses couleurs.

Nous avions affronté tant d'épreuves ensemble. Je savais, je *sentais* que l'amour qu'on avait partagé était réel et puissant.

Je ne voulais pas le perdre. J'avais été patiente, il était temps de mettre les choses au clair.

Et je comptais bien faire tout ce qui était en mon pouvoir pour qu'il me revienne.

Le temps était lourd et humide en cette fin d'été. Marcher pendant vingt-cinq minutes dans cette chaleur sans soleil n'était pas une grande idée. Alors que je rêvais d'arriver au stade fraîche et pimpante, j'étais moite de sueur.

Le bâtiment gris recouvert d'une énorme affiche de griffes rouge pétant – le logo des Monsters – apparut soudain à l'angle de la rue. Je m'arrêtai quelques instants pour observer mon nouveau lieu de travail et ne pus m'empêcher de ressentir une immense fierté.

Le parking adjacent était presque vide, seuls quelques voitures et un bus s'y trouvaient.

À l'entrée, je montrai mon badge professionnel aux vigiles, puis filai en direction de la salle des festivités. J'avais déjà assisté à une première réunion dans le complexe sportif, avec les professionnels médicaux, les entraîneurs et leurs assistants. Le planning de la saison avait été annoncé, et elle serait sportive, sans mauvais jeu de mots.

J'avais donc pu mettre un visage sur les prénoms et faire un peu connaissance avec mes futurs collègues, en particulier mon tuteur, Eddy. Je l'avais d'abord pris pour un joueur de basket, à cause de sa taille et de ses grandes et larges mains. Nous avions longuement discuté, puis visité le stade, la salle de sport, les différents lieux de soins, et les bureaux occupés du coach, des assistants, et des investisseurs.

Cet immense complexe sportif n'abriterait aucun match

officiel. Il avait été construit uniquement pour l'équipe. C'était un siège en quelque sorte.

J'admirai la déco de la salle de réception et de nouveau me sentis fière. Il y avait beaucoup de monde, les gens discutaient, s'exclamaient. Ils ne semblaient pas aussi intimidés que moi par leur chance d'être là. J'étais presque hypnotisée. Sans *lui*, je ne serais probablement jamais arrivée jusqu'ici, et rien que pour cela je ne regrettais rien. Je le cherchai en vain du regard, ce qui m'angoissa autant que ça me soulagea.

Eddy vint me saluer. Son sourire bienveillant étirait ses yeux, et il m'invita à le suivre en passant une main dans mon dos. Il me présenta des membres de l'équipe médicale que je n'avais pas encore vus, puis me guida jusqu'au buffet.

Les petits-fours, mini hamburgers et autres toasts étranges ne m'inspiraient que moyennement. J'optai plutôt pour un cocktail que j'attrapai au vol, tout en écoutant Eddy.

— Comme on l'a dit en réunion la semaine dernière, le premier match est à domicile, mais ce sera l'un des seuls. On va énormément se déplacer cette année. Tu vas pouvoir gérer ?

— Je te répondrai quand le travail aura commencé !

Il me fit un sourire satisfait, ce qui le rajeunit, puis eut un regard bienveillant.

— Je serai là pour t'épauler. Je suis passé par là moi aussi, tu vas voir, tout va assez vite devenir un automatisme. Tu as réfléchi à ta carrière après cette année de stage ?

Cette année clôturait en effet mon cursus scolaire. Mais je ne savais pas ce qui m'attendait dans les minutes à venir, alors ma carrière…

Je mentis donc.

— J'y réfléchis encore.

Il hantait mes pensées jour et nuit, je ne parvenais à me concentrer sur rien d'autre.

Eddy haussa les épaules.

— Tu as toute l'année pour trouver ton chemin ; tu as bien raison, prends le temps.

Puis il resta un long moment à mes côtés pour faire mieux ma connaissance, en me posant une multitude de questions sur mon parcours, mes études et mes projets. L'angoisse qui nouait mon estomac se desserra un peu grâce à cette conversation, mais resurgit immédiatement lorsqu'il partit saluer d'autres convives.

Mon regard balayait la foule, le vestiaire, l'entrée. Tout le monde était très apprêté, et je commençais à reconnaître certains des basketteurs. Ils étaient tous très à l'aise, décontractés, parfois légèrement arrogants, riant plus fort que les autres ; certains étaient accompagnés, d'autres non.

Un peu plus loin se trouvait un groupe de mannequins photoshopés, magnifiques dans leurs robes de princesse. Je les reconnus immédiatement, c'étaient les danseuses de l'équipe. Je tentai d'étouffer ma ridicule jalousie face à ces concurrentes potentielles.

— Bonsoir, mademoiselle Ferry, me salua un homme en costard, aux épais sourcils et aux traits bruts.

Il avait un physique assez banal mais une véritable aura qui forçait le respect. Il devait être un peu plus jeune que mon père, et son visage me semblait familier, sans que je parvienne pour autant à me rappeler où j'avais pu le voir. Je me sentais idiote de rendre son sourire à un homme adorable que je n'arrivais pas du tout à resituer.

— Je dois vous remercier, commença-t-il sans voir ma gêne. C'est grâce à vous que nous avons signé avec Foster.

Mon ventre se tordit violemment. Personne n'avait prononcé son nom devant moi depuis mon départ. Je l'appelais toujours « lui » ou plus couramment « l'autre ».

— Vous n'avez pas à me remercier, je n'ai fait que saisir la chance qui se présentait à moi, finis-je par répondre, la gorge sèche.

Il m'adressa un sourire discret et prévenant qui me fit lâcher :

— Je suis désolée, j'essaye de me souvenir de votre nom, mais je n'y arrive pas. J'ai encore quelques lacunes sur l'équipe.

— Tom Carter, se présenta-t-il, amusé. Basketteur retraité, et présentement investisseur des Monsters.

Je le dévisageai. Son nom ne me disait rien du tout, ce qui était horriblement frustrant.

— Ai-je quelque chose sur le visage ?

Je m'esclaffai en secouant la tête.

— Non, pardonnez-moi sincèrement pour mon regard indiscret. Je suis troublée, car vous me rappelez quelqu'un sans que je sache qui.

Il continuait à sourire mais semblait soudain mal à l'aise.

— Vous avez dû me voir à la télévision lors d'un match.

Oui, c'était probablement ça…

Il s'écarta de la table à laquelle il était adossé et leva son verre.

— J'espère que vous passerez une bonne soirée et que vos nouvelles fonctions vous plairont.

Je le remerciai et le regardai se fondre dans la foule.

La musique augmenta, les lumières se tamisèrent, et peu à peu les gens se mirent à danser. Je me sentis soudain profondément à l'écart, avec pour seule amie une coupe de champagne que je n'avais même pas touchée…

J'étais venue uniquement dans le but de *le* voir, mais plus le temps passait, plus je réalisais que, probablement, *il* ne viendrait pas.

Peut-être ne voulait-il pas me voir… Lors de notre dernière discussion, il m'avait clairement fait comprendre qu'il fallait que je continue de vivre sans plus penser à *lui*.

Facile à dire, mais mon cœur ainsi que mon esprit refusaient d'appliquer ce conseil. Posant mon verre sur la table, je fixai la jolie robe noire que j'avais mise et me rendis compte que j'avais fait tout ça pour rien.

Il ne viendra pas.

Je me résignai à quitter les lieux, dépitée. Une fois dans le couloir sombre, je cherchai la sortie dans la semi-obscurité, à moitié paumée, lasse. Tout se ressemblait. Je ne pris pas le temps de regarder les portraits et affiches accrochés au mur, je cherchais le vestiaire. Je crus finalement reconnaître la porte et entrai.

J'allumai la lumière et compris que j'avais atterri dans la salle d'entraînement.

Cette pièce était immense, reproduisant un terrain à l'identique. Parquet lustré, griffes semblant déchirer le sol au centre, paniers très hauts, démarcations… Tout était étudié pour que les basketteurs puissent s'entraîner en conditions réelles.

J'avançai doucement jusqu'à l'endroit où étaient stockés les ballons, m'enivrant des odeurs que je n'avais plus senties depuis un moment. J'étais horriblement nostalgique. Lorsque je pris un ballon et fermai les yeux, je fus propulsée six mois en arrière, avec *lui*.

Ça me paraissait si loin et si vivace à la fois…

Je frappai la balle au sol et fus surprise d'entendre le rebond résonner fortement à mes oreilles.

Je regardai autour de moi comme une enfant prise la main dans le sac. Rien à signaler.

Je marquai un point sans grande conviction. J'aurais donné cher pour revivre une seconde fois ma rencontre avec *lui*.

Il me manquait tellement que j'avais l'impression que mon corps se décomposait à chaque seconde.

Je soupirai et reposai la balle sur le portant, m'efforçant d'éloigner tous ces sentiments de tristesse et de vide.

Il est temps de rentrer, me persuadai-je.

Faisant un pas en arrière, je sursautai quand une voix résonna.

— Une petite partie ?

Je me retournai, le cœur prêt à exploser.
Il était là.
En costume, les mains dans les poches.
Devant moi.
Kylian.

2

Je ne clignai pas un instant des yeux. Je l'observai sans pouvoir dire un seul mot.

Je pris conscience à cet instant de l'ampleur du manque, et combien j'étais vraiment au fond du gouffre. Le voir simplement devant moi me fit respirer à nouveau. Je détestais cette idée, mais il semblait réellement être l'unique bouée à laquelle je me raccrochais pour ne pas me noyer.

Je l'aimais.

Inconditionnellement et infiniment.

Bon sang ! Comment avais-je fait pour tomber aussi bas ?

Kylian était devant moi, les mains toujours plongées dans ses poches, attendant que je parle, mais ma gorge était si serrée et mon esprit tellement bousculé que je me retrouvais à présent muette.

Pourtant il fallait que je parle. C'était mon tour, j'en avais conscience.

Il ne bougeait pas d'un pouce, me contemplant longuement.

Il n'avait pas changé, si ce n'était quelques cernes autour de ses yeux noisette, à croire que lui aussi avait eu du mal à trouver le sommeil. Ou bien étaient-ce juste le trajet et les heures de décalage qui l'avaient fatigué…

J'avais envie de partir en courant autant que de sauter dans ses bras. J'avais l'impression qu'un gouffre nous séparait et je ne savais pas comment le combler. Alors, sans le quitter du regard, j'attrapai un ballon et le lui lançai.

Kylian le rattrapa, fit quelques rebonds, puis le cala sous son bras, le temps de défaire d'une main l'unique bouton de son costume.

J'allais défaillir.

Mes tripes se tordaient de devoir rester loin de lui, quand ma seule envie était de le serrer contre moi.

Il avança dans ma direction en dribblant, une lueur de défi dans les yeux.

Je ne bougeais pas, captivée par son corps, par chaque détail qui le composait.

Il sembla s'en rendre compte, et la lueur de jeu dans son regard disparut. À présent, il m'observait profondément. Quelque chose dans son expression me fit comprendre qu'il n'était pas entièrement à son aise.

Lorqu'il fut tout proche, je lui piquai le ballon aisément, me retournai et tentai de marquer. Échec.

— C'était trop facile, dis-je sans conviction.

— Tu n'as pas marqué, répondit-il, surpris.

Je souris et haussai les épaules.

— Bien sûr que si !

Il s'approcha très près, et je ne reculai pas.

Les sourcils froncés, il me regarda en secouant la tête. Même s'il faisait tout pour se corriger, je savais qu'il était relativement mauvais joueur, surtout lorsque je trichais.

— Non. Le ballon n'est pas entré dans le panier.

— Si ! Un point pour moi.

Il m'observait, stupéfait, comme s'il avait devant lui la plus grande tricheuse du monde, ce qui était le cas.

Et, enfin, il rigola.

Je fermai les yeux, envoûtée par ce son que je m'étais beaucoup remémoré de peur de l'oublier. Je finis par sourire moi aussi.

Kylian récupéra le ballon et le fixa, comme s'il fuyait tout à coup mon regard.

— Comment tu vas ? demanda-t-il doucement, gravement.

Je suis malheureuse.

— Je vais bien. Et toi ?

— Ça va aussi.

— Ta commotion ?

— Ma tête s'est bien remise. J'ai longtemps eu du mal à supporter la lumière du jour, j'ai eu beaucoup de migraines, mais aujourd'hui, ça va.

— Ta jambe ?

Ces retrouvailles ressemblaient à un interrogatoire, mais j'avais besoin de m'assurer qu'il allait bien.

Il sourit et haussa les épaules.

— J'ai fait toute ma rééducation sans protester. Je suis encore suivi au quotidien, mais c'est beaucoup moins marrant avec d'autres kinés.

Je perçus vaguement le sous-entendu, mais j'étais bien trop chamboulée par sa proximité pour parvenir à mettre mes idées à l'endroit.

Je changeai donc de sujet.

— Pourquoi tu n'es pas à la fête ?

Il détourna le regard.

— Parce que je savais que tu y serais.

— Et tu ne voulais pas me voir, fis-je, déçue et blessée.

Il prit une longue inspiration et alla s'asseoir sur un des bancs qui bordaient le terrain, fixant ses mains qu'il venait de croiser sur ses genoux. Il souffla longuement.

— Je n'étais pas prêt.

— Et maintenant, tu l'es ?

— Je n'en sais rien. J'étais assis juste là…

Il m'indiqua du doigt les gradins un peu plus haut.

— … Et puis tu es entrée. Je n'ai pas vraiment eu le choix.

J'eus envie de partir en courant à nouveau. J'avais terriblement mal au cœur. Je comprenais que ces deux mois ne l'avaient pas fait changer d'avis. Il semblait simplement pris au dépourvu. Il faisait preuve de gentillesse.

Peut-être même qu'il avait pitié.

Alors que moi je ne pensais qu'à nos retrouvailles, lui aurait préféré m'éviter, et si je ne m'étais pas trompée de porte en voulant sortir du complexe je ne l'aurais pas vu.

Je me refermai, décidée cette fois à partir. Je n'étais pas du tout prête à subir un second rejet, mais il reprit :

— Je suis content de te voir.

Je haussai les sourcils, ne sachant pas si je devais le croire. Il se leva, soudain agité, et se planta devant moi, sans me quitter du regard.

— C'est la vérité.

— Mais ?

Il eut un sourire triste.

— Mais rien du tout. Je suis seulement content de te revoir. Tu sembles aller bien, et c'était ce qui m'inquiétait.

Il passa un doigt sur ma joue, que je ressentis comme une plume enflammée, douce et brûlante à la fois. J'eus la sensation qu'il avait peur de me toucher, pourtant, je ne demandais que ça.

— Tu te trompes, chuchotai-je finalement.

Je ne savais pas faire semblant très longtemps.

— Depuis mon départ, rien ne va. Je ne comprends pas pourquoi tu ne veux plus qu'on soit ensemble et j'ai du mal à passer à autre chose.

Il détourna le regard, comme s'il avait redouté cette conversation et cherchait à s'enfuir.

— C'est mieux ainsi, finit-il par m'expliquer. Continue de vivre ta vie. On sera amenés à se voir souvent, mais ça ne doit pas avoir de conséquences sur tes projets professionnels. Tu pourras toujours compter sur moi, sache-le.

— Mais pas comme…

Je n'arrivai même pas à finir ma phrase. Peu importait ce qu'il me dirait, je n'arriverais jamais à m'y faire.

Il me serra dans ses bras et chuchota au bout de quelques secondes :

— Comme un ami. Pas comme ton compagnon. Cette période est finie. Je suis désolé.

Je me dégageai de ses bras et le fixai. J'avais envie de faire un caprice, de le frapper, de pleurer, mais je m'abstins.

J'étais évidemment en colère parce qu'il me rejetait mais, par-dessus tout, je voyais dans son regard qu'il mentait. Peut-être ne m'aimait-il plus comme avant, mais il avait toujours des sentiments pour moi.

— Est-ce que tu te sens toujours coupable pour l'accident ?

— Ça n'a rien à voir avec l'accident.

— Je crois au contraire que ça a tout à voir avec l'accident.

Il resta silencieux un instant, puis plongea le regard dans le mien.

— Je te promets que, quand bien même, effectivement, je me sentirais toujours coupable de cet accident, notre rupture n'a aucun lien avec ça.

J'accusai le coup.

Il venait de prononcer le mot. Et d'atomiser tous mes espoirs. Il n'y avait plus aucun mensonge dans son regard.

Je reculai d'un pas.

J'avais besoin d'air. Tout de suite.

— D'accord. J'ai compris, murmurai-je, la gorge serrée.

Je lui tournai le dos, avec la furieuse intention de courir le plus vite possible jusqu'à mon appartement.

— Gaby…

Je ralentis, mais il ne dit rien. Je partis précipitamment sans me retourner.

Dans le couloir sombre, j'essuyai rapidement une larme, tandis que ma respiration s'accélérait. J'allais craquer d'ici peu. J'étouffais.

Quand je trouvai enfin la sortie, la pluie tombait rageusement. Prostrée, trempée de la tête aux pieds, je me laissai enfin aller, pleurant l'amour que je venais de perdre définitivement.

Lorsque le plus gros de la crise s'atténua, je pris la direction de chez moi. Je n'avais vraiment pas prévu de passer une soirée aussi merdique, couronnée par cette pluie tiède. Je marchai mécaniquement, essayant de me focaliser sur des détails insignifiants, comme les semelles de mes chaussures glissantes.

Je m'engouffrai finalement avec soulagement dans le bâtiment et frissonnai en entrant dans l'ascenseur. Malgré la chaleur, j'étais gelée.

Le reflet que me renvoya le miroir me consterna. Mon mascara avait coulé sur mes joues pâles, mes cheveux gorgés d'eau étaient plaqués sur ma tête, collés à ma nuque, et mes yeux étaient tellement rougis que je pris peur.

Je n'avais qu'une seule envie, prendre un bain pendant des heures puis dormir jusqu'à l'an prochain. Mais, quand je sortis de l'ascenseur, je compris que rien ne se passerait comme prévu.

— Oh ! Gaby, tu es enfin là ! J'ai cru que j'allais devoir dormir dans le couloir.

Je regardai Talina assise sur une de ses valises, les autres l'entourant telle une muraille.

Elle se releva, replaça sa jupe crayon correctement et me regarda en me faisant un immense sourire. Sourire qu'elle perdit rapidement.

— Oh…

Je venais de craquer à nouveau. Elle s'avança vers moi et me prit dans ses bras.

— Tu sais, les larmes et tout le toutim, je ne suis pas très à l'aise avec ça.

Je lâchai un rire entre deux larmes.

Avoir Tal près de moi avait fait exploser toutes les émotions que j'avais tenté de refouler durant le trajet. J'étais sincèrement heureuse et apaisée de la voir ici. Savoir qu'une amie sur laquelle je pouvais compter était présente et que je n'étais plus seule me fit du bien.

Je me calmai rapidement et m'écartai d'elle.

— Qu'est-ce que tu fais là ? demandai-je en reniflant.

— Peu importe. Tu me ferais presque peur. Tu as complètement bousillé ton maquillage. Il ne faut pas rester dans ce couloir, quelqu'un pourrait te voir comme ça.

Je ris et haussai les épaules, mais elle ne me regardait déjà plus. Elle me prit simplement par la main et m'entraîna jusqu'à ma porte.

— Je me fiche totalement qu'on me voie ainsi, précisai-je tout de même à voix haute.

Elle s'arrêta et se tourna vers moi, le regard horrifié.

— Tant mieux pour toi, mais moi, je ne m'en fiche pas !

Je souris à nouveau en levant les yeux au ciel.

Forcément. J'avais presque oublié combien Talina était… Talina. J'ouvris la porte et la laissai passer.

Elle me regarda avec malice et entra en me scrutant de haut en bas.

— Cette robe te va bien mieux en vrai que par visio. Tu as bien fait de la mettre ce soir.

En voyant mon visage se décomposer, elle secoua sa belle crinière rousse ramenée sur le côté et leva les mains en l'air.

— Je n'ai rien dit, oublie.

Elle traîna ses trois valises jusqu'au salon, puis s'affala sur le canapé, l'air épuisé – ce qui n'enlevait rien à sa superbe.

— Qu'est-ce que tu fais là ? répétai-je en m'asseyant sur le bras du canapé. Pourquoi ne m'as-tu rien dit ?

Elle fit un vague signe de la main.

— Va prendre une douche, change-toi, je t'expliquerai tout, ensuite.

— D'accord. Fais comme chez toi.

Je la regardai encore un instant et trouvai la force de sourire.

— Je ne sais pas ce qui t'a poussée à venir, mais j'en suis sincèrement heureuse.

Elle m'adressa un sourire bienveillant, puis me fit un signe de tête pour que je file, et je m'exécutai.

Une bonne douche et Talina devraient me permettre de ne pas trop cogiter.

Du moins l'espérais-je.

3

— J'ai suivi ta petite vie par visio pendant deux mois, m'expliqua Talina, allongée sur le canapé. Je me suis dit que te rejoindre serait pour moi l'occasion de repartir de zéro. De tout recommencer.

Les jambes appuyées contre un gros coussin du canapé, Talina regardait le fond de son verre à pied rempli de vin. Elle semblait perdue.

Moi aussi, pourtant j'avais suivi le fil de sa vie et je n'avais pas du tout perçu un quelconque mal-être. Talina était toujours maîtresse d'elle-même. J'espérais que c'était pour cette raison que je n'avais rien vu, et non parce que je m'étais égoïstement focalisée sur mon propre malaise.

— Comment ça, recommencer de zéro ? Et Morgan ?

Elle replia les jambes contre elle en vidant son verre d'un trait.

— Morgan… Je l'ai surpris avec une autre femme.

Je fronçai les sourcils. La première pensée qui me vint fut : *Et ?* Talina n'avait jamais prôné l'exclusivité dans une relation et m'avait souvent dit qu'elle voyait d'autres hommes que lui. Puis je compris, et ma seconde pensée fut : *Oh !*

Cette révélation avait son importance. Voir Morgan avec une autre femme l'avait atteinte. Elle qui ne s'attachait jamais à personne…

— Tu as des sentiments pour lui, c'est ça ?

Talina me fit une grimace, comme si cela lui était insupportable.

— Je ne m'accroche à personne, Gaby. Je suis comme ça. J'ai toujours été comme ça.

— Mais ? l'encourageai-je.

— Mais quand j'ai voulu lui faire une petite surprise et utiliser, pour une fois, la clé qu'il m'a confiée… Qu'ensuite, j'ai vu… Que je les ai vus… Je ne sais pas.

Je pris une longue inspiration, cherchant les mots pour qu'elle ne prenne pas peur.

— Tu l'aimes ?

Là, je ne lui faisais pas peur, je la faisais complètement flipper. Elle toussa, puis me regarda, complètement horrifiée.

— Tu es folle ? Non, je ne suis pas amoureuse de Morgan ! Amoureuse ? Gaby, tu es malade !

Sa réaction me fit sourire. Voyant sa détresse, je demandai :

— Si tu ne l'aimes pas, pourquoi est-ce que tu as l'air aussi mal ?

Elle se dirigea vers le bar ouvert sur la cuisine, puis se pencha pour se servir un nouveau verre de vin. Elle m'en apporta un et finit par me répondre :

— Morgan était tellement derrière moi. Il faisait plein de projets avec moi. Projets qui n'aboutiraient jamais, pour moi, c'était impossible. Pourtant, il m'a laissée penser qu'il n'y avait personne d'autre que moi dans sa vie. Il savait que je voyais d'autres mecs de mon côté, et ça ne semblait pas le déranger… Je pense que ça m'a simplement surprise de savoir que je n'étais pas sa relation exclusive.

Je haussai un seul sourcil, incrédule.

Je connaissais mon amie. Je savais que sous cette carapace énorme se trouvait un cœur prêt à aimer et à être aimé.

— Tal, commençai-je après avoir pris une gorgée de vin.

— Je ne suis pas amoureuse, Gaby.

— Et tu ne penses pas que tu pourrais juste avoir développé un sentiment d'affection particulier pour lui ?

Elle me fit à nouveau une grimace. Cette idée lui déplaisait réellement. Pourtant, elle prit le temps de réfléchir à mes paroles et répondit :

— Peut-être que je l'appréciais un peu, comme une maîtresse aime son chien. Oui.

J'éclatai de rire, ce qui me fit un bien fou. Cela sembla ravir Talina qui se joignit à moi.

On trinqua en hoquetant. Elle changea subitement de sujet.

— Par rapport à Kylian et à ce qui s'est passé ce soir, tu ne penses pas qu'il y a peut-être anguille sous roche ?

Je secouai la tête en me redressant.

— Non. J'espérais qu'il regrettait, ou qu'il y avait une raison extérieure qui le poussait à me tenir loin de lui, mais ce soir… Je sais qu'il ne m'a pas menti.

— Tu sais, sans vouloir te créer de faux espoirs, les hommes sont de bons menteurs.

— Je le sais, mais pas Kylian.

Talina leva les yeux au ciel et me regarda comme si elle était face à la plus stupide et naïve des filles qu'elle n'avait jamais vue.

— C'est la fille amoureuse qui parle, Gaby ! Tu le vois encore comme quelqu'un de parfait, mais crois-moi, comme tous les autres, il sait mentir.

— Oui, peut-être.

Je repris mon verre et le vidai. Je ne voulais pas approfondir cette discussion qui créait de l'espoir inutile. J'avais bien vu que, même si Kylian s'en voulait toujours pour l'accident, ce n'était pas la cause réelle de sa rupture.

— Quel gâchis ! bougonna mon amie, les yeux dans le vague. Toutes ces parties de jambes en l'air perdues…

Ah… J'en rêvais toutes les nuits… pourtant je répondis comme si de rien n'était :

— Tu ne penses vraiment qu'à ça, hein !

Elle rit et, les yeux légèrement embrumés par l'ivresse, haussa les épaules.

— Je me dis que je ne pourrai plus jamais imaginer comment c'est avec lui sans tes détails croustillants.

— Je ne t'en ai jamais donné, Tal.

— Laisse-moi croire le contraire.

— Tu n'es pas en train de t'imaginer avec Kylian, rassure-moi ?

— Non. Et, même si j'essayais, c'est l'autre imbécile qui viendrait remplacer son visage.

Elle était amoureuse et ne s'en rendait même pas compte. Ou bien elle fermait volontairement les yeux pour se protéger.

Elle finit brusquement son verre, puis se cala confortablement sur le canapé.

— On devrait retourner à ta soirée d'inauguration et lui montrer ce que tu vaux.

Je secouai la tête.

— Non, je n'ai ni l'envie ni la force de lui faire face à nouveau.

— Ne te laisse pas abattre, Gaby, marmonna-t-elle en plongeant doucement dans le sommeil.

Je la regardai, magnifique même ivre, et dis en souriant :

— Parce que toi, peut-être, tu aurais la force d'y aller ? !

Pas de réponse.

Je soupirai, allai chercher une couverture légère pour la couvrir et filai dans mon lit. Pourtant, le sommeil ne vint pas.

Chaque fois que je fermais les yeux, le tournis me prenait. La seule chose qui ne bougeait pas, c'était le visage de Kylian, comme tatoué sous mes paupières.

Je m'accrochai à cette vision infiniment triste, le tournis finit par s'arrêter, et le sommeil m'emporta.

Les jours défilèrent bien trop vite pour que je puisse suivre le fil. Talina s'était tout naturellement intégrée dans mon décor personnel. J'étais impressionnée de la voir aussi à l'aise dans un endroit où elle n'avait jamais mis les pieds. Avec elle, je n'avais pas une minute à moi, sauf peut-être lorsque j'allais aux toilettes. Elle se chargeait de remplir mes journées au maximum, pour que je ne réfléchisse pas.

Cette femme, solitaire et très indépendante, qui n'avait jamais eu de vrais amis, en était une sincère pour moi. Je ne savais pas si elle se rendait compte du bien qu'elle me faisait. L'idée de dormir jusqu'à l'année prochaine était toujours aussi séduisante, mon cœur brûlait, et seule, je me serais laissée couler sans le moindre doute. Sa présence était un rayon de soleil.

Elle avait interdit que les mots *Kylian* et *Morgan* soient prononcés. De ce fait, nous n'avions pas rediscuté de nos situations respectives. Pourtant, l'envie de parler de lui me démangeait matin, midi et soir. C'était comme si être loin de lui renforçait l'amour que je lui portais.

Stupide sentiment.

Je regardais sans cesse mon téléphone, dont l'écran restait désespérément noir. C'était si dur. Le pire moment était probablement avant de dormir. Comme si la place vide à mes côtés dans le lit – celle qu'il aurait dû occuper – m'empêchait de trouver le sommeil.

Essayer de s'endormir avec le cœur brisé était impossible. Ma tête dépendait bien trop de ce que ressentait mon cœur.

L'amour est une guerre : parfois on gagne, parfois on perd. C'était lorsqu'on perdait qu'on réalisait combien le bonheur était précieux. Combien on n'avait pas assez profité de ce sentiment de paix, pas assez pris conscience de la chance qu'on avait.

Je me sentais prise au piège de mon chagrin. La nouvelle saison des Monsters allait démarrer, je le verrais tous les jours ou presque, j'allais avoir bien du mal à tourner la page. À avancer. À continuer. J'imaginais même ma réaction si je le voyais refaire sa vie avec une autre.

Oui, il fallait croire que j'aimais me faire du mal. Parfois, je me disais que le mieux à faire serait d'abandonner mes études et de rentrer en France. Mettre un terme à ce calvaire une bonne fois pour toutes. Mais ça aurait été capituler, je n'étais pas prête.

Il n'était pas encore midi lorsque, avec Talina, on se rendit au Portillo's, un fast-food qui vendait principalement des hot-dogs. Ils étaient assez caloriques, délicieux et à prix raisonnable, et nous y allions assez souvent. À ce rythme, j'allais reprendre bien vite les kilos perdus.

Risque qui n'échappa pas à mon amie.

— Il faut que je reprenne du service, me dit-elle en se tenant les cheveux pour manger aussi proprement que possible. (Elle me montra la peau de ses bras devenue d'après elle plus flasque et ajouta.) Je me défraîchis.

Je pouffai doucement en secouant la tête.

— Du service ? Qu'est-ce que tu veux dire ?

— Qu'il faut que je me fasse un stock de portefeuilles ici. Mon compte en banque n'est pas inépuisable, même si j'ai assez pour ne pas dépendre de toi.

— Nous ne sommes pas à Paris, Tal. La « clientèle » n'est probablement pas la même ici.

— Oui, j'ai beaucoup réfléchi à ce détail avant de venir. Mais le basket ici est un peu comme le foot en France. L'argent coule à flots, ce qui veut dire qu'il y a forcément de potentiels portefeuilles. J'ai fait des recherches pendant mon voyage, et j'ai commencé à repérer certains visages et noms.

Je souriais sans enthousiasme et mangeais sans appétit. J'avais le ventre noué et, sitôt le silence revenu, je me perdis dans mes pensées, ce qui n'échappa pas à Talina.

— Arrête de penser à tout à l'heure, Gaby. Ça va aller. Je sais que les matchs reprennent, que tu vas forcément le voir, mais concentre-toi sur ta carrière, sur ta vie. À toi.

— Facile à dire. Je dois être au complexe dans deux heures pour les échauffements. Je n'arrive pas à ne pas angoisser.

— Je suppose que c'est normal. C'est la première fois que tu vas le revoir, mais ne te laisse pas perturber. Ignore-le.

— Et si je dois le manipuler ?

Je ne savais pas si l'idée de lui faire des soins postentraînement me faisait rêver ou paniquer. Les deux.

Je reposai mon sandwich, l'appétit totalement envolé.

— Eddy ne t'a pas dit qu'il ne jouerait pas les premiers matchs ?

— Si, il ne jouera pas les matchs mais va s'entraîner tous les jours avec les autres, le temps que sa rééducation soit terminée. Il aura forcément le même traitement que les autres joueurs, qu'il joue ou non.

— Eddy n'est pas stupide, tout le monde est au courant de votre relation. Ne t'en fais pas, tout ira bien. Finis ton hot-dog !

Elle me regarda avec insistance, signifiant que c'était un ordre. Je lui souris et repris mon sandwich. J'espérais sincèrement qu'elle avait raison.

Je me rendis un peu avant 14 heures au complexe. Un tas de monde était sur place, comme toujours. Une réunion d'équipe était prévue dans la matinée, mais Eddy m'avait dit que je n'étais pas obligée de venir. Ils devaient faire le point sur les prochaines sorties officielles de l'équipe. Les Monsters étaient réputés pour leur soutien à différentes associations caritatives et à beaucoup d'autres événements autour du basket, sans compter les shows des danseuses, auxquels les joueurs devaient se rendre pour montrer leur soutien et leur union... Tout cela, on me l'avait expliqué lors de la première réunion d'équipe quelques semaines plus tôt.

— Gabrielle ! appela Eddy en trottinant à ma rencontre. On ne t'a pas encore attribué de vestiaire, suis-moi.

Il entra dans une grande salle dont les murs étaient recouverts de casiers avec des numéros. Il alla jusqu'au fond de la pièce et ouvrit le numéro 73. Il marchait tellement vite que c'était tout juste si j'arrivais à le suivre. Il parlait à la même cadence.

— Voilà ton casier. Fais bien attention à ce que tu mets dedans et à ne surtout pas perdre ni même oublier cette clé. On te donne un double, que tu es seule à posséder. Je te laisse déposer tes affaires, ensuite, rejoins-moi en salle de soins pour le rituel de préparation. À tout de suite.

Je le regardai disparaître à une vitesse hallucinante. Ce type était incroyable.

Je secouai la tête en souriant, puis déposai mon sac dans le casier, et ma veste sur le cintre. Je fermai le tout et m'attardai un instant sur les autres casiers. Je me demandais lequel était le sien.

Retrouvant Eddy, je me concentrai sur ce que mes mains faisaient pour tenter d'ignorer les coups de sifflet, les crissements des chaussures sur le parquet et les cris des entraîneurs qui nous parvenaient étouffés.

Ma première tâche était la mise à disposition de la salle de soins, pour qu'elle soit prête une fois les entraînements terminés, et bien sûr, en cas de blessure. Une équipe de médecin était présente en permanence en cas de problème autre que musculaire, ce qui restait tout de même rare.

— Que penses-tu de ta nouvelle vie ? demanda Eddy en vérifiant le stock de glace dans l'énorme congélateur.

— Je m'habitue plutôt bien, répondis-je, tout en préparant les crèmes de massage et accessoires. Je m'adapte très vite, ça ne me pose pas de problèmes.

— C'est parfait. Tu viens d'où exactement ?

— De Bourgogne.

— Tu ne viens pas de Paris ?

— J'ai fait mes études là-bas, mais j'ai grandi en province.

— Je vois… Comment c'est, Paris ? Quels souvenirs tu en gardes ?

Je souris et, m'essuyant les mains, m'appuyai contre le plan de travail, en me focalisant sur la conversation.

— C'est très animé. Je ne connaissais rien de cette ville avant de m'y installer, sauf ce qu'on en voit à la télé. Quand je suis arrivée, j'étais complètement perdue : le métro, les gens partout, les rues qui se ressemblent toutes… Il m'a fallu un moment avant de trouver mes marques et d'y être pleinement à l'aise. Les premiers temps, je n'ai fait que visiter les lieux touristiques, sans jamais prendre le risque de me perdre dans les endroits inconnus. Puis j'ai fini par décrocher un emploi, j'ai fait des rencontres qui m'ont permis de découvrir le Paris différent, le Paris la nuit, les endroits cachés. C'est devenu ma ville préférée.

Il me sourit, le regard rêveur, puis haussa ses sourcils noirs et épais.

— Tu ne diras plus ça, une fois que tu auras fait le tour des États-Unis.

— Peut-être bien. Mais Paris reste la ville de mes plus beaux souvenirs.

Eddy eut un air consterné.

— On dirait une femme du troisième âge. Tu as la vie devant toi ! On en reparlera à la fin de ta première année avec nous. Tu ne tiendras pas le même discours.

Je baissai les yeux.

— Je te fais confiance.

Il claqua la porte du congélateur.

— Je crois que notre travail ici est fini. Que dirais-tu d'aller voir comment se déroulent les entraînements ?

J'acquiesçai simplement.

Dans une conversation que nous avions eue récemment, j'avais cru comprendre qu'Eddy adorait regarder les joueurs s'entraîner. Junior McCoy était manifestement son joueur préféré : il ne parlait que de lui.

Moi qui pensais ne pas avoir une minute à moi en reprenant le travail, j'en avais plein, dont beaucoup dédiées à observer Kylian. Le cauchemar.

Le regard d'Eddy s'illumina dès qu'il vit les joueurs en action. Il se dirigea vers les strapontins en hauteur, oubliant totalement ma présence. Je pris place à ses côtés, retrouvant cette odeur qui me rappelait mes « retrouvailles » avec Kylian quelques jours plus tôt.

Je n'eus aucun mal à le repérer. Par petits groupes, les

joueurs se lançaient le ballon, tantôt s'approchant, tantôt s'éloignant. Les coachs étaient surmotivés et les exercices de plus en plus intenses. La saison ouvrait, et dans leur bouche il n'y avait qu'un seul mot : « Victoire ! »

Je remarquai que Kylian prenait beaucoup plus appui sur sa jambe gauche que sur la droite. Sans doute une habitude qu'il avait prise à cause de son plâtre.

Il était en sueur mais à l'aise et agile sur le terrain. J'étais si fière de lui !

Il plaisantait avec les autres, il était parfaitement à sa place. Puis je réalisai qu'il m'avait quittée, et le voir ainsi, en paix et heureux, me fit soudain atrocement mal. Notre séparation ne l'atteignait pas, ne le touchait pas, ne chamboulait pas son univers, comme elle faisait s'effondrer le mien. Je m'étais encore trompée.

Apparemment, il allait très bien.

Comment était-il possible d'avoir vécu un amour aussi intense et de tourner la page aussi facilement ? C'était vraiment l'impression qu'il me donnait, il était passé à autre chose en moins de temps qu'il n'en faut pour le dire.

Mon cœur me semblait terriblement lourd. Il fallait pourtant que j'avance, que je surmonte cette douleur qui semblait vouloir me tirer vers le fond.

Mais bon sang… Je l'aimais tellement !

Je dus soupirer beaucoup plus bruyamment que je ne l'aurais voulu, car j'entendis soudain Eddy lancer :

— Les prochains mois ne seront pas faciles, commença-t-il, l'air sérieux, sans quitter le terrain des yeux. Mais garde ton sourire, Gab.

Je le fixai jusqu'à ce qu'il se décide à croiser mon regard.

— Je vois ton air dubitatif, continua-t-il en souriant. Et loin de moi l'envie de me mêler de ce qui ne me regarde pas. Mais, avec ces heures passées avec toi, je vois que tu es une fille bien, et si Foster ne le voit pas, alors continue de sourire jusqu'à ce qu'un autre le remarque et te redonne confiance. En souriant, tu le déstabiliseras, crois-moi, ajouta-t-il finalement sur le ton de la confidence.

C'était mignon. Mais le problème, c'était que je ne voulais pas qu'un autre me fasse sourire. Il n'y avait que Kylian qui comptait.

Je me secouai intérieurement et tentai de changer ma façon de raisonner. Et zut ! Je n'allais pas non plus déprimer toute ma vie, ni courir derrière un homme qui ne voulait plus de moi.

Il était temps de penser à moi avant toute chose. De m'habituer à son absence d'amour et à sa présence quotidienne.

Il n'était plus mien.

C'était sa décision, il fallait que je me résolve à admettre son choix, même si ce n'était pas le mien.

Plus facile à dire qu'à faire…

4

Le jour du match amical contre les Lions d'Atlanta arriva. J'avais vu et revu notre planning, nous allions énormément bouger cette année.

Dans le car nous menant à l'United Center, dans le centre de Chicago, je n'écoutais que d'une oreille distraite ce que Stanley, le second d'Eddy, me disait. Voyant que je n'étais pas très réactive, il cessa d'essayer de me faire la conversation et mit ses écouteurs.

Kylian était installé avec un de ses coéquipiers deux rangs devant moi. Le reste de l'équipe se trouvait au fond du car, où les sièges étaient disposés en cercle. Ils étaient bruyants. Junior, le joueur préféré d'Eddy, se donnait en spectacle. Il était le genre d'hommes à se croire au-dessus de tout et de tout le monde, et d'autant plus qu'il était célèbre. C'était le joueur le mieux payé de l'équipe, et il était systématiquement encouragé par des hordes de fans hystériques. Il se fichait de tout ce qui n'était pas en rapport avec lui-même.

Tout ce que je détestais.

Le silence s'installa finalement à l'approche de notre destination. Les joueurs semblaient se concentrer et se refermaient les uns après les autres. Même Junior.

Kylian était fidèle à lui-même, calme, concentré, serein. De derrière, je l'observais, relativement incapable de regarder ailleurs.

Dans combien de temps serai-je enfin guérie de lui ?

J'étais toujours aussi triste. Comment guérir de quelqu'un avec qui on est perpétuellement en contact ? Notre situation m'était insupportable, mais je n'avais pas le choix.

Je laissais mon esprit divaguer et tourner notre situation dans tous les sens. J'étais prise dans un tourbillon émotionnel incessant, je m'épuisais. J'imaginais les scénarios possibles, lui parler, l'ignorer, mais cela revenait au même : je souffrais.

J'allais enfin pouvoir m'occuper l'esprit. L'ambiance dans le bus devint soudain beaucoup plus tendue, les visages se fermèrent. Quelques fans se trouvaient déjà aux abords du parking, alors que le match ne se déroulerait que beaucoup plus tard dans la soirée. Les joueurs se prêtèrent tout de même au jeu des autographes, sans pour autant faire preuve de l'excitation habituelle.

Je croisai rapidement le regard de Kylian, avant qu'il fasse une photo avec un jeune garçon qui avait des étoiles dans les yeux. Il n'était pas encore très connu aux États-Unis, mais ce n'était qu'une question de temps.

On aurait pu vivre une vie à deux ici, me dis-je en fermant les paupières.

Lorsque je les rouvris, ses yeux noisette m'observaient. Il semblait hésitant : me parler ou m'ignorer ?

Je pris la décision pour lui et m'éloignai de la foule pour entrer dans le stade. Je montrai fièrement mon badge professionnel, puis me rendis au bar qui nous était réservé. Je n'avais que quelques minutes de répit avant que les échauffements démarrent.

Il y avait très peu de monde dans la grande pièce, hormis un groupe de filles très jolies. L'ambiance était détendue, la lumière légèrement tamisée, et une petite musique de fond jouait doucement. Je me dirigeai vers une table avec mon Coca frais, mais on m'interpella.

— Gabrielle ? C'est toi ?

Assise non loin, une jeune femme me fit signe de la rejoindre. Je réalisai qu'il s'agissait d'une des danseuses de l'équipe.

Je voulus refuser, mais ce n'était pas le moment de me faire des ennemis. Puis, ma curiosité prenant toujours le dessus, je me dirigeai finalement vers elle, me demandant ce qu'elles me voulaient, elle et ses copines. Je les imaginais parfaitement garces, hypocrites et enquiquinantes. Pourtant, elles m'accueillirent toutes avec un sourire.

— Je suis Aïssa, se présenta la fille à la coupe afro magnifique qui se trouvait à ma gauche. Voici une partie du groupe des danseuses des Monsters.

— Enchantée, répondis-je sans conviction.

Je ne connaissais pas leurs prénoms et n'avais pas l'intention de me lancer dans un tour de table, sachant pertinemment que je ne les retiendrais pas tous.

À mes côtés, Aïssa contint un sourire, comme si elle savait ce qui se passait dans ma tête. C'était très troublant et cela me détendit.

— Les joueurs ne te donnent pas trop de fil à retordre ? s'enquit une des filles qui me faisaient face.

— Non. Pourquoi ils le feraient ?

— Même pas Junior ? insista-t-elle, surprise.

Je haussai les épaules et secouai la tête.

— Je n'ai pas encore eu l'occasion de travailler avec lui .

J'allais poser une question, mais Aïssa enchaîna :

— Ariane veut te mettre en garde, mais tu sembles être quelqu'un qui ne se laisse pas marcher sur les pieds. Tu devrais t'en sortir haut la main.

Je pris quelques secondes pour l'observer. Elle était belle, c'était incontestable, et de plus je vis à son regard amusé et bienveillant qu'elle n'était pas mauvaise. Je réservais mon jugement pour le reste des filles, mais Aïssa semblait authentique.

— Me mettre en garde contre qui ? Qu'est-ce qui se passe avec Junior ?

— Il a fait craquer ton prédécesseur, m'avoua-t-elle. Il a

un bon fond, mais il aime diriger et pense que tout lui est dû. Ton prédécesseur n'avait pas la carrure pour lui tenir tête, et Junior l'a, pour ainsi dire, écrasé. Ne te gêne pas pour le remettre à sa place. Il ne mord même pas.

Je n'avais jamais apprécié le personnage de Junior. Son arrogance m'agaçait et, après ces révélations, je le mettais carrément dans la case des gens à fuir. Parfois, l'habit faisait le moine.

— C'est entendu, répondis-je.

— N'entre pas dans son jeu et ignore-le, me conseilla Aïssa en haussant les épaules. Ça ira.

J'acquiesçai en buvant une gorgée de Coca.

— Raconte-nous ton histoire avec Foster, s'empressa d'enchaîner Ariane. C'est si romantique et tragique à la fois…

Aïssa la coupa en se levant brusquement.

— Il faut aller se préparer, les filles. Cette histoire devra attendre, nous avons un show à faire !

Je soupirai en remerciant silencieusement cette nouvelle alliée. Elles me saluèrent et s'éloignèrent, à l'exception d'Aïssa. Elle prit le temps de fouiller dans son sac, puis en sortit une carte qu'elle me tendit.

— J'organise une soirée pour les Monsters samedi soir. Nous n'aurons ensuite que peu d'occasions de nous retrouver et de nous amuser vraiment, alors si ça te dit tu es la bienvenue.

— Merci.

Elle me fit un clin d'œil complice, puis s'éloigna.

Mon histoire avec Kylian allait me poursuivre encore longtemps, j'en avais conscience. Cela ne me permettrait pas vraiment de pouvoir tirer un trait sur cette relation, surtout si mon passé revenait inlassablement. Il fallait croire que les gens adoraient les ragots et passaient leurs journées à fouiner dans les médias.

Je l'avais échappé belle pour cette fois-ci, mais je savais aussi que ce n'était que reculer pour mieux sauter.

Je terminai mon Coca et me dirigeai vers le vestiaire,

dans lequel il n'y avait encore personne. J'en profitai pour m'asseoir et respirer.

Faire le point.

Je pensais à lui, comme à chaque instant. C'était toujours aussi douloureux à chaque fois que je le croisais. Ma discussion avec les danseuses m'avait laissé quelques secondes de répit, mais à présent… Je pris le temps de souffrir encore une fois.

J'essayais d'analyser le regard qu'il m'avait adressé un peu plus tôt. Cette proximité que nous conservions, tout en étant immensément éloignés.

Il fallait que je sorte Kylian de ma tête et de ma peau. Il était ancré en moi, et le voir chaque jour était une torture lente et infiniment douloureuse. Quand allais-je m'y habituer ? Oublier ?

Je savais pourtant que la réponse était *jamais*.

Il me hantait. Du matin au soir, et jusque dans mes rêves. Je continuais de marcher, d'avancer, sans pour autant vivre. Le manque de lui que je tentais sans cesse de refouler rejaillit avec force, et j'eus subitement envie de pleurer.

Je ne faisais pourtant que ça. Comment pouvais-je avoir encore des larmes ?

Je frottais mes yeux pour chasser l'humidité qui s'y était accumulée, lorsque la porte s'ouvrit.

Sans trop savoir comment, ni pourquoi, je sus que c'était lui. J'entendis la porte se refermer doucement et je ne sus quoi faire. Mon cœur s'accéléra, pris de panique.

J'eus peur de ce que mon instinct me poussait à faire : me jeter contre lui, pleurer, le supplier de m'aimer encore…

Mais le peu de fierté qu'il me restait m'interdisait d'agir ainsi.

Je pris une longue inspiration pour me donner du courage, puis relevai la tête.

— Salut, me dit-il, appuyé contre la porte, comme pour bloquer le passage à quiconque souhaiterait entrer.

Je l'observai sans pouvoir parler. Pourtant, j'avais encore beaucoup de choses à lui dire.

Il soupira et s'écarta de la porte sans pour autant s'approcher de moi.

— Tu ne veux plus me parler ? demanda-t-il, incertain.

Il semblait légèrement crispé, comme s'il craignait la réponse. Il fit un pas de plus, mais s'arrêta lorsque je me levai. Cette proximité me déchirait.

Je ne savais pas comment me comporter. L'ignorer ou le considérer comme un ami qu'il n'était pas ?

— D'accord, dit-il tout bas, comme résigné, lorsqu'il vit que je gardais le silence. Je respecte ton choix.

Il plongea les yeux dans les miens, et je ressentis exactement la même chose que lorsqu'il me regardait auparavant. Mes propres sentiments me trompaient.

Ne pas pleurer, ne pas pleurer, ne pas pleurer, me répétai-je inlassablement sans jamais le quitter des yeux.

Je tentai de percer ses pensées, de voir à travers lui en mettant mes sentiments de côté, sans y parvenir.

Comment accepter sa décision lorsqu'il me regardait ainsi ? Pourquoi semblait-il si blessé que je ne veuille plus lui parler alors que c'était sa décision ?

Ne devait-on pas se battre pour les personnes que nous aimions ? Ne m'avait-il pas reproché à plusieurs reprises de baisser trop facilement les bras ? De ne pas me battre pour lui ? Pour nous ?

Devais-je essayer à présent ? Était-il trop tard ?

Il pinça les lèvres, puis se gratta la joue. Sa barbe repoussait doucement. Il encaissa mon mutisme et détourna le regard, mais je le retins.

— Une minute. Juste une minute.

Il releva le visage instantanément. Ses yeux noisette étaient remplis d'espoir. Alors, pour m'assurer que je devais continuer à y croire, que ce que je voyais dans son regard n'était pas seulement une invention de ma part, je demandai :

— Est-ce que tu m'aimes toujours ?

Pris au dépourvu, je le vis doucement se contracter.

J'eus envie de faire marche arrière. De ravaler mes paroles. Mais il était bien trop tard.

— Pourquoi tu me demandes ça ?

La peur qu'il me réponde négativement me rongeait le ventre, mais il fallait que je sache. Ravaler mes paroles n'était plus possible, alors autant aller au bout des choses.

— Réponds à ma question, Kylian. Est-ce que tu m'aimes toujours ?

Je m'approchai doucement de lui. C'était incontrôlable. J'avais envie de le serrer contre moi, d'effacer cette distance qui nous séparait. Mais plus que tout, je voulais une réponse.

— Ce que je ressens ou non ne changera rien à notre situation. Tu le sais ?

À deux pas de lui, je m'arrêtai, le cœur toujours en morceaux et pourtant plus vivant que jamais.

— Je connais notre situation. Je veux juste que tu répondes sincèrement à ma question.

Il passa la main sur ma joue. Ce simple geste manqua de me faire défaillir pour de bon, mais au lieu de ça je profitai de l'instant présent. De son toucher léger qui m'avait tant manqué. Ce n'était pas assez, je voulais plus, toujours plus… Je tournai mon visage pour renforcer ce contact et attrapai les bords de sa veste.

J'attendais sa réponse.

— Tu resteras toujours spéciale pour moi, Gaby. Mais je ne te répondrai pas. Ça soulèverait bien d'autres questions, et ça te ferait plus de mal qu'autre chose.

Je me figeai.

Mon cœur se calcifia.

La douleur qui surgit ensuite fut insoutenable.

Ses paroles tournèrent en boucle dans mes pensées. Si la réponse devait me faire du mal, alors c'était bien celle que je craignais plus que tout. Il ne m'aimait plus.

Il dut voir combien j'accusais le coup et comme pour

passer du baume sur mon cœur brisé me prit dans ses bras et me chuchota :

— Pardonne-moi, Gaby. Pour tout. Je comprendrais que tu ne veuilles plus me parler, et je respecterai ton choix.

Je respirai son odeur à pleins poumons et le serrai contre moi une dernière fois.

Juste une dernière fois…

Puis, plus rien. Plus de sentiment. Juste le néant.

Je relevai les yeux vers lui, vidée de toute émotion, hébétée. Je l'observai, sans comprendre pourquoi il affichait ce visage empreint d'une souffrance aussi intense, qui reflétait sûrement la mienne.

Il ne m'aime plus.

Je n'eus aucune réaction lorsqu'il s'éloigna de moi, ni lorsqu'il posa les lèvres sur la paume de ma main.

— Pardonne-moi.

— Tu devrais y aller, dis-je d'une voix forte, sans aucune émotion, sans aucun tremblement. Les entraînements ont dû démarrer.

Il resta encore quelques secondes, mais je n'arrivais plus à croiser son regard. Nous savions tous les deux que les entraînements ne débuteraient que dans un petit moment et que nous avions encore un peu de temps devant nous, mais il n'insista pas. N'ajouta rien de plus. Il lâcha ma main, puis partit vraiment.

Avaler ma salive était quasi impossible. Je ne voulais pas pleurer. Ça rendrait tout cela réel, et ce n'était pas possible.

J'étais en plein déni.

Il y eut en moi ce petit truc qui se ferma brutalement. Je ne savais pas vraiment comment le décrire. Ce verrou qui bloque toutes les émotions, positives comme négatives. J'étais sonnée, comme si je venais de réussir à mettre l'intensité de mes émotions en sourdine.

Comme si j'avais érigé un mur.

Peut-être était-ce l'effet d'un cœur brisé, fracturé, déchiqueté. Cela ne durerait peut-être pas et, à un moment, je finirais sûrement par craquer pour de bon, mais je profitai de cet instant de répit : pas de sentiment. Aucune émotion. Rien.

Il n'y avait plus rien en moi.

Tout comme entre nous…

5

Je fis le tour des salles de soins et, tel un robot, rejoignis Eddy sur le terrain.

J'inspirai profondément l'odeur de la glace qui restait d'un récent match de hockey et observai l'ensemble des joueurs. Les échauffements se firent dans un silence presque religieux.

Lorsque Eddy me fit signe, je ne vis plus le temps passer. Nous préparâmes les salles de soins, eûmes une rapide entrevue avec le coach à propos de l'état de santé de ses joueurs, et je dus courir partout pour récupérer le matériel qui nous manquait. Je transpirais comme si j'avais fait un marathon et réalisai qu'il n'y avait pas que les joueurs qui ressentaient la pression des matchs.

On était tous stressés.

Avec mon tuteur, Eddy, son second, Stanley, et l'équipe médicale, nous avions vu l'intégralité des joueurs pour les vérifications médicales pré-match, à l'exception de Kylian, puisqu'il ne jouait pas ce soir.

Je me demandais comment je parviendrais à gérer la situation lorsqu'il faudrait que je le manipule. Je savais qu'Eddy ne me forcerait jamais à le prendre en charge, mais pour moi-même j'espérais réussir à aller au-delà de ce malaise.

— Je ne sais pas si je devrais te le dire, commença Eddy, beaucoup plus calme que moi, mais il y a quelques jours, lorsque je lui ai fait faire le test d'effort, Kylian m'a posé des questions sur toi…

Je terminai le compte des bonbonnes de froid mécaniquement. Je n'étais toujours pas sortie de ma phase de sidération. Il fallait croire que cette phase de blocage émotionnel continuait d'agir en moi.

Malgré tout, la curiosité prit le dessus.

— Quel genre de questions ?

Il se lava les mains et haussa les épaules.

— Il voulait savoir comment tu allais, si tu te plaisais avec nous, ce genre de choses.

— Qu'est-ce que tu lui as dit ?

— Que s'il voulait le savoir, il n'avait qu'à te le demander et que c'était un con.

J'ouvris grands les yeux et, lorsque Eddy se mit à se mordre les joues, j'explosai de rire.

— Qu'est-ce qu'il a répondu ?

— Il a seulement dit : « Je sais. »

Je perdis instantanément mon sourire et baissai les yeux, toujours muette.

— Tu sais, Gab, je pense qu'il le vit très mal aussi. Je ne sais pas ce qui s'est passé entre vous, mais je crois qu'il n'agit pas ainsi par réelle volonté.

— Comment ça ? demandai-je, agacée. On l'aurait forcé à rompre avec moi ? On l'aurait forcé à me tenir à distance, tout en s'assurant que je viendrais jusqu'à Chicago, dans *son* équipe ? On l'aurait forcé à me dire qu'il ne m'aime plus ? C'est ridicule.

Je tentai de ne pas imploser. Cette rage ne me ressemblait pas, je détestais me voir comme ça.

— C'est juste mon ressenti, reprit doucement Eddy. Je suis un homme, Gab, et je peux t'assurer que, s'il ne t'aimait vraiment plus, il n'aurait pas eu ce regard doux en me parlant de toi. Il n'aurait pas non plus été affligé quand je lui ai dit qu'il était con. Il ne m'aurait même pas parlé de toi tout court. Crois-moi.

— Je préfère qu'on arrête de parler de ça, s'il te plaît.

Je voulais à tout prix éviter de faire revenir mon faux ami *Espoir.*

— Je comprends parfaitement.

Il me fit un sourire rassurant et m'invita à le suivre dans le couloir, rebondissant sur le ton de la plaisanterie :

— On devrait aller déjeuner ensemble et en profiter pour que tu me racontes tout de ta vie avec ce joueur. Je suis très bon conseiller, je t'assure !

— Dis plutôt que tu es très curieux, rétorquai-je en souriant.

— Effectivement, je le suis aussi. J'ai un peu fouiné sur Internet, mais j'imagine que c'est déformé de tous les côtés...

Je grimaçai à cette idée. Je détestais les paparazzis et leurs foutus papiers. Je n'avais pas besoin de ça.

— Sans parler du fait qu'elle ne pose sur aucune photo, s'exclama quelqu'un dans mon dos. Je crains qu'elle n'ait pas le profil d'une future star !

Je souris à l'apparition de Talina.

— Je te laisse volontiers cette partie de ma vie. Tu es bien plus douée !

— Ça, c'est certain.

Elle m'embrassa sur la joue, puis salua mon tuteur avec un sourire radieux. Il lui fit un signe de tête et reprit à mon intention :

— On a environ un quart d'heure de tranquillité avant le top départ. Je vais aller manger quelque chose, je te conseille de faire pareil. On se rejoint ici tout à l'heure ?

J'acquiesçai, puis le regardai s'éloigner.

— Tu as remarqué ? chuchota Talina sans quitter Eddy des yeux.

— Quoi ?

— Il n'a pas réagi quand je l'ai salué.

— Et alors ?

Elle se tourna vers moi en fronçant les sourcils.

— C'est une chose qui n'arrive jamais, Gaby. Tous les hommes, même les plus fidèles, ont toujours un élan d'intérêt pour moi.

— Tu n'es pas son genre.

— Il est gay.

Je la fixai, puis éclatai de rire.

— N'importe quoi ! Je sais qu'il a une petite fille de quatre ans, il doit donc avoir une femme.

— Il n'a pas d'alliance.

Je ne faisais jamais attention à ce genre de détails.

— Il est peut-être en concubinage. Tal… Peu importe. Ce n'est pas parce qu'un homme ne montre pas d'intérêt pour toi qu'il est gay !

Elle me fit un lent sourire.

— On en reparlera. Tu verras que j'avais raison.

Je soupirai exagérément et l'entraînai dans les couloirs interminables à destination de la salle de repos, où nous pourrions nous poser et siroter une boisson fraîche.

Les lumières tamisées et le silence qui y régnaient me firent le plus grand bien. Lorsque nos verres arrivèrent, je me penchai vers elle en souriant.

— Raconte-moi : comment tu as fait pour obtenir le badge du Stadium ? Qui as-tu charmé ?

Talina s'étonna.

— Ce n'est pas toi qui me l'as envoyé ?

À mon tour d'être perplexe :

— Non. Eddy m'a assuré que, à notre niveau, nous ne pouvions pas faire entrer quelqu'un qui n'était pas de notre famille.

— Tu es sûre ? J'ai trouvé une enveloppe dans la boîte aux lettres, ce matin. Il y avait le badge du stade avec mon nom dessus. J'ai pensé que tu avais oublié de me le déposer hier.

Je me reculai dans mon siège, sans comprendre.

— J'aurais aimé faire ça pour toi, mais je t'assure que ce n'est pas moi.

Elle haussa les épaules, puis leva son verre dans ma direction.

— Peu importe. Le fait est que j'ai à présent accès aux vestiaires des joueurs.

Je trinquai en me remémorant toutes les conversations que j'avais pu avoir avec elle, sur ses fantasmes délirants, mettant en scène des sportifs, de la sueur et des vestiaires.

Je lui racontai ensuite ce qui s'était passé avec Kylian quelques heures plus tôt. J'avais besoin d'en parler et d'avoir son avis. Elle m'écouta très attentivement, comme si elle analysait chacun de mes mots. Alors que je concluais sur la conversation qui avait suivi avec Eddy, je vis dans son regard bleu une flamme que je connaissais bien.

— Non, Tal. Tu n'iras pas enquêter, terminai-je.

Elle éclata de rire.

— Pourquoi pas ? Qui sait… Peut-être que je pourrais obtenir des informations ?

Je réfléchis un instant, puis secouai la tête.

— Non, il ne vaut mieux pas.

— Tu as juste peur.

— Oui, c'est vrai. Je préfère laisser les choses telles qu'elles sont. Pour l'instant, je le vis bien.

— Tu plaisantes ? Je t'entends pleurer le soir. Je sais que tu regardes sans cesse les photos que tu as dans ton téléphone. Ne me dis pas que tu vas bien, Gaby. Ne me mens pas à moi, je sais que ce n'est pas vrai.

Je ne sus quoi répondre.

Talina claqua son verre dans le mien avec un sourire éclatant.

— Allons à la pêche aux infos !

Je rejoignis finalement Eddy, et nous ne fûmes véritablement prêts que quelques minutes avant le début du match. L'avant-match était toujours un moment assez spectaculaire, destiné à chauffer le public. Les mascottes des deux équipes couraient sur le terrain, préparant les spectateurs à l'arrivée des danseuses. Elles firent leur entrée en tenues rouge et blanc, les couleurs de l'équipe. Puis les lumières se tamisèrent et la musique augmenta soudainement dans le stade. Elles firent leur show sur un remix de R & B, mettant une ambiance de folie dans l'immense stade.

Il fallait croire que l'euphorie était contagieuse, car je me surpris à danser près de l'entrée du staff. Ça n'avait rien à voir avec les matchs que j'avais pu voir en France. Ici, c'était complètement démesuré et encore plus prenant. Les filles étaient magnifiques, et je comprenais parfaitement l'engouement qu'elles suscitaient. Elles étaient bourrées de talent, et je n'imaginais pas combien d'heures elles avaient pu passer à répéter leur chorégraphie.

Dans le carré VIP, j'aperçus Talina, qui, fidèle à elle-même, discutait avec un homme d'âge mûr. Ils semblaient captivés par leur conversation, ni l'un ni l'autre ne regardaient ce qui se passait au centre du terrain.

Le final des danseuses fut magistral, introduisant en beauté l'entrée des basketteurs sous les hurlements déchaînés du public et du speaker qui ajouta un peu plus à l'excitation générale.

Kylian semblait concentré, mais malgré tout plus détendu qu'habituellement, probablement parce qu'il ne jouait pas ce soir.

C'était plus fort que moi, je n'arrivais pas à l'ignorer, il irradiait. Il éclipsait, et de loin, toutes les autres personnes présentes.

Il resta avec son équipe et écouta les recommandations de son coach, avant de rejoindre le banc des remplaçants.

J'avais mal au cœur pour lui de le voir interdit de jeu. Il tourna le visage dans ma direction et trouva mon regard bien trop vite pour que je puisse détourner la tête. Le temps se suspendit, comme à chaque fois. Des milliers de personnes hurlaient autour de nous, mais à cet instant il n'y avait que lui pour moi. Rien d'autre n'avait d'importance.

Il détourna malgré tout les yeux, sans une once d'émotion. Comme si je n'existais plus. Comme si nous n'avions jamais existé. Comme si je ne représentais rien.

Je regardai le match sans rien voir. J'étais totalement perdue.

Je compris que nous étions en mauvaise posture lorsque j'entendis Eddy hurler de rage, semblant prêt à entrer sur le terrain pour frapper tout le monde. Il me faisait penser à Raphaël, et cela me fit sourire. J'aurais tant aimé l'avoir à mes côtés. Avec lui, je n'aurais pas eu le temps de déprimer.

Les Monsters semblaient largués. La star de l'équipe, Junior McCoy, s'énervait de plus en plus sur ses coéquipiers, critiquant leurs actions et hurlant des ordres sans jamais se remettre en question. Lui-même commettait beaucoup de fautes, mais quelque chose dans son jeu en faisait un leader naturel. Je comprenais parfaitement pourquoi Junior s'était hissé au rang de star. Il semblait voler sur le parquet lustré. Il rendait ses adversaires fous avec sa rapidité et ses esquives parfaites. Mais il était très perso, et l'esprit d'équipe en pâtissait nettement, l'ambiance entre eux était désagréable.

Mon regard dériva vers l'immense écran suspendu au plafond. Nous perdions de huit points. Toujours sur le banc, Kylian se rongeait le pouce, prêt à bondir. Ce devait être insupportable de regarder son équipe perdre et de ne pas pouvoir agir.

Eddy semblait mort d'inquiétude.

— Je reviens, dis-je en élevant la voix.

Il n'eut aucune réaction, bien trop obnubilé par ce qui se passait sur le terrain. Je m'éclipsai vers le bar où je m'étais installée avec Talina, plus tôt. Pas mal de danseuses s'y trouvaient. Je pensais qu'elles restaient soutenir les joueurs sur le terrain, mais apparemment elles préféraient prendre une pause ici.

Je m'assis en retrait et, comme tout le monde, fixai l'écran. Les Monsters ne gagneraient pas, ce soir. L'écart était désormais de treize points. Lorsque le compte à rebours des dix dernières minutes s'enclencha, je terminai mon verre et retournai auprès d'Eddy, encore plus sur les nerfs que lorsque je l'avais quitté.

— On va devoir se coltiner la mauvaise humeur des joueurs, Gab. Prépare-toi, m'annonça-t-il, défaitiste.

Le buzz final retentit, les joueurs se serrèrent la main et saluèrent le public. Certains se dirigèrent déjà vers les journalistes plantés le long du terrain. La musique s'éleva dans les haut-parleurs, et le titre génial de Kanye West, repris dans une célèbre publicité pour parfum, retentit.

On commença les soins postmatch sur les remplaçants. En rythme sur la musique étouffée par la lourde porte fermée, je fis mon travail rapidement et efficacement. Les soins des remplaçants n'étaient jamais très lourds mais, lorsque nous passâmes aux joueurs titulaires, je ressentis rapidement des faiblesses dans les bras.

Je m'étirai lorsque j'eus quelques secondes de pause et étendis les bras. Des fourmillements me parcouraient les veines. J'avais pourtant l'habitude de prodiguer des soins, mais jamais aussi longtemps et surtout, nécessitant autant de force.

Quand vint le tour d'Elijah Turner, le numéro 40, il fut pris d'une crampe intense à la cuisse. Ce grand bonhomme à l'immense carrure grogna de douleur, se crispant de tout son corps. Je lui tendis une bouteille d'eau, puis étirai sa jambe pour calmer la contraction de son muscle. J'attrapai d'une main la bombe de froid et l'aspergeai, mais cela ne le soulagea que brièvement.

La vache, pensai-je. Sa crampe était impressionnante. Pour être à ce point visible, elle devait être terriblement douloureuse. Avais-je déjà dit que j'adorais mon boulot ?

— T'es vraiment en train de sourire ? me demanda Eddy.

Je rigolai doucement, tandis qu'Elijah continuait de grimacer de douleur.

— Désolée, dis-je en mentant ouvertement.

Lorsque la douleur s'estompa, je l'envoyai directement vers

Stanley dans la salle d'à côté pour qu'il prenne un bain de glace. Il pointa sa bouteille d'eau vers moi, le sourire aux lèvres.

— À charge de revanche. Je trouverai un moyen de me venger, belle Gabrielle.

Je levai les mains en l'air en pouffant de rire.

— J'ai soulagé ta douleur !

Il m'adressa un sourire éclatant de blancheur.

— C'est vrai. Mais tu as aussi pris ton pied à me voir souffrir. Je saurai m'en souvenir.

Je m'esclaffai en le regardant disparaître.

Eddy nettoya la table de massage, son humeur semblait s'être améliorée.

— Junior ne devrait pas tarder, me dit-il. Il a donné plusieurs interviews rapides. Je devrais d'ailleurs peut-être te prévenir…

La porte s'ouvrit brusquement sur Junior, interrompant Eddy. Derrière lui, Kylian.

Au secours !

Je ne pouvais pas m'échapper. Je n'avais pas le choix. Même si je n'appréciais pas Junior, je priai tout de même pour travailler sur lui et non sur Kylian. Le toucher me rendrait folle.

Je ne voulais pas me faire du mal inutilement.

Eddy me lança un regard compatissant. C'était sûrement ce dont il voulait m'avertir…

Et merde

6

C'était évident pourtant que ça finirait par arriver. Mais j'avais tellement le sentiment qu'Eddy veillait à me préserver que je m'étais convaincue que le danger était écarté.

Comme si mon tuteur avait senti mon malaise, il me fit un sourire rassurant.

— Prends Junior, je dois faire le point avec Kylian pour sa rééducation. Fais comme pour les autres joueurs, ne te laisse pas impressionner par ce grand gaillard. Il aboie beaucoup mais ne mord pas. Je garde un œil sur toi, ne t'en fais pas.

La star des Monsters, le numéro 26, s'était déjà installée sur la table de massage. Je devais bien admettre qu'il était très beau, avec une petite réserve malgré tout pour sa grosse barbe noire qui lui donnait un air d'ex-détenu prêt à récidiver. Il posa son bras tatoué sur son front, tout en regardant le plafond.

Il semblait profondément déçu d'avoir perdu ce match. Voir cette facette vulnérable me fit légèrement revoir mon jugement. Peut-être que sous cette carapace arrogante se trouvait finalement un homme qui avait un brin d'humanité et de cœur.

Je remontai son short et commençai à lui masser les jambes avec de la crème, descendant petit à petit, secouant sa chair, malaxant ses cuisses fermes et tout en muscles.

J'entendais involontairement la conversation derrière moi.

— Comment tu te sens ? demanda mon tuteur.

— J'ai hâte de pouvoir rejouer, répondit Kylian calmement.

Je fis le tour de la table pour avoir une autre prise sur le corps de Junior, mais surtout pour pouvoir observer à la dérobée le visage de Kylian qui, lui, était concentré sur mon tuteur.

— Je comprends, continua Eddy en l'étirant. Mais il te faut encore un bon mois de surveillance avant de pouvoir jouer un match à temps plein.

Kylian secoua doucement la tête. Ça lui était insupportable, mais il savait qu'Eddy avait raison et il était résigné. Lors d'une rencontre, les muscles et articulations étaient bien plus sollicités que pendant les entraînements.

Je ressentis une pointe de culpabilité. L'accident venait régulièrement assombrir mes pensées. Rien de tout cela ne serait arrivé si je n'avais pas décidé de le quitter à ce moment précis.

— Malgré tout, je dois dire que tu te remets à merveille. Je vais voir avec les médecins de l'équipe si on ne peut pas envisager un aménagement sur le temps de jeu, avec une remise en condition accélérée.

Le visage de Kylian s'illumina, et il tourna le regard vers moi instantanément. Le soulagement et le bonheur s'affichaient clairement sur ses beaux traits.

Je ne pus m'empêcher de lui sourire, sincèrement heureuse pour lui. Dans d'autres circonstances, nous aurions fêté cette nouvelle ensemble. Je ne savais pas à quoi il pensait, mais son expression se referma doucement.

— On a besoin d'un joueur complet, grogna Junior, pas d'un boiteux qui ne peut être présent que le quart du jeu.

J'appuyai volontairement sur une zone sensible de sa cuisse, le faisant siffler de douleur. Junior retint un geste violent et me fusilla de son regard noir.

— Désolée, dis-je, ne le pensant pas un instant.

Il le comprit et me fixa quelques secondes, comme pour me mettre en garde, avant de replacer le bras sur son front.

Eddy me fit les gros yeux mais ne put s'empêcher de sourire finalement. Ma manipulation n'avait échappé à personne.

Kylian souriait aussi, sans toutefois me regarder.

J'adorais vraiment mon travail. Il offrait des perspectives de vengeance incroyablement satisfaisantes.

— Quoi qu'il en soit, reprit Eddy, continue de faire les exercices que je t'ai indiqués. Ne force surtout pas quand ça tire pendant les entraînements. Tu as une radio prévue bientôt, n'est-ce pas ?

— Oui, jeudi.

— Je vais t'accompagner dans ce cas. Si l'imagerie est bonne, j'essayerai de leur faire valider ta reprise partielle.

— Ed ! appela Junior. Ta recrue est molle.

Si seulement j'avais eu des ongles, je me serais fait une joie de lui rentrer mes griffes dans la peau pour me venger.

Petit con.

Je resserrai ma prise et y mis beaucoup plus de fermeté que pour tous les autres. Je savais que cela pouvait lui faire mal et j'allais lui montrer combien j'étais loin d'être molle.

— Oh oui ! soupira-t-il d'aise. Vas-y, bébé, donne tout ce que t'as.

Combien de temps allais-je tenir avant de lui faire bouffer sa langue ?

Je le détestais.

Ce petit jeu semblait beaucoup l'amuser. Junior était le genre de personnes qui pouvaient me faire sortir de mes gonds en une minute. Il savait parfaitement comment m'agacer et y prenait un malin plaisir. Soit, j'étais joueuse aussi.

— Ce doit être dur de démarrer la saison par une défaite, dis-je cyniquement.

Il se décomposa instantanément.

— Terrain dangereux, Gab, marmonna Eddy.

Je haussai les épaules tout en défiant Junior du regard.

— Ce n'était qu'un match amical.

Je jubilai intérieurement quand je vis ses narines se dilater, signe que je l'agaçais prodigieusement. Il était dans la provoc ? Aucun problème. Il n'allait pas tarder à découvrir que j'étais bien pire que lui et qu'il ne fallait pas me chercher.

— Foster, râla Junior, dis à ta copine de ne pas s'aventurer en terrain glissant, si tu ne veux pas que ça finisse mal.

La piqûre me fit mal.

Kylian me lança un coup d'œil amusé. Il me connaissait assez pour savoir que je ne lâchais jamais le morceau.

Il haussa alors les épaules.

— Tu as devant toi la plus têtue des femmes que je connaisse. Peu importe ce que je peux lui dire, si elle veut t'en parler, elle t'en parlera.

Nah ! pensai-je sans pouvoir m'empêcher de sourire.

Je lançai un regard complice à Kylian et, l'espace d'un instant, il n'y eut plus de tension. Il n'y eut plus de séparation, plus de non-dits. Juste lui et moi, ses yeux noisette dans les miens, dans une parfaite compréhension silencieuse. On ne pouvait pas effacer des habitudes en un claquement de doigts. Et puis, nous avions toujours été complices. Personne ne pourrait nous enlever cela.

Je refoulai un pincement au cœur. Ce n'était pas le moment de laisser mes émotions remonter à la surface, j'étais bien mieux derrière ma barricade.

Je reportai mon attention sur les chevilles de Junior, puis passai à ses bras et son cou. Je vérifiai une dernière fois ses articulations, avant de le libérer.

— Tu peux y aller.

Il replaça son short, sans prendre la peine de remettre son maillot, et se leva. Il galba ses muscles devant moi comme pour montrer qui était l'homme. Consternant.

Je soutins son regard sans ciller. Il avait beau être de la taille d'un building, il ne m'impressionnait pas une seconde.

— Je t'aime bien, dit-il finalement en souriant.

Je n'aurais pas été plus surprise s'il m'avait dit qu'il portait un string rose.

Je ne pus m'empêcher de rétorquer :

— Pas moi.

Il éclata de rire bruyamment, puis me donna une tape dans l'épaule, qui, si je ne l'avais pas vue venir, m'aurait sûrement propulsée à l'autre bout de la pièce. Il quitta la salle en riant. Je l'ignorai et m'attelai à nettoyer la table de massage.

— Ne bouge pas, je reviens, entendis-je dans mon dos.

Bon sang de bonsoir, me dis-je en comprenant qu'Eddy venait de me laisser seule avec Kylian.

Tendue, je ne me retournai pas et me mis à nettoyer chaque centimètre de la table, en prenant tout mon temps.

J'étais coincée car le règlement stipulait que je n'avais pas le droit de laisser un joueur seul dans cette salle. Je me demandais si Eddy ne l'avait pas fait exprès.

Quand je n'eus plus d'autre choix que d'aller près du lavabo pour me laver les mains, j'entendis Kylian soupirer. Je jetai un coup d'œil dans sa direction et le surpris à m'observer.

— Ce sera donc comme ça, à présent ? me s'enquit-il doucement.

Je pris une longue inspiration. Je n'allais pas avoir la force de recommencer éternellement cette conversation ultra-douloureuse.

— Comme quoi ? demandai-je, sur les nerfs.

Je me lavai les mains en lui tournant le dos. C'était plus facile ainsi.

— Comme maintenant. Tu vas continuer à m'ignorer dans une atmosphère glaciale quand on se retrouvera ensemble dans la même pièce ?

Je fermai les yeux, puis coupai l'eau. En m'essuyant les mains, je pris le temps de réfléchir à ma réponse, avant de lui faire face.

— Qu'est-ce que tu veux au juste, Kylian ? Tu m'as dit que tu comprendrais si je décidais de ne plus te parler.

Il sembla abattu.

— Je respecterai ta décision, mais je ne veux pas que tu m'ignores.

Une lueur dans son regard chaud exprima soudain l'hésitation et la crainte. Je n'avais qu'une envie, faire les quelques pas qui nous séparaient et le serrer contre moi. Mais Eddy resurgit brusquement, nous faisant sursauter en chœur.

Il me lança un regard désolé.

— J'interromps quelque chose ?

Il me fit un petit sourire et, dans ses yeux espiègles, je compris qu'il avait fait exprès de partir. C'était adorable de sa part, mais bien trop dur pour moi.

Kylian ne serait jamais un joueur lambda à mes yeux. Pas après notre histoire. Pas après notre amour. Je ne pouvais pas faire comme si de rien n'était.

C'était impossible.

— Non, répondis-je finalement. Rien d'important.

Je quittai la pièce pour mettre de la distance.

J'avais beaucoup de choses à lui dire, beaucoup de questions surtout. Mais je n'étais pas sûre d'être prête à entendre ses réponses. Je ne ressentais toujours rien, comme anesthésiée. Pourtant, je savais pertinemment que c'était reculer pour mieux sauter. J'essayais seulement de retarder l'échéance.

Je filai dans la salle de Stanley qui était censé s'occuper d'autres joueurs, mais la trouvai vide. Nous avions probablement traîné.

Je retournai dans les vestiaires et vis un message de Talina :

J'ai quitté le stade avec un beau brun, on reprend du service ! Je vais rentrer tard. Ne m'attends pas, mais n'oublie pas d'enlever la clé de la serrure.

Tal.

Je souris en récupérant mes affaires. À présent, j'avais deux options : prendre le car avec l'équipe et donc avec Kylian, ou trouver une idée pour rentrer seule par mes propres moyens.

Je savais bien que je ne pourrais pas l'éviter éternellement. Je n'en avais pas non plus envie. Mais j'étais encore beaucoup trop blessée d'être rejetée par l'homme que j'aimais, d'autant plus avec l'ambiguïté de son comportement.

J'envoyai un texto à Eddy pour lui dire que je rentrerais en taxi. Avec tous les voyages à venir, j'aurais tout le loisir de le croiser, de lui parler, mais ce soir… Il fallait que je digère le fait qu'il ne m'aimait plus.

Je pris un sandwich dans un food-truck à l'entrée du stade, puis me rendis au bar réservé au personnel, où pas un chat ne rôdait.

Je m'affalai avec un soupir de soulagement et me mis à manger tranquillement. Le calme de la salle me fit du bien.

La soirée avait été sportive, sans mauvais jeu de mots. Je ne sentais presque plus mes bras et j'étais épuisée à l'idée qu'il fallait que je me lève tôt demain pour faire l'inventaire du matériel restant.

Avant d'appeler le taxi, je décidai d'aller faire un dernier tour sur le terrain. Arpentant le parquet lustré, je me demandais à quel moment le basket-ball était devenu partie intégrante de ma personne et de ma vie. C'était vraiment étrange. Je me sentais en parfaite harmonie lorsque je me trouvais dans un stade.

J'étais pourtant loin d'être une pro du basket.

Je finis par m'asseoir sur un des bancs qui bordaient le terrain, un peu en retrait. Je sortis mon téléphone pour commander un taxi, quand un crissement de semelles me fit relever la tête.

J'eus envie de lâcher un râle de lassitude en voyant Kylian. Il avait un don pour savoir où je me trouvais… Malheureusement pour moi qui avais voulu l'éviter, il n'avait apparemment pas pris le car comme le reste de l'équipe.

Pourtant, lorsqu'il s'avança sur le terrain, je compris qu'il n'était pas venu pour moi. Il ne m'avait même pas remarquée. Je ne bougeai pas d'un pouce, attendant de voir ce qui allait se passer. Il attrapa un ballon et commença par quelques rebonds, avant de dribbler en faisant passer la balle entre ses jambes. Il essaya ensuite quelques lancers, qu'il réussit sans problème.

Il était magnifique. Il était bourré de charisme, même en T-shirt, jean et baskets. En tenue de sport, en costard ou même en tenue d'Adam, il était sublime.

Surtout en tenue d'Adam, me dis-je, nostalgique.

Si seulement je pouvais mettre le temps sur pause, j'aurais pu l'embrasser et le serrer dans mes bras. Sans son consentement, et je m'en fichais, de toute façon il ne l'aurait jamais su…

Ce n'était pas juste. L'amour n'était-il pas censé donner des ailes ? Pourquoi avait-on brûlé les miennes ?

Bon sang ! Pourquoi avais-je l'impression de l'aimer encore plus qu'avant ? Il fallait donc qu'il me quitte pour que je réalise la puissance de l'amour que je lui portais…

Je l'observai encore un peu et décidai de partir. Autant éviter de se faire encore plus de mal.

— Gaby ?

Je grimaçai en entendant mon prénom résonner dans l'immense pièce. Sans doute était-ce tout ce que j'avais espéré, en fait. Qu'il me voie. Mais je regrettais à présent. Rien de bon ne sortirait de cette entrevue.

Comme toujours…

Je le vis avancer dans ma direction, et mon cœur se contracta. Au fond de moi, une petite voix me poussait encore à essayer de le faire changer d'avis. À tenter encore une fois de le récupérer. De comprendre. De connaître la véritable raison qui avait détruit l'amour qu'il me portait.

Je n'arrivais pas à l'accepter.

Il était mien et serait toujours mien.

Cela ne pouvait pas être autrement. Je le refusais. L'amour que je lui portais était bien trop fort pour que je puisse me résoudre à le laisser partir.

Tais-toi, ordonnai-je à mon cœur, qui semblait pourtant n'être en vie qu'en présence de Kylian.

— Tu n'es pas partie avec le reste de l'équipe ? me demanda-t-il lorsqu'il arriva à ma hauteur, le ballon coincé sous le bras.

Je secouai la tête.

— Non. Je pensais rentrer en taxi pour…

Je m'interrompis dans ma lancée pour ne pas être trop blessante, mais Kylian termina ma phrase.

— Pour m'éviter.

Je grimaçai, mais ne niai pas.

— Et toi, pourquoi tu n'es pas rentré avec les autres ? m'enquis-je en retour.

Il sourit et me répondit en haussant un seul de ses sourcils :

— Pour les mêmes raisons que toi.

Je m'esclaffai et me sentis tout d'un coup beaucoup moins coupable, bien que légèrement blessée.

Pourrais-je arrêter d'être constamment en contradiction avec tout le monde, à commencer par moi-même ? Mes émotions me fatiguaient sérieusement.

— Et du coup nous voilà, lâchai-je en écartant les bras.

Il acquiesça, puis passa la langue sur ses dents sans me quitter du regard, comme s'il voulait me dire quelque chose.

— Gaby, je…

Il tendit une main vers moi et se ravisa au dernier moment. Il m'observait, visiblement malheureux, comme si le masque qu'il portait depuis des semaines était enfin prêt à se craqueler.

Je sentis mon cœur se serrer à nouveau et fis un pas en arrière.

— Ne t'en va pas, s'il te plaît, lâcha-t-il finalement. Reste un peu avec moi.

Je le sondai du regard, en me demandant s'il se rendait compte de ce qu'il me demandait. Il semblait réellement vouloir que je reste. Je n'y comprenais rien et je souffrais le martyre.

— Il ne vaut mieux pas, Kylian. Je suis désolée.

Je me retournai. Il fallait que je prenne rapidement de la distance avant de flancher.

Pourquoi voulait-il que je reste près de lui, alors qu'il avait cherché à m'éviter en ne prenant pas le car de l'équipe ?

Je n'eus le temps de faire que quelques pas, quand j'entendis très doucement :

— Une minute, Gaby.

Je levai les yeux au ciel. Pourquoi invoquait-il cette minute ? Dans quel but ?

Je restai sur place, m'interrogeant sur ce que je devais faire : rester ou partir ?

Il reprit :

— Juste une minute, s'il te plaît.

J'acquiesçai finalement, en demandant pardon à mon cœur. Une fois que je serais loin de lui, il se briserait à nouveau, je le savais. Une minute, pour une nuit de torture.

7

— Je t'écoute, soupirai-je en déposant mon sac sur le banc à côté.

Il me sourit timidement, mais je vis tout de même que cela lui faisait plaisir. Comme à son habitude, il sembla chercher ses mots pendant de longues secondes.

— Je dois t'avouer que je ne cherchais pas à t'éviter ce soir.

Je hochai la tête. C'était plus plausible que l'autre version. Je complétai :

— Tu voulais profiter encore un peu du terrain ?

Il confirma mes propos par un signe de tête, puis me tendit le ballon.

— Tu ne voudrais pas faire quelques paniers avec moi ? C'est plus drôle à deux.

Je le dévisageai, sidérée. Si je ne l'avais pas autant aimé, je me serais vraiment demandé s'il ne me prenait pas pour une idiote. J'allais perdre patience. Je fis un effort surhumain pour tenter de maîtriser les trémolos qui menaçaient de faire dérailler ma voix.

— Écoute, Kylian, j'essaye très difficilement d'accepter ta situation, je t'ai dit que j'avais besoin de distance, et tu m'as dit que tu respecterais mon choix alors, non, je n'ai pas envie de faire quelques paniers avec toi. Si tu veux me parler, je t'écoute, sinon il me semble que la minute est écoulée.

Il baissa les yeux, accusant le coup, mais resta neutre. Il

ouvrit la bouche, mais aucun son n'en sortit. Je ne voulais plus fuir, seulement comprendre… Alors je craquai.

— Pourquoi tes sentiments pour moi ont disparu ?

Il détourna le regard, passa la langue sur ses lèvres, essayant de gagner encore du temps.

— Gaby…

— Je veux juste une réponse franche, Kylian, le coupai-je en voyant qu'il allait encore me sortir un truc bidon. Pourquoi tu ne m'aimes plus ? Qu'est-ce qui s'est passé pour qu'on en arrive là ?

Il soupira et me regarda intensément. Était-ce un moyen de me passer du baume avant de me faire mal ? Je savais que ma question était brutale, mais j'avais besoin d'une réponse sincère. Malgré tout, je crevais de peur.

J'avais juste besoin de comprendre.

J'avais mal au ventre d'angoisse et d'impatience.

— Il faut que je remette de l'ordre dans ma vie.

Sa voix était dure, comme si parler de lui, de nous, l'agaçait. Ou bien comme s'il ne voulait laisser transparaître aucun sentiment. Je n'en valais apparemment plus la peine.

— De l'ordre ? Après tout ce qui s'est passé, tu dois mettre de l'ordre dans ta vie, maintenant ? Tu ne pouvais pas le faire avant ? Genre : avant qu'on se rencontre ?

Je sentais l'irritation monter rapidement en moi. Je ne savais pas ce qui m'agaçait le plus : sa réponse ou bien le fait de le sentir véritablement sincère…

— Je ne savais pas que notre relation allait mettre ma vie sens dessus dessous.

J'accusai le coup, meurtrie, et me sentis soudain très lasse de tout ça. Pourquoi la vie était-elle parfois si compliquée ?

— Gaby, reprit-il en me prenant la main. Crois-moi lorsque je te dis que tu as embelli ma vie. Tu es et tu seras la seule qui m'a fait comprendre ce que c'était qu'aimer. Mais je ne peux plus être cet homme-là. Je ne suis pas bon pour toi.

— Tu te trompes.

Le barrage que j'avais érigé semblait sur le point de s'effondrer. Il fallait que j'arrive moi aussi à baisser les armes.

— Tu n'es pas mauvais pour moi. Tu ne le seras jamais, Kylian. Et chaque jour sans toi est une torture. Je te vois évoluer, je vis cette expérience avec toi, sans pouvoir en profiter pleinement à tes côtés. Et pourtant… ça me déchire… ça me tue, parce que je t'aime chaque jour un peu plus.

Il ferma les yeux, comme pour me cacher ses sentiments. Mon cœur était à vif, la plaie saignait abondamment. La force de mon amour me percuta de plein fouet.

C'était immensément douloureux.

Je fis un pas dans sa direction, posai les mains sur son torse et les remontai jusqu'à ses joues. Toucher son corps, sa peau, me donna un nouveau souffle de vie.

Sans lui, je n'étais pas entière.

— Regarde-moi, Kylian.

Il ouvrit les yeux et trouva instantanément mon regard.

Ce que j'y vis me fit mal : il souffrait.

— Tu ne comprends pas, dit-il tout bas.

Au contraire, je voyais très clair. Comment pouvait-il me dire qu'il ne m'aimait plus quand la fenêtre qui donnait sur son âme me disait le contraire ?

Je me hissai sur la pointe des pieds et, le cœur battant à tout rompre, déposai les lèvres sur les siennes.

Il ne résista pas, mais ne me rendit pas non plus mon baiser. Je l'embrassai un peu plus profondément, et alors, seulement, il glissa les mains autour de ma taille et me rapprocha de lui.

Lorsqu'il accentua son baiser, je sentis mes ailes revenir. Un second souffle de vie s'insuffla en moi, et je m'autorisai à fermer les yeux.

J'accentuai encore plus notre baiser en goûtant sa langue. Sa douceur, son odeur… Tout semblait se remettre en place lorsque je me trouvais dans ses bras. Même mon corps s'anima vivement.

Il me serra très fort dans ses bras, au point de me décoller du sol.

Sur pause. Par pitié, que le temps se mette sur pause !

Il sembla s'animer aussi. Il me goûtait avec une passion que je n'avais jamais expérimentée. Puis, soudain, il rompit notre baiser, leva le visage vers le ciel et ferma les paupières.

Lorsqu'il me regarda à nouveau, je sus ce qu'il dirait avant qu'il le prononce :

— Ça ne change rien, Gaby. On ne peut pas être ensemble.

Je me fichais royalement de ce qu'il pouvait dire. Je l'avais ressenti et je l'avais vu dans ses yeux.

Notre amour n'était pas mort.

Je tentai de comprendre ce qui le tenait si loin de moi.

— Est-ce que quelqu'un te met une quelconque pression pour que tu t'éloignes de moi ? Est-ce qu'on te fait chanter pour ça ?

Il secoua la tête.

— Non. S'il te plaît, comprends qu'il ne faut pas qu'on soit ensemble. On ne peut pas l'être. *Je* ne le veux pas. Pardonne-moi.

Il fit quelques pas en direction de la sortie, et je le regardai, des millions de questions en tête. Je comprenais le fil du problème, sans en avoir la solution finale.

Kylian s'arrêta, puis se tourna dans ma direction.

— Je te raccompagne ?

J'acquiesçai en le gardant à l'œil.

Je me fichais pas mal de ce qu'il avait pu me dire. Certaines choses ne trompent pas. Qu'il soit consentant ou non, je me battrais pour le récupérer. Je me battrais pour nous.

Je le suivis sans rien dire.

Quelques personnes se trouvaient encore dans le stade, notamment les vigiles et les hommes de ménage. On s'arrêta deux fois pour que Kylian fasse des photos avec eux, avant de passer par le vestiaire pour qu'il récupère ses affaires.

Ce ne fut qu'une fois sur le parking que je retrouvai ma voix.

— Comment allons-nous rentrer ? On n'a pas de voiture.

Kylian s'arrêta et sourit machinalement, sans que cela illumine ses yeux. Rangeant son téléphone dans sa poche, il me dit :

— Ne t'en fais pas pour ça.

Je haussai un sourcil sans comprendre, mais il passa le pouce sur mon front, comme pour effacer mon expression de curiosité.

— Ne m'ignore pas, Gaby, continua-t-il en interrompant mes pensées.

— Je ne t'ignore pas.

— Est-ce que tu crois qu'on pourrait être amis ?

Je m'esclaffai sans joie, avec l'envie de le frapper.

— C'est possible pour toi ? Parce que, clairement, moi, je ne pourrai jamais te considérer comme un ami.

Il accusa le coup et récupéra sa main, qu'il fourra dans sa poche.

Je ne comprenais même pas comment il osait me poser cette question, qui en rajouta une couche à mon cœur déjà bien à vif.

— Alors, on va continuer comme ces derniers jours ? Sans se parler ?

Cette idée semblait vraiment lui faire du mal. J'étais partagée entre l'envie de le voir souffrir autant que moi et celle de céder. J'avais en horreur l'idée même de le voir mal, a fortiori à cause de moi.

Finalement, je trouvai un compromis.

— On peut se parler. Mais ne compte pas sur moi pour te considérer comme un ami. Je n'aurai jamais de sentiments différents de ceux que je ressens actuellement.

J'ajoutai pour être sûre qu'il comprenne :

— Je n'ai pas l'intention de baisser les bras, Kylian. Ne compte pas sur moi pour mettre notre relation de côté et faire comme si tout allait bien. Je ne sais pas encore ce qui te pousse à me garder à distance, mais ça m'est égal. Tu m'as souvent reproché de baisser les bras et de ne pas me battre pour nous. Je compte te prouver que tu as tort.

Il secoua la tête, las.

— Tu risques de te faire plus de mal qu'autre chose.

J'ignorai l'éclair de douleur qui fendit mon cœur, ainsi que l'alarme de survie dans mon cerveau qui me suppliait de lâcher prise.

— Je me fiche pas mal de foncer droit dans le mur. Je n'abandonnerai pas, tant que je ne serai pas certaine que notre relation est définitivement morte.

Il se mordilla la lèvre inférieure, comme s'il hésitait. Finalement, il secoua simplement la tête et sembla soulagé lorsque le taxi arriva.

Il me tint la porte, puis s'installa à mes côtés, en silence.

Voyant qu'il semblait déterminé à rester muet, je récupérai mon téléphone et envoyai un message à Talina :

Je retire ce que j'ai dit…

J'aimerais que tu enquêtes sur Kylian. Je sais qu'il me ment.

Mieux ! Je suis presque sûre qu'on lui fait du chantage pour qu'il reste loin de moi.

On en parle demain. Bonne soirée.

8

Kylian s'était totalement refermé. Je n'avais pas essayé de pousser plus loin mon interrogatoire, préférant l'observer sans rien dire. Il avait senti que la brèche qu'il avait laissée ouverte m'avait montré bien plus de choses qu'il ne l'aurait souhaité.

Je ne comprenais rien. Je n'arrivais pas à savoir s'il m'avait délibérément menti, s'il m'aimait toujours, s'il avait renoncé par intimidation, ou peur, ou envie… À moins qu'il n'ait juste pas voulu me blesser en me repoussant une fois de plus.

Le doute me rongeait.

La seule chose que je savais, c'était que je n'abandonnerais pas l'idée de le retrouver. J'étais persuadée qu'il me cachait des choses et, tant que je ne serais pas sûre au plus profond de moi-même que notre relation était morte, je chercherais toujours à le reconquérir. À raviver cette flamme si spéciale qu'il y avait eu entre nous, et qui existait toujours, même s'il le niait.

Même si je ne pensais qu'à me coller à lui, à l'embrasser, à le toucher, je me retenais de faire tout mouvement qui aurait pu déclencher un nouveau rejet.

Il me manquait tellement.

Peut-être étais-je juste stupide de vouloir récupérer l'homme que j'aimais, mais j'étais persuadée que si je ne me battais pas aujourd'hui pour lui je regretterais un jour d'avoir baissé les bras.

Ce soir-là, je trouvai rapidement le sommeil. Un sommeil sans rêves, paisible et reposant, même si le réveil fut terriblement dur.

C'était ça aussi l'effet que Kylian avait sur moi : un apaisement que je n'avais jamais ressenti avec personne d'autre.

Je passai la matinée au complexe sportif pour l'inventaire réglementaire après match. Entre le recensement du stock et les commandes à passer, je ne vis pas le temps filer. Ce n'est qu'en début d'après-midi qu'un coup de barre me frappa violemment. Eddy le vit et me renvoya chez moi.

Je retrouvai Talina à la maison, installée dans le salon, deux verres de vin remplis sur la table basse, ainsi que la bouteille rebouchée. Je m'arrêtai dans l'entrée et l'observai curieusement.

— Tu as ramené quelqu'un ? m'enquis-je. Ne me dis pas que je vais voir un paillasson sur pattes déambuler dans l'appartement ?

Elle éclata d'un rire franc, puis secoua la tête tout en relevant ses cheveux qu'elle attacha à l'aide d'un stylo. Pourquoi avait-elle l'air de la femme la plus sensuelle du monde quand elle faisait ça, et moi d'une paysanne négligée ? !

— Non, ne t'en fais pas, nous sommes seules.

Elle tapota la place à ses côtés, un sourire impatient aux lèvres.

J'abandonnai mon sac dans l'entrée, puis la rejoignis, sur mes gardes.

— Apparemment, on a quelque chose à fêter ?

— Oui ! Prends ton verre.

Elle n'attendit pas que je m'exécute et me le fourra dans les mains. Je ne savais pas ce qu'elle avait à me dire, mais il devait s'agir d'une très bonne nouvelle. Je n'avais jamais vu Talina si rayonnante.

— Qu'est-ce qui se passe ?

— Je reprends officiellement du service !

Je rigolai en la regardant, pas surprise le moins du monde.

— Tu m'avais prévenue que tu cherchais une liste de portefeuilles, ici, mais ce n'est pas pour ça que tu es aussi heureuse, si ?

Elle secoua rapidement la tête, sans cesser de sourire. Elle me rendait folle de curiosité.

— Raconte !

— Figure-toi que l'homme avec qui j'ai passé la nuit est directeur d'une agence de mannequinat. Je n'ai jamais entendu autant de compliments à mon égard que dans la bouche de ce mec. Il sait parler aux femmes, Gaby, et pas qu'avec sa voix… Sa bouche fait des merveilles, quant à sa langue…

— Ah ! grognai-je en mettant les mains sur mes oreilles, quand je vis qu'elle s'égarait. Je ne veux rien savoir, Tal. Viens-en au fait.

Elle pouffa et claqua son verre contre le mien.

— Il m'a donné rendez-vous dans trois semaines et m'a assuré que, si j'arrivais à avoir un visa, il ferait l'impossible pour me faire défiler parmi les plus grands !

Je trinquai à nouveau avec elle.

— C'est une magnifique nouvelle ! Félicitations. Tu en as tout le potentiel.

— Je sais. L'histoire du visa risque d'être plus compliquée, par contre.

— Une chose à la fois. Renseigne-toi, je suis sûre que tu y arriveras.

Elle leva à nouveau son verre dans ma direction et but une gorgée.

J'étais heureuse pour elle, mais je ne connaissais rien à l'univers de la mode et je ne pus m'empêcher de m'inquiéter.

— Tu es sûre que cet homme est réglo, hein ? Qu'il ne t'a pas vendu uniquement du rêve pour arriver à ses fins ?

Elle haussa un sourcil en me regardant comme si j'étais la plus cruche des cruches.

— Tu penses vraiment que je suis une débutante ? Je me suis renseignée sur lui, sur son agence, et j'ai même réussi à contacter d'autres mannequins qui ont travaillé pour lui. Cet homme est clean. Et, sans prendre de risques, on ne réussit jamais à atteindre son but.

Je lui souris, tout en me perdant dans mes pensées. Ses paroles faisaient écho à mes propres objectifs. Je me sortis de force de ma bulle, en rebondissant sur ses mots.

— Quel est ton but, Tal ?

Elle répondit sans même réfléchir :

— L'argent et la célébrité. Le sexe vient tout naturellement, je n'ai pas besoin de l'espérer.

— Pourquoi cours-tu autant après l'argent et la gloire ?

— Parce que la dernière chose que je me souhaite, c'est de finir pauvre. Je préfère être malheureuse et riche que malheureuse et pauvre.

Je la vis se perdre quelques secondes dans ses pensées et, alors que je n'avais jamais osé poser de questions sur sa vie personnelle, je sentis que c'était le bon moment.

— Tu as de la famille ?

— J'avais.

Pas d'explication supplémentaire. Talina but une autre gorgée de vin, sans rien ajouter. Je tentai de pousser un peu plus loin.

— Comment ça, *avais* ?

Elle remua, manifestement mal à l'aise avec cette conversation, puis me scruta, comme si elle essayait de savoir si elle pouvait me faire confiance. Je faillis me vexer, mais elle m'expliqua finalement :

— Ma mère est morte quelques jours après m'avoir mise au monde. Un staphylocoque doré non détecté. Je ne l'ai donc jamais connue. Quant à mon père, c'était un homme bon et gentil. Il a réussi à combler le vide que je ressentais sans la présence d'une mère. Il était maladroit, surtout au début de mon adolescence, quand j'ai commencé à avoir les seins qui se développaient et mes règles…

Elle s'esclaffa tristement, le regard perdu dans son verre presque vide. Je ne dis rien, la laissant raconter ce qu'elle voulait.

— Nous n'étions pas riches, mais je ne m'en plaignais pas. Mon père avait une entreprise à lui qui nous permettait de vivre sans vraiment manquer de quoi que ce soit. Jusqu'à ce qu'elle ferme et que les dettes s'accumulent. À ce moment-là, il s'est mis à boire de plus en plus, surtout lorsqu'il a vu qu'il n'arrivait pas à retrouver un boulot. À l'époque où il avait contracté des crédits, il n'avait pas pensé un instant à prendre des assurances en cas de pépin. Très vite, l'appartement dans lequel nous vivions a été saisi à cause de loyers impayés. Notre ancienne voisine m'hébergeait gracieusement, parce qu'elle avait toujours apprécié mon père, tandis que lui dormait dans la rue, refusant obstinément toute aide extérieure. Il était têtu, un peu comme toi, d'ailleurs. Sauf qu'il ne savait pas qu'en me laissant chez la voisine ce serait le début de mon enfer personnel.

Elle s'arrêta et m'observa en secouant la tête.

— Je devrais t'épargner cette histoire, Gaby. Elle est déprimante, et c'est du passé. Ce n'est jamais bon de revenir dessus.

Je comprenais son message, mais souhaitais vivement en savoir plus et lui tendis une perche.

— Tu as toujours été mystérieuse sur ton histoire. Je n'ai jamais creusé parce que je savais que tu ne voulais pas en parler, mais tu es vraiment une amie à mes yeux, et j'aimerais te connaître aussi bien que tu me connais.

Elle me sourit sincèrement, puis ferma les yeux en rejetant sa tête sur le dossier du canapé.

— Tu l'auras voulu. Mais je te préviens : pas de compassion, ni rien de dégoulinant. J'ai depuis longtemps enterré mon passé et accepté qu'il fasse partie de moi. On est d'accord ?

— On est d'accord.

Je n'étais pas certaine de pouvoir tenir parole. Mon côté empathique l'emportait toujours lorsqu'il s'agissait des gens que j'aimais.

Malgré tout, par respect pour elle, et parce que j'imaginais parfaitement qu'elle était loin de parler à tout le monde de son histoire, je pris une grande inspiration, me plaçai confortablement au fond du canapé, pour paraître tout sauf larmoyante, et la laissai reprendre sans dire un mot.

Compte tenu du début de son récit, je m'attendais à une suite difficile.

— Je voyais de moins en moins mon père. Au fur et à mesure de nos rencontres, il devenait méconnaissable. L'adolescente que j'étais avait honte de son paternel. J'étais vraiment ingrate, et c'est d'ailleurs le seul et unique regret que j'ai dans ma vie : avoir été aussi égoïste et mauvaise envers lui, alors qu'il n'avait toujours voulu que mon bonheur. Je vivais avec ma voisine et ses deux fils plus âgés que moi. Ils se comportaient comme des frères, et toute la famille essayait de soulager au mieux mes conditions de vie. J'avais un toit, une assiette remplie le soir venu, un endroit pour dormir au chaud. J'étais en sécurité, même si je m'inquiétais sans cesse pour mon père. Les jours où je ne le voyais pas, je ne savais même pas où il était, comment il allait. Si nous réussirions à nous retrouver un jour, comme avant. S'il arrêterait de boire… Toutes ces choses-là, tu vois ?

J'acquiesçai simplement d'un signe de tête, sans l'interrompre.

— Et puis, un soir, je faisais mes devoirs dans ma chambre. Je m'en souviendrai toute ma vie. Chaque détail, chaque seconde de cette soirée est gravée dans ma tête. Il était très tard, mais je voulais absolument être la meilleure pour que mon père soit fier de moi. Alors je me fichais de l'heure, je travaillais sans relâche sur tous mes cours. J'avais quinze ans, je voulais réussir pour lui. Les garçons sont arrivés dans ma chambre, ils m'ont aidée à faire mes devoirs. Lorsqu'ils en ont eu marre, ils m'ont encore un peu tenu compagnie, puis on s'est posés sur mon lit comme on le faisait souvent pour discuter. C'est là que tout a dérapé. Yohan, qui a quatre ans de plus que moi, a commencé à me toucher la cuisse. Je n'ai rien dit sur le coup, parce que je n'ai pas vu tout de suite le mal dans son geste, encore moins ce qu'il prévoyait. Cédric, de deux ans son cadet, m'a proposé un jeu malsain que j'ai refusé, alors il m'a bloqué les mains et m'a dit que je finirais avec mon père, à la rue et dans le froid, si je criais ou si je rapportais ce qui se passait. J'étais terrifiée. Je n'ai rien dit. Je les ai laissés faire. Ils m'ont déshabillée, ils ont joué avec moi, m'observant sous toutes les coutures, puis, probablement au comble de l'impatience et de l'excitation… ils m'ont violée. À deux. Un au-dessus, un en-dessous. Et ils ont pris leur pied, tandis que moi je me mordais les joues de toutes mes forces pour ne pas crier, pour ne faire aucun bruit, alors que je souffrais comme jamais je n'ai souffert dans ma vie.

Elle s'arrêta.

Je n'avais envie que d'une chose : vomir. Je fis le maximum pour ne rien laisser voir de la peine que je ressentais. J'aurais voulu la prendre dans mes bras, mais je savais qu'elle n'accepterait aucun geste de ma part. Alors je restai sagement à ma place, les yeux plongés dans mon verre, en retenant les larmes qui menaçaient d'envahir mes yeux.

Je ne me le permettrais pas.

Pour elle.

Talina n'avait aucune expression. Elle restait de marbre, comme si tout cela ne l'atteignait plus.

Tout ce qu'elle avait pu me dire depuis plus d'un an au sujet de ses partenaires me revint en tête. Notamment sur sa relation avec Morgan :

« Il m'a fait l'amour, Gaby ! Personne ne m'a jamais fait l'amour ! »

J'avais l'impression que soudain toutes mes interrogations la concernant s'éclairaient. Au-delà de la compassion que je ressentais pour elle, et de cette pitié qu'elle haïrait, je comprenais enfin son personnage.

— Dis-moi que tu as fini par porter plainte contre eux,

ou qu'ils brûlent en enfer, finis-je par dire doucement en la voyant toujours perdue dans ses pensées.

Elle croisa mon regard et me sourit.

— Si seulement… Mais non. J'avais peur. Ils m'ont fait vivre cette expérience tous les soirs. Pendant un mois, mon corps n'a été qu'un jouet douloureux. Ce n'est que lorsque j'ai eu une note lamentable à un devoir que j'ai craqué. J'ai pris sur moi, j'ai modifié la note sur ma copie pour me mettre un vingt sur vingt et je suis allée voir mon père. J'avais besoin de trouver un refuge, et la maison de ma voisine n'en était plus un. Je voulais aussi lui faire plaisir. Je me disais que s'il voyait que je me battais pour m'en sortir ça lui donnerait peut-être aussi envie de se battre pour remonter la pente. Sauf qu'il n'a jamais vu ma note. Je l'ai trouvé mort sur le bord du trottoir, sans que personne ait même remarqué son cadavre. On pensait sûrement qu'il dormait. Il est mort de froid.

— Je suis désolée, soufflai-je, la gorge nouée, des frissons me parcourant le corps.

J'eus envie de me réfugier dans ma chambre pour pleurer. Comment faisait-elle pour vivre après avoir vécu cet enfer ?

Talina me sourit et haussa les épaules.

— Les jours qui ont suivi ont été les pires de ma vie. Peu m'importait ce que les garçons m'avaient fait vivre. La perte de mon père est la pire chose qui me soit arrivée. À ce moment-là, je suis devenue folle. J'ai été internée à l'hôpital psychiatrique. J'ai suivi des cours à distance, sous la tutelle de l'État, pendant un an. Puis, quand j'ai eu seize ans et demi, je me suis reprise en main. J'ai démontré pendant de longs mois que j'allais mieux, j'ai demandé mon émancipation et, une fois celle-ci obtenue, j'ai mis mon passé au fond d'une malle que j'ai jetée au milieu de la mer. Ça fait dix ans maintenant, j'ai tourné la page sur tout ça, sans oublier pour autant le chemin que j'ai parcouru. Ensuite, j'ai trouvé un travail de serveuse. J'ai utilisé mes charmes pour finir certains mois et, quand j'ai vu que le sexe marchait bien mieux que n'importe quel job, je ne me suis plus arrêtée. J'ai très vite pris du plaisir à ce que je faisais, surtout avec les hommes expérimentés. J'ai donc commencé à me faire une liste de portefeuilles. J'ai eu mon premier appartement grâce à l'un d'eux. Il était fou de moi.

Elle gloussa, puis but le reste de son verre. La joie revint sur les traits de son visage, et je ne vis plus une seule trace de tristesse en elle. La femme que j'avais toujours connue, sortie de son passé sombre, redevenant celle qui était joyeuse et positive.

Bon sang… Comment fait-elle ?

J'avais l'impression de m'être pris une immense claque. Moi qui étais toujours si pessimiste. Cette fille était une force brute, et je me sentis en totale admiration face à elle.

— C'est le seul homme à qui je donnais constamment des rendez-vous, continua-t-elle. Il n'était pas beau, mais qu'est-ce qu'il était bon au lit ! Enfin bref, les cadeaux se sont accumulés, ma liste de portefeuilles aussi et, petit à petit, je me suis fait beaucoup d'argent, au point de pouvoir m'acheter mon propre appartement. Mais, au bout d'un moment, il me fallait renouveler mes portefeuilles qui ne sont pas inépuisables. J'ai postulé au Vandôme, et tu connais la suite !

L'immense sourire sur son visage fit revenir le mien. Pourtant, ce qu'elle m'avait confié tournait en boucle dans mon esprit. Il me faudrait du temps pour ne plus ressentir cette compassion envers elle. J'espérais juste qu'elle n'en verrait rien.

Talina se leva et alluma la radio.

— Tu peux penser que je suis une pauvre fille, Gaby, mais je suis heureuse, aujourd'hui. Ce n'est pas le plus important ?

— Je ne pense pas du tout que tu es une pauvre fille, Tal.

— Alors, arrête de prendre cet air de chien battu.

Loupé !

J'avais presque oublié que Talina voyait en moi bien trop clairement.

Je lui fis un sourire d'excuses. Elle me prit la main, me tira vers elle et ajouta rapidement :

— Je devrais peut-être dire : un air de chienne ? Je suis sûre que ça devait être chaud bouillant avec Kylian. Cochonne !

J'éclatai de rire, pas du tout prête à entendre ce qu'elle venait de dire.

Elle pouffa à son tour et monta le son de la musique en se trémoussant au rythme des basses qui emplissaient le salon.

Nous venions de passer un immense cap dans notre amitié. Elle s'était ouverte entièrement à moi. À moi d'être digne de ses confidences. De ne faire aucune différence et d'être égale à moi-même, comme elle me l'avait demandé.

Je savais que son histoire me resterait en tête mais, à présent que je savais qui elle était, que je connaissais son lourd passif, mon affection pour elle grimpa d'un niveau.

Je l'admirais.

Elle était la femme la plus forte qu'il m'avait été donné de rencontrer, et j'étais fière d'être son amie.

9

— Tu as ton aprèm ? Qu'est-ce que tu comptes faire ? enchaîna Talina en s'affalant sur le canapé.

— Dormir ?

Elle me regarda, horrifiée, et je sus que mes espoirs de pouvoir rejoindre mon lit venaient de tomber à l'eau.

— Je suis fatiguée, précisai-je, presque coupable. Je sais que tu ne dors pas beaucoup, mais moi j'ai besoin de mes huit heures et je suis loin du compte.

— Pauvre mamie… Tu vas bientôt parcourir tout le pays, et peut-être que moi aussi de mon côté… tu ne préfères pas aller faire les magasins avec ta copine ? Promis, je te laisserai te coucher tôt.

Après l'intensité de ses révélations, on s'était défoulées en dansant comme des dingues dans le salon. L'appel de mon lit était fort, pourtant je craquai et cédai. Elle tapota dans ses mains et se releva.

— En plus, on doit préparer notre plan pour découvrir qui mène Sexy Kiki par le bout du nez.

Je rigolai en entendant le surnom étrange que Talina venait de donner à Kylian. Pourtant le sujet n'était pas drôle, et je perdis vite mon sourire.

— Il est possible que je me trompe et que personne ne cherche à éloigner Kylian de moi…

— Certaines intuitions ne trompent pas, Gaby. Autant

aller au bout des choses et voir si ton instinct est juste. Il faut en avoir le cœur net. Tu ne crois pas ?

Je haussai les épaules, ce qu'elle prit pour un accord.

Elle m'attrapa la main et m'aida à me relever, prête à sortir.

Je pouvais définitivement dire adieu à mon sommeil à rattraper.

Ce soir, je me couche tôt, me consolai-je en suivant l'infatigable Talina.

Les jours suivants, j'eus beaucoup de temps pour moi. Le repos postmatch impliquait un travail moindre pour nous, et j'appréciais de me retrouver un peu.

Le premier match officiel de la saison des Monsters se jouerait prochainement à domicile, contre l'équipe des Boston Clovers. S'ensuivraient de nombreux voyages, ce temps de pause était donc précieux.

J'avais l'impression que ma vie était gouvernée par l'amour que je portais à un homme qui ne souhaitait plus ma présence dans la sienne. Après tout, c'était pour le suivre que j'étais désormais dans cette voie.

Était-ce ce que je voulais vraiment ? Réussir ma vie dans la dépendance, autrement que grâce à moi-même et à mes efforts ?

J'étais en pleine réflexion face au lac immense qui s'étendait devant moi. J'avais pensé m'affaler dans le parc à côté de la maison, mais beaucoup de monde profitait des derniers beaux jours et, finalement, mon côté asocial avait pris le dessus. J'avais continué mon chemin sans m'arrêter, puis pris la direction de la petite plage, et enfin rejoint l'extrémité d'un ponton en pierres.

Je m'y étais assise, les pieds frôlant la surface de l'eau. Il n'y avait personne pour me sortir de mes rêveries, pas un chat à la ronde. Et, oui, l'idée qu'on puisse venir me tuer et me laisser mourir au fond de l'eau m'avait traversé l'esprit, mais j'avais rapidement chassé cette idée. Parce que, ici, je me sentais parfaitement bien.

Je fis ce que je n'avais pas pu faire depuis plusieurs semaines : absolument rien.

Je fixais le lac, qui scintillait sous les rayons du soleil. Et, alors qu'en ville la chaleur n'était pas loin d'être étouffante, je frissonnais presque.

Le soleil descendait doucement sur l'horizon quand je sentis ma peau me picoter. J'étais bonne pour un bon gros coup de soleil. Aucune importance, j'aurais tout le temps de me plaindre plus tard.

Je récupérai mon téléphone et parcourus les réseaux sociaux. Mon fil d'actualité était rempli de photos de matchs de basket-ball. L'affiche des Monsters retint mon attention. Sur celle-ci, Junior était au premier plan, le visage concentré, en pleine action, prêt à mettre un panier. Au second plan se trouvait le reste de l'équipe, dont Kylian. J'agrandis la photo et souris.

Il fallait que j'arrête ça, de chercher toutes les informations possibles sur lui. Mais je n'y arrivais pas.

Je me relevai en début de soirée, puis rentrai tranquillement à pied, découvrant de magnifiques coins que j'enregistrai mentalement.

Je pris le temps de les explorer en y retournant chaque soir, prenant des centaines de photos que j'envoyais à ma mère pour la motiver à venir me voir au plus vite.

Ma famille me manquait.

Le jeudi, je m'étais occupée des soins uniquement avec Stanley. Eddy s'était rendu avec Kylian au centre de radiologie pour son contrôle mensuel. Je bouillonnais d'impatience et m'attardai plus que d'habitude.

Je déambulai dans les longs couloirs du complexe, avant d'aller me poser dans la salle de repos des entraîneurs.

Je croisai M. Hanks, qui me salua, puis restai seule à me

demander si Kylian pourrait ou non jouer le lendemain soir contre Boston.

Elijah passa la tête dans la pièce en me voyant comme une pauvre malheureuse, seule devant la télévision.

— Tout va bien ? demanda-t-il gentiment.

C'était le plus grand joueur de l'équipe. Il avait passé son enfance en Angleterre, mais avait des origines africaines. Il avait pas mal de cicatrices partout sur le corps – corps magnifique à regarder, fallait-il encore le préciser –, mais cela n'enlevait rien à son charme certain. Il était adorable.

— Oui, tout va très bien. Et toi ? Toujours des crampes ?

Je tentai de retenir mon sourire moqueur, sans succès.

— Ne pense pas que j'ai oublié ! Je me vengerai au bon moment.

— J'en prends note.

— On se voit demain, alors ?

J'acquiesçai, puis le regardai s'en aller. J'arrivais petit à petit à mieux cerner les joueurs. Elijah faisait partie de mes préférés, Junior était celui que j'aimais le moins.

Je continuai de zapper sans regarder la télé. Voyant l'heure tardive, je me fis une raison et finis par récupérer mes affaires, prête à rentrer. Je fis néanmoins un petit tour au secrétariat. Par chance, il était vide.

J'avais le droit de me trouver ici, mais pas pour les raisons qui m'animaient, et pas pour fouiller dans les dossiers des joueurs. De ce fait, j'avais l'impression d'être un bandit qui dévalisait les tiroirs administratifs.

Je faillis crier de joie lorsque je trouvai le dossier général de Kylian. Je l'ouvris rapidement, cherchant une information précise sur la première page, puis me figeai.

Bordel de putain de bon sang de merde ! jurai-je intérieurement.

En bas de la page, un cadre réservé aux personnes à contacter en cas de problème était rempli. Le nom indiqué faillit me faire tomber à la renverse.

C'était le mien.

Je refermai le dossier pour être sûre que j'avais pris le bon, puis le rouvris pour être sûre de ce que j'avais lu. Je vérifiai une dernière fois que j'avais bien recopié son numéro de téléphone et enfin le rangeai exactement à la place où je l'avais trouvé.

Avant de ressortir de la salle, je m'arrêtai un instant pour réfléchir.

Avait-il rempli ce dossier avant de me quitter ? Avait-il oublié de modifier cette partie, ou bien en avait-il conscience et souhaitait-il que je reste la personne à contacter ?

Mon cerveau était noyé de questions.

Ce n'était pas possible… Mes déductions ne tenaient pas la route. C'était mon nouveau numéro qui était renseigné, cela voulait donc dire que cela datait d'après son arrivée aux États-Unis. Et accessoirement qu'il avait mon numéro, sans l'avoir jamais utilisé.

Je quittai le complexe en saluant toutes les personnes que je croisais et rentrai à pied en pressant le pas. Mais à mi-chemin je craquai et ouvris un nouveau message que je destinais à Kylian. Il avait changé de numéro à son arrivée à Chicago, mais ne me l'avait pas communiqué. Assurément, il craignait que je le harcèle, ou même simplement qu'on se parle, mais j'étais bien trop curieuse pour ne pas lui demander des nouvelles de son rendez-vous du jour.

Je me rétractai une fois et faillis, à la place, envoyer un message à Eddy. Il était au courant de tout et avait passé l'après-midi avec Kylian, il avait sûrement les réponses à mes questions… Mais pas à toutes.

J'effaçai le destinataire, puis remis le nom de Kylian.

En arrivant en bas de la maison, j'étais toujours en train de regarder mon écran vide.

Foutue peur !

Depuis quand écrire un message pour prendre de simples nouvelles était devenu aussi dur ?

Dans l'ascenseur, je tentai d'écrire un petit mot gentil et

neutre, mais il sonnait tout sauf naturel. J'effaçai le tout, puis décidai d'attendre les conseils de Talina.

Malheureusement, je trouvai l'appartement vide.

— Pourquoi ? grognai-je lamentablement en m'affalant sur mon canapé.

Je pris une position bien confortable, quand mon téléphone vibra.

Je fis un bond en voyant qu'il venait de m'envoyer un message :

C'est qui ?

En regardant plus haut, je faillis pleurer de frustration et de panique mélangées.

J'avais dû appuyer sur des touches en rentrant dans l'appartement, ou bien lorsque je m'étais déchaussée, car j'avais envoyé deux messages involontairement, comme une débutante.

Foutu tactile !

J'étouffai un cri dans mon coussin, puis regardai mon écran, le cœur battant.

Saleté de stupide téléphone !

Plusieurs choix s'offraient à moi.

Répondre que c'était une erreur.

Répondre que je n'avais pas fait exprès.

Répondre la vérité en enchaînant sur d'autres questions le concernant.

Ou bien répondre que j'étais une groupie folle furieuse qui le voulait dans son lit.

La dernière option était bien tentante et assez véridique, mais je n'oserais pas. Je réfléchis de longues minutes, en réalisant qu'il n'avait même pas pris la peine d'enregistrer mon numéro, puis rédigeai un simple message :

C'est Gaby. Désolée, je n'ai pas fait exprès. Je voulais prendre des nouvelles, mais c'était plus compliqué

que prévu d'écrire un message en ayant les mains prises.

C'était partiellement vrai. J'hésitai à appuyer sur la touche envoi. Mon pouce allait et venait et soudain, comme une enfant, je le fis et cachai immédiatement mon téléphone sous le coussin. J'avais envie de l'éteindre et de ne plus jamais le rallumer de peur de sa réponse… S'il me répondait.

Je le récupérai néanmoins et vis la mention « lu » affichée.

Je le cachai à nouveau sous le coussin, puis me levai et tournai en rond.

C'est ridicule ! pensai-je intensément. *Ressaisis-toi, Gaby. Tu n'es plus une adolescente, c'est normal de demander des nouvelles à certaines personnes !*

Mais pas à celles dont on a volé le numéro…

Inspirant profondément, je repris mon téléphone et en le déverrouillant, je vis qu'il était en train de rédiger un message.

Je me levai dans un état de stress avancé, puis jetai l'objet sur le canapé pour aller aux toilettes. Il fallait que je fasse quelque chose pour retarder le moment de lecture.

Je trottinai ensuite vers mon portable mais ne vis aucune notification. Il avait dû se raviser. Je me réinstallai, atrocement déçue, sur mon canapé.

Je relus mon message, puis vis qu'il écrivait à nouveau. Je ne clignai pas des yeux, me demandant s'il était en train de m'écrire un roman et, dans ce cas, s'il allait me rejeter en douceur, comme à chaque fois.

Je respirai profondément. Nous étions des adultes, et les adultes ne paniquaient pas à l'idée de parler avec un autre adulte. Kylian avait le don de faire germer des émotions curieuses en moi, et notamment le stress du premier contact amoureux.

Lorsque mon téléphone vibra enfin, je ne pus épargner à mon cœur ce petit pincement d'inquiétude.

Vu le temps que Kylian avait mis à répondre, je m'attendais à un long message. Au lieu de ça, je lus simplement :

Je vais bien, merci.

Bon. Au moins, il ne me demandait pas comment j'avais eu son numéro. Mais son message n'engageait guère la conversation.

Ça ne servait à rien d'insister. Tant pis pour les nouvelles, je les aurais le lendemain par Eddy. Il me faudrait juste être patiente.

Mon téléphone vibra à nouveau :

Et toi ? Comment tu vas ?

Je souris. Tout n'était pas perdu.

Je pris la perche qu'il me tendait et poursuivis :

Très bien. Que dit ta radio ?

Cette fois-ci, la réponse ne tarda pas :

Plutôt positif. Je vais pouvoir rejouer dès demain.

C'est génial ! Je suis très contente pour toi.

Merci.

Voyant qu'il n'ajoutait rien, je sentis que la conversation allait s'évanouir. Je fis les cent pas dans mon salon, réfléchissant à un prétexte bidon pour renchérir, mais il me devança :

Ton appartement te plaît ? Je n'ai pas pris le temps de te demander.

Il est parfait pour moi. Ni trop grand ni trop exubérant. Je l'aime beaucoup. Eddy m'a beaucoup aidée dans mon installation.

Je suis désolé. Ça aurait dû être moi.

Je pris le temps de relire ce message une dizaine de fois. Je ne savais pas ce que ses excuses me faisaient, mais c'était quelque chose de proche du soulagement. C'était à la fois apaisant et triste.

Je finis tout de même par répondre :

Je regrette que ce n'ait pas été toi…

Peut-être que cette conversation allait recreuser le gouffre entre nous, mais il l'avait un peu cherché. Il ne pouvait pas me blâmer d'essayer, encore et encore.

Lorsque je vis que la réponse ne venait pas, je me dis que j'étais allée trop loin et décidai d'abréger mes souffrances pour aujourd'hui. Avoir volé son numéro était suffisant. Je finirais bien par réussir à avoir une vraie conversation.

Sans demi-mot.

Je relançai alors la discussion sur un mode plus léger :

Qu'est-ce que ça te fait de pouvoir rejouer un match ?

Un bien fou ! J'ai hâte d'y être. Tes pronostics ?

Vous allez perdre.

Je rigolai en envoyant ma réponse. Je me sentis légère. Cette conversation, nous l'avions eue avant chaque match, c'était comme un rituel. Et, comme toujours, je me trompai royalement dans mes pronostics de jeu.

Merci. Ça me rassure, alors.

Lui non plus n'avait pas oublié à quel point j'étais nulle !

La discussion continua plus légèrement ensuite. En terrain neutre. Et elle dura jusqu'au soir.

La disparition du soleil fut mon signal pour aller me coucher. Une fois dans mon lit, je pris le temps de relire toute notre conversation. Je n'eus pas le temps d'arriver au tout dernier message que je reçus :

Bonne nuit.

Je souris une fois de plus. Il fallait croire que nous étions toujours connectés.

J'y croyais encore. À nous.

Bonne nuit à toi aussi.

Je m'installai sous la couverture malgré la chaleur, puis fermai les yeux, le sourire aux lèvres.

10

Le jour du deuxième match arriva, et toute l'équipe prit à nouveau le car pour se rendre à l'United Center. Mais, cette fois, l'ambiance n'était pas joyeuse. La défaite au match amical avait tendu les joueurs, et c'était bel et bien le début du championnat de la League américaine.

La tension était palpable. Les visages des joueurs et des coachs étaient fermés. Le reste du staff restait muet, respectant le silence qui régnait.

J'avais envie de lancer une énorme blague pour les dérider mais, même si j'étais pratiquement persuadée que ça ferait mouche, je décidai de rester silencieuse.

Pour une fois.

Tous étaient retranchés dans leurs pensées. Tous, sauf un. Junior ne cessait de m'observer. Je m'étais retournée une fois pour regarder tout le monde, ce que j'avais vite regretté. Depuis cet instant, je sentais ses yeux posés sur moi.

Il avait dû remarquer que j'épiais Kylian, même si j'essayais d'être discrète.

Je me répétais intérieurement de ne pas me retourner, mais la curiosité prit soudain le dessus. Je jetai un rapide coup d'œil. M. Bizarre me sourit et en profita pour engager la conversation.

— Tu ne veux pas me rejoindre, l'apprentie ? Un petit peu de plaisir avant le match ne me ferait pas de mal.

Je ne m'attendais pas à ce qu'il me fasse des avances aussi violentes et, surtout, devant tout le monde. Je lui montrai mon majeur et souris hypocritement.

On m'avait prévenue qu'il était culotté, et j'avais été témoin de ses nombreuses frasques, sans parler du fait qu'il avait pousssé mon prédécesseur à démissionner, mais de là à m'attendre à ce genre de choses…

— Dis-moi, Foster, reprit-il sans me quitter du regard. Comment tu as fait pour la mettre dans ton lit ?

Je me contractai violemment. Junior allait beaucoup trop loin. Je le détestais !

Le fusillant du regard, je devançai la réponse de Kylian :

— Ce n'est pas lui qui m'a mise dans son lit, mais l'inverse, crétin.

Techniquement, ce n'était pas vrai. Nous n'avions jamais été dans mon lit, mais j'avais horreur de ce que Junior sous-entendait.

Un peu plus loin, Kylian rigola doucement. Il se tourna ensuite vers Junior et ajouta :

— Elle n'a pas tort. Il faut croire que j'ai plus de charme que toi.

Attaquer Junior dans son amour-propre était une brillante idée. J'eus envie de l'applaudir, mais lui souris simplement. Il me fit un clin d'œil complice, puis remit tranquillement ses écouteurs sur ses oreilles, avant de se tourner vers la vitre.

Derrière moi, Junior fit un bruit de gorge qui attira mon attention. Tout sourires, il sortit la langue et la gigota dans tous les sens, ne laissant aucun doute possible sur sa vulgaire imitation.

— Je suis meilleur que lui, à tous les niveaux, et de loin.

Je mimai l'envie de vomir.

— Tu m'écœures, Junior. C'est la seule émotion que j'ai en te regardant. Et ne vois pas en moi un genre de défi. C'est peine perdue. Passe à autre chose et fous-moi la paix.

— On peut lancer les paris que je finirai par te mettre dans mon lit.

Je soupirai, me répétant que ça ne servait à rien de dépenser mon énergie pour lui. Il n'en valait pas la peine. Le meilleur des mépris n'était-il pas l'indifférence ?

Contre toute attente, ce fut Kylian qui répondit, en le menaçant du regard :

— N'y pense même pas.

— Tu as peur qu'elle m'aime plus que toi ? répondit Junior du tac au tac, sans se départir de son sourire.

— Gabrielle n'est pas un objet. Épargne-nous tes commentaires inutiles et machos.

— Tu es jaloux, hein ?

Junior cherchait à pousser Kylian à bout. Ce dernier laissa voir l'agacement sur son visage pendant une seconde, avant de bloquer toute expression. Lui aussi avait compris le petit jeu de M. Bizarre.

Même si Junior me tapait sur le système, l'opportunité de cette conversation me ravit.

— Je me fous de ce que tu penses, cette femme compte pour moi. Je ne laisserai personne lui manquer de respect comme tu le fais, même si elle sait parfaitement se défendre toute seule. Donc arrête de débiter tes conneries, McCoy, et laisse-la tranquille.

Kylian le fixa encore un moment, le mettant en garde de ne pas continuer sur ce terrain, puis se réinstalla correctement dans le sens de la route.

Le bus resta silencieux le reste du trajet mais, lorsque nous arrivâmes devant l'United Center, Junior ne put s'empêcher de me glisser à l'oreille :

— J'aime les tigresses.

— Ferme-la, marmonnai-je en retour.

Il s'esclaffa, absolument pas vexé, puis descendit du car, comme si le monde lui appartenait.

Et dire que j'allais devoir le supporter pendant une saison entière…

L'ouverture officielle de la League américaine démarra avec un show énorme. Les Monsters n'étaient pas les leaders de la conférence Est, pour autant ils semblaient confiants dans leurs capacités. Il leur fallait d'abord finir premiers de cette catégorie, pour ensuite affronter l'autre conférence des États-Unis et remporter le championnat. Plus de quatre-vingts matchs étaient programmés, sans compter les rencontres des *playoffs* que les Monsters joueraient s'ils finissaient dans les huit premiers de leur conférence.

Kylian m'avait expliqué que le rythme était plus intense qu'en France, en comparant avec son expérience de la LNB. Peut-être parce que ici le basket-ball avait plus d'importance, ou bien parce que la France était un plus petit pays et comptait donc moins d'équipes.

Je rejoignis Stanley sur le bord du terrain, qui terminait de préparer les équipements de premiers secours en cas de blessure. Le show avait démarré et n'avait rien à voir avec le précédent. Les publicités des sponsors étaient beaucoup plus présentes, le public semblait sur le point d'exploser, Ghosty le fantôme faisait bien son travail et chauffait le public à un point que je n'avais jamais vu auparavant. L'euphorie était à son comble.

Les danseuses firent ensuite leur entrée, offrant un magnifique show rythmé avec des jeux de lumière sur une musique que je reconnus : *It's My Time*, de Slugga Black. J'étais subjuguée par leur chorégraphie parfaitement synchronisée et me surpris même à danser sur place.

La musique s'arrêta brusquement, puis tout s'éteignit. Le public hurla, faisant encore monter la tension d'un cran. Quand les lumières se rallumèrent, moins d'une minute plus tard, les danseuses avaient changé de tenue. Je lâchai un cri d'exclamation, ne comprenant même pas comment elles avaient pu faire si vite, puis la musique reprit sur le dernier tube de DJ Khaled.

— Elles sont excellentes, souffla Eddy en arrivant à mes côtés.

Je ne pus qu'acquiescer, sans pouvoir détacher le regard de ces filles.

Lorsqu'elles terminèrent leur show, elles furent acclamées par le public qui, comme moi, en avait manifestement pris plein les yeux.

Les photographes pressèrent le pas pour shooter une célébrité apparemment très connue, sans que je puisse mettre de nom sur son visage.

Le terrain fut préparé, pendant que les mascottes distrayaient le public. La musique monta d'un coup, annonçant l'arrivée imminente des joueurs.

L'excitation me gagna. Ressentir enfin ce qui était totalement anesthésié en moi la fois précédente m'emplit de joie. J'eus l'impression d'être enfin redevenue moi-même, ou presque.

Ça faisait du bien.

Intérieurement, j'espérais que Kylian ferait une meilleure prestation que Junior. Certes, il n'allait pas jouer longtemps, mais il pourrait tout de même montrer son savoir-faire.

En plus, il était nouveau dans l'équipe, il devait encore faire ses preuves auprès de ses coéquipiers. Tout le monde savait qu'un joueur n'arrivait pas par hasard ou par magie au sein de la League, mais personne ne l'avait encore vu évoluer parmi les Monsters.

Il fallait qu'il se rende indispensable.

La lumière se tamisa et, sur les écrans géants, un film d'animation mettant en scène des fantômes arrivant à l'United Center, finit d'embraser le public. Les joueurs furent présentés les uns après les autres, avant que chaque équipe se réunisse pour les dernières recommandations du coach.

J'entendis :

— Vous les connaissez. Ils sont bruts, agressifs et excellents ! Alignez-vous sur leur jeu, laissez-les se fatiguer, puis écrasez-les ! Nous sommes chez nous. Remportez la victoire qui est vôtre ! Montrez-leur qui on est !

Les mains se regroupèrent, puis ils se dispersèrent sur le terrain. Dans les haut-parleurs, le speaker fit monter encore un peu plus la tension, puis le coup de départ retentit.

Les allers-retours se firent sous les applaudissements, et les points grimpèrent rapidement des deux côtés du terrain.

Eddy fut appelé pour s'occuper d'une danseuse qui semblait souffrir de la cuisse, et je fus heureuse qu'il ne me demande pas de le suivre.

J'étais trop obnubilée par le jeu.

Plus les minutes passaient, plus les Monsters avaient du mal à tenir le rythme du jeu contre les Boston Celtics, au point qu'un écart finit par se créer en notre défaveur. Adrien, un de nos joueurs, épuisé, accumula les fautes. Je crus que les coachs allaient faire des infarctus tellement ils s'époumonaient sur le bord du terrain.

La moitié du temps de jeu était écoulée, et Boston maintenait l'écart avec treize points d'avance. Je jetais souvent des regards à Kylian, piétinant d'impatience sur le banc de touche, sur le point d'imploser.

Sur le terrain, Junior changea son mode d'attaque, jouant plus personnel, et je regrettai de devoir admettre que cela fonctionna. Secondé par Elijah, il réussit à réduire l'écart à huit points en un temps record, quand Kylian entra enfin sur le terrain.

Elijah lui tapa sur l'épaule, tandis que Junior le menaçait quasiment du regard.

— Montre-leur qui tu es, dis-je tout doucement, fière de le voir enfin de retour.

— Il n'a droit qu'à un quart de jeu, me précisa Eddy, que je n'avais pas vu revenir. C'est le moment pour lui de tout donner.

— Espérons qu'ils réussissent à reprendre le dessus.

— J'ai bon espoir. Kylian, Junior, Allan, Adrien et Elijah sont les meilleurs. Les coachs ont bien étudié leur dossier avant de les recruter. Je suis sûr qu'ils peuvent changer la donne.

Lorsque le jeu reprit, la rivalité entre Junior et Kylian disparut. Les Monsters étaient en complète harmonie sur le terrain, même si leur jeu n'était pas parfait et que Boston gardait quelques points d'avance. Nos joueurs s'amusaient, cela se voyait.

Ils prirent brièvement le dessus, mais Boston rattrapa vite l'écart. Cet effet de balance dura un petit moment, avant que les Monsters réussissent à remonter nettement.

Le temps de Kylian arriva à son terme, et il alla se rasseoir le sourire aux lèvres, satisfait. Il me jeta un coup d'œil, et son sourire se fit plus éclatant encore.

Bon sang, que je l'aimais !

À défaut de pouvoir partager cette expérience avec lui en tant que couple, je pouvais essayer de la vivre en tant que collègue.

Juste essayer.

Le tenir à distance m'était impossible et me faisait plus de mal qu'autre chose. Alors autant essayer de vivre l'expérience de la meilleure façon possible.

Les dernières minutes furent décisives. Je compris que notre équipe était excellente, même sans Kylian.

Je criai de joie lorsque le gong de fin retentit. Les Monsters avaient gagné. Sur les écrans géants, le score final 98-106 clignotait. Les jets de feu et les jeux de lumière illuminèrent la grande salle, et le public hurla, déchaîné.

À mes côtés, Eddy fit fièrement la danse de la victoire, puis me prit par l'épaule et m'entraîna vers le couloir.

— Au travail, moussaillon ! me dit-il, enjoué.

Les joueurs étaient fous de joie, ils se remémoraient le jeu, le sourire aux lèvres, en se félicitant gaiement. Cela changeait grandement de l'ambiance du premier match. Mais la douleur que je ressentis dans les mains et dans les bras suite à mes manipulations, elle, fut intacte !

Eddy me montra de nouveaux mouvements d'étirement, tout en m'expliquant qu'aucun joueur n'avait le même état physique et passif, et que l'approche était donc toujours singulière.

Il me glissa au passage qu'il allait me falloir étudier tous les dossiers des joueurs en profondeur, pour acquérir les bons automatismes.

Elijah entra, rayonnant de bonheur, suivi de Kylian. Eddy m'observa me préparer pour la récupération du numéro 40 et m'expliqua :

— Du fait de sa grande taille, il faut toujours être plus attentif à ses articulations. Pendant le match, les genoux sont trop sollicités. Donc il faut prendre plus de temps pour lui que pour les autres.

— Et, comme monsieur souffre parfois de crampe, je l'envoie vers Stanley si besoin.

Eddy et Elijah s'esclaffèrent.

— Exactement, finit Eddy, avant de se rendre auprès de Kylian.

Elijah fronça les sourcils.

— Tu me cherches un peu, hein ?

— Pas du tout, répondis-je en souriant.

Il secoua la tête en gardant le sourire qui ne l'avait pas quitté depuis son entrée, puis il reposa la tête en arrière, en poussant un soupir de fatigue.

— Tu viens à l'after ?

— Sûrement. Aïssa m'a invitée. Il faut juste que je retrouve l'adresse.

— Je t'emmène si tu veux.

Je regardai ce grand gaillard qui ne m'évoquait que douceur et gentillesse.

— Merci. Je t'avoue que je n'ai pas de moyen de transport.

— Cool. Tu me donneras ton adresse, comme ça, je saurai où tu habites pour pouvoir me venger un jour.

Je m'esclaffai en secouant la tête.

En lançant un rapide coup d'œil à Kylian, je le vis observer Elijah avec un regard que je ne pus cerner et identifier. Mais ce n'était pas d'un bon œil. Pourtant, ces deux-là avaient noué de vrais liens d'amitié, ils étaient tout le temps ensemble pour les entraînements.

Je retins un sourire, puis m'attelai à ma tâche en me concentrant au mieux.

D'accord…

J'avais passé une robe qui arrivait en dessous des genoux. Simple, elle ne laissait rien voir des formes parfois disgracieuses de mon corps, mais je craignais quand même d'en avoir trop fait.

En arrivant devant l'immense villa-résidence-château de Aïssa, je compris que, en fait, j'étais bien trop couverte.

Le soir, les températures ne dépassaient pas quinze degrés. Pourtant, je ne comptais plus le nombre de paires de fesses presque à l'air que je voyais.

Remarquant ma surprise, Elijah demanda en rigolant :

— C'est la première fois que tu viens à une de nos soirées ?

— J'ai été à la soirée d'ouverture…

— Nah, me coupa-t-il, le sourire aux lèvres. La soirée d'ouverture et les galas qui viendront ensuite sont des fêtes officielles, des fêtes de vieux. Ici, c'est différent. C'est plus festif, et moins… coincé.

— Des fêtes comme je les aime, en trépignant Talina lâcha sur la banquette arrière.

— Je vois ça, soufflai-je en me demandant ce que je faisais là.

Elijah se gara là où il trouva de la place, puis nous conduisit jusqu'aux portes de la maison, où il se fit happer par un tas de monde qui le félicita.

Talina m'entraîna avec elle jusqu'au bar improvisé et nous récupéra deux verres.

J'avais l'impression d'être dans un film, dans une de ces

fêtes d'étudiants ultra-riches. Je regardai autour de moi, et observai les gens s'amuser, danser ou encore sauter dans la piscine. Comme si tout le monde se connaissait déjà.

Je bus une gorgée de mon verre, que je manquai de recracher immédiatement, tant le goût d'alcool était fort.

— C'est ma potion personnelle !

Je me retournai vers la personne qui venait de parler et grimaçai d'autant plus.

Junior.

— Elle est horrible, ta potion.

— T'inquiète pas, s'esclaffa-t-il, trop près de moi. Deux gorgées de plus et tu commenceras à aimer.

— C'est comme ça que tu les mets dans ton lit, n'est-ce pas ?

— Pas besoin de ça. Mon charme naturel suffit.

Je levai les yeux au ciel, puis lui tournai le dos.

— Tu apprécies ma maison ?

Surprise, je lui fis face.

— C'est chez toi ?

Il acquiesça simplement avec un sourire suffisant. J'avais envie de le frapper.

— Aïssa m'a pourtant dit que l'after avait lieu chez elle.

— Aïssa pense que ma maison est la sienne.

— Une autre de tes conquêtes ?

Il me regarda, presque horrifié, ce qui me fit rire.

— Aïssa est ma sœur.

Je tombais des nues. La surprise était bien trop grande. Me reprenant, je haussai les épaules.

— On ne dirait pas. Elle est bien plus jolie que toi.

Il allait protester, mais l'intéressée arriva.

— Ah ! enfin une qui l'avoue ! D'habitude, les gens disent « Amen » à tout ce que mon imbécile de frère peut débiter.

Aïssa me salua et se présenta à Talina. Pendant ce temps, j'observai Junior et fus surprise de voir de l'amour dans ses yeux lorsqu'il regardait sa sœur.

Étrangement, cela le rendait plus… humain.

— Je vous laisse, nous dit Aïssa. À tout à l'heure, amusez-vous bien ! Et, Talina, si tu changes d'avis et que la danse te tente, appelle-moi !

Je regardai mon amie, dont le sourire était immense.

Ignorant Junior, j'attrapai ma copine et l'embarquai dehors avant que l'autre énergumène m'en empêche.

— La danse t'intéresse à présent ? lui demandai-je, curieuse.

— Non ! contra-t-elle en secouant la tête. Je n'ai pas du tout l'étoffe d'une danseuse, mais selon elle j'en ai la carrure et je suis assez jolie pour faire des ravages avec son groupe.

Je lui souris sans être surprise.

— Il faut qu'on parle de Kylian, ajouta-t-elle doucement.

Je haussai les sourcils, étonnée et à l'écoute, mais, comme sorti de nulle part, l'intéressé arriva. Il trouva Elijah, et tous deux se charrièrent, avant d'aller s'installer sur des chaises longues au bord de la piscine.

Kylian était magnifique, vêtu simplement d'un jogging large et d'un T-shirt sombre. Je le détaillais du regard en me demandant combien de fois je pourrais encore tomber amoureuse de lui, parce que ce sentiment me frappait chaque fois en plein cœur.

— Ton regard vomit l'amour, grogna Talina. Allons plus loin.

Je souris en me sortant de mes pensées, puis la suivis jusqu'à l'autre bout de la piscine où nous prîmes place sur des chaises de jardin confortables.

— De quoi doit-on parler ? m'enquis-je en me souvenant de ses paroles.

— Je n'ai pas de bonnes nouvelles. Déjà je n'ai rien trouvé de particulier sur lui, mais je continue de chercher. En revanche, j'ai vu sa mère.

Je me reculai dans mon siège en sentant mon ventre se nouer.

— Qu'est-ce qu'elle fait là ?

— Je n'en ai aucune idée. Mais crois-moi, je ne me suis pas trompée. Mme Charpie est bien à Chicago.

Je soupirai en redoutant d'avance de la croiser. Ça finirait obligatoirement par arriver, j'en avais conscience.

— De toute façon, repris-je, je ne suis plus avec Kylian. Elle a ce qu'elle voulait, alors il n'y a pas de raison qu'elle vienne encore m'embêter.

— Peut-être qu'elle est là pour s'assurer que c'est bien le cas. Ou même pour te narguer.

— Tu penses vraiment qu'elle a autant de temps à perdre ?

— Oui, répondit-elle sans réfléchir.

Je secouai la tête, sans pouvoir la contredire. Effectivement, Anna était assez mesquine pour ça.

Je soupirai :

— Tu penses qu'elle pourrait avoir un rapport avec le comportement de Kylian ?

— Peut-être. Je crois savoir où elle vit. Je vais essayer de la surveiller.

— T'es la meilleure, Tal.

— Je sais.

— Et ta demande de visa ?

Elle haussa les épaules.

— C'est long. Je suis en train de m'arranger avec ma poule aux œufs d'or pour qu'il me fournisse un contrat qui pourrait appuyer mon dossier.

J'acquiesçai, laissant le regard errer sur la piscine, avant de trouver celui de Kylian.

— Pfff, souffla Talina à mes côtés. Son regard aussi transpire l'amour. C'est dégoûtant.

Je souris aux propos de Talina, sans toutefois quitter les yeux de Kylian qui me sourit en retour.

À ses côtés, Elijah se leva et retira son T-shirt.

— Wouah, il me donne chaud, celui-là.

Je tournai la tête vers ma copine, qui s'éventait à l'aide de sa main.

— Il doit être plus jeune que moi, non ? demanda-t-elle vaguement.

— Oui, Tal. Il a vingt-quatre ans.

— Oh ! un petit jeune, alors. Il doit être plein de vitalité. Il me le faut.

J'éclatai de rire en la voyant se comporter exactement comme quand nous faisions du shopping. Cette fille me fera toujours rire.

— Quand on parle du loup…

Elijah arrivait dans notre direction. Discrètement, Talina releva sa poitrine dans son soutien-gorge.

L'option « chasse » était donc activée.

— Tu te souviens que je cherchais un moyen de me venger de ta petite moquerie ? m'interpella Elijah.

Je souris, sans comprendre où il voulait en venir.

— Tu es toujours vexé ? rétorquai-je, taquine.

— Non, parce que j'ai trouvé ma vengeance.

Je tentai de garder le sourire sans trop y parvenir.

— Qu'est-ce que tu planifies, au juste ?

Il arriva à ma hauteur, puis se pencha pour s'approcher de moi.

— Ça !

Il me prit le bras, me souleva d'un geste et sauta dans la piscine.

Je n'eus le temps ni de crier ni de protester, pas même de me débattre, que j'avais déjà la tête sous l'eau.

En émergeant, je passai les mains sur mes yeux en riant, puis éclaboussai Elijah à quelques centimètres de moi, qui me repoussait sans cesse vers le milieu de la piscine. Ma robe remontait à la surface, et j'eus beau faire tous les efforts du monde pour qu'elle reste collée à mon corps, rien n'y fit.

— *Pool party !* cria quelqu'un.

Cela donna le top départ, et tout le monde sauta dans l'eau, m'éclaboussant au passage.

Je nageais vers le bord quand je sentis une main m'attraper la cheville. Je me débattis en criant, puis pris une grande inspiration quand je sentis qu'on me tirait vers le fond.

Je tentai de remonter à la surface, mais une bouche emprisonna la mienne. J'ouvris des yeux ahuris.

Les cheveux en apesanteur autour de son visage, Kylian me tenait la tête d'une main et battait de son autre bras pour nous garder au fond de l'eau.

Il me regarda, puis m'embrassa à nouveau. Il n'y avait plus rien qui comptait. Un vague bruit lointain de plongeon, mais autrement tout était silencieux. J'entendais mon propre cœur battre à tout rompre dans mes oreilles.

J'entourai son cou et l'embrassai plus profondément, mais le manque d'air vint briser cet instant magique.

J'ouvris les yeux et plongeai le regard dans le sien, avant qu'il me libère et me laisse remonter à la surface.

J'inspirai une grande bouffée d'air, à bout de souffle, puis regardai autour de moi, m'attendant à ce qu'il remonte lui aussi à la surface. Mais, avec le monde qui gigotait partout dans la piscine, je ne le vis nulle part.

Je sortis de l'eau aussi gracieusement qu'une orque échouée. Et encore… Une orque est vraiment gracieuse à côté du spectacle que j'offris.

Assis à côté de Talina, Elijah me regarda, mort de rire, tandis qu'elle me lançait un regard curieux.

— Tu es sexy, dis donc, souffla-t-elle en souriant.

Je me détaillai et compris que ma robe claire laissait voir mes sous-vêtements.

Je croisai les mains sur ma poitrine et fusillai Elijah du regard.

— Ça, ça mérite une autre vengeance ! Je vais voir si je trouve une serviette.

Il redoubla de rire, tandis que je filais en direction de la maison, espérant trouver Aïssa ou la salle de bains pour pouvoir me sécher et me couvrir.

Tout le monde ou presque avait déserté la maison, pour aller dans le jardin. Les rares encore à l'intérieur ne firent attention ni à ma présence ni au fait que je laissais de l'eau derrière moi.

Dans ma tête, l'image de Kylian sous l'eau tournait en boucle. Je n'avais pas rêvé. Ma bouche gonflée était la preuve que ce baiser avait bien eu lieu.

À quoi jouait-il ?

Pourquoi m'embrasser ?

Les questions remontèrent en moi, mais la joie était plus forte que tout.

Je tournai dans un couloir totalement silencieux, puis trouvai une première porte, qui donnait dans une chambre vide.

J'en ouvris trois autres, toujours des chambres.

Bon sang, il devait bien y avoir une salle de bains dans cette immense baraque !

Je continuai mon chemin, puis ouvris l'avant-dernière porte du couloir, avant de me figer.

Je retins une exclamation de surprise.

Je ne savais pas ce que j'avais bu, mais je devais halluciner…

Dans la chambre à la lumière tamisée, Junior était là, torse nu. Il n'était pas seul.

Lui et sa conquête s'embrassant à pleine bouche sursautèrent d'effroi en me voyant.

J'étais face à Junior, enlacé au torse transpirant de… mon tuteur.

Eddy…

11

Merde alors ! criai-je intérieurement.

C'était quoi ça ? Une blague ?

Comprenant que j'avais clairement mis les pieds là où il ne fallait pas, je refermai brutalement la porte.

Sous le choc… J'étais véritablement sous le choc.

Oubliant instantanément l'idée de trouver des vêtements de rechange ou même de me sécher, je remontai le couloir en sens inverse, l'esprit totalement vide ou trop plein, je n'aurais su le dire.

Eddy et Junior ? Ensemble ?

Junior était donc gay ?

Comment était-ce possible ?

Je ne comprenais plus rien. Mon cœur, qui battait déjà la chamade, redoubla de vitesse lorsque j'entendis une porte claquer derrière moi. Le bout du couloir n'était qu'à quelques mètres, j'accélérai le pas, courant presque, mais je ne fus pas assez rapide.

Une main m'attrapa le bras et me plaqua violemment contre le mur. J'affrontai le regard furieux de Junior qui, me surplombant de toute sa hauteur, semblait sur le point de me réduire en miettes.

J'étais terrifiée. À cet instant précis, il me tétanisa.

— Tu n'as rien vu, commença-t-il en pointant un doigt tout près de mon visage. Tu ne sais rien. Si tu parles de ce soir à qui que ce soit, je te ferai vivre un enfer. Tu m'entends, Gabrielle ? Je suis sérieux. Je n'hésiterai pas à te faire du mal. Mets-toi bien ça en tête. C'est clair ?

J'acquiesçai simplement sans pouvoir parler. Ma gorge était nouée, et la peur bloquait totalement mon raisonnement. Junior était sérieux. Il n'hésiterait pas à me faire du mal si j'en parlais…

Il m'observa encore plusieurs secondes qui me parurent interminables. Son regard était sombre, noir, menaçant. Même si je n'étais pas du genre à me laisser faire, je comprenais parfaitement que le mieux pour moi en cet instant était encore de ne surtout pas le contrarier davantage.

Il recula, puis plaqua les deux mains sur le mur autour de mon visage, faisant répercuter le son du claquement dans mes oreilles assez fort pour que je sursaute, avant de me tourner le dos et de repartir vers la chambre d'où il était sorti.

Comprenant que le danger s'éloignait, je me laissai glisser au sol, totalement perdue. Comme si les informations que je venais de découvrir n'arrivaient pas à s'enregistrer dans ma tête.

J'attrapai le bout de ma robe, lourde d'eau, puis me relevai en me demandant comment j'allais faire pour me sécher. C'était un peu le cadet de mes problèmes, mais en cet instant cette question m'apparaissait plus intéressante. Au moins, pour celui-ci, je pouvais trouver une solution.

Je me mis en marche et filai jusqu'à la cuisine, où je récupérai un torchon avec lequel je tentai de m'éponger.

Comment allais-je pouvoir travailler à présent ?

Je posai les mains sur l'îlot central pour tenter de remettre de l'ordre dans ma tête.

Mon tuteur et la star des Monsters avaient une relation.

C'était un choc, parce que la dernière chose que j'aurais pu imaginer, c'était que Junior était homosexuel. Mais évidemment ça ne changeait rien.

Pourquoi faire tout ce cinéma avec les filles s'il aimait les hommes ? Sauf s'il aimait les deux… Peut-être aussi qu'il n'assumait pas cette partie de sa vie…

Ou bien peut-être était-ce parce que sa carrière professionnelle était un univers masculin très médiatisé et qu'il avait peur du regard des autres…

Je ne comprenais pas. J'avais tant de questions !

Mais, encore au-dessus de Junior, mon plus gros souci restait Eddy, que j'allais devoir affronter dès le lendemain. Je ne savais pas quel comportement adopter. Allait-il être aussi méchant que Junior ? Allait-il me mener la vie dure ? Faire en sorte que je quitte ce stage ?

J'avais envie de vomir.

Le pire c'était que je me fichais royalement de la sexualité de Junior, quand bien même ça aurait été avec un extraterrestre… Mais j'appréhendais grandement l'ambiance qui allait régner sur mon lieu de travail et me demandais si mes heures passées avec l'équipe allaient se transformer en enfer.

Avais-je le droit de me mettre en arrêt maladie ? « Une grippe surprise m'a attaquée ce week-end, et je ne pourrai pas aller au travail pendant… les sept prochains mois. » J'étais sûre que ça pourrait le faire.

— Je suis désolé.

Je sursautai et me tournai vers l'entrée de la cuisine, où Kylian se trouvait, torse nu, le jogging aussi trempé que ma robe.

Mon problème numéro 2 vient d'arriver…

Posant une main sur mon cœur, je l'observai en essayant de comprendre ses paroles, sans trop y parvenir. Trop de choses venaient de se passer, et personne ne laissait le temps à mon cerveau d'assimiler tous les événements.

Il n'en fallut pas plus pour que les larmes me montent aux yeux. Je n'étais pas triste, j'avais seulement ressenti un trop-plein d'émotions complètement paradoxales, qui me mettait sens dessus dessous. Kylian dut avoir une compréhension erronée de ces larmes, puisqu'il referma la porte de la cuisine derrière lui et fit les quelques pas qui nous séparaient, avant de me prendre dans ses bras.

Peu m'importait le reste, ce câlin me fit le plus grand bien. C'était juste ce qu'il me fallait à ce moment précis : lui, sa présence, ce réconfort que je ressentais dans ses bras et ses câlins qui m'avaient tant manqué. Il n'en était pas conscient, mais Kylian avait toujours su me redonner la force quand j'avais envie de baisser les bras, ou quand une mauvaise nouvelle arrivait.

N'empêche qu'une autre pensée me vint à l'esprit.

— Tu m'as embrassée…

Il resserra légèrement son étreinte, comme pour s'assurer que nos regards ne se croiseraient pas. J'attendis quelques secondes avant d'avoir une réponse :

— Oui.

Rien de plus… Pourtant, il savait que je ne me contenterais pas uniquement d'un mot.

— Pourquoi ? Tu disais que ça ne devait plus se reproduire.

Je frottai inconsciemment la joue contre son torse comme j'en avais eu l'habitude quand nous étions encore ensemble. Il sentait le chlore de la piscine, et très légèrement son déodorant.

Sentir sa peau contre la mienne me donna beaucoup d'idées alléchantes, mais ce n'était ni le lieu ni le moment.

Mes mains posées dans le bas de son dos jouaient délicatement avec l'élastique de son jogging.

L'avoir contre moi me paraissait naturel comme depuis la toute première fois.

— C'est dur parfois de respecter les règles qu'on s'impose.

Je relevai les yeux vers lui. Son regard noisette me pénétra, et je sentis doucement son désir grandir contre moi.

— Pourquoi s'imposer des règles ?

Je m'efforçais de me concentrer sur la discussion sans réfléchir au fait qu'il me désirait encore. Cette soirée était… surprenante.

— C'est mieux pour nous.

Il parlait machinalement, comme un automate, mais son regard m'indiquait tout autre chose.

Je posai les lèvres sur son épaule, et y déposai un léger baiser avant de le regarder à nouveau.

— Alors pourquoi m'avoir embrassée ?

— Elijah était bien trop près de toi.

— Tu es jaloux ?

Il se détacha de moi et inspira profondément, comme pour se reprendre.

— Les vieilles habitudes ont la peau dure, il faut croire.

— Non. Tu ne peux pas me dire que tu ne m'aimes plus, puis m'embrasser parce qu'un homme est trop proche de moi et ensuite me dire que ce n'est qu'une vieille habitude. C'est faux.

Il détourna le regard, mais resta planté devant moi, comme s'il attendait quelque chose, sans que je sache quoi. L'irritation commença à m'envahir.

J'étais lasse de ne rien comprendre.

— Je ne sais pas quoi faire avec toi, repris-je en tentant de garder mon calme. Tu me parles à demi-mot, et ça ne fait que multiplier mes doutes. Ça crée de l'espoir. Je t'ai dit que je n'abandonnerai pas, mais ne joue pas avec moi, ni avec mes sentiments. Ne me donne pas tous les signaux qui me montrent que tu m'aimes toujours tout en me disant le contraire. Ce n'est pas juste…

Il enleva les mains de ses poches, puis s'approcha de moi comme s'il était prêt à l'attaque.

— Gaby… Je ne t'ai jamais dit que je ne t'aimais plus.

Je haussai les sourcils, surprise. Il plongea le regard dans le mien, me laissant le temps de bien entendre ses paroles. Ses yeux glissèrent vers mes lèvres, puis sans me laisser le temps de parler il s'avança encore et m'embrassa. Il prit mon visage dans ses mains, me recula jusqu'au plan de travail qui se trouvait derrière moi, puis me souleva pour m'asseoir dessus.

Ses mains glissèrent dans mon dos. Sa langue rencontrait

la mienne avec une fougue que je n'avais plus sentie depuis longtemps.

Mes mains parcouraient son dos, le griffaient, le plaquaient contre moi. J'entourai ses hanches de mes jambes, comme pour être sûre qu'il ne m'échapperait pas.

Sa bouche quitta la mienne pour glisser dans mon cou.

— Tu me manques tellement…, chuchota-t-il.

Je devais avoir plongé dans une piscine hallucinogène. Je ne comprenais rien.

— Si je te manque, pourquoi me fuir ?

Je sentis ses puissantes épaules s'affaisser, et il posa le front dans mon cou. Était-ce le moment où il se refermerait et me dirait que ça ne devait pas se reproduire encore une fois ?

— J'aimerais que les choses soient différentes.

— Tu me l'as déjà dit, Kylian. J'aimerais juste comprendre ce qui nous impose cette situation douloureuse.

Il déposa un léger baiser dans mon cou, puis colla le front contre le mien et m'embrassa du bout des lèvres, en plongeant son beau regard dans le mien.

— C'est compliqué.

— Je suis sûre que je peux comprendre.

Il me prit dans ses bras et me serra fortement, avant de se décoller définitivement de moi.

— Je n'en doute pas. Je te raccompagne ?

Je soupirai en me demandant si je devais persévérer.

Il était totalement contradictoire dans ce qu'il disait. Je sentis mon cœur bouillonner à l'idée que je lui manquais, mais surtout qu'il m'aimait toujours.

Il s'était passé trop de choses ce soir, je n'avais plus la force de me battre encore pour démêler tout ça. J'avais besoin que quelqu'un me facilite le travail, qu'on m'explique. Ma vie ressemblait bien trop à une énigme, j'étais épuisée de passer mon temps à essayer de trouver des réponses à des questions incompréhensibles.

Alors, je répondis simplement :

— Je veux bien.

J'aurais tout le temps de le cuisiner pendant le trajet.

Il acquiesça, légèrement surpris que je rende aussi vite les armes.

— Je vais chercher mes affaires. Je récupère les tiennes en même temps ?

— Oui, s'il te plaît.

Il quitta la pièce, et j'en profitai pour essayer de me sécher avec ce qui me tombait sous la main. Je refusais de penser à Junior et à mon tuteur et me focalisai sur ce qui se passait avec Kylian. La piscine, puis ce baiser plus qu'enflammé dans la cuisine…

Même s'il refusait le dialogue, je ne comptais pas laisser les choses se faire sans rien élucider.

Il passa le visage dans l'entrebâillement de la porte, sourit et me dit :

— On y va ?

Je le suivis et, à peine le pied dehors, il me donna sa veste. Je frissonnai violemment lorsque je passai les bras à l'intérieur et m'empressai de refermer les pans. Il faisait froid et j'étais toujours trempée.

— Toujours galant à ce que je vois, dis-je, un peu crispée.

C'est surtout que je ne veux qu'aucun autre homme que moi puisse te voir ainsi. Ce serait presque… indécent.

J'éclatai de rire en reserrant un peu plus les pans de la veste, me rappelant que ma robe était devenue transparente depuis qu'Elijah m'avait jetée à l'eau.

S'il était pour le moins difficile à cerner, Kylian montrait néanmoins une certaine forme de possessivité à mon égard. J'adorais ça, même si présentement ça ne faisait que renforcer mon sentiment de frustration.

Ma curiosité me poussa tout de même à m'enquérir :

— Comment ça, tu ne veux pas que d'autres hommes que toi me voient ?

Il hésita quelques secondes, mal à l'aise de la tournure que prenait la conversation.

— C'est mal de dire que je ne veux pas que d'autres hommes te touchent ?

Il secoua la tête, comme s'il se rendait compte de l'absurdité de sa question. Il parut d'autant plus gêné. Je souris devant ce grand garçon pour qui parler franchement semblait incroyablement difficile.

— Ce n'est pas mal, mais tu ne peux pas me demander de vivre seule toute ma vie.

— Non, bien sûr. Ce n'est pas ce que je te demande, Gaby. C'est juste que l'idée de te savoir avec un autre me tue.

Tout en marchant dans la rue sombre, je l'observai du coin de l'œil. Il regardait au loin, comme perdu dans ses pensées.

Il était magnifique. Charismatique.

Si seulement il pouvait se livrer à moi et me dire ce qui le tenait si loin… Avais-je le droit de le frapper, le secouer, l'assommer, puis le réveiller pour qu'il me parle enfin ?

L'image de sa mère me passa par la tête, et j'en vins à la conclusion que peut-être elle avait raison : peut-être n'étais-je pas assez bien pour lui, et il s'en était enfin rendu compte. Mais cela n'expliquait pas pour autant son comportement avec moi. Cette histoire de « On ne peut pas être ensemble » alors qu'il m'embrassait dès que l'occasion se présentait me rendait dingue. Je n'étais pas patiente et je voulais des réponses maintenant.

Je tentai donc de l'attirer vers un autre chemin.

— Ce serait mal de me dire de ne laisser aucun autre homme me toucher si tu laissais ce corps se défraîchir, sans t'en occuper.

Il me lança un regard étonné, perçant et sombre, à mesure qu'il comprenait mon sous-entendu. Je me sentis mal à l'aise de lui faire de telles avances.

Bon sang… Rien que sa manière de me regarder réchauffait mon corps. Si ça ne tenait qu'à moi, je lui sauterais dessus et lui ferais toutes sortes de choses. Les images envahirent mon esprit.

Ça fait bien trop longtemps que tu es prude, ma vieille, me dis-je à moi-même en écartant les sensations que la proximité de Kylian créait en moi.

À mon tour, je portai les yeux au loin, me fixant un point sur l'horizon pour ne pas avoir à le regarder.

— La voiture est encore loin ? demandai-je pour détourner son attention.

Comme si je venais de percer la bulle qui l'entourait, Kylian cligna des paupières, puis fronça les sourcils en regardant autour de lui, comme s'il était perdu.

Avec un sourire contrit et vraiment craquant, il se mordilla la lèvre inférieure, puis me dit en riant :

— On est passés devant sans s'arrêter. Je n'ai pas fait attention. Elle est juste là.

Je ris doucement pour ne pas me moquer, heureuse de l'effet que je pouvais encore lui faire. Il se frotta la joue, comme étonné de s'être laissé autant distraire, puis il m'embarqua avec lui vers son 4x4. Kylian ne m'avait jamais paru aussi magnifique qu'en cet instant. Adorable et vulnérable, comme s'il s'était fait prendre la main dans le sac.

À cause de moi.

C'était bon de savoir que je lui faisais toujours de l'effet.

Lorsqu'il me poussa légèrement, comme pour me couper l'envie de me moquer de lui, je ne pus m'empêcher de rire pour de bon.

Je montai dans la voiture, du même modèle que celle qu'il avait en France, ce qui réactiva des souvenirs douloureux.

Il n'y aura plus de dispute. Kylian ne quittera pas la route du regard. Tout ira bien. Je ne le perdrai pas encore une fois.

Il mit le moteur en route, puis m'observa avec une pointe de tristesse dans les yeux. Ses pensées devaient refléter les miennes. Comment oublier que la dernière fois que nous

nous étions retrouvés dans la même voiture s'était achevée en drame ?

Il embrassa ma main et démarra. Je me calai confortablement, enfin disons, autant qu'une robe mouillée et collée à la peau le permettait. Kylian semblait concentré et soucieux.

— Tu n'as pas eu de problèmes pour reprendre le volant ? m'enquis-je.

— Non, aucun. Les accidents arrivent, je le sais. Et toi ?

— Non plus.

— Et là, maintenant ? avec moi ?

Il avait le don de percer mes pensées les plus profondes. En réfléchissant, je secouai finalement la tête.

— Je n'ai pas peur de toi, ni de me retrouver en voiture avec toi. J'aurais simplement voulu que cet accident n'arrive jamais.

— Oui, moi aussi, souffla-t-il.

— J'ai cru mourir quand j'ai pensé te perdre. Quand je t'ai vu par terre, inconscient… Je te l'ai déjà dit, mais j'avais besoin de le redire.

Sans quitter la route du regard, il prit une grande inspiration et glissa la main dans la mienne. Je ne pus m'empêcher d'ajouter :

— Et , finalement, je t'ai vraiment perdu.

— Tu ne m'as pas perdu.

— Mais tu ne veux plus de moi.

— Tu ne sais pas.

— Alors parle-moi ! explosai-je. Explique-moi, Kylian.

— Laisse tomber.

— Est-ce que notre histoire a au moins compté ?

— Ne raconte pas n'importe quoi, Gaby. Tu sais parfaitement qu'elle compte.

— Alors, dis-moi, pourquoi ?

— Parce que peu importe ce que je peux faire ! explosa-t-il à son tour. Que je te parle ou que je me taise, je finirai par te perdre pour de bon quoi qu'il arrive. Ce que tu ne sais pas ne peut pas te faire de mal. Au moins, comme ça, je peux te garder près de moi.

Je ne pensais pas que ce fût possible, mais j'étais encore plus perdue que lorsqu'il était muet. Ses mots firent le tour de mon cerveau une bonne dizaine de fois avant que je puisse retrouver la parole.

— Tu me connais, Kylian. Tu sais que tu ne peux pas me dire ça sans que je cherche à en savoir plus. Tu m'as dit qu'ensemble nous étions plus forts. Il faut que tu me fasses confiance. Dis-moi les choses…

— Gaby… Tu l'as dit toi-même : je te connais.

Il se gara dans ma rue, devant l'entrée de ma résidence, puis me fixa.

— Je te connais trop bien, répéta-t-il comme pour que je m'imprègne de ses mots. Et je sais parfaitement que je finirai par te perdre pour de bon si nous restons ensemble. Alors fais-moi confiance, s'il te plaît.

— Tu m'as dit qu'on ne te faisait pas de chantage.

Il étira le cou, comme s'il était trop crispé et avait besoin de se détendre. Il expira bruyamment puis me caressa la joue.

— Laisse-moi régler les problèmes qu'on peut rencontrer.

— J'ai foi en toi. Ce n'est pas le problème. C'est seulement ton propre manque de confiance en moi qui me fait peur. Tu nous blesses volontairement, simplement parce que tu penses qu'on ne pourrait pas traverser cette épreuve ensemble ? C'est stupide.

— Je te connais.

— Pas si bien que ça, apparemment.

Il secoua la tête, comme pour me dire que je me trompais.

J'ouvris la portière de la voiture, agacée et blessée. Une fois de plus.

Je refermai la porte violemment, puis la rouvris quelques secondes plus tard. J'avais encore trop de choses sur le cœur pour partir ainsi.

Tant pis pour ma fierté.

— Qu'est-ce que tu ne comprends pas quand je te dis que je t'aime ? Qu'est-ce que je peux faire de plus pour simplement pouvoir te retrouver ? Le problème n'est pas que tu ne m'aimes plus, j'en ai conscience à présent, mais bon sang ! Kylian, tu es en train de nous détruire parce que tu n'as pas confiance en moi, est-ce que tu t'en rends compte ?

Il se passa les mains sur le visage, comme s'il était à bout.

C'était insensé.

— Est-ce que c'est ta mère qui te fait du chantage ? C'est pour cette raison qu'elle se trouve à Chicago ?

Il se figea, son visage se ferma, et son regard s'assombrit.

— Qu'est-ce que tu as dit ?

— Tal a vu ta mère ici, à Chicago.

— Tu en es sûre ?

J'acquiesçai avant de reprendre :

— C'est elle qui te met la pression pour qu'on ne soit pas ensemble ?

Toujours pensif, il secoua la tête.

— Je ne pense pas qu'elle y soit pour quelque chose.

— Tu ne sais pas qui te fait du chantage ? Parce qu'il s'agit bien de chantage, n'est-ce pas ?

Il se reprit, puis me regarda à nouveau avec un air désolé.

— Peu importe, Gaby. Il faut que tu restes en dehors de tout ça. Arrête de chercher des réponses. Fais-moi simplement confiance.

— Tu ne peux pas me demander ça.

Il détacha sa ceinture et descendit de la voiture. Je refermai la portière en attendant qu'il me rejoigne.

Me prenant par surprise, il me serra contre lui, puis me tint le visage à deux mains, emprisonnant mon regard.

— Ça me tue de rester loin de toi. Mais la dernière chose que je souhaite, c'est que tu finisses brisée par ma faute. Tu ne comprends peut-être pas ce qui se passe pour le moment, mais arrivera un jour où je pourrai te raconter. Un jour viendra où tu comprendras pourquoi j'agis comme ça, et tu sauras que je l'ai fait pour ton bien. Parce que tu es la personne à qui je tiens le plus au monde, et que je refuse qu'on te fasse du mal, qu'on t'utilise ou qu'on cherche à te briser, à cause de moi. Et, si je dois ensuite tout faire pour te séduire à nouveau, pour que tu tombes encore une fois amoureuse de moi, je le ferai sans hésiter. Je prends le risque. En attendant, il faut simplement que tu aies confiance en moi.

Soulagement. Curiosité. Frustration. Passion… Tous ces sentiments se bouleversaient en moi. Je ne comprenais rien, si ce n'était qu'il tenait vraiment à moi. Au début de notre histoire je l'avais su, j'en avais été persuadée, même si mes doutes étaient récurrents, mais depuis mon départ de la France, et avec tout ce qu'il m'avait dit, sans parler de son comportement, j'avais fini par croire qu'il ne m'aimait plus. Alors à présent, même s'il me cachait quelque chose d'assez gros pour briser notre couple, je me sentais incroyablement soulagée.

— On ne doit plus se revoir en dehors du complexe, finit-il par dire. Ce n'est pas raisonnable. Promets-moi seulement de me faire confiance et de ne pas fouiller.

— Je te promets de te faire confiance, mais pas de ne pas fouiller. Ce n'est pas dans mes gènes.

Il me fit un sourire sans joie.

— Tu ne trouveras rien, finit-il par dire en s'éloignant.

Il fit le tour de la voiture, monta et baissa la vitre côté passager.

— Rentre te reposer.

J'acquiesçai en resserrant les pans de sa veste autour de moi, puis fis un pas en arrière.

— Bonne nuit.

— Bonne nuit, dit-il, l'air toujours inquiet.

Je rentrai finalement à la maison l'esprit en surchauffe.

12

— Votre histoire est la plus étrange que j'aie jamais entendue, grogna Talina, abasourdie.

— Je ne sais pas quoi faire.

— Je suppose que tu ne veux pas patienter et le laisser régler vos obscurs problèmes comme il te l'a demandé ?

Je refusai d'un geste obstiné de la tête.

— C'est bien ce que je pensais.

— J'ai trouvé ça dans la poche de sa veste. (Je sortis une clé de petite taille, que je lui tendis.) C'est peut-être rien…

— Ou peut-être qu'au contraire c'est beaucoup.

— Je vais lui rendre sa veste tout à l'heure. Je dois être au complexe dans une heure, puis je file à l'aéroport.

— Laisse-moi cette clé, je vais en faire un double.

— C'est peut-être simplement la clé de son casier.

— Raison de plus ! Peut-être que dans ce casier il y a des choses importantes ! Laisse-moi en faire un double, il n'y verra que du feu.

Je haussai les épaules en lui donnant le petit objet qu'elle s'empressa de fourrer dans sa poche.

Talina se leva et réajusta son tailleur blanc qui lui allait à la perfection. Je l'interpellai :

— Tu crois que je devrais abandonner ?

Elle se rassit et me regarda avec insistance.

— Même si je te disais de te laisser porter et de lui faire

confiance pour résoudre vos problèmes, tu ne m'écouterais pas. Tu es bien trop têtue. Malgré tout, je pense qu'il ne devrait pas te laisser à l'écart. S'il tient vraiment à toi comme il le dit, il devrait te parler de ses problèmes, d'autant plus s'ils te concernent.

J'acquiesçai, l'esprit ailleurs.

— Je reviens dans trente minutes tout au plus. En attendant, finis ta valise ! L'avion pour Atlanta ne t'attendra pas.

— Tu as raison ! Dis-moi juste : comment s'est finie ta soirée hier ?

Elle haussa les épaules.

— Pour une fois, il ne s'est rien passé. Elijah a été décevant. Il est sûrement trop jeune pour moi…

Je souris, en me disant qu'elle n'avait pas tort. Ce n'était pas tant qu'Elijah était trop jeune, mais surtout qu'il était bien trop sentimental pour profiter d'une seule nuit avec une femme qui était mon amie.

— Oh ! j'allais presque oublier de te raconter, ajouta-t-elle subitement. Je pourrais mettre ma main à couper que c'est Kylian qui m'a fourni le badge pour entrer dans les coulisses du stade. Il s'est renseigné auprès d'Elijah pour savoir à qui demander des badges visiteurs.

Elle me fit un clin d'œil malicieux, comme pour dire que sa soirée n'avait pas été perdue, et quitta l'appart à toute vitesse.

Je restais prostrée sur le canapé sans la moindre envie de bouger. Il se passait trop de choses. Je ne lui avais pas parlé de Junior. La menace qu'il m'avait faite tournait en boucle dans ma tête. Je savais aussi que Talina était le genre à faire des bourdes et je ne voulais pas aggraver mon cas.

Fermant les yeux, je repensai au baiser de Kylian dans la piscine, puis dans la cuisine, puis à notre conversation dans la voiture. J'étais toujours blessée, et même en colère contre lui, mais que pouvais-je faire.

Je repensai à ses paroles, quand il m'avait dit que ce qu'il me cachait pouvait me briser, qu'il me perdrait si je le découvrais. J'avais beau réfléchir et envisager toutes les éventualités possibles, j'en venais toujours au même résultat : il se trompait.

Lasse de tourner en boucle, je m'attelai à ma valise en pensant à Junior et Eddy. Si je pouvais m'arranger pour éviter le premier, le second était mon tuteur, et j'étais complètement terrifiée par sa réaction potentielle. J'avais peur qu'il ne me prenne en grippe et me fasse la vie dure.

Elle était déjà assez compliquée sans qu'on m'en rajoute une couche.

Je n'avais pas vu le temps passer que Talina était déjà de retour. Elle m'aida à finir ma valise, puis j'appelai un taxi, le ventre noué à l'idée de me rendre au complexe.

— Je suis triste de ne pas venir avec toi, soupira-t-elle en croisant les jambes.

— Moi aussi… j'aurais vraiment aimé que tu viennes.

— Tu m'appelles si tu as des soucis, d'accord ?

— Promis. Ça va aller de ton côté ?

— Oui, je renfloue doucement mes comptes, je devrais m'en sortir, ne t'en fais pas. J'ai rendez-vous demain pour signer mon contrat, ensuite je l'ajouterai à mon dossier en espérant que les démarches s'accélèrent.

— J'espère que tu m'annonceras une bonne nouvelle à mon retour.

Elle leva les yeux au ciel, puis joignit les mains en une prière muette. Je souris, l'embrassai sur la joue et, prenant une grande inspiration pour chasser ce nœud de stress dans mon ventre, quittai l'appartement.

J'avais la nausée en montant dans le taxi et, quand il se gara à côté du car qui nous emmènerait à l'aéroport, je crus carrément que j'allais vraiment vomir.

C'était complètement stupide d'avoir aussi peur de la réaction d'Eddy, mais celle de Junior m'avait terrifiée. Je n'étais plus du tout en confiance.

Peut-être d'ailleurs que c'était pour cette raison que mon prédécesseur avait démissionné ?

Je me dirigeai vers la salle de réunion où tout le monde avait rendez-vous avant le grand départ. Je croisai plusieurs membres du staff et quelques investisseurs avec qui je discutai brièvement, ce qui me calma légèrement. Mais soudain, j'aperçus Junior au loin. Mon cœur se remit à battre la chamade.

Il parlait avec le coach, mais il me vit arriver et ne me lâcha plus de son regard menaçant, ce qui me donna envie de disparaître. Clairement, la nuit ne lui avait pas porté conseil. J'étais presque sûre de préférer l'ancienne version de Junior. Beaucoup plus chiant mais moins flippant.

— Gaby ?

Je reconnus derrière moi la voix d'Eddy. Mon stress monta d'un cran. Je me tournai vers lui, et il me désigna le couloir avec l'index. Prenant une longue inspiration, je le suivis jusqu'à la salle de repos, où il s'installa sur le canapé, le regard rivé sur la télé.

Je refermai la porte derrière moi pour préserver le secret de cette conversation, en craignant le pire.

— Viens t'asseoir, s'il te plaît.

Je m'exécutai et m'installai à l'autre bout du canapé, pour être sûre d'avoir assez de distance pour fuir si besoin était.

Il posa enfin les yeux sur moi. Je soutins son regard et attendis qu'il se lance.

— Junior ne te menacera plus. J'ai… vu ce qui s'est passé dans le couloir, hier. Je ne suis pas d'accord avec ses méthodes.

Je relâchai mon souffle, sentant doucement les muscles de mon dos se détendre.

— Je ne voulais pas vous déranger. Je cherchais seulement la salle de bains.

— Je le sais très bien.

Infiniment soulagée, je fus vite rattrapée par un autre sentiment qui grimpa en moi comme une flèche : la curiosité.

— Est-ce que tu m'autorises à te poser des questions ?

Il rigola doucement.

— Tu dois en avoir des tonnes.

— Effectivement.

— Il faudra que tu patientes encore un peu, la réunion avant le départ ne doit pas tarder. On trouvera un moment dans l'avion. J'ai enfin quelqu'un à qui je peux en parler. Prépare-toi, parce que tu vas bientôt en avoir marre de moi.

Je pouffai de rire et de soulagement. Mon tuteur n'allait pas me menacer, ni me jeter sur la lune ni me contraindre à démissionner… Le stress retombait.

De retour dans la salle de réunion, je pris le badge qu'on me confia, signai la fiche de présence et m'assis pour écouter les organisateurs nous expliquer le déroulé des semaines à venir.

Kylian était dans mon champ de vision, deux rangs devant, mais j'étais décontenancée de sentir le regard de Junior, braqué sur moi. Je l'ignorai, mais ce fut assez difficile de masquer le malaise que cela m'inspirait.

À mes côtés, Eddy me soufflait des petites phrases discrètes pour se moquer de l'organisateur, et je me fis remarquer parce que je riais. Il cherchait probablement à me détendre. S'il était de mon côté, peut-être que la suite de mes aventures se passerait mieux que je ne le redoutais. Eddy finirait bien par réussir à calmer Junior et à lui faire comprendre que je n'étais pas un danger. D'autant plus que je savais garder un secret.

Ce n'est qu'une fois dans l'avion – qui nous était réservé – que je pus prendre le temps de discuter avec Eddy.

Nous avions décollé depuis une demi-heure lorsque je me détachai pour le rejoindre. Il lisait un livre de psychologie, assis à côté des issues de secours. Les jambes étendues, il était plongé dans sa lecture. À ma vue, il ferma son livre et me sourit.

— Tu as déjà fini d'étudier tous les dossiers des joueurs ? demanda-t-il, taquin.

Je grimaçai en pensant à la pile que j'avais laissée à ma place, puis secouai la tête.

— On a encore un peu plus d'une heure de vol. Je n'aurai pas le temps de tous les lire et encore moins de les apprendre, mais je te promets de le faire en arrivant à l'hôtel.

— Très bien. Dans ce cas, pose-moi tes questions.

C'est fou ce que je suis transparente, rigolai-je intérieurement.

— Pourquoi vous cacher ? m'enquis-je, démarrant par ce que je pensais être la question la plus importante.

— Si ça ne tenait qu'à moi, notre relation serait au grand jour. Pour Junior, c'est plus compliqué. Sa famille est très conservatrice, et puis je pense qu'il a peur de se dévoiler. De montrer qui il est réellement.

— Ça ne te dérange pas tout ce cinéma qu'il fait avec les femmes ?

— Non. Je sais que ce n'est qu'une image. D'une certaine manière, je suis le seul à le connaître vraiment en profondeur.

Je dus faire une drôle de tête, car il explosa de rire et ajouta :

— Oui, de cette manière aussi.

J'éclatai de rire à mon tour, puis me cachai le visage à l'aide de mes mains.

— Je ne veux pas connaître les détails mais, si je ne me trompe pas, tu as une fille, donc tu étais avec une femme…

— Que j'apprécie encore aujourd'hui. Mais je ne l'ai jamais aimée d'un amour réel. Je le pensais, jusqu'à ce que je rencontre Junior.

— On parle de moi ?

L'intéressé vint s'installer à mes côtés. Je me braquai violemment. Ce mec me mettait extrêmement mal à l'aise.

— Laisse-la tranquille, râla Eddy.

— Je l'ai prévenue. Je la laisserai tranquille si elle continue de tenir sa langue.

— Je sais garder un secret, assurai-je en fronçant les sourcils.

— Dans ce cas, c'est parfait. Compte sur moi pour être doux comme un agneau.

Ses menaces me tapaient sur le système. Nous étions

entourés, je savais qu'il ne tenterait rien ici, aussi je lâchai le fond de ma pensée.

— Si tu veux vraiment que ça reste un secret, ce n'était pas très malin de vous retrouver dans un endroit où n'importe qui pouvait vous surprendre. Tu peux t'estimer heureux, ce n'était que moi.

— Je te l'accorde, convint-il simplement, à mon grand étonnement.

J'étais persuadée qu'il m'aurait envoyée bouler mais, au contraire, il caressa simplement sa grosse barbe comme s'il réfléchissait sincèrement à mes paroles.

Il finit tout de même par ajouter :

— Ça n'empêche que c'est toi qui nous as vus, et ce que j'ai pu te dire hier soir tiendra jusqu'à ma mort.

Je me levai en soupirant, fatiguée par ses menaces. Je réussis à passer assez aisément malgré ses longues jambes, puis voulus rejoindre ma place, mais il me retint par le poignet.

— Je pense que tu peux comprendre.

Quelque chose dans son regard adoucit mon jugement. Cela semblait important pour lui que je comprenne, alors que j'étais persuadée qu'il me méprisait.

J'acquiesçai :

— Je le peux, oui. Mais à l'avenir évite de me menacer. C'est inutile.

Je me dégageai, puis retournai à ma place.

Je me plongeai dans le dossier de Junior, comme si cela allait me permettre de percer tous ses secrets et de cerner son personnage. En vain. J'abandonnai pour me consacrer à celui de Kylian.

Je passai en revue ses contrôles médicaux, le rapport de l'accident, le suivi des semaines suivantes. Son dossier remontait à son adolescence. Je me mis à sourire idiotement, quand Kylian se laissa tomber lourdement à mes côtés.

— Qu'est-ce qui te fait sourire comme ça ?

Pour ne pas me faire prendre la main dans le sac, je refermai prestement le dossier, oubliant stupidement que son nom était noté sur la couverture. En énorme, et en gras.

Il sourit, puis me regarda, intrigué.

— Tu as trouvé quelque chose d'intéressant ?

— Rien que je ne sache déjà, si ce n'est toutes tes frasques à l'adolescence.

Il rigola doucement, et son regard s'illumina quand il se remémorait ses souvenirs.

— J'aimais un peu trop le vélo et les cascades. Je te laisse imaginer ce que les deux combinés ont pu donner.

Je souris à mon tour, puis regardai autour de nous, curieuse.

— On peut quand même parler, ici ?

— Il n'y a personne pour nous espionner.

Je restai bouche bée en le voyant écarter les bras, dans une invitation muette. Je ne me fis pas prier et plongeai dans l'espace confortable et chaud que m'offrait son corps. Respirant son odeur silencieusement, je fermai les yeux, comme pour apprécier encore plus l'instant.

— Ça va, les amoureux ? intervint Junior, depuis la rangée derrière nous.

Bon sang. ! Ce type n'allait jamais me lâcher.

— Fous-nous la paix, McCoy, souffla Kylian en resserrant les bras autour de moi.

— Fais comme moi, marmonnai-je, ignore-le.

Kylian frotta lentement les mains le long de mon bras, sans rien dire, quand Junior reprit :

— Profites-en, Foster. Bientôt, c'est dans mes bras qu'elle se trouvera.

Je relevai le visage, sans comprendre pourquoi il continuait son petit jeu de provoc avec moi.

— Il y a plein de femmes intéressées, dis-je, agacée. Va les voir et fous-moi la paix.

— Mais Gaby… C'est toi que je veux.

Je sentis Kylian se tendre. Il leva le bras, comme pour

attraper Junior, mais ce dernier recula bien trop vite. Il s'éloigna finalement en riant.

— Ignore-le. Ce n'est pas moi qu'il veut, il souhaite seulement te provoquer.

— Je déteste sa manière de te parler.

— Moi aussi, mais nos réactions l'amusent. Ne fais pas attention à lui.

— Ouais, tu dois avoir raison.

Je préférais mille fois me concentrer sur la proximité de Kylian. Il ferma les yeux et me serra contre lui. J'avais du mal à ne pas m'interroger.

Qu'est-ce qu'on était l'un pour l'autre ?

Pas des collègues, ni même des amis. Mais nous n'étions pas non plus vraiment ensemble.

Qu'est-ce qu'il me cachait ? Et surtout, pourquoi ?

Je ne me rendis même pas compte que je sombrais doucement dans le sommeil, lovée dans ses bras chauds. Je fus réveillée par l'annonce de l'atterrissage, lorsqu'il dut rejoindre sa place.

À l'aéroport d'Atlanta, une horde de fans habillés aux couleurs des Monsters trépignait derrière des barrières, avec des écriteaux remplis de messages d'amour et de soutien. Le brouhaha se transforma en véritable raffut lorsque les joueurs sortirent pour aller à leur rencontre.

Nous prîmes ensuite un car qui nous conduisit à l'hôtel, où d'autres fans attendaient.

Nous posions nos bagages pour deux semaines, avant de nous envoler pour une autre destination.

J'adorais mon travail.

Je partageais la chambre avec Jenny, une étudiante en médecine, spécialisée dans les sportifs de haut niveau.

Nous avions quartier libre et, bien que j'eusse promis à Eddy d'étudier, l'envie de découvrir cette ville immense me tentait bien plus que de rester enfermée dans ma chambre d'hôtel. J'aurais bien toute la soirée pour faire mon devoir de stagiaire.

Je quittai donc ma chambre, prête à appeler un taxi pour qu'il m'emmène en plein cœur de la ville, mais je fus arrêtée dans ma lancée.

À plusieurs portes de la mienne, Junior m'interpella et me fit signe de le rejoindre. Je regardai les ascenseurs en l'ignorant ostensiblement, mais il m'appela une seconde fois, l'air plus pressant.

La curiosité prit le dessus et, alors que l'ascenseur arrivait, je le laissai repartir. Je me dirigeai vers lui et fus surprise qu'il ouvre en grand la porte de sa chambre, comme une invitation silencieuse à entrer.

Je m'arrêtai à quelques mètres de lui et attendis.

— Entre… S'il te plaît.

— Si c'est un autre de tes petits jeux pour m'emmer…

— Du calme, je veux juste parler avec toi. Eddy est là.

Je jetai un coup d'œil à l'intérieur de la chambre et vis effectivement mon tuteur assis sur le canapé.

— Qu'est-ce que tu me veux, Junior ?

— Entre, s'il te plaît.

Il semblait soucieux, presque nerveux, je ne l'avais jamais vu ainsi.

Ma curiosité monta en flèche et j'entrai. J'espérais simplement que ce n'était pas un autre de ses petits jeux pour nous faire enrager, Kylian ou moi.

— Assieds-toi, Gaby, m'ordonna-t-il presque. J'ai quelque chose à te demander.

Je m'exécutai, incrédule. Son visage était de plus en plus soucieux. Il semblait stressé ou bien terriblement mal à l'aise.

Dans d'autres circonstances, j'aurais ri de lui, c'était une première pour moi de le voir ainsi et, clairement, ce qu'il avait à dire semblait très important pour lui.

— Voilà, débuta-t-il comme s'il cherchait ses mots. Gaby, j'ai une proposition à te faire.

Il me fixa droit dans les yeux, sans regarder une seule fois son compagnon, qui, à mes côtés, ne bougeait pas.

Eddy savait-il déjà ce que Junior allait me demander ?

— Je t'écoute, dis-je, ouverte à ce qu'il allait me dire mais toujours méfiante.

— J'ai pas mal réfléchi au fait que, à présent, tu es au courant de ma relation avec Eddy. Pour dire toute la vérité, je n'ai pas dormi de la nuit. Tu sais que je ne veux pas que ça se sache. J'ai aussi repensé à ce que tu m'as dit : de ne plus te menacer. Et j'en suis venu à la conclusion que tu avais raison.

Je haussai les sourcils, surprise. Que me valait ce retournement de comportement ?

Son regard sombre se fit plus hésitant, comme si ce n'était pas tout ce qu'il voulait me dire. En effet, il reprit :

— Je pense qu'il est préférable de t'avoir de mon côté, plutôt que contre moi. Je ne suis pas aussi méchant que tu peux le penser. Je veux juste que ma vie privée reste… privée.

— Et je peux très bien le comprendre, intervins-je. Ne t'en fais pas, je sais garder un secret.

— Je le sais bien. Tu me l'as déjà dit, et même si je ne sais pas trop pourquoi je te crois. J'ai cependant une question à te poser : es-tu en couple avec Kylian ?

Surprise par la tournure de la conversation, j'essayai de répondre le plus franchement possible.

— En toute franchise, je l'aime, oui. Mais non, nous ne sommes pas en couple.

— Bien. Alors j'ai une proposition à te faire.

— Je t'écoute, même si je ne comprends pas vraiment le rapport qu'il peut y avoir avec Kylian.

— J'aime pas ça, marmonna Eddy, qui semblait petit à petit se tendre à côté de moi.

— J'aimerais que tu m'aides à me couvrir et à couvrir cette partie de ma vie que tu connais à présent…

— Junior, soupirai-je en le coupant. Tu n'as pas à te cacher. Tu te mens à toi-même.

— Je m'en fiche. Ce n'est pas quelque chose que je veux dévoiler. On a tous des secrets. Celui-ci est le mien, et je n'ai pas à le partager avec qui que ce soit. Je suis très heureux avec Eddy et j'espère qu'il l'est aussi. Nous n'avons pas besoin de nous montrer aux yeux de tous pour nous sentir mieux. Tu comprends ?

Je ne pus qu'acquiescer. Chacun avait sa vision de la vie et, même si je ne partageais pas la sienne, je n'oubliais pas que fut un temps où je ne voulais pas que ma relation avec Kylian soit dévoilée au grand jour.

— Je comprends. Quelle est ta proposition ?

Junior braqua son regard noir dans le mien, prit une grande inspiration, puis se lança.

— Je veux que tu sois ma petite amie.

— Pardon ?

— Je veux dire : ma fausse petite amie.

Le choc me rendit muette, comme si mon cerveau refusait de comprendre ce qu'il me disait.

L'unique pensée qui tournait dans ma tête était :

Pourquoi faut-il toujours que ça tombe sur moi ?

13

— C'est quoi cette connerie ? explosa Eddy.

Je me levai et secouai frénétiquement la tête.

— Eddy a raison, Junior. Tu ne peux pas me demander ça. Je ne peux pas faire ça. J'aime quelqu'un d'autre, et toi aussi ! Tu te rends compte de ce que tu me demandes ?

Toujours assis sur le bord du lit, Junior se prit la tête entre les mains.

— Je sais parfaitement ce que je te demande, Gab.

— Alors c'est quoi ton problème ? lança Eddy. Que tu ne veuilles pas que notre relation soit au grand jour est une chose, mais mentir au monde entier en inventant une relation avec Gaby en est une autre !

Eddy se mit à faire les cent pas dans la chambre, comme un lion en cage. Il semblait terriblement mal et, même si ce n'était pas la même chose pour moi, je ne devais pas être loin de son état d'esprit.

— Pourquoi ? s'enquit finalement mon tuteur.

La tristesse se lisait sur son visage, et j'aurais souhaité me dématérialiser instantanément.

— Il faut que tu comprennes, Ed, dit doucement Junior, les mains tendues vers son compagnon. Dans deux semaines, on part pour Miami. Ma famille se trouve là-bas. Je vais forcément les voir. J'aimerais juste qu'ils cessent de vouloir me présenter des femmes… Faire croire que Gaby est ma petite amie est la solution parfaite pour nous éviter tout ça.

Les épaules d'Eddy s'affaissèrent. Je comprenais parfaitement ce sentiment d'être blessé par celui qu'on aime. Je comprenais aussi que, malgré ce qu'il pouvait en dire, il était profondément blessé que Junior n'assume pas leur relation.

Junior continuait de le supplier silencieusement de le comprendre. Eddy ferma les yeux, puis fixa le regard vers l'extérieur et dit, la mâchoire serrée.

— Une semaine, Junior. Seulement pour Miami.

— Merci.

Junior se tourna vers moi et me regarda avec son air de chien battu. Si cela avait fonctionné avec son compagnon, il n'en était pas question pour moi.

Je secouai la tête.

— Je refuse, Junior. Je ne veux pas être complice de tes mensonges à ta famille. C'est n'importe quoi !

— Gaby, tu ne…

— Non ! l'interrompis-je. Trouve quelqu'un d'autre ou, plus simplement, assume qui tu es, Junior. Il n'y a aucune honte à avoir. Emmène Eddy avec toi. Je n'irai pas avec toi. Je ne ferai pas de mal à Kylian pour te faire plaisir.

— Tu me l'as dit toi-même : vous n'êtes pas ensemble.

— Il n'est pas question de savoir si on est ensemble ou non. Je refuse de le blesser d'une manière ou d'une autre.

— Je sais pourtant qu'il n'hésiterait pas, lui.

J'eus envie de lui dire de se mêler de ses affaires, mais j'étais celle qui avait lancé le sujet de Kylian. Et, d'une certaine façon, Junior n'avait pas tort. Kylian n'avait pas hésité à me faire du mal en me quittant, même si je comprenais vaguement que ce n'était pas ce qu'il voulait réellement.

— Tu ne peux pas me demander de mentir ouvertement à tout le monde. Et encore moins à ta famille. On ne serait même pas crédibles.

— Je me fiche de la crédibilité. Je ne veux juste pas que

mes proches me présentent une fille de bonne famille au repas du dimanche qu'on aura forcément quand on ira à Miami. Ce n'est que le temps d'un week-end.

Je secouai la tête mais, doucement, je me sentais devenir compatissante.

Ce n'était cependant pas juste.

— Je ne peux pas faire ça. Je suis désolée.

Je jetai un œil à Eddy qui nous tournait toujours le dos et, avec un regard désolé à l'intention de Junior, je quittai la chambre.

D'un pas rapide, je rejoignis les ascenseurs et sortis à l'air frais. Soulagée de m'éloigner de tous ces soucis, j'abandonnai l'idée de me rendre au centre-ville. Je me mis à marcher sans but précis, plongée dans mes pensées. J'errai sans même observer véritablement ce qui se trouvait autour de moi.

J'en avais marre.

Trop de soucis s'imposaient à moi. Comment pouvais-je gérer posément ma vie quand chaque jour un nouveau problème m'apparaissait ?

Dans quoi m'étais-je encore mise ?

À force de marcher, je me retrouvai au bord d'un petit lac que j'entrepris de longer. Le chemin de terre était bordé d'une herbe très verte, détonnant avec les arbres qui tiraient doucement sur l'orange, à l'approche de l'hiver.

Je m'installai sur le premier banc que je trouvai et soupirai. Mes jambes me remercièrent, ainsi que mon dos. Je ne savais pas combien de temps, mais j'avais marché longtemps. Il faisait encore clair, mais l'air se rafraîchissait assurément.

Je n'étais même pas certaine de retrouver le chemin de l'hôtel… Mais c'était un peu le cadet de mes soucis actuels.

— Gabrielle ?

Je me retournai, surprise qu'on puisse me connaître ici, et souris en voyant Elijah. La capuche de sa veste rabattue sur la tête, il terminait visiblement son footing et me rejoignit.

Ce garçon était véritablement sexy.

— Qu'est-ce que tu fais là ? demandai-je alors que la réponse tombait sous le sens.

— Un footing. Et toi ?

— Je réfléchissais.

— Je te dérange, alors ?

— Non. Mon cerveau est en surchauffe, une petite pause est la bienvenue.

Il me sourit, puis repoussa sa capuche à la moitié de sa tête, juste pour découvrir son visage. Il mit ses mains dans ses poches et me demanda :

— Alors... Mon plan pour rendre Kylian jaloux a fonctionné ?

J'ouvris grands les yeux avant d'éclater de rire.

— Tu l'as fait exprès ?

Il haussa les épaules, prenant un air exagérément innocent, qui confirmait sa culpabilité.

— Vous deux... on va dire que c'est une évidence.

C'était ce que j'avais toujours pensé...

— Eh bien, pour te répondre, oui. Ça a fonctionné.

Il fit le signe de la victoire, semblant sincèrement heureux de son coup, puis il remit les mains dans ses poches, laissant vagabonder son regard marron sur l'eau calme.

— Et toi ? m'enquis-je. Tu n'as pas de petite copine dans les parages ?

— J'ai une petite fille. Lana. Elle est née quand j'avais dix-neuf ans. Elle a aujourd'hui cinq ans. Je l'aime plus que tout.

— Et sa mère ? Où est-elle ?

— Elle n'a pas supporté ma célébrité, mes longs voyages et mon rythme de vie. Elle a préféré qu'on fasse chemin à part. Elle s'est mise avec quelqu'un d'autre...

— Tu l'aimes toujours, affirmai-je tristement.

— C'était l'amour de ma vie.

— Tu ne peux rien tenter pour la faire changer d'avis ? Pour qu'elle te revienne ?

— J'ai essayé. Mais non, elle ne changera pas d'avis. Elle

s'est remariée l'hiver dernier. Elle est heureuse et attend un autre enfant.

Mon cœur se brisa pour lui.

Elijah était si gentil… J'en voulus immédiatement à cette femme que je ne connaissais pas. Je trouvais son histoire cruelle.

Puis, soudain, je me vis dans son histoire. C'était ce que j'avais failli faire à Kylian. Ma peur des paparazzis, de sa vie médiatique, ses déplacements permanents… Je me sentis d'autant plus triste pour Elijah, qui pourtant ne montrait pas sa peine. Je devais peut-être être trop compatissante…

— Tu as dû l'entendre un million de fois, repris-je, mais je sais que tu finiras par trouver une femme qui te rendra heureux. Tu es quelqu'un de bien. Il ne peut pas en être autrement.

— C'est gentil, mais je n'attends plus rien. Je me concentre uniquement sur ma carrière pro. Sur ma fille, que je ne vois que trop peu. On verra ensuite où la vie m'emmènera. Mais, pour toi, je continuerai à faire en sorte de rendre Kylian jaloux. Ça marche assez bien apparemment.

Je rigolai sans protester pour autant. Si cela pouvait me montrer ses sentiments, ça me convenait très bien. Mais ça ne résolvait pas non plus la source du problème.

— J'essaye de faire comme toi : me concentrer sur mon année de stage.

— Ton histoire finira bien, ne t'en fais pas, me rassura-t-il en me donnant un léger coup d'épaule.

— Comment tu peux le savoir ?

— Parce que les histoires d'amour finissent toujours bien, non ?

— Mais pas la tienne.

Il rentra la tête dans les épaules, sans répondre. J'étais vraiment triste pour lui. Je l'appréciais encore plus qu'avant, maintenant que je connaissais quelques bribes de sa vie.

— Il y a une soirée, samedi, après le match, le Labyrinth

masquerade. Je n'ai pas eu l'occasion d'y aller l'année dernière, j'aimerais bien tester, ça te dit ?

— Je ne suis pas très soirée…

— À la seconde où tu commences à t'ennuyer, on se sauve. OK ?

Je souris, puis soupirai, lui faisant comprendre qu'il avait gagné.

Elijah se leva, fit une révérence et me tendit la main.

— Voudrais-tu être ma cavalière ?

Je me retins de rire et pris sa main.

— C'est d'accord.

Nous éclatâmes de rire et nous mîmes en route. Je ne reconnaissais absolument pas le chemin qu'on empruntait. Je ne me rappelais même pas être passée par ici à vrai dire.

— Heureusement que tu es là, dis-je en continuant de chercher du regard un bâtiment que je pourrais reconnaître. Sans toi, je crois que je n'aurais jamais retrouvé le chemin de l'hôtel.

— Ah bon ? C'est vrai qu'il m'arrive parfois d'enfiler ma cape et de jouer au super-héros.

Je rigolai en voyant qu'il était sérieux. Sa remarque m'évoqua un détail qui avait tout de même son importance.

— Je n'ai absolument rien à me mettre pour samedi.

— Il me manque un accessoire aussi. Dès qu'on aura un moment, on filera faire les boutiques ? Je mettrai un des costumes que j'ai en stock, il me faut juste un masque.

— Je n'avais pas du tout prévu d'aller à une soirée, je n'ai aucune robe, ni habit approprié. Et je ne connais pas Atlanta. Tu es sûr de ne pas vouloir chercher une autre cavalière ?

— Certain. On va trouver, ne t'en fais pas.

Je souris en observant du coin de l'œil ce garçon d'une gentillesse incommensurable. J'espérais que la vie lui réserverait de bonnes surprises. Il semblait vraiment le mériter.

***

Elijah ne m'avait pas menti. Il m'emmena faire les magasins le lendemain après les entraînements et fut très patient. Je réalisai que je me comportais avec lui comme avec mon frère, Mike. Sûrement parce qu'il avait un œil bienveillant et qu'il n'y avait aucun lien de séduction entre nous.

Me présenter à lui dans des robes différentes ne me gêna pas. Il ne sembla même pas s'ennuyer, ni agacé par mes complexes. Au contraire, il s'en amusait.

Bien heureusement, je trouvai rapidement une robe pas trop chère, qui me convenait très bien. Elle était fluide, blanc cassé, et marquait la taille sans pour autant révéler mes formes. Elle mettait mon décolleté en valeur sans être vulgaire et elle cachait entièrement mes jambes. Elle était parfaite pour moi.

Elijah trouva un masque sombre dans le magasin suivant et, étant sa cavalière, je pris le même en blanc pour l'accorder à ma robe.

Le jour du match arriva. Les Monsters se battirent avec brio, mais n'arrivèrent pas à détrôner Boston, les leaders de la League. Pour autant, même si l'ambiance après le match n'était pas au beau fixe, ils savaient que rien n'était perdu.

Sur le trajet du manoir où se déroulait la soirée masquée, Elijah tenta de m'expliquer le système de classement de la League, mais c'était incompréhensible pour moi.

— OK..., reprit-il pour la énième fois. Pour faire simple, chaque match remporté fait monter le pourcentage de victoires. On est quinze équipes dans chaque conférence : Est et Ouest. On doit finir dans les huit meilleures pour pouvoir faire les finales avec les huit meilleures de l'autre conférence. Pour ça, on doit avoir un pourcentage plus haut que chacune des autres équipes. Tu comprends mieux ?

— Je crois. Dans tous les cas, il faut gagner.

Ses épaules s'affaissèrent, et il me jeta un coup d'œil un peu las.

— Hm… Oui, voilà. Pourquoi faire compliqué quand on peut faire simple ?

Je rigolais de voir qu'il renonçait à l'idée de me faire comprendre les règles du championnat. Elles étaient totalement différentes de celles que j'avais connues en France. Ma famille avait beau être fan de basket, cela n'avait pas réellement fait de moi une encyclopédie de ce sport.

Elijah s'engagea dans une petite allée très peu éclairée, puis se gara sur le parking déjà bondé.

L'entrée du manoir était indiquée par un chemin lumineux. Je pris le bras qu'Elijah m'offrait et me laissai guider. Il m'expliqua, chemin faisant, que ce manoir était un monument historique et qu'il faisait à présent office de salle de réception et de musée.

Avant d'entrer, Elijah me demanda de mettre mon masque devant mes yeux, puis plaça le sien, qui lui couvrait la moitié du visage.

Je passai le quart d'heure suivant à m'émerveiller de la majesté de la pièce principale, du somptueux décor blanc et violet, avec des touches orangées pour rappeler Halloween, ainsi que de la hauteur du plafond où un lustre à l'allure époustouflante plongeait la pièce dans une délicate lumière tamisée. J'avais l'impression d'être dans un film.

Je pris un étrange cocktail bleu. De la fumée sortait du verre. C'était psychologique, mais je n'arrivais pas à boire cette potion de dragon, alors je gardai le verre à la main, observant Elijah s'amuser à recracher la fumée interminable par les narines.

Un enfant.

— Allez, Gab, bois, m'incita-t-il. Le goût est vraiment pas mal.

Je secouai la tête et lui tendis le verre.

— Fais-toi plaisir.

Il me fit un sourire éclatant, attrapa mon verre et recommença son cirque, ce qui me fit éclater de rire.

— Je vais en chercher un autre. Tu ne veux rien boire ? Tu es sûre ?

— S'il y a du soda, je prends.

— D'accord. Je reviens dans ce cas.

Je regardais les gens qui m'entouraient, reconnaissant certains visages. Aïssa vint me parler. Elle portait une belle robe courte et des paillettes dans les cheveux. Elle m'informa que les danseuses allaient faire un show et qu'elle filait se préparer. Son frère vint me voir.

— Salut, me dit simplement Junior, les mains dans les poches.

Il ne semblait pas très à l'aise, mais je ne comptais pas l'aider à se détendre.

— Salut.

— Je suis désolé, Gab.

— Pourquoi ?

— Tu sais très bien pourquoi, dit-il, impatient.

Je souris en comprenant que je l'agaçais. C'était presque trop facile.

— Donc tu me laisseras en dehors de tes manigances désormais ?

— Ce n'est pas ce que j'ai dit. J'espère encore pouvoir te faire changer d'avis.

— Junior…

— Non, me coupa-t-il en baissant la voix. Tu ne comprends pas. J'ai sorti ma famille d'une misère certaine. Ce n'est que depuis récemment que la stabilité et la sérénité sont revenues entre nous tous, je suis leur pilier, mais mon père… (Il ne termina pas sa phrase et secoua la tête.) Je ne peux pas tout foutre en l'air maintenant en dévoilant qui je suis vraiment. Parce que c'est ce qui se produira si je leur avoue ce que tu sais. Je veux seulement qu'ils n'aient aucun souci à se faire pour moi. Je veux éviter cette gêne terrible chaque fois qu'ils me présentent une femme. S'il te plaît, Gaby. Juste un week-end.

— Tu sais le mal que tu fais à Eddy ?

— Je le sais parfaitement, tu me prends pour un con ?

— Oui. Totalement.

Il soupira d'exaspération et, s'il n'avait pas attendu quelque chose de ma part, j'étais persuadée qu'il m'aurait déjà envoyée bouler. Il trépignait d'un pied sur l'autre, s'impatientant, cherchant visiblement le moyen de me faire changer d'avis.

— Qu'est-ce que tu veux, Gab ? demanda-t-il finalement.

— Rien du tout, justement. Je veux simplement que tu me laisses en dehors de tes mensonges.

Il détourna son regard sombre, mais je vis un éclair de cruauté passer dans ses yeux.

Il s'approcha de moi et se pencha à mon oreille :

— Comme je te l'ai dit : lui ne se gêne pas pour continuer à vivre sa vie.

Il m'indiqua d'un signe de tête l'endroit où regarder, et je me sentis défaillir.

Kylian portait un costume blanc, magnifique, avec au bras une blonde étincelante dans sa longue robe sombre. Il ne portait pas de masque, mais elle si. Je reconnus tout de même que c'était une des danseuses des Monsters.

Je ne pouvais même pas mesurer l'ampleur de ma blessure. Perdue, incrédule, je me retournai vers Junior et vis ce qui ressemblait à de la pitié dans son regard.

Je détestais ça.

— Sauve-moi d'un week-end de mensonges et de faux-semblants.

Je m'esclaffai sans joie :

— En remplaçant les faux-semblants par d'autres mensonges ?

— Juste un week-end. Je t'en serai infiniment reconnaissant. Tu rendrais un immense service à un ami, qui t'apprécie vraiment.

Je levai les yeux au ciel, ne croyant pas une seconde à

sa tirade. Je savais très bien que Junior me passait de la pommade uniquement pour que j'accepte sa proposition.

— Tu sais aussi bien que moi qu'on ne ferait jamais un couple crédible.

— Tu ne le croiras jamais, mais en famille je suis pudique. Reste comme tu es, et ça marchera parfaitement. S'il te plaît.

Je ne pouvais m'empêcher de regarder Kylian et sa partenaire et mourais de douleur à chaque fois. Je savais qu'il ne fallait pas qu'on se fasse voir ensemble, mais au point de venir avec une autre à une soirée comme celle-ci ? C'était horrible.

En même temps, j'étais moi-même venue avec Elijah.

Mais ce n'était pas pareil.

Junior, plein d'espoir, trépignait en attendant ma réponse. Je finis par baisser les bras.

J'étais certaine que ce n'était pas la bonne solution mais, même si je ne le considérais pas comme mon ami, je comprenais l'importance de sa demande.

Et il semblait vraiment désespéré.

— C'est d'accord, capitulai-je sans savoir dans quel pétrin j'étais encore en train de me mettre.

14

— Qu'est-ce qu'il te voulait ? me demanda Elijah en revenant avec sa potion étrange et un soda pour moi.

— Rien de bien important.

— N'hésite pas à lui dire d'aller se faire foutre. Il aime un peu trop les femmes et, comme tu fais partie de l'équipe, il en profite.

Je me crispai mais, pour que ça ne paraisse pas étrange, répliquai :

— Je n'ai pas ma langue dans ma poche, donc ne t'en fais pas pour moi, je compte bien lui rendre ses mesquineries coup pour coup.

Il me sourit, puis trinqua avec moi, lorsque le spectacle des danseuses démarra.

Elles firent un show rapide mais tellement synchronisé que j'en fus éblouie. Elles furent ovationnées, ce qui était on ne peut plus mérité.

Je croisai le regard de Kylian. Totalement absent, il ne semblait pas écouter ce que la blonde avec qui il était lui disait. Tout se bousculait dans ma tête. *Et s'il avait une réelle relation avec elle ? Et s'il la ramenait dans sa chambre après la fête ? Ou la suivait dans la sienne ?*

Au fond, il ne m'avait pas clairement dit que nous étions de nouveau ensemble, simplement qu'il tenait toujours à moi. Et son foutu secret me rendait folle.

Je pris une longue inspiration et me tournai vers Elijah, qui avait suivi mon regard.

— C'est vraiment mon pote, mais je ne comprends pas son comportement.

— Moi non plus, soupirai-je.

Il récupéra mon verre, le déposa avec le sien sur la table la plus proche, puis me prit par la main.

— Viens danser avec moi.

J'écarquillai les yeux, inquiète.

— Non, Elijah ! Personne ne danse, on ne va pas se mettre en scène.

— Pourquoi pas ? Au moins, on attirera son attention. Et puis, je crois que je ne suis pas mauvais danseur.

Il me fit un grand sourire.

— Fais-moi confiance.

Bon sang !

Je le laissai nous guider en-dessous du grand lustre. Plaçant mes mains sur son buste, il me rapprocha de son grand corps et se mit à danser.

Je n'aimais pas ça. Je n'aimais pas attirer l'attention, et c'était exactement ce que nous faisions. Je savais que presque tous les regards étaient braqués sur nous. Je détestais cet instant et ne me fis pas prier pour le lui signifier.

— Je ne me sens pas bien, Elijah. Tout le monde nous observe.

— Ne fais pas attention à eux. Regarde-moi.

J'obéis et trouvai son regard amusé. Il nous entraîna doucement sur la piste où un grand cercle s'était formé.

— Même si je te regarde, je sais qu'on nous observe. Je déteste être au centre de l'attention.

— Je sais, mais je peux t'assurer que Kylian se sent encore plus mal que toi. Je l'ai en visu. Laisse-moi faire. Pose la tête sur mon torse et laisse-toi bercer.

J'obtempérai, ne sachant pas trop où tout cela allait nous mener. Malgré tout, je lui étais reconnaissante de son geste.

J'espérais vraiment que sa manigance allait fonctionner et rendre Kylian jaloux.

Je devais aussi avouer qu'Elijah ne se débrouillait pas si mal.

Lorsque j'ouvris à nouveau les yeux, nous n'étions plus seuls au centre de la pièce. De nombreux autres couples masqués nous entouraient désormais. Je me sentis beaucoup mieux.

— Pourquoi tu fais tout ça pour moi ? demandai-je en l'observant.

Il haussa les épaules, puis me fit tourner sur moi-même maladroitement, avant de me récupérer.

— Je ne sais pas trop… Peut-être que je vois mon ancien couple en vous et que je ne vous souhaite pas la même fin.

— Ne t'attends pas trop à une jolie fin. Kylian fait la girouette, il me fait espérer des choses, puis semble vouloir tout foutre en l'air.

— Il cache quelque chose, tu en as conscience ?

— Oui, mais je n'arrive pas à savoir quoi.

— N'abandonne pas, Gaby. Je suis sûr que ça en vaut la peine.

Je ne répondis pas et me laissai guider sur la piste, en observant les autres couples évoluer à leur rythme.

Elijah me donnait de la force. La force d'y croire encore. Kylian était sûrement venu avec une autre femme pour qu'on ne soupçonne pas que nous étions encore proches. Il n'empêche que cela me blessait. C'était à son bras que je voulais être. Contre lui que je voulais danser.

Mais ce droit ne m'était pas accordé. La jalousie me rongeait. Je n'y pouvais rien, ce sentiment m'envahissait, sans que je puisse le contenir.

— Je peux ?

Elijah s'arrêta, se tourna vers Junior et répondit :

— Tu viens encore l'emmerder, McCoy ? Fous-lui la paix, mec.

— Nan. Je veux juste une danse.

Elijah le toisa du regard. Me voyant acquiescer, il laissa la place à son coéquipier.

Maladroitement, Junior replaça son masque, qui ne lui cachait qu'un œil, puis passa les mains autour de ma taille. Il ne semblait pas très à l'aise, ce qui me fit rire.

— Est-ce qu'au moins tu sais danser ?

Il regarda loin derrière moi, un demi-sourire aux lèvres.

— Pas du tout. Je n'ai pas un seul gène de danseur.

— C'est bien ce que je pensais.

Il grimaça, puis redevint sérieux. Il prenait soin de ne jamais croiser mon regard.

— Je te remercie, Gab. Pour ce que tu fais. Je n'ai pas eu le temps de te le dire avant qu'Elijah revienne, et je voulais le faire.

Je l'observai et compris qu'il n'avait pas du tout l'habitude de remercier qui que ce soit. J'étais une privilégiée apparemment.

— C'est trop étrange de te voir gentil envers moi. Redeviens normal, s'il te plaît.

Il rit, puis haussa les épaules.

— Je ne suis pas si méchant que ça.

— Ton arrogance suffit à me hérisser le poil.

Il haussa à nouveau les épaules, soulagé que nous changions de sujet, et reprit son rôle habituel.

— Je suis le meilleur, je ne vais pas m'excuser pour ça.

— Tu es imbu de toi-même.

— Pas imbu, seulement réaliste.

Je me détachai de lui en grognant. Cet homme redevenait insupportable, mais ça m'allait. Je ne voulais pas en faire un ami, bien qu'une part de moi l'appréciât lorsqu'il laissait tomber le masque.

— Je reprends ma place, intervint Elijah en me barrant la vue de mon précédent partenaire. Pousse-toi de là.

Il m'embarqua avec lui sans aucun égard envers son coéquipier, qui resta planté au milieu de la piste à pester. Nous étions morts de rire.

— Où est-ce que tu vas ? m'enquis-je alors qu'Elijah s'éloignait de la piste.

Il ne semblait pas m'entendre, la musique devait sûrement couvrir ma voix. Je me sentis hésitante lorsqu'il se dirigea vers le deuxième étage, mais la curieuse en moi voulut suivre. Je relevai le bas de ma robe pour éviter une chute monstrueusement honteuse et demandai à nouveau :

— Où tu vas ?

— Suis-moi.

Ce n'est pas une réponse, eus-je envie de protester, mais cela m'aurait demandé trop d'effort. Bon sang ! Quand est-ce que les marches allaient s'arrêter ?

J'eus la furieuse envie de m'asseoir sur la dernière lorsque je l'atteignis mais, voyant l'air moqueur d'Elijah, je retins ma respiration pour faire comme si je n'étais pas du tout essoufflée, alors que c'était tout le contraire.

— Ça va ? osa-t-il me demander, le rire dans la voix.

— La ferme, crachai-je en expirant bruyamment.

Il éclata de rire en s'appuyant contre la barrière qui donnait une vue globale sur l'étage du dessous. Je le frappai à l'épaule puis, quand il reprit son sérieux, il m'indiqua une porte close.

— Vas-y.

Je haussai les sourcils et secouai la tête.

— Vas-y, toi ! Avec la chance que j'ai, je vais tomber sur quelque chose que je ne devrais pas voir. Ou mieux, une salle hantée.

— Tu crois à ce genre de choses ? se moqua-t-il à nouveau.

— Quand on s'appelle Gabrielle Ferry, il vaut mieux s'attendre à toutes possibilités.

Il secoua la tête, amusé, puis m'entraîna vers la porte.

— Je te promets qu'aucun fantôme ne t'y attend. C'est une salle aquarium. Un genre de musée du poisson.

Je le fixai, dubitative.

— Et ton idée, c'est de m'emmener voir des poissons alors que la soirée se déroule au rez-de-chaussée ?

Il bougonna quelque chose que je ne compris pas, puis me fit face.

— Je connais parfaitement bien cet endroit, parce que je suis déjà venu ici pour une autre occasion. C'est une magnifique pièce, alors, Gaby… Fais-moi confiance.

Il me tendit à nouveau la main que je finis par attraper.

Un musée du poisson… Que c'était passionnant !

J'entrai finalement dans la grande pièce, remplie d'aquariums. Des lueurs bleues et roses se reflétaient partout dans la pièce, et je dus l'admettre : je fus totalement subjuguée. La musique nous parvenait étouffée, donnant à cette salle un sentiment de paix immédiat. D'autant plus qu'on était entièrement seuls.

— Tu avais raison : c'est magnifique, soufflai-je, totalement éblouie.

— Je suis d'accord.

La voix qui me répondit n'était pas celle d'Elijah.

Je me tournai incrédule vers Kylian, debout devant l'entrée. Il attendait simplement, les mains dans les poches de son pantalon de costume, le regard serein… Comme avant.

— Qu'est-ce que tu fais là ?

Il haussa les épaules, puis fit les quelques pas qui nous séparaient.

— Et ta compagne ? poursuivis-je sans réussir à me retenir.

— Jalouse ?

— Non.

Il haussa un sourcil et sourit, me faisant comprendre qu'il n'était pas dupe.

Son regard était dévastateur. Le genre que je n'avais jamais su soutenir. Une fois de plus, je détournai les yeux, puis changeai rapidement de sujet.

— Où est Elijah ?

— Parti. Je lui ai demandé de t'amener ici.

— Tu as mis mon partenaire sur la touche ?

L'expression de Kylian se modifia une fraction de seconde.

Comme pour me cacher ses émotions, il se tourna vers le centre de la pièce où d'autres aquariums étaient installés.

Je le dévisageais sans retenue, savourant chacun de ses traits. Il était magnifique. Il semblait pensif, et m'abstenir de le toucher était une torture.

Je rêvais de me glisser dans ses bras et de savourer pleinement sa présence. Cela me rendit morose.

Je demandai :

— Tu es jaloux d'Elijah ?

Il se tourna vers moi, puis me tendit la main.

— Est-ce qu'on peut parler de choses intéressantes ?

Je souris, surprise, et compris qu'effectivement il était jaloux. Cette pensée me satisfit grandement.

— Comme quoi ? répondis-je en prenant la main qu'il me tendait.

Il me tira vers lui, ce qui affola mon cœur. Ses mains sur ma taille électrisaient tout mon corps. Lui seul avait ce pouvoir. Son regard sérieux en rajouta une couche.

Nous étions seuls, dans une salle somptueuse... Je ne savais pas ce qu'il avait en tête mais, quand son sourire s'élargit, je ne pus que le lui rendre.

En fond sonore, *Famous*, une chanson rétro, débuta, et plutôt que de me répondre Kylian me prit dans ses bras et me caressa la joue, avant de chuchoter tout proche de mon visage :

— J'ai pensé à ça toute la soirée.

— À quoi ? demandai-je stupidement.

— À pouvoir danser avec toi. Te prendre dans mes bras.

Je lui adressai un immense sourire. Satisfait, il me fit tourner sur moi-même. Une fois revenue près de lui, son visage tout proche du mien, je le laissai nous guider lentement, à son rythme. Il n'était pas mauvais danseur, bien au contraire, et je fus ravie d'avoir encore plein de choses à découvrir sur lui.

Je posai finalement la tête sur son épaule et fermai les yeux pour mieux apprécier l'instant présent. Malgré tout, un nuage sombre planait au-dessus de moi. Je n'y pouvais rien, l'énigme que représentait Kylian me hantait.

Je relevai les yeux vers lui et trouvai instantanément son regard noisette, chaud et troublant.

— On pourrait être simplement nous, si tu partageais avec moi ce que tu caches.

Il ne se braqua pas, mais posa simplement un doigt sur mes lèvres, avant de les caresser.

— Est-ce qu'on ne pourrait pas simplement profiter de ce moment sans parler de tout ça ?

— Ce *tout ça* a ruiné mon couple. Tu penses vraiment qu'il m'est possible d'oublier, même pour une soirée ?

— Non, effectivement, me répondit-il en souriant tristement. Mais j'aimerais qu'on essaye tout de même. Au moins pendant une petite minute, le temps d'une chanson. Tu es partante ?

Je ne mis pas longtemps avant d'abdiquer.

— D'accord.

Je gardai le regard fixé dans le sien et trouvai même la force d'oublier. D'oublier tout ce qui rendait nos vies sombres.

J'avais conscience qu'on ne pourrait jamais reprendre notre relation là où nous l'avions laissée, mais j'espérais qu'un futur commun nous était encore possible. Je tentai de le lui faire comprendre à travers mon regard. Je n'étais pas télépathe, mais je sentais qu'il savait lire en moi. Je jetai un coup d'œil à ses lèvres, ce qui le fit sourire.

Il regarda subrepticement au-dessus de moi, puis son sourire s'élargit encore plus.

— Il est minuit une, me dit-il avant de continuer sur le ton de la confidence : Joyeux anniversaire, Gaby.

Je mis du temps à répondre, surprise qu'il se soit souvenu de cette date. Je ne trouvai rien de mieux à dire que :

— Merci.

Vraiment innovant !

Mes lèvres s'étirèrent de satisfaction puis, comme si me

voir rayonnante le réconfortait, il me fit ce sourire en coin dont il avait le secret et qui me désarmait. Doucement, il reprit son sérieux et me chuchota :

— Je sais que tu n'aimes pas les cadeaux, mais j'espère que celui-ci te fera plaisir…

Il se pencha un peu plus et m'embrassa simplement. C'était le genre de baisers doux et puissants, dévastateurs. Contrairement à la fois précédente, il n'y avait rien de brutal, ni de désespéré. Au contraire, il n'y avait que de la douceur, et cela fit des ravages en moi. Ce baiser fit fourmiller mon corps, me réchauffa et m'électrisa bien plus que n'importe lequel de ses mouvements.

Enfin presque.

Ce fut un ouragan d'émotion, et je savais que, si je ne l'avais pas déjà aimé, je serais tombée amoureuse de lui grâce à ses lèvres qui caressaient les miennes avec tant de grâce que j'en perdis le fil du temps et de la vie elle-même.

Il s'écarta de moi, puis passa les pouces sur mes joues sans jamais cesser de nous guider dans un rythme lent et régulier. La musique avait changé, mais il continua à danser, et je ne fis rien pour l'arrêter. J'avais la sensation que je le retrouvais enfin.

Pour de bon.

L'ombre noire qui planait au-dessus de nous semblait même avoir disparu.

Je savais que tant que le *secret* serait présent, nous ne pourrions être vraiment ensemble, il me l'avait bien fait comprendre. Mais, si j'étais certaine d'une chose, c'était qu'il tenait toujours à moi. Je me raccrochais à cette pensée de toutes mes forces et me laissai aller dans ses bras.

Au chaud contre lui, j'étais bien.

En paix.

Kylian m'observa quelques secondes, puis déplaça ses lèvres jusqu'à mon nez, puis mon front. Il posa ensuite la joue sur ma tête, sans s'arrêter de danser.

Lorsque je rouvris les yeux, je tombai sur notre reflet dans la vitre d'un aquarium. Je souris en remarquant que nous étions parfaitement accordés. Tout de blanc vêtus, nous étions beaux. Je n'avais jamais vu de cliché nous représentant mais, à cet instant, je réalisais combien nous allions bien ensemble. Il était bien trop beau pour moi, mais j'étais fière d'être celle qui avait su retenir son attention.

Je sentis soudain que quelque chose clochait. Il se raidit violemment, et son corps devint dur comme de la pierre.

— Ne bouge pas, m'ordonna-t-il avant de me planter là.

Kylian fila en courant vers le fond de la salle, puis revint, soucieux. Ne comprenant absolument pas ce qui venait de se passer, je l'observai, le ventre noué.

— Qu'est-ce qu'il y a ? demandai-je pour savoir si je devais me mettre à courir pour échapper à un danger potentiel.

— Ce n'est peut-être rien.

— Vu ton regard, je n'ai pas l'impression que ce ne soit rien.

Il regarda encore une fois autour de nous, comme s'il cherchait quelque chose, puis se tourna vers moi et passa la main dans mes cheveux. Il laissa ensuite son bras retomber le long de son corps, les traits marqués par l'angoisse.

— Nous n'étions pas seuls. Quelqu'un nous observait.

15

Cette confidence m'angoissa d'autant plus que Kylian semblait vraiment mal.

Il n'avait jamais été très expansif et ne montrait que ce qu'il voulait bien laisser voir. Son inquiétude me fit réaliser que même être vus en train de danser était dangereux.

— Pourquoi est-ce si mal ? m'enquis-je en lui prenant la main.

Il s'écarta de moi, rompant tout contact. Ce geste me fit mal, mais j'essayai de ne pas y porter trop d'attention. Essayer de comprendre ses réactions m'importait bien plus.

— Il ne faut pas que la mauvaise personne le sache.

— Qu'est-ce que c'est que cette histoire de mauvaise personne ? Et qu'elle ne sache pas quoi ? Que nous sommes toujours proches ? Nous sommes dans la même équipe, on travaille ensemble, Kylian ! On ne peut même pas être amis ?

— Il ne vaut mieux pas. Je t'ai déjà dit que la dernière chose que je souhaitais, c'était te perdre…

Il ferma les yeux, puis se passa une main sur le visage.

Je ne lâchai rien.

— Et c'est ce qui arrivera si on se fait voir ensemble ?

Il resta silencieux. La frustration en moi grimpa encore d'un niveau et, ne pouvant plus me retenir, je demandai :

— Quel genre de pouvoir cette personne a sur toi ?

Il secoua la tête, le regard lointain. Il avala sa salive et me regarda si intensément que je compris.

— Ce n'est pas sur toi. C'est quelque chose sur moi, c'est ça ?

— Non ! Tu n'y es pas, Gaby. Ne cherche pas à comprendre. Fais-moi confiance pour arranger tout ça. Je dois filer. Je suis désolé que la soirée se termine comme ça.

Le voyant faire un pas en arrière, je fronçai les sourcils, réellement agacée.

— J'en ai marre, Kylian. De cette situation et de tes non-dits.

— Parce que tu penses que je n'en ai pas marre, moi ?

Je secouai la tête, refusant de me laisser amadouer une fois de plus par ses paroles rassurantes. Tout cela devenait insupportable.

— Tu es le seul à comprendre ce qui se passe, repris-je en me forçant à parler calmement. Si tu tenais vraiment à moi comme tu le dis, tu te confierais. Tu ne me laisserais pas dans le doute, tu ne nous laisserais pas, *nous,* dans cette situation d'entre-deux. On n'est pas vraiment ensemble, mais on n'est pas amis non plus. On est quoi au juste ? Est-ce qu'un jour on réussira à vivre normalement ?

— Je l'espère.

— Mais tu n'en es pas sûr… Je t'aime, Kylian. Vraiment. Mais ce qu'on vit actuellement, ce n'est pas la vie que je veux, ni celle que je nous souhaite à tous les deux.

Il fronça les sourcils, visiblement contrarié par mes propos et ce que cela sous-entendait. Il me regarda profondément, tout en cherchant ses mots.

— Tu ne le vois pas encore, mais j'agis pour ton bien. Je sais que tu n'as pas confiance en ce que je peux te dire et que tu aimerais tout savoir, mais je te demande encore une fois de me croire : tout ça, c'est pour toi que je le fais. S'il te plaît, Gaby, patiente encore un peu. Nous voulons la même chose, et ça, tu le sais.

Je savais surtout qu'il ne me dirait rien. La frustration me tenaillait, et la peine de ne pouvoir être avec lui pleinement me rongeait. Je me mordis l'intérieur de la joue pour me retenir de pleurer.

C'était insupportable. Insoutenable.

Kylian vint vers moi et, dans son regard noisette, je vis combien cela semblait dur pour lui aussi. Je ne me départais pas de mon pressentiment. Il n'y avait qu'une personne qui ne voulait pas nous voir ensemble : sa mère. Une part de moi était convaincue qu'elle était mêlée à tout ça. Mais ce qui me faisait douter, d'un autre côté, c'est que si cela avait été le cas elle ne se serait pas gênée pour me narguer et fanfaronner. Chose qu'elle ne faisait pas.

Du moins, pas encore.

— Je t'en prie, Gabrielle. Fais-moi confiance.

Il m'embrassa sur le front et me serra dans ses bras.

Alors, je rendis les armes.

Jamais de ma vie je n'avais laissé mon avenir entre les mains de quelqu'un. J'avais toujours été le genre de personnes à contrôler, à ne jamais lâcher prise. J'aimais que la vie aille dans mon sens, sans jamais m'échapper. Mais, depuis ma rencontre avec Kylian, tout me glissait entre les mains.

Aucune de mes tentatives pour trouver une solution ne nous sortait de ces sables mouvants dans lesquels nous étions. Alors, peut-être en effet que lui seul pouvait faire quelque chose.

Il me fallait lâcher prise. M'en remettre à lui entièrement et espérer que c'était le bon choix.

En étais-je vraiment capable ? C'était une question que j'aurais préféré ne jamais me poser, mais il fallait un début à tout…

— D'accord, acceptai-je enfin. Je te laisse nous sortir de là. C'est quoi le plan ?

Oui, bon d'accord, j'essayais toujours de m'incruster dans l'équation énigmatique que représentait notre problème.

Je vis un microsourire se dessiner sur ses lèvres, qui

disparut rapidement. Il prit mon visage dans ses mains, puis secoua la tête.

— Le plan, c'est moi qui l'exécute. De ton côté, fais en sorte de montrer à tous que tu continues à vivre et à avancer sans moi. Que nous n'avons plus de liens. Comme si tu avais tourné la page. D'accord ?

Je pensai soudain au dîner familial que j'allais passer avec Junior en faisant croire que j'étais sa copine et me sentis mal à l'aise, mais je n'en fis pas part à Kylian.

C'était mal.

En dehors du terrain, Junior et Kylian n'étaient pas vraiment amis. J'avais peur qu'il le prenne très mal.

En même temps, il n'hésitait pas à me faire du mal, lui.

Je devrais sans doute quand même le prévenir, mais comment faire sans le heurter ?

— Je vais faire de mon mieux pour faire comme si j'avais tourné la page, acceptai-je.

Sûrement pas comme ça, me rabrouai-je intérieurement en me sentant coupable.

Il m'observa longuement, comme s'il se demandait s'il devait me croire. Un lent sourire se dessina sur son magnifique visage. Sourire qui n'atteignit cependant pas ses yeux, comme si une part de lui restait profondément triste de devoir en arriver là.

— Je vais arranger les choses, m'assura-t-il en repoussant mes cheveux en arrière affectueusement. Et ensuite, on aura la vie dont on rêve, Gaby. Je te le promets.

— Tu as intérêt.

Il pinça les lèvres et, cette fois-ci, son sourire atteignit son regard.

— Si tu savais combien tu comptes pour moi...

Je dus tendre l'oreille au maximum pour entendre ses paroles, tellement il avait parlé doucement. Je fermai les yeux, simplement pour apprécier la douceur que cela diffusait en moi. C'était rassurant de savoir qu'il était encore là. Avec moi.

Peut-être ne pouvait-il pas l'être physiquement, mais j'avais vraiment besoin de savoir qu'il tenait à moi autant que je tenais à lui. Cela avait quelque chose de réconfortant.

Mais peut-être aussi que je lui faisais trop confiance. Peut-être était-ce un risque trop grand, qui pouvait me détruire bien plus encore, mais je l'aimais tellement que je n'avais de toute façon pas le choix. Je devais voir où cela nous mènerait.

— Je suis prête à te laisser tout gérer, parce que je t'aime. Mais ne me fais plus jamais ce que tu m'as fait à l'aéroport.

— Je te le promets encore une fois. Mon but n'est pas que nous soyons séparés. Je veux juste que tu ne souffres pas à cause de moi ou d'une tierce personne.

— Je peux le comprendre, mais je t'ai dit aussi que j'étais prête à accepter beaucoup de choses de ta vie, même si elles me rebutent a priori. Je nage en plein dedans pour être avec toi. Pas pour qu'on vive cette expérience chacun de notre côté. La seule personne qui me fait souffrir pour l'instant, c'est toi. En me quittant.

Même s'il faisait son maximum pour filtrer les émotions qui le traversaient, son regard ne me trompa pas. Il s'en voulait de m'avoir quittée ainsi à l'aéroport. Peut-être même que cela le blessait, et ça me fit du bien. Cela me rassura sur le fait qu'il n'avait pas agi ainsi par cruauté mais par dépit.

Il m'embrassa rapidement et fit un pas en arrière, gardant une distance dans le cas où quelqu'un nous surveillerait.

— Je te le promets. J'essayerai de te dire au maximum ce qui se passe.

— Donc on ne se voit plus ?

Un sourire en coin revint sur ses lèvres, ce qui me serra le ventre de fourmillements.

— Compte sur moi pour faire en sorte que tu ne m'oublies pas.

Je ris doucement en secouant la tête.

— J'ai hâte dans ce cas.

— Et moi donc…

Dans son regard, une flamme s'illumina, avant qu'il me sourît pleinement. Il s'avança vers moi et m'embrassa du bout des lèvres.

— Tu devrais y aller avant moi. Retrouve Elijah mais, s'il te plaît, n'attise pas ma jalousie avec lui comme tu sais si bien le faire.

J'éclatai de rire et m'éloignai en me promettant de recommencer autant de fois que possible, juste pour l'embêter.

En lui lançant un dernier regard, je soupirai en me demandant ce qui allait advenir de cette relation.

Elijah baissa le volume de la radio qui passait le dernier titre de Nicki Minaj alors qu'il s'arrêtait à un carrefour.

— Et donc, tu ne vas pas chercher à savoir ce qu'il cache ?

Il m'avait très bien cernée. Je ne savais pas à quel moment ce garçon était devenu un ami, et encore moins à quel moment il était devenu mon confident personnel sur ma relation avec Kylian… Mais je lui parlais beaucoup, et ses conseils m'éclairaient.

— Je vais essayer de me concentrer sur ma vie quotidienne, dis-je sans trop de conviction. Je visite des villes merveilleuses, j'ai un job que j'adore, et il y a aussi les dossiers des joueurs que je dois apprendre par cœur…

— Pour le mien, on n'a qu'à en parler directement, je t'expliquerai tout ce que tu as besoin de savoir.

Je lui souris, reconnaissante.

— Bref, j'ai beaucoup de choses à faire. J'espère que ça m'occupera assez pour ne pas trop penser. Sinon, j'imagine que je me remettrai à fouiller.

Elijah s'arrêta devant notre hôtel et remit ses clés au voiturier. Il m'emmena ensuite jusqu'au bar où il nous commanda deux sodas avant de poursuivre la conversation.

— Tu peux toujours te dire qu'au moins Kylian ne joue pas avec toi. Je pense qu'il est vraiment sincère, sinon il ne se prendrait pas la tête, il n'aurait jamais cherché un quelconque rapprochement avec toi.

— C'est ce que je me dis…

— Et ce n'est pas comme si vous vous voyiez simplement pour du sexe. C'est ce qui renforce aussi ce sentiment.

Je souris sans répondre. Je n'avais pas pour habitude de parler de mes relations sexuelles, et encore moins avec un homme. Il le comprit parfaitement et changea de sujet.

— Encore quelques matchs, et on part à Miami !

— Oui. J'ai hâte de retrouver un peu de chaleur.

— Cette ville est géniale. On va avoir un planning assez chargé d'ailleurs. Tu vas tenir la cadence ?

— Il faudra bien. Demain repos, je vais en profiter pour me détendre.

Elijah enleva sa veste et la déposa proprement sur sa cuisse, laissant ses avant-bras nus. Mon attention fut attirée par les cicatrices qui marquaient sa peau.

Je n'hésitai qu'une petite seconde avant de demander :

— D'où viennent toutes ces cicatrices sur tes bras et ton corps ?

Il regarda ses bras, haussa les épaules et me dit sur le ton de la plaisanterie :

— Ce sont des blessures de guerre.

Je lui fis un petit sourire mais, même s'il gardait un visage joyeux, je n'étais pas dupe. Je compris qu'il ne voulait pas en parler, ou bien était-ce trop tôt pour lui. Je ne posai pas plus de questions de peur d'être indiscrète, mais cela m'intriguait beaucoup.

Ses cicatrices n'étaient pas les mêmes que celles que j'avais pu voir sur Marie. Ce ne devait donc pas être dû à la drogue, ce qui me rassura.

Je mis cette information de côté, espérant qu'un jour Elijah aurait assez confiance en moi pour m'en parler.

— Que dirais-tu d'aller dormir ? Demain est un jour de

repos, mais je n'ai pas vraiment envie de passer la journée à dormir.

— Effectivement, moi non plus.

Il fit tourner mon siège et m'attrapa par les épaules pour me diriger vers les ascenseurs, au fond du hall d'entrée.

J'espérais qu'une bonne nuit de sommeil me ferait le plus grand bien.

Mais ce que j'espérais par-dessus tout : que ma vie se remette enfin dans l'ordre. Que je puisse vivre pleinement ma relation avec Kylian qui me manquait toujours autant.

16

Miami.

Une ville incroyable, des immeubles gigantesques, des palmiers partout, bordant l'océan. Sur le trajet de l'aéroport à l'hôtel, les rues me faisaient penser à celles de Paris, en plus ensoleillées et plus conviviales. Des graffitis ornaient certains murs et, loin de l'océan, les gens faisaient des barbecues au bord des routes, remplaçant les vendeurs de marrons chauds.

Ici, la vie semblait hors norme. J'avais fait ce constat dans toutes les villes d'Amérique que j'avais visitées mais, ici, c'était à un degré encore plus élevé. Les maisons ressemblaient pour certaines à des petits immeubles, et les voitures étaient aussi grosses que des maisons.

Bon, d'accord, j'exagérais un tout petit peu, mais c'était presque ça.

J'étais néanmoins excitée de me retrouver à Miami et plus encore de sentir enfin la chaleur. Je n'avais qu'une envie : piquer une tête dans l'océan.

Et prendre un bain de soleil.

Et visiter cette ville.

Bon, finalement, j'avais beaucoup d'envies.

Mais la réalité était moins tendre. Je me retrouvais face à un tas de dossiers, Eddy planté devant moi, les mains appuyées sur la table de chaque côté de la pile, un sourcil haussé en me voyant faire la moue.

— Tu sais ce que je vais te demander ?

Un sourire sadique s'afficha sur son visage d'ange, étirant ses yeux déjà bridés.

— C'est une punition ?

— Absolument pas. Mais c'est très important que tu sois au point sur la santé des joueurs, Gabrielle, ainsi que sur chacune des caractéristiques qui les définit singulièrement. Chaque joueur a besoin de soins différents : plus longs, plus toniques, plus doux. Certains ont besoin de plus d'attention, de plus de surveillance, il faut être vigilant et au point sur tout.

— C'est tout de même mieux quand c'est toi qui me formes. Je comprends mieux, et ça rentre plus vite dans ma tête. Je suis sûre que tu expliques tout mieux que ce qu'il y a dans ces dossiers.

Ma tentative pour l'amadouer ne lui échappa pas. J'avais déjà passé en revue les dossiers, sans les avoir réellement appris par cœur. J'avais réussi à échapper à cette torture pendant quelques semaines, mais Eddy n'oubliait jamais rien. Il secoua la tête en souriant.

— Gab, je ne serai pas toujours à tes côtés pour te guider. Il faut que tu sois au point sans mon aide et surtout : que tu sois indépendante. C'est très important pour ta vie professionnelle ici ou bien ailleurs si un jour tu décidais de changer de voie.

J'acquiesçai, convaincue.

— Je comprends.

Je savais que c'était pour mon bien, qu'il me fallait entrer définitivement dans mon métier par moi-même et réussir à me débrouiller seule, mais j'avais eu l'espoir que Miami serait à moi au moins pour aujourd'hui. Malheureusement, je n'étais plus une simple étudiante. J'étais stagiaire. Cela voulait aussi dire que mes déplacements n'étaient pas synonymes de vacances.

— Bien. Alors, au boulot !

Je levai les yeux au ciel. Adieu Miami et mes rêves ! Je restai seule devant ma pile de dossiers, dans cette grande salle de réunion de l'hôtel, où nous nous étions retrouvés quelques minutes plus tôt.

Je pris la pile et la direction de ma chambre mais, lorsque je longeai l'immense baie vitrée qui m'offrait l'océan à perte de vue et les plages ensoleillées, je ne pus me résoudre à rester enfermée.

Je passai tout de même par ma chambre pour récupérer mon sac, j'y fourrai les dossiers, puis me changeai pour mettre un pantalon ample et un débardeur léger. Je ne passai pas de maillot de bain malgré mon envie de me laisser engloutir par l'Océan. Jamais de la vie je ne me résoudrais à me mettre quasi nue sur une plage bondée. Même si ce monde ne faisait pas attention à moi. Changer de pays n'avait pas effacé mes complexes.

Je récupérai ensuite une serviette blanche dans la salle de bains, puis descendis au restaurant de l'hôtel pour acheter une bouteille d'eau hors de prix.

Lorsque je gagnai enfin l'extérieur, la chaleur me frappa, avant de m'étouffer presque. Je dégoulinais sur place en regrettant de ne pas pouvoir fondre pour de vrai. Vu comme je transpirais, ça m'aurait fait un corps de déesse !

Je longeai les bords de plage et croisai des gens faisant du vélo, du roller ou simplement un footing. J'avais l'impression d'être dans un film. Je n'avais pas encore vu grand-chose de cette ville pourtant je savais déjà que je l'adorais. Je ne comprenais pas comment les joueurs faisaient pour passer leur temps à dormir alors qu'il faisait si beau, que tout était si exaltant.

Je mis un petit moment avant de trouver l'endroit idéal où m'installer. Une longue et large bande de rochers séparait les deux plages. Seuls un couple et leur chien s'y trouvaient. Il y avait assez de rochers pour que je puisse m'y installer aussi, alors je m'aventurai à grimper sur l'un des plus hauts et jugeai à vue d'œil qu'il était assez plat et confortable pour que je m'y sente bien. Je plaçai ma serviette et m'assis avec un soupir de soulagement.

Munie de mes lunettes de soleil, je regardai l'horizon, l'esprit totalement vidé. C'était magnifique. Et, même si c'était un déplacement de travail, j'avais l'impression d'être en vacances.

Me forçant à m'y mettre, je sortis un premier dossier et me plongeai dedans. Le dossier médical des joueurs était rempli d'informations utiles pour chaque équipe : médecins, kinés, psychologues, nutritionnistes, entraîneurs, sélectionneurs, tout y était réuni car chaque détail pouvait avoir son importance en cas d'urgence.

Je lus entièrement le dossier d'Allan, puis celui de deux remplaçants. Chaque parcours, bien que différent, était exemplaire. Ils étaient tous très doués.

Je piochai ensuite un dossier qui me donna le sourire.

Elijah.

Remarqué très jeune en Angleterre pour sa grande taille, il était resté dans son club pendant toute son adolescence, tout en faisant plusieurs stages durant les étés. Les rapports suivant sa courbe de croissance et son développement musculaire étaient toujours dans le dossier. Je passai à la suite de son histoire, découvrant qu'il avait signé son premier contrat à dix-sept ans.

Je parcourus les lignes qui suivirent en perdant rapidement le sourire.

À son entrée dans un club de pros juniors, il avait eu un suivi psychologique lié à la présence de cicatrices anormales sur différentes parties de son corps. Cependant, comme il fut jugé apte, sa carrière avait finalement pris son envol.

Je cherchai des indices concernant ces fameuses cicatrices, mais le rapport psychologique ne s'y trouvait pas. Je portai le regard sur l'océan, l'esprit rempli de questions. Elijah ne semblait pas vouloir entrer dans les détails, mais cela m'intriguait au plus haut point.

Je terminai finalement par la partie qui me concernait. À part quelques détails qui avaient tout de même leur importance, je n'appris rien de plus que ce qu'Eddy m'avait déjà enseigné.

Je passai donc à un autre dossier pioché au hasard.

Je grimaçai en trouvant celui de Junior.

L'ouvrant sans conviction, je bâillai un grand coup, comme si je m'ennuyais déjà.

— Tu bouquines ?

Je sursautai et levai la tête vers la voix qui provenait de ma gauche. Comme s'il avait senti que je me penchais sur sa vie, Junior vint s'installer à mes côtés sans même me demander si j'étais d'accord.

Je lui offris un regard noir qu'il ne vit même pas.

— Qu'est-ce que tu fais là ? m'enquis-je en laissant l'impatience poindre dans mon ton.

Vêtu d'un large short noir et de baskets ultra-blanches, il avait apparemment oublié de mettre un T-shirt, laissant entrevoir de très nombreux tatouages.

Il me donna un coup de fesse, apparemment insatisfait du peu de place que je lui laissai, et je ne pus m'empêcher d'ajouter :

— Tu es venu pour m'embêter ? Parce que ça marche.

Il me fit un immense sourire, puis se pencha sur le dossier que j'avais posé sur mes genoux. Son sourire s'agrandit encore un peu plus, illuminant ses traits plutôt fatigués.

— Je t'intéresse un petit peu finalement.

Il rit lorsqu'il vit mon visage fermé.

Je tentai de lui remettre les idées en place.

— Je n'ai pas le choix. C'est mon devoir du jour, et puis tu n'es pas le premier dossier que je lis. Tu es même le dernier, mentis-je.

— Le meilleur pour la fin !

Je levai les yeux vers l'océan tout en secouant la tête. Junior avait encore plus de répartie que moi, et ça avait le don de m'agacer. Je fis cependant comme s'il m'indifférait.

— Pourquoi tu es là, Junior ?

— Je faisais un footing, je t'ai vue, alors je me suis dit que ce serait plus marrant de venir t'embêter.

— Eh bien, tu tombes mal. J'essaye de bosser. Pourquoi tu ne dors pas comme tes coéquipiers ?

— Je n'ai pas réussi à trouver le sommeil.

Le regard perdu sur l'océan, il me laissa voir son vrai visage pendant un court instant. Il dut s'en rendre compte, car il se passa une main sur la figure, comme pour se reprendre.

— Les voyages me fatiguent, mais mon corps refuse de se reposer, m'expliqua-t-il en retrouvant le sourire. J'espérais qu'un footing sous la chaleur pourrait m'aider.

Quelque chose le tracassait.

— Les prochains matchs te mettent la pression ?

— Bien sûr, c'est le jeu ! Mais ça fait partie de mon quotidien. On doit gagner si on veut aller aux finales.

Alors je compris.

— C'est le repas familial qui te stresse, n'est-ce pas ?

Il sourit et me regarda d'un air amusé, avant de laisser tomber le masque et de soupirer :

— Pour tout te dire, oui.

N'aimant pas le voir soudain mal à l'aise, ni aussi sérieux, je lui répondis en souriant :

— Pour ne pas mentir, moi aussi.

Il rit, puis reporta son attention sur son dossier médical, qui reposait sur mes genoux.

— C'est pour quoi ?

— Pour bien faire mon job.

— Eh bien, si tu as des questions, je peux aussi te répondre directement. Ce serait sûrement mieux que de lire le charabia des médecins.

— J'ai le droit de te poser toutes sortes de questions ?

— Oui.

Au regard qu'il me lança ensuite, je sus qu'il regrettait déjà sa réponse.

— Pourquoi avoir si peur de montrer ta relation avec Eddy ?

— Ah ! grogna-t-il en rejetant la tête en arrière. Je n'ai pas peur, Gab. C'est juste que… Je ne veux pas que ce soit la chose qui me définit. Ou même pour Ed ! Je connais les fouines de journalistes. Ma vie serait médiatisée uniquement sur ma relation.

— Ta vie est déjà médiatisée. Tu fais en sorte qu'elle le soit.

— C'est vrai, mais ma relation avec Ed, je veux qu'elle reste intime. Les gens n'ont pas besoin de connaître cette part de ma vie. Je ne médiatise que ce qui me paraît futile. Ça plaît au public, et je garde ma vraie vie, privée.

— Je comprends, mais est-ce que dans tout ce schéma tu as pensé à ce que désirait Eddy ? Tu ne penses pas qu'il aimerait que vous n'ayez plus à vous cacher ?

Malgré moi, je m'aperçus que je me projetais dans Eddy. Je souhaitais vivre ma vie pleinement avec Kylian, mais, lui, imposait que nous restions cachés.

Junior réfléchit à mes paroles, avant de me poser une question, dont la réponse semblait très importante pour lui.

— Est-ce que tu appréciais que ta relation avec Kylian soit médiatisée avant ?

Je grimaçai.

— Touché.

Et il était certain que je n'apprécierais pas qu'elle le soit à nouveau, si Kylian et moi réussissions un jour à vivre une vie normale.

Je ne pus m'empêcher d'ajouter :

— Ce doit être quand même pesant pour Eddy et toi de ne pas pouvoir être vous-mêmes dans l'équipe et devant ta famille…

Junior ne répondit pas, les paupières presque fermées, le regard perdu sur l'horizon.

Si seulement le monde dans lequel nous vivions arrêtait de coller des étiquettes sur les gens, de cataloguer et de juger la vie des autres, alors peut-être qu'il serait plus simple de s'accepter comme nous sommes.

Lorsque le silence devint trop long à mon goût, je frappai Junior sur l'épaule sans prévenir et faillis même le faire tomber du rocher. Je redoublai de rires en voyant son expression incrédule.

— Pourquoi tant de haine ?

— Tu étais un peu trop sérieux. Trop silencieux aussi. Je ne suis pas habituée, je pourrais presque t'apprécier. C'est hors de question.

— Je sais que tu m'apprécies tout de même un peu. Et puis, à part avec Eddy, je ne suis sérieux qu'avec très peu de gens. Tu devrais te sentir privilégiée.

— Ouh ! Quel honneur, me moquai-je. (Je vis néanmoins à travers le regard qu'il me lança qu'il était très sérieux.) Pourquoi te donner une image aussi narcissique et égocentrique ? Ta vie ne serait pas plus simple si tu étais juste toi ?

— Ce serait moins drôle ! Mais détrompe-toi : je suis moi.

Je secouai la tête, puis mes yeux s'arrêtèrent sur l'un des tatouages qu'il avait sur le biceps. J'ouvris grand la bouche, avant d'éclater de rire.

— Mon Dieu ! Tu es encore pire que je ne pensais !

Il suivit mon regard et sourit de toutes ses dents. Junior s'était fait tatouer son propre visage, ainsi que son numéro de basketteur : le 26.

— C'est si mal de s'aimer soi-même ?

— De manière équilibrée non, mais à ton degré, c'est presque malsain.

Il rit, mais ne chercha pas à me contredire, ni à trouver une bonne excuse. Se voir dans le miroir tous les jours n'était apparemment pas suffisant.

Je reportai à nouveau le regard sur l'immensité de l'océan, dont la surface scintillait sous les rayons du soleil. Au loin, quelques nuages couvraient le ciel bleu, mais à l'exception de cette bande blanche, rien ne venait contrarier la chaleur extraordinaire.

Les seuls bruits que nous entendions étaient ceux du

clapotis des vagues s'échouant sur la plage et contre les rochers, les aboiements d'un chien au loin et la circulation derrière nous.

C'était calme. Paisible. Je n'aurais jamais pensé vivre un instant de paix comme celui-ci en présence de Junior.

Lorsqu'il reprit finalement la parole, ce fut d'une voix hésitante, presque timide.

— Tu n'as pas changé d'avis pour dimanche ?

— Non, ne t'en fais pas. Je viendrai au déjeuner familial.

— Super.

Je sentis qu'il avait encore quelque chose à dire, alors j'attendis silencieusement.

— Je peux te demander encore une chose ?

— Demande toujours, répondis-je, prudente.

— Est-ce que tu pourras garder pour toi ce qui se passera ? Tu vas sûrement entendre des histoires de famille, des choses sur moi que je préférerais oublier...

Le voyant mal à l'aise et comprenant où il voulait en venir, j'acquiesçai.

— Arrête de stresser pour ce repas. Ce ne sont que quelques heures, et ce qui s'y passera ne changera pas la manière dont je te vois : un emmerdeur de première, narcissique mais parfois supportable.

Son sourire revint, mais pas pleinement.

Je ne savais pas pourquoi il me faisait confiance alors que nous n'avions pas vraiment commencé sur de bonnes bases. Peut-être parce qu'il mettrait ses menaces à exécution si je le trahissais ?

— Je ne ferai aucune gaffe, promis-je. Je serai simplement moi-même, mais je continue de penser qu'on fera un très mauvais couple. On ne sera pas crédibles.

— Peu importe. Je ne veux juste pas recommencer une fois de plus ces rencontres arrangées idiotes et inutiles.

— Pourquoi ne pas simplement leur dire que tu ne veux

pas faire de rencontres ou encore mieux : que tu as déjà quelqu'un ?

— Mes parents ne m'ont jamais vraiment écouté. Ils pensent qu'ils font ce qu'il y a de mieux pour moi. Mais, cette année, je leur ai dit que j'avais quelqu'un. Ils ne m'ont pas lâché jusqu'à ce que j'accepte de venir avec cette personne.

— Je comprends mieux… Mais ta sœur saura que notre relation est fausse !

Junior éclata de rire, comme si je venais de lui faire une bonne blague, puis s'éloigna un peu de moi.

— Détrompe-toi. Je lui fais croire depuis plusieurs jours qu'on b… Comment le dire sans être cru ? Que nous vivons une histoire sexuelle épanouie.

Je reculai brutalement comme si ce qu'il venait de dire était la peste personnifiée. J'ouvris grands les yeux, horrifiée.

Le dossier qui se trouvait sur mes cuisses lui atterrit sur la tête.

— Tu as fait quoi ??

Je le frappai à nouveau sur l'épaule, ce qui ne sembla pas lui faire mal, puisqu'il était mort de rire.

— Ce n'est pas drôle du tout, Junior !

— Si, ça l'est. Et puis, sois rassurée, je te fais passer pour une déesse du sexe.

Je me retins pour ne pas lui balancer tout un tas d'insultes, puis le tapai à mains nues sans savoir à quel degré j'étais mortifiée.

— Tu es un grand malade. Et pourquoi tu parles de ce genre de choses avec ta sœur ?

J'imaginais si je racontais tout à Mike… Je secouai la tête, l'image ne collait pas.

— On n'est pas très pudiques entre nous, m'expliqua-t-il. On peut tout se raconter.

Je me passai une main dans les cheveux, en me répétant que le mieux était de faire comme s'il ne m'avait jamais avoué… ça.

Je le détestais de me mettre dans ce genre de situation

et je regrettais désespérément ce jour où j'étais tombée sur lui et Eddy, dans sa chambre.

— Eddy est au courant ? demandai-je en espérant que ce soit le cas.

Je ne voulais pas me retrouver encore plus mal devant mon tuteur. Cependant, à la grimace que me rendit Junior, je compris que la réponse était négative.

— Pourquoi lui faire du mal gratuitement, alors que tu viens de me dire que tu pouvais tout dire à ta sœur ?

— Ma sœur ne sait pas tenir sa langue.

En l'observant, je vis que c'était bien plus profond que ce qu'il pouvait dire. Je ne relevai donc pas et le regardai se lever, prêt à partir.

— Donc je dois simplement jouer le jeu et te laisser raconter un tas de choses fausses sur moi ?

— Ce n'est que pour ma famille, Gab. Je ne te demanderai rien de plus.

Je reportai mon attention sur l'océan, ne comprenant même pas pourquoi j'avais accepté.

— J'espère pour toi que ça ne s'ébruitera pas.

Junior sembla prendre très au sérieux mes propos.

— C'est une menace ?

— Oui.

Il sauta aisément du rocher sur lequel je me trouvais, pour atterrir souplement sur le sable, puis me dit, le sourire aux lèvres :

— Eh bien, dans ce cas, je suis au regret de te dire que tu n'es pas du tout crédible. À plus tard, Gab.

Si j'avais eu quelque chose sous la main pour pouvoir l'assommer, je l'aurais fait sans hésiter. Folle de rage et d'impuissance, je le regardai reprendre son footing en direction de l'hôtel.

Je tentai de me replonger dans les dossiers sans y parvenir. Je bus une gorgée d'eau, me déchaussai et finis par descendre à mon tour du rocher, pour aller droit vers l'océan. Mes pieds se rétractèrent au contact de l'eau plutôt froide.

Je me demandai encore une fois pourquoi j'avais accepté d'entrer dans le jeu de Junior et de l'accompagner… C'était stupide.

Une bourrasque chaude souleva mes cheveux qui me fouettèrent le visage.

Il fallait croire que j'aimais me mettre dans des situations merdiques…

17

Les Monsters perdirent face à Miami. Ils avaient encore plusieurs matchs dans cette ville, avant qu'on rejoigne La Nouvelle-Orléans, qu'ils devaient absolument gagner pour faire remonter leur pourcentage de victoires et passer en tête du classement.

Les joueurs étaient d'humeur sombre. C'était probablement contagieux, car je fis mon travail en silence, les nerfs tendus. Mais le plus atteint était clairement le coach, qu'avec Eddy on entendait hurler.

— Si cela avait été une équipe prestigieuse, le coach aurait compris, m'expliqua Eddy, assis sur la table de massage. Mais ce soir les Monsters auraient dû gagner, ils ont été en dessous de tout.

— Elijah a été bon, tentai-je de tempérer.

— Oui, mais un joueur sur cinq, ce n'est pas assez. Ils forment une équipe. Si un seul joueur n'est pas au top, c'est toute l'équipe qui se retrouve déséquilibrée.

Je souris en écoutant son explication. Raphaël m'avait dit la même chose lorsque je ne connaissais encore rien au basket. Je haussai les épaules.

— Ils ont encore pas mal de matchs dans les semaines à venir. Rien n'est perdu.

Eddy acquiesça, à moitié convaincu, puis se leva pour nettoyer la table de massage sur laquelle il travaillait.

— Tu sais ce qui ne va pas avec Kylian ? me demanda-t-il soudain. Ce n'est pas normal qu'il ait la tête ailleurs alors qu'il rêve de reprendre depuis des semaines. J'avais vraiment l'impression que c'était important pour lui de faire ses preuves, d'autant plus que c'était son premier match à temps plein.

— Je suis sûre que c'est toujours aussi important. Je ne sais pas ce qu'il a.

C'était ce qui m'inquiétait le plus. Je savais que Junior était stressé par le repas de famille. Sans l'appui de ses coéquipiers, Allan avait commis plus de fautes qu'habituellement. Mais Kylian…

Depuis la soirée masquée, nous n'avions eu que de courts moments de discussion, entrecoupés par des baisers rapides et affamés, ne nous laissant pas l'espace pour aborder des sujets plus sérieux.

Un poids vint compresser mon estomac, j'avais peur d'avoir loupé une information capitale qui expliquerait l'état second de Kylian ce soir.

Je tournai le problème dans tous les sens sur le trajet du retour, et d'autant plus que, dans le car, Kylian prit soin de ne jamais croiser mon regard, semblant absorbé par la conversation qu'il avait avec Elijah. Lorsque je vis un vrai sourire sur son visage, je me détendis, mais me sentis tout de même blessée d'avoir si peu de considération de sa part. Il savait si bien simuler l'indifférence que je doutais parfois de sa sincérité.

C'était très troublant.

La soirée qui aurait dû se poursuivre en after en cas de victoire se termina pour ma part au bar de l'hôtel.

Je commandai un cocktail sans alcool puis, voyant l'heure tardive, sortis mon téléphone de mon sac et composai le seul numéro que je connaissais par cœur.

— Maman ?

— Ah ! ma chérie, comment tu vas ?

Je fermai les yeux, apaisée d'entendre sa voix. Il devait être très tôt, mais mes parents étaient réglés comme des horloges.

— Je vais bien, et toi et papa ?

— Ton père râle parce que les Monsters perdent. Il est en train de regarder le replay…

Je souris, puis discutai un long moment avec elle, soulagée de pouvoir me vider l'esprit avec des banalités qui m'étaient pourtant chères.

— Comment va Kylian ? me demanda ma mère.

Je pris une longue inspiration et espérai dire la vérité.

— Il va bien.

Elle répéta mes mots à mon père que j'entendis bougonner en fond sonore. S'ensuivit un grésillement qui me fit comprendre qu'elle s'isolait, comme pour avoir un peu plus d'intimité.

— Où est-ce que ça en est, entre vous ?

— Maman…

— Je sais. Tu n'aimes pas en parler avec moi, mais je l'apprécie quand même.

— Je le sais. Mais on n'en est nulle part. Rien n'a changé.

Je n'avais fait qu'effleurer le sujet avec ma mère. Elle avait tendance à prendre mes problèmes trop à cœur. Elle savait que quelque chose le retenait, sans pour autant connaître la profondeur de l'impasse. Et je ne cachais pas grand-chose, ne connaissant pas moi-même le véritable souci.

— Oh… C'est dommage.

— Tu sais bien que ce n'est pas mon choix.

— Oui. Mais j'ai beaucoup de mal à y croire, même encore aujourd'hui. Un regard plus amoureux que le sien, je n'en ai jamais vu. Ce n'est pas normal.

— Je ne suis peut-être pas assez bien pour lui.

Une part de moi se demandait si le vrai problème n'était pas tout simplement celui-là. Au fond, sa mère ne m'acceptait pas et, avec ce qui s'était passé ces derniers jours, j'avais tendance à tout remettre en question.

Ma mère tenta de me rassurer.

— Ne dis pas ça, Gabrielle. Tu es quelqu'un de bien, et je ne dis pas ça parce que tu es ma fille.

— Merci, maman.

— Et je suis fière de toi. Je sais que ça ira. Laisse le temps au temps. Les choses se dénoueront doucement mais sûrement.

Je capturai précieusement ses paroles en me demandant si elle n'avait pas des dons de clairvoyance. Comme si elle connaissait le vrai problème. En tout cas, elle savait quand j'avais besoin de réconfort.

Je fermai les yeux, savourant l'apaisement qui calmait mon cœur. Quand ma mère me disait que ça irait, je la croyais. L'entendre à présent me fit le plus grand bien. Elle faisait doucement revenir en moi la patience et la force d'y croire.

Je raccrochai avec le sourire aux lèvres. Je n'arrivais cependant pas à me résoudre à aller me coucher. Demain il y avait le repas chez Junior, et ça m'angoissait, d'autant plus que Kylian n'était toujours pas au courant. Il ne semblait pas non plus au courant de ce que cet imbécile de Junior avait raconté à Aïssa.

Ce n'était pas plus mal, mais lui cacher ce genre de choses me mettait mal à l'aise.

Qu'étais-je censée faire ?

Je savais qu'il finirait par l'apprendre, mais ne m'avait-il pas dit de faire comme si j'avais tourné la page ? Lui-même avait tellement de secrets.

Est-ce que cela justifiait pour autant les miens ?

J'avais l'impression de le trahir. Pourtant je ne faisais que rendre service à un ami…

Je grimaçai, en me reprenant mentalement. Junior n'était pas un ami. Jamais il ne le serait. Même si je ne savais pas ce qu'il était vraiment.

Je terminai mon énième verre, puis me résolus cette fois à aller me coucher. L'ascenseur ne tarda pas à arriver, et ce fut tant mieux, parce que après autant de verres la fatigue me guettait.

Soudain une main bloqua la fermeture des portes. J'aurais râlé si je n'avais pas reconnu immédiatement son propriétaire.

Les portes se rouvrirent, et je pus apprécier la perfection que représentait Kylian pour moi. Le regard neutre, il resta un instant devant la cabine, sans aucune expression.

Je le connaissais assez pour déceler néanmoins cette flamme dans son regard, qui semblait à cet instant précis vouloir mettre le feu à mes vêtements. Je ne savais même pas qu'il était possible d'émoustiller quelqu'un ainsi…

Il entra, toujours vêtu de son smoking d'après-match, puis, sans me quitter du regard, appuya sur le bouton pour refermer les portes plus rapidement.

Ce simple geste déploya des papillons dans mon ventre.

Lorsque les portes se refermèrent enfin, j'eus envie que ce fauve passe à l'action, mais il ne bougea pas, me fixant simplement. Cela fit grimper encore plus la pression dans mon corps.

Les secondes me parurent des heures. Je ne comprenais pas comment un simple regard pouvait m'embraser à ce point.

J'étais presque sûre de perdre mes esprits avant d'arriver à mon étage.

L'ascenseur trembla doucement et s'éleva. Alors seulement, Kylian s'avança en enlevant les mains de ses poches et les enfouit dans mes cheveux, les repoussant en arrière tout en me forçant à relever le visage vers lui.

Sa bouche trouva la mienne avec ardeur et soif, et je lui rendis son baiser de la même manière. Mon dos percuta la rampe, mais je ne ressentis aucune douleur. Les seules choses que je ressentais, c'étaient la main qu'il passa sous mon T-shirt pour caresser ma hanche, avant de remonter sur mes côtes, et sa bouche qui descendait le long de mon cou, faisant bien plus de ravages en moi.

Il me manquait tellement…

Je lui agrippai les épaules en le serrant contre moi, tout en priant pour que le sixième étage n'arrive jamais. Je voulais entrer dans son corps, pour ne plus jamais le quitter. Pouvoir m'imprégner de sa peau, de son odeur, pouvoir caler mon rythme cardiaque et mon souffle sur les siens.

Ses mains remontèrent sur ma poitrine, mais ne s'arrêtèrent pas et vinrent encadrer mon visage. Ses lèvres se détachèrent de mon cou, puis il colla le front au mien en reprenant son souffle.

Je touchai moi aussi son visage et voulus l'embrasser encore, mais il m'en empêcha. Surprise, je le regardai sans comprendre.

Il me fit un sourire craquant, presque timide, que je n'avais encore jamais vu.

— C'est préférable qu'on arrête maintenant, chuchota-t-il en braquant à nouveau le regard dans le mien.

— On n'est pas encore arrivés.

— Si on continue, je vais devoir t'emmener dans ma chambre, Gaby.

Je me retins de rire, satisfaite de savoir qu'il me désirait encore autant. Et plus encore, de savoir que cela semblait difficile pour lui.

Cela faisait-il de moi quelqu'un de sadique ?

Sûrement.

Néanmoins, aimant jouer avec le feu, et surtout avec lui, je lui mordis la lèvre inférieure, prenant soin de continuer à le fixer.

Il grogna et recula le visage.

— Je sais que je suis celui qui a allumé la flamme, mais il y a une limite à la torture que je peux endurer. Gaby, on s'en approche dangereusement, crois-moi.

— Et si je voulais la franchir ?

Il grogna à nouveau et m'embrassa en se collant contre moi, pressant le bassin contre le mien.

Mon corps déjà en ébullition, qui ne réclamait que son attention, s'enflamma entièrement. J'étais liquéfiée.

C'est à cet instant que l'ascenseur décida de s'arrêter à mon étage, mais je ne bougeai pas pour autant. Je voulais rester avec lui, contre lui, et j'eus envie de lui proposer de me suivre dans ma chambre. Je ne fis cependant rien. Sa bouche tout près de la mienne, ses yeux noisette dans les miens, je voulais que la cabine reprenne son ascension pour un millier d'étages, sans jamais s'arrêter.

Les moments avec Kylian étaient toujours trop courts. Je déprimais à l'idée que cela soit ainsi encore une fois.

Les portes de l'ascenseur commencèrent à se refermer, mais Kylian les bloqua puis, à mon grand regret, il s'écarta de moi.

— On est arrivés, dit-il simplement comme s'il en prenait conscience seulement maintenant.

Il se composa un visage neutre, où seul son regard restait enflammé. C'était incroyable comme il savait parfaitement bien cacher ses émotions, tandis que moi... Si j'arrivais à placer un pied devant l'autre sans m'écrouler, ce serait un miracle.

Je me forçai à reprendre un petit peu mes esprits et posai la question qui m'avait taraudée toute la soirée.

— Est-ce que tout va bien ?

Son regard s'adoucit, comme s'il redescendait et reprenait doucement ses esprits, lui aussi. Il me fit ensuite un de ces sourires en coin dont il avait le secret.

— Je vais bien.

— Tu es sûr ?

Il retira sa main de la porte pour la poser sur ma joue en une douce caresse.

— Quand je te vois, je vais toujours bien, même si ce n'est que pour cinq minutes. Ça me redonne de la force.

Je souris, mais cela ne dissipa pas le doute en moi.

Les portes se refermèrent, et il me prit dans ses bras un court instant, avant de murmurer dans mon oreille :

— Encore un peu de patience et tout rentrera dans l'ordre.

Il embrassa le creux de mon cou, puis s'écarta de moi, avant d'appuyer sur le bouton pour rouvrir l'ascenseur. Je sortis à contrecœur.

— Bonne nuit, me dit-il simplement en remettant les mains dans ses poches.

Je ne bougeai pas, profitant de sa beauté et de son regard indéchiffrable posé sur moi.

Et ce, jusqu'à ce que les portes se referment définitivement.

Des miracles, il en arrivait rarement. Mais lorsque je vis Junior devant la porte de la maison de ses parents, le visage crispé d'appréhension, je me dis que j'étais en train d'en vivre un.

Junior était finalement un peu humain.

Malheureusement, j'aurais préféré que ce sentiment lui apparaisse à un autre moment, car là, tout de suite, son angoisse faisait grimper la mienne.

— Ça ira, me répéta-t-il une énième fois.

J'avais compris dès la deuxième que ce n'était pas moi qu'il souhaitait rassurer, mais lui. Je ne répondis rien et attendis patiemment à ses côtés qu'il ose enfin sonner au portail de l'immense maison.

Je lissai ma longue robe fleurie. J'avais besoin de m'occuper les mains et je n'avais rien d'autre à faire. J'espérais que ma tenue était assez habillée, sans pour autant faire trop.

— Tu me trouves stupide, hein ?

Je lançai un coup d'œil à Junior.

— Sur beaucoup de points, oui, je te trouve stupide, mais pas aujourd'hui. Je suppose que ta nervosité n'est pas inutile, mais tu me fais sincèrement flipper.

Il eut un rire nerveux, puis il prit une grande inspiration.

Nous y étions…

Junior ne sonna finalement pas au portail, mais l'ouvrit simplement, avant de s'engouffrer dans l'allée.

L'extérieur était démesurément vaste. La façade de la maison sur deux étages était large, d'un blanc immaculé avec de grandes colonnes à l'entrée. Nous entrâmes directement dans la maison, sans frapper. Je n'avais pas pensé que l'intérieur serait tout aussi démesuré. Je ne m'étais attendue à rien, mais je ne pus m'empêcher d'être admirative devant la grandeur des pièces, des hauts plafonds soutenus par d'autres colonnes, donnant des airs très modernes. Quant aux nombreux miroirs, ils permettaient de faire circuler la lumière, rendant chacune des pièces lumineuse.

Je souris en me rappelant ma petite maison perdue au milieu de la Bourgogne. Rien à voir…

C'était un magnifique endroit.

Junior s'arrêta devant un miroir dans le couloir menant au jardin et me lança un regard incertain.

— Je n'aurais jamais dû te demander de venir…

— C'est trop tard pour ça. Maintenant, je suis là. Est-ce que ça va comme je suis habillée ?

— Je suis désolé, Gab. Mon appréhension me fait oublier combien ce doit être stressant pour toi. Mais oui. Tu es très jolie.

Je haussai les sourcils, me demandant si les hormones du stress ne lui avaient pas rongé aussi les neurones. Junior ne faisait jamais de compliments, sauf à lui-même.

Je n'eus pas le temps de le lui faire remarquer qu'une voix s'éleva.

— Mon fils !

Sans aucun doute, la femme qui arriva tout apprêtée était sa mère. Outre son interpellation, elle avait le même regard que Junior. Quand il la vit, son visage s'illumina entièrement.

Ce n'était donc pas elle qu'il redoutait… J'en fus légèrement soulagée. Je n'avais pas vraiment la cote avec les mamans ces temps-ci.

Lorsque Mme McCoy se tourna vers moi, je me sentis nerveuse. Il n'était pas question qu'elle devienne un jour ma belle-mère, néanmoins je prenais mon rôle à cœur.

Elle n'était pas vraiment grande mais, perchée sur ses hauts talons, elle me dépassait largement. Ses cheveux noirs crépus étaient tirés en arrière, lui donnant un air sévère. Elle me jaugea quelques secondes, le temps pour Junior de me présenter, puis elle se détendit et me fit un large sourire qui la transforma radicalement.

— Je suis ravie de faire ta connaissance, Gabrielle. (Elle se tourna vers son fils avant de continuer.) Au moins, elle n'est pas comme toutes ces filles superficielles avec lesquelles tu t'affiches en public. Elle, elle semble bien manger. Elle a des formes ! Tu as bon goût, pour une fois.

Je lançai un rapide coup d'œil à Junior et ne pus m'empêcher de rire.

Un autre miracle se produisit : jamais je n'aurais pensé que mes formes généreuses puissent un jour être à mon avantage.

Junior plaça une main dans mon dos et, sans vraiment me toucher, me guida jusqu'au jardin. Une grande table était dressée, autour de laquelle trois enfants en bas âge grignotaient des chips, tandis que plusieurs personnes se trouvaient autour de la piscine, sur les canapés d'extérieur.

Je vis Junior saluer son père, qui était assis au bout de la grande table, fumant tranquillement un cigare. Je le saluai comme il l'avait fait : de loin. M. McCoy me fit un signe de tête sans se présenter, et mon partenaire ne chercha pas à lui indiquer qui j'étais, même si cela tombait sous le sens.

Je me demandais si c'était son père que Junior craignait. Il y avait fait une rapide allusion lors d'une de nos conversations, mais je n'en étais pas certaine.

Il me guida ensuite vers le reste de sa famille, au bord de la piscine. Il me présenta ses deux frères, ainsi que leurs femmes, dont une avait le ventre bien arrondi. Il m'annonça qu'il allait nous chercher à boire et, à mon grand désespoir, me laissa seule.

Bien heureusement, Junior n'eut aucun geste d'affection envers moi, ne poussant pas le vice du mensonge jusque-là.

Ne sachant pas comment me comporter, je souris stupidement. Et, alors qu'une des belles-sœurs me demandait comment j'avais rencontré Junior, Aïssa déboula. Sans le savoir, elle me sortait d'une situation où le mensonge était inextricable.

Junior revint finalement et occupa une grande partie de

la conversation. Il devait se dire que plus il parlait, moins on s'intéresserait à moi, ce qui m'allait très bien.

Pendant le repas, je compris tout de même que je n'allais pas m'en sortir aussi facilement.

— Alors, comme ça, mon frère a réussi à te faire craquer ? me lança tout bas Aïssa.

— Huum…

Je me sentis très mal à l'aise de m'entendre valider la rumeur que Junior avait lancée. Je gigotai sur ma chaise en espérant attirer son attention, mais elle continua :

— Sans vouloir te faire peur, fais attention à toi. Junior ne reste jamais longtemps avec la même femme.

— Ne t'en fais pas, il n'y a aucun risque qu'il me brise le cœur.

Elle fronça les sourcils, et je compris que je venais de faire une minibourde.

— Si tu le dis… Et ta relation avec Kylian ? C'est vraiment du passé ?

— Oui, mentis-je en me demandant si l'inverse n'était pas écrit sur mon front tellement ça sonnait faux. J'ai tourné la page.

Elle acquiesça et me fit un sourire sincère.

— Je t'aime bien. J'espère que tu resteras longtemps dans ma famille et que tu m'offriras de jolis neveux métis.

Je m'étranglai, puis toussai violemment. Aïssa éclata de rire.

— Je plaisante, Gabrielle. Prenez votre temps.

Je bus finalement un grand verre d'eau en l'écoutant se moquer de moi sans relâche.

J'appréciais vraiment cette fille simple, sans artifices. J'espérais que Junior avait en tête un scénario de rupture rapide et que cela n'entacherait en rien cette amitié naissante avec sa sœur.

Le repas était déjà bien avancé, et le seul à ne pas y avoir réellement pris part était M. McCoy.

Quand le dessert arriva, le silence revint un court instant. Je fis un sourire à Junior qui vint s'installer à côté de moi en me souriant sincèrement. Son angoisse semblait avoir disparu maintenant qu'on avait passé le plus gros du déjeuner.

Je pris ce qu'on me tendit : une énorme part de clafoutis maison. Je sentis en même temps mon téléphone vibrer dans l'unique poche de ma robe. Jetant un rapide coup d'œil à l'écran verrouillé, je me sentis pâlir.

Tu as prévu quelque chose aujourd'hui ?

Kylian.

Mon esprit se déconnecta de tout ce qui se passait autour de la table. J'ouvris le message, sans savoir quoi répondre. J'avais l'impression d'avoir été prise en flagrant délit.

Je reverrouillais mon téléphone sans répondre, lorsque j'entendis des échanges véhéments.

— Tu aurais dû suivre la voie que j'avais tracée pour toi, grogna M. McCoy.

— Calvin, souffla sa femme.

— Je ne dis que la vérité, Mel. Notre fils aurait dû m'écouter au lieu de vendre son âme au diable pour un sport et de l'argent qui lui fait tourner la tête !

Junior se tendit à mes côtés. Remettant toutes les informations à l'endroit, je compris que c'était sûrement cette conversation que Junior redoutait.

Il jeta sa serviette sur la table et serra les poings, avant de se défendre.

— Ce sport et cet argent sur lequel tu craches ont permis d'acheter cette maison dans laquelle tu vis, papa. Ils ont aussi permis à cette famille de ne pas se disloquer.

— La ferme !

Je sursautai, ne m'étant pas du tout attendue à ce genre de répliques. Même Junior eut un mouvement de recul. Je ne comprenais pas du tout la colère qui animait son père. N'était-il pas fier du chemin que son fils avait parcouru ?

Je n'osais croiser le regard de personne, priant simplement

pour que ce moment désagréable cesse. Malheureusement, M. McCoy n'en avait pas fini avec son fils.

— Tu te pavanes devant les caméras sans penser aux conséquences. Sans penser à ce que ta famille subit après coup.

— Tu sais aussi bien que moi que tes soi-disant amis ne sont que des jaloux, contra Junior.

Je vis dans son regard l'espoir de faire comprendre à son père qu'il n'était pas quelqu'un de mauvais. Il avait l'air d'un enfant guettant la reconnaissance paternelle, et c'était très touchant.

Comprenant que Junior devait être habitué à ce genre de remarques et que ce n'était pas la première fois qu'il cherchait l'assentiment de son père, j'eus de la peine pour lui.

— Tu ne fais jamais rien comme il faut, grogna son père.

— J'ai fait quelque chose de ma vie. Je suis devenu quelqu'un et je pense m'en sortir plutôt bien. Est-ce que tu ne pourrais pas simplement être fier de moi, ou au moins juste content ?

— Fier ? Ce mot est banni de mon vocabulaire lorsque je te regarde. Le basket-ball n'est qu'un sport perverti par l'argent, où tu as entraîné ta sœur. Comment je pourrais être fier d'un fils qui agit comme un chien de l'enfer ? Tu es peut-être doué dans ton domaine, mais tu ne le seras jamais à mes yeux.

Un lourd silence écrasait la table. Mon cœur se contracta de douleur. Je ne comprenais pas comment il était même possible qu'un parent puisse penser ainsi.

Je jetai un coup d'œil à Junior et vis que ma peine n'était rien en comparaison de la sienne, bien qu'il réussît à ne laisser paraître de lui qu'un mur insensible. Je lui pris la main discrètement sous la table, espérant lui montrer mon soutien.

Mon cœur rata un battement lorsque M. McCoy s'adressa directement à moi.

— Tu sembles être une fille bien, à première vue. Junior te mènera à ta perte, jeune fille. Exactement comme il l'a fait avec sa propre famille.

Une chaise grinça, et je fus surprise de voir Junior debout.

— Ça suffit, lâcha-t-il, avant de me tendre la main. On s'en va ?

Dans son regard, je vis une pointe de doute, comme s'il craignait soudainement que je ne le suive pas. Je glissai la main dans la sienne, puis me levai à mon tour.

Puisque son père s'était directement adressé à moi, je me permis de faire la même chose.

— Sans vouloir vous manquer de respect, vous avez tort. Junior est quelqu'un de bien et il est doué dans son domaine. Le passé appartient au passé, et vous devriez vivre cette expérience avec lui, et non contre lui. Vous passez à côté de tellement de choses. C'est triste. Pour vous.

Un troisième miracle se produisit : je venais de prendre la défense de Junior. Pire encore, j'avais avoué devant lui qu'il était quelqu'un de bon. Malgré la situation, j'étais persuadée que ce n'était pas tombé dans l'oreille d'un sourd. J'allais le regretter.

— Dehors, ordonna calmement M. McCoy.

Je vis Aïssa sourire, puis sa mère, avant que Junior me pousse délicatement vers l'allée.

J'avais un millier de questions en tête. Je comprenais un peu mieux la personnalité et les peurs de Junior.

Je n'ouvris pas la bouche jusqu'à ce qu'on soit enfermés dans la voiture puis, pour briser le silence, déclarai :

— Tu me dois une part de clafoutis. Je n'ai même pas eu le temps de le goûter.

Junior se tourna vers moi, une lueur brillante dans les yeux, et éclata de rire. Je me joignis à lui, heureuse que son sourire soit revenu.

— Partons d'ici, finit-il par dire en soupirant.

18

— Discuter, c'est vraiment un truc de filles ! râla Junior en s'arrêtant à un carrefour.

— Allez ! Tu me dois bien ça…

Il me lança un regard en coin, puis secoua la tête, abandonnant la bataille.

— D'accord.

Il bifurqua dans une petite allée, puis emprunta une route qui bordait l'océan.

— Pourquoi ton père t'en veut autant ?

Il haussa les épaules, prêt à mentir, mais en entendant mon clappement de langue il se ravisa.

— Il voulait que je fasse des études dans le commerce, comme lui, mais ce n'était pas ce que je voulais pour moi.

— C'est seulement parce que tu as choisi un autre chemin que celui qu'il voulait pour toi ?

Junior se tendit.

— Tu promets de ne jamais en parler ? À personne ?

— Promis.

Je savais tenir ma langue, cela n'était pas un problème.

— Plus jeune, j'ai fait des choses pas très correctes. J'étais tellement obnubilé par le basket que rien d'autre ne comptait pour moi. Pas même la famille. Il n'y avait que moi qui m'importait…

— Ça n'a pas vraiment changé, ne pus-je m'empêcher

de dire. (Junior me lança un regard noir.) D'accord, pardon, je me tais.

— Ma famille n'avait pas beaucoup d'argent et, lorsque l'occasion s'est présentée de pouvoir entrer dans un club prestigieux chez les juniors, je n'ai pas hésité longtemps avant de prendre toutes les économies que mes parents cachaient à la maison pour payer mon entrée. J'étais sûr de pouvoir rapidement les rembourser.

Il se gara, face à l'immensité de l'océan, puis se tourna vers moi pour continuer :

— À l'époque, mon grand frère avait un penchant pour les drogues dures. Mes parents ont pensé que c'était lui, et je ne les ai pas contredits. J'ai fini par avouer que c'était moi lorsqu'il est mort d'une overdose. Ça a été le début de la destruction de ma famille. Le décès de mon frère a anéanti mes parents, surtout ma mère. Mes deux autres frères sont rapidement partis à l'université, ne remettant que très rarement les pieds à la maison. Il ne restait plus qu'Aïssa, qui était encore jeune. Mes parents ne s'occupaient plus de nous, ils ont même failli se séparer. La seule chose que mon père voulait, c'était que j'arrête le basket, pour poursuivre mes études.

Il fit une courte pause, et je compris la suite.

— Mais tu as refusé.

— Oui. Je n'ai pas abandonné le basket, ni l'idée de les rembourser un jour. D'y arriver. De fil en aiguille, j'ai évolué. À chacun de mes déplacements, je prenais ma sœur avec moi, qui râlait quand ça lui retirait la possibilité d'aller à ses cours de danse. Puis elle a eu de nouveaux rêves : devenir danseuse d'équipe. Quelques mois plus tard, j'ai signé en tant que pro, avant d'évoluer réellement, jusqu'à arriver chez les Monsters, où j'ai pistonné ma sœur dans l'équipe des danseuses. Je me suis fait une bonne réputation, et depuis j'ai remboursé ma dette au centuple.

— Pourtant ton père ne t'a pas pardonné ?

— Je ne pense pas. Quand je suis parvenu à percer et

que j'ai acheté cette grande maison pour mes parents, j'ai réussi par la même occasion à réunir toute la famille sous le même toit. Ce n'est ainsi que depuis peu.

— C'est pour ça que tu ne souhaites pas parler d'Eddy ?

Il eut un rire sans joie, puis reporta son attention sur l'horizon.

— Pour être franc, je ne sais même pas si j'aurais un jour les couilles de le leur avouer.

Je comprenais. Je n'aimais pas ça mais, malgré moi, je comprenais sa position. Je me souvins que son père l'avait qualifié de chien de l'enfer. De plus, Eddy m'avait avertie qu'ils étaient conservateurs. Qu'en serait-il s'il leur déclarait sa relation avec un autre homme ?

On ne choisissait pourtant pas qui on aimait, et cela ne faisait pas de lui quelqu'un de mauvais. Je détestais ces étiquettes qu'on nous collait en fonction de nos actions. Néanmoins, le monde était souvent ainsi et, même si je n'approuvais pas, je comprenais sa position.

Je me sentis triste pour lui, et voir la souffrance que cachait mal son visage neutre ne fit qu'assombrir un peu plus mes propres émotions. Je compris aussi que son besoin d'être le meilleur et de toujours être au centre de l'attention était une compensation à ce qu'il n'avait jamais trouvé au sein de sa famille.

Finalement, Junior était définitivement humain…

J'aurais préféré continuer de le détester mais, en le découvrant vraiment, je ne pouvais m'y résoudre.

— Le bon côté de ce repas, c'est que tu as enfin avoué que j'étais le meilleur.

D'accord, je retirais à moitié ce que je venais de penser en voyant son air suffisant illuminer les traits de son visage.

— Je n'ai jamais avoué que tu étais le meilleur, j'ai seulement admis que tu étais doué.

— C'est pareil.

— Non.

— OK. Alors, qui est le meilleur dans ce cas ?

— Kylian.

Il rit presque nerveusement.

— Il est bon, mais il n'a pas encore fait ses preuves. Moi, si.

— Il n'a pas besoin de faire ses preuves avec moi. Je le vois jouer depuis longtemps.

— C'est parce que tu l'aimes.

— Alors, quand Eddy dit que tu es le meilleur, c'est parce qu'il t'aime, si je comprends bien ?

— Non. Lui, il est objectif.

Je ris à mon tour en me moquant de lui.

— Bien sûr…

Voyant mon air grognon, il éclata de rire. Il ferma les fenêtres de la voiture, remit le moteur en route et actionna la clim.

— On a une séance photos avec l'équipe cet aprèm. Tu veux venir ?

Je me figeai en me souvenant brusquement que je n'avais pas répondu au message de Kylian. J'attrapai mon téléphone.

Je n'avais rien prévu jusqu'à il y a cinq minutes. Junior m'amène à votre séance photos.

J'envoyai le message en pensant qu'au moins je lui disais la vérité au sujet de la personne qui me conduirait jusqu'à lui.

La réponse ne tarda pas à arriver :

Pourquoi venir avec lui ?

Je ne peux pas venir avec toi.

Je regrettai immédiatement la pique que je venais de lui lancer, alors j'ajoutai :

On s'est croisés en ville, il m'a proposé de m'emmener.

J'attendis une réponse qui ne vint pas. Peut-être l'avais-je vexé…

Je rangeai mon téléphone, dit simplement : « OK, je te suis » à Junior et me concentrai sur la route. Il était très silencieux, comme si son esprit vagabondait à des milliers de kilomètres d'ici. Pourtant, quand il vit sur son GPS que nous n'étions plus très loin de la destination finale, il se mit à reprendre vie. Il ne cessa de parler, principalement de lui et de ses exploits, ce qui me tapa sur le système.

Lorsqu'il se gara devant un terrain de basket-ball ouvert, face à l'océan, je ne pus m'empêcher de lui dire :

— T'es pire qu'une fille quand tu t'y mets !

— Tu veux dire quoi exactement ?

— Que tu parles trop ! Et sache que le monde ne tourne pas autour de toi, McCoy.

— Tu es sûre de toi ?

Il fit le tour de la voiture et se dirigea vers l'entrée du terrain, écartant les bras lorsque les journalistes lui sautèrent dessus.

Bande d'imbéciles ! rageai-je intérieurement. *Ils ne peuvent pas s'intéresser à quelqu'un d'autre qu'à Junior ?*

À croire qu'ils s'étaient tous ligués pour me contredire.

J'ignorai son cinéma devant les appareils photo et les caméras et rejoignis directement Kylian.

Je voulais m'assurer qu'il ne boudait pas.

— Je sais qu'on doit éviter de parler en public… Mais ça va ?

— Oui. Ça ira quand même mieux quand tu éviteras de passer du temps avec McCoy.

Il lança un regard noir à l'intéressé, qui continuait son cirque loin de nous.

— Tu sais bien qu'il m'agace plus qu'autre chose.

— Mais je connais aussi sa réputation et je vois comment il considère les femmes avec qui il sort, Gaby. Je n'oublie pas non plus qu'il a parié de t'avoir dans son lit.

Je rigolai nerveusement. S'il savait…

— Et en plus tu trouves ça drôle ?

Je repris mon sérieux et haussai les épaules.

— C'est drôle, oui. Tu sais parfaitement que ça n'arrivera

jamais, Kylian. Il m'agace plus qu'autre chose. C'est quoi, cette jalousie soudaine ?

Ce n'était pas pour me déplaire, bien au contraire. Malgré tout, cela ne lui ressemblait pas.

— Moi aussi, je t'agaçais quand on s'est rencontrés.

Je souris, puis haussai les épaules, même s'il ne me regardait pas, s'affairant à mettre sa genouillère en place, visiblement tendu.

— Toi, c'était différent.

Il se figea et tourna le visage vers moi. Quelque chose comme du soulagement traversait son regard.

Pensait-il sérieusement qu'il y avait une infime chance pour que Junior réussisse à me mettre dans son lit ? Même si je n'avais rien su de son orientation sexuelle, jamais de la vie je n'aurais pu sortir avec un type aussi imbu de lui-même.

— Si je pouvais…

Kylian s'arrêta dans sa phrase et me lança un regard plein de désir, brillant et sombre à la fois.

— Je sais. Moi aussi.

L'envie de l'embrasser était impérieuse. Ne pas pouvoir simplement le toucher augmentait mon besoin de lui.

Lui ayant promis de lui faire confiance, je ne posai aucune question, bien que cela torturât ma curiosité.

Pour chasser toutes ces envies qui m'engloutissaient lorsque je le regardais, je pris une longue inspiration et détournai le regard. C'était vraiment dur…

L'attaché de presse réunit toute l'équipe, puis laissa le photographe donner ses instructions, tandis que les agents de sécurité repoussaient les paparazzis loin du terrain.

Les garçons se mirent en place et firent chacun leur tour une série de *dunk*, le but étant de mettre le plus beau. Le photographe s'était posté sous le panier pour avoir le meilleur angle possible, mais il se prit également d'innombrables ballons dans la tête.

Les joueurs passèrent tous les uns après les autres, faisant souvent des cris de guerre qui me donnèrent le sourire.

Puis le photographe changea de consigne, et les garçons retirèrent leurs maillots.

Comment ne pas apprécier cette magnifique journée ?

Mon regard parcourut le corps de Kylian. Légèrement bronzée, sa peau luisait sous le soleil. Il était parfait à mes yeux. Musclé, mais pas trop, il avait ce qu'il fallait où il fallait. Et, même s'il plissait souvent les yeux à cause du soleil, je voyais la couleur noisette de son regard briller chaque fois qu'il le posait sur moi.

Lorsqu'ils firent une pause, Kylian se dirigea vers le bout du terrain, face à moi. Il s'assit sur le banc et but longuement, avant de poser les coudes sur ses genoux et de me regarder.

Sans couper le contact visuel, il passa une main sur sa nuque, comme s'il était tendu. Si cela n'avait tenu qu'à moi… Disons que j'aurais fait tout ce qui était en mon pouvoir pour le détendre à cent pour cent.

— Tu m'écoutes ?

Surprise, je pris subitement conscience de la présence d'Elijah.

— Bien sûr que non, bougonna-t-il. Tu es bien plus intéressée par ce qui se trouve à l'autre bout du terrain. Et moi qui croyais que je comptais pour toi.

Je ris en voyant son air faussement vexé et secouai la tête en jetant un nouveau coup d'œil à Kylian, qui m'observait toujours. Il me fit un clin d'œil qui me donna le sourire.

— Désolée, repris-je à l'intention d'Elijah. Qu'est-ce que tu disais ?

— Rien d'intéressant.

Mon regard tomba sur une des cicatrices qui se trouvait sur son épaule. J'examinai attentivement cet étrange stigmate rond et en relief. Ma curiosité fut de nouveau piquée au vif, mais je me retins de poser des questions.

J'étais en plein progrès !

Néanmoins, l'objet de mon attention ne lui échappa pas, et il passa un bras autour de mes épaules, pour me cacher la vue de ses cicatrices.

— Ce n'est rien, Gab. Arrête de te poser des questions sur mes blessures de guerre.

— Je n'ai rien dit, contrai-je en espérant tout de même qu'il m'en dirait plus.

— Ton regard est assez éloquent.

Il se leva et s'étira, me faisant comprendre qu'il n'irait pas plus loin dans cette discussion.

Pourquoi ne pouvais-je pas lire dans les pensées des gens ? Ce serait tellement plus simple…

Il se tourna vers moi et me fit un sourire malicieux.

— Tu ne trouves pas qu'il y a une drôle d'odeur ?

Je souris en voyant la vanne arriver à des milliers de kilomètres. Je le devançai alors.

— C'est parce que ta bouche est trop près de ton nez.

Il devait s'y attendre parce qu'il éclata instantanément de rire en me donnant une tape sur l'épaule qui me fit hyper mal.

Je serrai les dents et continuai de sourire, mais je n'oublierais pas de le lui faire payer aux prochaines séances d'étirements.

Lorsque le soleil descendit sur l'horizon et que la séance photo prit fin, Elijah vint se poster près de moi. Son sourire énigmatique m'agaça.

— Qu'est-ce que tu prépares ?

— Rien.

« Je mens » était inscrit en lettres capitales sur son front.

— Allez ! Avoue !

— Rien du tout.

Je lui lançai un regard que j'espérais menaçant, puis récupérai ma bouteille d'eau et quittai le terrain. Je n'avais pas fait trois pas qu'Elijah m'interpella :

— Je te ramène ?

Il faisait tellement d'efforts pour paraître naturel avec son sourire immense que cela sonnait complètement faux.

— Est-ce que j'ai le choix ?

— Non.

— C'est Kylian qui t'a demandé de me ramener, n'est-ce pas ?

— Peut-être aussi que c'est moi qui préfère que tu ne traînes pas trop avec Junior.

Je haussai les sourcils, en me demandant s'il se rendait compte qu'il venait d'avouer la vérité.

— C'est Kylian qui veut s'assurer que je ne suis pas en présence de Junior.

— Et il a raison, Gab.

— Tu n'aimes pas non plus McCoy ?

Elijah plaça ses lunettes de soleil sur son nez et haussa les épaules.

— Je n'ai pas vraiment d'opinion. Il m'agace souvent, mais on a besoin de lui sur le terrain, et c'est la raison pour laquelle je le supporte.

Je me retins de prendre la défense de Junior pour ne pas paraître suspecte et le suivis jusqu'à sa voiture.

Sur le chemin, Elijah ne se départit pas de son petit sourire. À force de le côtoyer, je commençais à vraiment bien le connaître.

— Qu'est-ce que tu me caches d'autre ?

Il me sourit en ouvrant sa portière.

— Rien du tout.

L'indication « Menteur » clignotait à nouveau sur son front.

Je pris sur moi et ne posai aucune question supplémentaire. Je ne parlai pas du tout sur le trajet menant à l'hôtel, ce qui sembla sincèrement ennuyer Elijah. J'étais presque sûre que j'aurais pu le faire craquer si la route avait été un peu plus longue. Il n'avait pas cessé d'essayer de me faire la conversation et avait très vite compris que je ne dirais rien avant qu'il ait avoué. Il avait vraiment failli céder, mais nous sommes arrivés trop tôt. Il donna ses clés au voiturier avant de me faire signe de le suivre, souriant mais toujours aussi mystérieux.

Dans l'ascenseur, je repris tout de même la parole, essayant une autre tactique.

— Quel est ton programme pour la soirée ?

— Je vais aller dîner avec une femme, puis on a une conférence de presse avec le coach.

Son ton solennel me donna le sourire.

— Qui est l'élue ?

— Je n'en ai aucune idée.

— Sérieusement ? demandai-je sans savoir s'il plaisantait.

— Oui, je suis sérieux. Il y a beaucoup de fans plutôt jolies parmi la gent féminine. Parfois, il m'arrive d'accepter leurs avances.

Je lui lançai un regard noir en sortant de l'ascenseur.

— Dis plutôt que c'est surtout quand ça t'arrange.

Il éclata de rire.

— Ce n'est pas faux. Être connu a pas mal de bons côtés.

— Profiteur, grognai-je.

— Je profite seulement de la situation. Pas des femmes. Je fais même souvent de très belles rencontres et je fais toujours en sorte qu'elles en gardent un excellent souvenir. Crois-moi, c'est gagnant-gagnant.

Je secouai la tête en continuant de paraître dégoûtée.

— Je ne veux rien savoir.

Il haussa les épaules et rit.

— D'accord.

Je fronçai les sourcils lorsque je voulus rejoindre ma chambre. Je n'avais même pas remarqué que nous ne nous étions pas arrêtés à mon étage.

— Qu'est-ce qu'on fait ici ?

Elijah me sourit et me fit signe de le suivre.

La curiosité prenant le dessus, je lui emboîtai le pas. Nous étions au dernier étage de l'hôtel, où se trouvaient des bureaux, des salles de réunion, une piscine et une salle de sport, en plus d'un spa et d'un hammam.

Elijah s'arrêta finalement devant une porte et me dit simplement :

— Je te laisse ici. Je vais retrouver ma fanette.

— Fanette ?

— Le féminin de fan.

Je restai muette de consternation.

— Qu'est-ce qui ne va pas chez toi, Elijah ?

Il éclata de rire, et ce jusqu'à ce qu'il ait rejoint l'ascenseur.

— Bonne soirée, Gab !

— Toi aussi, marmonnai-je en me demandant ce qui se trouvait de l'autre côté de cette porte.

19

J'entrai sans faire de bruit et fus éblouie par la luminosité de la pièce aux murs blancs qui réverbéraient les rayons du soleil couchant. Repérant la grande table, le projecteur placé dans un coin et un tableau rempli de graphiques, je compris que j'étais dans une salle de réunion.

Tout le côté droit était doté de grandes fenêtres épaisses, donnant sur l'océan. Mais ce ne fut pas ça qui attira mon attention.

Dos à moi, face à la vue spectaculaire qui s'offrait à lui, Kylian ne semblait pas m'avoir entendue.

J'avançai sans vraiment être discrète, mais n'annonçai pas pour autant ma présence. Kylian ne bougea pas. Son costume lui allait à la perfection, marquant ses épaules et ses fesses bien rondes.

Je pris plaisir à le dévorer du regard, vérifiai encore une fois que nous étions bien seuls et l'approchai enfin délicatement.

Je posai doucement la main sur son épaule, puis la laissai glisser le long de son dos.

Il s'anima, tourna le visage vers moi et me sourit.

— Alors, c'est ce qu'Elijah cherchait à me cacher ?

Le sourire de Kylian s'élargit encore un peu plus, confirmant mon intuition.

— Je n'en pouvais plus de ne te voir que de loin. J'ai réservé la salle de réunion pendant les deux prochaines heures pour qu'on puisse passer un peu de temps ensemble.

Touchée par ses mots, je fixai l'océan en me disant que tout cela ne pouvait pas être plus parfait.

— Sauf si tu as quelque chose à faire évidemment, corrigea-t-il.

Le lent sourire qui se dessina sur son visage marquait tout son espoir que je reste ici. Avec lui.

J'attrapai les pans de sa veste et le forçai à s'approcher de moi en secouant la tête pour toute réponse.

Alors seulement, il enleva les mains de ses poches et me prit le visage avant de se pencher tout doucement pour m'embrasser.

Lentement. Très lentement.

Il y avait tant de douceur dans ses gestes que j'eus envie de ne plus jamais bouger d'ici. Son baiser me détendit instantanément. Puis il me fit un câlin qui valait plus que mille mots.

— Tu me manques tellement, soufflai-je en fermant les yeux, le visage contre sa poitrine.

Il resserra son étreinte, comme une réponse. Il n'avait pas besoin de dire quoi que ce soit pour que je comprenne que c'était réciproque. Puis, tout en gardant les bras autour de ma taille, il se recula légèrement pour pouvoir me regarder.

— Je nous ai pris à manger en sortant de la séance photos, tu as faim ?

J'acquiesçai et le suivis jusqu'à une table qu'il avait installée près d'une des fenêtres. Deux boîtes blanches s'y trouvaient, ainsi que des baguettes chinoises.

— Comment as-tu fait pour arriver aussi vite ? Tu es parti de la séance en même temps que nous, et on dirait que tu as eu le temps de te doucher !

Il détacha l'unique bouton de sa veste, puis s'installa sans se départir de son magnifique sourire.

— Tu n'as même pas remarqué qu'Elijah a fait le tour de la ville avant de rentrer ?

Je fronçai les sourcils, en essayant de me remémorer le trajet, et réalisai que la seule chose que j'avais faite était de fixer Elijah pour qu'il craque et m'avoue ce qu'il manigançait. Je souris en comprenant que c'était lui qui m'avait eue !

— Il est fort, dit Kylian en riant quand il comprit que la réponse était non.

J'étais un peu consternée. Comment avais-je pu me faire avoir ainsi ?

— Ne te venge pas trop sévèrement, ajouta Kylian en ouvrant nos boîtes.

— Oh ! que si. Ça mérite une énorme vengeance.

La tension montait. Comme d'un commun accord, on se mit à manger très rapidement. On discuta vaguement entre deux bouchées, mais c'était comme si nous faisions la course à qui mangerait le plus vite. J'eus l'impression qu'on pensait la même chose : finissons-en !

Puis, doucement mais sûrement, ses yeux s'assombrirent, même si sa voix restait identique. Je connaissais ce regard. Il me faisait frissonner chaque fois qu'il se posait sur moi.

Kylian ferma les yeux un instant en prenant une longue inspiration.

— Qu'est-ce qu'il y a ? demandai-je.

— Viens près de moi.

Je pris la main qu'il me tendait, et il me tira vers lui. Je m'installai à califourchon sur ses cuisses.

— Tout va bien ? demandai-je, inquiète.

La flamme dans ses yeux s'éteignait doucement.

— Tout va bien, acquiesça-t-il en souriant.

Ses mains se posèrent naturellement sur mes fesses, mais ne s'y attardèrent pas, et il les fit remonter dans mon dos.

Un frisson me parcourut, comme chaque fois qu'il me touchait, puis je l'embrassai sans comprendre ce qui se passait.

— À quoi tu penses ?

— À tout ce qui n'est pas toi, mais c'est très dur.

— Comment ça ? Tu ne veux pas penser à moi ?

Il me sourit et secoua la tête.

— Je pense tout le temps à toi. Mais là, tout de suite, il

y a beaucoup de choses qui me traversent l'esprit et que j'essaye de chasser.

Je souris à mon tour, comprenant où il voulait en venir. Je demandai néanmoins un peu plus de précisions.

— Des choses ? Comme quoi ?

— Tu ne veux pas savoir à quoi je pense.

Je posai les mains sur son torse et haussai les sourcils en fixant ses yeux.

— Crois-moi, j'ai vraiment envie de le savoir.

Il grogna, puis fit disparaître le visage dans mon cou. Je passai une main sur sa nuque et fermai les paupières, appréciant chacun de ses baisers.

Lorsqu'il releva la tête, il était d'un sérieux perturbant.

Comprenant que ce n'était pas le bon moment pour lui, je ne cherchai pas à le titiller davantage et passai à autre chose, qui était encore plus important que tout ce qu'il pouvait imaginer me faire dans d'autres circonstances.

— Tu penses qu'on va tenir encore longtemps comme ça ?

Il fronça un instant les sourcils.

— Qu'est-ce que tu veux dire ?

— Notre relation… De vivre cachés, loin l'un de l'autre. Notre non-relation en fait.

— Ne pense pas que ce n'est pas dur pour moi aussi, dit-il sans répondre à ma question.

Je voyais la sincérité dans son regard.

— Mais tu crois que ça va durer encore longtemps ? continuai-je, mon cœur se gonflant d'espoir.

— Je ne sais pas, Gaby. Ça continuera jusqu'à ce que je sois certain qu'on ne pourra plus m'utiliser pour te faire du mal. Mais j'avance. Tu ne le vois pas, mais je te promets que j'avance, il me faut encore un peu de temps.

Je me mordis les joues pour me retenir de poser toutes les questions qui me passaient par la tête. Je n'en pouvais plus.

Il le vit et me sourit en soulignant de son pouce le pli inquiet qui s'était sûrement formé entre mes sourcils.

— Ne te pose pas trop de questions. Laisse-moi simplement faire ce qui doit être fait.

— Mais qu'est-ce qui doit être fait ? J'en ai assez, Kylian.

Il réfléchit en silence, probablement à ce qu'il pouvait me dire sans trop en dévoiler.

J'eus envie de crier, de le secouer, de m'introduire dans sa tête pour découvrir tout ce qu'il me cachait. Mais je ne pus que me résoudre à écouter ce qu'il voulait bien me dire et à attendre la suite des événements.

— Je dois simplement mettre hors jeu certaines personnes.

— Est-ce que tu sais au moins qui sont ces personnes ?

— À présent, oui. Je le sais.

Je me mordis à nouveau les joues. Je lui avais promis que je lui ferais confiance, mais qu'est-ce que c'était dur !

Je déclarai tout de même :

— Et tu ne peux pas me dire de qui il s'agit, je suppose.

— Je pense que tu le sais déjà.

Je haussai les sourcils, incrédule :

— Ta mère ?

Son silence confirma mes soupçons.

La rage me revint. Je fermai les yeux et rêvai d'avoir le pouvoir de la faire disparaître de nos vies en un claquement de doigts.

— Pourquoi ? m'enquis-je, épuisée de cette guerre stupide. Pourquoi est-ce qu'elle refuse qu'on soit ensemble ?

— Je n'en sais rien, Gaby. Peut-être simplement qu'elle veut me garder pour elle toute seule. Elle sait qu'elle ne pourra jamais te contrôler, alors elle a trouvé le moyen de nous tenir éloignés. Elle doit penser que tu n'es pas faite pour moi.

Il détourna le regard, mais je vis combien cela le blessait. La colère et la peine brillaient dans ses yeux.

Je l'embrassai et ne dis plus un mot pendant un long moment, observant le coucher du soleil, tout contre lui.

Au bout d'un moment, je me relevai et demandai :

— S'il est toujours dangereux de se voir, pourquoi avoir réservé cette soirée pour nous ?

— J'ai beau essayer, je n'arrive pas à rester loin de toi.

Je caressai son visage, savourant les émotions que ses mots créaient en moi.

Il sourit, puis ajouta :

— Peut-être aussi que je n'ai pas envie que tu m'oublies.

— On se voit tous les jours, comment pourrais-je t'oublier ?

Il rit.

— Tu as raison. J'avais juste besoin de passer un peu de temps avec toi. J'ai besoin que tu me redonnes de la force, Gaby.

Je compris que sa découverte devait être très récente. Qu'il baisse un peu les armes m'apaisa.

Posant le front contre le sien, je l'embrassai du bout des lèvres.

— Comment est-ce que je peux faire ça ?

— Dis-moi que tu m'aimes.

Je ris un peu nerveusement, surprise.

— Mais ça, tu le sais déjà.

— J'ai besoin de l'entendre.

Je repris mon sérieux, comprenant enfin que quelque chose n'allait pas. Kylian ne réclamait jamais rien, il n'en avait pas besoin, et encore moins d'entendre que je l'aimais.

Sentant que ça comptait vraiment pour lui, je posai les mains sur ses joues et lui ouvris encore une fois mon cœur.

— Je t'aime, Kylian.

Il ferma les yeux, comme pour graver mes paroles dans sa mémoire. Son inquiétude était toujours aussi vive. Je ne comprenais pas, j'avais mal pour lui. Je demandai :

— Qu'est-ce qui se passe, Kylian ?

Il soupira, puis se lança enfin.

— Pour la première fois de ma vie, j'ai peur que tu m'échappes. Que tu finisses par te lasser.

Je souris et secouai la tête.

— Je n'ai aucune raison de fuir.

Il me regarda gravement, faisant accroître mon angoisse. J'avais envie de faire disparaître ces sentiments négatifs qui le rongeaient.

— Plus les jours passent et plus je sens que, quoi que je puisse faire, les choses finiront par éclater et que tu me détesteras.

— Est-ce que j'ai des raisons de te détester ?

Son silence m'angoissa. Le point de départ de tous nos soucis se trouvait dans cette réponse.

Si seulement il pouvait tout m'avouer…

— Je t'ai fait entrer dans un univers qui ne te ressemblait pas…

— Mais grâce à toi j'ai rencontré des gens merveilleux et je fais un stage que j'adore.

— … Je t'ai mise sous les feux des projecteurs alors que tu détestes ça.

— J'ai pris ma décision.

Il resta silencieux, se perdant dans mon regard, et sans doute aussi dans ses pensées. Il reprit finalement :

— Si nous nous montrons au grand jour, notre relation sera parfois médiatisée. Je n'y peux rien, Gaby.

— J'arriverai à m'y faire, assurai-je sans savoir si je mentais ou non.

— Mais, si ça éclate, comme je pense que ça va finir par arriver, alors je vais te perdre.

Je ne comprenais rien et je perdais patience.

— Mais de quoi tu parles, Kylian ? Tu ne me perdras pas. Tu m'as dit que je n'avais aucune raison de t'en vouloir. Tu n'as rien fait de mal ?

— Non, mais c'est plus compliqué que ça. Et si tu finis par me détester…

Je secouai la tête pour le contredire, mais il avait fini par réussir à installer un immense doute en moi. Il semblait si sûr que cela déteignait sur mes propres convictions et sur ma détermination.

Néanmoins, s'il n'avait rien fait de mal, pourquoi lui en voudrais-je ?

J'allais devenir folle à force de me poser toutes ces questions.

Kylian se reprit et m'embrassa sans que je m'y attende. Puis il me souleva et me posa doucement sur la table.

Il s'appuya entre mes jambes, fit glisser les lèvres dans mon cou, sur ma poitrine par-dessus mon débardeur, puis revint sur mes lèvres.

Son brusque besoin pressant d'être au plus près de moi me terrifia. Je n'avais jamais vu Kylian comme ça, et cela m'angoissa au plus haut point.

Lorsque ses baisers se firent moins pressants, je me calai sur son rythme, sans jamais le quitter du regard. Et, quand enfin ses yeux plongèrent dans les miens, je bloquai son visage à l'aide de mes mains et soufflai :

— Tu ne me perdras pas, Kylian.

Il ferma les yeux et se laissa tomber sur moi, avant de se relever en m'entraînant avec lui.

— Je suis désolé pour tout ça… J'ai plombé notre soirée.

— Non, loin de là, lui assurai-je, sincèrement cette fois. Mais tu sais, si tu partageais tes secrets avec moi, on serait plus forts pour se préparer au pire. On pourrait être deux. Toi et moi.

Il me sourit et me serra contre lui.

— J'aimerais te préserver de tout ça aussi longtemps que possible. Je suis désolé de t'avoir inquiétée. Je vais réussir à gérer tout ça. Quitte à tout faire ensuite pour que tu m'aimes à nouveau.

— Je t'aimerai toujours, ce n'est pas négociable.

Il ne répondit rien, mais son soupir me fit comprendre qu'il doutait de mes paroles.

Bon sang, mais qu'est-ce qu'il avait pu faire pour être à ce point persuadé que la force de mes sentiments allait faiblir ?

Il m'embrassa doucement, puis me sourit en changeant de sujet.

— J'ai une conférence de presse avec l'équipe. Mais il se pourrait qu'un jour je me glisse dans ta chambre…

— Ah oui ?

Je souris en retour, soulagée de le voir retrouver son expression habituelle qui me faisait tant craquer.

— Je suis juste au-dessus de toi.

— Est-ce que c'est une invitation ?

Il me sourit pleinement, confirmant que c'en était bien une. Mon corps se réchauffait doucement, malgré ce désagréable sentiment d'inquiétude qui avait du mal à me quitter.

Il m'entraîna vers la porte pour que nous sortions.

— Attends ! dis-je. Je récupère juste mon sac.

J'avais le cœur lourd. Ce moment d'intimité avait été trop court et trop troublant en même temps. J'étais pleine d'interrogations et de frustration. J'avais besoin de plus. De plus de temps avec lui.

Je récupérai mon téléphone et vis un message de Talina.

C'est quoi ça ???

Je me sentis défaillir lorsque j'ouvris la photo qui accompagnait son message.

— Tu viens ?

Je relevai le visage et me forçai à sourire à Kylian qui m'attendait près de la porte. Je rangeai rapidement mon téléphone dans mon sac, le cœur battant.

Il ne se rendit compte de rien, mais cela n'était qu'une question de temps…

Talina venait de m'envoyer une photo que Junior avait publiée sur le Net.

Une photo de lui et moi, au repas familial.

La légende indiquait :

La famille s'agrandit bientôt.

Suivie d'un smiley bague.

Et merde.

20

— Mais qu'est-ce qui t'a pris de faire ça ? chuchotai-je en essayant de prendre un ton menaçant.

Je refermai la porte des vestiaires derrière moi. Je savais que Junior était toujours le dernier à être prêt, parce qu'il était le seul à jouer inlassablement avec les paparazzis et à traîner pour faire son cinéma.

— De quoi tu parles ? me demanda-t-il, torse nu, maillot à la main.

J'eus envie de l'assommer. De soulever un banc et de le frapper jusqu'à ce qu'il ne fasse plus qu'un avec le sol.

— La photo de nous sur Internet, imbécile ! Et sous-entendre que nous avons une relation !

Je restai contre la porte par crainte que quelqu'un n'entre et interprète mal ma présence ici. Je ne criais pas, bien que l'envie fût là.

Je bouillonnais de rage intérieurement depuis vingt-quatre heures. J'avais réussi à esquiver les entraînements de la journée, mais ne pouvais pas éviter le match de ce soir, qui avait une grande importance.

— Ma sœur nous a pris en photo, m'expliqua-t-il simplement en enfilant son maillot numéro 26. Du coup, je me suis dit que ce serait pas mal de la mettre en ligne. Ce n'est que sur Instagram, ne t'en fais pas.

— Ne pas… Ne pas m'en faire ? dis-je bien plus fort

que je ne l'aurais voulu. Je t'ai rendu un service qui devait rester secret, Junior ! Cette information a été relayée par les journaux à potins. Est-ce que tu te rends au moins compte de ce que tu as fait ?

Talina – à qui j'avais expliqué la situation – n'avait cessé de m'informer des répercussions de cette information. Ça me glaçait d'effroi, et d'autant plus que Junior semblait totalement à l'aise avec l'idée de mentir au monde entier et de me foutre dans cette merde.

J'étais ivre de colère.

— Ça ne veut rien dire, Gab. Ma belle-sœur est enceinte et elle est sur la photo. Les médias peuvent penser ce qu'ils veulent, je m'en fiche.

Je vis rouge.

— Tu l'as fait exprès ! Ne me dis pas le contraire, je sais que tu l'as fait exprès. On avait convenu que ça resterait sous silence, Junior. Tu me demandes de garder tes secrets, mais tu fais tout pour que je n'aie aucune envie de te respecter.

— Arrête d'en faire tout un cinéma. Ce n'est qu'une photo ! Tu veux que je la supprime ? Bien ! Regarde…

Il prit son téléphone, puis navigua avant de me montrer son écran.

— Tu vois ? Je l'ai supprimée. Plus de photo. Tu paniques pour rien.

— Le mal est déjà fait. Qu'est-ce que je vais dire aux autres ?

— Tu ne leur dis rien. Ça ne les regarde pas.

J'eus sincèrement envie de lui balancer le poing en plein visage.

Je sortis prestement des vestiaires et pris soin de fermer doucement la porte alors que ma seule envie était de la claquer de toutes mes forces.

Je n'avais pas encore eu de nouvelles de Kylian. Ce dernier n'était pas friand des potins, ni des sites qui relayaient ces informations, mais combien de temps me restait-il avant qu'il le découvre ? Et qu'il découvre par la même occasion que j'avais passé bien plus de cinq minutes en voiture avec McCoy ?

Je frottai mon visage en longeant les couloirs. Les joueurs n'étaient pas loin, dans une des salles avec le coach, pour la réunion d'avant-match. Quant à moi, je devrais déjà me trouver en salle de soins, avec Eddy.

Eddy… Bon sang !

Je traînai les pieds pour m'y rendre. Je croisai le staff médical qui était rattaché à l'équipe de Miami, que je saluai, avant d'entrer dans la salle qui m'était réservée.

Tout était déjà prêt. Les tables et le matériel étaient sortis, semblant attendre qu'on ait besoin d'eux. Même la liste des fournitures était déjà remplie.

Je croisai le regard de mon tuteur, appuyé contre l'évier, les bras croisés. Il m'observa, le regard vide, visiblement perdu dans ses pensées.

— Je suis désolée, lançai-je en soupirant.

Inutile de nier, il était au courant. Et la dernière chose que je souhaitais en cet instant était de me le mettre à dos.

Eddy sembla reprendre vie et secoua la tête.

— Je sais que ce n'est pas ta faute, Gaby.

Je me sentis soulagée par ses paroles, mais pas par la situation.

— Je n'aurais jamais dû accepter, repris-je, coupable. Je sais que c'est trop tard, mais il a effacé la photo.

— C'est trop tard effectivement. J'aurais dû me douter qu'il ne s'arrêterait pas là.

— Comment ça ?

Eddy soupira et se passa une main sur le visage.

— Il veut tellement que sa famille le voie comme le fils prodige que j'aurais dû me douter qu'il ne s'arrêterait pas à un simple repas.

Je m'appuyai contre une table de massage, sans savoir quoi faire.

— Je ne veux pas entrer dans cette histoire, ni mentir à qui que ce soit.

— C'est trop tard, Gaby.

Il n'était pas en colère, mais semblait sincèrement las.

— Qu'est-ce que je vais bien pouvoir dire à Kylian ? À ma famille ?

Il haussa les épaules.

— Je n'ai pas de réponse, c'est à toi de voir. Pour le moment, ce ne sont que des rumeurs, mais il faut qu'il les démente. Il m'a dit qu'il parlait de sa belle-sœur enceinte et non de toi, mais Junior ne fait jamais rien par hasard. Il voulait évidemment sous-entendre qu'il avait une relation sérieuse.

Et moi qui cherchais à fuir les médias, voilà que cet irresponsable me balançait dans leurs bras. Je détestais Junior.

— Est-ce que tu as vu Kylian ?

Eddy comprit où je voulais en venir et secoua la tête.

— Je ne peux pas te dire s'il est au courant ou non. Aux soins postentraînement, il avait son visage concentré comme d'habitude. Mais je crois que ça ne veut rien dire.

Je n'avais pas eu de message de sa part aujourd'hui et je n'avais pas osé lui en envoyer un par crainte de sa colère.

Qu'allais-je bien pouvoir lui dire ?

Bon sang… Je détestais vraiment Junior !

Les Monsters menèrent le jeu du début à la fin et l'emportèrent haut la main. Cependant, je ne ressentis aucune joie.

Tous les joueurs semblaient sur les nerfs, et ce n'était rien à côté de ce que je pouvais ressentir. Un poids s'était installé dans mon ventre, et j'avais beau essayer de penser à autre chose, je n'arrivais pas à le déloger.

J'étais obsédée par l'idée que Kylian découvre que je lui avais menti. Je ne savais pas comment je pourrais me défendre. Comment justifier d'être allée à un repas de famille avec un homme qui était censé m'horripiler et, pire encore, d'avoir rencontré sa famille et mangé avec eux comme une vraie petite amie ?

Pourquoi avais-je accepté de couvrir Junior alors qu'il ne pensait qu'à lui ?

Maintenant, c'était moi que je détestais.

Les joueurs se saluèrent, puis applaudirent le public qui les acclamait. Tout le monde commençait à s'éparpiller sur le terrain, et je sentis subitement que quelque chose tournait mal.

Je vis Junior lancer quelque chose que je n'entendis pas, car la musique empêchait toute possibilité d'écoute, mais cela ne sembla pas plaire à Kylian. Elijah voulut l'entraîner vers les vestiaires, mais il se braqua, regarda sombrement Junior, se dégagea brutalement et fonça. Il lui donna un coup d'épaule assez violent pour le faire tituber. Junior vit rouge et vint se poster devant Kylian, le provoquant ouvertement.

— Et merde ! grognai-je.

Elijah se plaça entre eux avec autorité, repoussa Junior et entraîna à nouveau Kylian vers les vestiaires.

Donc, vers moi.

Je tournai le dos au terrain et filai en salle de soins. Voyant mon état d'alerte, Eddy vint à la pêche aux informations.

— Je crois que Junior a délibérément provoqué Kylian, expliquai-je à toute vitesse. Je ne sais pas ce qu'il lui a dit mais… s'il lui a lâché la vérité… Et Kylian arrive. J'ai peur de l'affronter, Eddy.

— OK. File à l'hôtel, je vais appeler Stanley pour qu'il te remplace. Rappelle-toi que tu m'en dois une.

Il me fit un sourire rassurant mais, dans mon obsession de ne pas croiser Kylian, je fus dans l'incapacité de le lui rendre.

— Merci !

Je courus jusqu'à la salle des casiers où je récupérai mes affaires.

Je sursautai lorsque la porte s'ouvrit violemment.

Mon cœur dérapa et, posant une main sur ma poitrine, je fus mille fois soulagée de voir qu'il ne s'agissait que d'Aïssa.

— Je t'ai fait peur ? s'enquit-elle, amusée. Excuse-moi, ce n'était pas volontaire. Avec les filles et quelques membres de l'équipe on va fêter notre victoire, tu veux venir ?

Je fis non de la tête et récupérai rapidement mes affaires dans mon casier.

— Est-ce que tout va bien, Gaby ?

Sa voix douce et inquiète me remit les pieds sur terre.

— Oui, ça va, ne t'en fais pas. J'ai le tournis, je vais rentrer.

— Oh ! c'est pour ça que tu n'es pas en salle de soins ?

J'acquiesçai en me dirigeant vers la sortie.

— Je suis contente qu'avec mon frère ça semble sérieux, reprit-elle en ouvrant son propre casier. Il n'avait jamais publié une photo d'une de ses conquêtes sur son compte perso.

Nausée. Que répondre à ça ?

— D'accord…

Elle dut se satisfaire de ma réponse inutile, car elle poursuivit :

— J'espère que tu n'en veux pas à ma famille pour ce qui s'est passé. Mon père est ronchon, mais ça lui passera. Ma mère m'a dit de te dire que tu pouvais venir quand tu voulais.

Elle me fit un sourire bienveillant, puis m'embrassa sur la joue.

— Bonne soirée, Gaby !

Elle fila comme un courant d'air.

Je m'appuyai contre une rangée de casiers et fermai les yeux. Je me sentais extrêmement mal et regrettais infiniment d'avoir participé à cette mascarade. Il fallait que cela cesse. Et très rapidement…

Je rentrai en taxi, l'esprit totalement embrouillé en essayant de trouver ce que je pourrais dire à Kylian. J'imaginais le pire.

Il faisait extrêmement lourd dans les rues de Miami, et retrouver la fraîcheur de ma chambre d'hôtel me fit le plus grand bien, même si cela ne m'aida pas à remettre de l'ordre dans mes idées.

La confrontation n'était qu'une question de temps. Je refusais de mentir encore plus, mais je ne pouvais pas non plus trahir ma parole auprès de Junior, quand bien même lui se foutait royalement de la promesse qu'il m'avait faite. Hors de question de m'abaisser à ça, je valais mieux que lui.

Je faisais les cent pas entre la pièce principale et le petit balcon de ma chambre.

Mon cœur faillit lâcher lorsque des coups retentirent à la porte. L'idée de faire comme si je n'étais pas là me traversa immédiatement l'esprit, mais j'étais une adulte responsable, il me fallait assumer les conséquences de mes actes. La fuite n'était pas envisageable.

J'essuyai mes mains moites sur mon T-shirt et me résolus à aller ouvrir.

Je soupirai bruyamment en voyant non pas Kylian, mais Elijah. Je le fis entrer mais restai près de la porte, au cas où il faudrait s'enfuir rapidement…

— Je ne suis pas là pour te faire la morale, Gaby, ni pour connaître les détails… Enfin, si, un peu. Je suis surtout là pour te dire que tu as merdé.

— Je sais.

Il se leva et se mit lui aussi à faire les cent pas.

— Je ne peux pas rester longtemps, j'ai un rendez-vous. Mais merde enfin, Junior ?? Qu'est-ce qui te prend ? Tu sais très bien la rivalité qu'il y a en plus entre Kylian et lui.

Son regard coupa court à tous mes doutes et espoirs secrets. Kylian savait. Comment me sortir de là ?

— Il est donc au courant…

— En toute franchise, je ne sais pas, et hors de question que ce soit moi qui le lui apprenne. Mais, s'il ne le sait pas encore, ce n'est qu'une question de temps. Il était tout à fait normal avant que Junior lui lance une remarque sur toi, qui l'a remonté à bloc, tout à l'heure.

Je haussai les sourcils, soudain remplie à nouveau d'espoir. Peut-être pourrais-je finalement lui en parler avant qu'il l'apprenne par un autre intermédiaire ?

— Enfin bon, j'en ai marre, moi, de vos histoires. Je dois

filer, je suis venu pour te dire que j'ai ramené Kylian dans sa chambre. Merde ! Je joue même à la nounou avec vous. J'ai pas signé pour ça.

Voyant qu'il n'y avait aucune méchanceté dans ses paroles, je me permis de sourire.

— Je suis désolée.

Il balaya mes propos d'un petit geste de la main et me regarda gravement.

— Fais attention avec Junior. Je ne sais pas ce qui t'a poussée à te rendre dans sa famille, mais sache qu'il a toujours une idée derrière la tête. Peut-être que ce n'est que pour emmerder Kylian, ce qui ne m'étonnerait pas, mais crois-moi : il ne fait jamais rien sans arrière-pensées et toujours dans son unique intérêt. Alors, reste sur tes gardes, d'accord ?

J'acquiesçai, puis me serrai contre lui lorsqu'il me tendit les bras.

— Merci, Elijah.

— Je n'ai rien fait, si ce n'est donner les informations que j'avais à une amie.

— Merci de ne pas m'avoir jugée.

Il s'esclaffa.

— J'ai été tenté ! Mais je te connais, tu as sûrement des raisons qui te sont propres. Tout ce que je souhaite, c'est que tu sois complètement lucide sur la direction dans laquelle tu vas.

J'acquiesçai sans plus m'étendre. Répondre : « Oui, je le savais » n'était pas vraiment juste. Je ne mesurais pas encore l'ampleur des conséquences de l'égoïsme de Junior.

— Allez, dit-il en s'éloignant à reculons. J'ai une victoire à célébrer ! Bonne soirée, Gab.

— Bonne soirée à toi aussi, et félicitations !

Il gonfla son biceps, puis me tourna le dos.

Je m'affalai sur le lit en soupirant. Il allait falloir affronter Kylian. Qu'allais-je bien pouvoir lui dire ?

Je pris mon téléphone, hésitant à l'appeler ou à lui envoyer un message. Mais je me ravisai vite. Les explications au téléphone, ce n'était pas ce qu'il y avait de mieux. Je m'allongeai sur le dos et fixai le plafond, la seule frontière qui nous séparait.

Une petite bourrasque chaude me caressa le bras. J'avais totalement oublié de fermer la fenêtre pour garder la fraîcheur.

Je me tournai vers le balcon et me figeai.

Une personne s'y trouvait.

Je me retins de hurler lorsque je la vis franchir la porte-fenêtre de ma chambre.

Je fus partagée entre attaque de panique et soulagement immense lorsque je le reconnus.

Kylian était là.

Dans ma chambre.

Et, à en juger par la noirceur de son regard et la dureté de son expression, je n'eus plus ni doute ni espoir.

Il était au courant.

21

— Tu viens vraiment de passer par le balcon ? m'exclamai-je, complètement paniquée.

— Peu importe comment j'ai fait.

— Est-ce que tu te rends compte à quelle hauteur nous sommes ? Tu aurais pu te faire mal, ou pire : tomber !

Son visage affichait un masque impassible. Il ne tiqua même pas face à mes propos, alors qu'imaginer le pire me glaçait le sang.

Il referma les portes, permettant à la climatisation de se réactiver, puis se tourna vers moi, les sourcils froncés.

Je savais que je devais dire quelque chose, mais je n'arrivais pas à mettre de l'ordre dans mon esprit, alors je dis la première chose qui me vint :

— Je suis désolée, Kylian.

Il se referma encore plus.

Je savais que c'était idiot de s'excuser, mais la simple idée de l'avoir blessé m'anéantissait.

— Tu m'as menti, lâcha-t-il durement.

J'avais anticipé cette phrase, mais n'avais pas trouvé d'excuse qui tiendrait la route sans m'embrouiller moi-même dans mon explication.

J'optai pour la franchise.

— Oui, je t'ai menti.

— Pourquoi ?

— Parce que je sais que tu n'apprécies pas Junior.

Alors, seulement, il éclata :

— On s'en fout de qui j'apprécie ou non ! C'est d'être franche que je te demande ! Si tu peux me mentir sur un détail ridicule avec autant de facilité, sur quoi d'autre encore me mens-tu ?

Je sentis la contrariété monter en moi. Je me savais en tort, mais je trouvais ça injuste.

— Je ne te mens sur rien d'autre. Je ne voulais pas que tu imagines des choses infondées, rien de plus !

— Et la bague en fin de publication, c'est aussi mon imagination ?

— Mais tu connais Junior, Kylian. Il est dans l'excès. Tu penses vraiment que je veux me fiancer à lui ?

— Je pensais que même passer du temps avec lui était insupportable pour toi !

— Tu sais parfaitement que je me fous de Junior.

— Alors pourquoi avoir été rencontrer sa famille ?

Je fermai les yeux et pris une grande inspiration.

— Je ne sais pas ce que tu imagines, mais ce n'était rien qu'un simple repas.

Il resta silencieux un moment sans me quitter du regard. Il cherchait à se canaliser alors qu'il bouillonnait intérieurement. Je voyais ses poings serrés et sa mâchoire qui se contractait bien trop rapidement.

Je ne disais rien non plus, attendant une réaction ou un mot de sa part.

Il finit par reprendre d'une voix calme, qui détonnait avec la tempête qui faisait rage dans son regard :

— Je me dois de te poser la question : est-ce que tu ressens quelque chose pour lui ?

Je restai décontenancée un instant, avant de retrouver l'usage de la parole.

— Pas du tout ! Je ne t'ai pas menti sur le fait qu'il m'agace. Ça, c'est vrai.

— Est-ce que tu te rends compte de ce que j'ai pu me dire ? Parce que c'est évidemment la première chose qui m'est venue à l'esprit, Gaby. Que si tu me cachais ce rendez-vous, c'est parce qu'il y avait plus que ce que tu laissais entendre.

— Il n'y a rien entre lui et moi. Ce n'était qu'un service rendu, rien de plus.

Je soupirai en me rendant compte que j'en avais dit bien plus que je n'aurais dû. Mes paroles ne tombèrent pas dans l'oreille d'un sourd.

— Quel service ?

— Un service, rien de plus. Ne cherche pas à comprendre, s'il te plaît.

Il fronça les sourcils et se rapprocha de moi, visiblement dans l'incompréhension.

— Tu partages des secrets avec lui, maintenant ?

Son ton rempli de reproches me raidit. Je n'avais pas la même maîtrise de moi que lui et ne me gênai pas pour lui faire savoir que ses insinuations ne me plaisaient pas du tout.

— Ne me parle pas de secrets, Kylian, parce que tu es le premier à en faire !

— J'aurais dû me douter que tu m'enverrais ça en plein visage. Mais la différence entre tes secrets et les miens, c'est que, moi, je le fais pour te protéger !

Le ton montait doucement, comme s'il avait attendu que je m'énerve pour le faire également.

— Me protéger ? Comment ? En me larguant à l'aéroport ? En me brisant le cœur à cause de ce secret ? Sans même me donner d'explications ! Me protéger de quoi au juste ? Tout ce que tu fais, c'est me tenir à l'écart de ta vie.

— Parce que tu penses que c'était une partie de plaisir de te laisser partir sans moi ? Je n'avais pas le choix, Gaby. La différence se trouve là : toi, tu as le choix. Et tu as choisi de me mentir et d'aller jouer la parfaite petite amie avec un homme qui te voit comme un bout de viande !

— C'est faux ! Tu ne connais que la surface de sa personnalité. Il n'est pas comme tu le crois.

Il se passa une main sur la bouche, comme pour retenir une flopée de jurons, puis reprit son calme, mais j'entendais sa voix trembler de rage.

— Ne. Le. Défends. Pas.

Pour la première fois de ma vie, je me retins de parler et réfléchis avant d'ouvrir la bouche.

Bon, d'accord, défendre Junior n'était pas vraiment conseillé en tant de guerre. Mais je n'avais fait que dire la vérité…

Je comprenais néanmoins sa colère, j'aurais été furieuse si j'avais découvert qu'il m'avait menti.

Sauf que lui aussi l'avait fait.

— C'est injuste de ta part de me faire tous ces reproches, repris-je calmement, sans davantage de colère dans la voix. Je ne t'en veux pas de me cacher des choses, même si j'ai dit le contraire. Mais tu m'as demandé de te faire confiance, Kylian. Et c'est ce que je fais. Je te demande de me faire confiance aussi.

Il me lança un regard mauvais qui m'indiqua qu'il n'était pas du tout convaincu. Je me rapprochai de lui pour tenter d'enterrer la hache de guerre.

Je repris alors encore plus calmement :

— Il n'y a absolument rien entre Junior et moi. Encore une fois : je suis désolée de t'avoir menti, je n'aurais pas dû. Si je le pouvais, je te dirais tout, mais cela ne me regarde pas. Ce n'est pas à moi de te révéler ses secrets. Et ça ne te regarde pas non plus…

Mes dernières paroles ne lui plurent pas. Mais ce n'était pas négociable. Une partie de moi était secrètement satisfaite de lui renvoyer ses propres paroles sur la confiance, et l'autre détestait devoir lui cacher des choses.

— Tu m'énerves, dit-il d'un ton plus doux mais toujours contrarié.

Je souris en haussant les épaules.

— Parce que tu crois que tu m'amuses ?

Il fronça les sourcils, prêt pour mener une nouvelle bataille.

C'était sûrement encore un peu trop tôt pour être sarcastique…

— Ne me pousse pas à bout, Gaby.

Il s'assit sur le lit sans se départir de cette expression boudeuse que je voulais voir disparaître. Je m'approchai de lui, le sourire aux lèvres.

— Tu sais parfaitement que je fais toujours tout le contraire de ce qu'on m'ordonne.

Il me foudroya du regard.

— Je suis sérieux.

Malgré sa colère, il passa naturellement les mains derrière mes genoux, les caressant distraitement. C'était pour moi une petite victoire. Même la tempête dans son regard sembla s'apaiser.

— Moi aussi, répondis-je doucement.

Il resta un moment à me regarder dans les yeux. Je vis resurgir peu à peu sa douceur, puis il secoua la tête, comme s'il se rendait compte qu'il était en train de se laisser amadouer.

Il détourna le regard et se leva, marchant un moment, avant de revenir vers moi et de me faire reculer doucement. Il avait apparemment encore des choses à me dire.

— Je ne veux pas qu'il pose les mains sur toi et je déteste te voir avec un autre. L'idée même qu'il puisse te toucher…

Bloquée contre le mur, je ne pus rien faire d'autre que poser le doigt sur ses lèvres pour lui intimer le silence.

— Ça n'arrivera pas, chuchotai-je.

— J'en deviendrais fou, Gaby.

— Ça n'arrivera jamais, répétai-je pour le rassurer.

La tempête d'émotions qui faisait rage dans ses yeux se transforma en quelque chose de plus profond. Entre la peur et l'amour infini.

— Comment je pourrais te faire comprendre que je ne

veux personne d'autre que toi ? demandai-je en caressant son cou.

— Je sais que la situation que je nous impose est insupportable. Mais ce soir, quand McCoy m'a dit qu'il réussirait à t'avoir et qu'ensuite j'ai vu cette photo sur Internet… J'ai tout simplement pété un câble.

— Junior ne cherche qu'à te provoquer.

— Peut-être… Mais comme on ne peut être ensemble au grand jour à cause de moi… Je me suis dit que ça y était, tu t'étais lassée.

Je souris, savourant ses mots qui réparaient mon cœur. Je me mis sur la pointe des pieds et l'embrassai sans cesser de le regarder, en guettant sa réaction.

Était-ce le bon moment ? Il n'était visiblement plus en colère, mais toujours contrarié que je lui aie menti et pas très entreprenant. Néanmoins, il finit par céder et lâcher prise au bout de plusieurs secondes, prenant les commandes de notre baiser.

Il se redressa de toute sa hauteur et me souleva dans ses bras, avant de me déposer sur le lit sans grande douceur.

En même temps… Il sortait d'un gros match. Avoir usé de ses muscles pendant autant de temps l'avait sûrement privé de sa force.

Le voir debout, face à moi, ne se départant pas de son air sombre m'inquiéta, et je me demandai s'il n'allait pas tout simplement quitter cette chambre sans plus de cérémonie. Mais son expression changea doucement. Quelque chose de primitif enflamma son regard… Que je connaissais par cœur.

Toujours debout, il retira son T-shirt qu'il jeta au pied du lit. Je reculai et m'installai plus confortablement, prête à l'accueillir.

Lorsque Kylian me rejoignit et qu'il m'embrassa, c'en était presque possessif, sans douceur. Comme s'il voulait se prouver à lui-même, ou à moi, que personne d'autre n'avait le droit de me toucher. Ses mains n'exploraient pas les zones que j'aurais souhaité.

Mon corps s'échauffa réellement lorsqu'il s'attaqua enfin à ma poitrine. Me trouvant trop habillée, je me débattis pour réussir à enlever mon débardeur, chose qui ne fut pas très aisée et qui me demanda l'effort de mes abdos inexistants. Cela fit rire Kylian. Il m'aida finalement, le regard moqueur, et m'enleva volontairement mon pantalon très lentement, ce qui me frustra énormément.

Lorsqu'il revint sur moi, il reprit rapidement possession de mes lèvres, tandis que ses mains parcouraient mon corps, attrapant ma chair fermement sans toutefois me faire mal.

Comme s'il voulait me marquer.

C'était même sûrement ce qu'il souhaitait faire.

Alors, je lui rendis la pareille. Je lui mordis le lobe de l'oreille et lui plantai les ongles dans le dos, ce qui ne sembla pas l'arrêter, bien au contraire.

Comme un encouragement à aller plus loin, il fit courir les lèvres jusqu'à mon pubis, me mordillant à plusieurs endroits au passage, puis me retira mon sous-vêtement tout en plantant le regard dans le mien.

Il n'y avait pas plus excitant.

Je me sentis pourtant bien trop nue, et il dut s'en rendre compte, car il défit le cordon de son jogging et retira tout son bas d'un seul tenant.

Les choses sérieuses pouvaient commencer.

Il vint se placer à mes côtés et reprit ses caresses, sans cesser d'observer la moindre de mes réactions qui étaient de plus en plus dures à cacher.

Kylian savait comment me toucher. Il avait déjà passé des heures à chercher ce qui me plaisait et ce qui m'excitait. C'était donc un jeu d'enfant aujourd'hui pour lui, mais cela ne semblait pas lui suffire.

Je tentai de l'embrasser, mais il recula, l'air très sérieux.

— Dis-moi que ton cœur m'appartient, chuchota-t-il avec une sorte de besoin impérieux de me l'entendre dire.

— Tu sais parfaitement que c'est le cas.

Il acquiesça, comme rassuré, et m'embrassa.

Alors seulement il se détendit et fut doux. Il m'emporta jusqu'au bord de l'extase, avant de s'arrêter et de m'embrasser longuement.

À l'aveuglette, j'étirai le bras jusqu'à la table de chevet où je pris rapidement une protection.

Il sourit tout contre mes lèvres, un brasier sombre dansant dans ses prunelles noisette.

— Retourne-toi.

Je haussai un sourcil, mais m'exécutai.

Il me fit redécouvrir les zones érogènes de mon dos et, quand ses lèvres entrèrent en contact avec mes fesses, ce fut tout juste si je ne me liquéfiai pas.

Il posa son membre tendu sur mes fesses, puis releva mon bassin avant de me posséder.

Au contraire de ses caresses, il ne me fit pas du tout l'amour en douceur. C'était brutal.

Comme s'il déchargeait toute la colère et toute la frustration qu'il avait ressenties.

Comme s'il me punissait de lui avoir menti.

Je devrais lui mentir plus souvent, bordel fut la seule pensée rationnelle que je réussis à avoir.

La réconciliation sur l'oreiller de cette nuit-là fut la meilleure partie de jambes en l'air de ma vie. Kylian ne s'arrêta qu'un peu avant l'aube, et on s'effondra de fatigue.

Je m'endormis instantanément, sans plus aucune force dans le corps et encore moins dans les jambes.

Il faisait une chaleur torride à l'extérieur, mais la clim nous offrait une certaine fraîcheur et me permit de me lover dans ses bras protecteurs et douillets.

Le soleil me réveilla doucement.

J'avais l'habitude de tirer les épais rideaux pour ne pas être éblouie, mais avec ce qui s'était passé la veille… Disons que ça avait été le dernier de mes soucis. Je me retournai pour essayer de me rendormir, mais le vide que je trouvai à mes côtés me réveilla fermement.

J'ouvris les yeux et m'assis sur le lit, mais aucune trace de Kylian dans la chambre. La déception m'envahit.

Je me laissai retomber et soupirai. Aujourd'hui était un jour d'après-match. Autrement dit, un jour de repos. Il arrivait que parfois il y ait des conférences de presse, ou encore des activités avec certaines associations pour leurs partenariats, mais c'était très rare le lendemain d'un match.

J'espérais vraiment que Kylian ne m'en voulait plus. Qu'il ne s'était pas réveillé en se rappelant mon mensonge et qu'il n'avait pas décidé de se fermer encore plus.

J'essayai de penser à autre chose et m'étirai. Mon corps protesta de douleur. Que c'était bon de connaître à nouveau ces sensations. Cela faisait une éternité que je n'avais pas retrouvé Kylian ainsi.

Si seulement je pouvais l'avoir entièrement. Au grand jour… Tout serait tellement plus simple.

Je fis encore l'étoile pendant un long moment, gardant simplement un drap fin sur mon corps… On ne sait jamais !

Quand la porte s'ouvrit, je me redressai brusquement et m'enroulai dans le drap.

— Ce n'est que moi, se moqua Kylian en entrant.

Il referma la porte d'un léger coup de pied et vint s'asseoir sur le lit où il déposa un sachet portant le nom de l'hôtel.

En me voyant faire la grimace, il sourit.

— Je sais que tu ne manges pas le matin. Ces pâtisseries sont pour moi. Je t'ai pris un café.

Je retrouvai le sourire et acceptai son offrande.

Le contemplant d'un œil gourmand, j'envisageai de le kidnapper dans ma chambre pour le reste de la journée. Mais je réalisai que cela risquait d'être compromis.

— Tu t'es changé, constatai-je en buvant doucement pour ne pas me brûler.

— Oui. Les filles vont faire un show dans une maison de retraite, aujourd'hui. Je dois m'y rendre.

— Une maison de retraite ?

Il sourit et acquiesça.

— Oui. Il n'y a pas d'âge pour les fantasmes.

J'attrapai doucement son T-shirt, puis haussai un sourcil.

— En parlant de fantasme…

Il recula d'un bond et éclata de rire.

— Je n'ai pas le temps pour ça !

— Même pas cinq minutes ?

— À peine, mais hors de question de te faire l'amour comme ça. Je prendrai toujours mon temps, et ce même si le désir me consume…

Il se pencha sur le lit et rapprocha les lèvres des miennes, sans toutefois me toucher.

— … Je ne veux pas profiter de ce joli corps uniquement pour cinq minutes. Il me faut une autre nuit pour te montrer que je suis le meilleur.

— Ah oui ? Quand ça ?

— Bientôt, Gaby. Très bientôt. Je te montrerai que j'ai toujours raison.

Je souris, et il clôtura la conversation en m'embrassant pour de bon.

Il avait intérêt à tenir sa promesse.

Je fis mes valises dans la soirée. Le lendemain, toute l'équipe s'envolait pour La Nouvelle-Orléans. Je préférais m'y prendre à l'avance et faire ensuite dix fois le tour de la chambre, pour m'assurer que je n'avais rien oublié.

Je m'étais accordé une journée de balade pour profiter une dernière fois de cette ville fantastique qu'était Miami et acheter des souvenirs pour ma famille, qui me manquait atrocement.

Sur la table de chevet, mon téléphone vibra. Je souris

en me demandant ce qu'allait encore me raconter Kylian. Il n'avait pas arrêté de la journée.

Quand ce n'était pas pour se plaindre qu'une vieille dame lui avait pincé les fesses ou quelque chose du même genre, il m'avait envoyé des vidéos, et même des mots doux – parfois sexy. J'attendais chacun de ses messages avec impatience.

Aussi fus-je déçue en découvrant que le texto venait de Talina.

Elle se plaisait dans le monde de la mode et me racontait chacune de ses expériences, sans parler de ses portefeuilles… Elle était aux anges et moi aussi de la voir épanouie.

Mais ce soir, j'aurais souhaité ne jamais recevoir son message.

J'ai un petit contrat à La Nouvelle-Orléans. On va donc se voir très prochainement ! !

Mais je dois aussi te dire que ta maléfique belle-mère se trouve à Chicago. Ce n'est plus une supposition. Je l'ai croisée, et elle m'a demandé de te saluer…

Misère. Le retour aux hostilités était annoncé.

22

La Nouvelle-Orléans. Le berceau du jazz.

Je n'étais pas vraiment fan de ce genre de musique mais, en arpentant les rues avec Elijah et Stanley le soir de notre arrivée, je ne pus qu'être envoûtée par la mélodie ambiante. La période de Noël renforçait clairement le charme des rues, avec des illuminations éblouissantes et magnifiques. C'était dans un mois déjà, mais mon cerveau n'arrivait pas à assimiler cette information, d'autant que les températures étaient encore très douces.

Mais la bonne nouvelle, c'était que cette période serait celle de mon retour en France. Des vacances. Et surtout : ma famille !

Le boulot redémarra dès le lendemain de notre arrivée, et je regrettai vivement d'être sortie avec les gars lorsque mon réveil sonna. Mais, le devoir m'appelant, je m'étais retrouvée à 8 heures au centre médical agréé par la League, où les joueurs passaient des tests d'effort et subissaient des prises de sang.

La matinée fut longue, d'autant plus que je ne comprenais pas vraiment en quoi ma présence était nécessaire. Je ne fis que remplir de la paperasse… À bien y réfléchir, c'était exactement pour cette raison qu'Eddy m'avait conviée à ce rendez-vous : pour que je le décharge de ce fardeau dont il avait horreur. Ce dernier semblait sur les nerfs, parlait très peu et ignora royalement Junior, alors qu'habituellement ils étaient toujours ensemble et se vannaient à longueur de temps. Le silence gênant donna à cette matinée une ambiance compacte et anormale.

Nous ne rentrâmes à l'hôtel qu'en début d'après-midi.

Sur le chemin, Eddy m'ignora aussi. J'avais pensé que sa mauvaise humeur pouvait être due au rythme lourd des déplacements. Mais cela persistait et ne lui ressemblait vraiment pas. Alors j'osai enfin lui demander :

— Qu'est-ce qui se passe ?

Il haussa un sourcil en me lançant un regard surpris.

— Tu sais bien…

Je fronçai les sourcils, sans comprendre.

— Non, pas vraiment.

Il m'entraîna un peu plus loin vers le hall, à l'abri des oreilles indiscrètes.

— Junior a recommencé.

Je me tendis et reculai d'un pas.

— Qu'est-ce qu'il a recommencé ?

Eddy soupira, puis s'appuya contre le mur en secouant la tête.

— Tu n'es donc pas au courant… Il a soi-disant involontairement parlé de votre relation à quelqu'un qui aurait vendu la mèche à des journalistes.

— QUOI ? Qu'est-ce qu'il a dit ?

Son regard grave me stressa au plus haut point.

— Il a glissé qu'il se pourrait qu'il soit à présent casé et que ce soit du sérieux. Qu'il avait probablement l'intention de se fiancer. Avec toi.

Je retins un hurlement de rage et me précipitai vers les ascenseurs en appuyant sur le bouton comme une dératée.

— Il faut que ce petit jeu cesse, grognai-je quand Eddy me rejoignit.

— C'est ce que je lui ai dit, mais il m'a assuré que ce n'était pas méchant et qu'il n'y aurait pas de répercussions.

— Et tu le crois ?

— Absolument pas.

J'acquiesçai en montant dans l'ascenseur.

— Je te laisse essayer de le raisonner. Moi, il refuse de m'écouter.

Son expression me laissa voir une part de sa blessure, profonde.

— À plus tard, me dit-il en s'éloignant quand les portes se refermèrent.

En arrivant à l'étage de Junior, je tombai sur M. Hanks qui m'interpella :

— Comment votre stage se déroule ?

— Très bien, merci.

Il se caressa la joue, et je vis passer une étrange lueur dans son regard. Je sentis que cette conversation allait prendre une drôle de tournure.

Mon intuition ne tarda pas à se confirmer.

— Votre présence devait m'aider à convaincre Kylian de rejoindre les Monsters, ce qui est chose faite, et je vous remercie. Mais ne me prenez pas pour un idiot. Je suis conscient que les tensions sur le terrain ont un rapport avec vous. Tâchez de régler ces histoires et de ne pas me faire regretter de vous avoir offert ce poste. McCoy fait beaucoup de bruit, ce qui est un avantage pour l'équipe, mais Foster a du mal à gérer la situation, et ça c'est mauvais. Je ne peux pas revenir sur les termes de votre contrat, mais nous pouvons très bien ne pas le renouveler. Et pensez à votre réputation, mademoiselle Ferry. Un faux pas mettrait un gros coup à votre carrière. Je vous souhaite une bonne journée.

Il partit sans me laisser de droit de réponse.

Je restai figée dans le couloir avec une énorme boule au ventre. Comment lui expliquer que ce qui se passait était indépendant de ma volonté ?

J'adorais mon travail, et il était vrai que je n'avais pas en premier lieu imaginé travailler avec des sportifs. Mais, face à la menace, il m'apparaissait aujourd'hui comme une évidence que c'était ce que je voulais faire.

Il fallait que le petit jeu de Junior cesse pour de bon.

Je me dirigeai vers sa chambre d'un pas vif et déterminé, et tambourinai à la porte.

Lorsque Junior m'ouvrit, j'entrai dans sa chambre en le poussant au passage.

— Laisse-moi en dehors de tes histoires, Junior. Est-ce que tu te rends compte de la position dans laquelle tu me mets ?

Il posa la main sur ma bouche pour me faire taire, puis me poussa vers le fond de sa chambre, où je vis Kylian, debout, les bras croisés, appuyé contre la fenêtre.

Je dégageai la main de Junior et me précipitai vers Kylian, avant de piler à mi-chemin en réalisant qu'il n'avait rien à faire ici.

— Qu'est-ce qui se passe ? m'enquis-je en regardant les deux hommes.

— Kylian est là pour les mêmes raisons que toi, m'expliqua Junior en se prenant un verre de je ne sais quoi dans le petit bar au fond de la pièce.

En le regardant de plus près, je vis que sa lèvre était fendue. Je jetai un œil vers Kylian qui semblait prêt à tuer à la moindre parole déplacée. Je compris qu'une altercation venait d'avoir lieu. Peut-être était-ce la raison pour laquelle M. Hanks m'avait mise en garde…

Junior nous proposa un verre que nous déclinâmes tous les deux. En silence, je m'assis sur le sofa, tandis que Kylian restait debout et que Junior s'installait sur une des deux chaises placées autour de sa petite table ronde.

Je me rendais compte à présent qu'il avait une chambre bien plus grande que ne le permettait le budget de l'équipe.

Ce type me sortait par les yeux. Il ne savait donc pas se satisfaire du nécessaire ?

— Qu'est-ce que vous voulez que je vous dise à tous les deux ? s'enquit Junior en passant la langue sur sa lèvre fendue. Que je suis désolé ? Ce serait mentir, alors je ne le ferai pas.

Kylian prit une longue inspiration et décroisa les bras, comme s'il était prêt à ouvrir les hostilités. Enfin, à les rouvrir, si ma déduction à la vue de la blessure de Junior était la bonne.

— Pourquoi avoir balancé cette fausse information ? demandai-je, sur les nerfs.

Il haussa les épaules et me sourit.

— Parce que ça fait parler. Si j'avais su, je l'aurais fait depuis longtemps. Les déboires amoureux, c'est bien, mais un mariage en projet, c'est encore mieux.

— Moi vivant, tu ne te marieras pas avec elle, dit Kylian sur le ton de la mise en garde.

— J'ai accepté de venir à ce repas avec toi, ajoutai-je, mais il est hors de question que j'entre dans tes manigances et que ça aille plus loin. Il faut que ça cesse, Junior. Tu sais parfaitement que je ne veux pas être avec toi…

Je flirtais avec la vérité, pour lui faire comprendre que je n'hésiterais pas à tout raconter s'il continuait à se comporter ainsi.

— … Et toi non plus tu ne le veux pas.

Il me lança un regard d'avertissement. Je haussai les sourcils pour signifier qu'il ne m'intimidait pas et que j'étais sérieuse. Bien sûr, je ne révélerais pas son secret, parce que ce n'était pas à moi d'en parler, malgré tout, la position dans laquelle il me mettait était insupportable et, s'il fallait en passer par la menace pour qu'il arrête, je n'hésiterais plus.

— Je le sais parfaitement, soupira finalement Junior en s'adossant à sa chaise. Mais apparemment, Kylian ne peut pas être avec toi, Gab. Votre relation ne doit pas être révélée.

Il tourna le regard vers l'intéressé qui semblait sur le point de lui sauter à la gorge. Cela n'arrêta cependant pas McCoy.

— Je t'ai entendu parler avec Elijah dans les vestiaires, mec. Manque de chance pour vous, vous n'avez pas vu que vous n'étiez pas seuls.

— La ferme, grogna Kylian.

— Eh ouais, mon pote. Cette information n'est pas tombée dans l'oreille d'un sourd.

— Quelle information ? demandai-je, tendue, les oreilles grandes ouvertes.

Junior tourna le visage dans ma direction et haussa les épaules.

— Je sais juste qu'il ne faut pas qu'on sache pour votre relation, sinon des choses risquent d'être mises au grand jour. Des choses qui feront qu'il te perdra pour de bon.

— Elle le sait parfaitement, ajouta Kylian. Ne pense pas que tu lui apprends quelque chose. Nous avons déjà eu cette conversation.

Ce n'était pas pour autant que ma frustration disparut. Entendre de la part d'une tierce personne qu'une épée de Damoclès était suspendue au-dessus de notre couple rendait cette possibilité bien trop réelle.

Je lançai un regard à Kylian qui prit une grande inspiration, comme pour se contrôler. Quant à Junior, il me dévisageait sans comprendre.

— Tu le savais ? me demanda-t-il, sincèrement surpris.

Un sourire se dessina sur le visage de Kylian. C'était mesquin, mais j'étais moi aussi contente de voir Junior décontenancé, alors que son intention était clairement de créer des tensions entre nous.

— Oui, je suis au courant. Où veux-tu en venir ?

Junior alla se resservir un verre, comme si cela l'aidait à réfléchir, avant de nous pointer du doigt tour à tour, Kylian et moi.

— On peut y trouver notre compte, tous les trois.

— N'y pense même pas, lâcha Kylian en croisant les bras.

— Je suis d'accord avec lui, appuyai-je en prenant la même position.

Junior me lança un regard mauvais et rigola cyniquement.

— Comme si tu allais aller à l'encontre des choix de Foster… Mais je vais vous dire pourquoi ce serait une bonne idée. Kylian, tu ne veux pas que ta relation avec Gab soit découverte pour une raison que nous ignorons. Si on fait croire que Gab et moi entretenons une relation sérieuse, on te foutra la paix, et ça te laissera le temps de régler tes problèmes. Et toi, Gab, tu pourras voir ton bien-aimé quand tu le souhaiteras. Je vous couvrirai.

Il me fit un large sourire, se moquant ouvertement de moi. J'eus envie de lui faire ravaler ses paroles et son sourire.

— Qu'est-ce que tu en tireras, toi ? m'enquis-je, méfiante.

— La fierté de mes parents.

Je fronçai les sourcils et, en l'observant attentivement, je compris soudain qu'il avait dû se passer quelque chose pour qu'il essaye d'aller aussi loin.

— Ça ne me plaît pas, grogna Kylian en venant se placer à mes côtés. Je n'ai aucune confiance en toi.

Junior sourit, comme s'il avait encore une carte dans son jeu, ce qui était sûrement le cas.

Il l'abattit alors.

— Tu as dit à Elijah que ta mère n'était pas seule à manigancer contre vous deux. Qu'elle savait que vous vous fréquentiez toujours sans en avoir la confirmation à cent pour cent. Si tu ne veux vraiment pas que tout éclate comme tu le crains… Ma proposition est la meilleure des solutions.

Kylian passa un bras autour de ma taille et me serra doucement. Il ne répondit rien, réfléchissant sûrement aux paroles de Junior.

Je ne posai aucune question, alors que j'en avais des tonnes, préférant ne rien dire devant Junior.

Je m'adressai directement à ce dernier.

— Est-ce que tu te rends compte du mensonge dans lequel tu nous entraînes ?

Il haussa les épaules, comme si cela lui importait peu.

— Sache que tu pourrais toucher de gros billets grâce à ce mensonge.

— Je me fous de l'argent, contrai-je.

— Dans tous les cas, les histoires amoureuses des stars, ça fait vendre le papier. Arrivera un jour… Disons, quand Foster aura réglé votre problème, on découvrira que je t'ai trompée, et toi tu me quitteras. Fin de l'histoire.

Je ris nerveusement en secouant la tête.

— Mais bien sûr. Je suis avec Kylian, et ensuite avec toi, pour ensuite quoi ? Retourner avec mon premier amour ?

— C'est une excellente histoire !

Pouvais-je l'envoyer sur la lune ? Saturne ? Pluton ?

Je détestais sa nonchalance.

— La dernière chose que je veux, continuai-je, c'est me retrouver sur le devant de la scène avec les médias et tout le reste. Je ne veux pas de ce genre de vie. Or, c'est exactement ce que tu proposes.

— On peut amortir ce genre de risque : j'occuperai la première place, ne t'en fais pas.

Je me tournai vers Kylian, espérant un peu de soutien, mais ce dernier me regarda, pensif.

— Tu es sérieusement en train d'y réfléchir ?

Kylian secoua la tête et me fit pivoter en parlant en français.

— Je déteste rien que l'idée. Malgré tout, il n'a peut-être pas tort…

— Je ne comprends rien, les gars, grogna Junior. Ce n'est pas fair-play du tout.

Je l'ignorai en continuant dans notre langue maternelle.

— Ne parle pas de Junior en disant qu'il a raison. Rien de bon ne pourra sortir de ta bouche ensuite.

Je vis que ce qu'il comptait dire lui coûtait énormément.

— Réfléchis, Gaby. Te montrer avec lui écarterait toute idée que nous sommes ensemble, toi et moi. Ça me tue de le dire, mais son idée n'est pas si mauvaise. Ça me permettrait d'avoir le temps de désamorcer la bombe qui pourrait nous exploser à la figure d'ici peu.

— Quelle bombe ? S'il te plaît, dis-moi à quoi je dois m'attendre.

Il me fit un sourire triste et m'embrassa sur le front.

— Je préfère encore te voir avec un autre dans une fausse relation que de te perdre pour de bon.

— Donc, tu enterres la hache de guerre avec lui, et je joue à la parfaite petite copine ?

À quel moment les rôles s'étaient-ils inversés ?

Cela me parut irréel.

— Je te promets que ça ne durera pas longtemps.

— Tu es sûr de toi ?

Ce qu'il me répondit ne me rassura pas.

— Je l'espère, oui.

— Donc tu es prêt à me voir dans les médias au bras d'un autre ?

— Non, loin de là.

— Je ne le souhaite pas non plus. Je ne veux rien de tout ça.

Il acquiesça et me serra brièvement dans ses bras, avant de se tourner vers Junior.

— Tu dois me jurer que tu ne la toucheras jamais. Que tu n'essayeras rien avec elle. Et je peux t'assurer que, si tu en profites, je me chargerai personnellement de te faire disparaître.

Junior eut un sourire victorieux, comme si Kylian ne l'avait jamais menacé, tandis que c'était la partie qui m'inquiétait le plus. Kylian semblait terriblement sincère. Mais Junior était serein, justement parce qu'il n'y avait aucun risque qu'il tente quoi que ce soit avec moi.

Mais il restait imprévisible… Je l'avais assez bien cerné pour savoir qu'il n'hésiterait pas à faire enrager Kylian juste pour le plaisir.

— Je te le jure.

Je fixai la moquette impeccable en me demandant pourquoi les choses m'échappaient autant. Je pouvais toujours refuser et ne pas jouer le jeu, c'était certain, mais je n'avais aucune envie que cette bombe nous explose au visage.

Les deux hommes continuèrent de discuter. L'un calme et joyeux, l'autre menaçant et sur les nerfs.

Tout ça, sans que j'aie encore donné mon accord.

Pourtant, c'était la suite logique. Bien sûr, je n'avais pas envie que quelque chose me sépare de Kylian, et il n'avait pas tort en disant que Junior nous offrait une porte de sortie.

Néanmoins, il y avait Eddy.

Et si tout cet arrangement allait dans notre sens, j'étais persuadée que ça n'allait pas du tout dans le sien. Mais je ne pouvais rien dire devant Kylian.

— Tu vas annoncer des fiançailles, continua Kylian, mais ça ne va pas plus loin, McCoy. Dès que j'aurai résolu notre problème, tu arrêtes tout. On est d'accord ?

Junior lui fit un sourire mystérieux, et une lueur s'alluma dans ses yeux noirs. Il me fit peur. Néanmoins, il acquiesça et tendit la main à Kylian.

— Marché conclu.

Passant un bras autour de mes épaules, Kylian serra la main de Junior avec un air de défi. Il plongea la main dans sa poche et haussa les épaules.

— Nous avons convenu d'un arrangement, mais la principale concernée n'a pas encore accepté. Et ce marché n'existe que si elle le valide.

Kylian me fit un sourire rassurant.

Je fermai les yeux en comprenant qu'il me laissait le choix final. Cela me soulagea autant que cela m'angoissa. Si j'acceptais, alors ce ne serait plus malgré moi, mais à cause de moi.

J'eus l'impression d'avoir un poids immense sur les épaules.

— Tu es sûr que c'est la meilleure solution ? demandai-je en français à Kylian.

— Vous n'allez pas recommencer, grogna Junior en se concentrant, comme s'il essayait de décrypter notre échange.

— Pour le moment, je pense que ça l'est, oui.

Je me rappelai la conversation qu'avait surprise Junior entre lui et Elijah et pris la décision de faire entièrement confiance à l'homme que j'aimais, quand bien même cela ne me plaisait absolument pas.

Alors je fermai les yeux et donnai mon accord.

— Marché conclu.

23

Kylian m'invita à quitter la chambre avec lui, mais je lui fis comprendre que je restais pour parler à Junior. Cela ne lui plut pas, mais il comprit tout de même que c'était important.

Avant d'ouvrir la porte, il s'était tourné une dernière fois vers moi et m'avait dit en français :

— Tu m'as demandé de te faire confiance. C'est ce que je fais. Je te fais confiance. Je nous fais confiance.

Je lui avais souri et m'étais retournée vers Junior. À présent, il avait les pieds posés sur la chaise d'en face, comme s'il était le roi à qui tout était permis. Il se sentait victorieux, et j'avais horreur de ça. Et, pire encore, de son sourire à qui personne ne pouvait dire non.

— Un petit verre pour fêter ce nouvel arrangement ? me proposa-t-il en se levant.

— Non, merci. Et tu devrais toi aussi arrêter de boire. C'est ton troisième verre.

— Bravo, tu sais bien compter. Tu as oublié les deux que j'ai descendus avant ton arrivée.

Son ton et son comportement se faisaient agressifs, m'annonçant que quelque chose n'allait vraiment pas. Je passai outre et enchaînai en reprenant ma place initiale, sur le sofa, près du lit :

— Tu sais pourquoi je suis restée.

— Non, mais tu vas me le dire.

— Pour te demander ce qui t'a poussé à passer cet arrangement.

Je savais que son comportement hostile avait un rapport avec cette question. Junior feignit de ne pas comprendre, et je vis parfaitement sur son visage, marqué par le début de l'ivresse, qu'il allait démentir mes propos. Alors, je pris les devants.

— Ne me mens pas, Junior. Je suis apparemment une des seules personnes devant qui tu peux être toi-même, sans devoir jouer un rôle. Si tu veux que tout se passe bien, je te demande simplement d'être franc avec moi.

Il sembla encore plus nerveux. Il but son verre cul sec et le reposa sèchement sur le bar pour aller s'allonger sur son lit.

Alors, seulement, il m'avoua :

— Mon père m'a appelé, ce matin.

— Et ? Qu'est-ce qu'il t'a dit ?

— Pas grand-chose. Simplement que, même s'il ne pouvait pas être fier de mon parcours, il était soulagé de voir que je prenais au moins une bonne décision dans ma vie en me posant avec toi.

— Et c'est ce qui t'a poussé à imaginer ce mensonge ?

Il s'assit sur le bord du lit et se prit la tête entre les mains.

— C'est la première fois que mon père va dans mon sens. Je n'ai jamais eu sa bénédiction pour quoi que ce soit dans ma vie. Alors quand je l'ai entendu me dire qu'il était *soulagé* pour moi… Je ne sais pas. Je n'ai pas pu me résoudre à lui dire qu'on avait rompu, toi et moi.

Je soupirai en comprenant petit à petit le pourquoi de toute cette agitation et de tous ces verres ingurgités.

— Ce n'était jamais arrivé, Gab. Mon père ne m'a jamais appelé. Jamais. Et encore moins pour me dire que, d'une certaine manière, il était satisfait de mon choix. Tu comprends ? S'il te plaît. Dis-moi que tu comprends.

— Oui, je comprends, répondis-je sincèrement, bien qu'il m'énervât toujours autant.

— Je savais que tu comprendrais. Tu es adorable. Je t'aime bien, Gab.

Je souris en me demandant s'il se souviendrait de son comportement quand il aurait décuvé. J'espérais que oui !

Je ne pus m'empêcher d'enchaîner :

— Tu as pensé à Eddy ?

Il eut un rire las et acquiesça.

— Je ne fais que ça, penser à lui. J'ai peur de le perdre, mais d'un autre côté j'espère qu'il comprendra. Il faut qu'il comprenne.

Et qu'il ne me haïsse pas, me dis-je, le ventre noué.

Parce que c'était une probabilité que Kylian ne pouvait pas imaginer en acceptant, mais moi, si. Et c'était bien ce qui me faisait peur. Je comptais presque sur le fait qu'on n'était plus à un mensonge près…

Je suis une mauvaise personne, me dis-je en prenant une grande inspiration.

Moi aussi, j'étais égoïste. Je détestais Junior peut-être parce qu'il reflétait une partie de ma personnalité que je refusais de regarder en face.

Ce dernier se passa deux doigts sur les yeux, comme s'il ne voyait plus très clairement. Je ne fis pas attention à ce détail et poursuivis :

— Il va falloir que tu lui en parles très rapidement. Promets-moi de le faire.

— D'accord.

J'acquiesçai en me disant qu'il était temps que je lui foute la paix. Je m'approchai de lui.

— Il faut que tu dormes. Tu as un repas avec toute l'équipe dans quatre heures. J'espère que ça te laissera le temps de redevenir normal.

— Je suis normal.

— Si tu le dis.

Je le repoussai sur le lit sans ménagement. Il sembla si soulagé d'être allongé qu'il ne protesta même pas.

Je récupérai mon sac à main et y pris une aspirine que je déposai sur sa table de chevet, à côté de son verre d'eau.

Lui lançant un dernier coup d'œil, je me demandai comment ce grand gaillard pouvait autant m'exaspérer que m'attendrir.

Je souris en l'entendant ronfler doucement, puis quittai sa chambre pour regagner la mienne, deux étages plus bas.

J'eus à peine le temps de déposer mes affaires que le téléphone fixe posé à côté de mon lit se mit à sonner.

Curieuse, je décrochai sans savoir à quoi m'attendre.

— Bonjour, mademoiselle Ferry. Une personne vous demande à l'accueil.

— Et qui est cette personne ?

— C'est une surprise. On m'a dit de ne rien vous dire. Ah ! et aussi, que vous arriveriez plus vite comme ça.

— D'accord, j'arrive.

Je raccrochai, le sourire aux lèvres. Ce ne pouvait être qu'une personne : Talina ! Je récupérai la clé magnétique de ma chambre et sortis à toute vitesse.

Lorsque j'arrivai à l'accueil, la première chose que je vis fut la chevelure de feu de mon amie, et je me mis à courir, folle de joie. Mais j'aperçus soudain la personne à ses côtés et m'arrêtai net. Ces yeux verts qui m'avaient tant manqué…

— Et voilà la meilleure ! cria-t-il sans aucune retenue. Gaby au cul bordé de nouilles !

Je gloussai, courus sur les derniers mètres qui nous séparaient, puis me jetai dans ses bras.

— Mais qu'est-ce que tu fais là, Raph ?

Raphaël m'étouffa presque tant il me serrait contre lui.

— Je suis content de te voir aussi, Gaby.

— Et moi ?

Je me tournai vers Talina qui, les mains sur les hanches, semblait vexée que personne ne fasse attention à elle.

— Je suis contente de vous voir tous les deux.

Je ne pouvais m'arrêter de sourire et sentais mon corps se détendre. J'allais enfin pouvoir m'appuyer sur mes proches et savourer, durant quelques jours ou quelques semaines, cette échappatoire au bordel que représentait ma vie.

Je les poussai vers la sortie.

— Allons nous promener.

On avait beaucoup de choses à rattraper.

Je ne savais pas ce qui me paraissait le plus étrange : être avec Raphaël à La Nouvelle-Orléans, ou bien avoir l'impression qu'on s'était quittés hier. Rien n'avait changé. Ni ses blagues pourries ni sa folie que j'adorais.

— Combien de temps est-ce que tu restes ? demandai-je, alors que nous avions pris place à la terrasse d'un café dans le Quartier français.

— Six jours, me répondit-il en me faisant un immense sourire.

Je souris en retour en comprenant qu'il avait calqué ses dates sur les miennes.

— Oh ! j'allais oublier... J'ai une lettre pour toi, me dit-il en redevenant sérieux. Je ne sais pas comment, mais JB a su que je te rejoignais pour quelques jours de vacances, du coup, il m'a donné ça.

— Tu l'as lue, avoue-le, intervint Talina en souriant.

— Crois-moi, j'ai voulu, mais il m'a fait flipper, alors j'ai vite abandonné l'idée.

Il me tendit l'enveloppe que j'ouvris immédiatement. Je lus :

Referme cette enveloppe, Raphaël.

J'éclatai bruyamment de rire en comprenant mieux pourquoi mon ami avait qualifié JB de flippant et pourquoi il n'était pas allé plus loin dans sa lecture.

— Je t'assure, Gaby, chuchota-t-il en comprenant ce que je venais de lire. On dirait que ce mec a des yeux partout.

— N'importe qui saurait en te regardant que tu aurais essayé de lire. Il n'est pas devin, c'est juste écrit sur ton front.

— Pff... N'importe quoi, dit-il, ronchon.

Talina le taquina, et je les laissai se chamailler, entreprenant discrètement ma lecture.

Bonjour, Gabrielle,

Vous avez dû remarquer que ça fait plusieurs semaines que je ne vous ai donné aucune nouvelle. Ce n'est pas parce que je ne m'inquiète plus pour vous, mais parce que Anna a réussi à lire nos derniers échanges en piratant mon téléphone. Je n'ai donc plus pris de risques mais, de ce fait, j'ai perdu la confiance d'Anna.

C'est aussi la raison pour laquelle j'utilise un courrier pour vous donner de mes nouvelles. Je n'ai pas confiance en la technologie ces derniers temps, et ce que j'ai à dire est bien trop long.

Quoi qu'il en soit, j'espère que vous allez bien.

Je pense que vous devez être au courant mais, si ce n'est pas le cas, Anna est aussi aux États-Unis. Elle doit se trouver à Chicago.

J'ai découvert pas mal de choses ces derniers temps. Kylian ne me mettant pas dans la confidence, j'ai dû me débrouiller autrement. J'ai profité du départ de votre ami pour lui transmettre ce courrier et donc vous dire tout ce que je sais sur Anna et sa raison de vous détester…

— Qu'est-ce qu'il te raconte ? demanda Raphaël, tentant d'avoir l'air innocent et vaguement curieux.

Je souris en cachant la lettre sous la table.

— Redemande en ne faisant pas comme si tu ne brûlais pas d'envie de savoir, et peut-être que je te dirai.

— Allez, Gaby ! Tu le sais de toute façon que je meurs d'envie de savoir.

Talina sourit et prit mon parti.

— Laisse-la terminer. Elle nous fera un compte rendu ensuite.

— Pourquoi tu es toujours de son côté ? râla Raphaël en fronçant ses épais sourcils.

— Parce que moins tu parleras, et plus vite elle aura fini. Donc plus rapidement elle pourra tout nous raconter. Est-ce que ça t'arrive de réfléchir parfois ?

Je ris, puis retournai à ma lecture qui me rendait folle de curiosité.

... Ce n'est pas contre vous. Ça vient de son passé.

J'étais au courant qu'elle avait été mariée durant trois ans à un homme dont elle n'a jamais voulu parler, ni à moi ni à Kylian, mais je ne savais pas ce qui l'avait conduite au divorce.

Cet homme était très influent, c'était le seul détail que je connaissais de lui.

Tout est parti d'une histoire d'amour à sens unique. Elle a eu une relation sans lendemain avec l'homme qu'elle aimait, puis elle s'est mariée avec son petit frère pour mieux se rapprocher de lui. Elle n'a jamais réussi à manipuler aucun des deux hommes. Quelque temps après est venu Kylian.

Pour la suite, ce n'est qu'une déduction : comme elle n'a jamais réussi à obtenir ce qu'elle voulait, elle a tenté de manipuler Kylian comme elle le souhaitait. Ce qui a fonctionné un temps. Jusqu'à vous, à vrai dire.

Ce n'est donc pas vraiment contre vous, mais elle ne lâchera jamais l'affaire tant qu'elle ne vous saura pas loin de son fils...

— Tu fais une drôle de tête, s'inquiéta Talina en posant la main sur la mienne.

— Oui, répondis-je, sonnée. Enfin, non. En fait, je comprends ce qui est écrit, mais ça me paraît absurde.

— Et qu'est-ce qui est écrit ? s'enquit Raphaël.

— La raison pour laquelle Anna me déteste. Apparemment, elle ne souhaite que continuer de manipuler son fils, et je l'en empêche.

Je secouai la tête sans vraiment comprendre.

— Je vois bien que tu sembles perdue, Gaby, compatit Talina d'une voix douce. Mais tu sais, parfois, il n'y a pas grand-chose à comprendre. Certaines personnes sont ainsi, manipulatrices et possessives, et tant que ça ne va pas dans leur sens elles font l'impossible pour que ça y aille. Anna te voit probablement comme une menace.

— Oui, sûrement. Du moins, c'est ce que JB me dit dans cette lettre.

— Pourquoi t'envoyer une lettre ? demanda Raphaël. Pourquoi pas un texto ou un mail ?

— Il m'a dit qu'Anna avait piraté son téléphone, et puis les récupérations de mails existent.

— JB te donne les cartes pour que tu aies un tour d'avance, déduit Talina en s'adossant à sa chaise. Il est malin. Comme ça, tu en sais plus qu'elle ne le pense et tu peux jouer sur son terrain avec un coup d'avance.

— Je ne vois pas du tout comment faire ça. Puis je n'ai pas du tout envie de jouer à son petit jeu. Si je pouvais juste ne plus jamais la voir, je ne m'en porterais que mieux.

Talina ne releva pas, mais je vis sur son visage qu'elle se disait que ce n'était pas possible. Moi aussi, je le savais. Un jour ou l'autre, je la recroiserais.

Mais je n'avais pas hâte du tout.

— Au fait, repris-je à l'intention de mon amie. Je ne t'ai pas demandé ce que tu as répondu à Anna quand tu l'as croisée !

— Tu as croisé Maléfique ? s'étonna Raphaël.

— Je l'ai envoyée balader. Quand elle m'a dit qu'elle te saluait, je lui ai dit que tu l'embrassais chaleureusement aussi et que tu n'arrêtais pas de parler d'elle en bien. Le tout sarcastiquement. Je crois qu'elle ne m'apprécie pas vraiment.

Je ris en imaginant la scène que j'aurais donné cher pour pouvoir voir.

Je rangeai la lettre dans mon sac sans même l'avoir terminée. Il ne restait qu'une petite partie, mais je n'avais pas envie de la lire. Les mots de JB m'embrouillaient le cerveau, me faisant me poser encore plus de questions.

Je voulais profiter des retrouvailles avec mes amis. Il était préférable de mettre de côté ce sujet fâcheux et toutes ces embrouilles, et de me délecter de mes deux rayons de soleil, Talina et Raphaël.

Nous dînâmes dans un restaurant donnant sur Mississippi, où Talina nous raconta chaque étape de son nouveau contrat avec la marque de sous-vêtements – passant par tous les détails, y compris sa liste de portefeuilles qu'elle n'arrivait plus à compter –, et terminâmes notre soirée dans un club de jazz underground magnifique.

Je leur racontai brièvement les avancées de ma relation avec Kylian, et principalement que je mourais d'envie de savoir ce qu'il me cachait.

Talina me proposa de reprendre son enquête. J'avais promis de faire confiance à Kylian, je voulais vraiment tenir parole mais, après quelques verres, je cédai à la curiosité et lui donnai le feu vert, sans grand espoir toutefois.

Kylian savait parfaitement garder un secret. J'étais persuadée que Talina ne trouverait pas de réponses à mes questions, mais je n'avais rien à perdre à essayer !

Après cette petite parenthèse autour de ma vie et des secrets qui l'entouraient, nous profitâmes entièrement du reste de la nuit, riant et dansant jusqu'à une heure avancée. Ce fut la meilleure soirée depuis mon départ de la France. Mes amis m'avaient tellement manqué, les retrouver me fit le plus grand bien.

Je rentrai en taxi un peu avant eux, qui pouvaient faire une grasse matinée le lendemain. Moi, j'avais des entraînements qui démarraient tôt et, même si les joueurs commençaient par un footing en plein air, Eddy et moi nous devions d'être présents à leur retour.

Encore heureux, on ne doit pas courir avec eux.

Cette pensée me fit rire. Il aurait fallu qu'on me traîne, qu'on me menace, qu'on me torture, pour que j'accepte de faire ce footing.

En arrivant dans ma chambre, je pris une douche rapide puis, une fois en pyjama, me laissai tomber sur mon lit en soupirant de bien-être.

Mon téléphone vibra, m'annonçant un nouveau message de Kylian.

J'espère que tu t'es bien amusée avec tes amis. Bonne nuit, Gaby.

Je m'assis sur le lit, sans comprendre comment il savait que j'avais passé la soirée avec eux… Je le lui demandai donc et attendis la réponse avec impatience.

Par un pur hasard, je me trouvais dans le bar d'en face avec Elijah et Allan.

« Un pur hasard » ? Était-ce sa manière de me dire qu'il me surveillait d'un œil ? Ou bien étais-je juste parano ?

En y repensant, nous étions allés dans le même genre de bars avec Elijah. C'était tout à fait possible qu'il ait eu envie d'y retourner avec ses potes.

J'espère que tu n'as pas pris exemple sur Elijah en cherchant à passer la nuit avec une femme…

Aucune chance. Malheureusement, celle que je veux était avec un autre homme.

Je gloussai en comprenant qu'il parlait de Raphaël.

Ça doit être douloureux à voir…

Très. J'ai le cœur brisé.

Mais il se pourrait que cette même femme pense très souvent à toi et nourrisse des sentiments très puissants à ton égard.

Dommage qu'elle ne me l'ait pas dit plus tôt, je me serais bien glissé dans ses draps…

Effectivement, dommage…

Je soupirai en reposant mon téléphone, quand un autre message de Kylian arriva :

Ce n'est que partie remise. La prochaine fois, je tâcherai de faire les choses avec encore plus d'amour, de profondeur, et de la rendre totalement accro à moi. Comme ça, elle ne souhaitera plus jamais passer une soirée avec un autre que moi. Qu'en penses-tu ?

Je frissonnai et fermai les yeux, regrettant vivement que ce ne soit pas pour ce soir.

J'en pense que c'est une très bonne idée. Je suis sûre qu'elle en meurt d'impatience et d'envie.

Je branchai ensuite mon téléphone, puis me rappelai la lettre de JB, que je n'avais pas finie. J'hésitais à me gâcher potentiellement la fin de soirée… Mais la curiosité l'emporta. Ce que je regrettai vite.

… *Nous ne sommes plus ensemble, je ne pourrai pas*

t'apporter d'autres informations. Cependant il y a quelque chose que tu dois savoir qui est très important.

Anna a un informateur.

Je ne sais pas qui il ou elle est. Mais ce dont je suis sûr, c'est que c'est quelqu'un de ton entourage… Quelqu'un d'assez proche pour avoir un œil sur ce que tu fais, et qui en informe Anna.

C'est aussi comme ça qu'elle se doute que vous êtes toujours ensemble. J'espère de mon côté que c'est le cas. Kylian mérite d'être heureux, et tu sais y contribuer.

Quoi qu'il en soit, ne parle de cette lettre à personne. Ne parle pas de ta relation à qui que ce soit. Je ne sais pas ce qu'Anna possède sur Kylian, sur toi ou sur vous deux, mais si ça peut vous détruire elle n'hésitera pas à l'utiliser. Pour le moment, elle réussit à garder une certaine emprise sur son fils et elle s'en satisfait, mais si elle découvre que votre histoire est encore au goût du jour…

J'espère que ce ne sera jamais le cas.

Passe le bonjour à Kylian de ma part.

Soyez prudents, tous les deux.

Et, si besoin, je reste toujours là pour vous deux.

À bientôt,

James Bond

24

J'arrivai de bonne heure au stade le lendemain matin et compris tout de suite que Junior avait fait ce que je lui avais demandé.

Il avait parlé à Eddy.

En le trouvant déconfit dans la salle de repos, j'eus un pincement au cœur et me sentis terriblement coupable. C'était en partie ma faute. Si je n'avais pas accepté le marché que m'avait proposé Junior, cela lui aurait évité bien des peines.

— Bonjour, dis-je doucement, sans trop savoir quelle serait sa réaction.

Eddy me lança un regard neutre, puis détourna le visage en bâillant.

— Bonjour.

Il tapota la place à ses côtés, m'indiquant de venir m'installer près de lui.

Je m'exécutai et attendis. Il fallait que nous parlions, que je puisse le rassurer aussi sur mes intentions. Hier, je le quittais en disant qu'il fallait que le mensonge de Junior cesse et, vingt-quatre heures plus tard, j'étais impliquée dans ce mensonge à cent pour cent.

— J'ai besoin de t'en parler. De comprendre, commença-t-il simplement, sans colère dans la voix.

Il paraissait fatigué, sa nuit avait dû être courte. Je restai silencieuse, lui laissant le temps de mettre ses idées en ordre.

— Je connais le monde dans lequel on évolue et je sais parfaitement qu'il peut être impitoyable à certains égards, mais je suis persuadé que l'orientation sexuelle de Junior ne sera jamais un frein à sa carrière. Pas dans le monde d'aujourd'hui. Pas toi ?

— Je le pense également.

— Alors – et sans aucune méchanceté – pourquoi l'aider dans son mensonge ? Pourquoi l'aider à continuer de se cacher derrière une personnalité qui n'est pas la sienne ?

Je m'étais attendue à cette question, mais pas à ce qu'elle intervienne aussi tôt. Je me souvenais de l'avertissement de JB de ne rien dire à qui que ce soit de ma relation avec Kylian, mais Eddy savait que nous étions au moins très proches, et je lui devais la franchise. Il n'avait rien demandé à personne.

— Quelqu'un fait chanter Kylian, pour que ne soyons pas ensemble. C'est pour cette raison que nous avons cette relation ambiguë. On ne doit pas se faire voir ensemble, ni l'être véritablement, sous peine que quelque chose de suffisamment grave pour terrifier Kylian nous explose au visage.

— Qu'est-ce que c'est ?

— Je n'en ai aucune idée. Kylian refuse de m'en parler parce qu'il est certain que cette *chose* est assez violente pour qu'il me perde.

— D'accord, mais quel rapport avec Junior ? demanda-t-il avant qu'une lueur d'effroi apparaisse dans son regard. Il… Il l'a découvert et te fait du chantage aussi ?

— Non ! Pas du tout…

Il soupira et ne tarda pas à comprendre réellement.

— Je vois… En vous montrant tous les deux, ça éloignera les soupçons sur ta relation avec Kylian. Quant à lui, sa famille arrêtera de se faire du souci sur ses prétendues débauches, puisqu'il se sera rangé. C'est ça ?

Je n'avais jamais entendu autant de douleur dans une voix. Je me rendis compte également que, si Junior était difficile d'accès pour autrui, il n'avait apparemment aucun secret pour Eddy.

— C'est exactement ça, acquiesçai-je. Je comprends pourquoi il tient autant à toi. Tu dois être le seul qui arrive à voir derrière son attitude insupportable.

Eddy prit sa tête dans ses mains.

— J'aurais aimé qu'il tienne assez à moi pour ne pas nous faire endurer ça. Rester dans l'ombre ne me dérange pas, bien au contraire. Mais mentir à tout le monde en inventant un personnage et une histoire montée de toutes pièces, je trouve ça désolant.

Je me sentis mal, et il le vit. Il me fit un petit sourire en me tapotant la cuisse.

— Je ne parle pas pour toi, Gab. Je comprends ta position et celle de Kylian. Ce que vous faites, c'est pour vous protéger, mais ce que fait Junior, c'est pour se cacher. Et ça, j'ai du mal à l'accepter. Mais visiblement je n'ai pas le choix.

J'eus mal au cœur et, malgré ses paroles rassurantes, je ne pus m'empêcher de me sentir coupable de la peine qui l'atteignait.

Je tentai alors de l'apaiser.

— Ça ne durera pas longtemps. Je sais que ce n'est qu'une maigre consolation, mais je déteste autant que toi cette situation. Et je ne cherche pas à me dédouaner de cet arrangement, tu as le droit de m'en vouloir. Je suis aussi responsable que Junior, parce que j'ai accepté en connaissance de cause.

Il acquiesça, puis se leva en frottant les mains sur ses cuisses.

— Je ne t'en veux pas, Gab. Tu as tes raisons et Kylian aussi. C'est à mon compagnon que j'en veux. Chacun évolue à sa manière et à son rythme, mais je crois bien que Junior est incapable d'offrir une évolution à notre relation.

J'ouvris la bouche sans parvenir à parler. Est-ce que je comprenais bien ce que j'entendais ? Ce qu'il sous-entendait ?

Je détestais défendre Junior, mais je ne voulais pas non plus qu'Eddy se sépare de lui.

— Est-ce que tu comptes le quitter ? m'enquis-je pour éclairer mes pensées.

— Pas pour le moment. J'aimerais tout de même voir comment il compte gérer tout cela. J'ai encore un espoir. Certes, il s'amenuise de jour en jour, mais il est présent.

Qu'avais-je dit à propos de l'espoir ? Il nous emmenait soit vers un bonheur certain, soit au fond du gouffre. Il n'y avait pas de juste milieu avec lui…

— Il est temps de se mettre au travail. L'équipe ne sera pas de retour avant le milieu de la matinée, et on a beaucoup de paperasse à faire. On se rejoint dans la salle de soins.

Je lui souris et le regardai quitter la pièce. Je grimaçai ensuite en réalisant que j'allais passer la matinée avec des papiers administratifs à remplir. S'il y avait bien une chose dont Eddy se déchargeait toujours, c'était la paperasse.

Je réalisai également qu'une personne supplémentaire était au courant de ma relation avec Kylian. Mais, profondément, j'étais persuadée qu'Eddy n'était pas quelqu'un de dangereux et que je pouvais lui dire la vérité. Et il la méritait.

La semaine défila bien trop rapidement à mon goût. Les jours en présence de Raphaël et Talina étaient aussi excitants que fatigants. J'étais toujours aussi convaincue que Raphaël devait être hyperactif sans s'en rendre compte.

Le dernier match des Monsters à La Nouvelle-Orléans se déroulait le soir même. J'avais évidemment demandé un billet pour Raphaël, qui fut aussi fou de joie que la première fois. Il était si facile et agréable de lui faire plaisir.

Nous ne voyions que très peu Talina. La marque de sous-vêtements pour laquelle elle travaillait lui prenait tout son temps. Je savais qu'elle ne pouvait pas assister au match de ce soir et j'étais en route pour rejoindre Raphaël dans le Quartier français où il résidait, lorsque je reçus un message de Talina :

Rejoins-moi directement à ton hôtel. Je suis avec Raphaël.

Je donnai l'indication au chauffeur du taxi, qui modifia sa trajectoire, puis demandai, un peu inquiète :

Qu'est-ce que vous faites là-bas ?

J'avais un mauvais pressentiment. L'idée qu'ils soient tous les deux en train de m'attendre à l'hôtel pour me faire une surprise ne me paraissait pas être la bonne réponse. Peut-être que je les connaissais un peu trop bien.

Un nouveau message ne tarda pas à arriver :

On enquêtait.

Je relus deux fois cette petite phrase, puis me mis à stresser. Je ne savais pas ce qu'ils avaient fait, mais je sentais les bêtises à plein nez. Le trajet me parut interminable.

Ne les trouvant pas devant ma chambre, j'appelai Talina, qui m'indiqua l'étage de Kylian.

Ça sent mauvais. Très mauvais.

En prenant l'ascenseur, je me sentis terriblement angoissée. Ne pas savoir à quoi m'attendre me stressait au plus haut point. Quand les portes s'ouvrirent, je tombai directement sur Kylian.

— Salut, dis-je le plus naturellement possible.

Il semblait sur les nerfs, mais son visage s'adoucit quand il me vit.

— Salut, répondit-il en entrant dans l'ascenseur, tandis que j'en sortais. On se voit ce soir ?

J'acquiesçai en souriant, puis regardai les portes se refermer doucement sur lui. Il me fit un clin d'œil avant de disparaître totalement de ma vue. Une voix me ramena à la réalité.

— Gaby !

Talina me fit signe de la rejoindre.

— Qu'est-ce que tu fais ici ? Où est Raph ?

— Dans la chambre de Kylian. Peut-être mort d'un infarctus, je ne sais pas.

— Quoi ??

— Longue histoire. Il faut aller le chercher.

Je la suivis en direction de la chambre 8019, que partageaient Kylian et Elijah. La porte s'ouvrit avant qu'on ait pu actionner la poignée sur un Raphaël qui sursauta et qui nous la claqua au nez.

Je ris nerveusement de sa réaction. Il rouvrit et sortit comme s'il y avait le feu dans la chambre.

— Vous m'avez fait peur !

— Allons-nous-en, souffla Talina en nous poussant vers l'escalier.

Je ne dis pas un mot jusqu'à ce qu'on se retrouve dans ma chambre. J'étais totalement angoissée. Pourtant, je ne savais pas ce qu'ils avaient fait. Pas encore.

En refermant derrière moi, je les vis tous les deux éclater de rire. Comprenant que cela devait être dû au stress qui retombait, j'attendis qu'ils se calment avant de demander :

— Qu'est-ce que vous avez encore fait, tous les deux ?

— Ce n'était pas mon idée, se défendit instantanément Raphaël.

— Quelle idée ?

Alors seulement, Talina m'indiqua de m'asseoir et m'expliqua :

— Tu nous as dit que, si tu savais ce que te cachait Kylian, tu te sentirais mieux. Je t'avoue que ça m'intriguait aussi et, comme tu m'as donné ton accord pour reprendre les recherches, on est allés dans la chambre de Kylian pour voir s'il n'y avait pas un indice quelconque.

— Vous êtes allés… Mais comment vous avez fait ?

Je les regardai tour à tour, sans comprendre. L'appréhension de ce qu'ils avaient pu découvrir montait doucement mais sûrement en moi.

— J'ai réussi à récupérer une clé magnétique à un garçon d'étage. Je suis plutôt douée pour ce genre de choses.

— Et qu'est-ce que vous avez découvert ?

Talina se tourna vers Raphaël, qui secoua la tête.

— Je ne sais même pas pourquoi j'ai accepté d'y aller à ta place, Tal, râla-t-il. On pensait que les joueurs rentreraient tard, du coup, quand Kylian est arrivé, j'ai vraiment flippé.

Je souris en voyant son visage crispé quand il se remémora sa frayeur.

— Qu'est-ce qui s'est passé ?

— Je me suis caché sous le lit ! Bon sang, je n'aurais jamais imaginé faire ça un jour dans ma vie.

— Accouche, Raph, grogna Talina. Tu as trouvé quelque chose ?

— Je n'ai rien trouvé, mais je l'ai entendu parler au téléphone. Il était vraiment énervé.

Je me tendis, ouvrant grand les oreilles.

— Je suis presque sûr à cent pour cent qu'il parlait à sa mère. Il a dit au téléphone que tu étais à présent avec Junior McCoy, et qu'elle avait gagné. Que vous faisiez vos vies séparément.

— Tu es avec Junior ? demanda Talina, sidérée.

J'avais soigneusement contourné le sujet pour éviter des tonnes de questions, mais évidemment ça m'avait rattrapée. Elle qui pensait que ce n'était qu'une rumeur infondée, à la suite des photos qu'elle avait vues sur le Net, elle devait avoir une foule d'interrogations. Je m'en voulus de ne rien lui avoir dit.

— Longue histoire, marmonnai-je. Je vous raconterai plus tard. Qu'est-ce que tu as entendu ensuite, Raph ?

Il bégaya, manifestement très mal à l'aise. Une boule se reforma instantanément dans mon estomac.

Son regard m'indiquait que je n'allais pas aimer ses prochaines paroles.

— Il a rapidement parlé du secret sans entrer dans les détails, donc je ne sais pas ce que c'est. Mais ce que j'ai compris, c'est que ce n'est pas un truc qui le concerne, lui. Elle a quelque chose sur toi, Gaby.

25

Mon ventre se crispa instantanément, et je dus prendre plusieurs inspirations pour ne plus me sentir étouffée dans mon propre corps.

Que pouvait-elle avoir contre moi ?

Je n'avais jamais commis de crime, ni fait quoi que ce soit qu'on pouvait retourner contre moi. L'incompréhension s'immisça donc en moi et ne me quitta plus de l'après-midi.

Même lorsque mes amis essayèrent de me changer les idées, cela ne fonctionna pas.

Je ne cessais de repasser ma vie entière en boucle dans ma tête, tâchant de me souvenir de ce que j'aurais pu faire de mal ou de déplacé et qu'on pourrait me renvoyer en pleine face aujourd'hui. C'était terrifiant, et j'aurais préféré ne jamais savoir ou, au contraire, tout savoir d'un coup, mais le doute était atroce.

J'allai au stade pour le dernier match de la semaine dans un état second. J'étais complètement à côté de la plaque, ce qui finit par alarmer Eddy, qui me prit par les épaules un peu avant le début du match.

— Qu'est-ce qui se passe, Gab ?

— Rien. Ça va. Je suis juste dans la lune.

Il eut une expression compréhensive.

— C'est parce que Junior a rendu votre relation officielle ? Qu'il a annoncé vos fiançailles ?

— Il a quoi ?

Ma tête tourna violemment.

Junior n'avait pas perdu de temps. Bon sang ! Avais-je le droit de le détester même si j'avais accepté son marché ? Je n'en étais pas certaine, pourtant je haïssais la position dans laquelle je me retrouvais.

— Tu n'étais pas au courant… ? Ce n'est donc pas ce qui te tourmente.

— Je vais bien, Eddy. Je t'assure. J'ai simplement appris certaines choses qui m'inquiètent un peu, mais ça va passer.

— Tu es sûre ?

— Oui. J'ai dit que je faisais confiance à Kylian pour régler nos problèmes, alors je vais le laisser faire.

Eddy ne sembla pas comprendre.

— Je ne suis pas sûr d'avoir très bien cerné le problème… Tu ne souhaites pas en parler, c'est ça ?

— Non. Ça va aller. Merci.

Au fond, que pouvais-je faire de plus ? Je n'avais absolument aucune carte en main.

Je n'étais pas maîtresse de mon destin et j'avais horreur de ça. Pourtant, je devais me résoudre à attendre que le prochain événement me tombe dessus. J'aurais donné cher pour découvrir ce qu'on me cachait mais, en même temps, plus je creusais, moins ce que je découvrais me plaisait.

C'était de pire en pire.

J'avais l'impression que ma vie m'échappait, de la regarder dériver sans rien pouvoir faire pour en reprendre le contrôle.

Demain, nous rentrions à Chicago et, le surlendemain, je décollais pour la France.

J'avais tellement hâte d'y être. De m'éloigner de tout cela. De pouvoir faire un break avec cette vie de fou qu'était la mienne ces derniers mois. J'avais besoin de respirer.

Ici, ce soir, j'étouffais.

J'aurais donné cher pour que Kylian se confie réellement…

Me secouant pour me sortir de mes pensées, je me tournai vers Eddy qui s'affairait à vérifier le stock.

— Comment tu vas, toi ? demandai-je en prenant conscience de ce qu'il m'avait dit au sujet de Junior.

— Ça va.

Il continua à fixer la feuille qu'il avait devant lui.

Mauvais signe.

Je m'approchai de lui et tentai de creuser.

— Tu es sûr ?

Il haussa les épaules, soupira et me regarda enfin.

— Est-ce que j'ai le choix ?

Je ne cessais de me poser la même question.

— Non, mais ça ne t'empêche pas de ressentir des émotions. Je ne comprends même pas comment tu fais pour ne pas nous détester.

Il sourit et secoua la tête.

— Je sais quand même faire la part des choses. Ça ira pour moi, ne t'en fais pas.

Il alla se laver les mains dans le lavabo central.

— C'est un grand soir, ce soir. Le dernier avant les vacances pour toi.

J'acquiesçai, puis fermai les yeux, laissant mon esprit s'évader à mille lieues d'ici, avant de percuter.

— Ce ne sont pas les vacances pour toi aussi ?

— Il va y avoir quelques matchs avec les remplaçants pour la trêve hivernale. J'ai des vacances, mais une semaine après les tiennes. Allons voir ce match.

Nous nous rendîmes comme d'habitude près des portes de sortie réservées au personnel, où tout le staff médical des deux équipes se trouvait, prêt à intervenir en cas de blessure.

Le speaker chauffa le public, suivirent les danseuses, puis l'annonce des joueurs. J'étais comme dans un état second, les yeux rivés sur le terrain, mais totalement à l'ouest.

Les temps morts s'enchaînèrent, et la fatigue sur les visages des deux équipes devint de plus en plus flagrante. Un des joueurs des Monsters, Allan, eut une crampe assez violente pour demander à être remplacé.

Le jeu se déroula en notre faveur. Je me rendis compte que le coach avait opté pour une modification de tactique, qui semblait déstabiliser nos adversaires.

Kylian avait le visage fermé et concentré mais, chaque fois qu'il s'approchait de Junior, la tension grimpait. Il semblait faire un immense effort sur lui-même pour ne rien montrer, mais je le connaissais trop bien à présent.

Ses petits changements d'expression ne me trompaient pas. Et, apparemment, je n'étais pas la seule à bien le connaître, car Elijah lui frappait gentiment l'épaule à chaque fois que ses traits se modifiaient.

J'adorais Elijah, tout autant que je détestais Junior.

— Tu ne t'en sors pas si mal, me dit une voix de femme sur ma droite.

Bordel de bon sang de bois ! hurlai-je intérieurement tout en faisant un pas en arrière lorsque je vis Anna à mes côtés.

J'étais tellement sidérée de la voir ici que je ne répondis rien, la dévisageant sans y croire.

Elle n'avait pas changé, toujours habillée avec chic, mais semblait plus « normale » à présent qu'elle avait les cheveux détachés.

J'essayai de m'apaiser, mais mon cœur battait à tout rompre. Je me demandai comment faire pour m'éloigner le plus possible d'elle sans qu'elle saute de joie.

Mais j'étais au boulot, je n'avais pas vraiment cette liberté. Je restai donc à ma place et reportai mon attention sur le terrain où Kylian continuait de jouer sans faire attention à nous.

Ce n'est pas plus mal, me dis-je en tentant de calmer les battements de mon cœur.

— Ce serait impoli de dire que je ne suis pas contente de vous voir, alors je ne vais pas vous le dire, lançai-je, fière que mon appréhension ne se reporte pas sur le timbre de ma voix. Qu'est-ce que vous faites ici ?

Je ne la regardais pas, mais j'entendis parfaitement son léger rire. Elle semblait sincèrement amusée par mes paroles.

Cela m'agaça prodigieusement.

Elle savait comment jouer avec moi. Comment me surprendre. Comment torturer mes nerfs. Elle tentait de me faire craquer par tous les moyens.

Mais je tiendrais bon.

— Je n'ai pas le droit de venir voir mon fils jouer ?

Elle avait tous les droits bien sûr, mais j'étais persuadée que personne ne souhaitait la voir ici. J'eus envie de lui demander si Kylian savait qu'elle se trouvait là, à La Nouvelle-Orléans, mais il était plus sage de ne pas du tout évoquer ma relation avec lui.

S'il y avait bien une chose que je ne voulais pas, c'était qu'elle se mêle encore plus de nos vies.

— Pourquoi venir me parler ? m'enquis-je d'une voix légère. Je suppose que ce n'est pas simplement pour me saluer.

— Tu penses toujours que je suis pleine de mauvaises intentions, Gabrielle, mais ce n'est pourtant pas le cas.

Je lui jetai un coup d'œil et ne vis qu'un visage plein de compassion, presque amical. Mais je savais quel cœur sec se cachait derrière ce physique agréable.

Mais bien sûr…

Je ne lui répondis même pas, je ne voulais rien savoir d'elle et je n'avais pas envie d'entrer dans ses petits jeux mesquins qui ne m'intéressaient pas. J'avais bien compris depuis le temps qu'elle savait manipuler les gens avec brio pour obtenir ce qu'elle voulait, et peu importait la méthode qu'elle employait. Mais, contre l'indifférence, que pouvait-elle faire ? Tant qu'elle n'arriverait pas à me faire parler, elle ne pourrait rien contre moi, et c'était bien ce que je comptais faire : l'ignorer.

Elle ne sembla pas remarquer ce qui se passait dans ma tête, alors elle continua :

— Je ne suis pas venue pour toi, tu ne m'intéresses pas. C'est Kylian qui m'a invitée. C'est même lui qui m'a fait parvenir le pass pour les coulisses. Ici, je ne suis personne, et il le sait parfaitement. Alors il a fait en sorte que je sois tout de même près de lui ce soir.

Je ne fis aucun mouvement, tentant de rester aussi naturelle et détachée que possible. Mais ce fut difficile. Très difficile.

Je compris alors qu'elle était encore plus forte que je ne le pensais. C'était sûrement ce qui m'avait perdue la première fois : je l'avais sous-estimée. Et je recommençais.

Elle savait parfaitement ce qui se passait dans ma tête. L'ignorer n'était probablement pas non plus la bonne manière de procéder, parce que ça lui donnait un nouvel objectif : me déstabiliser.

Sa révélation me perturbait énormément. Pourquoi Kylian aurait fait une chose aussi stupide que d'inviter sa mère ici, alors qu'il faisait tout pour que notre histoire ne soit pas révélée au grand jour ?

Était-il possible qu'elle me mente ? C'était fort probable, néanmoins, elle avait réussi à me déstabiliser.

La colère commençait doucement mais sûrement à monter. Je fis un effort surhumain pour ne rien laisser transparaître. Je réussis même à sourire et à affronter son regard.

— On peut enfin dire que vous agissez comme une mère. Dois-je vous féliciter ?

Je fus admirative de moi-même. Fière.

Je me kiffe, jubilai-je.

Je n'essayai pas de cacher mon amertume envers Anna. Je ne l'avais jamais portée dans mon cœur, et elle le savait parfaitement. Mes paroles s'attaquaient à son véritable visage. Ce fut bref, mais pendant un court moment elle laissa tomber le masque.

Elle afficha une colère si sombre et menaçante que cela attira le regard d'Eddy.

Il me donna un petit coup de coude et m'interrogea d'un œil inquisiteur auquel je répondis par un sourire rassurant.

Si cela n'avait tenu qu'à moi, j'aurais hurlé ma joie d'avoir réussi à la déstabiliser. Je m'étais pourtant juré de ne pas entrer dans son jeu… Mais elle cherchait les coups.

— Je ne relèverai pas ton impolitesse. Est-ce que je dois te féliciter pour tes fiançailles avec Junior McCoy ? reprit-elle comme si de rien n'était.

Changement de stratégie, compris-je. Nous avancions à présent en terrain glissant.

— Je n'ai aucunement besoin de votre assentiment, ni de votre bénédiction, répondis-je toujours sur un ton ferme et froid.

— Je le sais parfaitement. Pourtant, tu es à présent avec un autre joueur. C'est assez drôle de lire les adjectifs qui te sont attribués dans les magazines.

— Je ne ferai pas vraiment attention à ce genre de ragots si j'étais vous. Ils vous ont bien qualifiée de mère attachante. On sait toutes les deux que ce n'est pas le cas.

— Oui, les ragots sont un peu comme ton couple avec McCoy : faux, n'est-ce pas ?

Ne pas réagir. Ne rien laisser transparaître. Zen…

Prenant sur moi encore une fois pour ne pas la laisser prendre la maîtrise de la situation, je la méprisai du regard.

— Ce que vous pouvez penser ne m'intéresse pas. Je suis heureuse aujourd'hui. La mère de Junior m'adore, tout comme sa sœur. Je suis repartie sur de bonnes bases pour continuer ma vie. Votre fils m'a offert un avenir que je n'avais pas imaginé pouvoir vivre un jour, et je ne l'en remercierai jamais assez, mais aujourd'hui je suis avec Junior, et vous pouvez penser ce que vous voulez, je m'en fiche. Votre avis m'est complètement égal.

Elle plissa un instant les yeux, puis finit par sourire. Je n'aimais pas ça.

— Je t'ai crue, jusqu'à ce que tu dises que tu avais refait ta vie. Tu ferais presque une bonne menteuse, Gabrielle. Bravo.

— Encore une fois : que vous me croyiez ou non m'est sincèrement égal.

Eddy cria et frappa fortement dans ses mains à mes côtés. Je n'avais rien suivi de ce qui se passait sur le parquet, mais apparemment un magnifique panier avait été mis.

Je tombai sur la silhouette de Kylian qui, au milieu du terrain, était figé. Fixant sa mère, il était blême, livide même.

Donc Anna m'avait menti.

Cela me rassura, et je me tournai vers elle, qui soutenait le regard de Kylian.

Elle eut un nouveau rire bref, comme si elle se moquait de lui, de moi, ou bien de nous deux.

— Mon fils ne t'a pas oubliée, reprit-elle, amusée. Et, vu la lueur de tes yeux quand ils se posent sur lui, je suis certaine que tu l'aimes toujours. J'ai raison ?

Elle était presque flippante. Je pris une longue inspiration en faisant appel à tous les neurones de mon cerveau pour formuler au plus vite une réponse cohérente, qui ne me trahirait pas.

— Non, vous avez tort. J'ai énormément aimé votre fils, je ne peux pas le nier. Mais, en quittant la France, et surtout quand il m'a quittée, je me suis promis de tourner la page. Ce qui est chose faite. Fin de l'histoire.

— Lui semble encore t'aimer, pourtant.

Je fermai les yeux, me demandant quand est-ce que ce cauchemar finirait. Comment pouvais-je me débarrasser d'elle ? Elle me poussait à bout.

Je sentis soudain une détermination inébranlable s'emparer de moi. J'avais besoin de la blesser autant qu'elle le faisait.

— Pourquoi chercher la petite bête, Anna ? De quoi avez-vous peur, exactement ? Que votre fils m'aime plus que vous ? Ce ne serait pas difficile.

Je vis une flamme de rage traverser son regard avant qu'elle ferme les yeux. Peut-être ne fallait-il pas aller trop la chercher non plus…

— Tu as tort de me provoquer, dit-elle d'une voix fluette.

— Je ne vous ai pas provoquée. Vous avez décidé toute

seule que, quoi qu'il arrive, je n'entrerais pas dans la vie de Kylian.

— Et j'ai eu raison. Il a failli mourir à cause de toi.

J'accusai le coup malgré une immense envie de la gifler, puis de la faire voler à des millions de kilomètres de moi. Toutefois, je me repris pour ne pas lui faire le plaisir de jubiler trop longtemps.

— Je vous rappelle les circonstances ? Vous m'avez fait du chantage pour que je ne parte pas aux États-Unis, j'ai accepté, et c'est quand je lui ai annoncé que je ne venais pas que l'accident s'est produit. Ce sont vos envies égoïstes qui nous ont conduits à ça. Peut-être que j'ai ma part de responsabilité, mais la vôtre est bien plus grande encore.

Que c'était bon de pouvoir lui dire tout ce que j'avais sur le cœur ! Ma colère était incontrôlable, ce qui semblait la ravir. Je ne savais pas où elle voulait en venir, mais me faire sortir de mes gonds était clairement son jeu favori.

Elle me fit un sourire éclatant.

— J'aurais simplement préféré qu'il se relève. Et pas toi.

Je me sentis blêmir. Était-elle sérieusement en train de me dire qu'elle aurait préféré me voir morte ?

Mon Dieu…

Si j'avais des doutes, ils étaient à présent confirmés. J'étais maintenant certaine qu'Anna était folle.

Je sentis la pression monter en moi. Cette femme me foutait les jetons. J'avais déjà vu une bonne partie de ce dont elle était capable et je ne voulais pas en voir plus. Je me répétai encore une fois que plus loin je me tiendrais d'elle et mieux je me porterais.

Mais quand je vis son regard triomphant… Quand je vis qu'elle avait remarqué cette part de moi qui la craignait et qui la fit sourire encore plus largement, quelque chose vacilla dans mon cerveau.

Plus de crainte.

Plus de barrière.

Juste une colère monumentale.

— Je ne sais pas quel est le but de votre petit jeu stupide, mais je m'en fiche. La vie a décidé que je devais encore vivre. Peu m'importe ce que vous pensez, vous avez gagné : je ne suis plus avec Kylian, et une part de moi s'en réjouit parce que ainsi, je n'ai pas à supporter vos mesquineries…

Je m'arrêtai avant d'en dire bien plus.

Elle me sourit, plus ironique que jamais, puis se tourna vers le terrain et observa son fils. Je me retins de faire la même chose, bien que cela me démangeât.

Au lieu de ça, je jetai un coup d'œil vers les tribunes. À l'instant où mon regard croisa celui de Raphaël, il passa un pouce sur son cou et fit semblant de se trucider. À plusieurs reprises, comme pour me dire de commettre un meurtre.

Je secouai la tête, mais ça ne l'arrêta pas, et il me mima tout un tas de méthodes pour assassiner cette mégère.

— Je ne sais pas encore comment, mais je vais trouver le moyen de t'éjecter très loin de la vie de mon fils. Te voir près de lui ne me plaît pas.

— C'est un grand garçon, Anna. Il sait même faire pipi tout seul maintenant, vous savez ?

Elle sembla agacée par ma blague, ce qui me fit sourire. Je pinçai les lèvres pour retenir le rire qui ne demandait qu'à surgir d'un moment à l'autre.

— Gabrielle… Ta nonchalance est peut-être adorable aux yeux des autres, mais moi je vois clair en toi. Tu n'auras jamais mon fils.

Je haussai les épaules.

— Je m'en fiche, j'ai Junior à présent.

Elle éclata de rire.

— Ce n'est que de la poudre envoyée aux yeux des médias. Je le sais, parce que c'est ce que j'ai fait avec Kylian pendant plusieurs années. Je sais très bien reconnaître quand c'est du cinéma. Mais je te conseille de rester loin de mon fils, Gabrielle. Je t'ai dit depuis le début de rester éloignée et je te le redis : tu n'as pas les épaules pour supporter ce dont je suis capable.

Je vis rouge. Ses menaces me montèrent à la tête aussi vivement qu'un éclair. J'avais un besoin irrépressible de la blesser. De lui montrer que moi aussi j'avais des cartes en main et que je savais m'en servir.

— Vous me menacez pour quoi au juste ? Je suis loin de lui et le resterai parce qu'il n'est plus rien à mes yeux qu'un simple patient auquel je procure des soins postentraînements et matchs. Rien de plus. Vous… Vous devez tellement vous ennuyer dans votre vie ! Qu'est-ce qui s'est passé pour que vous agissiez ainsi ? Ah ! oui… Un amour à sens unique, n'est-ce pas ?

Elle garda un masque neutre, mais je la vis déglutir. Elle pouvait tenter de cacher ses émotions autant qu'elle le souhaitait, certaines choses ne trompaient pas.

C'était probablement dangereux d'avancer sur ce terrain, mais j'étais moi aussi déterminée à lui balancer tout le venin qu'il y avait en moi.

Quitte à jouer avec le feu, je ferai en sorte qu'elle prenne aussi cher, si ce n'est plus, que moi.

— Votre fils est parti à des milliers de kilomètres de vous pour mettre de la distance, repris-je, déterminée à donner le coup de massue. JB n'a jamais été le confident que vous croyiez. Et l'amour de votre vie n'a jamais voulu de vous… Je résume bien les choses ? Parce qu'en fait, si je fais le compte, je dirais qu'aucun homme sur terre ne vous a réellement aimée, n'est-ce pas ? Je ne vous connais pas non plus d'amis. Vous devez être terriblement seule, non ? Vous vous ennuyez tellement que vous n'avez rien trouvé de mieux à faire que de contrôler la vie de Kylian. Je vous comprends : elle est bien plus intéressante que la vôtre. M'éloigner de lui est la seule manière pour vous de le tenir encore entre vos griffes. Tout ça n'est qu'un jeu malsain d'emprise et de manipulation…

Je n'arrivais plus à m'arrêter. C'était plus fort que moi, ma bouche s'ouvrait et balançait des choses que je n'avais même pas conscience de vouloir vraiment dire. Comme si on avait pris possession de moi.

Je continuai sur le même rythme.

— Pauvre Anna. Sachez que même votre fils vous quittera. Pas à cause de moi, mais parce qu'il a parfaitement compris quel genre de garces vous êtes. Et vous finirez seule, sans personne autour de vous. La roue tourne, c'est certain. Et si vous ne l'avez pas encore vue tourner jusqu'à présent, croyez-moi, ça ne va pas tarder. Je ne suis plus avec Kylian et je ne le serai plus jamais. Mais nos moments ensemble ont été les meilleurs de sa vie. Ça devrait vous éclairer sur ce qu'il pense de vous. Vous allez le perdre, et ce jour-là je jubilerai tellement que ça finira de creuser votre tombe de femme mesquine, solitaire que personne n'a jamais aim...

Ma tête tourna violemment quand je reçus la gifle magistrale qu'elle m'envoya. Je vis des points noirs danser devant mes yeux et, si Eddy ne m'avait pas soutenue, je serais probablement tombée.

Bon sang ! Elle en avait, de la force !

Je pris quelques secondes pour reprendre mes esprits, puis passai une main sur ma joue qui me brûlait.

Pendant ce temps, un homme de la sécurité éloignait Anna de moi.

J'eus envie de rire en la voyant se justifier.

J'eus envie de pleurer également parce que j'avais sincèrement mal.

Mais surtout, j'espérais que cela n'avait pas déstabilisé Kylian.

Le buzz final retentit et, sans comprendre qui le public se réjouissait de voir gagner, je croisai le regard de Kylian.

Sombre. Mauvais. Rempli de rage. Inquiet aussi, je crois.

— Qui a gagné ? demandai-je à Eddy sans le regarder.

— C'est nous. Est-ce que tu peux m'expliquer ce qui vient de se passer ? Je n'arrive même pas à me réjouir de cette victoire ! C'était quoi ça ?

— Je crois que je viens de déclarer une guerre que je suis sûre de perdre, murmurai-je.

— Quoi ? fit Eddy par-dessus les cris du public.

— Je t'expliquerai plus tard.

Il me serra dans ses bras et acquiesça, avant de lancer un cri de joie à la foule.

Les Monsters venaient de gagner, mais je ne pensais qu'à ce que je venais de faire. Activer une bombe à retardement.

Une bombe atomique.

26

Eddy referma la porte derrière nous, s'y appuya et me regarda étrangement.

— Qu'est-ce qui s'est passé ? Qui est cette femme ?

— La mère de Kylian, répondis-je simplement en me sentant soudainement très fatiguée.

Je m'appuyai contre une table en soupirant. Je pouvais suivre le fil des pensées d'Eddy dans son regard, tant ses expressions étaient déchiffrables. Il n'eut cependant pas l'occasion de poser d'autres questions, car quelqu'un tenta d'entrer. Eddy s'écarta de la porte et l'ouvrit.

Les premiers joueurs arrivèrent, et je dus me résoudre à faire ce pour quoi on me payait : mon travail.

Le temps me parut interminable. Les joueurs défilèrent, heureux de leur victoire, ne s'occupant pas de ma personne, ce qui me convenait parfaitement. J'étais complètement ailleurs. Je souriais lorsque je sentais qu'il le fallait, tout en essayant de rester concentrée sur les mouvements d'étirement ou de massage que je prodiguais.

Mais c'était dur.

Ma joue était toujours aussi brûlante, et j'imaginais combien elle devait être rouge.

J'admettais l'avoir cherché, mais je n'arrivais pas à regretter mes paroles. J'en avais marre de subir les décisions que les autres prenaient pour moi sans me concerter. Au bout d'un moment… Il fallait bien que je finisse par exploser.

Junior entra, suivi de près par Elijah. Tous les deux m'observèrent comme si j'étais une chose non identifiée, fragile et féroce à la fois.

— Tout va bien ? me demanda Elijah.

J'acquiesçai, puis attendis qu'il s'installe, avant de débuter le travail.

— Où est Kylian ? chuchotai-je à son intention, même si je savais qu'il n'y avait pas vraiment de moyen d'être discrète dans cette petite salle.

— Avec sa mère, me répondit-il sombrement. Il semblait vraiment sur les nerfs. Tu sais pourquoi ?

— Oui, je le sais.

— Est-ce que ça a un rapport avec ta joue à vif ?

— Oui.

Il grimaça, puis me regarda, incertain.

— Dis-moi que ses deux joues à elle sont dans le même état…

Je le fixai un instant, puis éclatai de rire, sans réussir à m'arrêter. C'était nerveux, car il n'y avait vraiment rien de drôle.

— Malheureusement, non.

— Dommage. Kylian a tout vu, c'est ça ?

— Oui, je pense.

— Tout s'explique.

J'eus envie de lui demander plus de précisions sur ce qu'il venait de dire, mais deux paires d'oreilles nous écoutaient.

— Moi aussi, j'ai tout vu, intervint alors Junior presque en fanfaronnant. C'était juste au moment où j'ai mis le magnifique trois points qui a achevé nos adversaires pour de bon. Gaby parlait, et bam ! La gifle est partie. Je suis sûr que je serais moi aussi tombé à la renverse à ta place.

— Je ne suis pas tombée à la renverse, contrai-je. Et je me passerais volontiers de tes commentaires.

Junior me fit un franc sourire.

— Je t'embêtais, Gab. Je vais aller la voir aussi, cette femme. On ne touche pas à ma nana.

Je me figeai, puis jetai un coup d'œil à Elijah, qui soupira.

— Je suis au courant, McCoy. Ne fais pas ton cinéma devant moi.

— Comment ça, tu es au courant ? demanda Junior sur la défensive.

Elijah se passa une main sur la nuque, comme s'il était soudain fatigué.

— Ce midi, j'ai vu ta déclaration à la télé. J'étais assez remonté contre Gabrielle, et Kylian m'a prévenu.

Junior me lança un regard de mise en garde. Je haussai les épaules parce que, pour une fois, je n'étais pour rien dans l'histoire.

— Si tu veux mon avis, poursuivit Elijah, t'es vraiment tordu comme mec…

— Je ne veux pas ton avis, grogna Junior en retour.

— … Mais on a une victoire à célébrer. Tu viens avec nous, Gaby ?

Je déclinai. J'étais contente pour les Monsters, mais je n'avais absolument pas envie de fêter quoi que ce soit. J'avais juste envie de dormir vingt heures d'affilée.

Je m'inquiétai cependant de ne jamais voir arriver Kylian. Il ne vint pas en salle de soins et ne semblait même pas avoir donné signe de vie lors du rassemblement dans les vestiaires… rien.

Eddy me prévint qu'on devait en informer le coach, ce que je lui demandai de faire. De mon côté, je le cherchai en errant dans les couloirs, tout en espérant ne pas tomber sur Maléfique. En vain. Je tentai de l'appeler, sans réponse.

Ce n'était pas normal…

La présence de sa mère sur le terrain semblait l'avoir retourné, et, s'il avait assisté à la scène finale, je me doutais qu'il ne serait pas partant pour fêter la victoire.

Mais tout de même.

Je rentrai à l'hôtel le cœur lourd, sans recroiser Anna, fort heureusement. Le car était silencieux, car tous les joueurs étaient partis faire la fête. Ce qui me laissa tout le temps de me perdre dans mes pensées, lesquelles revenaient toujours à Kylian. Peut-être m'étais-je moi-même tiré une balle dans le pied en parlant ainsi à Anna. En l'attaquant comme je l'avais fait. Et peut-être que demain serait un des pires jours de ma vie, si elle décidait de lâcher la bombe qu'elle avait apparemment sur moi.

Mais en attendant…

Je ne savais pas où se trouvait Kylian, et cela me rongeait. Je tentai d'aller frapper à la porte de sa chambre, mais je n'eus, sans surprise, aucune réponse. Alors je n'eus d'autre choix que de retourner dans la mienne, m'imaginant des scènes toutes plus improbables les unes que les autres.

Ce n'est qu'après avoir pris une douche et m'être mise au lit que j'eus subitement froid. Je me mis à trembler, sans savoir pourquoi. Comme si j'étais sous le choc a posteriori.

« Il a failli mourir à cause de toi. »

Sur le moment, ces paroles m'avaient paru insensées, mais à présent ces mots tournaient en boucle dans ma tête. Les accusations d'Anna m'avaient atteinte bien plus que je ne le pensais, faisant remonter des sentiments et une culpabilité certaine que j'avais pourtant réussi à mettre en sourdine. Ou presque.

Je me pelotonnai sous les couvertures, sans parvenir à me réchauffer, et je m'endormis ainsi, tremblante. J'étais épuisée.

Je me réveillai complètement désorientée.

Où suis-je ?

Il faisait sombre, et je mis quelques secondes avant de me souvenir que j'étais à l'hôtel.

Anna.

Je me tournai sur le côté et sursautai en sentant une

présence dans le lit. Je me relevai brusquement, avant de me détendre.

— C'est moi, grogna Kylian, les yeux à demi fermés.

— Comment tu as fait pour entrer dans ma chambre ?

Il se passa une main sur le visage et se redressa pour me faire face.

— Peu importe, je voulais juste être avec toi. Tu veux que je retourne dans ma chambre ?

Je secouai la tête et passai les bras autour de sa taille, appréciant la chaleur de son corps. Il me serra en retour, puis nous rallongea confortablement. Je posai la tête sur mon oreiller et l'observai. Il me sourit.

— Il faut croire que je ne t'attire que des ennuis.

Il caressa ma joue, qui avait refroidi. J'attrapai sa main et embrassai ses doigts.

— Tu n'y es pour rien. À quel point je l'ai énervée ?

Il sourit et poussa un grognement entre l'agacement et la fatigue.

— Beaucoup. Je n'avais jamais vu ma mère perdre le contrôle d'elle-même en public.

— Tu penses qu'elle va lâcher la bombe qu'elle a sur moi ? Parce que c'est bien quelque chose sur moi, n'est-ce pas ?

Il ferma les yeux.

— Je ne pense pas qu'elle fera quelque chose dans les jours à venir. Je lui ai parlé et j'espère l'avoir convaincue.

— Qu'est-ce que tu lui as dit ?

— Que je t'aimais toujours, mais que tu avais tourné la page. Je lui ai raconté tout ce qu'on a pu vivre ces derniers temps en transformant certaines vérités. Je lui ai dit qu'au début tu avais cherché à comprendre, mais que tu t'étais lassée et que tu avais finalement laissé tomber. Qu'il fallait qu'elle te laisse tranquille et que, si c'était pour générer des problèmes, je ne voulais plus la revoir. Je ne sais pas si elle m'a cru, mais je pense que oui.

— Elle ne t'a pas menacé de tout révéler ?

— Elle a compris que je savais que le chantage venait d'elle. Elle s'est excusée auprès de moi, m'a fait son baratin habituel sur le fait qu'elle ne souhaitait que mon bien, mais ça ne prend plus. Elle ne m'a pas fait de menaces. C'est pour ça que je pense qu'elle m'a cru.

Je sentis mon corps se relâcher doucement. J'espérais qu'il avait raison.

— Est-ce que tu as eu des nouvelles de JB ? m'enquis-je en pensant à la lettre qui reposait sur la table de chevet, juste derrière lui.

— Non. Il m'a prévenu qu'il éviterait tout contact jusqu'à ce que je rentre en France. Ça fait déjà plusieurs semaines. Pourquoi ?

— Comme ça…

Je ne voulais pas aborder le sujet de la lettre cette nuit. Une chose à la fois.

— Tu n'es pas allé fêter la victoire ? dis-je pour alléger la conversation. Félicitations.

Il me fit un franc sourire, le regard joyeux.

— Je suis heureux.

Une ombre passa dans ses yeux. Une ombre qui m'indiqua le contraire de ce qu'il venait de m'assurer.

— Non, tu ne l'es pas, chuchotai-je en me rapprochant de lui.

Je passai une main sur sa joue et l'embrassai. Je n'aimais pas le voir triste, et c'était bien le sentiment qui l'envahissait.

— Qu'est ce qu'il y a ?

Il mit un certain temps à répondre.

— Je me demande juste à quel moment tu es devenue plus importante que le basket-ball pour moi.

Mon cœur s'arrêta de battre.

— C'est mal ?

— Oui et non. J'ai toujours fait passer ma carrière en premier. Mais là, la seule idée qui me vient en tête, c'est de m'enfuir loin de cet univers en t'emmenant. Je crois que je serais prêt à tout laisser tomber pour ne pas te perdre.

Je m'imprégnais de chacun de ses mots.

— Arrête d'imaginer que tu finiras par me perdre. Et je ne te laisserai jamais abandonner ta carrière. Ne laisse pas ta mère te priver de la chose que tu aimes le plus.

Il me regarda intensément et me ramena contre lui, me serrant aussi fort que si c'était la dernière fois.

— Je ne la laisserai pas t'éloigner de moi.

— Je parlais du basket, Kylian.

— Et moi, je parle de toi.

La tête contre son épaule, je ne répondis rien mais lui fis un immense sourire avant de me blottir dans ses bras. C'était bon de le retrouver. D'être rassurée. De savoir dans quelle direction j'allais, même si la route était semée d'embûches.

— Je t'aime, chuchotai-je, mais il n'eut aucune réaction.

Peut-être s'était-il déjà endormi. Je n'attendais cependant pas de réponse, il m'avait dévoilé bien plus encore.

J'accompagnai Raphaël le lendemain matin à l'aéroport Louis-Armstrong. Dans le taxi, je souris en repensant à Kylian, toujours dans mes draps, endormi. C'était incroyable comme il semblait vulnérable dans le sommeil, comme s'il rajeunissait.

— Tu as passé une bonne nuit ? me demanda Raphaël quand le taxi nous déposa au bon terminal.

— Oui, ça a été. Pourquoi cette question ?

— Pfff, ça a été ? Tu n'arrêtes pas de sourire depuis qu'on s'est retrouvés.

— Et alors ?

Raphaël se rembrunit, et je compris où il voulait en venir. S'il voulait des détails de ma nuit, il allait être déçu.

— On ne me dit jamais rien, à moi.

Je lui tapotai l'épaule en signe de réconfort, puis l'accompagnai s'enregistrer pour son vol.

— Tu salueras Samuel de ma part ?

— Je n'oublierai pas. Fais attention à toi, Gaby. Je suis content que Tal ne soit pas très loin, mais savoir Maléfique dans le coin ne me réjouit pas. Je n'aimerais pas qu'elle te mette une seconde raclée.

Je le repoussai en riant.

— Elle ne m'a pas mis une raclée.

— Ah non ? Et comment tu appelles la gifle monumentale qu'elle t'a mise ?

— Une gifle.

— Une raclée, insista-t-il en riant. Tu aurais dû m'écouter et l'étriper comme je te l'ai montré.

Je levai les yeux au ciel, sans répondre. Il redevint sérieux et me serra contre lui.

— Prends soin de toi. Je suis peut-être à des milliers de kilomètres, mais je reste là, si besoin.

— Merci, Raph. Je rentre en France demain. Je devrais avoir la paix pour les trois semaines à venir.

— Profites-en pour faire le point. Mais n'oublie pas de m'envoyer un autographe de McCoy. J'adore ce type.

Je grimaçai, puis marmonnai :

— Pourquoi ça ne m'étonne pas ?

— N'oublie pas, insista-t-il. Mais fais attention à cette fausse relation. On ne sait pas où elle peut te mener.

— Ce n'est qu'une couverture, Raph. Il n'y aura jamais rien entre moi et Junior.

— Il est réputé pour être un homme à femmes. Je suis persuadé qu'il finira par tenter quelque chose.

— Il ne tentera rien.

Il me lança un regard qui m'indiqua qu'il n'y croyait pas du tout. Il changea de sujet.

— Tu as parlé de la lettre à Kylian ?

— Non, pas encore. Avec l'intervention de sa mère hier, je n'ai pas voulu aborder le sujet. Cette lettre parle de l'histoire entre son père et sa mère, et je suis sûre que ça va remuer des choses en lui. Personne n'a jamais voulu lui parler de son père, alors…

— Oui… Toute cette histoire est tordue, Gaby. Même ta vie devient tordue.

Je ne pus qu'acquiescer d'un signe de tête, dont il profita pour ébouriffer mes cheveux, ce qui me fit grogner. Alors il me serra contre lui.

— Si tu as le temps de passer à Paris, tu sais où me trouver. De mon côté je suivrai ta vie à travers les journaux consacrés aux Monsters. Je me répète, mais prends soin de toi et sois prudente, s'il te plaît.

— Promis.

J'avais du mal à le quitter, alors il me repoussa gentiment en direction de la sortie.

— Tu as aussi un vol ce soir, Gaby. Ne tarde pas. On se reverra.

Je lui fis un dernier sourire qu'il me rendit.

— Tu vas me manquer aussi.

Je quittai l'aéroport, le cœur serré mais le sourire aux lèvres.

Raphaël n'avait pas tort : j'avais des bagages à terminer, et un avion à prendre qui me rapprocherait un peu plus de mes vacances. De mes parents. De mon frère.

En attendant, je comptais bien retourner dans mes draps, rejoindre l'homme qui était mien.

27

Le retour à Chicago se fit dans la bonne humeur. Les joueurs semblaient requinqués, prêts à gravir des montagnes, comme si le match qui avait fait basculer leur chance de victoire en très bonne position pour jouer les *playoffs* leur donnait des ailes. Cela faisait plaisir à voir.

Malheureusement, cela donna surtout des ailes à Junior, qui était encore plus exubérant qu'habituellement. Il était fatigant. Il prit une photo de nous deux, où il m'écrasait les joues avec ses doigts, et j'eus beau le supplier d'effacer ce cliché dont je ne voulais pas, il n'en fit rien. Je n'avais pas besoin de vérifier pour savoir qu'il la posterait prochainement.

Mis à part Junior, Elijah et Kylian, personne de l'équipe ne semblait au courant de mon altercation avec Anna. Tous étaient bien trop absorbés par le jeu au moment où cela s'était produit.

Nous arrivâmes assez tard. Je filai chez moi et refis ma valise pour mon départ le lendemain.

Après ce qui m'avait paru trois jours de vol, nous arrivâmes enfin à Paris-Orly en milieu d'après-midi.

Le *nous* désignant Kylian et moi… Nous avions pris le même vol. Le plus simple aurait été pour moi d'atterrir à Lyon, mais je voulais passer le plus de temps possible avec mon joueur favori. Je prenais donc ensuite le train pour rejoindre ma ville natale.

Je n'avais pas dormi une seule minute durant le vol et j'étais totalement dans le gaz à l'atterrissage, alors que nous étions en plein après-midi.

Kylian rabattit sa capuche sur sa tête mais, même caché, il attirait les regards. Certains curieux le reconnurent et n'hésitèrent pas à l'accoster.

Je lui fis signe que je l'attendais après la douane et allumai mon téléphone.

Je fus bombardée de messages, tous de ma mère :

J'ai hâte que tu arrives !

Il fait froid, pense à te couvrir.

Ton père trépigne d'impatience.

Non, en fait, c'est moi qui suis impatiente.

Il y a des problèmes de trains.

Appelle-moi quand tu auras atterri. Beaucoup de trains sont annulés à cause du froid.

Je survolai rapidement les autres, puis décidai de l'appeler directement.

— Chérie, ça va ? Tu as fait un bon vol ? Donne-moi le numéro de ton train que je puisse regarder pour toi s'il n'est pas annulé.

Tout ça, sans me laisser le temps d'en placer une. Je regardai sur l'application et le lui donnai.

— Kylian est avec toi ? demanda-t-elle tandis que, en fond sonore, je l'entendais taper sur son clavier.

— Oui, il ne devrait pas tarder à me rejoindre. Pourquoi les trains sont annulés ? À cause du froid ?

— Les rails sont gelés. Par mesure de sécurité, les trains qui doivent nous desservir ont été annulés, mais certains sont détournés par une autre ligne. Oh… Il est annulé.

La déception que j'entendais dans sa voix était tellement immense que je cherchai instantanément une solution.

— Ne t'inquiète pas, maman. Je vais quand même aller à la gare pour me faire rembourser et voir quel autre train je pourrais prendre.

— Il y a un problème ? s'enquit Kylian en arrivant derrière moi.

Je lui fis non de la tête pour le rassurer.

— Passe le bonjour à Kylian, me dit ma mère, un sourire dans la voix.

— Je le lui dis ! Je te rappelle pour te tenir au courant, maman.

Nous raccrochâmes, et je suivis Kylian vers la sortie. Je mis à peine un pied dehors que le froid me glaça entièrement.

Kylian passa un bras autour de mes épaules et me serra pour nous protéger du froid. Nous trouvâmes rapidement un taxi, et le soulagement quand je sentis le chauffage de l'habitacle m'envahir fut énorme.

— Mon train est annulé, expliquai je cn frottant les paumes l'une contre l'autre. Ma mère s'inquiétait.

Kylian prit mes mains qu'il enferma dans les siennes, grandes et chaudes.

— Dans ce cas, on peut passer à la maison, je récupère ma voiture et on file à la gare ?

— D'accord, répondis-je en souriant.

Le taxi mit beaucoup de temps pour nous emmener à destination à cause de la circulation très dense, ce qui me permit de m'imprégner de Paris, de retrouver le bonheur et les souvenirs qu'elle m'inspirait.

La nostalgie m'envahit brusquement lorsque le taxi nous

laissa au pied de l'immeuble où résidait parfois Kylian. La dernière fois que je m'étais trouvée ici… Tout me semblait simple encore. J'étais loin d'imaginer que nous en serions là, aujourd'hui.

Il faisait presque aussi froid dans son appartement que dehors. Le chauffage n'avait pas été allumé depuis des lustres, aussi nous ne restâmes que très peu de temps chez lui. Il récupéra juste les clés de sa voiture, et on repartit.

On eut encore une fois droit aux bouchons parisiens. La fatigue commençait véritablement à peser sur moi.

— Tu n'es pas fatigué ? demandai-je à Kylian.

— Non. J'ai dormi dans l'avion, tu as oublié ?

Non, comment aurais-je pu oublier ? Il avait confondu mon corps avec un oreiller. Sûrement étais-je aussi confortable… Mais cela ne m'avait pas dérangée. J'avais regardé deux films, profitant de chaque seconde pour le caresser.

En voyant le sourire que je tentais de cacher, il fronça les sourcils.

— Ne me dis pas que tu as profité de moi pendant que je dormais ?

J'éclatai de rire.

— Je n'aurais pas osé.

— Menteuse, me dit-il en me pinçant la cuisse. Peut-être que je ne dormais qu'à moitié. Et que j'ai senti tes mains se balader un peu partout.

— Si tu n'as rien dit, c'est que tu étais consentant, fin de la discussion.

Il éclata de rire à son tour, puis s'engagea dans le parking menant à la gare de Lyon.

Au guichet, on me fit remplir un document que je devais renvoyer par courrier, ce que je trouvais ridicule… J'étais sur place, pourquoi ne pas faire les choses directement et ne plus en parler ? Ah ! le monde administratif !

Le seul train annoncé n'était prévu que pour le lendemain.

La déception fut immense. Kylian ne cessait de regarder l'heure, ce qui m'alarma :

— Si tu as quelque chose de prévu, surtout ne t'inquiète pas pour moi. Je vais me débrouiller.

— Non, pas du tout. Je te l'aurais dit.

On reprit la voiture et parcourut le chemin inverse dans les bouchons interminables.

— Tu as appelé ta mère ?

Je grimaçai tristement.

— Non, pas encore. Je vais attendre d'arriver pour le faire. Elle va être déçue.

Il me prit la main qu'il embrassa, avant de me lancer un regard espiègle, presque indécent.

— Tu veux passer la nuit à la maison ?

Je ne réussis pas à retenir le sourire qui illumina mon visage et répondis :

— Seraient-ce des avances, monsieur Foster ?

— Absolument !

— Et tu ne t'en caches même pas ?

Il rit et se pencha vers moi.

— Jamais.

Il m'embrassa doucement, jusqu'à ce que les véhicules devant nous redémarrent sur quelques mètres. Je bâillai à m'en décrocher la mâchoire.

— On a combien de temps avant d'arriver chez toi ? demandai-je en ramenant les pieds sous mes fesses.

— Je pense qu'on en a pour une bonne demi-heure. Tu veux dormir un peu ?

— Oui, je pense que je vais fermer les yeux un moment. Ça ne te dérange pas ?

Il fit non de la tête et posa simplement la main sur ma cuisse.

Me positionnant confortablement, je me laissai bercer par la voiture, mais ne trouvai le sommeil que lorsque la circulation fut un peu plus fluide.

Je sombrai alors dans l'inconscience. Profondément.

Je me réveillai la tête dans le coton avec l'impression d'avoir dormi dix minutes. Les yeux toujours fermés, je sentis que mon corps était lourd et mes membres engourdis.

La première pensée qui me vint fut : *Pourquoi j'ai dormi maintenant ?*

J'aurais dû attendre notre arrivée chez Kylian, cela m'aurait permis de dormir bien plus longtemps.

J'étendis mes jambes, qui me firent un mal de chien, comme si ne pas avoir bougé pendant plusieurs minutes m'avait coupé la circulation.

Mon mouvement alerta sûrement Kylian, qui passa une main sur ma cuisse.

— Tu es réveillée ?

Il y avait quelque chose comme de l'excitation dans sa voix. Sans réussir encore à ouvrir les yeux, je souris, me demandant si on était arrivés chez lui.

— Hum, grognai-je pour toute réponse.

— Tant mieux.

Je souris à nouveau en imaginant ce qui se passerait ensuite et finis par me réveiller pour de bon. D'autant plus lorsqu'il remonta doucement la main le long de ma cuisse. J'étais encore dans le gaz, et ses caresses faisaient naître en moi des sensations très agréables.

J'ouvris les yeux et restai muette face à ce qui se trouvait autour de nous.

Tout était blanc. Blanc à perte de vue. Même le ciel. Je compris que ce que je voyais autour de moi était de la neige à ne plus savoir où elle commençait et se terminait. Au loin, le ciel semblait terriblement sombre. Ce n'était pas un orage. Donc nous étions le soir ?

Bon sang ! Mais où est-ce que nous étions ?

Clairement pas chez Kylian, ni même à Paris.

— On est où, là ?

Il ne répondit pas. Je me relevai sur mon siège, regardant

autour de nous sans comprendre comment nous avions pu passer de la capitale à…

— Chez mes parents ? On est chez moi ?

En tournant mon visage sidéré vers Kylian, je vis un immense sourire illuminer ses traits. Je ne comprenais toujours pas comment nous avions fait.

— J'ai dormi combien de temps ?

— Environ quatre heures et demie. Il a été très compliqué de sortir de Paris, du coup, on a mis plus de temps que prévu.

Mon cœur s'accéléra à mesure que je reconnaissais les coins de ma ville natale. Nous étions presque arrivés.

— Tu m'as emmenée en voiture chez mes parents ?

Je n'arrivais pas à y croire.

— J'espère que ça te fait plaisir.

Ne le voit-il pas sur mon visage ?

En réfléchissant à ma propre question intérieure, je compris que non. Je devais simplement paraître choquée.

Je lui fis un immense sourire, puis me jetai sur lui pour le prendre dans mes bras, tout en faisant attention à ce que ça ne le gêne pas pour conduire.

— Tu es complètement fou. Tu n'avais pas prévu autre chose ?

— Pas avant demain. Ça m'embêtait de te voir aussi déçue de ne pas pouvoir rejoindre tes parents, donc quand j'ai vu que tu dormais vraiment… eh bien, j'ai pris une autre direction.

Je me renfonçai dans mon siège, sans savoir quoi dire. Ce qu'il venait de faire me touchait profondément.

— Tu es le meilleur. Merci, Kylian.

Il embrassa le bout de mes doigts et les garda dans les siens, avant de s'engager dans la rue qui bordait le parc où j'avais passé mon enfance.

J'étais maintenant super impatiente d'arriver. Je comprenais mieux la raison pour laquelle Kylian semblait si content que je me réveille. J'en rougissais presque de honte.

— Je ne sais pas à quoi tu penses, mais ça m'intéresse, me dit-il, un sourire dans la voix.

Je me retins de rire.

— Tu sais bien que toutes les femmes ont un jardin secret.

— Oui, mais là tu pensais à quelque chose qui me plairait si tu me le disais, j'en suis certain.

Je détournai le regard.

— Je ne te dirai rien. Ou peut-être plus tard.

— Quand, plus tard ?

L'impatience dans sa voix me fit rire pour de bon.

— Quand on aura l'occasion d'être à nouveau seuls, toi et moi.

— Dans ce cas, j'ai hâte d'y être.

Le regard qu'il me lança fut plus qu'indécent. Il aurait même pu me faire rougir tant il était rempli de promesses.

Je ne le dis pas à voix haute, mais moi aussi j'avais hâte d'y être.

Mais, pour le moment, j'étais surtout impatiente de retrouver mes parents et j'étais d'autant plus heureuse que Kylian se trouvait avec moi.

Je l'observai du coin de l'œil, appréciant chaque seconde qui s'écoulait. Je prenais conscience de la chance que j'avais d'être avec lui.

Il s'engagea dans ma rue, puis s'arrêta sur une petite place située à côté de la maison.

— Tu es arrivée à destination.

— Merci. Toi aussi. Ma mère va être très heureuse de te revoir.

— Et je serais sincèrement heureux de la revoir aussi, mais… tu sais…

— Peu importe, Kylian. Tu ne m'as pas amenée ici pour repartir immédiatement. Viens avec moi les saluer.

— Je ne crois pas que ce soit une bonne idée.

— Ici, il n'y a personne qui nous mettra des bâtons dans

les roues. Ce sera une pause dans le temps. Une pause dans nos vies de fous. Reste un peu. S'il te plaît.

Il me fit un sourire signifiant qu'il abandonnait l'idée de se battre contre mes envies. De toute façon, j'étais têtue, je ne l'aurais jamais laissé repartir pour quatre autres heures de route.

Je soupirai de bien-être et me penchai vers lui pour l'embrasser.

— Merci.

Je me sentis absolument détendue.

Avec Kylian.

Et mes parents derrière cette porte.

J'étais enfin de retour chez moi.

28

Les retrouvailles furent emplies de joie. C'était la première fois de ma vie qu'on ne s'était pas vus pendant autant de temps.

Ma mère en versa une larme. Elle ne s'attendait pas du tout à ce que j'arrive et, quand je lui expliquai que c'était Kylian qui m'avait fait la surprise en m'emmenant en voiture, elle le prit dans ses bras.

C'était la première fois que je voyais Kylian aussi désarmé. Je n'avais pas de doute sur le fait que ma famille lui ouvrirait facilement sa porte. Mais je ressentais les inquiétudes de Kylian. Étant donné la situation dans laquelle nous étions, c'était assez compréhensible. Mais ma mère l'adorait, et mon père suivait toujours sa femme sans trop objecter.

La suite logique fut que je sois étouffée dans les bras de mon paternel. Et, quand on en eut fini avec les retrouvailles, on put se mettre à réellement discuter.

D'emblée, mon père posa la question fatidique : pourquoi je me retrouvais avec des rumeurs de possibles fiançailles avec McCoy, alors que Kylian et moi semblions toujours être ensemble ?

Nous prîmes le temps de tout expliquer. Kylian garda le silence sur le moyen de pression que sa mère avait sur nous, et moi je tus le secret de Junior. Mon père était fou de curiosité, mais il vit qu'il n'y avait aucun espoir et abandonna l'idée de nous faire dire la vérité. Il me demanda de faire attention à moi, comme s'il me menaçait, et à Kylian de ne pas me laisser le mener par le bout du nez.

Cela fit rire Kylian. Moi, pas.

Mon père n'avait rien compris à notre histoire, visiblement.

Il embraya sur le sujet des finales, donnant quasiment des conseils de jeu à Kylian, qui semblait l'écouter attentivement. Je ne savais pas s'il était sincère ou non, mais son attention me gonfla le cœur d'amour pour lui.

Avec ma mère, nous nous moquions de mon paternel, qui nous ignorait royalement.

J'étais heureuse de me retrouver à la maison, de retrouver ses odeurs mais, surtout, de retrouver cette paix intérieure que je ressentais toujours ici.

La nuit venue, après que ma mère nous avait gavés comme des oies, je ne réussis pas à trouver le sommeil. Je me rendis dans le salon, m'installai avec un plaid sur le canapé et regardai les petites flammes crépiter dans la cheminée.

Je pensais à Kylian, qui dormait dans la chambre de mon frère. Ma mère ne lui avait pas vraiment laissé le choix.

« *Tu dois te reposer, mon garçon ! Tu nous as fait une belle surprise, ne t'en va pas maintenant. Reste avec nous jusqu'à demain. Tu veux bien ?* »

Je souris en repensant à la réaction qu'avait eue Kylian. Il n'avait pas pu refuser et avait craqué à la seconde où elle lui avait dit qu'il fallait qu'il se repose.

Je l'avais vu sur son visage.

Et puis... Personne ne pouvait refuser quoi que ce soit à Mme Ferry. Du moins, personne n'y arrivait.

Je tournai et retournai la feuille pliée en quatre que Raph m'avait transmise. Je savais que Kylian ne comptait pas rester très longtemps et je me demandais s'il fallait ou non lui parler de ce que JB disait dans cette lettre.

Un craquement dans l'escalier attira mon attention.

— Tu ne dors pas ?

Ma mère referma les pans de sa longue robe de chambre et me rejoignit.

— Non, je suis complètement décalée, répondis-je en me poussant pour lui laisser de la place.

— Tu veux que je te fasse une tisane ?

— Beurk.

Elle me sourit.

— Tu devrais essayer. En grandissant, les goûts changent.

— Non, merci.

Elle haussa les épaules, puis fila à la cuisine. Je la suivis, emmitouflée dans mon plaid, et la regardai se servir un simple verre d'eau.

— Pourquoi tu ne dors pas, toi ? demandai-je pour rompre le silence.

— Ton père ronfle un peu trop fort, me répondit-elle en souriant. Je ne sais pas encore quel moyen je vais employer cette fois pour qu'il cesse.

— J'ai pas mal d'idées, si tu veux.

— Oh ! moi aussi. Il fait froid dehors, je devrais en tirer profit.

Je ris en me rappelant d'où me venaient toutes mes idées tordues. Les chiens ne faisaient pas des chats.

— Raconte-moi tout, poursuivit-elle plus sérieusement.

— Qu'est-ce que tu veux savoir ?

— Tu penses que je ne te connais pas ? Si tu n'avais pas envie de te confier, tu ne m'aurais pas suivie dans la cuisine. Qu'est-ce qui se passe ?

Je souris en haussant les épaules. Je ne savais même pas par où commencer.

— Rien... Enfin, si. Beaucoup de choses. Tu as déjà eu l'impression que ta vie t'échappait ? Comme si tu en perdais totalement le contrôle ?

Son regard se perdit quelque part sur le plancher, puis revint vers moi.

— Oui. C'est ça la vie, ma fille. Des imprévus. Des hauts et des bas. Des surprises aussi, bonnes comme mauvaises.

Mais il y a toujours une raison à ce qui arrive, même si tu ne la comprends pas dans l'immédiat. Est-ce que tu veux parler de ce qui se passe avec Kylian ? Ou bien avec McCoy ?

Je fermai les yeux.

— Ma vie est devenue un vrai désastre, maman. Je ne sais même pas comment faire pour retrouver une vie normale.

— Je sais que cette histoire de fiançailles est fausse. Mais ce que je me demande, c'est pourquoi faire ça à Kylian ?

Je fronçai les sourcils.

— Maman, si on reprend depuis le début, c'est lui qui m'a quittée, et puis il a accepté aussi ce marché avec Junior…

— Mais il t'aime, c'est évident. Et se cacher derrière une fausse relation n'est pas la solution.

— Ça n'était pas une évidence pour moi sur le moment. Et pour ma fausse relation avec Junior… C'est la seule chose que nous avons trouvée pour être tranquilles.

— Je suis désolée pour les mots que je vais employer mais, ma fille, c'est stupide. C'est écrit sur vos visages à tous les deux que vous tenez l'un à l'autre. Quant à sa mère, elle me fatigue, cette femme… Je ne la connais pas, mais elle m'insupporte. J'aimerais bien la rencontrer.

Je me braquai, ne voulant même pas imaginer cette scène.

— Jamais ! Elle est dangereuse, tu sais ?

Ma mère secoua la tête en gardant un léger sourire, comme pour me signifier combien je pouvais être naïve.

— Elle n'est dangereuse que si tu la laisses avoir ce pouvoir sur toi. Sauf si, bien sûr, elle est folle à lier, mais ce n'est pas le cas, n'est-ce pas ?

— Elle est quand même allée jusqu'à me gifler…

Elle fronça les sourcils à l'évocation de ce geste que j' avais pris soin de minimiser devant Kylian, pour ne pas le blesser encore plus.

— Ton frère a toujours ses gants de boxe. Je vais aller les enfiler et lui régler son compte à cette vieille pie ! On ne touche pas à mon bébé.

Elle semblait vraiment en colère.

Je descendis de la table sur laquelle j'étais assise et la pris dans mes bras.

— Je sais que tu as de la force pour ta petite taille, mais la dernière chose que je souhaite, c'est que tu fasses sa rencontre.

Je l'emmenai jusqu'au canapé où nous nous affalâmes.

— Tu te souviens de JB ? (Je continuai quand elle acquiesça après réflexion.) Il m'a fait passer une lettre.

Je lui tendis le papier, le cœur serré de donner ces informations à ma mère avant Kylian, mais j'avais besoin d'un avis. Elle lut intégralement. Sa frange les cachait presque, mais je devinais ses sourcils froncés. Elle replia la feuille et me la rendit.

— Je ne comprendrai jamais ces gens manipulateurs et possessifs, soupira-t-elle, pensive. Tu ne m'avais pas dit que Kylian n'avait pas d'informations sur son père. (J'acquiesçai, ce qui fit apparaître une lueur de compréhension dans son regard.) Oh ! tu ne la lui as pas fait lire ?

— Non. J'ai peur de ce que ça pourrait remuer en lui.

— Gaby, c'est un grand garçon. Fais-la-lui lire. Je pense que c'est important. Et s'il rencontre JB et qu'il lui en parle, alors Kylian t'en voudra de ne rien lui avoir dit, tu ne penses pas ?

— Si…

Je gardai le silence, quand un autre craquement se fit entendre dans l'escalier. Nous vîmes Kylian descendre les marches, un jogging tombant bas sur les hanches et une veste ouverte qui laissait entrevoir son corps… Ma mère soupira bruyamment.

Je pouffai de rire et plaçai un oreiller sur mon visage. Elle me donna une tape sur l'épaule et me fit signe de me taire. Enfin, elle me chuchota sans quitter Kylian du regard :

— Je vous laisse. Moi… je vais aller retrouver mon mari, qui ronfle.

J'éclatai de rire sans me retenir, ce qui déclencha le sien. Elle salua Kylian en le dépassant, puis disparut au premier étage.

C'est vrai qu'il est sexy, me dis-je en le dévorant des yeux.

— Tout va bien ? demanda-t-il sans comprendre pourquoi nous riions.

— Oui, ça va. Tu ne dors pas ?

Pieds nus, il vint s'asseoir à mes côtés et glissa un bras autour de mes épaules avant de me ramener contre lui.

— Non, je n'ai pas dormi longtemps. Je crois que mes heures de sommeil dans l'avion ont remplacé ma nuit.

Je restai contre lui, oubliant le plaid, et passai les bras autour de sa taille pour mieux le sentir contre moi. Repensant à la discussion que j'avais eue avec ma mère, je pris une longue inspiration et me redressai.

Je lui tendis simplement la lettre.

— Qu'est-ce que c'est ?

Une feuille, me dis-je en souriant, avant d'expliquer :

— JB m'a transmis un message par le biais de Raphaël. Je crois que j'attendais le bon moment pour te le montrer.

Il fronça les sourcils, attrapa fermement la lettre et commença sa lecture.

J'observais chacune de ses expressions. C'était très difficile, parce que Kylian était incontestablement le maître pour cacher ses émotions. Ce qui n'échappa pas à la règle ce soir. Il lut silencieusement, fronçant les sourcils une fraction de seconde.

Il replia la feuille et la garda dans la main sans savoir quoi en faire. Je n'osais même pas parler.

Il se tourna ensuite vers moi avec un certain égarement.

Je posai la main sur la sienne, ce qui sembla le ramener au temps présent.

— Est-ce que quelqu'un d'autre a lu cette lettre ? (Je fis non de la tête en passant sous silence le fait que ma mère l'avait fait.) D'accord.

Il se leva et alla s'appuyer sur la cheminée, dos à moi. Il semblait se perdre dans les flammes qui crépitaient à côté de lui. Le cadran transparent protégeait de la forte chaleur, tout en permettant d'admirer le spectacle du feu.

Je le rejoignis, puis posai les lèvres contre son dos et passai les mains sur son ventre.

— Il ne faut pas que quelqu'un tombe là-dessus, dit-il simplement.

— Je sais.

Il inspira profondément, puis fit glisser la feuille dans la fente de la cheminée. Elle tomba à côté des flammes, mais finit par noircir rapidement, avant de se consumer. On resta ainsi, à la regarder se réduire en cendres. Puis il se retourna et me serra contre lui.

— Ma mère ne nous séparera pas, assura-t-il avec une certaine colère dans la voix. Elle n'y arrivera pas.

Je restai muette, parce qu'il n'attendait aucune réponse de ma part. Il me fit cependant reculer jusqu'au canapé et m'entraîna avec lui, avant de m'embrasser.

Je pensai vaguement au fait que nous étions sur le canapé de mes parents, mais c'était le cadet de mes soucis. Kylian semblait avide d'attention, comme si par ses baisers il voulait libérer son esprit de ce qu'il avait pu lire. Ou plus simplement, oublier.

Il se laissa aller contre moi, posant la tête dans mon cou, et resta ainsi si longtemps que je me demandai s'il ne s'était pas endormi. J'aurais donné cher pour savoir ce qui se passait dans sa tête.

— Je suis pourtant sûr qu'on finira par y arriver, toi et moi, lâcha-t-il d'un coup, comme en réponse à une pensée qui le traversait.

S'appuyant sur les coudes, il se releva pour me faire face sans éloigner nos corps l'un de l'autre. Je passai les jambes derrière les siennes et soulignai ses yeux avec mon pouce. De légers cernes les marquaient.

— Je l'espère.

— Il me faudrait simplement trouver un moyen de pression pour qu'elle comprenne qu'elle n'aura rien en agissant ainsi.

Putain, Gaby… Je suis désolé. J'aimerais tellement t'offrir une vie meilleure que celle que tu as aujourd'hui.

— Elle est très bien comme elle est, assurai-je, détestant le voir culpabiliser. Elle est mouvementée, certes, et j'aimerais pouvoir être avec toi au lieu de devoir jouer ce jeu idiot avec Junior, mais j'aime ma vie. Toi y compris.

Il me sourit, sans toutefois que cela me paraisse sincère.

Il se releva finalement et m'ouvrit les bras en me laissant le choix de venir y prendre place. Je n'hésitai pas une seconde.

— Voir ces photos avec McCoy… Ces ragots aussi… Je déteste ça.

— Tu as pourtant accepté le marché.

— Oui, mais ça ne veut pas dire qu'il me plaît. Junior nous offre une couverture presque fiable pour le moment, mais j'ai horreur de ça. Je déteste l'idée de ne pas réussir à te protéger.

Je resserrai les bras autour de lui, hésitant sur ce que je devais répondre. Je ne voulais pas que cela sonne comme une pauvre tentative de le rassurer. Alors, j'optai pour la simplicité : la vérité.

— Tu me protèges à ta manière. Je crois même qu'on peut appeler ça une preuve d'amour. Tu te dresses contre ta mère et cherches à ce que rien ne m'arrive. Alors que tu pourrais simplement laisser tomber. *Me* laisser tomber.

— Tu penses que c'est ce que je veux ? Abandonner ? Te laisser ?

— Je ferais tout pour que tu reviennes si c'était le cas.

— Mais combien de temps tu vas tenir dans cette situation ? Ma mère a quelqu'un qui l'informe de tout ce que tu fais, selon JB. Elle se doute déjà que nous avons encore une relation ambiguë. Combien de temps nous reste-t-il avant qu'elle sache vraiment ?

J'avais longuement réfléchi à l'informateur d'Anna. J'avais banni Talina, qui ne passait finalement que très peu de temps avec moi et qui n'était au courant que des grandes lignes, même si elle m'avait fait promettre de tout lui raconter quand je rentrerais à Chicago. Raphaël venait juste de tout apprendre, il était donc impossible que ce soit lui. Il y avait également Elijah, qui ne semblait pas nous vouloir de mal. Junior n'avait aucun intérêt à s'allier avec Anna. Il y avait enfin Eddy, mais cela ne collait pas du tout avec son caractère.

— Ma mère m'a dit que, si on ne laissait pas Anna nous tenir entre ses mains, ou ne serait-ce qu'avoir une petite emprise sur nous, elle n'aurait aucune raison d'être dangereuse.

— Le problème, c'est que je suis sûr que, si on l'ignore, elle lâchera le morceau. Et comme je te l'ai dit : je préfère encore être loin de toi durant une période, plutôt que de te perdre pour de bon.

Si ce qu'Anna avait me concernait, pourquoi lui en voudrais-je à lui ?

— Mais si…

Il posa la main sur ma bouche, comme s'il avait pressenti ce que je comptais lui dire.

— Ne parlons plus de ma mère, ni de tout ça, s'il te plaît.

— Tu sais… Il faudra bien un jour que tu me dises de quoi il s'agit. Je veux te faire confiance, Kylian. Je suis aussi terrifiée par ce qui pourrait nous tomber dessus, mais néanmoins je préférerais savoir à quoi m'en tenir.

— Je sais. Je le ferai un jour. Quand j'aurai trouvé le moyen de ne pas te faire fuir.

J'eus envie de lui dire que ce jour était aujourd'hui, mais je sentais qu'il n'était pas prêt à lâcher. Je passai à autre chose.

— Est-ce que tu veux parler de ton père ?

Je relevai la tête pour jauger sa réaction mais, contrairement à ce que j'avais pensé, il ne semblait pas touché par les maigres détails qu'il y avait sur lui dans la lettre.

— Ça ne change rien au fait qu'il n'a jamais fait partie de ma vie. Ni même essayé de prendre contact avec moi. Il n'a pas été un père, alors je pense qu'il n'y a rien à dire. J'essayerai quand même d'en parler avec JB quand je remonterai à Paris. Mais peu importe.

Je resserrai les bras autour de lui. Je n'avais pas hâte qu'il s'en aille. La petite bulle protectrice et bienveillante que nous offrait la maison de mes parents était la bienvenue, et je ne voulais pas que cela cesse maintenant.

— Quand est-ce que tu comptes repartir ? m'enquis-je sans rien laisser paraître.

— Demain. J'ai plusieurs rendez-vous importants, dont un avec mon ancienne équipe.

Il releva mon visage et m'embrassa tout doucement.

— Je ne veux pas que tu partes, murmurai-je.

— Moi non plus. Mais il se pourrait que je revienne ensuite prendre un hôtel pas loin d'ici…

— Tu ne dérangerais absolument pas si tu restais à la maison.

— Je me demande si ton frère sera du même avis.

Je rigolai en pensant à Mike.

— Ma mère te protégera. Je crois qu'elle t'a adopté.

Il sourit, enfin. D'un vrai sourire, qui illumina son visage.

— Je crains de ne pas pouvoir résister à l'envie de me glisser dans ta chambre le soir venu.

— Effectivement, ce serait mal. (Ma main descendit le long de son torse.) Très mal.

Je soulignai le tatouage qui se trouvait sous son nombril, puis lui souris.

— Mais ce serait assez drôle.

— C'est mal de jouer avec le feu.

— Tu sais pourtant bien l'allumer.

Il éclata de rire, puis me serra fort dans ses bras en grognant. Il n'y avait pas que chez moi que le feu commençait à s'allumer. Mais je ne cherchai pas à l'embraser. Mes parents avaient déjà eu beaucoup de mal à suivre l'histoire de ma fausse relation avec Junior, ainsi que les causes qui nous avaient contraints à monter cet énorme mensonge. Ma vie était bien trop exposée, pour qu'ils me surprennent en plus avec Kylian faisant des choses dont jamais je ne voudrais qu'ils soient témoins.

— Mais tu reviendras ? m'assurai-je tout de même.

— Promis.

On discuta encore un long moment avant de regarder un film devant lequel je m'endormis.

Lorsque je me réveillai le lendemain, j'étais dans mon lit. Et, quand je descendis rejoindre mes parents, Kylian n'était plus là.

29

Mon frère arriva quelques jours plus tard, rendant ma vie bien difficile. J'eus beau essayer de lui expliquer ma situation entre Kylian et Junior, il faisait l'enfant en ne me parlant que de McCoy. En vrai, il était jaloux, j'en étais persuadée.

Je passais mes journées à profiter de ma famille, et mes nuits au téléphone avec Kylian.

Noël arriva bien trop vite à mon goût. Le temps filait à toute allure sans que rien ne puisse arrêter sa course. Cela faisait bien longtemps qu'on ne s'offrait plus de cadeaux le soir de cette fête, mais Kylian l'ignorait.

Lorsqu'il revint le surlendemain, il avait des cadeaux pour tout le monde. Ma mère fut horriblement gênée de ne rien avoir pour lui et me reprocha de ne pas l'avoir prévenue. Comment lui dire que je n'avais rien à voir avec tout ça ?

Mon frère sembla s'accommoder d'autant mieux de sa présence qu'il reçut de la part de Kylian des places pour un des matchs de la finale. Mon père et Mike en parlèrent pendant des heures.

La veille de son départ, comme chaque matin, Kylian quitta la maison en tenue de sport pour aller courir. Il tentait toujours de m'entraîner avec lui, mais je refusais inlassablement. Le sport… ma bête noire.

Mais cette fois-ci, enfilant son bonnet, Kylian semblait plus déterminé que les fois précédentes à me convaincre. Ma venue se joua sur un pari que j'étais pourtant sûre de gagner…

C'est ainsi que je me retrouvai en jogging, dans le froid, les poumons gelés, probablement rouge comme une tomate, à courir – si on pouvait vraiment appeler ce que je faisais courir – et à râler.

— Pourquoi courir ? marmonnai-je à toute vitesse, énervée. À quoi ça sert de toute façon ? Chouette, on court ! Pourquoi ? Je sais pas ! Quelle idée ! Bon sang, j'ai froid ! !

À mes côtés, Kylian finit par s'arrêter avec un point de côté tellement il n'en pouvait plus de rire. J'étais encore plus énervée.

Avais-je déjà dit que je détestais le sport ?

— Arrête de rire.

Il n'en fallut pas plus pour qu'il reparte en fou rire, deux fois plus fort.

Je le déteste.

Je stoppai net en me demandant quel poumon j'allais recracher en premier. Je récupérai de la neige, formai une boule, puis la balançai dans sa direction au moment où il se tournait dans la mienne.

J'avais voulu viser son dos.

Elle lui atterrit en plein visage.

À mon tour de me mettre à rire nerveusement, toute trace d'énervement envolée.

— Pardon. Tu sais, d'habitude je ne sais pas viser, alors je suis plutôt fière de moi.

Il me lança un regard de défi.

— J'ai pas fait exprès ! continuai-je en reculant.

Mais je voyais dans son regard qu'il était déterminé à se venger.

— Là, maintenant, j'ai des raisons de courir, n'est-ce pas ?

L'ombre d'un sourire passa sur ses traits, ce qui répondit à ma question. Je filai à toutes jambes vers le parc, mais j'étais déjà essoufflée et épuisée, alors ce fut simplissime pour lui de me rattraper.

J'entendis son rire tout proche de mon oreille, alors j'imitai ces animaux qui font les morts à l'approche d'un prédateur. Je me laissai tomber dans la neige comme une pierre. Je jure que mon visage se paralysa instantanément de froid lorsqu'il rencontra la matière épaisse gelée qui recouvrait le sol.

Ma technique emporta Kylian dans ma chute, qui roula par-dessus moi. J'éclatai de rire sans plus aucune force.

Il s'assit dans la neige et m'en jeta plusieurs poignées, avant de m'aider à me relever.

— C'est impossible de s'entraîner avec toi, soupira-t-il, amusé.

— Il ne fallait pas me forcer.

— Je voulais quand même t'inciter à venir. J'avais l'espoir de te faire apprécier.

— Jamais de la vie je n'aimerais le sport.

— Mais c'était quand même drôle.

Je le frappai, ce qui redéclencha son rire, puis il m'entraîna le long d'un chemin partiellement gelé.

— Peut-être que tu voudrais voir mes kilos s'envoler, mais je préfère encore les garder. Le sport est pour moi synonyme de torture.

— Au contraire, j'aimerais que tu restes comme tu es. Tu veux savoir un secret ? J'adore tes formes.

— Mouais.

Je jubilais intérieurement, bien sûr.

On s'arrêta finalement à une aire de jeux pour enfants, où il m'expliqua comment faire des étirements, à moi, kiné. J'étais persuadée qu'il en profitait aussi pour me mater.

Il continua sa séance de sport, faisant des tractions avec les barres sur lesquelles devaient jouer habituellement les enfants. Puis il se pendit à l'envers pour faire travailler ses abdominaux, et chaque fois qu'il remontait vers moi j'en profitais pour l'embrasser.

C'était plutôt pas mal finalement de l'accompagner faire son sport, tant que je n'étais pas obligée d'y participer.

Sur le chemin du retour, il m'acheta une crêpe au chocolat. Adieu les petites calories perdues !

Puis il m'entraîna vers le terrain de football situé un peu au-dessus de la maison de mes parents. Il sortit de la poche intérieure de sa veste une petite enveloppe.

— Je sais que tu n'aimes pas les cadeaux, commença-t-il sérieusement, mais je pense que celui-ci te fera plaisir.

Je pris la pochette, curieuse, mais tout de même mal à l'aise. Je n'avais pas de cadeau pour lui…

— Merci, lui dis-je néanmoins.

— Ouvre-le avant de me remercier.

Il semblait encore plus impatient que moi.

Je fis ce qu'il me demandait et ne compris pas tout de suite ce que je voyais.

Des billets d'avion ?

— Tu m'as dit que tu ne voulais pas repartir tout de suite, m'expliqua-t-il. J'ai appelé le coach et j'ai négocié deux jours de plus. Alors j'ai modifié nos billets.

Je ne pus empêcher mon sourire de s'agrandir. Outre le bonheur de rester un peu plus avec ma famille, il m'offrait également deux jours où je pouvais être moi-même avec lui.

Et cela me rendait terriblement heureuse.

— Je suis d'accord pour venir faire du sport quand tu le souhaiteras, répondis-je avant de me rendre compte de ce que je disais. Enfin, non. Je plaisantais, mais je suis partante pour t'accompagner tous les jours si tu le désires. Plus sérieusement : merci.

Il me serra contre lui et me prit par les épaules pour m'entraîner vers la maison. Mon frère nous accueillit en me lançant un regard moqueur.

— Combien de fois elle a râlé ?

— La ferme, grognai-je.

Mike éclata de rire.

— J'en déduis que la réponse doit être « un nombre incalculable », vu qu'elle continue.

Je retirai mon bonnet humide et le lui jetai dessus, mais cet imbécile esquiva mon attaque.

— Gaby ! me rabroua ma mère.

Je désignai mon frère pour signaler que c'était lui qui avait commencé mais, comme toujours, Mike s'en sortit sans aucune remarque.

— Tu vois ? dis-je à Kylian. Quand je te dis que les petits frères sont faits pour embêter leurs aînés… Ce n'est pas une blague.

Il me sourit sans toutefois se ranger de mon côté. Lui aussi était un traître qui se ralliait aux membres de ma famille.

Il avait beau avoir prolongé notre séjour, le temps continua tout de même de filer à toute allure. La dernière chose que je souhaitais, c'était quitter cette petite routine qui s'était installée depuis presque trois semaines maintenant.

Le soir venu, Kylian quittait souvent la chambre d'amis en pleine nuit pour se glisser dans la mienne.

Nos nuits étaient très courtes, mais on s'en fichait.

On profitait.

On vivait.

À trois jours du départ, je finis quand même par lui demander :

— Tu as eu des nouvelles de ta mère ?

Alors que nous étions allongés dans mon lit, la couverture remontée jusque sous mon nez, je calai mes pieds gelés contre ses mollets chauds. Il détestait ça, mais me laissait tout de même faire. J'adorais me réchauffer contre lui, et l'embêter un peu aussi.

— Non. Elle n'a aucun intérêt à me contacter pour le moment. Elle m'a simplement demandé quand est-ce que je rentrais à Chicago.

Je soupirai, puis ajoutai :

— Et JB ?

— Tu ne veux pas discuter d'autre chose ?

— Pourquoi tu refuses de m'en parler ?

— Parce que ça n'a pas d'intérêt.

— Mais tu l'as vu… il t'a appris des choses, n'est-ce pas ?

Il soupira, résigné. Depuis son retour, il avait esquivé toutes mes tentatives d'en savoir plus sur sa rencontre avec l'homme qui l'avait élevé, mais j'étais tenace.

— Oui.

Je me relevai et l'observai en espérant qu'il se confie de lui-même.

Il passa une main sur ma joue, puis dégagea mes cheveux de mon cou, comme pour gagner du temps, avant de m'expliquer rapidement :

— Il m'a dit qu'il se pourrait que mon père fasse partie du monde du basket-ball. Mais je n'ai pas voulu en savoir plus.

— Pourquoi ?

— Parce que ça a un lien avec les Monsters.

— Ce n'est pas une bonne nouvelle ?

Il eut un sourire incertain.

— Je ne veux pas le retrouver, Gaby. Et je n'ai vraiment pas envie de découvrir que c'est grâce à mon père biologique que j'ai pu signer avec les Monsters. Je voudrais sérieusement me dire que j'y suis arrivé par moi-même. Donc je ne veux pas en savoir plus.

Je comprenais son point de vue, alors je ne posai pas d'autres questions, même si dans ma tête tout se mettait en route. J'étais même prête à mener l'enquête si nécessaire, mais je savais que Kylian refuserait, alors j'essayais de me contraindre à respecter ses choix.

— Tu penses qu'on va réussir à continuer de faire comme si de rien n'était quand on rentrera ? demandai-je pour changer de sujet.

— Il le faut. Ma mère sera là pour les premiers matchs de l'année, j'en suis certain. Elle ne m'a pas demandé la date de mon retour pour rien. JB est de mon avis. Elle ne croit pas en ta relation avec Junior et veut s'assurer qu'on n'est pas ensemble toi et moi.

Je me contractai, sentant l'énervement poindre en moi.

— C'est stupide.

— Je pense que c'est parce qu'elle a compris très tôt qu'elle ne pourrait pas te manipuler.

— C'est d'autant plus idiot.

— Je suis d'accord.

Il me fit rouler et se positionna au-dessus de moi.

— Junior a posté une photo sur les réseaux sociaux de toi et lui quand on était dans l'avion du retour. Je me demande encore pourquoi j'ai accepté ce marché. Ça me rend dingue.

— Mais, comme tu l'as dit, il nous permet d'avoir une certaine couverture…

— Je sais. Mais je ne veux pas que ton visage soit associé à lui. J'aimerais que ce soit à mes côtés que tu avances. Pas avec lui.

— Tu sais bien que ce n'est pas le cas.

— Je sais… Néanmoins, si je te demandais de tout arrêter, est-ce que tu le ferais ?

— Oui, évidemment, répondis-je, sûre de moi. Mais tu ne crois pas que ça mettrait la puce à l'oreille de ta mère ?

Il se laissa tomber sur moi et me serra contre lui.

— Tu as raison. C'est juste que j'ai l'impression que McCoy est sans limites.

— Jaloux ?

Je sentis poindre un sourire, mais le perdis bien vite en le voyant sérieux.

— Oui. Lui pourrait t'offrir tout ce que je ne peux pas faire actuellement.

— Et tu penses vraiment que je pourrais tomber amoureuse de lui ?

— Je ne sais pas. Peut-être.

— Ça n'arrivera pas, Kylian.

Il ne répondit pas, ce qui me confirma qu'il n'était pas certain de ma réponse. Je ne savais pas si j'étais vexée ou non de son manque de confiance. Je braquai le regard dans le sien et lui demandai :

— Est-ce que tu veux qu'on arrête tout en rentrant ? Avec Junior ? Qu'on mette un terme à ce mensonge ?

— Il faut d'abord que je trouve un autre moyen de faire croire à ma mère qu'on est tous les deux passés à autre chose, mais oui. C'est ce que je veux. Je pensais supporter cette fausse relation, mais en réalité ça m'exaspère que tous pensent qu'il est avec toi.

— D'accord. Alors j'en parlerai à Junior quand on rentrera.

Il sembla sincèrement soulagé. Et moi aussi je l'étais. Mettre fin à toute cette histoire me paraissait être la meilleure des solutions.

Il y avait forcément une autre issue à notre problème. Nous ne savions simplement pas encore laquelle. Mais Kylian voulait tellement nous protéger de sa mère que j'étais certaine qu'il trouverait quelque chose qui empêcherait cette sorcière de tenter de nous détruire.

De *me* détruire.

Il le fallait…

30

Chicago.

Le retour à la vie réelle fut dur. Très, très dur. Au point que lorsque j'arrivai dans mon appartement le premier soir, je pleurai comme une idiote sans pouvoir réussir à défaire mes valises.

Mes parents me manquaient déjà, et me retrouver seule, après trois semaines de vacances paisibles avec eux et Kylian, me fit prendre conscience de l'insolement dans lequel je me trouvais ici.

Talina ne rentrerait que le jour du match. Aussi, j'étais entièrement seule, avec tout le temps pour être nostalgique de ces dernières semaines. La fatigue et le décalage horaire ne m'aidaient pas à mettre de l'ordre dans mes émotions.

Je me sentais épuisée.

J'avais envie de retrouver une vie normale, et la vie que je menais ici était tout sauf ça.

D'ici quelques mois, à la fin de mon stage, un choix allait s'offrir à moi : continuer dans l'univers sportif ou tenter ma chance ailleurs. Avec tout ce qui se passait, la balance penchait beaucoup plus vers le *ailleurs*.

Mais qu'en serait-il alors de ma relation avec Kylian ?

Je ne cherchai pas à retrouver mes repères chez moi. La seule chose que je réussis à faire fut de prendre ma douche et de filer dans mon lit. Il était encore bien trop tôt pour dormir, mais qu'importait.

Ce soir, il y avait un gala de charité organisé par les investisseurs des Monsters. Comme me l'avait bien répété Kylian, c'était le genre de soirées que je n'allais pas aimer : plein de gens riches qui se pavaneraient comme si le monde leur appartenait. L'équipe était tenue d'y être. Moi, non, mais Junior m'avait demandé de l'accompagner. Il fallait que je lui parle dès ce soir.

Qu'on annule ce marché stupide et qu'enfin tout commence à se remettre en place.

Je passai la journée entière au lit et, en fin d'après-midi, je me préparai pour la soirée à laquelle je n'avais aucune envie d'aller.

Junior vint me chercher à 20 heures.

Je ne fus pas surprise par le fait qu'il ait commandé une limousine. Il aimait faire les choses en grand, et moi je détestais ça.

— Tu étais obligé de louer ce truc à rallonge ? grognai-je en montant.

— Moi aussi je suis content de te voir, bébé, répondit-il, le sourire aux lèvres.

Je le repoussai lorsqu'il me tendit sa bouche en cul-de-poule, comme s'il s'attendait à recevoir un baiser. Je ne pus malgré tout m'empêcher de sourire, et ce n'est que lorsqu'il referma la porte sur moi que je vis qu'Aïssa était aussi dans la voiture.

Surprise, je me demandai si j'avais fait une gaffe en repoussant Junior, mais elle me sourit et vint s'asseoir à mes côtés.

— Il est exaspérant quand il s'y met, admit-elle en me tendant une coupe de champagne, que je refusai.

— Tu veux dire tout le temps ?

Elle rit, puis acquiesça.

— Ce n'est pas faux. Tu as passé de bonnes vacances ?

— Excellentes, répondis-je en essayant de ne pas redonner

prise à mes pensées nostalgiques. Et toi ? Qu'est-ce que tu as fait ?

— On est retournés à Miami avec Junior. Il ne t'a pas dit qu'il m'emmenait ?

En réalité, je ne savais absolument pas ce que Junior avait fait, ni où il était allé. Alors dire avec qui…

Je répondis néanmoins :

— Tant que ce n'est pas autour de sa personne, Junior n'est pas très loquace. J'avoue ne pas avoir posé la question non plus.

Elle me lança un regard complice.

— J'ai bien entendu certaines de vos conversations malgré moi… Plutôt chaudes, hein !

Aïssa éclata de rire en me voyant abasourdie. Je n'étais pas choquée, mais plutôt en train d'imaginer tout ce qu'avait pu dire Junior à Eddy, et me sentis terriblement gênée qu'elle puisse penser que c'était à moi.

J'étais très mal à l'aise.

Je me forçai à rester naturelle, mais je n'arrivais plus à la regarder dans les yeux. Je connaissais Junior. J'imaginais donc parfaitement ce qu'il avait pu balancer comme cochonneries.

— Ne t'en fais pas, j'en ai vu d'autres, me rassura-t-elle. Et puis, il faut dire qu'un océan vous séparait. C'est normal.

Junior choisit ce moment pour monter dans la voiture.

— Vous parliez de moi ?

Je levai les yeux au ciel.

— Non, répondis-je en secouant la tête. Arrête de croire que le monde tourne autour de toi.

— Menteuse. Je sais que tu parlais de moi. Et sache, ma poupée, que le monde tourne autour de moi.

Je lançai un coup d'œil à Aïssa pour qu'elle me vienne en aide, mais elle semblait attendrie par ce qu'elle voyait. Elle ne se doutait pas une seconde que Junior m'exaspérait pour de vrai.

Le pire dans tout ça, c'était qu'il avait raison : nous parlions bien de lui avant son arrivée, et ça m'agaçait d'autant plus. Je n'aimais pas qu'il ait raison.

La voiture se mit en route, et Aïssa reprit la parole.

— Je devrais te remercier, Gaby. Je ne sais pas ce que tu as fait à ma famille mais, depuis ta venue et l'annonce officielle de votre relation, mon père s'est totalement adouci.

— Laisse-la en dehors de nos histoires, grogna Junior en passant un bras autour de mes épaules.

Je me forçai à ne pas le repousser brutalement. Ce fut très difficile.

— Pourquoi ? J'ai bien compris que c'était sérieux entre vous. Et Junior, si tu veux avancer, il faut aussi que tu l'impliques dans ce qui se passe dans notre famille. Le jour où papa et toi avez eu une réelle conversation était comme un miracle ! C'est comme si l'idée même que tu puisses te marier l'adoucissait à ton égard. Et ça nous fait du bien à tous.

— Tu es en train de me dire comment agir ? Toi qui n'as jamais su garder un homme plus d'une semaine ?

Elle accusa le coup, contrariée.

— C'est normal, c'est le temps qu'il te faut pour le découvrir, le menacer et le faire fuir.

Je tournai le regard vers Junior et lui donnai un coup dans les côtes.

— Laisse ta sœur vivre. Ce n'est plus un bébé.

— Tu es folle ? Les mecs qui tournent autour d'elle sont comme… des bêtes.

— Et tu penses qu'elle n'est pas assez grande pour prendre ses propres décisions ?

— Merci, Gaby ! s'exclama Aïssa. C'est ce que j'essaye de lui faire comprendre depuis trop longtemps.

Après cela, je les laissai se chamailler sans plus intervenir. Bien sûr, je me mettrais toujours du côté de sa sœur. Mais je n'étais pas du tout à l'aise avec l'idée que, si elle me prenait pour son alliée, de mon côté, je ne faisais que lui mentir.

J'avais horreur de ça.

Alors je préférais rester silencieuse. Pour ne pas aggraver mon cas.

L'endroit où se déroulait la soirée était un hôtel dont la façade évoquait plutôt un casino, et pour cause : il y en avait un à l'intérieur.

Les apparences étaient parfois révélatrices.

Ce ne fut qu'à ce moment-là que je me rendis compte que je n'avais pas mon téléphone sur moi. J'avais changé de sac à la dernière minute. Au secours ! Comment allais-je pouvoir faire passer le temps maintenant ?

Toute l'équipe des Monsters était présente dans la grande salle de réception. Des gens que je ne connaissais pas me saluèrent et, mon Dieu ! Je mourais d'ennui.

Je devais tout de même l'avouer, Junior fut la seule personne qui réussit à me faire sourire. Il m'agaçait avec son arrogance démesurée, mais il savait aussi comment me charrier et me sortir d'un ennui certain.

Kylian aussi était là. Il avait tant de prestance qu'il éclipsait les autres, et ce n'était pas mon regard amoureux qui parlait. De nombreuses femmes le reluquaient sans gêne. J'aurais pu à toutes leur arracher les yeux, mais je restai à ma place et ne pus que faire comme elles… L'observer de loin, avec envie.

Kylian, lui, ne posa pas une seule fois le regard sur moi. Je savais que c'était mieux ainsi, mais j'étais quand même déçue. D'autant que je ne parvenais pas pour ma part à ne pas le regarder.

Quand les danseuses firent un show magnifique, mêlant sensualité et braise, je le vis discuter avec une femme un peu trop proche de lui.

Je lançai un coup d'œil alentour, cherchant le visage d'Anna, à qui ce simulacre était destiné, mais elle n'était pas présente. Certes, il y avait beaucoup de monde, et peut-être qu'elle se dissimulait dans la foule, mais j'avais passé pas mal de temps à m'ennuyer et à scruter ce qui m'entourait. Aussi, j'étais persuadée que, si Anna avait été présente, je l'aurais repérée.

À la fin du show, Kylian glissa quelque chose dans la main de la jeune femme, puis s'éloigna pour rejoindre le coach avec qui il s'entretint comme si de rien n'était.

Bon sang ! La curieuse en moi se demandait ce qu'il avait bien pu lui donner et, en suivant des yeux la jeune femme, je compris que c'était quelque chose d'agréable, parce qu'elle regardait dans ses mains avec des yeux brillants de plaisir.

Jetant un coup d'œil à Kylian, je le vis lui faire son sourire en coin qui m'était normalement réservé.

À quoi il joue, là ?

La température commença à grimper en moi, et je tentai d'attirer son attention pour qu'il comprenne que j'étais là et que j'avais horriblement conscience qu'il était en train de flirter avec une autre femme sous mes yeux !

— Monsieur McCoy, une petite photo avec votre fiancée ?

Junior me prit par la taille, me rapprocha de lui, puis m'embrassa le temps d'un flash express.

Je me retins de le frapper et souris au photographe, que j'avais pourtant envie de charcuter.

Je croisai les yeux noisette de Kylian, qui étaient figés sur nous. Il se détourna sans qu'aucune émotion ne traverse son visage, puis donna quelque chose à une autre femme, avant de s'en aller. Sans un regard.

— Je vais te tuer, Junior, soufflai-je quand je le perdis de vue.

— C'était qu'un petit bisou.

— C'était dégueu et en plus c'était trop étrange.

— Ça, je te l'accorde, c'était trop bizarre.

Surprise, je le regardai et vis l'ombre d'un sourire se dessiner sur son visage. Je ne pus m'empêcher de le lui rendre. Ce garçon était infernal.

— Il faut qu'on arrête de mentir à tout le monde, repris-je.

— Pas ici, Gaby.

— Eh bien, rappelle-toi dans ce cas qu'il faut qu'on parle. Sérieusement.

— Plus tard.

Son ton était celui d'un avertissement. J'étais sûre qu'il ferait un bon père. Il en avait déjà le regard, mais je n'étais pas sa fille, et sa tentative d'intimidation ne fonctionnait pas sur moi.

— Ne me regarde pas comme ça. Je suis sérieuse. Il faut que ça cesse.

— Tu m'emmerdes, Gab.

— Toi aussi !

— On va vraiment avoir notre première dispute de couple ?

— Ce doit être au moins la centième.

— Vous êtes vraiment adorables, intervint une belle femme brune exhibant des bijoux qui semblaient valoir les yeux de la tête.

En plus d'être jolie, elle était très bien faite, mais j'étais sûre que sous cette couche de maquillage se trouvait une femme plus vieille qu'elle ne le laissait paraître.

Mauvaise langue.

— Où se trouve votre bague, ma chère ? me demanda-t-elle, un sourire bienveillant aux lèvres.

— Ce n'est pas encore pour tout de suite, dis-je rapidement en comprenant qu'elle parlait de l'anneau de fiançailles.

— J'espère que ce sera pour très bientôt ! M. McCoy qui devient… sage fait couler beaucoup d'encre. Et beaucoup d'argent. Vous êtes sur la bonne voie, mademoiselle Ferry. Félicitations à tous les deux.

Quand elle s'éloigna, je me tournai vers Junior.

— C'est qui, elle ?

— Un des investisseurs. Elle aime les potins. Et elle m'adore.

Il me fit un grand sourire. J'allais le vanner pour le faire redescendre de son petit nuage, mais un serveur nous interrompit :

— Mademoiselle Ferry ?

Il me tendit un morceau de papier.

— On m'a demandé de vous remettre ce message.

Je le pris, surprise et curieuse.

Elijah arriva et me fit un clin d'œil.

— Si tu as besoin d'aide pour te sortir de l'ennui total dans lequel tu te trouves à cause de la personne que tu accompagnes, tu peux me faire signe, je viendrai te sortir de là.

— Tu oublies que je t'entends, Turner ? demanda Junior, agacé.

— Au contraire, j'adore cette idée.

Elijah éclata de rire et lui donna une tape sur l'épaule, avant de s'éloigner. J'ouvris le papier plié en deux et lus une courte indication :

RDV chambre 4116 – 15 min.

Je reconnus l'écriture de Kylian sans problème.

La pensée qui me vint en tête fut : *Il va me tuer à cause du baiser que Junior m'a fait.*

— Tu comptes me planter et y aller ? s'enquit Junior qui avait dû lire par-dessus mon épaule.

— Exactement ! Je n'en ai pas pour longtemps.

Il secoua la tête, mais me laissa filer.

Je ne connaissais pas cet hôtel, alors je dus m'y prendre à plusieurs fois avant de trouver les bons ascenseurs, ceux qui menaient aux chambres, et non aux salles de jeu réservées au casino.

Je me rendis au quatrième étage, puis suivis les indications murales pour prendre la bonne direction.

Cet hôtel était un labyrinthe. Des couloirs tamisés interminables, avec des portes partout.

Dans ma tête, une petite voix me répétait que Kylian allait me tuer. Ce qu'il avait vu entre Junior et moi n'était pas du tout dans le pacte, et encore moins prévu au programme. Bien au contraire. Je devais rompre le marché ce soir, pas l'embrasser en public ! Même si ce n'était pas moi qui l'avais embrassé.

Je me souvins néanmoins de son petit flirt de son côté, ce qui me fit reprendre du poil de la bête. J'espérais qu'il aurait une excuse en béton, car autrement c'était moi qui allais le tuer.

Je me retrouvai devant la porte 4116, qui était entrouverte, sûrement pour me donner l'accès. De la lumière filtrait. Je vérifiai que personne ne m'observait dans le couloir, poussai la porte et entrai.

C'est là que je le vis.

Kylian.

Avec une autre femme.

L'embrassant et la touchant. Sans retenue.

Elle était à moitié nue.

Il l'embrassait dans le cou et ne semblait même pas m'avoir entendue. Ou bien s'en fichait-il ?

Je savais ce que je voyais, mais c'était comme si mon cerveau était en plein déni. Il refusait d'assimiler les images qui défilaient sous mes yeux.

Pourtant, quelque part en moi, toutes ces informations durent faire rapidement leur chemin, car ce qui sortit de ma bouche était exactement ce que je pensais.

— C'est quoi ce bordel ?

Ma propre voix me tira de ma torpeur.

Je reculai d'un pas quand Kylian me vit.

— Gaby ? dit-il, surpris, avant de répéter mon prénom en réalisant. Gaby… Gaby ! Attends !

Je quittai la chambre en courant, mais Kylian me retint. Je me dégageai et le regardai avec toute la rage que j'avais en moi.

— Ne. Me. Touche. Pas… Pas, alors que tu as posé les mains sur une autre.

Il ne dit rien. Il ne se défendit même pas. De toute façon les faits étaient là.

Il semblait sidéré. Il jura plusieurs fois. Lui qui était le roi du contrôle n'avait pas imaginé une seconde ma venue dans cette chambre où il prévoyait de sauter cette petite brune avec qui il avait flirté plus tôt.

Et moi qui m'étais inquiétée pour un simple baiser.

Je m'entendis lâcher un rire sarcastique. J'étais en colère. Il fallait que je reste en colère. Parce que la colère me permettait de marcher droit. D'avancer. De m'éloigner.

Pourtant, la douleur n'était pas loin. Celle qui me ferait perdre mes moyens. Celle qui me tuerait.

Alors je repassais en boucle les images de ces dernières minutes dans ma tête, pour alimenter la flamme de la colère et ne pas sombrer.

Je tins bon jusqu'à ce que j'arrive près de Junior.

Je ne saurais dire ce qui l'alerta, mais il quitta instantanément le groupe avec lequel il discutait pour venir à ma rencontre, le visage inquiet.

— Tout va bien ?

— Emmène-moi loin d'ici, s'il te plaît. Emmène-moi loin de cet hôtel. Je t'en prie, Junior.

— D'accord, d'accord. Allons-y.

J'étais à deux doigts de tout lâcher et je préférais être loin de tout ça quand ça arriverait.

À quoi Kylian avait-il pensé ?

Qu'est-ce qui lui était passé par la tête ?

Je ne comprenais plus rien.

Ça n'avait pas de sens.

Mais ce que j'avais vu, si. Et c'était bien ce qui me terrifiait le plus.

31

— Qu'est-ce qui s'est passé ? demanda Junior, inquiet, en refermant la portière de la limousine.

Je secouai la tête pour toute réponse. J'étais dans l'incapacité totale de parler, de mettre des mots sur tout ce qui tournait en boucle dans ma tête.

— Tu ne vas pas pleurer, rassure-moi ?

Je fis encore une fois non de la tête. J'espérais juste ne pas lui mentir.

Il y avait forcément une raison à tout ça. Je cherchais inlassablement pourquoi Kylian avait fait ça. Sa mère n'était même pas présente à la soirée.

Je ne comprenais pas.

Junior resta silencieux durant tout le trajet jusque chez lui. Je lui fus reconnaissante de ne pas m'avoir ramenée chez moi, je n'avais qu'une envie, y broyer du noir, seule. Je regrettais désespérément de ne pas avoir mon téléphone avec moi.

Je mourais d'envie de comprendre.

Je fermai les yeux pour me concentrer, mais les images de Kylian touchant et embrassant une autre femme m'assaillirent et me donnèrent la nausée, alors je les rouvris et regardai dehors.

Je ne savais même pas pourquoi j'avais eu le réflexe de partir comme ça. J'aurais dû rester et m'expliquer, mais j'avais tendance à fuir. J'en avais conscience, mais je savais que je n'étais pas de celles qui réussissaient à supporter le choc et la douleur. Je préférais la fuite, même si je savais que ce n'était pas une solution.

Au moins, cela me laissait le temps de réfléchir. D'encaisser. De surmonter.

Il y avait forcément une explication logique à tout ça.

Ou peut-être que j'étais juste en plein déni. Mais l'image de Kylian trahissant tout ce qu'il avait pu me dire ne collait pas.

J'étais tellement en colère. Contre lui, contre cette femme avec qui il était, mais surtout : contre sa mère.

Si elle ne s'était pas obstinée à nous mettre des bâtons dans les roues, nous pourrions être juste *ensemble*. On aurait pu s'installer à Chicago, avancer et construire.

Au lieu de ça, on avait dû se cacher…

J'en avais marre du petit jeu d'Anna. J'en avais marre de trembler à l'idée de ce qu'elle pouvait avoir sur moi. Ce soir, je me fichais qu'elle puisse balancer des choses qui pourraient me blesser. Je me fichais qu'elle lâche sa bombe.

Je voulais juste que Kylian me revienne. Pleinement.

Pour la première fois de ma vie, il me sembla voir Junior soucieux. Il m'entraîna chez lui et prépara même une chambre pour moi. Mais je n'avais pas sommeil.

— Tu ne veux toujours pas en parler ? demanda-t-il en s'asseyant à mes côtés.

— J'ai surpris Kylian avec une autre femme, lâchai-je, toujours assommée.

Junior eut un rire nerveux et me lança un coup d'œil, l'air de dire : « Elle est bonne celle-là. » En voyant que je ne blaguais pas du tout, il s'arrêta net et passa un bras autour de mes épaules.

— Écoute… Ce que je vais te dire ne doit jamais sortir de cette chambre. Ma réputation en prendrait un sacré coup. Tu le promets ?

— Promis.

— Bien. Alors, j'ai du mal à l'admettre, mais Foster est un mec bien. Je connais un peu son histoire, et très peu ont réussi à se démarquer comme lui. Je suis persuadé que sa carrière est loin d'être terminée. Il est intelligent. Et je t'avoue aussi que parfois – seulement parfois – je l'envie.

À mon tour, j'eus un rire nerveux.

— Qu'est-ce que tu as fumé ce soir ?

Il me fit un large sourire.

— Absolument rien. Je sais quand même reconnaître les qualités des autres lorsque c'est nécessaire.

— Et quel est le rapport avec ce soir ?

— Ce que je veux te dire, c'est qu'il est loin d'être con. Bon, clairement, ce soir, il a fait une connerie, mais tu sais aussi bien que moi que ça ne lui ressemble pas. Il est le genre de types que toutes les femmes adulent, mais qui n'en profiterait jamais. Tu sais tout comme moi que parfois on est amenés à faire des choses qui blessent nos proches. Regarde ce que je fais endurer à Ed.

— On devrait tout arrêter.

— Mais je ne le souhaite pas, Gab. Pas encore.

— Pourtant, il le faut.

— J'ai passé les meilleures vacances en famille de ma vie. Les rapports avec mon père n'ont jamais été aussi riches. J'ai même été faire du golf ! Je déteste le golf, mais j'ai adoré passer du temps avec lui. C'était la première fois. Et, même s'il est toujours un peu distant parfois, il fait tout de même des efforts. Et je ne veux pas gâcher ça.

— Mais tu pourrais détruire ta relation avec Eddy. Et il ne mérite pas ça.

— Je le sais bien. Mais ce n'est pas ça qui m'arrêtera. Crois-moi, il compte énormément pour moi, mais je suis prêt à aller jusqu'au bout avec toi pour ne pas détruire la relation que j'ai avec ma famille. Ce que je veux dire, c'est qu'on est tous amenés à faire des choses qu'on ne souhaite pas vraiment faire mais qui sont essentielles pour se protéger ou, dans ton cas, pour protéger ceux qu'on aime.

— Tu défends Kylian ? Pour toi, ce qu'il a fait est justifié ?

— Je n'ai évidemment pas dit que c'était la meilleure solution. Mais je l'ai entendu parler avec Elijah il y a quelques semaines… Crois-moi, Gab, la dernière chose qu'il souhaite, c'est te perdre. Il n'y a aucun doute là-dessus. Il n'a aucune raison d'être avec une femme qu'il n'aime pas. Il n'est pas comme ça. Vous aussi, vous avez un secret à cacher. Je suis incapable de comprendre de quoi il retourne, mais je suis sûr qu'il a fait ça pour vous protéger du mieux qu'il pouvait, comme moi je le fais en mentant sur notre relation.

Je le pris dans mes bras. Il gesticula un peu, tout en me tapotant le dos, puis dit :

— Ne bouge pas.

— Qu'est-ce que tu fais ?

— Rien.

Je lui souris.

— Comment fais-tu pour être aussi insupportable et, l'instant suivant, être…

— Le meilleur ? Adorable ? Génial ? Vas-y, lâche-toi et dis-moi tout ce qui te vient en tête.

Je grognai, puis lui balançai un oreiller en pleine face. Il rit et secoua la tête.

— Je plaisante. Je sais que tu veux arrêter tout ce cinéma autour de notre fausse relation, mais je te demande de tenir encore un peu. Laisse-moi profiter du bonheur d'avoir un vrai père à mes côtés. De pouvoir profiter de ma famille. Parce que je sais qu'un jour tout ça va s'effondrer. Je sais que, quand ça deviendra trop lourd pour moi, je finirai par tout leur avouer. J'espère du moins que j'aurai assez de couilles pour le faire rapidement. Mais, grâce à toi, j'ai réussi à renouer des liens avec mon père et je ne veux vraiment pas tout perdre maintenant.

— Et Eddy ?

— Il sait à qui appartient mon cœur. Continue encore un bout de chemin avec moi.

— Je déteste ça.

— Je sais.

Je restai silencieuse, considérant sa demande. Junior renouait avec son père grâce à cette fausse relation. Grâce à ce mensonge, il démontrait qu'il pouvait se ranger et être un homme bien, mais ce n'était pas ma place. Celle que j'occupais était celle d'Eddy.

Kylian voulait nous protéger, et peut-être que finalement Junior avait raison : nous faisions tous des choses dont nous n'étions pas forcément fiers, mais qui étaient importantes pour pouvoir protéger les gens que nous aimions.

Et, même si j'étais persuadée que nous pouvions régler nos problèmes différemment, Kylian et moi, je n'arrivais pas à refuser quoi que ce soit à Junior. Pas après ce qu'il m'avait dit.

— D'accord.

Il parut sincèrement soulagé. Je savais que Kylian aurait du mal à supporter ma décision, mais il n'était vraiment pas en position de dire quelque chose. Je rejetai l'image de cette femme quasi nue.

— C'est Kylian, me dit Junior en me montrant l'écran de son téléphone. Je vais lui dire que tu dors.

Il se leva et répondit seulement en quittant la chambre. Je ne l'avais pas contredit parce que je ne savais pas si j'avais envie de discuter ce soir. Il me manquait au moins autant que je lui en voulais.

J'étais certaine qu'il m'aimait. Je n'avais plus de doutes aujourd'hui. Mais j'étais folle de rage et de douleur qu'il ait posé les mains sur une autre.

C'était incompréhensible.

Une question subsistait tout de même : pourquoi m'avait-il donné rendez-vous dans cette chambre ? Clairement, il avait été sidéré en me voyant arriver, et c'était complètement absurde de vouloir faire en sorte que je tombe sur lui avec une autre. Ce n'était donc pas moi qu'il attendait.

Et si ce n'était pas moi…

Avais-je loupé une information ? Anna était-elle finalement présente ?

Je retournai ces questions dans ma tête toute la nuit. Je ne m'endormis que lorsque le soleil pointa à l'horizon.

Le premier match de la nouvelle année se jouait à domicile. Je décidai cependant de rester loin du terrain et regardai le match sur la télévision de la salle du personnel.

Je n'étais pas repassée chez moi depuis la veille. Je n'avais pas eu non plus de nouvelles de Kylian. J'avais séché les entraînements, mais m'étais résolue à y aller pour le match.

Je n'avais pas eu grand-chose à faire pour qu'Eddy comprenne que je n'étais pas dans mon assiette, et il ne me posa pas de questions sur les raisons de mon absence.

À présent que le match arrivait à sa fin et que les Monsters étaient bien partis pour arracher la victoire aux Eagles de Portland, il me fallait retourner en salle.

Je rejoignis Eddy un peu avant la fin du jeu. J'étais prête à faire face à Kylian.

La seule chose que je redoutais dans le fait de l'affronter était qu'il avoue que tout cela n'était pas une mascarade. Mais je n'aurais pas les réponses à mes questions si je ne le voyais pas, alors autant en finir…

— Je pensais que tu ne viendrais pas, aujourd'hui.

Je me retournai vers Anna, sentant la colère m'envahir instantanément.

— Qu'est-ce que vous faites ici ?

Elle me montra son pass, puis m'emboîta le pas en direction du terrain.

— Je suis venue voir mon fils jouer.

— Eh bien, dans ce cas, allez le voir et foutez-moi la paix.

— Oui, tu as raison. Mais je voulais te féliciter. Le spectacle que tu m'as offert hier soir était pile ce dont j'avais besoin.

Je m'arrêtai et la dévisageai le cœur tambourinant. Son inébranlable sourire faux m'était insupportable.

— De quoi parlez-vous ?

— De Kylian et de sa conquête. Quand tu les as vus. C'était très distrayant. Et mon fils qui me pensait idiote. Au moins, j'ai eu les réponses à mes questions.

Je secouai la tête, épuisée.

— Vous allez vraiment finir par perdre Kylian.

— Je l'ai perdu à partir du moment où tu es entrée dans sa vie.

— C'est faux. Votre comportement a fait que vous l'avez perdu. C'est loin d'être ma faute.

Elle fronça les sourcils.

— Tu n'as pas voulu m'écouter quand je t'ai dit de t'éloigner de lui. Je t'ai pourtant prévenue que tu n'avais pas les épaules pour supporter sa vie.

— Vous voulez dire, pour vous supporter, vous.

— Je fais partie de sa vie. Et je ferai en sorte qu'il comprenne que la seule personne qui ne l'abandonnera jamais, c'est moi.

— Bonne chance, dans ce cas.

Je lui tournai le dos, mais elle me poursuivit, souhaitant visiblement continuer cette conversation.

— Après ce qui s'est passé hier, peux-tu au moins avouer que j'avais raison sur ta fausse relation avec McCoy ?

— Je ne vous avouerai rien du tout. Je suis très bien avec Junior, quoi que vous pensiez.

— Donc tu nies toujours avoir des sentiments pour mon fils ?

— Je ne vais pas continuer sur ce terrain, Anna, dis-je en tâchant de rester calme. Peu m'importe ce que vous pouvez penser. Si vous voulez me détruire, allez-y. Vous l'avez dit vous-même, non ? Vous avez déjà perdu votre fils.

— Rien n'est jamais trop tard.

— Effectivement. Ce n'est pas trop tard pour vous racheter une conscience. Maintenant, laissez-moi tranquille. Continuez de nourrir la colère que vous avez à mon égard, je m'en fiche. Pendant que je construirai ma vie, vous perdrez toujours un peu plus votre fils. Et quand il sera entièrement perdu... Vous n'existerez même plus pour moi. Kylian n'a plus besoin de vous depuis longtemps.

Je la plantai là sur ces mots. J'entendis son rire léger dans mon dos.

Elle avait donc assisté hier à ma découverte, et je m'étais trompée sur toute la ligne. J'étais persuadée qu'à présent je n'étais plus vraiment crédible, mais comment désamorcer une bombe déjà prête à exploser ?

Le buzz final retentit bien avant que je puisse rejoindre Eddy. De loin, il me fit signe qu'on se retrouvait en salle de soins. J'acquiesçai mais, sur ma route, je fus arrêtée par Junior.

Il tenta de m'emmener sur le terrain, mais je refusai catégoriquement.

— Mais qu'est-ce que tu fais ??

— Viens avec moi, Gab.

— Non ! Hors de question !

Il me tira vers les caméras qui filmaient la victoire des Monsters et la joie des joueurs sur le terrain. Non loin, les supporters appelaient Junior, mais il ne les regarda même pas.

— Gab... Je sais que tu n'aimes pas ça, mais tu te souviens de ce que tu m'as dit ? Encore un bout de chemin. Alors, viens avec moi.

— Pas sur le terrain, non. Qu'est-ce que tu veux faire, encore ?

— D'accord, soupira-t-il. Tant pis, ce sera ici. Mais je t'en prie, dis-moi oui.

— Oui à quoi ?

Je fronçai les sourcils sans comprendre. L'appréhension grandissait en moi. Qu'avait-il encore prévu ?

Il me fit un sourire, puis se baissa.

Encore et encore.

Bien trop bas.

À genoux, il récupéra un objet dans la minuscule poche de son short.

Mon esprit se mit en route au moment même où les caméras se tournèrent vers nous.

Non... Pas ça.

— Je te demande de faire encore un bout de chemin avec moi.

Je le regardais sans réussir à bouger. Sans réussir à parler.

Je voulais refuser. Je voulais fuir tous ces gens qui se mirent à hurler. Fuir ces caméras qui semblaient n'attendre que mon « Oui » à retransmettre en direct devant le monde entier.

J'eus envie de lui dire que ce n'était pas dans le contrat.

Qu'il ne pouvait pas faire ça à Eddy.

Et que je ne pouvais pas faire ça à Kylian. Mais chacun de mes mots serait enregistré. Alors je gardai le silence sans pouvoir me résoudre à lui répondre.

Retrouver Kylian... C'était mon unique préoccupation depuis des mois.

Kylian était l'amour de ma vie. Il était constamment dans mon esprit. Ancré dans ma chair.

J'avais connu le bonheur à ses côtés, j'avais compris ce que voulait dire se donner entièrement à une personne, corps et âme.

Jamais je n'avais aimé quelqu'un comme je l'aimais, lui.

J'avais connu l'atroce douleur de penser que je l'avais perdu. Puis je l'avais réellement perdu.

Pour enfin prendre mon courage à deux mains, me battre pour lui. Pour nous.

Cela avait-il payé ? Je n'en étais pas certaine...

— Dis-moi oui, Gab.

J'étais partagée entre le cœur et la raison.

Toutes les caméras étaient pointées dans ma direction, à l'affût d'une réaction, d'un geste, d'un mot de ma part.

Accepter ou refuser.

Le cœur ou la raison.

Junior semblait tendu. S'il avait pensé que je sauterais de joie, c'était loupé.

J'étais complètement mortifiée.

J'osai enfin jeter un coup d'œil vers le terrain et croisai les yeux d'Elijah qui semblait abasourdi. Un peu plus loin, je vis Kylian de dos, les mains jointes derrière la nuque, le regard rivé vers le ciel.

Je me sentais coincée. Impuissante.

Je n'oubliais pas Anna, qui ne devait rien manquer de ce spectacle.

Je fermai les yeux et pris une longue inspiration.

Alors que Junior se trouvait à genoux devant moi, presque implorant, mon esprit était obsédé par l'homme que j'aimais. À quel point les dégâts allaient-ils être importants ? Pouvais-je même refuser, donnant raison à Anna ?

Non, je ne le pouvais pas.

Je me forçai à sourire à Junior.

Il fallait que je réponde, mais je ne voulais pas mentir ni faire du mal à celui à qui mon cœur appartenait vraiment.

Je vis Kylian quitter le terrain sans un regard dans notre direction.

Je ne pouvais pas lui faire ça.

Tout cela était un énorme mensonge, mais je savais que ça l'atteignait. Que ça le blessait. Et je détestais ma position.

— Gab, reprit Junior, je sais que tu es stressée, mais je sais aussi que tu veux continuer un bout de chemin avec moi. Accepte cette bague, bébé. Accepte de m'épouser.

Pouvais-je disparaître ?

Je regardai la bague énorme qu'il me présentait et eus soudain envie d'éclater de rire. Cette bague ne me ressemblait tellement pas…

Il fallait que je réponde.

J'avais tant espéré que Kylian me revienne… Et il m'était en partie revenu. Mais est-ce que notre histoire rimait à quelque chose aujourd'hui ? Entre sa mère, son secret, le secret de Junior et cette fausse relation, je me demandais s'il n'était pas trop tard…

Est-ce que j'allais le perdre pour de bon ?

Je pensai encore une fois à Anna, qui devait se trouver aux premières loges, puis pris une grande inspiration.

Je ne devais pas perdre la face.

Je ne devais pas la faire perdre à Junior, ni à Kylian.

J'espérais juste qu'il ne serait pas trop tard ensuite pour qu'il me revienne.

Le cœur serré et lourd, je plongeai les yeux dans les siens, puis les fermai, regrettant déjà mes prochains mots.

Les caméras, les photographes, le public… Tout les regards étaient braqués sur moi.

Je sentis les larmes me monter aux yeux, puis je fis ce que je devais faire.

Je souris à Junior et le vis se remettre à respirer.

Lui donnant la main, je choisis la raison.

— J'accepte de t'épouser, Junior.

Mettant un terme définitif à toute possibilité *qu'il* puisse un jour me revenir…

Kylian

— C'est quoi ce bordel ? éclata Elijah en entrant dans les vestiaires.

Je ne répondis même pas. J'étais déjà à deux doigts de perdre le contrôle de moi-même. Assis sur un banc froid, je fixais le sol carrelé depuis ce qui me semblait être des heures. J'essayais de contrôler les émotions qui m'envahissaient.

Elle allait forcément dire oui. Se vengeait-elle pour ce qu'elle avait vu hier ?

Ma mère était pire que tout ce que j'avais pu imaginer. Elle avait réussi à retourner contre moi le piège que j'avais moi-même monté.

Reposant la tête contre le mur derrière moi, je fermai les yeux. Elijah s'agitait à mes côtés.

— Qu'est-ce qui s'est passé, hier ?

— Je crois qu'elle n'a eu aucun de mes messages, dis-je finalement.

C'était la réponse la plus plausible. Autrement, les choses se seraient déroulées différemment.

— Tu m'as dit qu'elle devait tout arrêter avec Junior ! Pas accepter sa demande en mariage !

Je ne relevai pas tant la douleur était immense. On ne demandait pas quelqu'un qu'on n'aimait pas en mariage. Junior avait gagné.

Il avait réussi à me l'enlever.

Il lui offrirait ce que je ne pouvais pas. À cause de ma mère. J'avais à nouveau perdu Gaby à cause d'elle…

J'eus soudain besoin de décharger l'immense colère qui montait en moi et me levai subitement.

— Qu'est-ce que tu comptes faire ?

— Je ne sais pas.

— Putain, jura Elijah en posant les coudes sur ses genoux. Tu pourras toujours lui parler, lui expliquer. Et elle ne veut pas être avec Junior…

J'entendais ses paroles, mais j'étais loin dans mes pensées. Il fallait que je me calme. Il fallait que je la trouve.

Tout était sa faute…

Dans les coulisses, c'était la cohue. Les gens me félicitèrent pour la victoire, mais rien n'avait d'importance.

Gaby pensait que je l'avais trahie. Elle devait me haïr. Je l'avais perdue… À cause de ma mère.

Elle avait réussi à faire que Gabrielle me déteste sans même avoir besoin de lâcher cette bombe. C'était tout ce que je redoutais. Bientôt, je verrais dans le regard de la femme que j'aimais une haine que j'avais cherché à éviter par tous les moyens.

Pour la protéger. Nous protéger. Et qu'elle ne me déteste pas. Mais c'était trop tard.

Qu'avais-je à perdre à présent ?

Je trouvai ma mère au bar de la salle de repos, discutant avec un homme qui m'était inconnu. Je me fichais de lui. Je le fis partir sans trop d'effort. Un simple regard suffit.

— Tu as fait en sorte que ce soit elle qui vienne dans la chambre, hier, n'est-ce pas ? lui demandai-je, hargneux.

— Tu m'as légèrement prise pour une imbécile. Alors, effectivement, je t'ai renvoyé la balle.

Je pris une grande inspiration et me tournai sur le tabouret pour lui faire face.

— Ton petit jeu s'arrête maintenant, maman. Tu ne voulais pas que je fasse ma vie avec elle, eh bien, sois satisfaite. À présent, elle me déteste. Mais je ne te laisserai pas continuer de me manipuler. Fais ce que tu veux, je m'en fiche.

— Réfléchis bien à ce que tu dis, Kylian.

Son ton menaçant ne prenait plus avec moi. Peut-être qu'elle réussissait à impressionner les autres, mais ça ne prenait plus avec moi.

— Regarde bien mes lèvres et grave ce que je te dis dans ta tête pour toujours : ne me considère plus comme ton fils. Va-t'en. Loin d'ici. Je ne veux plus te voir. Tu m'as tenu uniquement parce que tu as quelque chose qui pourrait détruire Gaby. Mais, quand tu lâcheras cette bombe, que te restera-t-il ? À toi de réfléchir à ça.

Je me levai et bus cul sec son verre de ce qui me sembla être du scotch, puis le balançai brutalement contre le mur derrière elle. Il éclata en mille morceaux.

Pour la première fois de ma vie, je vis ma mère avoir peur de moi.

Cela ne me fit aucun bien, mais peut-être comprendrait-elle enfin que je n'étais pas un jouet qu'elle pouvait maltraiter.

Tout ça, c'était fini.

Je lui souris avec un air de défi et ajoutai :

— Une dernière chose : regarde-moi à présent la récupérer. Parce que c'est ce qui va se passer : je vais tout faire pour qu'elle revienne.

Je lui tournai le dos et fermai les yeux, le cœur comprimé.

Je venais de tirer un trait sur ma mère. Sur ma seule famille. J'avais déclaré la guerre. Je m'en fichais. J'étais prêt à la mener si elle m'y contraignait. Mais une chose à la fois.

Je retrouvai Elijah dans les vestiaires.

— Il faut aller en salle de soins.

— Je sais, répondis-je sombrement.

— Tout va bien ?

— J'en sais rien.

— T'es allé où ? Qu'est-ce que tu as fait ?

Je contractai les poings, puis me laissai glisser sur le banc. Je soupirai en réalisant ce que j'avais finalement fait.

— Une croix sur ma mère.

— Ça va faire des dégâts ?

— Gravement. Mais au moins, elle n'aura plus aucune emprise sur nous.

Je me levai, prêt pour aller en salle de soins. Pour affronter Gaby. *Ma* femme. Je ferais tout pour qu'elle ne devienne jamais celle de McCoy.

— Il va juste falloir que j'amortisse le choc et que je la prépare à ce qui va se passer.

Elijah posa une main sur mon épaule et grimaça.

— Je crains déjà la réponse, mais il faut que je sache. Qu'est-ce qui va se passer ?

— Elle va lâcher sa bombe.

Épilogue

Un poignard dans le cœur.

C'était le sentiment qu'avait Anna en sortant du complexe sportif. La haine la submergeait, lui brûlait les veines.

Cette petite garce m'a finalement volé mon fils…

— Ça devait bien finir par arriver, Anna, lança une voix masculine dans son dos. J'ai assisté à votre petit drame et je suis plutôt fier de cet homme qui a su finalement se construire un caractère. Tu pensais le forger à ton image et tu as réussi à le pousser vers le haut, il a vu clair en toi.

Cette voix… Anna l'avait tant aimée, mais aujourd'hui elle lui était insupportable.

— Mon fils me reviendra toujours, Tom, assura-t-elle sans rien laisser paraître en se retournant vers lui.

Elle ne l'aimait plus depuis longtemps, mais le souvenir de la force de ses sentiments l'atteignait en plein cœur.

— Non, contra-t-il en s'avançant vers elle. Tu es bien placée pour savoir que l'amour fait faire des choses plutôt surprenantes.

— Tu ne sais pas encore quelle carte il reste dans mon jeu. Tu l'as peut-être attiré jusqu'à toi mais, toi non plus, tu ne réussiras pas à me l'enlever.

— Je ne l'ai pas du tout attiré à moi. Kylian est assez doué pour avoir réussi par lui-même. Un seul conseil : reste éloignée de tout ce qui touche de près ou de loin aux Monsters. Je ne te laisserai pas le détruire.

— Tu penses que je veux détruire mon fils ? Jamais !

— En faisant tout pour détruire la petite Ferry, c'est exactement ce que tu fais.

— Ce que je veux faire ne te regarde pas. Tu avais dit que tu ne voulais plus rien avoir à faire avec moi. À toi de rester loin de mon fils.

— C'est lui qui est finalement arrivé jusqu'à moi. Par un pur hasard… Je ne me mêlerai pas de sa vie tant que tu resteras loin de mon équipe.

Anna l'observa et sourit.

— Bonne soirée, Tom.

Elle s'échappa sans qu'il la retînt.

Elle contourna l'immense bâtiment en envoyant un message, puis passa un coup de téléphone, pour donner un rendez-vous à quelqu'un. Elle attendit quelques minutes de plus avant de voir apparaître la première personne qu'elle avait contactée.

— Te voilà, dit Anna en venant à sa rencontre. Prends cette enveloppe. J'ai noté une adresse où tu trouveras la personne à qui remettre ce colis.

— Pourquoi ? Pourquoi vouloir lui faire du mal ?

— Parce qu'elle m'a tout pris.

— Vous êtes la seule responsable, Anna.

— Tais-toi et fais ce que je te dis.

— Vous me demandez de trahir Gabrielle ?

— Tout à fait. Tu l'as déjà trahie de bien des manières.

— Et si je refuse ?

— Tu ne refuseras pas. Tu sais parfaitement pourquoi.

La personne soupira, à bout de nerfs.

— Vous êtes une garce de la pire espèce, sachez-le.

Anna sourit, se fichant royalement des qualificatifs qui pouvaient lui être donnés.

Tant qu'elle arrivait à ses fins.

Elle voulait effacer Gabrielle de sa vie. Et comptait bien y arriver.

Elle refusait de perdre et irait jusqu'au bout.

Ignorant royalement la mise en garde de Kylian, elle s'éloigna du complexe sportif, le regard dur et déterminé.

Que la fête commence !

Tant que tu m'aimes

« L'acceptation de soi nous libère
des opinions des autres… »

LOUISE HAY

1

Kylian

Prostré dans les vestiaires, je ne parvenais pas à retrouver mes esprits. J'avais beau tenter de faire le vide, de respirer calmement, mon cerveau, lui, ne cessait de voir Gaby avec la bague d'un autre au doigt. Et ça… Jamais je n'arriverais à l'accepter.

Ça n'était peut-être que du vent pour Junior, mais ça n'enlevait rien à ma douleur. Et, si ce n'était qu'un de ses subterfuges pour réussir à l'avoir, je ne savais pas si je répondrais encore de moi.

Après être allé voir ma mère, j'avais tourné un moment en rond. À présent, je me sentais las, vidé, mais aussi toujours très en colère. Je me concentrai sur ma respiration en essayant de calmer la violence de mes pensées. Rien de bon ne pouvait sortir sous le coup de la rage. Je le savais parfaitement. Ma sérénité apparente ne reflétait en rien ce qui se passait dans ma tête, et cela ne semblait pas tromper Elijah.

— Tu te sens d'aller en salle de soins ?

Arraché de force à ma bulle de sombres réflexions, je braquai un regard noir vers Elijah, qui leva les mains en l'air.

— Je n'y suis pour rien, mon pote, ne me regarde pas comme ça.

Je secouai la tête avant de me lever.

— Allons-y.

Elijah me donna une tape dans le dos, puis m'observa plusieurs secondes.

— Qu'est-ce que tu comptes faire ?

— Je n'arrive pas à déterminer laquelle de mes décisions est une priorité.

— Dans tous ces choix, tu ne comptes pas refaire le portrait de McCoy ?

— C'est une option.

Alors que j'allais sortir des vestiaires, Elijah bloqua la porte de sa grande main.

— Tu sais que ce ne serait pas pour me déplaire, me dit-il, le regard songeur. Mais ça ne ferait qu'ajouter au bazar qu'il y a déjà actuellement. Prends le temps de laisser redescendre la colère qui t'habite.

Je secouai la tête. Cette option me paraissait un peu facile.

— Ouais, je sais ce que tu te dis, continua-t-il plus joyeusement. Je suis le relou qui t'empêche de faire une erreur qui pourrait te coûter cher. Mais Gaby ne va pas s'envoler. Elle doit être avec Eddy en ce moment. Va avec Stanley, dans l'autre salle. Ce n'est pas le moment de déconner.

Je finis par acquiescer. Elijah avait raison.

Il y avait très peu de choses qui arrivaient à me faire sortir de mes gonds, mais ce soir… C'était bien au-delà de ce que je pouvais supporter.

J'étais surtout en colère contre moi. C'était indéniable. J'avais donné mon accord pour entrer dans le jeu stupide de McCoy, et à présent, j'en subissais les conséquences.

Ce que j'aurais dû faire depuis le début, c'était être courageux et faire comprendre à ma mère que je n'étais pas un vulgaire jouet avec lequel on pouvait s'amuser.

J'avais été simplement idiot de croire qu'elle pourrait un jour agir comme une mère normale. J'avais été naïf de m'accrocher à cette idée que je pourrais peut-être la changer et lui faire accepter mes choix.

J'ouvris finalement la porte du vestiaire pour rejoindre la

salle de soins adjacente à celle où Gaby se trouvait tandis que, sur le terrain, la folie de cette soirée continuait de battre son plein.

Je ne pus m'empêcher d'y jeter un coup d'œil. Je ne voyais pas grand-chose, car beaucoup de monde, principalement des membres du staff, stagnait à l'entrée des coulisses, mais à l'arrière, se démarquant des autres, j'aperçus McCoy.

Il était plus grand que ceux qui l'entouraient, et je le reconnus sans mal. Tout comme je reconnus cette tête brune qu'il tenait contre lui.

Nouvelle douleur.

Nouvelle fureur.

Me faisant violence pour ne pas céder à mon impulsion, j'entrai en trombe dans la salle de soins, me promettant de ne pas faire de connerie.

Pourtant mes pulsions premières me criaient de détruire celui qui m'avait volé la femme que j'aimais.

2

Gabrielle

Le chaos.

Les gens hurlaient, ma tête bourdonnait, j'étais figée dans les bras de Junior telle une poupée inerte. Je n'éprouvais aucune émotion, hormis un puissant sentiment d'inconfort.

Je me sentais terriblement mal.

Autour de nous, tous semblaient au comble de la joie. Quand Junior me reposa au sol, instantanément happé par quelques journalistes qui bordaient le terrain, je voulus m'enfuir en courant le plus loin possible, mais Aïssa me sauta dans les bras.

— Je suis tellement heureuse pour mon frère et toi ! C'est juste… magique !! Rapide mais magique !

Je n'arrivais pas à sourire. Je n'arrivais plus à faire semblant. C'était tout simplement au-dessus de mes forces.

J'avais envie de vomir.

— Est-ce que tu vas bien, Gaby ? demanda-t-elle, le sourire aux lèvres.

— Oui. Je suis assommée, je crois.

— Je comprends. Il va falloir fêter ça !

Elle me serra dans ses bras avant de rejoindre les autres danseuses au milieu du terrain.

Trahison.

C'était le seul mot qui me venait à l'esprit. Les applaudissements me faisaient tourner la tête. Il fallait que je parte loin d'ici.

Je traversai rapidement les coulisses et me réfugiai dans la salle de soins. Je m'appuyai contre la porte, pour empêcher quiconque d'entrer, puis tâchai de calmer ma respiration. Beaucoup trop d'air entrait dans mes poumons sous l'effet de la panique. Mes oreilles commencèrent à bourdonner. Il fallait que je me reprenne. D'autant que les joueurs n'allaient pas tarder à arriver.

Je sursautai en percevant un mouvement à ma droite et me sentis encore plus mal… La nausée revint au galop.

Eddy.

J'avais tant de choses à lui dire… Mais j'étais incapable de parler. La sensation de malaise grandit. Pouvais-je seulement disparaître de la surface de la Terre ?

— Ça ne devait pas se passer comme ça, dis-je tout doucement. Nous avions décidé de cesser tout mensonge avec Junior, et…

— Plus tard, Gab. Les joueurs ne vont pas tarder. On en parlera plus tard.

Il semblait… absent. Sa voix était caverneuse, comme si son esprit était à des milliers d'années-lumière.

Je soupirai sans pouvoir le lâcher du regard. Je cherchais un signe, une expression quelconque qui m'indiquerait qu'il était toujours lui-même. Qu'il m'en voulait, qu'il ne m'en voulait pas, peu importe, quelque chose… Mais rien. Son visage était livide. Il n'eut aucune réaction lorsque les premiers joueurs arrivèrent.

Tous me félicitèrent les uns après les autres, ce qui m'acheva. J'avais envie de leur crier à tous que, non, je n'allais pas me marier. Que tout cela était une farce de mauvais goût. Que Junior ne m'aimait pas, qu'il en aimait un autre qui souffrait par notre faute. J'avais besoin de parler. D'exploser.

Kylian…

J'avais besoin de le voir. J'avais besoin de lui parler, mais j'étais complètement terrifiée à l'idée de le faire. Me concentrer sur les tâches qui m'incombaient fut le plus dur. J'essayai coûte que coûte de faire mon travail au mieux.

Chaque fois que la porte de la salle s'ouvrait, mon cœur tombait dans mes pieds, avant de remonter brutalement et de battre n'importe comment. Aucune solution alternative n'était envisageable : ma crainte d'affronter Kylian était immense. Mais la peur de me retrouver avec Junior et Eddy dans la même pièce était au moins aussi impensable.

Pas ce soir.

Quand Allan entra dans la pièce, mon ventre se contracta si fort de peur de le voir accompagné de Kylian que ma vessie faillit lâcher. Je vis du coin de l'œil Eddy baisser la tête et commencer à faire les cent pas.

Ça, c'est mauvais, me dis-je en comprenant qu'en plus de toute cette soirée infernale quelque chose n'allait pas.

Il releva enfin la tête et, sans me regarder, fonça vers la porte.

— Gabrielle, je te laisse gérer. Si besoin, appelle Stanley qui est dans l'autre salle. Il faut que je prenne l'air.

Je le regardai partir sans le retenir. Je comprenais parfaitement combien cette salle devait lui paraître étouffante. Combien les félicitations qu'on m'adressait pour mon prétendu mariage avec l'homme qu'il aimait devaient l'anéantir…

Je me détestais.

Je regardai la porte se refermer sans pouvoir ni bouger ni parler. Je sentais ma nuque me brûler. Allan était dans la pièce, et d'autres joueurs n'allaient pas tarder à arriver. Il fallait que je fasse mon travail, que je bouge.

— Félicitations, me dit soudain Allan. Je ne te cache pas que ça me paraît tellement improbable que je n'arrive pas à y croire. Les gars parlent beaucoup dans les vestiaires, et la plupart d'entre nous pensent que ce n'est que de la poudre envoyée aux médias. C'est le cas ?

Je fronçai les sourcils.

— Peu importe. Ça ne te regarde pas.

— Ce n'est pas faux. Je suis juste très circonspect. Foster

tient toujours à toi. J'ai vraiment du mal à te suivre. Il n'y a pas longtemps encore, lors de nos déplacements, tu dormais dans ses bras, et soudain tu décides de te marier avec McCoy ? C'est complètement tordu.

Je l'invitai à s'allonger en lui indiquant des yeux la table de massage. Je ne répondis pas à ses suppositions. Il avait raison, et je ne savais pas quoi dire. Il m'agaçait.

Mais je n'avais pas non plus la force d'essayer de protéger ce mensonge. J'en avais bien trop marre de mentir, même si j'étais plongée dedans jusqu'à m'y noyer.

Allan s'installa, mais il reprit dès que je commençai à m'occuper de lui :

— Avec les mecs, on se demandait si Junior ne cachait pas quelque chose. On l'a vu avec d'innombrables femmes. On connaît tous sa réputation, mais au fond…

— Tu es vraiment en train de me parler des conquêtes de Junior ?

Je ne savais pas pourquoi je tentais de faire diversion, ni même pourquoi je me sentais mal qu'un des joueurs se pose ce genre de questions qui le rapprochaient finalement de la vérité. C'était plus fort que moi.

— Je suis juste curieux, répéta-t-il. Il y a quelque chose de pas clair dans cette histoire. Tu le connais depuis combien de temps ? Quatre mois ?

J'allais l'envoyer balader, mais une tornade entra dans la pièce.

Junior.

Je n'avais plus de force. Je voulais que cette soirée prenne fin. Maintenant.

— Tu es seule ? demanda-t-il en évoquant probablement l'absence d'Eddy.

J'eus envie de le frapper. À quoi s'était-il attendu ?

Ne pouvant rien dire dans l'immédiat, je lui lançai un regard assassin et répondis sombrement :

— Oui, je suis seule.

D'un saut, il se hissa sur le plan de travail, puis se perdit dans ses pensées.

Je l'ignorai et revins à Allan, qui nous observa tour à tour avant de m'adresser un sourire entendu.

Je n'aimais pas ce sourire qui indiquait qu'il n'était pas stupide. J'imaginais parfaitement l'image que nous donnions. Allan semblait comprendre certaines choses, mais je m'en fichais. Je voulais juste que tout le monde disparaisse et que je puisse aller retrouver Kylian.

Il allait me tuer. Ou me détester. Ou pire… Peut-être qu'il finirait par abandonner. À quoi bon ? Tout semblait nous séparer.

Je me concentrai de toutes mes forces en tentant de ravaler les émotions qui me submergeaient et les larmes qui menaçaient de faire leur apparition. C'était si dur.

Je prenais soin de rester dos à Junior. J'étais en colère contre lui. Tellement en colère ! Mais c'était moi que je détestais le plus. De m'être mise dans cette situation et de globalement toujours mettre les pieds où il ne fallait pas.

Quand j'eus terminé mon travail sur Allan, il se rhabilla, puis nous fit un sourire qui ne semblait absolument pas sincère.

— Félicitations à tous les deux ! Il faudra fêter ça.

Il ne jaugeait que ma réaction. Je souris aussi sincèrement que possible et le remerciai.

— Ça va être géant, dit Junior en passant un bras autour de mes épaules.

Je continuai de sourire alors que l'envie de le dépecer était monstrueuse. Quand Allan quitta enfin la pièce, je le repoussai violemment.

— Pourquoi ? Pourquoi tu fais ça, Junior ?

— Arrête, Gab.

Une part de lui semblait torturée, mais c'était le dernier de mes soucis.

— Est-ce que tu as seulement pensé aux gens qui t'entourent ? À Eddy ? On fait souffrir tout le monde parce que tu préfères te cacher derrière un mensonge. Junior, il faut que ça cesse !

— Cet arrangement te convenait pourtant ! À toi, comme à Kylian.

— Mais une demande en mariage ? Sérieusement ? Eddy pense déjà que tu ne l'aimes pas assez pour…

— Des conneries, m'interrompit-il en se détournant de moi.

Je passai les doigts sur mes tempes. Je pris une grande inspiration et poursuivis :

— Tu connais peut-être la profondeur de tes propres sentiments à son égard, mais lui… L'image que tu donnes est loin de celle d'un homme amoureux. Tu ne fais que le blesser. Tu es en train de le perdre. Est-ce qu'au moins tu t'en rends compte ?

Il retira son maillot, puis s'allongea sur la table, sans me regarder, ni prendre la peine de me répondre. Dommage pour lui, je ne comptais pas du tout m'arrêter dans ma lancée.

— Tu as trouvé quelqu'un de bien. Eddy t'aime comme tu es, alors que tu es un emmerdeur de première et pas du tout facile à vivre.

— J'ai le droit de dire que je t'emmerde ?

— C'est réciproque, abruti.

Je vis l'esquisse d'un sourire triste sur son visage. Peut-être que, malgré tout, il se rendait compte que ses choix n'étaient pas les meilleurs, ni pour son entourage ni pour lui-même… Je l'espérais.

— Est-ce que tu ne crois pas que ton bonheur l'emporte sur le reste ? Tu es pourtant quelqu'un d'égoïste, pourquoi ne pas simplement penser à toi, cette fois ? Pourquoi ne pas te moquer de ce que pourraient penser les autres ?

— Ma famille n'est pas les autres.

— Je te l'accorde. La famille c'est important. Mais tu sais, une famille est là pour soutenir, pas pour juger.

— Ouais…

Il n'ajouta rien de plus, ce qui me donna envie de l'assommer.

— Donc… Tu es prêt à laisser partir un homme qui t'aime vraiment ? Pas pour ton argent, ta célébrité ou toute autre bêtise du genre, mais pour toi ?

— Je ne le laisserai jamais partir.

— Il ne te demandera sûrement pas ton avis.

Je le vis se contracter et sentis qu'il était temps de le laisser gamberger. Je poursuivis mon travail, l'esprit embrumé et le ventre noué. Je savais que Kylian allait arriver d'ici peu et je n'avais aucune idée de la réaction à adopter.

Alors que Junior terminait de se rhabiller, la porte s'ouvrit. La nausée me prit violemment.

Mais ce n'était qu'Elijah, et il était seul.

Je soupirai discrètement. Manifestement je n'étais pas prête à affronter Kylian. En tout cas, pas ici et pas devant témoins.

— Où est-il ? demandai-je à Elijah.

— Ça fait un moment qu'il est avec Stanley.

Mon malaise redoubla d'intensité. Kylian m'évitait, il n'y avait pas d'autre possibilité…

Junior vint se placer entre mon ami et moi.

— J'ai des choses à faire. Tu passes à la maison demain ?

— Pourquoi ?

— Pour faire un truc de filles. Pour discuter.

J'acquiesçai, et il fila, me laissant seule avec Elijah.

— Il m'évite ? m'enquis-je pour combler le silence.

Je n'étais pas tout à fait sûre de vouloir entendre la réponse.

— Je savais que Junior serait là. Et je préférais ne pas voir ces deux-là dans la même pièce.

Je lui lançai un regard de gratitude. Une fois de plus, Elijah faisait tampon entre ses coéquipiers.

— Pourquoi tu as dit oui, Gab ? On sait tous les deux que cette relation est en toc. Alors pourquoi aller jusque-là ?

Je haussai les épaules pour toute réponse. Il y avait trop de paramètres à prendre en compte, et je n'avais pas du tout envie de parler de cette soirée merdique. Je lui indiquai la table pour en finir au plus vite.

Une part de moi avait hâte de le retrouver.

— Il m'en veut beaucoup ?

— Je ne sais pas. Ce mec est très fermé, alors c'est dur à dire. Il est en colère, oui, mais je ne sais pas si la totalité de cette colère est dirigée contre toi. Je dirais qu'il est autant énervé que toi envers lui.

— Envers lui ? Pourquoi ?

— Pour la soirée de charité à l'hôtel.

Je ne répondis pas, à nouveau contrariée. Ma culpabilité de ce soir était bien plus grande que la colère suscitée par ce que j'avais vu à l'hôtel. D'autant plus que j'étais persuadée que ce qu'avait fait Kylian n'était pas vraiment pour me trahir. Néanmoins, je m'accrochais à ce sentiment de contrariété, beaucoup plus confortable à gérer que le stress, les nausées et la culpabilité.

— Et toi ? Tu m'en veux ?

J'aimais énormément Elijah, son avis m'était très important.

— Je ne t'en veux pas. C'est seulement dur de vous voir aussi mal. J'aimerais que tout le monde retrouve sa place. Et la tienne n'est pas auprès de McCoy.

— Je sais.

Je passai plus de temps avec lui qu'avec n'importe quel autre joueur. Eddy m'avait appris beaucoup sur les soins d'Elijah et l'importance d'être précautionneuse avec ses articulations du fait de sa grande taille. N'avoir aucun tuteur près de moi me mettait la pression. Je tâchais de me concentrer, mais je sentais son regard interrogateur.

— Il n'y a pas de problèmes dans la vie, reprit-il en se rhabillant. Il n'y a que des solutions. C'est nous-mêmes qui nous créons des soucis, alors que souvent les choses pourraient être très simples.

— Je le sais bien, mais parfois ça ne dépend pas vraiment de nous…

Il me serra rapidement dans ses bras, puis me demanda si je rentrais avec eux en car. Inutile de dire que je ne préférais pas. Entre ceux qui me félicitaient, ceux qui suspectaient un mensonge, Junior, Kylian… Au secours ! Rentrer seule me convenait très bien.

Je terminai de nettoyer la salle en traînant un peu. Je profitai de cette accalmie pour tenter de mettre mes idées en ordre, sans y parvenir réellement.

J'avais peur. Peur d'affronter Kylian, de le voir abandonner, en colère, ou encore blessé. Une part de moi espérait bien sûr qu'il allait franchir cette porte d'une seconde à l'autre, mais il ne vint pas. Je me résolus à partir au bout de longues minutes.

Je rejoignis Stanley, qui, seul, remplissait des papiers. Il m'adressa un grand sourire et me félicita. Ne pas montrer mon agacement fut terriblement dur.

Je lui listai les joueurs titulaires et remplaçants que j'avais manipulés, chose qu'Eddy faisait habituellement. Lorsqu'il m'indiqua que le compte était bon et que nous avions vu tout le monde, je compris…

Kylian m'avait bien évitée.

3

Kylian

Dehors, dans le froid, je rencontrai quelques fans à qui j'accordai des signatures et des photos, mais j'étais totalement ailleurs. J'espérais qu'ils ne me prenaient pas pour quelqu'un de prétentieux et hautain, mais je ne pouvais faire autrement.

Mon esprit était très loin d'ici.

Je ne voulais pas prendre le car avec le reste de l'équipe. J'avais besoin de marcher, de réfléchir. J'avais surtout besoin que ma foutue vie reprenne un cours normal. Qu'elle se remette à l'endroit.

J'hésitais entre attendre McCoy et attendre Gaby. Pour le premier, je n'étais pas encore très sûr de pouvoir retenir mes pulsions, mais Gaby…

La veille, lorsque j'avais contacté Junior après la soirée de charité, il m'avait dit qu'elle dormait. Mais j'imaginais plutôt qu'elle n'avait pas voulu me parler. J'avais été tenté de me rendre chez lui, mais avais préféré la laisser respirer, en faisant passer un message à McCoy, que ce dernier n'avait pas dû lui transmettre.

Elle m'en voulait probablement d'être allé aussi loin…

— Tu fais une de ces têtes…

Me sortant de mes pensées, Elijah s'arrêta près de moi et replaça son sac correctement sur son épaule.

— Tu ne rentres pas avec nous, c'est ça ?

— Non, je pense que marcher me fera du bien.

— T'es un grand malade, mon pote. Il fait moins quarante, appelle au moins un taxi si tu veux éviter les autres.

— Je vais voir.

Elijah haussa un sourcil.

— Tu l'attends elle, ou lui ?

Il réussit à me tirer un léger sourire.

— Je n'arrive pas à me décider.

— C'est toi qui vois, mais je pense que tu ferais mieux de rentrer et de parler à Junior à tête reposée. McCoy est encore là, mais Gab a quitté les vestiaires il y a un moment déjà. Vous avez dû vous croiser. N'attends pas Junior ce soir, va retrouver Gab.

Je soufflai rapidement dans mes mains gelées et saluai mon coéquipier.

— À plus tard.

— Sortez couverts, hein…

Je lui lançai un regard noir qui le fit rire. Il s'éloigna ensuite en direction du car.

Je récupérai mon sac que j'avais laissé tomber au sol et, rabattant ma capuche pour me protéger du froid, je décidai de rentrer malgré tout à pied. J'en aurais probablement pour un long moment, mais ça m'était égal.

Ce laps de temps me permettrait de trier mes idées. D'encaisser ce qui s'était passé ce soir, de trouver les mots pour me faire pardonner et de réfléchir à une solution efficace pour continuer de la protéger.

Si je pensais pouvoir réussir sur les deux premiers points, j'étais beaucoup plus fébrile sur le dernier…

4

Gabrielle

Ma mère sera présente, ce soir. Ne fais pas attention à ce que tu pourras voir. Ce ne sera que pour détourner son attention de toi. À tout à l'heure.

Kylian.

Assise en tailleur sur mon lit, je reposai mon téléphone devant moi. J'avais relu cinq fois le message de Kylian datant de la veille, et une boule obstruait ma gorge. Je savais au fond de moi qu'il ne m'avait pas trahie, pourtant cela ne m'avait pas empêchée de dire « oui » à Junior.

Mais, même si je l'avais su plus tôt, ma réponse aurait été la même. C'était une certitude, parce que la pression que j'avais ressentie devant tous ces gens, les caméras, et avec l'affection que j'avais malgré tout pour Junior, je n'aurais pas osé dire non.

Dans la pénombre, je restai immobile, me repassant en boucle le fil de cette soirée irréelle. Maintenant que la pression redescendait, je me sentais totalement vidée.

J'avais honte de ce que Junior et moi avions enclenché. J'adorais Eddy et je ne voulais pas perdre son amitié… Mais j'avais été égoïste, et il fallait assumer les conséquences de mes choix.

Tout comme Kylian. Il était resté au stade et avait accompli ses obligations, mais avait pris soin de ne pas croiser ma route. Il devait réellement m'en vouloir, ce n'était pas possible autrement.

Moi qui avais espéré le retrouver, pouvoir l'aimer ouvertement, et qu'il m'aime en retour, il avait fallu que je gâche tout.

En disant oui.

À Junior.

Je me laissai retomber en arrière sur mon lit en soupirant bruyamment. Pourquoi les choses ne se faisaient-elles pas normalement ? Et simplement ?

J'avais mal à la tête à force de trop réfléchir. Elijah avait raison, j'étais uniquement contrariée par ma propre faute. Je n'étais absolument pas fière de mes choix.

De mes décisions idiotes…

La porte de ma chambre s'ouvrit, faisant brusquement entrer la lumière du couloir, qui me heurta les yeux. Je les fermai en espérant me réveiller l'année suivante.

Nous venions à peine d'entrer dans la nouvelle pourtant. Mais on ne pouvait vraiment pas dire qu'elle commençait bien…

— Qu'est-ce qui s'est passé ce soir ?

Je levai les yeux au ciel pour toute réponse, observant fixement le plafond blanc, comme s'il pouvait m'indiquer quoi faire ou quoi dire.

Talina n'alluma pas la lumière, mais laissa la porte ouverte et vint s'allonger à mes côtés.

— Sans vouloir te brusquer, je ne comprends rien. Je te laisse quelques semaines avec l'idée que tu aimes un homme, et quand je reviens…

— Ne le dis pas, Tal, marmonnai-je, lasse.

— Tu as dit oui à un autre !

— Je t'avais dit de ne pas le dire.

Elle continuait de me fixer. Je le sentais, et elle ne s'en cachait pas. Je la vis discrètement secouer la tête, sûrement en réponse à sa propre question silencieuse. Elle reprit rapidement :

— Tu vas te marier avec Junior ?

— Non !

— Alors qu'est-ce qui s'est passé pour que tu en arrives à accepter sa demande ? Je pensais que ces histoires de fiançailles n'étaient que pour duper votre entourage, mais là, on ne parle pas simplement de trois ou quatre personnes…

— Je sais, Tal. Je t'en prie, dis-moi quelque chose que je ne sais pas.

— J'essaye juste de comprendre !

Je soupirai sans réussir à défaire cet horrible nœud qui me compressait le ventre. Je me tournai sur le lit pour lui faire face et rencontrai un regard plein d'incompréhension.

— Je crois que ma vie m'a un peu échappé ces derniers temps.

— Oui, c'est ce que je vois. Raconte-moi.

— On a fait un marché avec Junior. Il me garantissait une couverture en faisant croire à tout le monde que nous avions une relation, ce qui laissait le temps à Kylian de régler ce qu'il me cache et qui nous sépare. J'ai vu sa mère un peu plus tôt dans la soirée, et… je me suis énervée. Quand Junior m'a fait sa demande, je savais qu'elle était là. Alors j'ai répondu ce que Junior attendait de moi.

Talina resta quelques secondes silencieuse, fronçant légèrement les sourcils.

— Qu'est-ce que Junior a à gagner dans cette affaire ?

Je soupirai, refusant de trahir son secret.

— Le respect de sa famille. Une place auprès d'elle, du moins. Les rapports avec son père sont assez tendus et se sont adoucis depuis qu'il pense que son fils souhaite devenir plus mature, si je puis dire…

— Et donc, il aurait monté tout ça, même aller jusqu'à la demande en mariage, uniquement pour satisfaire les envies de sa famille ?

— Apparemment, oui.

Talina secoua la tête, stupéfaite.

— Je ne comprendrai jamais les humains.

Sa remarque me fit sourire, mais n'enleva pas ce poids que j'avais sur l'estomac. Ni celui que j'avais sur le doigt. Je tendis le bras et regardai le gros bijou qui entourait mon annulaire, avant de le retirer.

— Si tu n'en veux pas, reprit-elle comme si de rien n'était, sois sûre que je saurais quoi faire avec. Cette bague doit valoir les yeux de la tête.

Je souris une nouvelle fois et me redressai.

— Kylian doit affreusement m'en vouloir.

— Pourquoi ne pas aller le voir ?

Je grimaçai.

— Je ne veux pas le voir blessé par ma faute.

— Pourtant, c'est bien ta faute, chérie. Ne me regarde pas comme ça, je ne dis que la vérité, et tu le sais. Je vois bien que les événements t'ont réellement échappé, mais tu avais le choix et tu as dit oui. Je ne cherche pas à te culpabiliser, je sais très bien que tu aimes Kylian et que tu étais sous pression, mais justement tu ne penses pas qu'il est préférable de lui parler maintenant ? Tu en as envie, et je suppose que lui aussi. Tu devrais aller le voir.

— Il m'a évitée en faisant ses soins avec Stanley. S'il avait souhaité me parler, il savait où me trouver.

Talina soupira, agacée, puis s'assit sur le lit en me regardant avec de gros yeux.

— Qu'est-ce que tu es en train de faire exactement ? Là ? Tout de suite ?

— Je me morfonds.

— Et à quoi ça sert ?

— À rien.

Je savais où elle voulait en venir, mais je n'avais qu'une envie : fondre dans le matelas et disparaître. Je ne voulais pas être heurtée, mais je savais qu'elle avait raison.

— Alors bouge-toi !

Je fermai un instant les yeux, espérant toujours disparaître, mais quand je les rouvris elle se trouvait au pied du lit, les mains sur les hanches.

— Je vais chercher nos manteaux, dit-elle en se dirigeant vers la porte.

— Tu comptes venir avec moi pour parler à Kylian ?

Je me bougeai paresseusement.

— Non, répondit-elle dans l'embrasure de la porte, un sourire énigmatique aux lèvres. Je vais juste m'assurer que tu arrives à bon port. Je n'aimerais pas que tu te perdes malencontreusement en chemin.

Elle fila sans me laisser le temps de la contredire. Au fond, je savais bien qu'une fois de plus elle avait raison. Sur le chemin, la crainte d'un nouveau rejet m'aurait probablement fait faire demi-tour...

Je n'avais donc plus guère le choix. Bien sûr, je voulais le voir, lui parler et le rassurer, mais s'il décidait d'abandonner ?

Je fermai les yeux, me rappelant que je lui avais promis de lui faire confiance. Il ne m'avait pas trahie avec cette fille, comme je l'avais d'abord pensé. Et je lui avais également demandé de me faire confiance...

Notre histoire était constamment mise à l'épreuve. J'espérais de toutes mes forces que nous avions commencé par le pire, pour n'avoir ensuite que le meilleur. Que ces épreuves nous renforceraient et bâtiraient les fondations solides de notre couple.

J'étais maintenant déterminée à aller lui parler, même si c'était pour me disputer avec lui, je m'en fichais. J'étais toujours en colère contre lui pour ce qu'il avait fait la veille, mais la culpabilité que je ressentais vis-à-vis de la demande en mariage de Junior était encore bien plus grande.

Talina avait raison, je me devais de bouger.

Le froid me mordit les joues à la seconde où je mis le nez dehors. Je resserrai les bras autour de moi et continuai à réfléchir en boucle à ce que je pourrais bien dire à Kylian une fois que je me retrouverais devant lui.

Je savais que nos choix respectifs, jusqu'à aujourd'hui, avaient été faits pour nous protéger l'un et l'autre des agressions extérieures. Mais je comprenais également que nos choix nous faisaient plus souffrir qu'autre chose.

Il était sûrement temps de prendre le taureau par les cornes et d'affronter le reste du monde. J'étais prête à le faire, mais j'étais beaucoup moins sûre qu'il le veuille également.

Dans le tréfonds de mes pensées, je le revis me tourner le dos lorsque Junior m'avait demandé de l'épouser. Les mains sur la nuque, il n'avait pas cherché à m'en empêcher. Il avait quitté le terrain sans un regard, comme s'il avait su ma réponse bien avant que je la donne.

— Et s'il n'était pas chez lui ? demandai-je en tremblant de froid.

— Épargne-nous ta négativité, Gaby. Je la refuse. Il sera chez lui. Et ne cherche pas d'excuses, tu vas aller lui parler. Point.

Je n'ouvris plus la bouche pendant tout le chemin. Je me concentrais pour ne pas marcher sur les plaques de verglas qui ponctuaient la route. La mienne uniquement. Pas celle de Talina.

Lorsqu'on arriva devant le grand bâtiment où résidait Kylian, mon ventre se serra. Talina s'arrêta, me fixa en silence. J'observais l'entrée.

— Allez ! Bouge-toi, Gaby ! J'attends cinq minutes. Si tu n'es pas redescendue d'ici là, j'en conclurai que tu es avec lui.

— Tu vas geler sur place.

— Probablement, convint-elle en me bousculant gentiment. Raison de plus. Si tu ne veux pas me retrouver en bloc de glace, file ! Maintenant !

Je lui souris et me mis en route.

À l'accueil, le gardien me demanda mon identité. Je lui tendis mon badge professionnel de l'équipe des Monsters.

Quand je lui indiquai le nom de la personne que je venais voir, il me fit un sourire sincère, puis secoua la tête.

— Je suis désolé de vous informer que M. Foster n'est pas chez lui. Voulez-vous que je lui laisse un message ?

— Non, répondis-je rapidement en regrettant d'avoir fait le déplacement. Merci quand même. Et… S'il vous plaît, ne lui dites pas que je suis venue.

Il acquiesça et me souhaita une bonne soirée.

Talina piétinait sous un lampadaire pour se réchauffer. Lorsqu'elle m'aperçut, elle m'offrit un visage compatissant.

— D'accord, soupira-t-elle. Je me suis trompée, il n'est pas chez lui. Mais on pourra toujours revenir demain matin.

— Imagine qu'il ait décidé de tout simplement partir ?

— Gaby ! s'exclama-t-elle en secouant la tête. Arrête avec ton pessimisme ! Il n'est pas parti. Il a un contrat de trois ans avec les Monsters. Il ne va pas dynamiter sa vie, sa carrière sans avoir éclairci votre situation.

— Oui, tu as raison.

Elle me regarda soudain plus gravement et ajouta :

— Kylian n'est pas comme toi. Je sais que tu as tendance à prendre la fuite lorsque tu te sens en danger, mais pas lui. Il ne t'abandonnera pas.

Ses paroles firent surgir tant de regrets et d'émotions dans mon cœur que les larmes montèrent immédiatement.

Je fermai les yeux et me mis en route, suivant mon amie comme un automate.

Talina avait raison. J'avais bien trop souvent pris la fuite, persuadée que Kylian m'abandonnerait un jour. Qu'il finirait par se détourner de moi. Par se lasser. À tort apparemment. Contrairement à ce que j'avais redouté, il avait toujours été présent. C'était mon propre comportement qui le poussait sans cesse à faire ce que je craignais le plus.

Je continuai de me morfondre intérieurement pour ne pas

me faire disputer par Talina qui, elle, respectait mon silence. Je la laissai nous guider sur le chemin du retour, complètement perdue dans mes pensées.

Lorsque la chaleur de la maison m'enveloppa, je sentis les muscles de mon dos se décontracter immédiatement.

— Repose-toi, ce soir, me dit Tal en retirant son bonnet. Demain, tu iras le voir, et tout rentrera dans l'ordre.

J'acquiesçai, déçue et soulagée à la fois. Être dans l'attente n'était pas une position confortable, mais ça permettait de continuer à espérer...

Je restai un long moment dans le salon, tandis que mon amie prenait une douche pour se réchauffer. Je ne savais pas si je parviendrais à trouver le sommeil, mais n'ayant rien de mieux à faire, je me dirigeai vers ma chambre, lorsque la sonnette d'entrée retentit.

Je lançai un coup d'œil à Talina qui était désormais dans la cuisine, ouverte sur le salon. Pour toute réponse, elle haussa les épaules.

Il était très tard, et mon cœur se serra à l'idée d'une mauvaise nouvelle. Personne ne viendrait me rendre visite à cette heure-ci si ce n'était pas important...

J'ouvris la porte prudemment. Mon ventre se tordit violemment.

Il était là.

Juste devant moi.

Kylian.

Les mains posées de part et d'autre du chambranle de la porte, le regard insondable, il était bien là, devant moi.

Je ne pouvais pas faire demi-tour. L'appréhension qui s'était légèrement estompée depuis que j'étais rentrée, revint à la puissance trois.

Derrière moi, Talina marmonna :

— Je n'ai pas besoin de rester...

Elle salua Kylian d'un hochement de tête et fila dans la

chambre. Au bout de quelques secondes, j'entendis le son de la télé filtrer derrière la porte close.

Tentant de refouler ma panique interne, je souris à Kylian et ouvris la porte en grand.

Je n'étais pas prête, mais il était là. Avais-je donc le choix ?

5

Gabrielle

Je patientai le temps qu'il entre, mais il ne bougea pas. Il me fixait d'un regard intense et finit par dire :

— Tu veux bien venir marcher avec moi ?

J'acquiesçai et renfilai mon attirail d'hiver en me posant mille questions. S'il ne voulait pas entrer, c'était sûrement mauvais signe…

Le cœur serré, le ventre patraque et l'esprit bourdonnant, je récupérai les clés sur la serrure et sortis. Kylian m'emboîta le pas en silence. Je détestais ça. Je ne savais pas quoi lui dire, je ne savais pas par où commencer et je redoutais qu'il se mette en colère.

Il me tint la porte du hall et me laissa sortir en premier. La seule chose qui sortit de ma bouche fut un merci presque chuchoté tellement le silence était inhibant.

On marcha un petit moment dans le froid, avant que je l'entende soupirer, prêt à parler. Comme si le sort s'acharnait contre moi, je glissai sur une plaque de verglas invisible. Kylian me rattrapa pour me stabiliser, puis me regarda le regard rieur.

Qu'est-ce que j'aimais ça…

J'étais prête à faire toutes les cascades du monde pour qu'il ne perde jamais cette expression.

Il redevint rapidement sérieux et souffla dans ses mains probablement gelées.

— Je suis désolée pour ce soir, commençai-je finalement

pour ne pas entendre ce qu'il avait à me dire. Je n'étais pas au courant des intentions de Junior. J'ai eu une conversation avec ta mère quelques minutes avant cette demande. Je savais qu'elle était présente. Qu'elle regardait. Toi et moi on a convenu qu'il nous faudrait faire croire que j'avais une relation avec Junior et…

— Mais pas jusqu'à faire croire à tous que vous allez vous marier, me coupa-t-il, le regard fermé.

— Je le sais parfaitement. Je ne compte pas me marier avec lui.

— Alors pourquoi avoir accepté ?

— Je me suis sentie piégée, Kylian. Je ne savais pas si je devais tout faire foirer ou continuer de jouer ce stupide mensonge. Il y avait ta mère, Junior, le public, les caméras…

— Et moi.

— Et toi, effectivement.

Je fermai les yeux, sans pouvoir le regarder. Je détestais le voir blessé. Son expression ne montrait rien, mais son regard, lui, en disait long. Cette demande en mariage le blessait, et j'en étais responsable…

— Je sais que tout est ma faute, Gaby, reprit-il en secouant la tête. Il faut que tu me croies lorsque je te dis que je ne voulais que te protéger. Je n'ai pas pris les bonnes décisions, j'en suis conscient. Si j'avais été franc depuis le début, on n'en serait pas là ce soir. Mais je ne laisserai pas Junior aller plus loin.

— Et je ne compte pas aller plus loin non plus.

Il sonda mon regard, comme s'il doutait de mes paroles. Comme s'il craignait que le contraire se produise. Puis ses traits se détendirent, et il fit un pas dans ma direction et me prit dans ses bras.

— Ce que tu as vu dans la chambre de l'hôtel, tu sais que c'était du vent, n'est-ce pas ?

Me rappelant brutalement cet épisode et sachant qu'à présent il ne me détestait pas, je le repoussai en fronçant les sourcils. La culpabilité s'effaçait pour laisser toute sa place à la contrariété.

— Tu l'as quand même embrassée dans une chambre, seul avec elle. Je ne sais pas si tu te rends compte de ce que ça a pu me faire de vous voir tous les deux.

— Je n'aurais jamais dû faire ça, c'était une idée stupide. Je me fous de cette fille, tu le sais, n'est-ce pas ?

Je haussai les épaules et, même si j'en avais douté au moment où je les avais vus, je finis par acquiescer.

— Tu as fait tout ça pour que je n'aie pas à faire semblant avec Junior, repris-je. De mon côté, je n'ai pas à l'embrasser où à me mettre à moitié nue avec lui pour faire croire quoi que soit, à qui que ce soit.

— Je sais. Et je suis désolé que tu aies vu ça. Je voulais sérieusement que ma mère pense que j'avais tourné la page avec toi. Mais c'est tout le contraire qui s'est passé.

— Tu pensais vraiment qu'elle tomberait dans le panneau ?

Il détourna le regard et secoua la tête.

— De toute façon, c'est trop tard maintenant. Je l'ai sous-estimée. Elle sait tout, Gaby. Elle avait juste besoin qu'on lui donne la confirmation qu'entre nous ce n'était pas fini. Si j'avais su qu'on en serait là aujourd'hui…

— Tu ne pouvais pas le savoir.

Il ne répondit rien. Le regret s'affichait sur son visage, tout comme il devait se lire sur le mien.

Nos choix nous avaient conduits à nous faire trop de mal. Je détestais cette position de doutes. Je l'aimais et je savais qu'il m'aimait également, mais dans la situation où nous nous trouvions, je ne savais pas comment repartir sur de bonnes bases.

— Est-ce que tu m'en veux beaucoup ? me demanda-t-il en me fuyant du regard.

Je me retins de sourire en voyant que lui aussi semblait inquiet que je lui en veuille.

— Je t'en veux, oui. Je déteste l'idée que tu sois avec une autre, ça me brise le cœur. Sincèrement.

— Tout comme je déteste l'idée que tu sois avec Junior. Et oui, je sais bien que j'étais d'accord pour faire ce marché, mais je ne le supporte plus. Je ne veux pas que tu sois avec un autre, même si ce ne sont que des faux-semblants.

Mon corps tremblait de froid, tendu, mais je ne ressentais plus de stress.

Il fallait que j'arrive à me convaincre que Kylian ne me tournerait pas le dos. Qu'il n'était pas comme moi. Qu'il ne fuirait pas. Talina avait raison, depuis le début, Kylian était présent.

Il souffla dans ses mains pour les réchauffer, puis passa les doigts sur mon front avant de descendre le long de mon visage en une douce caresse. Il se rapprocha et me serra contre lui pendant un long moment, en silence. Silence que je ne souhaitais pas interrompre, soulagée de me retrouver à la place qui m'appartenait. Dans ses bras.

Pendant un petit moment, ce fut comme si chacun de notre côté nous faisions corps avec les paroles que nous venions de prononcer, nos fautes, nos regrets, mais aussi notre amour. Comme si nous cherchions chacun à notre manière à encaisser tout ce qui s'était passé.

Ce fut lui qui reprit :

— Ce soir, j'ai compris qu'il y a des choses qui ne changeront jamais. J'ai aussi compris ce que je voulais et ce que je ne voulais plus. J'aurais dû faire ça depuis très longtemps, mais je l'ai fait ce soir : j'ai coupé les ponts avec ma mère.

Je reculai et le fixai sans savoir quoi répondre. C'était une chose que je ne lui aurais jamais demandé de faire. Pour moi, sa mère faisait partie du tableau, et jamais je n'aurais pensé qu'il romprait un jour avec elle.

Sa seule famille.

Comprenant doucement tout ce que cela sous-entendait, je passai les bras autour de sa taille et le serrai contre moi comme il l'avait fait quelques secondes plus tôt.

— Je suis désolée, murmurai-je au bout de plusieurs secondes.

Il passa les mains dans mes cheveux, puis attendit que je lève les yeux vers lui.

— Je l'ai fait en connaissant les conséquences… Parce que, maintenant qu'elle m'a perdu, plus rien ne l'arrêtera pour se venger. J'aimerais te dire que je vais tout arranger, mais je crois que c'est trop tard, Gaby. J'aimerais te dire que je souhaite réparer la relation avec ma mère pour qu'elle ne lâche jamais sa bombe, mais ce serait tomber dans un cercle vicieux. Elle a utilisé tellement d'énergie à me mettre sous pression qu'on passe notre temps à nous cacher et à mentir pour nous protéger. Ce que je veux, c'est vivre pleinement, toi avec moi.

J'étais entièrement d'accord avec lui. Il était temps pour nous d'aller de l'avant. De devenir acteurs de nos propres vies.

Une petite angoisse surgit néanmoins au sujet de la bombe qui allait nous tomber dessus visiblement très bientôt. Je n'étais pas sereine.

Il me donna un baiser sur le front et me serra contre lui en poursuivant :

— Je me suis disputé avec elle sous l'impulsion de la colère, continua-t-il, le nez dans mes cheveux. Mais je crois que c'était la meilleure chose à faire. Au moins, elle n'aura plus aucune emprise sur toi ni sur moi. Et peu m'importe ce qui adviendra, je sais qu'on y arrivera. Je ne te laisserai pas t'enfuir et je ferai tout ce qu'il faut pour qu'on traverse tout ça ensemble. Je t'ai toujours laissé le choix, mais ce soir j'ai compris qu'il me faudrait être un peu égoïste. Que je te voulais pour moi seul. C'est auprès de moi que tu dois être et non auprès de McCoy. Peu importe ce qui se passera, je ne te laisserai pas partir. Ton cœur est mien, et je ferai n'importe quoi pour que ça reste ainsi.

Il était tard, j'étais épuisée, mais ses mots me redonnèrent de la force. La chaleur qui émanait de lui, de ses paroles, ses bras autour de moi… C'était tout le réconfort dont j'avais besoin. Il m'avait souvent répété que je finirais par fuir, et j'avais peur de ce qui allait encore nous tomber dessus, mais sa nouvelle détermination me laissait croire en un avenir possible.

— Tu sais, moi aussi j'ai changé, Kylian. Après tout ce qu'on a traversé, je suis sûre de ce que je veux à présent.

Il s'écarta un peu de moi et me prit les mains qu'il réchauffa dans les siennes. Je lui fis un sourire qui se voulait rassurant.

Je voulais surtout lui montrer que j'étais sûre de moi. Tous les événements qu'on avait traversés m'avaient fait prendre conscience de pas mal de choses.

— Au début de notre relation, j'étais persuadée que tu finirais par te lasser de moi, repris-je doucement. Je fuyais à la moindre épreuve. D'une certaine manière, je te poussais à te détourner de moi. Pourtant, tu es resté et tu m'as montré que tu voulais vraiment de moi dans ta vie. Quand tu m'as finalement laissée, je ne savais plus quoi penser. Est-ce que je devais me battre ou laisser tomber ? Croire que j'avais raison depuis le début, ou me dire que ce n'était pas possible et qu'il fallait que je te retrouve ? Et aujourd'hui… Je ne suis plus seulement certaine, mais j'en ai la conviction : je sais que je ne veux pas être loin de toi. J'ai fait beaucoup d'erreurs que je regrette, mais je ne les referai plus. Quoi que tu puisses penser, je ne fuirai pas. Tu n'auras pas besoin de m'attacher.

Un léger sourire étira ses lèvres. Peut-être était-ce dû à mon comportement depuis le début, mais il semblait douter. Peut-être aussi à cause du secret qu'il gardait…

Il toucha mon annulaire et sembla soulagé de n'y voir aucune bague.

— Rentrons, ajouta-t-il. Tu vas finir par mourir de froid.

Il me ramena chez lui. Dans le hall, le concierge le salua formellement, puis haussa un sourcil à mon intention. Je souris en me demandant ce qu'il pouvait penser de ma présence, mais qu'importait.

L'appartement de Kylian était au dernier étage. Je fus stupéfaite de voir que l'ascenseur arrivait directement chez lui.

— Personne ne peut débarquer chez toi ? demandai-je en regardant les portes se refermer.

La chaleur ambiante me soulagea, et les muscles de mon corps se détendirent doucement. Kylian me sourit en récupérant mon manteau qu'il accrocha à la patère de l'entrée et secoua la tête.

— Non. Il faut une clé pour prendre l'ascenseur, et chaque habitant en a une propre à son logement. Et le concierge ne laisserait jamais une personne étrangère entrer dans l'immeuble. Allons dans le salon.

Il passa une main dans mon dos et me fit traverser un long couloir, avant d'arriver dans une pièce spacieuse, aux couleurs chaudes. Je souris en voyant que son appart était un peu plus décoré que celui qu'il avait à Paris.

Je m'assis dans un fauteuil non loin d'une cheminée électrique incrustée dans le mur. Je soupirai de bien-être en sentant la chaleur m'envelopper.

Il attrapa un plaid dont il me couvrit. Il s'installa sur le canapé, non loin de moi, et m'observa, impassible.

— Qu'est-ce qui va se passer, maintenant ? m'enquis-je en ramenant les pieds contre moi.

— Je ne sais pas. J'aimerais te dire que tout ira bien, mais je n'en suis pas certain. Ce dont je suis sûr, c'est qu'on a encore quelques heures devant nous avant que tout éclate. Alors, je vais te demander de ne pas y penser, ce soir. J'aimerais juste qu'on passe une nuit normale. Ensemble, toi et moi.

— Tu es toujours persuadé que je vais m'éloigner de toi ?

— Je n'en sais rien. Ce dont je suis sûr, c'est que je ne te laisserai pas t'en aller.

Son ton possessif réveillait bien des choses en moi. Je me levai et m'installai à ses côtés, avant de nous couvrir du plaid qu'il m'avait laissé.

Tout naturellement, il passa un bras autour de mes épaules et me ramena contre lui. Je posai la joue sur son épaule.

La paix m'envahit.

— Je suis sûre que tu as tort, soufflai-je en croisant les doigts dans les siens.

— J'ai toujours été dans le contrôle de ma vie. Même si ma mère se chargeait de la guider, elle n'a jamais été à l'encontre de mes choix professionnels. Lorsque j'avais un objectif en tête, rien ne pouvait m'en éloigner. Mais depuis que je t'ai rencontrée… tout semble m'échapper.

— Ce n'est qu'une mauvaise période.

— Et on la surmontera ensemble, compléta-t-il en resserrant les doigts dans les miens. Je pensais que ce que je désirais le plus au monde était de devenir joueur professionnel de la League, mais maintenant que tu es dans ma vie… Les choses ont changé.

Il tourna le visage vers moi et posa les lèvres sur ma tempe, comme pour se dérober à mon regard. Il m'était impossible de voir son expression.

Je gardai le silence, et il reprit au bout de quelques secondes :

— Je me rends compte que ce que je désire plus encore que réussir dans le basket-ball, c'est toi. C'est mon avenir. La stabilité à tes côtés et la construction d'une vie qui durera. C'est une chose que je n'ai jamais eue.

— La stabilité ?

— Non. Je suis quelqu'un de stable. Ma vie l'est aussi, et je ne suis pas prêt à prendre ma retraite pour le moment. Ce que je n'ai jamais eu, c'est une famille digne de ce nom. Je n'en avais jamais vraiment rêvé, jusqu'à ce que tu débarques dans ma vie.

Que répondre ? J'étais bouche bée. Il continua :

— Je ne te parle pas de mariage et d'enfants. Je sais qu'il est bien trop tôt. Mais tu es la seule qui me procure ces idées. Ces envies.

Je pris une longue inspiration, incapable de trouver les

mots adéquats pour lui faire comprendre l'émotion que sa déclaration faisait naître en moi.

Je levai les yeux et le vis perdu dans ses pensées, les sourcils légèrement froncés. Son cerveau semblait tourner à plein régime, et le souci marquait ses traits.

Je laissai une main glisser sur sa joue, attirant son attention. Tout naturellement, il passa le bras autour de ma taille et m'embrassa.

Je m'assis alors sur ses cuisses. Ses mains remontèrent le long de mes jambes et vinrent se poser sur mes poignées d'amour, qu'il attrapa pleinement.

Je souris contre sa bouche en me rendant compte qu'aucun complexe ne venait embrouiller mon esprit. Je savais qu'il les aimait, et il avait réussi à me les faire accepter.

Des changements invisibles à l'œil nu s'opéraient.

Bien des choses ne me faisaient plus peur.

Je ne lui en parlais pour autant et continuais de l'embrasser, appréciant de sentir ses mains sur mon corps, qui glissèrent dans mon dos, sous mes vêtements, me faisant frissonner. Ses doigts ne touchaient pas seulement ma peau, mais allaient bien au-delà, caressant mon âme.

Cet homme avait chamboulé mon monde, tout mon univers, et jusqu'à ma perception de la vie elle-même. Il avait brisé toutes les barrières que j'avais mises en place et, s'il pensait que j'allais le laisser tomber, je voulais lui prouver qu'il avait tort.

Je passai les doigts sous son T-shirt, puis les remontai le long de son ventre ferme.

Il me laissa faire et plongea le regard dans le mien. La lueur noisette de ses yeux s'intensifia, puis s'assombrit doucement.

J'adorais voir ce changement dans ses yeux.

Lorsque je fis passer ses vêtements par-dessus sa tête, il remit une mèche de mes cheveux derrière mon oreille puis, plaçant une main derrière ma nuque et une autre dans mon dos, me fit basculer sur le canapé, avant de s'allonger sur moi, me faisant sentir son désir.

Je fis courir les mains dans son dos, tandis que les siennes semblaient se trouver partout à la fois.

Oui… J'étais prête à mener tous les combats pour être à ses côtés sans condition.

Qu'importait que la Troisième Guerre mondiale éclate. Que la fin du monde survienne. J'étais enfin prête à l'aimer.

6

Kylian

Je me réveillai un peu avant les premiers rayons du soleil, comme chaque matin. Peu importait mon nombre d'heures de sommeil, j'étais réglé comme une horloge, et chaque jour je profitais du lever du soleil.

Je souris en sentant la tête de Gaby sur mon ventre, repliée à quatre-vingt-dix degrés. Cette femme avait un sommeil agité mais profond, ce qui me permettait de la remettre correctement dans mes bras ou dans une position plus confortable sans la réveiller. Dégageant la couverture qui lui masquait le visage, je l'observai en passant les mains dans ses cheveux.

Elle n'eut aucune réaction lorsque je la soulevai pour la remettre à mes côtés correctement. Je l'avais tenue éveillée une bonne partie de la nuit, ce qui devait encourager son sommeil de plomb. Mon corps était lui aussi épuisé, mais ma tête refusait de dormir encore un peu.

Je tendis le bras pour récupérer mon téléphone, ce que je regrettai aussitôt. J'avais de nombreux appels manqués, principalement de ma mère. Je verrouillai mon téléphone et me remis sur le dos, tout en réfléchissant aux multiples événements récents.

Tout ce que j'avais redouté allait arriver. C'était un fait dont j'étais presque certain. Je me sentais affreusement impuissant à protéger Gaby, et c'était une chose dont je n'avais pas l'habitude. Que ce soit sur le terrain ou dans ma vie personnelle, j'avais toujours eu le contrôle sur tout ce qui m'entourait, ou au moins j'avais eu l'illusion de l'avoir. On ne me disait que très rarement non. Gabrielle avait fait exploser le quota des refus que j'avais eus dans ma vie, et j'adorais ça.

Les barrières…

Qu'indéniablement je ferais sauter tôt ou tard.

Je souris et embrassai celle qui donnait enfin un sens à ma vie.

Je soupirai et quittai le lit en mettant un simple bas de jogging avant de me rendre dans la cuisine.

Je restai un moment à réfléchir silencieusement, puis récupérai mon téléphone pour contacter l'unique ami en qui j'avais profondément confiance.

Celui qui s'était bien plus occupé de moi que n'importe qui d'autre sur cette Terre. Celui que j'aurais souhaité comme père. Ses connaissances et sa capacité à trouver des solutions semblaient infinies.

JB.

7

Gabrielle

Je me réveillai avec le cerveau en compote. Mon corps semblait peser une tonne, et le ciel gris me heurta les yeux, me donnant immédiatement l'envie de me rendormir. Pourtant, me rappelant où je me trouvais et sentant la place vide à mes côtés, je ne pus me résoudre à retomber dans les bras de Morphée.

Je m'assis, cherchant en vain mes vêtements du regard. J'enfilai finalement un des joggings et une des vestes de Kylian, le tout sans sous-vêtements.

Dans le couloir, je me figeai lorsque j'entendis sa voix. Je ne savais pas qui était présent dans l'appartement, mais l'idée que quelqu'un puisse me voir ici le lendemain de l'annonce de mon mariage avec Junior m'arrêta net.

Je tendis l'oreille, curieuse.

— À quelle heure ? demanda-t-il. Bien. Je devrais pouvoir venir te chercher… J'ai hâte. Et je suis vraiment désolé. Pour tout.

Je fronçai les sourcils, comprenant qu'il était au téléphone. La curiosité monta en flèche et, même si je savais que c'était très mal d'écouter aux portes, je fis quelques pas de plus pour mieux discerner ses paroles.

— Je ne sais pas du tout ce qui va se passer, ni comment elle va réagir… Non… J'aurais dû tout lui expliquer et te l'expliquer à toi aussi, mais je ne voulais pas que ça s'ébruite.

Oui, je sais bien. Je voulais vraiment que ça n'arrive jamais… Espérons qu'il ne soit pas trop tard. D'accord. À plus tard, JB.

Je me plaquai contre le mur, comprenant que JB allait bientôt nous rejoindre. Je fis demi-tour et retournai m'asseoir sur le lit. Kylian fit son apparition quelques secondes plus tard.

Il était magnifique dans son costume sombre. Je me sentis sourire. J'adorais le voir habillé ainsi.

— Salut, dit-il en me détaillant du regard, un sourire amusé sur le visage.

Si lui était sexy et classe, moi je devais ressembler à un gros patapouf.

Il ne commenta pas mon style du matin et vint se placer devant moi.

— Bien dormi ?

J'acquiesçai en souriant, puis fermai les yeux pour me repasser les images de cette nuit. Sa bouche sur ma peau, son corps contre le mien…

Je frissonnai et, quand je rouvris les yeux, un grand sourire taquin illuminait ses traits. Il savait parfaitement à quoi je pensais.

Il fit un pas vers moi puis, à deux mains, mit mes cheveux en arrière avant de poser les lèvres sur mon front. Il me repoussa en arrière et vint se poser sur moi lentement. Il me serra dans ses bras et resta ainsi pendant un petit moment.

Chaque réveil à ses côtés était empreint d'une douceur que j'adorais. Il sentait le gel douche, ce qui me rappela qu'il allait sûrement partir d'ici peu.

— C'est quoi le programme de ce matin ?

— Rencontre avec les fans, signatures et photos, énuméra-t-il, la bouche dans mon cou.

— À quelle heure ?

— Bientôt.

Il se releva et sorti d'un tiroir une montre de couleur sombre qu'il passa autour de son poignet. Je me relevai pour la lui attacher. Sertie de cristaux ou de diamants, elle valait probablement extrêmement cher. Je haussai un sourcil sans commenter, ce qui le fit rire.

— Je ne l'ai pas achetée, rassure-toi. C'est un cadeau d'un nouveau sponsor.

— Je n'ai rien dit.

— Mais je te connais.

Je souris, puis relâchai son poignet.

J'observai son sourire et son regard pétillant en me demandant à quoi il pouvait bien penser.

— Si tu es en train de te moquer de moi et de mon accoutrement, je te jure que je me vengerai, marmonnai-je en lui lançant un regard d'avertissement.

Le seul fait de hausser un de mes sourcils suffit à le faire craquer. Il se mit à rire doucement, mais recouvra rapidement son sérieux. J'appréciais ses efforts, même si son regard moqueur ne me trompait pas.

— Je me fiche de ce que tu portes, Gaby. Tu es belle quoi que tu aies sur toi. Ou n'aies pas. J'étais surtout en train de me demander si j'avais le temps de t'enlever tout ça.

Je souris.

— Et ? Tu l'as, ce temps ?

Sa grimace m'indiqua que non. Il ajouta néanmoins :

— Je suis déjà en retard… Mais je passe te prendre un peu plus tard dans la journée ? Sauf si tu as prévu quelque chose…

Ses mains s'aventurèrent en dessous de la veste sous laquelle j'étais nue, puis il caressa mes hanches, qu'il avait agrippées avec beaucoup de ferveur cette nuit…

Comme s'il arrivait à lire dans mes pensées, son sourire s'élargit de plus belle. Il m'embrassa, prolongeant un peu plus l'instant, comme une promesse. Une promesse dont je découvrirais probablement les détails très prochainement.

— Je t'ai déposé le double des clés près de l'entrée. Tu peux rester autant de temps que tu veux mais, si tu sors et que tu souhaites revenir, n'hésite surtout pas.

Il me fit un léger sourire en coin, puis s'éloigna dans une longue expiration.

Je savais que je pouvais le retenir… J'en avais les moyens et, si je lui demandais sérieusement de rester, il reporterait son rendez-vous avec les fans. Mais, si l'idée était très tentante, je savais que c'était important pour lui. Alors je me contins et le regardai quitter la chambre à reculons, comme si lui aussi attendait que je le retienne. Une part de moi voulait aussi le questionner sur son appel, mais je comprenais nettement pourquoi JB arrivait. Je ne faisais probablement que retarder l'échéance. Je savais que je le découvrirais bien assez tôt, et cela ne me réjouissait guère. La grande curieuse que j'étais avait peur.

Quand il fut hors de mon champ de vision et que j'entendis les portes de l'ascenseur se refermer, je partis à la recherche de mes vêtements. L'idée de rester dans ceux de Kylian était tentante, parce qu'ils étaient pleins de son odeur, mais ressembler à un patapouf sur pattes… Non, merci.

D'autant plus que j'avais une mission liée à Junior à accomplir…

Je repassai chez moi pour prendre une douche et me changer. L'appartement était vide, mais je trouvai un mot de Talina sur la table du salon :

Tu n'es pas rentrée, ce doit être bon signe. Je l'espère !

J'ai un rendez-vous important, mais je ne devrais pas rentrer trop tard. Une soirée entre filles, ce soir ?

Je souris et lui envoyai un bref texto en retour, lui demandant de m'appeler lorsqu'elle aurait un moment.

Je quittai mon appartement en début d'après-midi pour me rendre dans la grande maison de Junior. Elle se situait dans une zone assez reculée pour me faire râler de la note salée du taxi.

J'entrai dans la grande cour, surprise de trouver le grillage ouvert, puis filai vers l'entrée où je dus sonner deux fois avant que Junior se manifeste. Il ouvrit la porte sans daigner me saluer et tourna les talons.

Pas bon du tout…

J'attendis un instant sur le perron, avant de me décider à le suivre. À l'intérieur, tout était sombre, aucun volet n'était ouvert, même les lumières étaient éteintes.

— Tu as fait la fête, hier ? m'enquis-je en le rejoignant dans le salon.

Affalé sur le canapé, vêtu d'un simple bas de jogging et d'un peignoir, il était complètement amorphe. Un bras posé sur les yeux, il semblait prêt à continuer sa nuit.

Elle avait donc dû être agitée.

Il n'eut aucune réaction quand j'allumai la lumière.

Je me rendis vers la grande baie vitrée en retirant mon écharpe et mon manteau, puis appuyai sur tous les boutons du cadran jusqu'à trouver celui qui relevait les volets.

Voyant que Junior ne bougeait toujours pas, je bousculai sa jambe, ce qui le fit à peine grogner.

Je jetai un rapide coup d'œil au salon. Définitivement, Junior avait dû faire la fête hier. Des bouteilles, des verres, dont certains étaient cassés, traînaient un peu partout. J'étais loin d'être maniaque, mais voir cette pièce dans un tel désordre me donna la furieuse envie de tout ranger. On ne pouvait pas avoir une aussi belle maison à l'extérieur et que ce soit une porcherie à l'intérieur.

— Qu'est-ce que tu as fêté hier ? lançai-je. La victoire ou notre futur mariage ?

Je le vis remuer, mais il ne me répondit pas. Ce n'était pas normal. Junior n'était jamais silencieux, même avec la pire des gueules de bois.

Je ramassai quelques bouteilles et les jetai une par une à la poubelle en faisant volontairement un raffut énorme. Je sursautai en sentant soudain qu'il était à deux pas de moi, juste derrière, le regard perdu, les sourcils froncés, et les yeux si rouges qu'il me fit vraiment peur.

— Fais moins de bruit, marmonna-t-il.

Je souris.

Il était apparemment sur les nerfs et, comme il chuchotait, je déduisis qu'il avait réellement mal à la tête. Au moins, ainsi, j'avais une arme contre lui.

— Mauvaise nuit ? demandai-je sans me départir de mon sourire.

— On va dire ça.

Il se dirigea de nouveau vers le canapé, mais je ne comptais pas poireauter ici tout l'après-midi.

— Il faut qu'on parle, tu te souviens ?

— Plus tard, Gab.

— J'ai fait le trajet jusque chez toi en taxi, j'ai fait ton ménage, alors non. Peu importe que tu aies la gueule de bois, je m'en fiche, il faut qu'on parle.

— Tu m'emmerdes.

— Je suis née pour ça, très cher. Il faut qu'on arrête tout, Junior. Fais en sorte que les gens pensent que nous avons rompu ou dis la vérité. Je ne veux plus continuer.

Il souffla, agacé, puis se mit un oreiller sur le visage, m'ignorant ostensiblement. Je secouai la tête, dépitée.

Bien ! S'Il ne voulait pas parler, j'allais l'y obliger.

Je récupérai les verres qui traînaient, les quelques canettes vides et les balançai de toutes mes forces dans la poubelle.

Je n'arrivais pas à être fondamentalement en colère contre lui, mais j'étais sous pression. Nous devions remettre les choses en ordre et, s'il dormait, cela n'avancerait à rien.

Je récupérai un verre propre que je remplis d'eau et le lui tendis.

— Tiens, bois, lui dis-je en le secouant doucement.

— Je n'ai pas soif.

— Avec tout ce que tu sembles avoir descendu cette nuit, tu ferais mieux de t'hydrater.

— Pourquoi t'es là, Gab ?

Je l'observai en haussant les sourcils. S'il jouait la carte de l'innocence, il allait m'entendre. Prête à monter dans les tours, je le regardai attentivement et réalisai subitement que son regard était totalement égaré.

— On doit parler. Tu m'as toi-même demandé de venir pour ça, lui rappelai-je gentiment.

— Ah…

Je soupirai et abandonnai l'idée de lui faire boire de l'eau. Junior ne referma pas les yeux mais resta allongé, fixant le plafond. Notre conversation retomba dans un silence prolongé, et il sembla s'enfoncer dans ses pensées.

Quelque chose n'allait définitivement pas.

Mes propres pensées se tournèrent vers Kylian, et une chose me titilla.

— Tu n'es pas allé à la rencontre des fans, ce matin ?

— Non. J'ai oublié. En fait, j'avais pas envie.

— Pourquoi ? Qu'est-ce qui se passe ?

Il ne ratait jamais une occasion d'être au centre de l'attention. Cette fois j'étais vraiment inquiète. Il soupira et posa un bras sur son front. Je n'aimais pas le voir ainsi.

— Tu avais raison, marmonna-t-il, sans montrer aucune expression.

— Quoi ?

— Tu avais raison, Gab. J'ai du mal à l'admettre, mais c'est vrai.

Devais-je sauter de joie ? J'en crevais d'envie. L'entendre me dire que j'avais raison me fit un bien fou. Mais je voulais être sûre de bien comprendre.

— Sur quoi est-ce que j'avais raison ?

— Sur tout.

— Tu pourrais être plus explicite ?

— C'est Ed.

Il n'alla pas plus loin. Mon ventre se contracta, et je compris avant qu'il le dise qu'Eddy avait atteint son point de non-retour.

— Qu'est-ce qui s'est passé ?

— Il est parti.

— Parti ?

— Oui. Il m'a quitté. Tu avais raison, il ne m'a pas laissé le choix. Je n'ai pas réussi à le retenir, même si j'ai tout tenté.

Je restai silencieuse, incapable de trouver un mot de réconfort. La dernière chose que j'avais voulue, c'était que ces deux hommes se séparent. Je les aimais sincèrement, quand bien même je ne l'aurais dit pour rien au monde à Junior, et je me sentais désagréablement coupable.

J'avais clairement ma part de responsabilité dans ce gâchis. Ces derniers temps, le regret avait pris le pas sur mes émotions, à tel point que j'étais totalement envahie.

— Tu comprends pourquoi on ne peut pas continuer ? repris-je doucement. Eddy ne mérite pas ça. Toi non plus. Tu n'as pas à t'infliger ça, Junior.

Il se redressa en se tenant le front, comme submergé par son mal de tête.

— Tu ne comprends pas, Gab. Si je dis la vérité, je perdrai ma famille, peut-être même tout ce que j'ai…

— Mais, si tu continues à mentir, tu le perds, lui. Tu ne penses pas qu'à un moment donné il faut commencer à vivre pour soi-même ? Avec qui comptes-tu faire ta vie ? Je ne pense pas que tu serais avec Eddy si la réponse n'était pas : lui.

Il soupira, et le voir si mal me brisa le cœur. J'avais envie de revenir en arrière et de tout faire différemment. Mon entourage et moi-même ne cessions de souffrir de nos choix.

J'en avais tout simplement marre de cette situation. Je voulais que cela cesse.

— Donc tu veux tout arrêter ? demanda-t-il en soupirant.

— Depuis le temps que je te le dis, c'est maintenant que tu le comprends ?

— Je suis un boulet à ce point-là ?

Je souris en secouant la tête.

— Tu es bien pire.

Il m'adressa enfin un sourire sincère, mais celui-ci n'atteignit pas ses yeux. Je préférais tout de même ça… Je ne savais pas gérer un Junior déprimé, c'était bien trop étrange pour moi.

— Rassure-moi, repris-je, ce n'est pas toi qui as bu tout ça cette nuit ?

— Je ne sais pas, je ne m'en souviens même pas. Je sais que j'ai bu quelques canettes, et ensuite j'ai vidé une bouteille directement sans prendre la peine d'attraper un verre. Après… Je ne sais plus.

— Arrête avec ça. Ce n'est pas comme ça que les problèmes se résolvent.

— Je pensais vraiment qu'il comprenait.

Je le vis se perdre à nouveau dans ses pensées, très loin. Je le laissai continuer sans l'interrompre.

— J'étais persuadé qu'il resterait. Qu'Eddy savait que ce n'était pas réel et qu'il m'aimait assez pour supporter tout ça. Il devrait pourtant savoir que…

— Que quoi ?

— Je me sens complètement perdu sans lui.

Je lui donnai une tape assez forte pour qu'elle me fasse mal à la main, pourtant il ne sembla rien sentir. Je voulais le secouer et je compris ce que Talina avait dû supporter lorsqu'elle m'avait trouvée la veille. J'espérais que ses paroles allaient fonctionner sur Junior.

— Tu crois que c'est en te morfondant qu'Eddy va revenir ?

Junior me lança un regard presque choqué, qui m'aurait fait rire dans d'autres circonstances. Il était habitué à me voir compatissante, mais je savais aussi que l'encourager à se plaindre ne servirait à rien. Je récupérai la bague qu'il m'avait passée au doigt la veille, puis la déposai dans sa main.

— Maintenant, il faut que tu te bouges, Junior. Il faut que tu lui montres que tu tiens vraiment à lui. Tu ne peux pas le laisser partir. Alors bouge tes fesses de ce canapé, aide-moi à tout ranger et va le retrouver.

Junior pinça les lèvres, amusé, puis haussa les épaules.

— J'ai une femme de ménage pour ça.

Je lui jetai un regard noir.

— Tu ne pouvais pas me le dire avant ??

— C'était sympa de voir ma kiné devenir ma femme de ménage pour quelques minutes !

Je récupérai le premier coussin à portée de main et le lui balançai dans la figure. Il grimaça en se tenant la tête. Pour me venger, je le lui balançai une seconde fois.

Une sonnerie stridente retentit aux quatre coins de la maison, faisant grimacer à nouveau Junior.

— Il faut vraiment que je coupe cette foutue sonnette, grogna-t-il en se levant.

— C'est qui ? lui demandai-je bêtement.

— Au cas où tu ne l'aurais pas remarqué, je suis ici avec toi et je n'ai pas de don de voyance.

Je levai les yeux au ciel, inquiète de devoir à nouveau jouer le rôle de la fiancée. Pour sortir à peu près dignement de notre mensonge en restant crédible, je ne pouvais pas changer de comportement du tout au tout en l'espace d'une nuit.

Junior disparut dans le couloir et alla ouvrir. Je tendis l'oreille au maximum, tout en cherchant des yeux les endroits où je pourrais me cacher en cas de pépin.

— Tiens, Foster ! Qu'est-ce que tu fais là ? demanda Junior assez fort pour que je l'entende.

Je paniquai légèrement. Kylian n'était pas au courant de ma présence ici. Ce n'était pas un secret, et je n'avais pas cherché à le lui cacher sauf que, ce matin, cela m'était sorti de l'esprit.

Mais s'il me voyait ici… J'étais certaine qu'il n'allait pas apprécier.

8

Kylian

Je me demandais ce que je foutais là. J'aurais dû écouter Elijah ce matin quand il m'avait dit que j'étais encore bien trop énervé contre McCoy pour aller le voir. Me retrouver devant lui faisait grimper la tension dans mon corps et me donnait des idées dangereuses.

— Tu sais pourquoi je suis là ? m'enquis-je, les mains dans les poches.

— Laisse-moi deviner : parler ? Tu es relativement calme, tu aurais commencé par m'en mettre une si c'était pour te battre comme la dernière fois.

Je plissai les yeux sans relever pour autant. Son attitude arrogante m'agaçait, mais il n'était que mon coéquipier… Je n'avais pas besoin de lui dans ma vie. Pourtant, j'étais persuadé qu'en d'autres circonstances j'aurais pu l'apprécier.

Mais pas aujourd'hui.

Junior s'effaça et ouvrit la porte en grand, comme une invitation muette. Surpris et soulagé de trouver un peu de chaleur, je lui fis un signe de tête.

Il referma derrière moi, se dirigea vers le salon et s'affala sur le canapé blanc.

— De quoi tu voulais me parler ? demanda-t-il en soupirant.

— À ton avis ?

— Gabrielle Ferry ? Ne reste pas debout, Foster. On est

avant tout coéquipiers, le canapé n'est pas empoisonné, je te le jure.

Je haussai un sourcil et m'installai.

— Tu sais que t'es allé trop loin, dis-je en posant les coudes sur mes genoux.

— Je sais.

Je pris une profonde inspiration. Jusqu'à présent, j'avais gardé un ton neutre, mais je me savais malgré tout en colère. Mon intention n'était pas de chercher le conflit, simplement de remettre les choses à leur place.

— Je ne te laisserai pas me prendre Gaby, McCoy. Je ne sais pas quel est ton problème, mais je ne crois pas un instant que tu fais tout ça pour ta famille. Il y a une raison obscure pour laquelle tu vas jusqu'à la demander en mariage. Je ne veux pas savoir ce que c'est, surtout si toi aussi tu es amoureux d'elle. Ce que je sais, c'est que ça dure depuis trop longtemps et que ça doit cesser, maintenant.

— J'entends cette phrase bien trop souvent ces derniers temps, marmonna Junior en guise de réponse. Arrête de t'inquiéter, je ne compte pas te voler Gab. C'est toi qu'elle aime, et elle est bien trop chiante pour moi.

Je sentis mes lèvres frémir, prêtes à sourire, mais les choses étaient loin d'être réglées, et j'avais compris depuis le temps qu'il ne fallait pas vraiment accorder de crédit aux mots de Junior, mais plutôt se fier à ses actes.

— Alors remettons les choses dans l'ordre, dis-je finalement. J'étais d'accord pour conclure ce pacte, mais il n'est pas juste, pour personne. Et celle qui en pâtit le plus, c'est Gaby.

— C'est surtout parce que ça te fait chier de voir ta nana à mon bras.

Je serrai les dents. Je savais qu'il faisait exprès de me provoquer.

— Je veux juste retrouver la femme que j'aime.

McCoy me fixa pendant quelques secondes, avec ce qui ressemblait à de la curiosité dans les yeux.

— Ça me coûte de le dire, m'avoua-t-il, mais pour elle c'est toi, le meilleur. Je ne cherche pas à te l'enlever, je peux te l'assurer, j'ai son amitié, ça me suffit. Elle a fait beaucoup pour moi, et il n'y a jamais rien eu d'autre entre elle et moi qu'une relation amicale que je n'aurais jamais crue possible.

— J'en suis le premier étonné, rétorquai-je, amusé. Sache qu'on est tout ce qu'elle déteste. Mais toi encore bien plus que moi.

Junior s'esclaffa brièvement, avant de soupirer :

— Bien ! Accorde-moi quelques jours pour échafauder un plan qui tienne la route.

Je ne répondis pas, restant sur mes gardes malgré tout. Junior avait eu tellement de paroles contradictoires que je préférais ne pas me réjouir trop vite. Les actes valaient mieux que les mots.

Je me levai et claquai la main qu'il me tendit en guise de salut, avant de le suivre jusqu'à la porte.

— Tu devrais tout de même me remercier, dit McCoy en reprenant son ton arrogant. Grâce à moi, Gab n'a plus aussi peur de se montrer face aux journalistes. Je t'ai presque mâché le travail.

— Ne pousse pas trop loin. Si tu attends que je te remercie, tu peux aller te faire foutre.

Junior éclata de rire, puis me donna une tape sur l'épaule. Je lui souris et rejoignis ma voiture.

J'étais sérieusement déterminé à reprendre le cours de ma vie en main.

9

Gabrielle

Planquée derrière les lourds rideaux, je ne bougeais toujours pas. Tant que je ne serais pas certaine que Kylian se trouvait loin, je refusais de me déplacer d'un centimètre, et ce même si j'avais la sensation de me momifier à force de rester immobile.

— T'es où ? cria Junior, que je n'avais pas entendu arriver. Il est parti, tu peux revenir.

Je soupirai un grand coup en sentant mes muscles se détendre. Lorsque je sortis de derrière le rideau, Junior éclata de rire et s'affala sur le canapé, avant de se masser les tempes.

— J'ai l'impression d'avoir accueilli le mari de ma maîtresse. Derrière le rideau ? Tu n'as pas trouvé plus originale comme cachette ?

— Je ne savais pas que tu allais le faire entrer, protestai-je en m'affalant à ses côtés. Et au moins, comme ça, j'ai tout entendu.

Je lui jetai le premier coussin qui me tomba sous la main, ce qui sembla l'amuser.

— De rien, dit-il, perdant tout de même son sourire.

J'avais adoré entendre Kylian parler de moi à quelqu'un d'autre. Dans l'absolu, il n'avait rien dit que je ne savais déjà, mais c'était plaisant de l'entendre dire qu'il m'aimait, sans une once de retenue…

— C'est quoi ton plan pour nous sortir de cette histoire de fiançailles ?

Junior haussa les épaules, semblant s'en foutre. Comme si ce n'était qu'un détail pénible.

— J'en sais rien du tout. Mais les journalistes, c'est mon péché mignon. J'ai l'habitude. Ce qui m'inquiète, c'est ma famille. Il reste pas mal de boulot à faire. La seule chose qui ne me fait pas regretter d'avoir monté tout ce cinéma, ce sont les souvenirs que je garde avec mon père.

— Tu es grand et responsable, je suis sûre que tout ira bien.

— Ta confiance en l'humanité me dépasse, Gab. Ne crois pas que je vais leur dévoiler mon secret. Comme je te l'ai déjà dit, je ne suis pas certain que j'aurais un jour le courage d'avouer, mais je vais te laisser en dehors de mes histoires.

J'acquiesçai, espérant tout de même qu'il y parviendrait un jour.

— Et Eddy dans tout ça ?

— Je vais d'abord avaler un médoc pour le crâne, puis prendre une douche et j'irai le voir. Je refuse qu'il s'en aille. Et, maintenant qu'on a décidé de tout arrêter, il n'y a pas de raison qu'il m'en veuille encore, n'est-ce pas ?

— Je l'espère, dis-je en grimaçant.

Junior avait une vision assez biaisée des réalités. Je n'avais aucune idée de la manière dont ils menaient leur relation, mais j'avais du mal à imaginer qu'un homme comme Eddy, qui avait été blessé par celui qu'il aimait, puisse passer à autre chose et pardonner si rapidement. Il avait dit que j'avais confiance en l'humanité, mais peut-être finalement était-ce lui qui avait bien trop confiance en lui-même ?

Mais peut-être aussi que j'étais trop pessimiste et qu'il avait raison.

J'espérais qu'il avait raison…

— Tu connais le chemin, me dit-il finalement en se levant.

— Je rêve, ou tu es en train de me mettre à la porte ?

— Je savais que tu rêvais de moi. Tu connais la maison

à présent, je n'ai pas besoin de jouer les accompagnateurs. Si tu veux rester, tu peux. Tu peux même m'admirer en train de me doucher. Ça t'intéresse ?

Je grimaçai spontanément, ce qui le fit éclater de rire. Je me levai et allai récupérer mes affaires mais, avant que Junior disparaisse de ma vue, je l'interpellai :

— Tu pourras dire à Eddy de ne pas trop m'en vouloir quand tu le verras ? Je ne supporte pas l'idée qu'il puisse me détester.

— T'inquiète pas. Ed ne déteste personne. Mais je lui passerai le message.

Je quittai la villa et décidai de marcher un peu pour m'aérer la tête. Une boule de nervosité restait logée dans mon ventre, comme si je sentais que rien n'allait se dérouler comme prévu. Depuis le début, et malgré tous nos efforts avec Kylian pour essayer d'avancer, tout m'échappait. Aujourd'hui, je ne savais plus comment rattraper le coup, d'autant que ce n'était pas à moi d'agir pour sortir de cette embrouille.

Si j'avais eu le choix de posséder un pouvoir, j'aurais pris celui de voir dans l'avenir. Cela m'aurait permis de prédire mes erreurs et surtout de pouvoir les éviter.

J'avais hâte que cet orage s'éloigne parce que, s'il y avait bien une chose dont j'étais certaine, c'était qu'il me fallait garder des forces. Le plus gros de la tempête n'était pas encore passé.

Je rejoignais Kylian dans la soirée après avoir dîné avec Talina, lorsqu'il se mit à neiger à nouveau. Le trajet jusque chez lui fut un calvaire, mais retrouver la chaleur du bâtiment un régal.

Cette fois-ci, le concierge me fit un large sourire et m'invita à me rendre directement aux ascenseurs.

— M. Foster m'a prévenu de votre arrivée, me dit-il en me laissant entrer dans l'une des cabines, avant d'utiliser sa propre clé pour appuyer sur l'étage de Kylian.

Je répondis un merci timide. Je n'avais pas vraiment l'habitude de ce genre de luxe.

J'entrai chez Kylian et déposai mes affaires dans le couloir. Du bruit semblait provenir du salon. En y entrant, je vis la télévision allumée, en bruit de fond, puis Kylian, chargé de bagages. Il me sourit en m'apercevant.

— Installe-toi, j'arrive tout de suite.

J'avançai un peu plus dans la pièce, quand j'aperçus une seconde personne, près de la cheminée.

— James Bond !

Je le pris dans mes bras en un geste un peu trop spontané, qui le surprit. J'étais si contente de le voir que je n'avais pas pu me retenir.

J'avais pourtant bien entendu Kylian au téléphone dire qu'il irait le chercher, mais j'étais persuadée qu'il m'avait fait venir pour qu'on y aille ensemble. Cette petite surprise me fit extrêmement plaisir. Elle annonçait également que l'heure était grave… Mais je fis comme si de rien n'était.

J'avais conscience de me mettre des œillères.

— Tout va bien pour vous, Gabrielle ?

J'acquiesçai et lui retournai la question.

— Épuisé par le voyage, mais heureux de vous retrouver tous les deux.

— Tu as mangé ? me demanda Kylian en revenant dans le salon.

— Oui, avec Talina un peu plus tôt.

Le silence revint soudainement, comme s'il me manquait une information cruciale. Je fronçai les sourcils en regardant les deux hommes.

— Tout va bien ? m'enquis-je, inquiète.

Leur gravité m'effraya. Et plus encore lorsque Kylian lança un coup d'œil à JB, qui acquiesça d'un air entendu.

— Je vais aller défaire mes valises. Je vous laisse discuter, dit-il en s'éclipsant.

— Qu'est-ce qui se passe ? demandai-je, très nerveuse.

— Il faut qu'on parle.

Je me crispai. Je détestais cette phrase. Elle était source d'angoisse. Et là, tout de suite, j'angoissais vraiment.

Je me doutais que les minutes suivantes n'allaient pas être agréables. Je sentais qu'il allait enfin me dire son secret.

Il me proposa de m'asseoir, ce que je fis en silence. Je portai le regard sur la télé, branchée sur la chaîne sportive locale, qui annonçait une interview exclusive du capitaine des Monsters. Autrement dit, Junior.

Kylian déplaça son fauteuil pour se mettre devant moi, puis se perdit dans ses pensées, comme s'il ne savait pas par où commencer. Enfin il me jeta un regard qui me serra le ventre.

Il ne laissait jamais ses émotions transparaître, mais à présent… Je pus voir la multitude de choses qui le traversaient : la tristesse, l'hésitation, l'égarement, mais aussi la peur.

Je me penchai vers lui, passai une jambe sur sa cuisse et me forçai à le regarder droit dans les yeux pour lui faire comprendre qu'il pouvait avoir confiance en moi. Que, quoi qu'il ait à me dire, j'étais vraiment déterminée à surmonter ça à ses côtés.

— Je ne vais pas fuir, Kylian.

Il me fit un sourire sans joie, puis plongea le regard dans le mien.

Nous y étions.

— J'aurais souhaité que ça n'arrive jamais, dit-il tout bas, comme s'il se parlait à lui-même.

Il caressa distraitement ma cuisse, gardant le silence quelques secondes de plus, avant de se lancer.

— À l'aéroport, quand tu allais partir pour Chicago, je ne voulais pas te quitter. J'ai menti pour te protéger parce que, comme tu le sais, ma mère me menaçait. À ce moment-là, je n'étais pas encore certain que c'était bien elle. Elle avait pris ses précautions pour que je ne sache pas de qui la « menace » pouvait provenir, même si je m'en doutais. J'ai réellement cru pendant les deux mois où je suis resté en France que j'allais pouvoir régler ce problème. Dans ma tête, tout était calculé pour que, dès mon arrivée à Chicago, je puisse tout faire pour te récupérer et me faire pardonner. Mais rien ne s'est passé comme prévu et, quand j'ai rejoint les Monsters, je n'ai pas su rester loin de toi. Je n'y arrive tout simplement pas.

Même si la dernière partie me fit plaisir, mon ventre restait noué. J'étais complètement suspendue à ses lèvres et attendais la suite des événements.

Il se passa une main sur le menton, puis reprit :

— Tu connais la suite, mais il faut que tu saches qu'à aucun moment je n'ai cessé d'espérer pouvoir désamorcer la bombe. Ma mère me tenait, elle le savait. Je n'ai sûrement pas fait les bons choix et j'aurais dû te le dire dès le début, mais j'aurais préféré que jamais tu ne sois au courant. C'est sans doute bête, mais j'avais peur que ma mère réussisse réellement à te faire fuir.

— Je ne fuirai pas, répétai-je, le cœur tout de même battant.

Il acquiesça simplement sans que je sache s'il me croyait ou non.

— Hier, j'ai fait ce que j'aurais dû faire depuis longtemps. En prenant la décision de couper les ponts avec ma mère, je connaissais les conséquences, mais l'idée qu'elle continue de nous manipuler n'était plus supportable. Je voulais que tu sois libre de choisir, libre de vivre avec ou sans moi, sans que personne n'ait plus aucune pression sur toi. J'ai été égoïste de tout te cacher parce que j'avais peur de te perdre, mais c'est à toi maintenant de me dire si tu veux que je fasse machine arrière, Gaby. Ou si tu ne veux plus de moi…

Il plongea le regard dans le mien. Il semblait extrêmement mal.

— L'année dernière, pendant le championnat d'Europe, on s'est retrouvés tous les deux dans les vestiaires à plusieurs reprises. Mais il y a eu une fois où on n'a pas fermé la porte. Quelqu'un est entré et nous a filmés. Toi et moi.

Mon ventre se tordit violemment de douleur.

— Qu'est-ce que tu racontes ?

C'était comme si j'étais soudainement devenue stupide et que rien de ce qu'il disait n'avait de sens. Il se mordit les joues et poursuivit :

— Ce que je te cache depuis tout ce temps, c'est qu'il existe une vidéo de toi et moi en train de faire l'amour. Ma mère fait pression parce qu'elle est consciente des conséquences que cela pourrait avoir. Elle sait que je t'aime et que j'aurais tout fait pour que ça ne s'ébruite jamais.

Je retirai ma cuisse posée sur la sienne, mon regard se perdant sur le sol. Kylian me laissa faire, ne tenta pas de me toucher, ni d'ajouter quoi que ce soit.

Si j'avais été certaine de pouvoir tenir sur mes jambes, je me serais levée pour marcher. Pour essayer de réfléchir, de comprendre, d'encaisser… Mais dans ma tête, c'était comme si un immense trou noir venait d'apparaître et que je n'arrivais pas à mettre de l'ordre dans tout ça.

Je comprenais doucement que si ce n'était pas déjà fait, une vidéo de nous, dans un des moments les plus intimes, allait être dévoilée aux yeux de tous.

Ce n'est pas possible. Ça ne peut pas être réel !

J'avais du mal à déglutir, comme si ma gorge s'était rétrécie. Je ne parvenais pas à regarder Kylian dans les yeux.

— Tu es sûr ? Ce n'est pas un mensonge ?

Je cachai ma main qui tremblait sous ma cuisse.

— Non. Elle m'en a fait parvenir une copie.

— Montre-moi.

— Gaby…

— S'il te plaît. J'ai besoin de voir, de savoir quelles images il y a dans cette vidéo.

Je sentais son regard sur moi, mais je refusais toujours de le soutenir. J'avais tellement honte. Pourtant, lui aussi se trouvait dans cette vidéo. Ce n'était évidemment pas d'avoir couché avec lui qui faisait monter ce sentiment en moi, mais l'idée que cet acte puisse être dévoilé aux yeux de tous me donnait la nausée.

Je me sentais terriblement vulnérable.

Kylian se leva au bout de longues secondes et se dirigea vers la cheminée. Lui qui avait habituellement une démarche fluide semblait totalement contracté, comme mal à l'aise. Il sortit une clé d'un petit coffre au-dessus de la cheminée, puis alla vers l'armoire.

La clé, me dis-je dans le brouillard de mes pensées. C'était celle que j'avais trouvée dans sa veste.

Quelle aurait été ma réaction si j'avais trouvé cette vidéo par moi-même ? Je n'osais même pas aller au bout de cette idée.

Kylian revint vers moi et me tendit une clé USB que je pris, les mains toujours tremblantes.

J'avais l'impression que ce tout petit objet me brûlait la paume. Qu'elle pouvait exploser à tout moment.

Je me sentais si mal…

Kylian s'accroupit devant moi, sans jamais me toucher, comme s'il se l'interdisait.

— Est-ce que tu veux que j'essaye de tout arranger avec ma mère ? Tu n'as qu'un mot à dire, et je l'appelle. Je ferai machine arrière, je m'excuserai, même si c'est injuste, pour faire en sorte que cette vidéo ne soit jamais dévoilée…

Je réfléchis un instant, puis fermai les yeux en sentant doucement les larmes monter.

— Et qu'on continue à devoir mentir à tous ? demandai-je doucement. Qu'on continue à vivre comme on le fait depuis plusieurs mois ? Qu'elle continue de nous manipuler ? Non, Kylian.

Je me forçai à le regarder, laissant la crainte, la honte, la colère et la tristesse couler de mes yeux.

— Tu as pris la bonne décision. Si Anna lâche cette vidéo, elle n'aura plus d'emprise sur nous. Elle n'a rien d'autre, n'est-ce pas ?

— Non. Pas à ma connaissance.

— Bien. Alors qu'elle lâche cette bombe. Elle n'aura plus aucun pouvoir sur nous ensuite.

Il haussa les sourcils, surpris, puis essuya les larmes qui noyaient mes joues.

J'étais terrifiée par ce que je venais de dire, et surtout par ce que cela impliquait.

— Alors je ne ferai rien. Je ne la contacterai pas.

— Tu aurais dû me le dire.

Il acquiesça en silence. Une part de la colère que je ressentais se dirigea doucement contre lui.

— Tu n'avais pas assez confiance en moi pour te confier, continuai-je en le voyant flou à cause de ma vision brouillée. Tu aurais dû me prévenir. C'est vrai que mon comportement a dû énormément déterminer tes choix, je ne suis pas blanche comme neige dans cette histoire et je te demande pardon pour toutes ces fois où j'ai voulu fuir loin de toi. Mais tu aurais dû me le dire. Ça nous aurait évité toute cette comédie.

— Je sais.

Son visage se ferma un peu plus. Dans ses yeux, je voyais cependant d'innombrables choses, en particulier qu'il semblait prêt à être achevé, que je lui dise que je ne voulais plus jamais le revoir, que je le détestais. Il était comme résigné à ce que je l'efface définitivement de ma vie.

Il devait sûrement s'y être préparé.

— Je ne fuirai pas, Kylian. Qu'est-ce qu'il faut que je fasse pour que tu comprennes que, depuis le jour où j'ai cru te perdre pour de bon, j'ai changé ma façon de voir les choses ? Oui, je doute. Je douterai sûrement toujours d'une certaine manière, parce qu'on ne sait jamais de quoi l'avenir est fait. Mais j'ai changé ! Je me suis promis de me battre pour toi, pour que tu me reviennes, puis je t'ai accordé mon entière confiance. Qu'est-ce qu'il faut que je fasse de plus pour que tu comprennes que je ne compte pas m'enfuir ?

Il expira bruyamment, puis posa le front sur mes genoux et resta ainsi un long moment.

J'avais une main sur sa nuque, et l'autre qui tenait toujours l'objet de mes craintes. Je ne rêvais que de la détruire.

Kylian finit par se lever et m'entraîna avec lui pour me serrer dans ses bras.

— Je suis désolé, dit-il dans mes cheveux. J'ai été égoïste de me dire que plus tard tu le découvrirais, plus tard je te perdrais. Je voulais gagner du temps. Ce n'est peut-être pas une excuse, mais c'est la vérité. Une autre part de moi voulait te préserver de tout ça. Tu n'es pas une adepte de ma vie médiatisée, j'en ai conscience et… Tu sais que c'est ce qui va se passer, n'est-ce pas ? Ce ne sera pas dirigé contre toi, mais parce que ma vie est étalée, que je suis une personnalité publique… ça va avoir un impact sur nous, sur toi.

Je respirai difficilement, retenant mes larmes, puis acquiesçai, l'estomac noué. J'étais terrifiée. Une partie en moi aurait préféré ne jamais savoir…

10

Kylian

Au cours de ma vie tout entière, je pouvais compter sur les doigts d'une main le nombre de fois où je m'étais retrouvé dans une position délicate, où j'avais éprouvé un sentiment de mal-être extrême.

Mais, depuis le jour où j'avais appris l'existence de cette vidéo, je sentais ce sentiment d'inconfort diffus en moi en permanence.

Je me fichais royalement de moi-même. Je savais que de telles atteintes à l'intimité étaient possibles avec mon exposition, quand bien même je ne serais jamais allé jusqu'à imaginer une sextape. Ce qui m'inquiétait, c'était Gaby. Je savais depuis le début qu'elle détestait ce côté médiatique de ma vie.

Gabrielle avait marqué ma vie au fer rouge. Elle y était entrée, et la dernière chose que je souhaitais c'était qu'elle en sorte.

C'était inenvisageable.

J'avais appris à la connaître. J'avais tenté de la faire s'aimer avec ses rondeurs que j'adorais. J'avais traversé les barrières de sarcasmes derrière lesquelles elle se cachait. J'avais réussi à gagner son amour… Et, à cause de cette vidéo, j'avais peur à présent de voir la tendresse qu'elle me portait s'effondrer.

Je ne pouvais pas imaginer qu'elle soit démolie par ma faute.

Je la tenais contre moi sans pouvoir me résoudre à la relâcher. J'avais la sensation que, si je le faisais, elle s'échapperait et s'éloignerait de moi.

Derrière nous, à la télé, la conférence de Junior démarra. J'avais prévu d'écouter d'une oreille ce qu'il dirait, simplement pour vérifier qu'il ne s'enfoncerait pas plus loin dans le mensonge, mais à l'instant je n'avais qu'une envie : éteindre pour ne plus entendre sa voix.

Les questions fusèrent sur le jeu, les pronostics, mais aussi sur la nouvelle du mariage, qualifié de « plutôt rapide » et « surprenant », avant de revenir promptement au classement de la League. Junior plaisanta, égal à lui-même, sans essayer de désamorcer l'annonce du mariage.

J'étais agacé que McCoy ne contredise aucun journaliste en leur avouant que ce n'était qu'une supercherie, mais il resta tout de même vague et relativement indifférent. Je supposais que je devrais me contenter de ça et que c'était déjà bien.

Surtout quand on connaissait son personnage.

Gabrielle finit par reculer d'un pas et, à contrecœur, je la laissai prendre un peu de distance, sans toutefois la quitter du regard. Elle semblait fuir le mien, comme si elle avait honte.

Je ne savais pas si c'était normal, mais je détestais ça.

— Qu'est-ce qu'on fait à présent ? demanda-t-elle en s'asseyant près la cheminée.

— Je connais des gens capables d'intervenir en cas de publication de cette vidéo. JB est en contact avec eux. Nous sommes aux aguets. Si elle sort, elle n'existera pas longtemps.

— On ne peut rien faire pour le moment ?

— Non. Il n'y a aucun préjudice pour l'heure. Aux yeux de la police, je pourrais très bien l'avoir publiée moi-même. On ne peut rien faire pour anticiper une diffusion malveillante.

— Je me sens terriblement mal, Kylian. Je crois que j'aurais finalement préféré ne jamais savoir.

Je m'accroupis devant elle en soupirant. Je choisis avec soin les mots que j'allais prononcer. Je voyais les efforts qu'elle faisait pour ne pas prendre la fuite, mais je craignais que ses vieux démons ne resurgissent et qu'elle doute à nouveau… Qu'elle finisse par partir. Par s'enfuir.

Mais, si je n'étais pas très doué avec les mots, je savais néanmoins qu'en parler était la meilleure solution.

— J'aurais aussi préféré que tu ne le saches jamais. Je te promets que, si cette vidéo est publiée, elle ne restera en ligne que quelques secondes. Mes contacts sont sur le qui-vive.

Elle acquiesça, mais mes paroles, que j'avais souhaitées rassurantes, n'atténuèrent pas son regard attristé.

— Je sais que je ne suis personne dans le monde du basket-ball, reprit-elle en baissant la tête. Mais toi, tu es quelqu'un. Ta mère sait où frapper pour que ça fasse mal. Elle m'avait prévenue que je n'avais pas les épaules pour supporter une vie auprès de toi. Je comprends ce que cela signifiait maintenant.

— Qu'est-ce que tu veux dire ?

Je me refermai d'un coup, absolument pas prêt à entendre ses prochaines paroles. Ses mots ressemblaient dangereusement à un début d'au revoir.

— Que je comprends aujourd'hui tout ce qu'elle voulait dire. Je ne sais pas si j'ai les épaules pour tout ça. Si on ajoute les conséquences qu'il y aura par rapport à ma fausse relation avec Junior… J'ai honte, Kylian.

— Tu n'as pas à avoir honte. Et, si tu n'as pas les épaules pour supporter cette charge, alors je la porterai pour toi, pour nous, Gaby.

Elle croisa mon regard, puis me fit un sourire rassurant. Du moins, elle essaya.

— Je ne vais pas fuir, répéta-t-elle. Je ne te laisserai pas. Je te le promets.

J'acquiesçai et fus soulagé de lire la sincérité dans son regard.

— Je ne te laisserai pas t'enfuir non plus, rétorquai-je en souriant. Je t'attacherai s'il le faut, mais je refuse que tu t'en ailles…

Je me relevai et l'entraînai avec moi avant de poursuivre :

— Sauf si tu penses que tu seras plus heureuse loin de moi. Si tu en es convaincue, alors je te laisserai partir.

Elle passa les bras autour de ma taille et posa la tête contre moi. Je resserrai mon étreinte et restai ainsi longuement.

Seules les paroles des journalistes à la télé résonnaient dans l'appartement. Je réfléchissais en boucle aux prochains événements que je ne pouvais malheureusement pas prédire.

J'écoutais d'une oreille distraite les réponses de Junior à propos du match que nous allions jouer le lendemain, sans vraiment réussir à m'y intéresser, quand une question d'un journaliste me paralysa.

— Monsieur McCoy, qu'est-ce que cela vous fait de savoir que votre future épouse a fait une sextape avec son ex-compagnon, qui est également votre coéquipier, Kylian Foster ?

Je me contractai violemment.

— Pardon ? demanda Junior sans comprendre.

Gabrielle se figea elle aussi. Le journaliste répéta la question.

Ce n'était pas un cauchemar, c'était bien réel.

Cette fois-ci, la bombe était lâchée.

11

Gabrielle

Quoi ?

Je fixai la télé qui montrait le visage d'un Junior complètement égaré. Tout comme je l'étais.

Quand le journaliste répéta sa question, mon ventre se retourna. Je n'étais pas prête. Pas encore. Je venais d'apprendre l'existence de cette vidéo, je n'avais pas eu le temps de la digérer que, déjà, tout le monde était au courant.

Tout le monde pouvait me voir avec Kylian dans notre plus précieuse intimité.

Mes parents…

Ils finiraient forcément par être au courant.

Mon estomac se contracta, et je compris aux tremblements de mes jambes que cet événement m'assommait.

Kylian appela JB, qui débarqua, téléphone à l'oreille.

C'était trop rapide. Bien trop rapide pour que je comprenne vraiment ce qui se passait. Mais mon corps, lui, réagit immédiatement et violemment. La nervosité m'envahit et, sans vraiment réaliser ce que je faisais, je contournai Kylian pour me rendre dans la cuisine, puis vomis dans l'évier. Mes yeux semblaient vouloir sortir de leurs orbites tellement ils me faisaient mal, mon ventre était verrouillé, et Woody Woodpecker ne cessait de me taper sur les tempes.

J'ouvris le robinet et m'aspergeai le visage, sans parvenir à retrouver pour autant une respiration convenable.

Mon Dieu !

Un hurlement déchira mon esprit. Tout ce qui nous menaçait depuis des mois devenait à présent réel. Bien trop réel.

Mon corps était exposé à quiconque souhaitait regarder.

Mes jambes n'eurent pas la force de me reconduire dans le salon. Je ne pus faire que quelques pas avant de me laisser glisser de long du mur et de m'asseoir sur le carrelage de la cuisine, entendant au loin les paroles indistinctes de JB et Kylian qui s'activaient dans le salon.

C'était ce sentiment de violation de mon intimité qui m'écœurait. Je me sentais impuissante, mise à nu au premier sens du terme.

Anna m'avait prévenue, mais je ne l'avais pas écoutée. Peut-être aurais-je dû.

Au fond de moi, quelque chose me hurlait violemment de fuir loin d'ici. Tout quitter, rentrer en France et me terrer chez mes parents jusqu'à ce qu'on m'oublie totalement. C'était sûrement ce qu'aurait fait l'ancienne moi.

La Gabrielle d'aujourd'hui, elle… Elle ne savait pas vraiment quoi faire. Je l'avouais : je me sentais coincée. Partir ou rester ?

J'étais terrifiée. Trop de sentiments m'assaillaient. J'étouffais. Ce n'était pas moi qui intéressais les médias mais les personnes qui m'entouraient, et j'imaginais trop bien les répercussions que cette vidéo pourrait avoir. Anna m'avait clairement fait comprendre qu'elle voulait me détruire, me voir loin de son fils, et je compris soudain qu'elle était en train d'y parvenir.

Cette nouvelle semblait vouloir mettre à la poubelle toutes mes résolutions.

Je fermai les yeux en prenant de longues inspirations. Tout tournait autour de moi, le malaise gagnait du terrain, et je me demandais si j'allais à nouveau vomir…

C'était un cauchemar. Un putain de cauchemar bien réel. J'étais dans un état second, le chaud et le froid semblaient se livrer un duel dans mon corps à qui gagnerait la plus grande place.

Il fallait que je me calme, que je retrouve mon sang-froid et que je surmonte tout ça.

Je me répétais inlassablement que cet amour en valait la peine, j'y croyais, même si les émotions qui me submergeaient suggéraient le contraire.

Des sonneries de téléphone ne cessaient de résonner. Au loin dans le salon, je vis JB, calme, concentré sur sa conversation téléphonique, puis Kylian…

Il était en colère. Pour la première fois de ma vie, je le vis sortir de ses gonds. Il haussa méchamment la voix au téléphone, tandis que je restais assise à même le sol, totalement sonnée. Y avait-il vraiment autre chose à faire que subir ?

Mon cerveau tourna à vide pendant un long moment, avant que je sente au fond de moi que j'abandonnais. Je lâchais prise.

Cela faisait déjà longtemps que ma vie m'échappait. Que je n'avais plus aucun contrôle sur elle, et que, quoi que je fasse, rien n'allait dans mon sens. Cette fois-ci, je compris que j'aurais beau exprimer mes craintes, mes hontes, mes angoisses, cela ne changerait absolument rien.

Cette bombe avait finalement éclaté.

Je reposai la tête contre le mur et fermai les yeux. Quelle liberté me restait-il ?

J'étais spectatrice de ma propre chute.

Anna n'avait jamais caché son envie de me détruire, de me voir disparaître… Elle était de celles qui font ce qu'elles disent, et j'étais dans son viseur.

Parce que j'avais osé aimer son fils.

Je rouvris les paupières et cherchai Kylian des yeux. Je le voulais près de moi. J'avais besoin de lui.

Je me relevai et m'arrêtai à l'entrée du salon. Il y avait beaucoup de bruit tout à coup, comme si dix personnes venaient d'arriver. Pourtant, lorsque Kylian croisa mon regard, il raccrocha immédiatement au nez de son interlocuteur et abandonna ses affaires pour venir à ma rencontre.

Fou de colère et de nervosité, il ne cessait de s'excuser, laissant entrevoir une culpabilité dont il n'était en rien responsable.

— Ce n'est pas ta faute, dis-je, complètement lasse.

Lui aussi semblait démoli. La colère grimpa soudain vivement en moi. Anna avait de la chance de ne pas être sous mes yeux à cet instant.

Me concentrer sur cette rage m'aida à retrouver des pensées à peu près cohérentes. La colère était plus simple à gérer que les peurs sur les conséquences de la diffusion de cette vidéo.

Finalement, Kylian me connaissait très bien. Il avait raison sur beaucoup de points, et je comprenais qu'il ne m'ait rien dit plus tôt. La seule chose qu'il n'avait pas réalisée, c'était que j'avais grandi. Peut-être avait-il aussi mal jugé la force de mon amour pour lui…

Je passai les bras autour de sa taille et le serrai contre moi. J'aurais voulu que le temps s'arrête. Que les problèmes et les soucis n'existent plus. Qu'il ne reste plus que nous.

— Cette vidéo ne restera pas longtemps. Je te le promets, Gaby.

— J'ai confiance en toi.

— Pardonne-moi.

— Ce n'est pas ta faute.

Il m'embrassa sur la tempe, et le calme revint doucement. Je ne voulais pas desserrer les bras de sa taille. J'avais l'impression que, si je le faisais, je tomberais.

Sans lui je n'avais plus d'équilibre. Je comprenais soudain que, au-delà de mon amour pour lui, il était un pilier sur lequel je pouvais m'appuyer.

Je comprenais également que notre amour était mis une fois de plus à l'épreuve, que de nouvelles questions allaient être soulevées.

Je ne voulais pas le perdre encore une fois.

Mais je ne savais pas non plus si j'étais prête à vivre tout ça.

Je dus me résoudre à retirer les bras de sa taille lorsque JB se racla la gorge non loin de nous.

— Désolé de vous interrompre mais, Kylian… Je sais où elle se trouve.

En voyant la fureur embraser le regard de Kylian, je compris que JB parlait de sa mère. Je ne savais pas comment il avait découvert où elle se planquait. Cet homme de main était vraiment doué.

À mes côtés, je sentis l'air se charger de tension. Kylian semblait prêt à tout détruire. Il fit trois pas décidés avant que JB le retienne en posant une main sur son torse.

Plus petit que Kylian, il le mit néanmoins en garde du regard et ordonna :

— Tu n'iras pas la voir ce soir. On sait où elle vit, tu pourras y aller demain, mais ce soir on a encore beaucoup de choses à faire.

— Il faut que je la voie. Dis-moi où elle se trouve.

— Pas tant que tu seras dans cet état. Je ne te le dirai pas.

Kylian le défia du regard pendant de longues secondes. Je craignis réellement que les choses dérapent entre les deux hommes. Ils semblaient tendus, à bout de nerfs. Pourtant, Kylian finit par abandonner et se ranger du côté de JB.

— OK… Pour la vidéo, ça en est où ?

JB me désigna des yeux, comme pour lui faire comprendre qu'il valait mieux ne pas parler devant moi.

— Ne me laissez pas en dehors de tout ça, dis-je, le ventre toujours aussi noué. Oui, cette nouvelle m'a assommée. Oui, je suis terrifiée par les conséquences qu'il va y avoir, mais non, je ne veux pas être mise de côté parce qu'on me juge trop fragile pour supporter tout ça. Je suis solide et je ne veux pas rester à l'écart.

Les sourcils froncés, j'étais prête à me battre s'il le fallait.

Kylian passa un bras autour de mes épaules et me serra brièvement contre lui.

— On ne te laissera pas de côté. Mais tu ne veux pas te laisser le temps d'encaisser toutes ces nouvelles ?

— Non. Au contraire. Plus je serai active, moins j'aurai

le temps de me morfondre ou d'angoisser sur un potentiel avenir catastrophique.

Il acquiesça, puis se tourna vers JB, qui reprit :

— Bien… La vidéo a été retirée d'Internet, mais elle a été téléchargée de nombreuses fois en l'espace de trente minutes. Les hommes avec qui tu m'as mis en relation surveillent le Net, mais il est possible qu'elle réapparaisse sur des plateformes en ligne.

Non… En fait, j'aurais préféré aller m'enfermer dans la chambre, sous le lit, plutôt que d'entendre ça.

Moi et ma foutue fierté.

Je me passai une main sur le visage en pensant à mon entourage. Mes parents, mon frère…

Je l'imaginais débouler à Chicago avec sa pelle sur l'épaule, prêt à me venger. Je me mis à rire sans pouvoir m'arrêter.

Jamais je n'aurais cru possible que mon frère puisse me faire rire à ce point-là.

— Ses nerfs sont en train de lâcher, marmonna JB.

Je secouai la tête et levai la main lorsque Kylian voulut m'approcher.

— Non, je ne pète pas un câble. Tout va bien, ce n'est rien.

Pourtant, lorsque la vague de rire passa, je sentis les larmes me monter aux yeux.

Je me retournai, fuyant le regard de Kylian qui ne m'avait pas quittée des yeux, inquiet.

— Je vais m'allonger, soufflai-je, sentant partir le peu forces qu'il me restait.

Aucun des deux hommes ne releva. Je sentis leurs regards sur moi jusqu'à ce que je disparaisse. Avant d'entrer dans la chambre de Kylian, je l'entendis soupirer :

— Qu'est-ce que je dois faire ?

La même question que je ne cessais de me poser…

À peine avais-je fermé la porte que les premières larmes coulèrent. Il m'était impossible de les retenir, il fallait que ça sorte.

Pourtant, la crise fut moins violente que je ne pensais. C'était la peur et non le choc qui m'envahissait. Jamais dans ma vie je ne m'étais sentie si exposée.

Mon téléphone vibrait intensément dans la poche de mon jean et, si je n'y avais pas vraiment prêté attention jusqu'à présent, je le saisis au moment où l'appel s'arrêta.

Talina m'avait contactée à plusieurs reprises, j'avais également pas mal de textos non lus, et plusieurs appels de Junior.

Le pauvre… Il s'était retrouvé devant ces requins de journalistes, pris au dépourvu.

Quand je vis son prénom s'afficher à nouveau sur l'écran, je soupirai sans savoir si j'avais même la force de lui parler. Pourtant, je le lui devais.

Alors je fis la seule chose qui était en mon pouvoir : je décrochai pour lui donner des réponses…

12

Kylian

— Qu'est-ce que je dois faire ? soupirai-je, totalement perdu.

JB me fixa un instant.

— Vivre comme d'habitude. Les journalistes vont parler. Ils vont s'en donner à cœur joie. Mais plus tu vivras sans t'occuper d'eux, plus vite ils abandonneront votre histoire.

Je secouai la tête, n'y croyant pas du tout.

— Je me fiche des journalistes, ou même de ce qui peut se dire. McCoy va avoir l'opportunité de tout arrêter avec Gaby. Et je compte bien faire en sorte qu'elle reprenne sa place, à mes côtés.

— Effectivement, ça ne va pas aider à calmer la presse.

— Tu penses qu'on devrait faire profil bas ?

JB réfléchit un instant.

— Maintenant ou plus tard, je pense que ça revient au même. Autant traverser cette tempête une bonne fois pour toutes.

Il continua de me fixer sans aucune expression dans le regard. Cet homme avait été un modèle, j'avais tout appris de lui. Je savais donc aussi reconnaître lorsqu'il portait son masque.

— Tu peux me dire ce que tu penses. Ne te gêne pas.

Il sourit, puis alla prendre un verre d'eau.

— Jamais je ne me gênerais pour te dire tes quatre vérités s'il le fallait.

— Alors, à quoi tu penses ?

— Je te connais. Je sais que tu te fiches royalement de ce qui peut se dire de toi dans les journaux, mais pas Gabrielle. Vis-à-vis de sa famille, de ses proches, elle n'est pas prête pour ça. Anna le savait.

Je serrai les dents. Entendre parler de ma mère ce soir n'était vraiment pas une bonne idée.

— Néanmoins, reprit-il, Gabrielle a les épaules pour supporter tout ça, même si elle ne s'en rend pas vraiment compte pour l'instant. Elle est secouée, mais je suis sûr que ça ira.

— Comment tu peux le savoir ?

— J'ai un œil extérieur à tout ça et je suis bon observateur. Je n'ai pas tes craintes, et mon lien avec elle n'est pas aussi intense que le vôtre, ce qui me permet de voir les choses d'une manière différente.

J'acquiesçai, avant d'être à nouveau animé de colère.

— Dis-moi où elle se trouve, dis-je en parlant de ma mère.

— Je veux bien te le dire, mais il faut que tu saches où sont tes priorités, Kylian. Ce soir, Gabrielle a bien plus besoin que tu restes à ses côtés que n'importe quoi d'autre.

— Je pense que, au contraire, elle préférerait rester seule. Je ne veux pas empiéter sur son espace vital, surtout si elle a besoin de temps pour encaisser.

JB haussa les épaules.

— Je comprends, mais je pense qu'aller voir Anna ce soir est une très mauvaise idée. C'est ce à quoi elle s'attend. N'entre pas dans son jeu une nouvelle fois.

Il écrivit quelque chose sur un petit bloc-notes, puis arracha la feuille qu'il me tendit.

— Réfléchis bien avant d'agir.

JB me donna une tape sur l'épaule et s'éloigna dans l'appartement, me laissant seul avec mes pensées.

Je regardai l'adresse inscrite sur le bout de papier. C'était très tentant d'aller à la rencontre de ma mère, mais pour lui dire quoi ? Ce qu'elle voulait, c'était m'avoir pour elle seule, alors si je l'ignorais… J'allais la rendre folle.

Je regardai mon manteau accroché dans l'entrée et, même si l'envie était forte, je me résolus à ne pas y aller. Elle allait devoir faire sans moi, maintenant.

J'avais des choses beaucoup plus importantes à vivre à présent…

13

Gabrielle

— Putain de merde, Gab, c'est quoi ce bordel ?

J'éloignai le téléphone de mon oreille, m'épargnant les milliers d'injures qu'enchaînait Junior, et le repris lorsqu'il se calma.

— C'est vrai ? demanda-t-il plus posément. Cette vidéo…

— Oui, c'est vrai, dis-je, lasse.

— Je savais qu'au fond t'étais une coquine.

— La ferme, Junior !

En l'entendant rire, je levai les yeux au ciel, sans pour autant me braquer. Junior restait fidèle à lui-même en toutes circonstances.

— C'était donc ça le secret, n'est-ce pas ?

Mon silence répondit pour moi.

— Je suis désolée de l'image que ça va donner auprès de ta famille, dis-je après un court silence.

— Je vais gérer ça de mon côté. Tu étais jalouse de moi, c'est ça ? Tu voulais me concurrencer ? Me faire de l'ombre ?

— Ce n'est pas drôle, Junior.

— Je le sais bien, Gab. J'essaye de te dérider. Tu es seule ?

— Non, je suis chez Kylian.

— Bien. Maintenant que je me suis remis de ma surprise, je vais gérer les médias de mon côté. Tout ira bien, je suis avec toi.

— Merci.

Je raccrochai sans plus de sentiments en moi. Comme si j'avais coupé le fil connecteur et que je ne ressentais tout simplement rien.

J'imaginais que Junior finirait par rebondir sur cette vidéo pour mettre un terme à notre mensonge. Ce n'était pas plus mal, au moins ça ferait une chose remise à sa place, dans ce bordel sans nom qu'était devenue ma vie. Et tant pis si je passais pour la méchante. Au fond, j'étais anonyme pour les gens…

Je pris une grande inspiration et me laissai tomber sur le lit.

Réfléchir. Respirer. Chercher. Oublier.

Je ne savais pas laquelle de ces options était la priorité. Je voulais juste m'enfermer dans cette chambre à tout jamais. Seule avec moi-même.

Je me sentais toujours aussi mal, mais j'étais surtout impuissante. J'aurais aimé oublier cette soirée, cette vidéo, et continuer à vivre comme si de rien n'était, mais je savais que ce n'était pas possible. Et me morfondre ne changerait rien…

Seules quelques minutes s'écoulèrent avant que la porte de la chambre s'entrouvre sur Kylian, qui m'observa un moment avant de me dire tout bas :

— Je voulais m'assurer que ça allait.

Je me levai en voyant qu'il n'entrait pas et le rejoignis.

— Je me sens assommée, mais ça va. Il le faut et, dans tous les cas, que ça aille ou non, ça ne changera absolument rien. Alors autant encaisser.

Il ne chercha pas à me toucher, comme s'il n'osait pas briser la bulle dans laquelle je m'étais réfugiée. Pourtant, j'avais besoin de lui, besoin de sa présence, de ses bras et de son réconfort.

Mais j'avais également besoin d'être seule.

Il dut lire quelque chose sur mon visage, parce que ses paroles firent écho à mes pensées.

— Tu voudrais rester seule, ce soir ?

J'acquiesçai sans savoir pourquoi je le faisais. Peut-être

que la honte que j'éprouvrais était bien trop grande et que l'isolement m'apparaissait comme une bonne solution pour ne plus rien ressentir du tout. Mais rester seule était une envie bien secondaire comparée au réconfort qu'il pouvait m'accorder.

— Alors j'irai dormir dans la chambre d'amis.

— Tu peux aussi prendre cette chambre…

Il secoua la tête et osa passer une main le long de mon bras.

— Reste ici, je dois encore faire pas mal de choses. Tu es sûre de vouloir rester seule ?

J'acquiesçai une nouvelle fois.

Il prit une grande inspiration, puis referma doucement la porte avant de la rouvrir d'un coup.

— Je ne veux pas te laisser seule, lâcha-t-il en secouant la tête. Je sais et comprends ton besoin de te retrouver avec toi-même, mais moi aussi j'ai besoin de toi. Et tu mens très mal.

Il m'arracha un sourire.

Il entra, referma la porte derrière lui, puis m'embarqua jusqu'au lit où il vint se caler derrière moi.

Voilà ce dont j'avais vraiment besoin.

Contre mon dos, Kylian resta silencieux, mais sa présence me fit un bien fou. Je fermai les yeux, appréciant ce calme qu'il m'apportait grâce à sa simple présence.

Je compris soudain quelque chose et me retournai face à lui.

— J'ai été égoïste, je suis désolée.

— Pourquoi ? s'enquit-il, surpris.

— Tu es également sur la vidéo. Pire encore, ça pourrait avoir des conséquences sur toi, ta carrière, ta réputation.

— Je m'en fiche. Et puis, les déboires arrivent. Dans notre cas, ce n'était pas voulu. Notre seul tort a été de nous aimer, et je ne suis pas sûr que ce soit si grave.

J'enviai ce détachement qu'il pouvait avoir.

— Donc ça ne changera rien pour toi ? Tu es sûr ?

— Je ne suis sûr de rien, mais ça fait partie du jeu. Ma vie est médiatisée, et je l'ai accepté depuis longtemps. Je déteste seulement que ça t'impacte.

Je pouvais compter le nombre de fois où Kylian m'avait dit avec des mots qu'il m'aimait. Moi je le lui avais dit, mais lui… Il me l'avait montré. C'était bien plus fort encore que de simples mots qui disparaissaient une fois prononcés. À cet instant, j'avais l'impression que je pouvais toucher du bout des doigts l'amour qu'il me portait.

Restant silencieuse quelques secondes, je finis par reprendre :

— Qu'est-ce qui va se passer maintenant ?

Il prit une grande inspiration, avant de m'expliquer :

— On va nous poser beaucoup de questions. Avec cette histoire de fiançailles, il se peut que McCoy soit beaucoup sollicité. Et toi aussi. D'autant plus si on ne se cache plus.

— Et si on attend pour le faire ?

— Ça ne fera que repousser l'orage. Les médias ressortiront cette histoire plus tard. De ça, je suis certain.

— Et si on s'affiche maintenant ?

— Ils vont probablement chercher à savoir qui est la femme que deux joueurs de la même équipe cherchent à avoir. L'orage va se transformer en tempête médiatique. Je ne pense pas qu'ils te harcèleront. Mais ton nom sera cité dans les interviews et les journaux.

— Mais ça passera ?

— Oui, l'orage finit toujours par passer.

Un frisson me parcourut. Dans la bouche de Kylian, cela ne me semblait pas si insurmontable – si j'oubliais le fait qu'une vidéo de nous se trouvait dans le disque dur de plusieurs personnes inconnues.

— Est-ce qu'il y a un moyen d'éviter tout ça ? demandai-je, sans grand espoir.

Kylian resserra son étreinte sans répondre.

— Donc le mieux à faire est de s'armer de courage et de tout remettre à l'endroit maintenant, si je comprends bien, soupirai-je en ayant de plus en plus froid. Quitte à se prendre l'orage ?

— C'est ce que je pense. Mais, si tu veux faire autrement, on le peut aussi.

— Non, je te fais confiance. Tu connais ton univers beaucoup mieux que moi. On fait comme tu le sens.

C'était terrible de me laisser aller. De me reposer sur quelqu'un d'autre, quand toute ma vie je n'avais compté que sur moi-même. Mais Kylian semblait savoir où nous allions. Il avait toujours l'air de contrôler sa vie et, même si ce n'était peut-être qu'une apparence, c'était rassurant.

Alors je m'accrochais à cette image qu'il renvoyait, d'assurance, de contrôle et de sécurité.

— Tu ne me détestes pas ? me demanda-t-il tout bas.

Je secouai la tête pour toute réponse, le regardant droit dans les yeux.

— J'ai été stupide de croire que tu prendrais la fuite…

— Oui et non. Je ne te cache pas que j'ai envie de me terrer au bout du monde pour ne plus jamais revenir, mais je sais que ça ne servirait à rien. En revanche, oui, tu es idiot d'avoir pu penser que je t'en voudrais. Je ne suis pas stupide au point de penser que tout cela est ta faute.

— Mais tout est à cause de ma mère et des médias que tu détestes.

— Je savais où je mettais les pieds en acceptant le contrat avec les Monsters. Je t'ai suivi ici en connaissant les possibles conséquences. Je ne dis pas que j'adore ce côté de ton métier mais, au-delà de tout ça, je sais que je te veux dans ma vie.

L'ombre d'un sourire se dessina sur son visage, et il garda ses yeux noisette braqués sur le mien, comme apaisé.

Si lui l'était, ce n'était pas mon cas, mais j'avais confiance en lui. Je savais qu'il nous ferait surmonter cette épreuve du mieux qu'il le pourrait.

— Je te promets que je ferai tout pour que cet orage passe rapidement.

Il passa les bras autour de moi et resserra son étreinte, me laissant tout juste l'espace pour respirer. Je me sentis instantanément apaisée. Je le croyais. Je ne savais pas si ce qu'il disait était possible, mais je m'accrochais à ses paroles comme à une bouée.

— Kylian, marmonnai-je, sans avoir envie de bouger. Il y a toujours une personne de notre entourage qui nous a trahis…

— Je n'ai pas oublié. Mais une chose à la fois. Ne t'en fais pas, je vais m'en occuper aussi. Repose-toi pour le moment. Je veille sur toi.

Il m'embrassa et ne bougea plus. Je fermai les yeux, épuisée, et réajustai ma position contre lui, avant de me laisser aller et tenter de faire le vide.

Il s'était passé trop de choses en une seule soirée.

Dans un coin de ma tête, je pensais à Anna, à la colère que je ressentais contre elle. À Talina, que je n'avais pas rappelée. À mes parents, qui finiraient par l'apprendre. Au fait que nous n'étions qu'au début des ennuis.

J'avais peur de ne pas savoir gérer. De craquer. Je n'avais jamais été confrontée à ce genre de choses.

J'avais tout simplement peur de pas avoir la force…

Alors je lâchai prise et laissai les rênes à Kylian.

Peut-être réussirait-il là où j'avais lamentablement échoué.

14

Kylian

Je ne dormais pas. J'étais bien trop sur les nerfs pour y parvenir.

Gabrielle avait fait un cauchemar quelques minutes après s'être endormie. Elle n'en avait pas refait depuis mais, malgré tout, impossible de trouver le sommeil. Ma culpabilité était intense, et je réfléchissais bien trop aux solutions qui s'offraient à nous.

Je ne voulais pas qu'elle vive ce genre de vie. Ce n'était pas ce que je voulais lui offrir. Ça n'aurait jamais dû arriver.

Soupirant pour la énième fois, je craquai et compris qui il me fallait affronter.

Ma mère.

C'était plus fort que moi, il fallait que je la voie. Que je sache pourquoi, même si j'étais persuadé de ne pas avoir de réponse. Je voulais me venger, la blesser comme elle m'avait blessé.

J'espérais peut-être voir dans son regard de la culpabilité ou du regret. Quelque chose qui m'indiquerait qu'elle n'était pas totalement inhumaine. Qu'au fond j'avais toujours une mère…

Vérifiant que Gaby dormait toujours à poings fermés, je me glissai hors des draps, puis sortis de la chambre sans un bruit, avant de filer vers l'entrée.

Plus vite je serais parti, plus vite je serais de retour auprès d'elle. J'espérais juste qu'elle ne ferait pas de nouveaux cauchemars.

— Ne fais pas de bêtises, Kylian.

Surpris, je me retournai vers le canapé du salon où je découvris JB. Installé devant une petite lampe allumée sur une table jonchée de feuilles, il semblait fatigué, mais pas disposé à dormir non plus. Il devait donc être capable de me comprendre.

— Je ne compte pas faire de bêtises, répondis-je en enfilant mon blouson.

— Tu es sûr ? Parce que aller la voir est une très mauvaise idée. Ne lui donne pas de nouvelles balles avec lesquelles elle pourrait vous blesser. Ne lui donne rien qu'elle pourrait retourner contre vous.

— Je connais ma mère. Depuis le temps, je sais comment agir avec elle.

— Ce n'est pas ce que j'ai pu constater.

Je gardai le silence un instant, encaissant cette remarque totalement véridique.

— Je l'ai sous-estimée, mais je ne referai pas cette erreur.

Il acquiesça sans rien ajouter.

Prenant son silence comme un consentement, j'enfilai mes chaussures, récupérai les clés de ma voiture et quittai l'appartement. Je descendis directement au sous-sol et n'attendis pas que le GPS me confirme qu'il avait reconnu l'adresse pour quitter le parking.

En vérité, je ne savais même pas ce que j'allais pouvoir lui dire.

Il y avait d'abord eu toutes les altercations en France. Puis à Chicago, avant cette gifle qui m'avait mis hors de moi, et à présent cette vidéo. J'en avais tellement sur le cœur…

Toute ma vie, elle m'avait répété que pour être un homme je devais cacher mes émotions, ne jamais les dévoiler. Parce que, ainsi, personne ne pourrait me détruire, et je deviendrais intouchable.

À force de l'avoir entendu, ça avait fini par me forger, et je constatais que c'était également sa façon d'être. Pourtant, je savais aussi qu'elle tenait à moi.

J'étais sa faiblesse.

Je ne comptais pas entrer dans son jeu, ni même reproduire ce qu'elle ferait, elle, jouer avec ses nerfs. Je n'étais pas mesquin mais, au moins, je savais avoir une arme contre elle en cas de besoin.

En bas de l'hôtel, je coupai le moteur en me demandant si JB n'avait pas raison et s'il n'était pas préférable de faire demi-tour…

Mais c'était plus fort que moi.

J'entrai dans l'hôtel et demandai à l'employée de réception d'avertir ma mère que j'étais en bas.

— Mme Foster va vous rejoindre au point de restauration qui se trouve au fond du couloir, m'indiqua la réceptionniste en désignant le lieu du doigt.

Je la remerciai et me rendis dans le petit restaurant qui, à cette heure tardive, ne faisait plus que bar. Je m'installai sur un tabouret haut et me mis à réfléchir à ce que je pourrais bien lui dire. J'étais venu ici sous l'impulsion de la colère, je ne savais pas si je réussirais à parler sans m'énerver devant les quelques personnes qui m'entouraient.

— Que me vaut ta visite ?

Je ne me retournai pas. J'eus simplement un pincement au cœur en comprenant qu'elle jouait le jeu de la nonchalance. Comme si ce qu'elle avait fait n'était pas grave.

Elle commanda un scotch et s'installa à mes côtés sans me prêter attention. Je secouai la tête avant de me tourner dans sa direction.

Surtout, ne rien montrer de ce que je pouvais ressentir.

— Tu sais parfaitement pourquoi je suis là.

— Rafraîchis-moi la mémoire.

Je serrai les dents et l'observai siroter son verre comme si de rien n'était.

— La vidéo.

— Oui. Et ?

— Pourquoi es-tu allée jusque-là ? Qu'est-ce qui t'a pris ?

— Je t'avais prévenu. Mais tu ne m'écoutes jamais.

J'inspirai longuement. Je ne voulais pas attirer l'attention sur nous, alors je l'imitai et fis comme si nous avions une conversation tout à fait neutre. En moi, pourtant une tornade bouillante agitait mes entrailles.

— Tu te rends compte que je pourrais te poursuivre en justice ?

— Avec quelle preuve ? Ce n'est pas moi qui ai remis la vidéo aux journalistes.

— Alors qui est-ce ?

— Si je te dévoile tout maintenant, quel intérêt ?

Je lui adressai un regard assassin, sentant les muscles de mon corps se contracter les uns après les autres.

— L'intérêt de quoi ?

— De voir ta chère et tendre tomber. Ce que tu n'as pas compris, c'est qu'il n'y a personne qui viendra se mettre entre toi et moi. Je vous laisse encore quelques jours, peut-être quelques semaines, avant qu'elle finisse par renoncer. Alors seulement tu comprendras que la seule personne qui est présente pour toi et qui le sera toujours, c'est moi.

— Tu penses vraiment que Gaby s'en ira ? C'est mal la connaître. Et crois-moi lorsque je te dis que c'est la seule personne qui est réellement importante dans ma vie.

Elle tiqua légèrement lorsque je prononçai ces mots, mais comme d'habitude ne manifesta aucune réaction. Mes sentiments à son égard étaient ambigus. Je la haïssais sans m'autoriser à la blesser. Comment réussir à jongler entre mon affection pour la femme qui m'avait mis au monde et cette colère envers celle qui se foutait éperdument de mon bonheur.

— Je t'ai dit que je ferai tout pour être avec elle. Sa place est à mes côtés. Alors écoute-moi bien, maman : Gabrielle ne t'a jamais voulu du mal. Tu n'as jamais cherché à la connaître ou à comprendre pourquoi je l'aimais. Tu as seulement décrété qu'elle n'était pas assez bien pour moi…

— Parce que moi seule sais ce qui est bon pour toi. Elle…

— Elle est parfaite pour moi. Elle s'est plus préoccupée de moi en un an que toi pendant toute ma vie. Je vais t'avouer une chose : si ça ne tenait qu'à elle, ça ferait longtemps qu'elle serait partie. Mais sache que, si elle est encore là aujourd'hui, c'est parce que je ne l'ai pas laissée faire. Et je ne la laisserai jamais faire. Tant qu'elle m'aimera, je ferai n'importe quoi pour qu'elle reste près de moi.

— C'est ridicule…

— Pour toi, ça l'est. Pas pour moi. C'est aujourd'hui à toi de bien réfléchir. Parce que ce ne sera pas contre elle que tu devras te battre. Mais contre moi.

Elle tourna le visage dans ma direction et rencontra mon regard pour la première fois de la soirée. Je le soutins, immobile, déterminé.

Je voulais qu'elle voie ma sincérité. Qu'elle comprenne que tout cela n'était pas un jeu, et que ce n'était plus la peine d'essayer… Qu'elle comprenne qu'elle n'arriverait pas à me l'enlever.

— Tu es plus bête que je ne le pensais, soupira-t-elle en terminant son verre.

— Je me fiche de ce que tu peux penser. Comprends bien que je ne te laisserai plus faire. Chaque fois que tu tenteras quelque chose, tu me trouveras sur ton chemin. Alors réfléchis bien. C'est contre nous que tu te bats.

— Contre vous ! s'esclaffa-t-elle pour m'humilier, comme si ça ne l'atteignait pas.

Je vis pourtant que son visage s'était contracté d'une drôle de façon. Comme si elle voulait encore sauver les apparences, mais pour moi c'était limpide.

— Oui, contre nous. Ça a toujours été contre nous, et tu as raison : j'ai été stupide. Stupide de croire que tu pourrais un jour te comporter comme une mère avec moi.

— Je t'ai vraiment trop gâté. Tu es pourri, mon fils, et maintenant en plus tu deviens ingrat.

Je me levai et refermai mon blouson sans relever ses paroles.

— Tu fais une terrible erreur, marmonna-t-elle.

L'ignorant une fois de plus, je laissai un billet sur le comptoir du bar, puis tournai les talons.

— Kylian, souffla-t-elle.

Je traçai ma route en regardant droit devant. Quelque part en moi, j'avais mal. Je souffrais d'agir ainsi avec ma mère, mais je me devais également d'être juste.

— Kylian ! cria-t-elle avant que je sorte de l'hôtel.

Je ne m'arrêtai pas. Je mis rapidement le moteur en route et m'insérai dans la circulation sans flancher jusque chez moi.

— Tout va bien ? demanda JB en se levant.

Je ne lui fis qu'un léger signe de tête.

— On en parlera demain, s'il te plaît.

Je continuai dans le couloir, tout en me déshabillant. J'étais gelé, j'allais probablement la réveiller, mais tant pis. J'avais besoin d'elle, d'être près de Gaby.

D'oublier. De vivre.

Maintenant.

15

Gabrielle

Je me réveillai le corps totalement engourdi, avec pour seule sensation un mal-être profond qui nouait mes entrailles.

La vidéo.

Je devais me rendre au stade aujourd'hui, et c'était la dernière chose que je voulais. Ne pas savoir ce qui m'attendait était insoutenable. Je redoutais le pire en imaginant mille scénarios catastrophe.

J'ouvris enfin les yeux et rencontrai ceux de Kylian. Ses cernes m'indiquèrent qu'il n'avait que peu dormi.

Cette nuit, je l'avais senti bouger, ce qui n'arrivait jamais. Il m'avait ensuite serrée si fort dans ses bras que cela m'avait arrachée au sommeil. J'avais frissonné contre lui en sentant ses mains gelées sur ma peau, mais m'étais rendormie presque aussitôt.

Je caressai le contour de ses yeux en me demandant si, à ce rythme, il réussirait à tenir la cadence. Le manque de sommeil pouvait avoir de réelles conséquences sur son jeu, sans parler de ce que nous avions à affronter.

Autre part dans mon esprit, une petite voix me rappelait sans cesse qu'aujourd'hui était le premier jour de la tempête. Que ce n'était que le début et que j'étais loin d'être prête à vivre tout ça.

— Comment tu vas ? murmura-t-il sans bouger.

— Bien.

Je ne pouvais pas lui dire ce qui se passait dans mon esprit. J'étais complètement perdue, mal et terrifiée. Il percevait déjà bien trop facilement mes émotions et s'inquiétait assez sans que je lui en rajoute une couche en lui rappelant ce qu'il savait déjà.

— On a une heure devant nous avant que les entraînements démarrent, reprit-il doucement. Prends ton temps, je vais voir JB.

J'acquiesçai et le regardai quitter la chambre.

Je récupérai mon téléphone d'une main en m'apercevant que j'avais dormi habillée, puis consultai mes messages. J'en avais beaucoup de Talina, d'Elijah également, mais le dernier était d'Aïssa.

Il me tordit le ventre.

C'est dégueulasse ce que Kylian a fait. Si besoin je suis là pour toi.

Ce que Kylian a fait ?

Je ne comprenais plus rien. Je ne pus m'empêcher de foncer sur Internet. C'était mal et déconseillé, je le savais parfaitement, mais c'était plus fort que moi, même si cela allait en rajouter à mon malaise déjà bien présent.

Il fallait que je sache.

Je trouvai plusieurs articles, dans lesquels mon nom n'était pas vraiment cité. J'étais désignée comme étant l'ex de Kylian, la future épouse de McCoy, voire sa future ex-future femme.

Très inventif…

Stupides journalistes.

Certains relataient ma relation avec Kylian, rappelant l'accident qui avait eu lieu le soir de la qualification en finale. D'autres détaillaient ce qu'il y avait dans la vidéo, me donnant la nausée. Comment pouvaient-ils écrire ces torchons ?

Mais je ne m'arrêtai pas pour autant. J'avais besoin de savoir ce qui se disait sur moi et, en même temps, j'étais comme spectatrice d'un événement qui ne me concernait pas.

Je tombai sur un autre article qui s'interrogeait sur ma possible rupture avec Junior et sur la probabilité que ce soit Kylian qui ait posté la vidéo par jalousie.

J'avais envie d'arracher la tête de ces gens qui spéculaient cruellement, créant de fausses rumeurs.

Je les détestais, tous autant qu'ils pouvaient être.

Je m'accordai un dernier article et le regrettai rapidement. Sur cette page, les insultes subtiles à mon égard étaient nombreuses. Les attaques étaient incalculables, me qualifiant de salope libertine, d'idiote, de femme cherchant le pouvoir, et autres joyeusetés.

Je verrouillai mon téléphone rageusement. La tête me tourna, c'en était trop pour moi.

Je me levai et appelai Talina, qui décrocha au bout de la deuxième sonnerie.

— Mon Dieu, Gaby ! Comment tu vas ?

— C'est pas l'extase.

— C'était donc ça, le secret ?

— Oui, Kylian me l'a avoué un peu avant que ça éclate.

— Je sais que tu n'es pas moi, que tu ne t'en fous pas, mais, Gaby… N'y prête pas attention. Je sais que pour toi c'est dur. Je n'aurais jamais pu imaginer que ça puisse être ça.

— Moi non plus je n'y aurais jamais pensé. Je me sens vidée. J'ai l'impression d'avoir été violée, Tal.

Elle garda un instant le silence, puis soupira :

— Je suis désolée, je ne peux pas comprendre, parce que ce genre de choses me passe complètement au-dessus de la tête, mais je sais que ça compte pour toi. Je me sens impuissante… Qu'est-ce que je peux faire ?

— Tu n'as pas à t'excuser, je te connais aussi, je sais que nous n'avons pas la même vision des choses. Et je crois qu'il n'y a rien à faire pour le moment, si ce n'est attendre que l'orage passe.

Je l'entendis soupirer.

— J'aimerais pouvoir arranger les choses, ça me fait vraiment mal de te savoir dans cette situation.

— J'espère que ça finira par passer.

— Même si ça ne te ressemble pas, tu pourrais en tirer profit…

Je mis plusieurs minutes à lui faire abandonner l'idée de me transformer en une nouvelle Kim Kardashian, mais elle me donna de précieux conseils, sans que je sache si je pourrais un jour les appliquer.

Dans le salon, JB s'entretenait avec Kylian qui finissait de s'habiller. JB ne semblait pas avoir beaucoup dormi non plus. J'étais visiblement la seule qui réussissait à avoir un sommeil de plomb en temps de guerre… Même si je ne me sentais pas reposée pour autant. Loin de là.

Je suivis leur conversation, l'esprit très loin. Et, comme si elle avait senti ma souffrance, ma mère m'appela.

Je ne pus me résoudre à décrocher. J'avais bien trop honte pour réussir à lui parler. C'était au-dessus de mes forces.

— JB va t'emmener chez toi pour que tu prennes des affaires, dit doucement Kylian en me sortant de mes pensées. Il t'accompagnera partout où tu iras. C'est mieux de ne pas se montrer ensemble pour le moment, et il sait comment gérer ce genre de situation. Tant que tu restes avec lui, personne ne viendra t'embêter.

— Je sais que vous n'aimez pas l'idée d'avoir un chauffeur, me taquina JB, mais ce ne sera que pour un temps.

Je lui fis un sourire de reconnaissance.

De ma poche, je sortis la clé USB que Kylian m'avait confiée la veille en m'apprenant la nouvelle.

— Détruis-la, dis-je en la déposant dans sa main. Après réflexion, je ne veux pas voir les images. Je pensais que c'était bien de savoir de quoi il s'agissait exactement, mais en fait je veux juste oublier l'existence de cette vidéo.

— Elle peut encore me servir de preuve, Gaby. Je ne peux pas la détruire, mais je le ferai lorsque tout ça sera réglé.

Il me fixait comme s'il craignait que je ne craque à nouveau, mais ce ne serait pas le cas. Je détestais la position dans laquelle je me trouvais. Je détestais chaque émotion qui traversait mon corps, mais je me souvenais parfaitement de la promesse que j'avais faite à Kylian. Et elle était toujours valable. J'espérais en avoir les épaules, mais j'allais au moins essayer.

On quitta tous les trois l'appartement avant de se disperser dans le parking. JB prit la direction de chez moi, mais stoppa à quelques mètres de l'arrivée.

— Ils sont là.

Me penchant sur le siège du milieu, je fronçai les sourcils.

— Où est-ce que vous voyez des paparazzis ?

— Ils sont bien cachés, mais j'en vois au moins trois déjà. On va se rendre directement au stade. Vous devrez vous changer plus tard.

Génial… J'allais devoir rester toute la journée avec des vêtements sales. De mieux en mieux.

JB n'attendit pas que j'accepte pour s'éloigner de ma rue.

— Kylian a dit que vous aviez l'habitude de gérer ce genre de situation. Est-ce que ça a un rapport avec son ex, Karine ?

La curiosité était un vilain défaut. Je le savais, mais j'avais besoin de parler, et c'était le premier sujet qui m'était venu à l'esprit.

— Entre autres, confirma JB. Karine était du genre fêtarde. Les déboires arrivaient plus souvent que Kylian ne l'aurait souhaité.

— Combien de temps dure ce genre mauvaise pub ?

— Ça varie d'un sujet à l'autre. On ne peut jamais vraiment prévoir. J'ai bien peur que votre fausse relation avec Junior n'en rajoute une couche.

Je ne fis aucun commentaire parce que, au fond, ce n'était pas très rassurant.

JB passa les barrières de sécurité du stade tranquillement, évitant les journalistes et les fans qui étaient présents quotidiennement. J'en étais presque à me dire que, si chaque jour ressemblait à ce matin-là, je pourrais m'y faire.

Mais les choses se gâtèrent lors des étirements et vérifications avant-match. Les regards insistants me mirent de plus en plus mal à l'aise, me rappelant à chaque seconde que peut-être chacune de ces personnes m'avait vue nue dans les bras de Kylian.

Rester concentrée était une véritable torture.

Eddy, qui ne m'avait pas adressé la parole jusqu'à présent, me fit un léger signe de tête.

— Prends une pause, je m'occupe du reste des joueurs.

Je le remerciai, reconnaissante de cette libération bienvenue.

Je me rendis au bar de la salle de repos, réservé au personnel des Monsters. Le serveur me donna ma commande sans me reluquer étrangement, ce qui me soulagea, puis je m'affalai sur un canapé confortable.

— Je me demandais où je pourrais te trouver.

En voyant Kylian s'asseoir à côté de moi, je jetai des coups d'œil autour de nous en me demandant si c'était bien prudent de nous montrer ensemble.

— On ne devrait peut-être pas discuter ici, lui fis-je remarquer.

— Les gars sont tous dans les vestiaires, venir te rejoindre était aussi un moyen pour moi d'éviter toutes les questions qu'ils se posent. Elijah les occupe. Et je ne vais pas rester longtemps.

— Qu'est-ce qu'il y a ?

— Rien de grave, ne t'en fais pas.

— Pourtant c'est assez grave pour que tu viennes me chercher.

Il tourna le visage dans ma direction et m'offrit un sourire en coin adorable.

— Je n'ai pas le droit de m'inquiéter pour toi ? J'ai vu que les regards du staff te rendaient mal à l'aise. Je n'aime pas ne rien pouvoir faire, c'est aussi pour ça que je suis là.

— Je suppose qu'il va falloir que je m'habitue, mais je n'ai jamais apprécié de me retrouver au centre de l'attention. De ton côté, comment ça se présente ?

Kylian haussa les épaules, comme s'il se fichait de ce qui se passait pour lui.

— J'ai l'habitude. Les questions me fatiguent, mais je m'en fiche. Notre vie ne regarde personne d'autre que nous.

J'acquiesçai de la tête, puis rebondis :

— Tu as dit que c'était aussi parce que tu t'inquiétais que tu étais venu me voir. Ça veut dire qu'il y a une autre raison ?

— Oui. JB m'a prévenu qu'il serait préférable que tu n'assistes pas au match.

Je tentai d'encaisser.

— Donc je ne pourrai même plus te regarder jouer ? Je vais devoir rester en coulisse, en salle de soins ou ici, désormais ?

— Ce n'est que pour un temps. Je ne vais pas chercher à me défendre face aux journalistes, ça détournera l'attention de toi. De son côté, McCoy se fera un plaisir de jouer les victimes auprès des médias. On va faire comme ça jusqu'à ce qu'il annonce votre rupture.

— Et ensuite ?

Il prit une grande inspiration.

— Ensuite, j'essayerai de m'arranger avec McCoy pour que les journalistes ne restent focalisés que sur lui. Il sait attirer l'attention, je suppose que ça fonctionnera. J'ai tellement hâte que tout retrouve sa place… Je n'ai qu'une envie, c'est de te voir à mon bras partout où on ira, mais je comprends également que la situation peut être compliquée. Si tu préfères attendre – ce qui est sûrement le mieux – alors on attendra.

J'acquiesçai en me raccrochant à ses paroles. Ses plans semblaient solides et crédibles, ce qui me rassura. Si tout se passait comme il le prédisait, alors peut-être que j'y arriverais. Surtout si l'attention n'était plus portée sur cette fichue vidéo.

Encore fallait-il que Junior soit de mon côté et m'aide.

— Donc on va devoir continuer à garder notre relation secrète ? m'enquis-je.

— C'est probablement mieux, oui. Je sais que je t'ai dit le contraire, mais c'était égoïste de ma part, et la dernière chose que je souhaite c'est que tu sois encore plus exposée et heurtée que tu ne l'es déjà.

Je lui fis un sourire que j'espérais rassurant. Il se leva et me tendit la main.

— Tout ira bien, j'en suis certain.

Il se pencha et me donna un baiser intense et tendre à la fois.

Oui, tout irait bien…

— C'est une blague ?

Ou pas.

Prostrée dans l'entrée se tenait Aïssa, la bouche grande ouverte en une expression de profonde surprise. Puis, le choc rapidement dépassé, ce fut la colère qui s'installa sur ses traits.

— En fait, c'est toi qui te fous de tout le monde ! cria-t-elle, sur les nerfs. Est-ce que mon frère est au courant ?

— Ce n'est pas ce que tu crois, tentai-je, sans savoir quoi dire.

— C'est bien la phrase la plus bateau que tu pouvais me sortir. Et moi qui avais pitié de toi…

— Junior est au courant, lâchai-je pour calmer le jeu. Parle avec lui, il t'expliquera les choses. Mais il est parfaitement au courant.

Ses sourcils se froncèrent encore plus. J'étais presque sûre qu'elle ne me croyait pas, mais elle nous tourna le dos et fila.

— Ne t'inquiète pas. Ça va aller, me dit Kylian en s'éloignant. Reste ici.

Je serrai les poings de me retrouver une fois de plus dans une situation détestable. À nouveau, j'étais impuissante, et cela m'était insupportable.

16

Kylian

En réalité, ça n'allait pas du tout. Si Aïssa parlait de ce qu'elle avait vu… La rumeur se répandrait comme une traînée de poudre. Et nous n'avions vraiment pas besoin que la situation se complique encore.

La dernière chose que je souhaitais, c'était que Gaby soit sous les projecteurs. Je voulais la préserver de tout ça autant que possible. Si des mensonges étaient révélés, elle risquait de passer pour ce qu'elle n'était pas. Et les médias adoraient ce genre de choses.

Je trottinai dans les couloirs sur les pas d'Aïssa, mais elle avait été bien plus rapide que je ne le pensais. Je ne la vis nulle part dans les salles où elle répétait habituellement ses chorégraphies. Peut-être aux vestiaires ? Je l'imaginais mal entrer dans une pièce pleine d'hommes dévêtus, mais essayai tout de même cette direction. Sous le coup de la colère et de l'incompréhension, les gens sont capables de tout…

Un silence de plomb accueillit mon entrée en trombe. Junior était présent, mais aucun signe de sa sœur. J'avançai comme si de rien n'était, j'aviserais si Aïssa débarquait. Je me changeai rapidement, puis écoutai les dernières consignes du coach, sentant sur moi le regard curieux d'Elijah que j'évitai soigneusement.

Lorsque le rendez-vous fut donné sur le terrain, je me rapprochai discrètement de McCoy et lui fis signe de m'attendre. Elijah resta également, bien trop inquiet de me voir péter les plombs.

— Ta sœur a vu quelque chose qu'elle n'aurait pas dû voir, dis-je, sans trop élever la voix. C'est ma faute, je n'ai pas réfléchi.

— Qu'est-ce qu'elle a vu ? demanda-t-il d'un ton neutre.

— Elle m'a vu embrasser Gaby.

Il ne bougea pas, mais ses yeux vinrent à la rencontre des miens. Il semblait tendu, ce qui m'agaça prodigieusement. Il continuait de nier avoir des sentiments pour Gaby, mais je n'y croyais absolument pas. Je ne me gênai pas pour le lui faire remarquer.

— Au cas où tu l'aurais oublié, Gaby est avec moi. Si je veux l'embrasser, je le fais, que ça te plaise ou non.

C'était du pur enfantillage, j'en avais conscience, mais avec lui je ressentais ce besoin de bien marquer « mon » territoire.

— Je n'ai rien oublié, dit-il en riant. Bien au contraire, j'ai même la très bonne place, pour une fois.

Je me rendis compte que j'avançais dans sa direction lorsque la main d'Elijah m'arrêta. Prenant une longue inspiration, j'acquiesçai.

— Tu as raison. J'ai merdé. Je voulais seulement que tu sois au courant avant que ta sœur te l'apprenne.

— C'est pas bête, ça me laisse le temps de réfléchir à ce que je vais lui dire. Je vais lâcher la rumeur d'une rupture d'ici peu. Ce ne sera pas contre Gab, mais je te préviens à mon tour : je vais utiliser la vidéo comme excuse. Plus simple pour moi.

— Espèce de…

Elijah me retint à nouveau et se plaça entre nous, s'adressant à Junior :

— Dégage, McCoy.

Junior leva les mains en l'air en signe de paix, puis s'éloigna vers la sortie.

— Et le fait que Gaby compte pour toi ? Elle est où, ton amitié, là-dedans ? le provoquai-je, les poings serrés.

— Contrairement à ce que tu crois, oui, son amitié compte.

Mais ce n'est pas pour autant que je laisserai des plumes pour elle ou pour toi. Je me ferai toujours passer avant quiconque si j'ai le choix. Et là, je l'ai.

Il sortit définitivement, mais je continuai de fusiller la porte du regard. Comment pouvait-on communiquer avec ce genre de types ? Je bouillonnais.

— Garde ta rage pour faire un carnage sur le terrain, me conseilla Elijah en me donnant une tape sur l'épaule. On s'occupera des problèmes après.

— « On » ? répétai-je en étirant les bras.

— Ouais, on. Contrairement à lui, me mouiller ne me fait pas peur. Gaby et toi, vous avez tous les deux mon soutien. On tâchera de trouver Aïssa après le match. Junior pense qu'il a tous les droits mais, s'il commence à parler, libre à vous de livrer votre version de l'histoire.

— Ça va foutre un bordel pas possible. Je ne veux pas que Gaby soit impliquée.

— Je crois que tu ne vas pas avoir le choix.

Je pris une profonde inspiration. Si Junior invoquait la vidéo comme motif de rupture de leurs fausses fiançailles, tous mes plans allaient s'effondrer.

17

Gabrielle

Je m'étais ennuyée toute la soirée. J'étais seule dans ce bar réservé au staff des deux équipes, dont tous les membres se trouvaient sur le terrain. Même le barman était dans le public. J'étais comme une idiote à regarder un match sur un écran de télévision alors qu'il se jouait un étage plus bas.

Ça m'énervait.

Lorsque les Monsters creusèrent l'écart et prirent de l'avance, je ne ressentis aucune excitation des prémices de la victoire. Regarder un match de basket à la télé n'avait vraiment rien à voir avec le fait de le vivre en direct sur le terrain.

D'autant plus que j'étais préoccupée. Je n'avais eu aucune nouvelle d'Aïssa ni de ce qui s'était passé ensuite.

J'étais totalement inutile et je détestais ça.

Mais le temps passa vite malgré tout jusqu'au dernier quart-temps. La victoire était déjà assurée, les paniers n'étaient mis que pour le plaisir des yeux, et je n'avais qu'une envie : descendre pour profiter des dernières minutes de jeu.

Mais non. Je restai là. Seule.

Je souris en comprenant que Kylian m'avait finalement « hypnobaskettisée » pour de bon. J'ignorais à quel moment ce tournant avait surgi. Depuis le début, il m'avait dit qu'il réussirait à me faire changer d'avis sur ce sport qu'il adorait et il avait réussi. Mon sourire s'élargit un peu plus alors que je réalisais le chemin parcouru.

— C'est drôle de te voir sourire.

Je me contractai de tout mon corps lorsque Anna s'assit à mes côtés…

— Allez-vous-en, Anna.

Je me redressai, refusant de rester une seconde de plus à ses côtés, sentant mon cœur battre à une vitesse folle dans ma cage thoracique. La violence de la tempête émotionnelle qui m'assaillit me surprit. J'étais enragée mais ne voulais pas me mettre plus encore en porte-à-faux en éclatant.

Pourtant, ce n'était pas l'envie qui manquait.

— Mon fils est passé me voir hier soir, lança-t-elle, méprisant ma demande.

Je fronçai les sourcils et serrai les poings en entendant ses paroles.

— Oh… Il ne t'en a pas fait part ? Parce que, oui, mon fils est venu me voir hier soir.

Je me repris rapidement, essayant de revêtir le masque de neutralité que j'avais tant de fois vu sur Kylian. Je me promis de ne plus me laisser surprendre, me répétant que j'étais devant quelqu'un qui savait jouer avec les nerfs et qui était on ne peut plus observateur. Et je commençais à savoir comment jouer dans sa cour. Elle ne s'était même pas rendu compte qu'elle venait de me donner le bâton avec lequel je pouvais la frapper.

Je me forçai à sourire et rétorquai :

— Non, je l'ignorais. Vous êtes devenue tellement insignifiante pour lui qu'il ne juge pas important de me parler de vous. Comme je vous l'ai déjà dit, vous ne nous intéressez pas. Il a fait une croix sur vous. Et moi aussi. Bonne soirée.

— Tu te crois si maligne, Gabrielle. Ce que tu n'as pas compris, c'est que je n'arrêterai jamais. La seule personne qui n'abandonnera pas mon fils, c'est moi.

— Essayez toujours.

— Je compte bien le lui prouver. Tu finiras par partir,

comme tu l'as fait bien trop souvent. Un jour, il se lassera de vouloir te rattraper.

Elle frappait là où ça faisait mal. Sur mes propres inquiétudes. J'essayai de ne pas me laisser démonter.

— Vous avez tout essayé. Vous êtes allée jusqu'à nous filmer ensemble. Vous n'en avez pas marre ? Est-ce que vous connaissez au moins la décence ? N'avez-vous pas honte de faire ça à votre fils ?

— Ma honte ne sera jamais aussi grande que la tienne. J'ai toujours dit que tu n'étais pas assez bien pour lui, et la presse est de mon avis. Trop pulpeuse, pas assez jolie, bonne pour une nuit peut-être… Je passe tous les qualificatifs qu'ils t'ont donnés et que je me fais un plaisir de lire.

Elle appuyait une nouvelle fois sur mes faiblesses avec un grand sourire cruel.

Je fus soudain très mal à l'idée que beaucoup de monde ait pu voir ces images de nos deux corps nus, pourtant ma colère était bien plus grande encore. Mais hors de question que les larmes fassent leur apparition.

— Tout ça, par votre faute. Vous me dégoûtez, et je peux vous le jurer : vous ne réussirez pas à nous séparer. Cette fois-ci, vous me poussez à tout faire pour surmonter ces épreuves. Je me bats désormais contre vous, Anna. Manque de chance, la personne qu'on aime toutes les deux est de mon côté. Sachez que cette putain de guerre je vais la remporter. Et, comme je vous l'ai déjà dit, je serai la première à rire. Kylian à mes côtés.

— Je me ferai un plaisir de raconter aux médias quelle salope tu es…

Je ne pus retenir ma main, qui s'envola à la rencontre de sa joue avec une violence et une puissance qui me vidèrent instantanément de mes forces. Je n'eus pas le temps de réaliser qu'elle répliqua. Elle m'envoya d'abord son sac au visage, puis m'attrapa par les cheveux.

Bon sang ! Je suis vraiment en train de me crêper le chignon avec Maléfique !

Je vis rouge et me dis que, tant qu'à en être là, autant y mettre toute ma rage. Alors, sans me contenir, je me débattis et frappai partout où je le pus. Je ne savais pas de quoi cela avait l'air, mais à mon avis nous étions loin d'un beau combat de catch à la télévision.

Alors qu'elle serrait toujours mes cheveux de sa main gauche, Anna me griffa brutalement au visage. Je répondis par un coup de poing dans sa hanche, qui me fit extrêmement mal aux doigts.

— Arrêtez, toutes les deux !

Anna s'envola tout à coup loin de moi, et un mur se plaça entre nous deux. Soufflant comme un buffle plus prêt que jamais à charger, je tentai de contourner cette montagne, qui m'en empêcha plus fermement.

Je levai alors les yeux et me sentis refroidir instantanément.

Tom Carter.

L'investisseur des Monsters.

L'homme qui me payait.

Bref, un de mes patrons.

Je me figeai, et la colère redescendit subitement.

Il me scruta attentivement, comme s'il craignait que je lui donne du fil à retordre. Je me fis aussi petite qu'une souris. Une bonne souris pas si invisible mais, quand même, qui tentait d'être sage.

— Mademoiselle Ferry, le match touche à sa fin. Allez faire votre travail.

Un ordre. Simple. Qui me donnait une porte de sortie inespérée.

Je filai sans un mot de plus. Je n'étais même pas certaine qu'il m'ait vue acquiescer, mais peu importait. Plus loin je me trouverais, et mieux ce serait. Je ne voulais pas avoir mes responsables à dos et j'étais encore trop sonnée pour réaliser à quel point j'étais dans la merde.

Et dire qu'une demi-heure plus tôt, je râlais intérieurement de me retrouver sur la touche… J'étais maintenant au centre de l'action.

J'aperçus Anna essuyer son nez qui semblait saigner légèrement, puis filai sans plus attendre.

Je ne pus m'empêcher de pouffer de rire.

Qu'est-ce que ça faisait du bien ! C'était mal. Très mal. Mais me décharger de ma colère, quel soulagement ! Cette femme ne méritait pas qu'on se retienne. Je n'étais pas fière de m'être battue – si on pouvait appeler cela se battre – mais, au moins, je ne m'étais pas laissé faire.

Et au fond, j'en mourais d'envie. Je l'avais trop souvent laissée gagner.

Une énergie nouvelle me parcourut le corps. Comme si ce face-à-face mouvementé m'avait revigorée. Je m'arrêtai juste avant d'entrer en salle de soins, me demandant si cela faisait de moi une mauvaise personne. Je n'aurais jamais pensé me battre et encore moins contre ma belle-mère…

Drôle de vie.

La soirée continua d'être étrange.

Malgré leur victoire, les joueurs entrèrent dans la salle en silence. J'évitai de songer que c'était à cause de moi, qu'ils avaient vu la vidéo, ou toute autre chose anxiogène du genre.

Le silence me permit de me concentrer sur mon travail. Eddy était présent mais ne m'adressait toujours pas la parole. J'avais envie de lui poser des questions, de savoir comment il allait, mais je me retins. Je ne voulais pas le brusquer ni forcer la discussion et je n'étais pas en position de lui demander quoi que ce soit. J'étais bien trop coupable de son malheur pour ça.

Elijah resta un long moment et fit la conversation. Seul. Il ne cessait de parler, comme s'il ne supportait pas le silence dans cette atmosphère de tension.

Quand tout le monde fut passé, et que la salle de soins brilla de propreté, je laissai Eddy partir devant, toujours en silence, puis sortis à mon tour.

Je tombai sur JB, qui me fit signe de le suivre. Comme à l'aller, il me demanda de monter dans sa voiture, avant de me ramener en bas de chez moi.

Cette fois-ci, personne ne m'attendait, ce qui me soulagea. Je pus récupérer des vêtements et retourner chez Kylian sans encombre.

Mais, lorsqu'on arriva chez lui, je le trouvai sur les nerfs. Comme un lion en cage, il faisait des allers-retours interminables.

Alors seulement je me rappelai qu'Aïssa nous avait surpris, et qu'il devait s'être passé pas mal de choses depuis, dont je n'avais pas eu connaissance.

Je me demandais si je devais lui parler de mon… entrevue avec sa mère.

— Qu'est-ce qui se passe, Kylian ? demanda JB, qui avait dû suivre le même raisonnement que moi.

— On a un nouveau problème.

Mes épaules s'affaissèrent. J'étais soudain très lasse.

— Quel problème ? ajouta prudemment JB.

Kylian me lança un regard rempli d'interrogations. Je me laissai tomber sur le canapé et rabattis les jambes contre moi.

Il pencha légèrement la tête, puis plissa les yeux.

— Quoi ? m'exclamai-je, mal à l'aise.

Je détestais qu'il m'observe ainsi.

C'était pire encore que lorsque je me trouvais nue devant lui.

Il fronça brusquement les sourcils, puis fit les quelques pas qui nous séparaient, avant d'attraper mon visage dans ses mains.

— C'est quoi, ça ?

— Ça, quoi ?

— Ce que tu as sur la joue.

— Et qu'est-ce que j'ai sur la joue ?

JB m'observa à son tour attentivement. Bon sang, j'avais l'impression d'être un rat de laboratoire.

— Qu'est-ce que j'ai ?

— Une griffure. C'est une griffure ou tu as été maladroite ?

Non, c'est une griffure, continua Kylian sans me laisser le temps de répondre. Tu t'es battue ? Qui a fait ça ?

Son ton alerte m'inquiétait. Il semblait réellement sur les nerfs. Quelque chose m'échappait. Il venait pourtant de gagner un match, et cela faisait remonter les Monsters en bonne position pour les *playoffs*.

Ce n'était pas normal.

— Qu'est-ce qui se passe ? m'enquis-je doucement.

— C'est quoi, la mauvaise nouvelle ? renchérit JB, debout derrière Kylian.

— Des informations sont sorties dans la presse et mettent à mal tout ce que j'avais prévu.

— Quelles infos ? demanda JB en sortant son téléphone à la recherche de réponses plus rapides.

— Celle de votre rupture avec McCoy. Et le fait que nous ayons une relation. Junior a dû faire un communiqué.

— Impossible, contrai-je rapidement.

Kylian fronça les sourcils, n'appréciant visiblement pas que je prenne la défense de Junior. Il s'accorda quelques secondes pour décompresser et m'expliquer doucement.

— J'ai eu une conversation avec lui juste avant le match. Il va gérer sa sœur, mais m'a clairement dit qu'il n'hésiterait pas à tout raconter.

Je pris le temps de digérer ses paroles. Mon cerveau était dans une impasse : Junior m'appréciait, lui-même m'avait dit que je n'étais pas seule et que j'avais son soutien. Mais je savais aussi qu'il se faisait passer en premier quoi qu'il arrive…

Un coup de poing.

Un poignard dans le dos. Si tout cela s'avérait, je me promis que je ferais de Junior de la bouillie.

18

Kylian

— Qu'est-ce que c'est que cette griffure sur ta joue, Gaby ? répétai-je, les nerfs à vif.

— Je me suis battue.

— Battue ?!? Qu'est-ce que tu racontes ? Avec qui ?

— Ta mère, répondit-elle timidement.

Quoi ?

— Quoi ? dis-je en écho à mes propres pensées.

Inquiète, elle semblait se demander si j'allais exploser dans la seconde. Je n'en étais pas loin effectivement.

Je mis un certain temps avant de vraiment réaliser ce qu'elle venait de dire. Ma mère s'était battue avec Gabrielle ? C'était insensé.

Ma vie était surréaliste.

— Je suis restée au bar toute la soirée, et elle est arrivée comme une fleur, m'expliqua-t-elle calmement. On s'est disputées, elle m'a insultée, et je l'ai remise à sa place. Elle a dû me griffer pendant la bagarre.

Derrière moi, j'entendis JB renifler.

Il ne reniflait jamais...

Je me retournai et vis qu'il tressautait, se retenant de rire. Gabrielle aussi semblait amusée de la situation.

Étais-je le seul à ne pas trouver ça drôle ?

J'étais comme un fou, réfléchissant en boucle à des solutions, et ces deux-là riaient.

Ils riaient…

— Ne me regarde pas comme ça, Kylian, s'exclama Gaby, mal à l'aise. Je sais que c'est de ta mère qu'il s'agit, mais…

Elle vit dans mon regard quelque chose qui la fit culpabiliser.

— … Mes nerfs lâchent, c'est tout. C'est vrai, ce n'est pas drôle, excuse-moi.

Je pris une longue inspiration, cherchant mes mots.

— Ce n'est pas parce qu'il s'agit de ma mère que je suis contrarié, mais parce que tu t'es battue. J'étais loin d'imaginer qu'on pourrait en arriver là.

— Je vais bien et, sans vouloir te mentir, ça m'a même fait du bien.

Elle jaugea mon visage. Je baissai les armes et finis par lui rendre son sourire.

JB me pressa l'épaule. C'était le signal qu'il voulait me dire quelque chose. Quelque chose dont il ne souhaitait pas parler devant Gabrielle. Je ne montrai donc rien et regardai à nouveau sa joue, soulagé de constater que la griffure était superficielle.

Ma mère ne renoncerait pas. Quoi que je puisse faire, quoi que je puisse dire, elle continuerait encore et encore.

Je me perdis dans mes pensées. Je ne savais plus comment nous sortir de tout ça. JB reçut un appel, et je lui jetai un coup d'œil, pour tenter de déceler s'il s'agissait d'une bonne ou d'une mauvaise nouvelle, mais il fila dans une autre pièce en décrochant normalement.

— Quelles sont les conséquences ? me demanda finalement Gaby.

Son regard était redevenu sérieux, comme si elle avait subitement pris conscience de ce que je lui avais dit.

— Encore plus de ragots. Plus de questions. Plus d'intrigues autour de nous. Notre histoire pourrait ressembler à un épisode de *Amour, gloire et beauté*.

— Plus personne ne regarde ça.

Je haussai un sourcil, ce qui la fit rire. Elle embraya :

— Je vois ce que tu veux dire. On va être encore plus exposés.

— Oui. Sauf si je dis la vérité.

C'est le moment que choisit JB pour revenir. En entendant mes paroles, il fronça les sourcils.

— Kylian, me dit-il en me suppliant presque du regard.

Mais je le coupai :

— Je ne veux pas entrer dans leur jeu, ni raconter notre vie. Sauf que Junior n'hésitera pas, lui. Et ce ne sera pas en notre faveur. L'ignorance n'est pas toujours la bonne solution.

— Tu es sûr que c'est Junior ? insista Gabrielle.

— Je verrai ça avec lui demain matin.

Le silence retomba. J'étais inquiet et furieux à la fois. Tous les problèmes s'enchaînaient, et je ne savais plus comment les résoudre sans empirer les choses.

McCoy me sortait par les yeux. Lui aussi était devenu un problème. J'avais été idiot de penser un instant qu'on pouvait lui faire confiance. J'aurais dû savoir. J'aurais dû prévoir que ce genre de choses arriverait.

Je regagnai la chambre avec Gaby et restai jusqu'à ce qu'elle s'endorme. JB m'attendait dans le salon. À mon arrivée, il se passa une main sur le visage. Il semblait exténué. Je m'en voulais de lui faire vivre ça également.

Il n'attendit pas que je sois assis en face de lui pour commencer :

— Dire la vérité ne fera qu'alimenter les ragots, Kylian.

— Ce ne seront plus des rumeurs si c'est la vérité.

— Tu ne sais pas ce que pourrait dire McCoy ensuite. Les gens croient ce qu'ils veulent croire. Ce sera ta parole contre la sienne.

— Donc je ne devrais rien dire ? Laisser couler ? Est-ce que tu as seulement lu ce qui se dit sur Gaby ? C'est comme s'ils s'étaient tous accordés dans leur connerie pour faire comprendre que le problème ne venait ni de moi ni de Junior, mais d'elle.

— À cause de la vidéo…

— Je suis également sur la vidéo ! m'énervai-je. Pourquoi il n'y a qu'elle qu'on tente de salir ?

— Parce que tu es célèbre…

— Ou plutôt parce que je suis un homme.

JB ne répondit rien. Je ne lui apprenais pas comment fonctionnait la société actuelle.

— Comment elle le prend ?

— Je n'ose pas le lui demander par crainte de lui donner des idées. Je ne sais pas si elle a regardé sur le Net. Je suis étonné d'ailleurs qu'elle paraisse si calme.

— Comment croyais-tu qu'elle réagirait ?

— Je connais sa pudeur, ses complexes, ses valeurs… C'est le genre de choses qui auraient pu la briser. Je pensais qu'elle s'effondrerait.

Il eut un sourire triste et secoua la tête.

— Tu ne l'as peut-être pas vue mais, à l'annonce de la vidéo à la télé, elle a défailli. Vu son comportement d'aujourd'hui, je pense qu'elle veut surmonter ça aussi. Tu aurais dû lui faire confiance. Vous n'en seriez pas là aujourd'hui.

— Je sais, je culpabilise déjà beaucoup. Je croyais vraiment que je pourrais la protéger de tout ça.

— J'ai compris depuis le temps que, quand ta mère veut quelque chose, rien ne l'arrête.

Je croisai son regard sans savoir quoi répondre. Sans savoir quoi faire de cette femme que j'avais pour mère. Elle était déjà allée beaucoup plus loin que je ne l'en aurais crue capable.

Elle s'était même battue avec Gaby !

Elle n'était plus la même. C'était peut-être le désespoir… Je ne l'avais que très rarement vue perdre son sang-froid, et encore moins tomber aussi bas.

Une part de moi était apitoyée… Mais l'autre voulait plus que tout qu'elle fasse sa vie de son côté et moi du mien.

En paix.

— Réfléchis bien avant de déclarer quoi que ce soit,

reprit-il en se levant. On en reparle demain. D'ici là, évite de trop détailler les conséquences possibles devant Gabrielle. Elle est plus forte qu'elle ne le pense, mais je crois malgré tout qu'il serait bon de la ménager.

— Tu crois que je ne devrais plus rien lui dire ?

— Ce n'est pas ce que j'ai dit. Sois un confident pour elle, je serai le tien si besoin. Parle sans retenue si elle te le demande, mais autrement dis-lui ce qu'elle veut savoir sans entrer dans les détails. Laisse-lui le temps de digérer tout ça.

J'acquiesçai et lui souhaitai bonne nuit, avant qu'il disparaisse dans le couloir.

Je restai un long moment dans le salon, le regard perdu sur l'aiguille de l'horloge, avant de me forcer à essayer de dormir. Demain serait un autre jour. Je gardais l'espoir que les problèmes se résolvent. Peut-être étais-je trop optimiste, mais j'avais besoin d'y croire.

Je me rendis au stade plus tard que prévu. Gaby préparait la salle de soins, et presque tous les joueurs étaient déjà arrivés. Loin des oreilles indiscrètes, j'avais demandé à JB de prendre contact avec l'attaché de presse des Monsters pour établir une entrevue avec les journalistes. Ma décision était prise, il me fallait rétablir la vérité et laver l'honneur de Gaby.

Certains de mes coéquipiers s'échauffaient dans la salle de musculation, d'autres s'entraînaient à tirer des paniers. Je choisis de démarrer ma journée par une session de tapis roulant. J'y retrouvai McCoy.

Bon, d'accord, ce n'était pas vraiment une coïncidence.

M'installant sur le banc où se trouvaient les poids, juste en face de lui, qui était déjà au travail, je me mis à l'observer fixement sans dire un mot.

— Quoi ? craqua-t-il, diminué par l'effort.

— Tu sais très bien ce qu'il y a.

Il fronça les sourcils et relâcha ses poids, qui tombèrent lourdement au sol.

— Je t'avais dit que j'allais annoncer la rupture, c'est toi-même qui me l'as demandé. Et, oui, j'ai utilisé la vidéo comme prétexte, de toute façon ça tombe sous le sens. Tu fais chier, Foster. Il faut savoir ce que tu veux !

— Ce n'est pas de ça que je parle.

— Alors quoi ?

Il prit la même position que moi : coudes sur les genoux, corps penché en avant, me toisant du regard. Des tas de choses violentes défilaient dans ma tête. Junior avait tendance à faire ressortir le pire de moi.

— Tu as révélé que nous avions toujours une relation, Gaby et moi.

McCoy éclata de rire.

— Je n'ai jamais dit quoi que ce soit dans ce sens. Si l'info est sortie, c'est que tu as plus d'ennemis que tu ne le penses.

Je fronçai les sourcils, peinant à le croire. Mais, le connaissant, je savais aussi qu'il se serait fait une joie de me narguer si ça avait été son idée. Il n'aurait pas nié.

Je me passai les deux mains sur le visage. Si ce n'était pas lui, alors qui ?

— T'es sûr que tu n'as rien à voir avec ça ?

— Tu crois que je suis bête à ce point-là ? Tu sais très bien que je ne me serais pas gêné pour te le dire. Et, pour info, ce n'est pas ma sœur non plus. J'ai d'autres problèmes plus importants que votre couple, Foster. Maintenant, laisse-moi bosser tranquille.

Je serrai les dents et secouai la tête. Il venait de mettre encore plus le bordel dans mon cerveau. Une seule autre personne aurait pu lâcher cette information…

Je me levai rageusement, saluai sèchement Elijah, qui arrivait pas très bien réveillé, et fonçai dans les vestiaires. Je récupérai mon téléphone et l'appelai.

Ma mère.

— C'est toi qui as informé la presse de ma relation avec Gaby ? demandai-je sans préambule.

— Je ne t'ai pas éduqué ainsi, Kylian. Commencer par une salutation serait plus approprié.

— Réponds à ma question.

— Un jour, tu comprendras.

Comprenant surtout qu'elle venait d'avouer que c'était bien elle qui en avait rajouté une couche, je lui raccrochai au nez avec l'envie de tout casser. Que pouvais-je faire contre elle ? Si ce n'était me sentir une fois de plus impuissant…

Sauf si je disais la vérité pour me venger.

Avant de décider quoi que ce soit, je me rendis en salle de soins pour rejoindre Gabrielle que je trouvai seule, l'air complètement perdu.

— Gaby ?

Elle sortit de sa bulle et, lorsqu'elle rencontra mon regard, je compris instantanément que quelque chose n'allait pas.

— Qu'est-ce qu'il y a ?

Je la vis faire un effort surhumain pour ne pas céder aux larmes. Mon ventre se serra tandis que j'imaginais le pire, mais je crus tomber à la renverse lorsqu'elle me dit :

— Je suis virée. Je ne fais plus partie du staff de l'équipe des Monsters.

19

Gabrielle

Respirer normalement.

Cela me paraissait inimaginable. Tout mon univers s'effondrait. Tout ce pour quoi j'avais travaillé s'écroulait. Je devais renoncer à mon travail, prendre la porte de sortie, rendre mon badge, quitter le stade…

Anna avait réussi. Elle avait gagné. J'avais perdu tout ce que j'aimais.

Mon entrevue avec le président des Monsters m'avait glacée, et j'avais dû faire un effort monumental pour ne pas éclater en sanglots devant lui. J'avais gardé la tête haute avec le peu de fierté qu'il me restait. Au-delà du choc et de la douleur, la rage qui m'habitait était indescriptible.

Kylian était tétanisé, comme si son cerveau ne parvenait pas à actualiser la nouvelle. Pourtant, c'était bien vrai…

— On va arranger ça, Gaby, siffla-t-il, tendu. Je te le jure, je vais tout arranger.

Je n'avais plus la moindre force pour le croire. J'avais l'impression de toucher le fond.

— En attendant, je dois prendre mes affaires, rendre mon badge et quitter cet endroit. Je suis jugée comme un élément perturbateur du bon fonctionnement de l'équipe.

— C'est faux. C'est ridicule !

— J'aurais dû le voir venir. C'était évident que ça arriverait.

Kylian avait maintenant un regard de tueur. Je m'en voulais de le voir si mal, mais je n'avais plus la force de faire semblant.

— Je te promets que je vais tout arranger. Dis-moi ce que je peux faire ?

— Je n'en ai aucune idée. Là, tout de suite, j'ai juste envie de rentrer et de me mettre au lit jusqu'à ce que mort s'ensuive.

— Ne dis pas ça…

Je pris la direction du vestiaire avant qu'on vienne me sortir de là par la force. Je préférais éviter une humiliation supplémentaire.

Il me retint et passa les doigts sur ma joue.

— Je suis désolé.

— Ce n'est pas ta faute. Je ne t'en veux pas. Je préfère ne pas tarder…

Son bras retomba le long de son corps. La colère marquait ses traits. Son regard aurait soulevé une armée.

Je sentis que j'allais craquer et lui tournai le dos. J'avais déjà versé trop de larmes. Mais il me suffisait de songer que je vivais mes dernières minutes ici pour que mon cœur se déchire.

Peut-être était-ce le signe que je devais tout quitter, que ma vie était ailleurs. Mais alors cela signifiait que j'avais fait tout ça pour rien ? Je n'avais jamais imaginé que je pourrais en arriver là, aujourd'hui.

Mécaniquement, je vidai mon casier, rendis ma clé et mon badge au gardien, puis JB me raccompagna.

Lorsque j'arrivai à la maison, je m'affalai sur mon canapé. Talina n'était pas encore là.

Je pourrais bientôt vider mon sac.

— Vous n'êtes pas obligé de rester avec moi, signalai-je à JB, qui venait de s'asseoir à mes côtés. Vous avez probablement autre chose à faire.

— J'aimerais juste m'assurer que vous allez bien.

— Et vous ?

— Moi ?

— Oui. Vous avez rompu avec Anna. Vous avez quitté la

France pour aider Kylian et vous vous retrouvez à être mon chauffeur. Certes, il y a des tonnes de choses qui se passent dans ma vie, mais comment est-ce que vous allez, vous ?

Il parut réellement surpris que je lui pose la question et sourit chaleureusement.

— Je vais bien, rassurez-vous. Je fais ce que je fais parce que ça me plaît, mais aussi parce que je suis payé pour le faire. Kylian compte pour moi, tout comme Anna a compté. Mais c'est du passé, et je le vis très bien, je vous le promets.

Je ne répondis rien. Je sentais qu'il continuait à m'observer, et il ne tarda pas à reprendre la parole.

— C'est votre manière de gérer les choses ? En vous occupant des autres ? Ça vous permet de tenir le coup ?

— Ce n'est qu'une apparence. Je ne gère absolument rien. Je n'ose même pas répondre aux appels de ma famille, j'ai bien trop honte. Et encore ils ne sont même pas au courant de ce qui vient de se passer…

Je marquai une pause.

— Je ne sais pas ce que je vais faire maintenant. Partout où j'irai, les gens sauront que j'ai travaillé pour les Monsters, le lien sera vite fait. Il n'y a que si je rentre en France que j'ai une chance de me reconstruire…

— C'est ce que vous voulez : partir ?

— En toute sincérité, non. J'ai envie de me battre. Après tout, qu'ai-je à perdre au point où j'en suis ? À moins qu'elle ne réussisse à retourner Kylian contre moi, je n'ai plus grand-chose à craindre.

— Kylian ne se retournera jamais contre vous.

— Parfois, j'ai peur qu'Anna en ait le pouvoir.

— Il a ouvert les yeux maintenant. Ce que je redoutais est arrivé : sa mère l'a perdu, et je pense sincèrement que ce n'est pas une légère crise. Il tient bien trop à vous pour faire demi-tour.

— Vous croyez ?

— Depuis le début, Kylian est prêt à n'importe quoi pour que vous le regardiez.

Il me donna la force de sourire.

— Merci, James Bond.

— Après la pluie vient le beau temps. Je suis certain que vous vivez le pire pour connaître ensuite le meilleur. Ne perdez pas la foi.

Il me tapota le genou puis se leva.

— Je vais rejoindre Kylian. Je le ramènerai près de vous quand il aura fini ses entraînements et son examen de contrôle pour sa jambe.

— Merci de prendre soin de lui. De nous.

Il me fit un sourire gêné, puis me salua et quitta l'appartement.

Ensuite vint le silence.

Je pris une grande inspiration pour calmer mes nerfs et apaiser l'angoisse que je ressentais dans mon ventre. Tout se mélangeait dans ma tête. J'avais envie d'abandonner, de lâcher prise et, d'un autre côté, de commencer à reprendre les rênes de ma vie. Je me battais contre moi-même, contre mes envies, mes peurs, mes doutes et mes blessures.

J'essayais de déterminer par quoi commencer lorsque Talina rentra. D'abord surprise de me voir si tôt à la maison, elle enleva son attirail d'hiver, puis, par intuition sans doute, récupéra deux verres ainsi qu'une bouteille d'alcool bon marché. Elle nous servit et m'observa anxieusement, comme si elle s'attendait à ce que je lui annonce que la Troisième Guerre mondiale venait d'éclater.

Je n'eus pas la force de boire une seule gorgée et me laissai tomber sur le côté, la tête posée sur sa cuisse.

— Je suppose que ton moral n'est pas au mieux ? me demanda-t-elle doucement.

— Je ne sais pas, soupirai-je, lasse.

— Qu'est-ce que j'ai loupé, Gaby ?

Je me redressai et lui relatai la bagarre avec Anna, les infos divulguées par Junior et enfin mon licenciement.

Pour la première fois, je vis mon amie sans voix. Elle ouvrait et refermait la bouche sans que n'en sorte un seul mot, comme un poisson. Cette pensée m'amusa, mais je n'eus pas la force de sourire.

— Je suis tellement désolée, finit-elle par lâcher. Est-ce qu'il y a rien qu'on puisse faire ?

— Non, je ne pense pas. Pour le moment, j'ai surtout besoin que le calme revienne dans ma vie. J'ai besoin d'une pause.

— Je comprends…

— Parle-moi d'autre chose. De ta vie, de tes nouvelles rencontres… Changeons de sujet, s'il te plaît.

— D'accord, mais avant ça dis-moi que tu n'as pas loupé Maléfique !

Cette fois-ci, j'éclatai de rire. Je récupérai mon verre et trinquai avec elle.

— Quand on nous a séparées, elle était en plus mauvais état que moi.

Elle claqua son verre contre le mien et rit, avant de se mettre à me raconter les événements récents. Sa vie semblait paisible, sans accroc. Elle faisait ce que bon lui semblait, sans penser à rien d'autre qu'à elle-même. J'enviais sa nonchalance, sa quiétude ; en l'écoutant, j'avais l'impression que vivre était facile pour elle.

Mais elle devint soudain très sombre. Un silence grave tomba entre nous, ce qui me mit presque mal à l'aise.

— Tout va bien ? m'enquis-je, inquiète de son soudain changement d'humeur.

— Il faut que je te dise quelque chose.

— OK. Quoi ?

Je détestais cette phrase. C'était mauvais signe. Une mauvaise nouvelle. Un mur qui s'annonçait en pleine face. Peu importait quoi, ce n'était jamais bon.

On sonna à la porte, ce qui me tendit.

— Qu'est-ce qui se passe ?

— Ce n'est rien d'important, je vais ouvrir.

— Tal…

— Ce n'est rien, ne t'inquiète pas.

Elle ouvrit la porte à Kylian, JB et Elijah.

Ce dernier entra les mains dans les poches et regarda tout autour de lui, comme surpris de me voir habiter dans un endroit si… simple. Il ne reporta son attention sur moi qu'au bout d'un certain temps, mais instantanément un sourire illumina son visage.

Je me levai à sa rencontre.

— Qu'est-ce que tu fais là ?

Il grimaça et haussa les épaules.

— Kylian m'a dit pour ton licenciement. Je vais me révolter. Me mettre en grève. Taper du pied, n'importe quoi, je m'en fiche, je veux ma kiné ! Je venais voir si tu allais bien. Kylian m'a dit de passer une autre fois mais, si tu veux un secret, je n'écoute jamais ce qu'on me dit de faire.

Kylian rigola, amusé, puis salua Talina, tandis que JB l'observait, surpris de la voir ici.

— Alors, comment tu vas ? reprit Elijah en attirant mon attention.

— Ça va mieux.

— Parce que je suis là ? Allez, avoue ! (Il se pencha vers mon oreille et continua tout doucement.) Laisse-moi faire rager notre bon vieux Kyky.

Il se prit une bourrade amicale dans l'épaule en guise de réponse.

— Je t'ai entendu.

Elijah se massa à l'endroit qui semblait lui faire mal, puis passa un bras autour de mes épaules.

— Plus sérieusement, tu es sûre que ça va ?

— Oui, quand bien même ça ira mieux quand ma vie sera de nouveau à l'endroit et que j'aurai retrouvé un travail. Je ne vais pas pouvoir me spécialiser dans les sportifs de haut niveau étant donné que je n'ai pas fini mon année de stage…

— Tu vas la terminer, m'assura Kylian. Il n'en sera pas autrement.

Je ne relevai pas, tout en me disant qu'à force de tout positiver Kylian allait finir par tomber de haut… Ou bien Talina avait raison, et c'était moi qui étais trop pessimiste ?

Je lançai un coup d'œil à cette dernière, qui n'avait pas dit un mot, et la vis déposer plusieurs verres sur la table basse. Je vis soudain JB lui glisser un mot à l'oreille. Elle acquiesça, puis fila en direction de la chambre.

Je fronçai les sourcils, prête à demander ce qui se passait, quand Kylian apparut dans mon champ de vision. Il repoussa Elijah, qui me tenait toujours, et capta mon attention.

— Qu'est-ce que tu dirais de faire une pause dans le temps ? me demanda-t-il, le regard pétillant.

Je fondais face à ce sourire en coin que j'adorais.

— Qu'est-ce que tu veux dire ?

— Que dirais-tu de partir quelques jours, toi et moi ?

— Partir ? répétai-je stupidement.

— Où ça ? s'enquit Elijah en s'approchant de nous, curieux.

Kylian le repoussa sans le regarder, les prunelles d'autant plus pétillantes.

— Juste Gaby et moi. Tu n'es pas invité.

— Salaud ! dit Elijah. Je savais que tu me trompais !

Je ne pus m'empêcher de rire, ce qui donna le sourire à Kylian, qui reprit de plus belle :

— Alors ?

— Oui, je veux bien partir, mais où ça ?

— C'est un secret.

— Et les entraînements ?

— On a quelques jours de repos avant de s'envoler pour la Pennsylvanie.

— D'accord.

Une pause dans le temps me paraissait être la plus grande idée du siècle.

— Quand ?

— Maintenant, souffla-t-il en m'embrassant sur la tempe.

Il me poussa en direction de ma chambre, le sourire aux lèvres. Je secouai la tête en obtempérant, appréciant la perspective d'un départ imminent.

Dans la chambre, je retrouvai Talina, fermant ma valise.

— Elle est prête !

Je ris.

— Tu as fait ma valise ?

— Oui. JB me l'a suggéré, et je me suis dit que ce serait une très bonne chose que tu puisses souffler quelques jours.

Je la remerciai en m'asseyant sur le bord du lit, puis me revint notre conversation interrompue.

— Qu'est-ce que tu voulais me dire tout à l'heure ?

— Ce n'est rien, ne t'inquiète pas, Gaby. Profite de ton séjour pour faire le vide.

— Tal… Dis-moi.

Elle soupira, mal à l'aise, puis vint s'asseoir à mes côtés.

— Je ne veux pas te miner le moral.

— Ce ne sera pas le cas.

Elle grimaça, mais finit par acquiescer.

— Ce n'est rien. Je pensais juste à Morgan. J'ai eu de ses nouvelles et je pensais retourner en France quelque temps.

— Tu étais si mal à l'aise pour ça ? Qu'est-ce qu'il t'a dit ?

— Qu'il voulait parler.

— Et donc ?

— Je pense qu'on va parler. Ce n'était rien, tu vois ?

— Non, au contraire, c'est une bonne nouvelle ! Pourquoi pensais-tu que ça allait me miner le moral ?

— Parce que, avec tout ce qui se passe dans ta vie, je me suis dit que ce n'était pas le moment pour moi de partir.

— Tu n'as pas à faire ta vie en fonction de la mienne.

— Mais je sais que tu as besoin de mon soutien…

— Tu es une merveilleuse amie, Tal.

Elle qui était peu habituée à ce genre de compliments semblait sur le point de rougir tant elle était gênée. Ça ne lui ressemblait tellement pas que j'en ris.

— C'est vraiment adorable, mais ne t'en fais pas, repris-je pour l'apaiser, ça finira bien par s'arranger. Fais ce que tu as à faire, ne pense pas à moi. En revanche, tu me diras tout si tu vois Morgan, OK ?

Elle acquiesça, ferma définitivement ma valise et me serra dans ses bras rapidement.

— J'espère vraiment que tu retrouveras une vie paisible comme tu l'aimes, quand bien même je rêverais d'être sous les projecteurs comme tu l'es. Pense quand même à tous les avantages que ça pourrait t'offrir… (Lorsqu'elle vit mon regard blasé, elle rit.) D'accord, n'y pense pas, mais profite bien de ces quelques jours dans ce cas.

— Promis.

Elle me sourit et me prit par les épaules, avant de me tourner en direction de la porte.

— Allez, file avec ton basketteur sexy.

Je regardai mon amie en pensant à son passé, aux épreuves qu'elle avait traversées et à la femme qu'elle était aujourd'hui. Forte, assumée, épanouie, mais tout de même fragile. Je l'admirais. Je compris à travers elle qu'il me faudrait sûrement du temps, mais que les choses finiraient par s'arranger.

Ce soir, Talina me donnait la force d'y croire et d'avancer…

20

Kylian

Le trajet en voiture fut léger. L'idée de partir, de nous éloigner de Chicago semblait raviver la flamme qu'il y avait en Gabrielle. Je me permis alors de la taquiner, de l'embêter jusqu'à ce qu'elle râle, mais surtout de la torturer sans répondre à ses milliers de questions.

— On va où ?

— Je ne sais pas, répondis-je en haussant les épaules, sans quitter la route du regard.

— Comment ça, tu ne sais pas ?

— Tu verras quand on arrivera.

— Allez, dis-moi !

Je mimai la bouche cousue, ce qui la fit grogner. Elle ne garda le silence que quelques secondes, avant de reprendre :

— Je peux deviner ?

— Si tu veux.

— Il y aura de l'eau autour de nous ?

— Oui.

— La mer ?

— Non.

— De la forêt ?

— Un peu.

— Des gens ?

— Oui.

— J'aime pas les gens.

J'éclatai de rire et lui glissai un rapide regard en coin.

— Nous ne serons pas en contact direct avec eux, précisai-je.

— Tant mieux. Ce qui veut dire qu'on ne va pas dans un hôtel. J'ai raison ?

— Oui.

— On arrive dans longtemps ?

— Plus trop, maintenant.

Elle reporta le regard vers l'extérieur, tout en marmonnant :

— J'ai l'impression d'être une enfant impatiente.

— C'est ce que tu es, Gaby.

Elle me frappa sur l'épaule en riant.

— On ne sort pas de l'Illinois ?

— Non.

— Je ne trouverai jamais, c'est ça ?

— C'est ça, dis-je en souriant, satisfait.

— Mais, si tu n'as pas besoin de GPS, c'est que tu y es déjà allé…

Je haussai les épaules, ce qui la fit d'autant plus râler. Elle plongea ensuite dans le silence, et j'eus beau déployer des trésors d'imagination pour tenter de l'embêter, elle continua de faire la moue.

Si je lui avouais que je l'emmenais dans une propriété que j'avais acquise récemment, elle se jetterait probablement de la voiture en route. Je connaissais son aversion pour les dépenses folles et, si c'en était effectivement une que je lui avais cachée, je trouvais aujourd'hui que c'était le meilleur achat de l'année.

J'étais certain que l'endroit lui plairait.

La nuit était tombée depuis un moment déjà. La fatigue de la journée et des événements n'aidant pas, je faillis louper la sortie.

Gabrielle resta silencieuse tout le long du trajet, jusqu'à ce que j'emprunte une route assez étroite, indiquant que nous n'étions plus très loin. Elle reprit totalement vie lorsque je m'arrêtai devant une grande grille électrique.

— On est arrivés ?

Je n'eus pas besoin de répondre. Je sentais dans sa voix de la joie, ce qui me satisfaisait pleinement.

Je roulai au pas pendant un court instant sur les gravillons, avant de m'arrêter devant un grand garage refait à neuf.

— La maison est magnifique, souffla-t-elle en se détachant avant de lâcher d'une traite : Tu l'as louée ? Ne me dis pas que tu l'as achetée ? En fait, je ne veux pas savoir. Je suis heureuse d'être là, c'est tout ce qui compte.

— Content de te l'entendre dire.

— Merci, Kylian.

Son regard et son sourire sincères me firent un bien fou.

Je récupérai les bagages, puis la guidai à l'intérieur de la maison. La déco était loin d'être finie, mais tout le confort nécessaire était là, avec un côté simple, naturel, aéré.

Laissant les valises à l'entrée, je l'emmenai vers la véranda toute en verre, qui donnait directement sur le lac. On ne voyait pas grand-chose à cette heure-ci, mais je voulais qu'elle puisse s'imaginer ce qu'elle verrait en se réveillant demain matin.

— Tu es un grand malade, dit-elle finalement.

Je souris lorsqu'elle passa les bras autour de ma taille.

— Tu l'aimes, ce grand malade ?

— Je crois bien que oui.

— Tu n'en douteras plus à la fin de ce séjour.

— Je te détesterai, alors ?

Je la pinçai doucement.

— De la plus folle et torride des façons.

— Dans ce cas, prenons tout notre temps.

Après avoir déposé les valises dans la chambre et nous être douchés, j'avais laissé Gabrielle nous faire à manger, parce que j'étais nul dans ce domaine et qu'on mourait de faim. L'endroit était désert, à peine quelques maisons aux alentours. Les restaurants étaient bien trop loin, et nous n'avions pas forcément envie de quitter cette maison.

La soirée était bien avancée quand je voulus aborder un sujet sérieux. Ce n'était pas mon fort, mais je savais que ça comptait pour elle.

— Tu as contacté tes parents ?

— Non, toujours pas.

— Tu devrais, Gaby. Ils doivent s'inquiéter.

Elle prit une longue inspiration.

— J'ai encore bien trop honte pour réussir à leur adresser la parole. Ils ont forcément eu vent de la vidéo, de la demande en mariage et de tout ce qui s'ensuit, sans parler des rumeurs… Je ne saurais pas quoi leur dire.

— Ça fait maintenant trois jours…

— Justement. En à peine trois jours, il y a eu trop de désastres. Je me suis même fait virer ! Ils se fichent de ce que je peux faire de ma vie, d'où je peux me trouver, mais ils feront toujours en sorte de savoir ce qui se passe autour de moi, et je suis certaine qu'ils ont eu tous les détails. Je suis mortifiée à l'idée de devoir tout leur expliquer. J'ai vraiment honte, répéta-t-elle en ramenant les jambes contre elle.

Je détestais la position dans laquelle je l'avais mise. Je savais que ce n'était pas ma faute directement, mais les agissements de ma mère me faisaient culpabiliser, parce qu'il s'agissait d'un membre de ma famille.

— J'ai fait un truc aujourd'hui, débutai-je en portant le regard au loin.

— Un truc ? Quel truc ?

— J'ai parlé à la presse.

Plus tôt dans la journée, après mes entraînements, j'avais contacté l'attaché de presse des Monsters pour répondre une bonne fois à toutes les questions qu'on ne cessait de me poser et auxquelles j'avais, jusqu'alors, refusé de répondre. Ainsi, j'avais pu remettre certaines choses en place, dire une partie de la vérité.

— Qu'est-ce que tu as dit à la presse ?

— Qu'avant mon arrivée à Chicago quelqu'un m'avait

fait chanter pour que nous ne soyons pas ensemble. Que j'ai été contraint de te quitter même si ce n'était pas ce que je voulais. Que c'était ma propre mère qui était à l'origine de tout ça et que je t'avais poussée à continuer ta vie, mais qu'aujourd'hui je comptais bien te récupérer.

— Tu n'as pas dévoilé le secret de la fausse relation ?

— Non.

— Tu as bien fait.

— Il n'empêche que je me suis dit que ça ne ferait que remuer des choses et créer de nombreuses tensions dans l'équipe. Ce n'est pas ce que je veux. Avec ce que j'ai pu dire, tu ne seras plus perçue de la même manière. Je ne dis pas que les rumeurs vont s'arrêter, mais doucement le vent finira par tourner.

— Merci de tenter de sauver mon honneur.

Elle me fit un sourire sans joie.

— Je déteste parler à la presse, surtout quand il s'agit de ma vie privée qui ne regarde que nous. J'aimerais simplement comprendre pourquoi tu continues de défendre Junior, qui, lui, ne se gêne pas pour te faire porter le chapeau.

— Parce que je sais qu'au fond il m'apprécie. Il est très égoïste et, même si je déteste ce trait de caractère, je le comprends. Du moins, je comprends ce qui le pousse à agir ainsi, même si je ne suis pas d'accord. Ce qu'il montre de lui n'est qu'une façade. Une façade avec de réels mauvais côtés, mais tout de même une façade, et m'aligner sur ces mauvais côtés ne me rendra pas meilleure.

Je n'étais pas totalement convaincu.

— Tu es parfois bien trop gentille. Dans le monde dans lequel on vit, il faut savoir que c'est chacun pour soi.

— Ce n'est plus vraiment mon monde, à présent, mais je ne compte pas changer ce que je suis. Et puis, au fond, tu n'as pas dit toute la vérité, toi non plus. Tu es aussi un gentil.

— Seulement parce que j'ai pensé à toi. Sinon, je ne me serais pas gêné pour tout raconter.

— Alors, merci encore.

Je passai un bras autour de ses épaules et la ramenai contre moi. Tout serait plus simple si elle n'était pas aussi bienveillante envers les autres, mais alors… Elle ne serait plus elle-même.

— Quelle est la prochaine étape ? demanda-t-elle en bâillant.

— Récupérer ton job.

— Et ta mère ?

Je plaçai la main sur sa bouche.

— Ne parlons pas d'elle.

— Pourtant, elle est toujours un problème. J'en suis désolée, mais c'est réel.

— Je sais… Une chose à la fois, Gaby. D'abord le travail, ensuite je m'occuperai d'elle, je te le promets.

— Comment ?

Sa curiosité était sans fin.

— En employant les grands moyens pour qu'elle nous laisse tranquilles.

Gabrielle me jeta un regard sceptique. Je passai la main sur son visage comme pour en effacer son expression.

— Fais-moi confiance.

Elle s'endormit à la moitié du film que nous regardions, ce qui m'arrangea assez.

Évitant de la réveiller, je me levai et me rendis dans la véranda, le téléphone à la main. Je n'avais pas eu de nouvelles de JB, ce qui était sûrement bon signe.

Je consultai le répertoire et, après avoir vérifié l'heure, appelai la famille Ferry.

Au fond de moi, j'espérais que ce soit la mère de Gabrielle qui réponde. J'étais fier qu'elle m'apprécie et je n'étais pas certain de ce que je pourrais dire à son père, ou même à son frère. J'imaginais combien ils souhaitaient tous les deux m'enterrer au fond du jardin…

Une petite appréhension grimpa lorsque la sonnerie retentit dans mon oreille.

— Allô ?

Je soupirai véritablement, puis saluai Mme Ferry.

— Kylian ! chuchota-t-elle avant que j'entende une porte claquer.

Elle s'isolait probablement.

— Comment tu vas ? Et comment va Gabrielle ?

— Nous allons bien tous les deux.

— Tant mieux, tant mieux… Qu'est-ce que c'est que tout ce bazar ? Qu'est-ce qui s'est passé ?

Prenant une longue inspiration, je lui racontai tout dans les moindres détails. Pour la première fois de mon existence, j'exposai toute ma vie sans retenue. Ma mère, la vidéo, les menaces, la fausse relation avec Junior, la demande en mariage et tout ce qui s'était passé ensuite.

Lorsque j'eus fini, le silence s'installa.

— Je vois, finit-elle par dire. Est-ce que nous pouvons faire quelque chose ?

— J'essaye de tout reprendre en main. Si je vous ai appelée, c'était surtout pour Gabrielle. Elle va bien, mais elle est terrifiée à l'idée de vous parler, et je préférais tout vous expliquer de vive voix, pour que vous ne lui en vouliez pas et que vous ne vous inquiétiez pas.

— Tu es quelqu'un de bien, Kylian. Et que Gabrielle se rassure, nous n'avons pas tous les détails de ce qui se passe de votre côté. Juste les grandes lignes. Nous nous inquiétions simplement pour elle.

— Elle le sait, mais elle a honte.

— Qu'elle se rassure, nous ne sommes pas des monstres. Dis-lui que je ne suis ni déçue, ni en colère, ni rien d'autre de ce genre. Oui, j'aimerais pouvoir protéger ma fille du mal que la vie peut apporter, mais je sais aussi que je ne le peux pas, d'autant plus que je suis loin de vous. Mais toi tu le peux et, dès que tu as mis les pieds chez nous, j'ai su que tu étais quelqu'un de bien.

— Merci, madame Ferry.

— Je t'en prie. Prends soin de Gaby et dis-lui qu'elle m'appelle quand elle sera prête, d'accord ?

Donnant ma parole, je raccrochai, l'esprit plus léger. Une part de moi avait bien sûr craint que la famille de Gabrielle ne me rejette ou ne rejette toute la faute sur moi. Je savais que leur avis était très important pour elle, mais elle avait une famille en or. Et, si elle n'en prenait pas conscience, je ferais en sorte de le lui rappeler chaque jour de ma vie.

21

Gabrielle

Je mis un instant à reconnaître l'endroit où je me trouvais et me calmai en découvrant Kylian debout devant la fenêtre de la chambre.

Cette nuit, il m'avait portée jusqu'à la chambre, et je m'étais rendormie aussitôt la tête posée sur l'oreiller. Il fallait croire que les derniers événements m'avaient épuisée au plus haut point.

— Salut, marmonnai-je d'une voix enrouée.

Kylian se retourna vers moi et m'adressa un grand sourire en me rejoignant.

— Salut. Bien dormi ?

J'acquiesçai. J'aurais pu dormir encore dix heures, mais je voulais profiter de cet endroit. J'aurais tout le temps de dormir en rentrant à Chicago, maintenant que je n'avais plus de boulot…

Kylian me caressa la joue.

— Ne pense pas à ce qui se passe en dehors d'ici.

— C'est dur…

— Je comprends. Mais laisse le temps faire les choses, tout finira par rentrer dans l'ordre.

Dans sa bouche, ça avait l'air si simple. Mais mes émotions, c'était une autre histoire…

— Je suis dans la cuisine. Prends ton temps.

Il m'embrassa et fila, torse nu, m'offrant une vue imprenable sur sa chute de reins…

Je m'étirai de tout mon long, puis m'interrogeai sur le temps à travers les grandes fenêtres. Il faisait gris. Le genre de temps qui faisait mal aux yeux et qui donnait envie de dormir toute la journée. Peut-être allait-il même neiger…

Réalisant tout à coup ce que Kylian m'avait dit, je me redressai et fronçai les sourcils.

Dans la cuisine…

Je souris en me demandant s'il comptait préparer le petit déjeuner. Je voulais voir le désastre !

Je récupérai une de ses chemises et le rejoignis. Souriant encore plus en constatant que j'avais raison, je m'arrêtai à l'entrée de la pièce pour l'observer. Il semblait sûr de lui, même si ses gestes étaient parfois empruntés. Finalement, peut-être qu'il arriverait à faire un petit déjeuner correct.

Je le contemplai. Chaque détail, chaque courbe, chaque imperfection… Mes yeux, mon cœur et mon corps étaient en émoi.

Je finis par entrer et me hissai maladroitement sur le plan de travail. Toujours concentré sur ce qu'il faisait – des œufs brouillés, du café et autre chose qui cuisait au four –, il me sourit.

— Tu ne te débrouilles pas mal finalement, ironisai-je.

— Ce que tu vois est à peu près tout ce que je sais faire, en dehors des pâtes à toutes les sauces possibles, dit-il en souriant. À ma décharge, je n'ai pas souvent l'occasion de m'exercer. Le plus souvent, je suis dans des hôtels, invité à des réceptions ou à des soirées. Je ne fais jamais à manger et, quand j'essaye, tu sais ce que ça donne…

J'acquiesçai en riant.

— Mais ce matin tu ne t'en sors pas trop mal.

Il jeta une serviette sur son épaule nue et vint se positionner devant moi.

— Je me débrouille toujours plutôt pas mal.

Je me laissai séduire avec enthousiasme.

— Parfois, je dirais que ça laisse à désirer.

Il caressa délicatement mes cuisses et m'embrassa dans le cou.

— Tu es sûre de ce que tu avances ?

Le son grave de sa voix me réchauffa le corps.

— Presque, marmonnai-je en m'abandonnant à ses lèvres.

— Je peux te prouver que ça peut être beaucoup mieux qu'un « pas mal ». Tu veux ?

— Je ne sais plus de quoi on parle, mais oui je veux.

Je l'entendis rire dans mon cou. Ses baisers avaient fait grimper en flèche la température de mon corps.

Attrapant la chair de mes cuisses à pleines mains, il me rapprocha de lui et s'immisça entre mes jambes. Ses mains remontèrent le long de mon dos, et il fit doucement glisser sa propre chemise qui tomba de mes épaules. Ses lèvres suivirent le vêtement et se déposèrent sur mon épaule, avant de remonter en direction de ma bouche.

Dans un brouillard où plus rien n'existait, je le vis m'observer de son regard sombre, rempli de désir.

— J'aime te voir comme ça, souffla-t-il avec son sourire en coin.

— Comment ?

— Ton regard en dit long sur ton désir.

Je souris en le contemplant.

— Tes yeux sont très expressifs aussi, lui dis-je en caressant sa joue. Mais ton corps l'est plus encore…

Le constatant par lui-même, il sourit et m'embrassa à nouveau. La chemise que je portais disparut entièrement de mes épaules, tout comme mon haut qui partit vers d'autres horizons quelque part dans la cuisine. Mais, alors que je dénouais le lien de son pantalon, une odeur de brûlé me chatouilla les narines.

— Kylian… Les œufs.

Il fronça les sourcils.

— Quoi ? Oh, merde !

Il fit quelques pas jusqu'à la gazinière et enleva la poêle du feu.

— Je crois que finalement, ça aura été un désastre.

J'éclatai de rire. Il revint vers moi pour poursuivre là où il s'était arrêté.

— Ne cesse jamais de rire, Gaby.

Je fixai son regard noisette qui m'envoûta aussitôt.

— Pourquoi ?

— Parce que j'aime t'entendre rire. J'aime te voir heureuse.

— Je vais essayer, dans ce cas.

Il acquiesça, tout en me retirant mon pantalon.

— Nous avons passé trop de temps loin l'un de l'autre. À penser aux autres. À se manquer continuellement.

— Mais c'est derrière nous maintenant.

J'écartai l'élastique de son jogging qui tomba le long de ses jambes. Je ne pus résister au plaisir de passer la main le long de son boxer pour le sentir et voir à nouveau ce changement dans ses yeux. Cet assombrissement quand le désir grimpait… Cela ne loupa pas. Il ferma les paupières un instant, comme pour se retenir de me sauter dessus, puis, lorsqu'il les rouvrit, son regard était devenu celui d'une force brute.

Il m'embrassa tout en me débarrassant de ma culotte. Il prit son temps pour me caresser, m'emmener tout proche de l'euphorie, de la folie, sans pour autant apaiser le feu qui me brûlait le corps.

Il m'embrassa à nouveau, titillant toujours mes zones sensibles, puis tout contre mes lèvres me dit :

— Je refuse qu'on meure avant d'avoir pu vivre notre histoire, Gaby.

Je passai les mains sur ses joues et l'embrassai à mon tour, quand il décida enfin d'assouvir le désir qui consumait mon corps. Il me posséda et me fit voyager de la meilleure des façons.

Il détenait les clés de mon cœur, de mon corps, mais aussi celles de mon âme.

Dans cette cuisine, au moment précis où je m'abandonnais à lui, je compris qu'il avait raison. À cet instant, je me sentis revivre.

Après une longue douche, je préparai le petit déjeuner sans encombre. Kylian engloutit tout rapidement, tandis que je prenais le temps de me poser dans la véranda pour admirer la vue. Elle était juste magnifique.

L'eau du lac était très sombre à cause du mauvais temps, mais l'endroit avait quelque chose de féerique, de magique.

Kylian vint me rejoindre en tenue de sport.

— Tu vas courir ? demandai-je en remontant le plaid sur moi.

— Oui, il ne faut pas se relâcher maintenant qu'on entame la dernière ligne droite.

— Tu ne viens pas de faire du sport ?

Il me fit un sourire éclatant.

— Cette pratique-là, je la reprendrai à mon retour. Tu ne veux pas venir avec moi ?

— Je m'échaufferai d'ici.

Il rit et ferma son manteau.

— J'ai appelé ta mère cette nuit.

— Ah bon ? Qu'est-ce qu'elle dit ?

— Que tu devrais l'appeler. Je lui ai tout expliqué pour t'éviter de le faire. Elle veut juste avoir des nouvelles.

Je lui étais très reconnaissante. Il me trouvait trop gentille, mais il l'était encore plus avec moi. Je ne savais pas si j'aurais eu la force de tout raconter à ma mère.

J'étais curieuse de sa réaction…

— Elle m'en veut ?

— Pas du tout. Elle m'a dit qu'ils n'avaient que les grandes lignes. Appelle-les.

J'acquiesçai à nouveau et le regardai partir. Je terminai tranquillement ma boisson, emmitouflée dans le plaid, observant le lac, les arbres qui le longeaient par endroits, et le ciel gris à perte de vue.

Je fis ensuite la vaisselle. Toute la vaisselle.

Puis je rangeai la cuisine, en nettoyant chaque recoin, avant de comprendre enfin que je ne faisais que retarder l'échéance. Il fallait que j'appelle mes parents.

Les mains moites, je finis par composer leur numéro, et ce n'est qu'à la troisième sonnerie que ma mère répondit :

— Maman, c'est moi.

— Gaby ! Je suis si heureuse de t'entendre, ma chérie. Je devrais te disputer d'avoir honte de nous appeler. Nous sommes ta famille, je pensais que tu savais qu'on ne te jugerait jamais.

Je fermai les yeux, la boule au ventre. Soulagée, mais pas trop.

— Je suis désolée. Il fallait que j'encaisse un peu tout ce qui s'est passé.

— C'était ça le secret que Kylian ne voulait pas te dire ? Sur ce que sa mère détenait contre vous ? Je devrais lui refaire le portrait à celle-là !

— Oui, c'était bien ça.

— Qu'est-ce que vous comptez faire, maintenant ?

— Je ne sais pas trop. J'ai été virée de l'équipe des Monsters, mais Kylian s'est mis en tête que je récupère mon poste.

— Pourquoi te virer ?

— C'est bien de trouver un coupable quand il y a autant de problèmes.

— Je suis désolée pour toi, ma chérie, mais ne te laisse pas abattre. Ce n'est pas une fatalité, tout est possible dans la vie. Ne baisse jamais les bras.

— J'ai l'impression que ma vie est un désastre.

J'arrêtai de faire les cent pas et me laissai tomber sur le canapé. Parler à ma mère me faisait du bien. J'avais envie de vider mon sac.

— Ta vie n'est pas un désastre du tout, Gaby. Tu es jeune. Ton ami est un basketteur connu. Bien sûr, ta fausse relation avec son coéquipier ne joue pas en ta faveur, mais ça finira par s'apaiser. Chaque problème a sa solution.

— Tu as sans doute raison.

— Regarde le bon côté des choses : à présent, tu n'es plus obligée de te cacher pour être avec Kylian. Ce n'est pas une bonne nouvelle ?

— Si, mais…

— Pas de « mais ». À présent, il s'agit de vous soutenir l'un l'autre, Kylian et toi. Le reste, tu t'en fous. Tu sais qui tu es, Gaby. Tu sais ce que tu fais et tu connais la profondeur de ton âme. Ce que peuvent dire les autres, on s'en fiche, tant que tu es heureuse.

— Et papa ? Mike ? Comment ils le prennent ?

— En toute franchise, je crois qu'ils ont tous les deux fermé les yeux sur toute cette histoire. Ils n'en ont pas dit un mot.

— Maman, tu m'en veux ?

J'avais besoin de l'entendre me dire non, même si je l'avais compris.

— Je déteste ce qui t'arrive, mais jamais je ne t'en voudrai.

— Merci, maman.

— Vis pour toi, ma fille. Ne fais pas attention aux regards des autres et aux ragots. L'herbe n'est pas plus belle chez eux, crois-moi…

Lorsque je raccrochai, il me fallut encore plusieurs minutes pour comprendre que mes craintes sur leur réaction n'avaient jamais été fondées. Et que, quand bien même je mourrais de honte s'ils tombaient un jour sur cette vidéo, cette histoire ne changeait pas leur regard sur moi.

Ma mère me connaissait très bien. Avant qu'elle le formule aussi clairement, je n'avais pas réalisé que c'était effectivement le regard des autres qui me perturbait le plus.

Bien sûr, tout cela n'en restait pas moins gênant, mais au fond ça me mettait à l'épreuve de moi-même. Toute ma vie, je m'étais tenue à carreau, j'avais été exemplaire, et aujourd'hui me retrouver ainsi exposée m'obligeait à sortir de ma zone de confort.

Il ne fallait pourtant pas être devin pour savoir que personne au monde n'était blanc comme neige. Tout le monde faisait des erreurs…

Et, si mon erreur avait été de mentir en faisant croire à une fausse relation avec Junior, ma vraie relation avec Kylian était ma plus grande certitude.

Mon esprit était allégé. Parler avec ma mère m'avait redonné de la force. Celle qu'il me manquait pour être certaine que tout finirait par s'apaiser.

Il me fallait juste être patiente… Mais ce n'était pas vraiment ma principale qualité.

22

Kylian

Le retour à Chicago fut éprouvant. Je vis sur le visage de Gabrielle qu'elle accusait le coup, mais j'eus l'impression que ça l'était encore plus pour moi.

Ce séjour l'avait apaisée. En rentrant chez nous, les choses semblaient différentes pour Gaby. Elle avait repris confiance.

Ces quelques jours nous avaient rapprochés. Comme si la brèche qu'il y avait eue entre nous au fil des épreuves s'était comblée, refermée, puis avait entièrement disparu.

Plus de méfiance.

Plus de doutes.

Plus de colère.

J'avais pris spontanément la direction de chez moi, ne voulant pas me séparer d'elle. Mais elle avait insisté pour que je la dépose chez elle, me promettant qu'elle me rejoindrait très vite ensuite.

Je la quittai donc à contrecœur, puis rentrai seul.

Cela dit, JB devait être à l'appartement. Sans Gaby, je pourrais lui parler ouvertement de nos affaires.

Je découvris JB assis tranquillement dans le salon, lisant le journal. Je déposai mes valises et le rejoignis.

Il ne leva pas la tête vers moi, mais lança :

— Comment ça a été ?

— Beaucoup mieux que je ne le pensais.

— Tant mieux.

Il continua sa lecture sans même me jeter un coup d'œil. Étrange…

J'avais grandi avec lui, je le connaissais très bien. Son indifférence me fit comprendre que quelque chose n'allait pas.

— C'est quoi, les nouvelles ? demandai-je soudain, inquiet.

JB referma son journal et soupira :

— Prends le temps de te poser, on discutera plus tard.

— Je suis rentré. Je suis posé aussi. Quelque chose ne va pas, je te connais, je le vois sur ton visage. Qu'est-ce qui se passe ?

Il soupira, posa le journal et me regarda enfin.

— J'ai continué mes recherches. Après ta déclaration, les retombées ne sont pas positives, mais pas négatives non plus, ce qui est une bonne chose. Le problème est encore et toujours Anna. Elle a contredit publiquement tes paroles et menace de porter plainte.

Je le regardai un instant, stupéfait, puis éclatai d'un rire sincère.

— Si elle veut entrer dans ce jeu, elle perdra.

— Tout le problème est là. L'avocat des Monsters m'a affirmé que les preuves que tu avais n'étaient pas suffisantes. Anna a pris ses précautions. Il nous faut un témoignage contre elle.

— On n'a toujours aucun indice sur la personne qui a trahi Gaby ?

— J'y travaille.

Je plissai les yeux. Il ne me quittait pas du regard, comme pour me prouver sa sincérité, mais je compris tout de même qu'il en savait plus qu'il ne voulait l'admettre.

— Tu sais qui c'est, n'est-ce pas ?

— J'ai des soupçons.

— Qui ?

— Laisse-moi encore fouiller un peu, le temps d'être certain de ce que j'avance, et je te dirai tout. Je te le promets.

J'étais nerveux. J'avais envie d'insister mais je craignais

la réponse. C'était forcément quelqu'un de l'équipe. J'avais tellement peur d'entendre le prénom d'Eddy ou de Junior.

Une trahison venant d'eux blesserait profondément Gabrielle. Et c'était exactement ce que ma mère voulait.

En parlant d'elle…

— Elle ne compte pas repartir d'ici ?

JB comprit de qui je parlais et fit non de la tête.

— Je l'ai « accidentellement » croisée.

Je souris. Avec JB les choses n'étaient jamais accidentelles.

— Je lui ai posé la même question, continua-t-il. Bien évidemment, elle m'a répondu par la négative.

Je me demandais ce que je pouvais faire pour qu'elle nous laisse tranquilles. Pour qu'elle sorte de notre vie. Je n'aurais jamais cru qu'elle deviendrait un jour une épine dans le pied à ce point. D'autant plus que, dans sa folie, elle croyait fermement que je n'étais pas sérieux quand je lui disais que je ne voulais plus d'elle dans ma vie.

Je vis à l'air faussement neutre de JB qu'il ne m'avait pas encore tout dit.

— Qu'est-ce qu'il y a d'autre ?

— Rien.

— Si, dis-moi.

Il soupira et m'invita à m'asseoir. Je n'aimais pas ça, je n'étais pas tranquille. Je préférais rester debout.

— Je sais que tu ne voulais pas savoir, mais j'ai continué à chercher qui était la personne des Monsters ayant un lien de sang avec toi.

— Et tu as trouvé.

— Oui. Je ne savais pas si je devais te le dire.

Je réfléchis un instant. Je ne ressentais pas la moindre émotion face à cette nouvelle. J'avais eu un père de substitution en la personne de JB. Il me suffisait. Celui qui n'avait pas été présent ne comptait pas.

Une de mes craintes dans cette révélation était aussi que cette personne revendique le fait que je n'aie pas réussi par moi-même mais d'une certaine manière grâce à lui, puisqu'il m'avait donné la vie.

J'avais rencontré tellement de gens qui ne s'intéressaient à moi que par intérêt que j'avais tendance à voir le mal partout. J'espérais que je me trompais…

— Dis-moi que ce n'est pas le coach, chuchotai-je, l'implorant de tout mon être.

— Non. C'est un investisseur de l'équipe.

Je fronçai les sourcils, circonspect. Puis soudain une lampe s'alluma dans ma tête. Une ampoule bien lumineuse, qui me fit comprendre que connaître cette personne pouvait jouer en ma faveur.

— Qui ?

— Tom Carter.

— C'est lui mon père biologique ?

— Non. C'est ton oncle. Ton vrai père est mort il y a longtemps dans un accident de la route.

J'aurais pu éprouver un sentiment. Quelque chose. Mais rien. Un simple vide à la découverte de sa mort.

— Si tu sais tout ça, continuai-je en m'asseyant finalement à ses côtés, c'est que tu lui as parlé ?

— Oui. Rapidement, pour connaître les grandes lignes. C'est à toi que revient la décision de le rencontrer pour en savoir plus ou non.

— C'est non.

Je comptais bien aller voir ce Tom Carter, mais pour une tout autre raison.

Je n'avais pas l'autorisation de m'adresser directement aux investisseurs. Nous devions passer par les coachs ou le président de l'équipe pour la demander. Nous ne les croisions que dans des événements publics, galas et autres soirées, où il était impossible d'échanger plus de trois mots.

Mais à présent j'avais une bonne raison d'aller m'adresser directement à lui et je ne me gênerais pas pour le faire.

Car il avait le pouvoir de faire revenir Gabrielle dans l'équipe.

23

Gabrielle

Je rangeai rapidement mes affaires dans l'armoire ou, plutôt, je les jetai en vrac et fermai la porte pour cacher le bazar. Puis je m'assis, téléphone à la main, attendant l'appel de Junior.

Il m'avait envoyé plusieurs messages dans la journée pour savoir s'il pouvait passer me voir, mais j'avais décliné. Il s'était ensuite confondu en excuses, de m'avoir dérangée, de m'avoir embarquée dans toutes ces galères. J'avais alors compris que quelque chose n'allait pas et, si une part de moi décidait de lui en vouloir, l'autre n'y arrivait pas.

J'avais donc demandé à Kylian de me ramener chez moi pour pouvoir parler à Junior. Je ne pouvais pas le faire devant Kylian, qui ignorait toujours sa relation avec Eddy et continuait de penser qu'il nourrissait des sentiments amoureux à mon égard. Je savais ce que je faisais et je ne nous mettais pas en danger.

La seule chose qui me coûtait était ce secret que Junior ne voulait pas dévoiler et dont je ne pouvais pas me permettre de parler à cœur ouvert devant l'homme que j'aimais…

Je tentai de rappeler Junior pour la énième fois, en vain.

Je m'inquiétais…

Je lui avais envoyé un message plus tôt pour l'informer que j'étais sur le chemin du retour, mais il n'avait pas répondu.

Au bout du troisième appel, j'abandonnai l'idée de le voir

aujourd'hui. Peut-être était-il occupé ou avait-il changé d'avis…
J'enfilai mon manteau pour rentrer chez Kylian comme promis.

Mais, quand j'ouvris la porte, je tombai nez à nez avec Junior. Je l'observai un instant, puis entrai à nouveau chez moi.

Il m'emboîta le pas et alla s'asseoir dans le salon en silence, sans même enlever son manteau. L'expression de son visage me déstabilisa. Jamais je ne l'avais vu aussi… perturbé. Instable. Le regard totalement vide.

— Qu'est-ce qui se passe ? m'enquis-je en m'asseyant non loin de lui.

— Je ne sais plus quoi faire, Gab. Je deviens fou. Ed ne revient pas, quoi que je fasse. Quoi que je dise. Ma famille est sur mon dos. Ma mère m'encourage à me réconcilier avec toi. Ma sœur ne comprend rien à toute cette histoire, et mon père est redevenu comme avant. Il m'a juste dit que sa première impression avait été la bonne. Qu'il savait au fond que j'étais incapable de faire les choses correctement même quand je le voulais et que tout cela était arrivé à cause de mon passé de dépravé.

Il se passa les mains sur le visage, comme pour effacer ces souvenirs et ces mots.

Junior était totalement perdu, et je ne savais pas comment faire pour l'apaiser.

Il reprit ensuite en croisant enfin mon regard :

— Pour la première fois de ma vie, j'aimerais être un parfait inconnu.

Il semblait attendre que je prenne la parole, que je dise quelque chose, mais j'étais tout aussi démunie que lui. Que pouvais-je dire ? J'étais sans voix.

Au bout d'un long moment, je ne trouvai rien de mieux à demander que :

— Pourquoi ta mère voudrait que tu arranges les choses avec moi ?

— Ma mère t'apprécie vraiment. Elle se réjouissait pour

moi. Pour nous. Pour ce putain de mensonge que je lui ai fait croire. Mais qu'est-ce que j'ai fait, bordel…

— Et Aïssa ? Qu'est-ce qu'elle t'a dit ?

— Elle ne comprend rien. Elle t'en veut parce que, pour elle, tu n'as pas été claire. J'ai essayé de lui expliquer du mieux que j'ai pu, que j'étais au courant de ton histoire, que tu as vraiment voulu tourner la page avec moi, mais que le passé finit toujours par refaire surface à un moment donné. Je lui ai dit que je ne t'en voulais pas, que je te soutenais… Mais elle t'en veut quand même parce qu'elle pensait que je serais heureux avec toi.

Mon ventre se noua. J'appréciais énormément Aïssa et j'étais vraiment triste à l'idée qu'elle puisse m'en vouloir. Si seulement elle connaissait la vérité…

— Et Eddy ?

Junior s'agita, tourmenté par son compagnon. Je compris que c'était bien ça qui le perturbait le plus.

— Il ne répond plus à mes messages ni à mes appels. Au travail, c'est comme si je n'existais pas. J'ai l'impression d'être un fantôme à ses yeux.

Le voir si mal m'attristait, mais je ne savais pas comment le réconforter, ni même si je pouvais lui donner l'espoir que tout finirait par rentrer dans l'ordre.

— Ça ne fait que quelques jours, Junior. Laisse-lui un peu de temps.

— Combien ?

— Je ne sais pas.

— Et s'il m'oublie ?

— Ne dis pas de bêtises…

— D'accord, mais peut-être que je lui ai fait trop de mal. Comment je vais faire ?

Je l'observais, muette, regrettant de ne pas avoir les réponses à ses questions.

— Je n'ai pas la solution, je suis désolée.

— Et si tu lui parlais ?

— Moi ?

— Oui. Il t'apprécie vraiment. Tu es la seule à connaître notre histoire, avec qui il pourrait parler ouvertement, comme je le fais…

— Je suis surtout celle qui t'a aidé à le blesser.

— Oui, mais peut-être qu'il t'écoutera quand même.

Je pris une longue inspiration. J'avais déjà tant de choses à gérer. Oui, parler à Eddy m'aiderait peut-être à atténuer la tension qu'il y avait entre nous. Mais j'avais beaucoup de doutes sur mon pouvoir d'arranger les choses entre les deux hommes.

— Junior, je n'ai plus accès au stade. Je ne sais pas si tu es au courant, j'ai été virée.

— Je suis au courant et je suis désolé de t'emmerder avec mes problèmes en plus…

Je l'arrêtai.

— Effectivement, je pourrais l'appeler, mais je suis certaine que tout ce qu'Eddy souhaite c'est avoir une place auprès de toi. Une vraie place.

Ses épaules s'affaissèrent.

— Pourquoi ce qu'on vivait ne lui convient plus ?

Je repensai à tout ce qu'on avait traversé, aux paroles de Kylian aussi. Cette fois-ci, j'avais la réponse à sa question.

— Parce que tu étais prêt à m'offrir la vie qu'il voudrait avec toi. Au grand jour. Il doit sûrement penser que tu as honte de lui. De vous…

— C'est n'importe quoi ! C'est faux !

— Dans ce cas, tu sais ce qu'il te reste à faire.

Il se leva brusquement. Le désarroi que j'avais pu voir sur son visage laissa place à de la colère brute, puis il se dirigea vers la sortie.

— Je suis venu pour avoir ton soutien, pas pour écouter ces ramassis de conneries ! Je n'ai pas honte de lui, ni de moi-même. Je veux seulement que ma vie reste privée. Putain de merde, c'est pas si compliqué !

Je laissai le silence retomber, refusant de répondre à sa colère. Je ne voulais pas le blesser, je voulais seulement qu'il comprenne qu'il ne s'agissait pas seulement de lui, mais d'Eddy également.

— Tu veux que ta vie reste privée pour quelles raisons, Junior ?

Il se figea, se retourna et me foudroya de ses yeux noirs. Le genre de regard sombre, mauvais, terrifiant, qui me fit immédiatement regretter mes paroles.

Pourtant, je compris surtout que je venais de mettre le doigt sur le fond du problème.

— Tu me fais chier, Gab, dit-il avant de quitter l'appartement en claquant la porte.

J'aurais tellement aimé pouvoir faire plus pour lui… Mais je ne pouvais pas le forcer à voir ce qu'il fuyait. Je récupérai mon téléphone et pianotai un rapide message :

Salut, Eddy. Est-ce que tu serais d'accord pour discuter, toi et moi ?

De longues minutes passèrent, mais aucune réponse ne vint.

Je partis sur cet épisode, en direction de chez Kylian. Je passai par des petits chemins, priant pour ne croiser personne. Il n'était pas très tard, mais la nuit était déjà tombée, et la température négative me donnait envie d'arriver au plus vite.

À la moitié du trajet, je plissai les yeux en reconnaissant une silhouette au loin. Je fis un grand sourire à Talina, qui ne me le rendit qu'une fois arrivée à ma hauteur.

— Tu vas chez Kylian ? me demanda-t-elle en frottant ses mains l'une contre l'autre.

— Oui, j'y vais, je ne dormirai pas à la maison ce soir.

— Comme tous les jours en ce moment…, souligna-t-elle, le regard rempli de sous-entendus. Mais c'est une bonne chose. Je ne peux pas rester longtemps avec toi, mais j'espère que t'éloigner t'aura fait du bien.

— Oui, beaucoup.

— Tant mieux, dit-elle en s'éloignant.

Son empressemment à me quitter me fit froncer les sourcils. Quelque chose n'allait pas.

— Tal… Tout va bien ?

— Oui, oui ! Je dois juste filer, je suis pressée. Mais on reparlera de tout dans les moindres détails une prochaine fois, d'accord ?

Lorsqu'elle tourna les talons, j'eus envie de la retenir, parce que ça ne lui ressemblait vraiment pas d'agir ainsi, mais je n'en fis rien. Je la regardai s'éloigner, lorsqu'une voix glaçante l'interpella.

— Talina ! Pourquoi partir si vite ?

Je me contractai de tout mon corps et me tournai vers la voix que je ne connaissais que trop bien.

Anna.

— C'est pas vrai ! m'exclamai-je. Vous me suivez, c'est ça ?

Anna fit comme si elle découvrait ma présence, avant de s'esclaffer et de balayer mes mots d'un geste.

— Pas du tout. Le fait que nous nous croisions est un pur hasard, mais ne dit-on pas que le hasard fait bien les choses ?

— Qu'est-ce que vous faites là ?

— J'ai besoin de voir ta chère amie.

Je me tournai vers Talina qui s'était arrêtée à quelques mètres de nous, le regard noir en direction d'Anna. Je me plaçai entre les deux femmes.

— Qu'est-ce que vous comptez faire au juste ? m'énervai-je. Vous ne la soudoierez pas. Laissez-la tranquille ! Laissez-la en dehors de tout ça.

Anna me regarda de haut, méprisante, perchée sur ses talons. Ses lèvres s'étirèrent en un lent sourire.

Je n'aimais pas du tout ça. Elle avait quelque chose de malsain en tête.

— En dehors de tout ça ? répéta Anna, triomphante. Je dirais plutôt que ton amie est au cœur de l'action.

— Quoi ? Qu'est-ce que vous voulez dire ?

Je refusais de me retourner vers Talina. Je ne voulais pas montrer à Anna qu'elle parvenait à me déstabiliser.

— Gaby, dit Talina en s'approchant.

Je n'aimais pas ça. Je n'aimais pas ça du tout. Une alarme s'enclencha dans ma tête. Alors que je passais du visage heureux d'Anna à celui affligé de Talina, le chemin de l'atroce compréhension se dessinait doucement.

Je reculai d'un pas, observant mon amie, puis je secouai la tête, le cœur déchiré.

— Non, Tal…

— Gaby, je suis désolée.

— Non, non, non… Tu ne peux pas ! Ce n'est pas vrai. Je… Non ! Pas toi !

— Gaby, je t'en prie, écoute-moi.

— C'est toi qui m'as observée, écoutée, réconfortée, et pendant tout ce temps… C'est toi ! Tu m'as trahie ?

Les bras de Talina retombèrent le long de son corps, et elle baissa la tête. Je pris son silence et la larme qui coula sur sa joue comme un aveu muet. Une lame de rasoir tranchait chaque centimètre de ma peau.

— Ce n'est pas possible.

Ma voix se brisa. Je refusais que ça puisse être vrai. C'était insensé.

— Ta chère amie a été d'une aide précieuse, jubila Anna. Tout comme Marie l'a été précédemment. Je gagnerai toujours, Gabrielle.

— La ferme ! cracha Talina.

Elle se rapprocha de moi, mais je fis un pas en arrière.

— Pourquoi ? murmurai-je, prête à m'effondrer.

La seule chose qui me retenait était la présence d'Anna.

— Je te promets de tout t'expliquer, mais pas ici. Pas avec elle à côté.

Je secouai la tête et reculai encore d'un pas.

— Non. Laisse tomber. Tu m'as trahie, c'est tout. Tu n'as

été que son pion, tu t'es fait berner comme tout le monde et tu m'as fait croire qu'on était amies…

— Arrête, Gaby. C'est faux !

— Ah, c'est faux ? Ce n'est pas toi qui racontais les détails de ma relation avec Kylian ? criai-je.

— C'est même elle qui a transmis la vidéo, susurra Anna, le sourire aux lèvres.

J'eus envie de la gifler, mais me retins. À quoi bon ? Elle était folle de toute façon… Et moi, j'étais lasse.

Le choc de cette révélation me dévastait. C'en était trop.

Je m'effondrai sans pouvoir retenir mes larmes. J'avais bien trop mal pour parvenir à continuer de faire semblant.

— Ce soir, repris-je, la voix nouée. Prends tes affaires et va-t'en ce soir, Tal. Je ne veux plus jamais te revoir.

— Gaby… Laisse-moi tout te raconter.

— Non.

Je posai une main sur mon ventre. Mes entrailles semblaient s'embraser de l'intérieur. Je tournai les talons et traçai ma route. Je n'avais plus aucune force.

Tout s'effondrait.

J'avais envie de me laisser moi-même tomber au sol et d'attendre d'y pourrir, mais je ne ferais pas ce plaisir à Anna.

Tout était sa faute.

Mais aussi celle de Talina.

Celle que je considérais comme mon amie. Celle à qui je m'étais confiée. Celle que j'aimais aujourd'hui comme une sœur et qui venait de briser une parcelle de mon âme. C'était si douloureux. Autant qu'un chagrin d'amour.

Au tournant de la rue, à l'abri de leurs regards, je m'arrêtai et m'effondrai. La blessure était tellement immense que je mis un temps infini à retrouver la force de me traîner jusque chez Kylian.

Et s'il se retournait lui aussi contre moi ?

À qui pouvais-je vraiment faire confiance ?

Mon Dieu !

Je m'arrêtai au pied de l'immeuble, regardant la fenêtre du dernier étage sans plus savoir quoi faire.

Perdue. J'étais totalement perdue.

Tout ce que je savais c'était que, pendant tout ce temps, Talina s'était fait passer pour mon amie et m'avait trahie de la pire des manières.

24

Kylian

Je fronçai les sourcils en me demandant ce que Gaby pouvait bien faire. JB vaquait à ses occupations. J'avais eu le temps de ranger toutes mes affaires, de regarder les informations, mais Gabrielle n'était toujours pas rentrée.

Après le séjour magique que nous avions partagé, je ne voulais plus passer du temps loin d'elle, sauf par obligation.

Je me rendis pieds nus dans la cuisine pour prendre un verre d'eau, quand l'interphone sonna.

Soupirant, je me promis de rappeler au veilleur de nuit que Gabrielle n'avait pas besoin d'autorisation pour entrer. Mais, lorsque je répondis, l'inquiétude me gagna.

— Monsieur Foster, pardonnez-moi de vous déranger aussi tard, mais Mme Ferry se trouve devant l'immeuble depuis un bon moment, et j'ai l'impression que quelque chose ne va pas. J'ai pensé qu'il était bien de vous prévenir.

— Vous avez bien fait. J'arrive tout de suite.

J'enfilai des chaussures en appelant l'ascenseur avec insistance.

Que se passait-il ? Observant le cadran qui affichait les étages, je trépignais, de plus en plus impatient. La descente me parut interminable.

Je courus jusqu'à l'entrée, fis un signe de tête reconnaissant au gardien de nuit et m'arrêtai aux portes de l'hôtel.

Dans la nuit, sous un réverbère, Gabrielle était là, le regard tourné vers le ciel. Je l'observai attentivement, comprenant la préoccupation du veilleur. Elle semblait... vide. Comme si elle portait le poids du monde sur les épaules.

Mon ventre se serra. Nous venions à peine de rentrer que les mauvaises nouvelles tombaient à nouveau.

Quand est-ce que ça va s'arrêter ?

Si seulement c'était à moi qu'on s'en prenait. Mais non. C'était Gabrielle qu'on visait constamment. C'était encore pire de la voir souffrir que de souffrir moi-même. Sa douleur était la mienne, et tout le monde le savait : elle était ma force, mais aussi ma faiblesse.

Je sortis dans le froid polaire d'un pas lent. Je pus voir le contour de ses yeux rougis. Elle avait pleuré.

Je pris une longue inspiration et neutralisai les expressions de mon visage. La dernière chose que je souhaitais c'était qu'elle remarque combien ça me touchait de la voir ainsi. J'avais remarqué que plus je lui montrais ma solidité, plus ça lui donnait la force de continuer à avancer. Je ne voulais pas qu'elle abandonne...

— Gaby...

Elle ne bougeait pas, perdue dans une bulle que j'hésitais à percer.

Je m'approchai tout près d'elle, puis passai la main le long de son bras. De l'autre, je pris son menton et doucement dirigeai son visage dans ma direction.

— Ça va, dit-elle d'une voix... morte.

Elle était tellement sonnée que cette réponse n'était qu'un automatisme, ce qui m'inquiéta d'autant plus.

— Non, ça ne va pas. Qu'est-ce qui s'est passé ?

Elle avala sa salive. Son regard était hagard, agité, vide. Même parler lui était difficile.

— Dis-moi.

Je ne reconnus pas ma voix. Peut-être étais-je bien plus en colère que je ne le pensais.

— Tal... C'est elle.

Elle ferma les yeux, et je vis combien ne pas céder à ses émotions était un effort.

— Qu'est-ce que tu veux dire ?

Je savais déjà de quoi elle parlait, mais je voulais en être certain. Je voulais entendre les mots.

— C'est elle qui nous a trahis. Qui m'a trahie.

La terre s'ouvrit sous mes pieds. Jamais je n'aurais pensé un instant à son amie.

Je ne parvins pas à articuler un seul mot. Je passai un bras autour de ses épaules et l'entraînai à l'intérieur, au chaud. Elle ne sortit pas de son mutisme durant le court chemin jusqu'à l'ascenseur, ni lorsque je lui retirai son manteau une fois à la maison. Elle était totalement sonnée.

Je l'emmenai jusqu'au salon, où se trouvait JB. Lorsqu'il vit l'état de Gabrielle, il se leva, fronça les sourcils et me jeta un coup d'œil inquiet.

— C'est Talina, annonçai-je.

Je n'eus pas besoin d'en dire plus. Dans son regard, je vis le fil de la compréhension faire son chemin dans ses pensées. Il me fit un signe de tête et quitta rapidement l'appartement.

JB ne perdait pas de temps. Je lui en fus grandement reconnaissant une fois de plus.

— Tu veux en parler ?

Elle secoua la tête.

— Tu veux aller te coucher ? Prendre une douche ? Manger ou boire quelque chose ? Dis-moi de quoi tu as besoin.

— De rien. De tout. Je n'en ai aucune idée, Kylian.

Je détestais me sentir impuissant. Je ne comptais plus le nombre de fois où ce sentiment avait pris place en moi depuis que je connaissais Gabrielle. Je n'étais pas très doué avec les émotions. Face à celle que j'aimais, je me sentais démuni.

Je m'assis à ses côtés, et elle plongea dans mes bras. Je les resserrai fermement autour d'elle et la tins contre moi pendant un long moment.

Peut-être finalement que c'était la seule chose dont elle

avait besoin : d'une présence réconfortante. Je l'espérais, parce que je n'avais aucune idée de ce que je pouvais faire d'autre.

Elle finit par dire dans un murmure :

— Ne te retourne pas contre moi, Kylian. Ne m'abandonne pas. Je ne le supporterais pas.

Ce que je ne supportais pas, c'était de la voir aussi mal. D'entendre cette voix tremblante, faible et cassée. Je ne supportais pas de savoir qu'elle pleurait même si, dans cette position, je ne pouvais pas la voir. Elle avait déjà versé bien trop de larmes.

— Je ne compte pas m'en aller, Gaby. Ni te refaire du mal. Ni t'abandonner. Tant que tu m'aimes, je reste là.

Elle s'effondra alors pleinement, et je dus faire un effort surhumain pour ne pas bouger. J'avais besoin d'agir. Rester inactif à l'écouter pleurer me rendait fou.

Mais Gaby avait besoin de moi et elle était ma priorité. Alors je ne bougeai pas, lui caressant le dos maladroitement, sans savoir si c'était une chose qui lui faisait du bien ou non.

J'avais beaucoup de questions à lui poser, mais je n'étais pas sûr qu'elle veuille parler. Tout ce que je savais, c'était que ma mère avait une fois de plus parfaitement mené son jeu.

Si j'avais encore eu des doutes, ils étaient définitivement effacés. Il fallait passer aux choses sérieuses et, si JB arrivait à parler à Talina, s'il réussissait à la convaincre qu'elle ne faisait pas les bons choix, alors peut-être arriverions-nous à mettre Anna hors jeu. Mais encore fallait-il que Talina soit du bon côté…

Je restai immobile pendant un moment qui me parut durer une éternité. Quand elle se calma, je l'emmenai dans la chambre, la déshabillai, puis m'allongeai à ses côtés.

Elle finit par croiser mon regard.

— Je suis désolée, chuchota-t-elle, mal à l'aise. Tu dois me trouver misérable.

— Ne dis pas de bêtises. Ce n'est pas le cas.

— Si je n'étais pas entrée dans ta vie, tu n'aurais jamais eu tous ces soucis.

— Tais-toi, Gaby. C'est tout l'inverse. Tu m'as apporté bien plus que jamais personne dans ma vie. Pas une fois je n'ai regretté le jour où mes yeux se sont posés sur toi. C'est à moi de te demander de m'excuser. Ce sont mes problèmes, et c'est toi qui en pâtis. Il s'agit de ma mère, de mon univers, dans lequel je t'ai entraînée un peu malgré toi.

Elle renifla. Son regard semblait reprendre vie.

— Je suis prête à me battre, Kylian.

Je fronçai les sourcils, ne m'étant pas du tout attendu à ce genre de déclaration.

Elle poursuivit :

— Plus on essaye de m'éloigner de toi, plus on essaye de me pousser à te quitter, plus je souhaite serrer fort cette corde qui me lie à toi.

Son visage sérieux et déterminé gonfla mon cœur de fierté. Elle continua sur la même lancée.

— Si j'ai d'abord voulu fuir, tout ce qui arrive aujourd'hui renforce finalement mon envie d'être avec toi.

Je l'embrassai sur le front, sans montrer combien ses paroles me touchaient.

— Promets-moi qu'on ne fait pas tout ça pour rien, finit-elle par dire, les yeux fermés.

— Je te le promets.

— Tu ne me quitteras pas ?

— Ce n'est pas ce que je veux. Et je ne laisserai plus jamais personne tenter de nous manipuler ou s'immiscer dans notre vie. Je te le jure.

Les larmes revinrent dans ses yeux.

— Je suis désolée, souffla-t-elle en passant les doigts sur ses paupières. C'est juste que c'est vraiment douloureux, Kylian. Je n'aurais jamais pensé que Talina puisse s'allier à ta mère. Ça fait si mal.

— Je n'y aurais jamais pensé non plus.

— Heureusement que je ne lui avais pas donné tous les détails sur notre relation quand la saison a démarré, sinon ta mère aurait découvert tout ce qui se tramait bien plus tôt. Les choses auraient pu être plus graves.

— N'y pense pas. Ne pense pas à ce qui aurait pu arriver. Pense seulement au temps présent.

Elle remua légèrement, puis m'embrassa sans me quitter du regard.

— Alors fais-moi oublier ce présent. Je ne veux plus penser. Fais-moi l'amour.

— Gaby…

— Je suis sérieuse.

Je la laissai faire pour m'assurer que c'était bien ce qu'elle voulait et, quand je fus certain de sa détermination, je repris les rênes et m'appliquai à lui procurer le plus de plaisir possible.

Même si ce n'était que le temps d'une nuit, je l'aiderais à tomber dans l'oubli de sa propre personne…

25

Gabrielle

Il n'y avait rien à faire. J'avais beau tenter de m'occuper, rien n'y faisait. La douleur était intacte.

Talina.

Mon amie.

Je n'arrivais toujours pas à avaler cette information, comme si elle restait coincée dans ma foutue gorge et bloquait toute la nourriture que j'essayais d'ingurgiter sans aucune envie de manger.

Si au moins je pouvais travailler… Mais j'avais été virée. Rester à la maison pendant que Kylian poursuivait ses entraînements et, pire encore, devoir regarder le match qui se jouerait le soir même à la télévision me faisait agoniser.

Mais aurais-je seulement eu la force de travailler après avoir découvert la trahison de Talina ?

La même question tournait en boucle dans ma tête. Toujours la même : pourquoi ? Qu'est-ce qu'Anna avait pu lui dire ou avoir sur elle pour réussir à l'amadouer, à la soudoyer ? Je ne pouvais pas me résoudre à admettre que mon amie avait été contre moi durant tout ce temps. Ce n'était pas possible.

J'étais dans un immense brouillard où aucune de mes pensées n'avait de signification compréhensible. Une seule phrase revenait constamment : *ce n'est pas possible.*

Au fond, même si je n'avais pas l'esprit très clair, encore

trop sonnée pour mettre mes idées en ordre, il y avait tout de même une chose dont j'étais certaine : je connaissais Talina.

Elle avait une part d'obscurité, une part de superficialité, mais sous cette surface je la connaissais. Et j'étais presque certaine que son amitié pour moi n'avait pas été qu'une comédie.

Presque.

Mais, même si ce n'était pas qu'un jeu stupide pour me blesser un peu plus, cela n'enlevait rien à sa trahison. Le goût d'amertume que j'avais dans la bouche me le rappelait. Rien ne chassait de mon esprit que tout ce que j'avais pu lui confier avait été répété à la femme que je détestais le plus au monde : Anna.

J'avais l'impression de ne plus savoir à qui faire confiance. Chaque fois que je m'ouvrais à quelqu'un, cette personne finissait par se retourner contre moi.

Je soupirai en zappant sur une énième chaîne de télévision sans réussir à me concentrer sur les images que je voyais. Rien ne me faisait oublier, ne serait-ce qu'une seconde.

Je regardais mon téléphone avec l'envie d'appeler Kylian, mais je résistais, je ne voulais pas qu'il lâche ses entraînements et je savais qu'il le ferait s'il me sentait mal.

Je parcourus les derniers messages reçus, le cœur meurtri. Talina n'avait même pas pris la peine de tenter de s'expliquer par texto.

Bon sang… elle me connaissait, elle savait que cette vidéo me blesserait au plus profond de moi-même. Pourquoi avait-elle agi ainsi ?

Je me levai, soudain en colère. Au fond, il n'y avait pas d'excuse, inutile de continuer à lui en chercher. J'étais simplement remplie d'affection pour une femme qui n'en avait rien à foutre de moi et ne s'occupait que de son petit monde.

J'enfilai mon manteau et mes chaussures et quittai l'appartement de Kylian. Il fallait que je bouge, que je fasse quelque chose, même si ce n'était que rentrer chez moi pour prendre quelques affaires, je m'en fichais.

Bon d'accord, en vérité, j'avais l'espoir de croiser Talina. J'avais l'espoir de pouvoir m'expliquer avec elle, de comprendre.

D'essayer au moins.

Le vent glacial me contracta le corps. Je souris tristement en pensant que Talina aurait offert son visage à ce froid en clamant combien il avait des effets revigorants, bons pour la peau et pour les pores.

Lorsque j'arrivai chez moi, tout était à sa place. Talina n'avait pas récupéré ses affaires.

J'hésitai un instant à lui envoyer un message pour lui demander de le faire avant que je balance tout par la fenêtre. Mais je renonçai vite, je ne ferais jamais ça en réalité.

J'eus l'impression que Talina était mon ex et que je ne cherchais qu'à attirer son attention d'une manière ou d'une autre. Outre ma colère, j'avais besoin de lui parler. Mais, en même temps, ce n'était pas à moi de quémander des informations.

Je m'affalai sur le canapé, revenant au point de départ : scotchée devant la télé.

Je n'avais rien à faire. Je m'ennuyais. J'avais toujours aussi mal au cœur.

Que je sois chez Kylian ou ici, rien ne m'apaisait.

J'optai pour une sieste pour faire passer le temps, mais on sonna à la porte.

Mon ventre se tordit à l'idée que Talina rentrait, mais la colère refit surface bien vite. Peut-être aurais-je enfin des réponses. Peut-être pourrais-je arrêter de tourner à vide sur les mêmes questions.

Mais une autre surprise m'attendait de l'autre côté de la porte.

— Morgan ?

De carrure imposante, il semblait aujourd'hui las, fatigué. Mais aussi pressé.

— Salut, me dit-il en jetant des coups d'œil dans l'appartement. Elle est là ?

— Non, Talina n'est pas là. Qu'est-ce que tu fais ici ? Et comment tu as su où j'habitais ?

— Kylian me l'a dit. Je suis là pour Talina.

J'ouvris la porte, sans savoir pourquoi je l'invitais à entrer chez moi. Au fond, je pourrais l'envoyer bouler ailleurs, mais ça ne me ressemblait pas.

Un an plus tôt, il m'avait donné du fil à retordre au restaurant. Mais aujourd'hui il ne semblait plus être le même homme. Comme s'il s'était assagi.

— Je ne sais pas où elle se trouve, lui dis-je en lui proposant à boire. Mais ta présence m'intrigue. Pourquoi es-tu là ?

— Il faut que je lui parle.

Je plissai les yeux sans comprendre.

— Ça fait six mois qu'elle est partie et, maintenant qu'elle veut rentrer en France, c'est toi qui viens ici ?

— Comment ça, elle veut rentrer en France ?

— Talina m'a dit qu'elle souhaitait repartir d'ici pour parler avec toi et mettre les choses au clair. Que vous aviez discuté et qu'elle…

— Je ne sais pas avec qui elle a parlé, mais ce n'était pas moi, me coupa-t-il en me regardant, ahuri. Je n'ai aucune nouvelle depuis qu'elle est partie. Je pensais qu'elle était en colère, mais pas qu'elle comptait couper les ponts définitivement.

Je me perdis dans mes pensées, me rappelant nettement notre conversation sur le fait qu'elle ne voulait pas me blesser en me parlant de Morgan et de son départ pour la France. C'était insensé.

Revenant au réel, je grimaçai.

— Sans vouloir me mêler de ce qui ne me regarde pas, ce n'était pas très malin de te laisser surprendre avec une autre femme que Tal.

Il eut un rire bref et me regarda comme si un troisième œil venait de me pousser au milieu du front.

— Tu plaisantes ? Je ne t'apprends pas ce qu'elle fait de son temps libre…

— Mais tu étais au courant, Morgan.

— Donc je devais simplement l'accepter ? Fermer ma gueule et la laisser se faire toucher par des vieux riches pervers ?

Je haussai les épaules sans savoir quoi répondre. Il reprit alors :

— Tu accepterais une telle chose de Kylian ?

— Ta relation avec Talina n'est pas comparable à la mienne.

— C'est vrai. Néanmoins, si au début j'étais simplement séduit par Tal, j'ai quand même rapidement compris qu'elle comptait de plus en plus. Et la voir partir le soir avec d'autres hommes a fini par me rendre fou.

— Pourquoi ne pas simplement lui en avoir parlé ?

— J'ai essayé, mais c'était comme si elle s'en fichait.

— Et donc tu as ramené une autre fille chez toi pour te venger ?

— Pas pour me venger. Pour qu'elle comprenne. Pour la faire réagir.

Je m'esclaffai sans pouvoir m'empêcher de dire :

— Là, pour le coup, oui, tu l'as fait réagir.

— Ce n'était pas cette réaction-là que j'espérais.

— Je m'en doute.

Morgan se passa une main sur le front, comme s'il était à court d'options. Il semblait épuisé et, même si j'en voulais à Talina pour ce qu'elle avait fait, mon amitié pour elle était encore bien présente. Peut-être était-ce pour cette raison que je plaidais en sa faveur auprès de Morgan et que j'essayais encore de comprendre ce qui se passait pour eux…

Je me levai et récupérai dans une petite corbeille une carte que Talina avait laissée, que je tendis à Morgan.

— C'est l'adresse de son travail. Je peux aussi te donner son numéro de téléphone si tu veux.

— Oui, je veux bien. Merci, Gabrielle.

Quand il eut fini de noter, son regard se porta sur l'adresse indiquée sur la carte de visite. Il rigola nerveusement.

— Elle travaille dans une boîte de mannequinat ? C'est une blague ?

— Non. Je ne vois pas où est le problème.

Il me fixa, dubitatif.

— Elle doit avoir une liste de portefeuilles interminable.

Il se leva en secouant la tête et ajouta :

— Je me demande pourquoi j'ai fait tout ce chemin…

Je soupirai et déclarai :

— Talina t'aime. Elle ne l'avouera jamais, mais c'est le cas. Quand elle a débarqué chez moi, on a discuté de tout ça, et je suis honnête lorsque je te dis qu'elle se voile la face. Ses sentiments pour toi sont réels. Je ne cherche pas à te donner de faux espoirs, je dis simplement ce que j'ai constaté. Cependant, fais attention à ce que tu pourras lui dire. Au fond, Talina est comme elle est depuis si longtemps qu'elle ne sait plus vivre autrement. Ne la force pas à changer.

Je ne savais toujours pas pourquoi je me mettais de son côté alors qu'elle m'avait trahie. Je continuais d'être gentille, mais elle…

Je fermai les yeux, essayant de couper le fil de mes pensées. En poursuivant dans cette voie, je finirais par dire à Morgan des mots que je regretterais tôt ou tard, et ce n'était pas ce que je souhaitais.

Qu'ils vivent leur vie. Au fond, malgré tout le mal que Talina avait pu me faire, je ne lui souhaitais pas de malheur. Au contraire.

Peut-être étais-je trop gentille… Peut-être était-ce aussi pour cela qu'on ne cessait de vouloir me marcher dessus. Mais j'avais la conviction qu'agir comme les autres ne ferait pas de moi quelqu'un de meilleur.

En se rapprochant de la porte, Morgan se retourna et grimaça.

— Je suis désolé pour ce que tu vis. J'ai eu vent de toute l'histoire et, si tu veux mon avis, je n'ai jamais apprécié Anna Foster. Trop hautaine, trop fausse… Je ne sais pas.

Il parvint à m'arracher un sourire. Au moins, je n'étais pas la seule à avoir une mauvaise opinion d'elle.

— Tiens le coup, Gab. Les choses finiront par s'arranger.

J'acquiesçai en le regardant quitter mon appartement, puis retournai à mon canapé et à ma vie misérable.

Mon Dieu ! Je ne supportais vraiment pas de n'avoir rien à faire…

26

Kylian

Je sortis de la douche, vêtu d'une simple serviette autour de la taille pour filer à mon casier. Nous partions en fin d'après-midi pour le stade, et le coach était sur les nerfs malgré nos récentes victoires. Tant que nous ne serions pas premiers du classement, il ne serait pas satisfait. C'était son travail de nous tirer vers le haut. Dans un peu plus d'un mois, on allait passer aux *playoffs*. Si on parvenait à garder notre classement actuel, on était sûrs de jouer contre la côte Ouest…

— Tu ne m'écoutes jamais ! râla Elijah en s'appuyant sur la rangée de casiers.

— Qu'est-ce que tu disais ? demandai-je en souriant.

Il haussa les épaules en grimaçant.

— Sérieusement… J'ai l'impression d'être un fantôme avec mes propres coéquipiers. Personne ne m'écoute ici.

Je souris derrière la porte de mon casier.

— Ça ne sert à rien de te cacher, je sais que ça t'amuse.

— Qu'est-ce que tu disais ? répétai-je en récupérant toutes mes affaires.

— Tu me fatigues. Tu as vu avec Gab pour la League Awards ?

Je fis non de la tête et m'assis sur le banc.

J'attendis quelques secondes de calme pour lui dévoiler discrètement :

— Gaby a appris hier soir que la taupe de ma mère était Talina… Je pense qu'elle n'aura aucune envie de venir.

Elijah était abasourdi.

— Attends… Tu es en train de me dire que la meilleure pote de Gaby… Non. Ce n'est pas possible.

— Apparemment, si.

Elijah secoua la tête.

— Le monde ne tourne vraiment pas rond. Comment elle va ?

— Spontanément, je dirais mal, mais je ne sais pas… C'est comme si tout ce qui se passait provoquait tout sauf ce que j'aurais imaginé. Comme si… Je ne sais pas.

Je m'agaçai de ne pas trouver mes mots.

— Ce n'est pas aussi terrible que tu le pensais ?

— C'est à peu près ça, dis-je en haussant les épaules. Je m'attendais vraiment à ce qu'elle sombre et, finalement, j'ai l'impression que toutes ces épreuves la renforcent. Elle souffre, mais il y a une détermination en elle qui n'était pas présente avant.

— C'est une bonne chose, non ?

— C'est même une excellente chose.

Rassuré, Elijah retira sa serviette et se mit à s'habiller tranquillement lorsque Junior fit son entrée.

Lui aussi était étrange ces derniers temps. D'un calme perturbant. C'était presque encore plus chiant que lorsqu'il parlait trop. Mais ce n'était surtout pas normal.

À vrai dire, je me foutais de son état d'esprit, mais je redoutais que ça ait un rapport avec Gabrielle. Il avait commencé à changer depuis la diffusion de cette vidéo d'elle et moi. Peut-être que toute cette histoire le touchait bien plus qu'il ne le disait.

Et si c'était le cas… Ça voudrait dire que j'avais raison depuis le début et qu'il éprouvait des sentiments pour Gabrielle.

— J'irai lui parler pour la League Awards, reprit Elijah, sans faire attention à la présence de McCoy. Je suis certain que ça pourrait être une bonne chose pour vous deux. En plus, sans vouloir me vanter, on me refuse rarement quoi que ce soit. Et je suis au regret de t'avouer que Gaby m'adore.

— Tu crois ? lui lançai-je, sans pouvoir m'empêcher de sourire.

McCoy s'esclaffa et, sans même nous regarder, marmonna :

— La jeter dans la fosse aux lions est loin d'être la meilleure des idées.

— On ne t'a pas demandé ton avis, râla Elijah en lançant sa serviette dans la panière de linge sale.

Junior s'habilla rapidement et nous toisa tous les deux.

— Sérieusement…, reprit-il à mon intention. Tu es dans le milieu depuis combien de temps ? Tu devrais savoir que les médias se feront un plaisir de vous descendre tous les deux si vous affichez ouvertement votre relation.

Je pris une longue inspiration. J'avais bien peur qu'il n'ait raison, et cela m'agaçait. Mais je ne voulais pas baisser les bras et encore moins reculer face à tous ces gens et, leurs ragots destructeurs.

— Alors quoi ? On devrait se terrer et faire profil bas ? m'enquis-je en jetant à mon tour ma serviette dans la panière.

— Oui.

Elijah éclata de rire et claqua son casier.

— Tu ne serais pas un peu jaloux, McCoy ?

Junior nous regarda tour à tour et secoua la tête. Quelque chose n'allait vraiment pas bien chez lui. Jamais il n'avait été sérieux aussi longtemps. J'étais de plus en plus convaincu que cela avait un lien avec Gabrielle, et surtout que c'était pour cette raison qu'il ne souhaitait pas que nous allions tous les deux à la League Awards.

— Je dois vraiment vous rappeler les faits ? reprit Junior. D'abord, votre relation à tous les deux. La rupture. Ma relation avec elle. Nos fiançailles. Ma rupture suite à une sextape de vous… Réfléchissez un peu.

Je fronçai les sourcils. Ses propos ressemblaient de plus

en plus à de la jalousie maquillée, ce qui me fit monter en pression.

— Peu importe, coupai-je finalement. Ce sera notre décision.

— Quoi que tu puisses penser, continua McCoy, je ne t'ai pas menti lorsque je t'ai dit que je l'appréciais, Foster. Crois-moi, je n'aimerais pas voir le spectacle de votre mise à mort médiatique lors de la soirée.

— Alors tu proposes quoi ? Que je m'y rende seul ? Qu'on continue à se cacher ? Tu dis que tu n'as pas menti quand tu as dit que tu l'appréciais, mais ça ne t'a pas empêché de la descendre lorsque la question s'est posée. Alors ne me donne pas de conseils.

— Je vote pour votre venue à tous les deux, conclut Elijah.

— C'est vous qui voyez…

Junior se leva et déposa sa serviette dans la panière. Je lançai un regard à Elijah qui semblait tout aussi surpris que moi par le comportement bien trop calme de McCoy.

— Juste par curiosité, renchérit-il. Toi qui as l'habitude des médias, qu'est-ce qu'il faudrait pour faire oublier cette histoire de sextape ?

Junior nous regarda tour à tour comme s'il ne nous reconnaissait pas. Il semblait sincèrement interloqué par la question d'Elijah. Pour ma part, j'attendais impatiemment sa réponse. S'il y avait une personne qui maîtrisait les paparazzis, c'était bien lui.

— Sérieusement, vous sortez d'où, les gars ? Vous êtes dans le milieu depuis plus longtemps que moi et vous ne connaissez pas les médias ?

— On n'est pas tous comme toi, Junior, dit Elijah avec un sourire provocateur.

Il secoua la tête, las.

— Le seul truc qui pourrait les calmer ce serait un ragot encore plus énorme que votre sextape.

— Comme quoi ?

— À vous de trouver, je ne vais pas vous mâcher le travail.

Il nous tourna le dos et quitta les vestiaires sans un mot de plus. Pas d'esclandre comme il en avait l'habitude. Pas de sarcasmes. Rien d'autre qu'un silence vraiment suspect.

Il me restait un peu moins d'une heure avant le départ du bus pour le stade où se jouait notre dernier match à domicile. Je me faufilai en douce dans le long couloir qui menait aux bureaux des grands patrons.

J'avais une mission à accomplir.

Je pilai devant la porte où « Tom Carter » était inscrit en lettres dorées et n'hésitai que quelques secondes avant de toquer. Sa voix m'invita à entrer.

Lorsque Tom me reconnut, il abrégea rapidement sa conversation téléphonique et s'enfonça confortablement dans son siège.

Bien. Au moins, il ne fera pas semblant de ne pas comprendre la raison de ma présence. Je peux aller droit au but.

D'un geste, il m'invita à prendre place sur l'un des deux fauteuils qui faisaient face à son bureau.

— Bonjour, Kylian. Installe-toi, je t'en prie. Je suis à toi dans une minute, je dois finir de remplir un document.

Je profitai de ce temps pour l'observer attentivement. Cet homme avait un lien de sang avec moi. Je me remémorai tous les matchs que j'avais pu voir enfant, lorsque lui était encore un grand basketteur de la League, et compris subitement pourquoi ma mère rechignait lorsque je disais que son équipe était ma préférée.

Je ne pouvais m'empêcher d'imaginer ce qu'aurait été ma vie si mon vrai père et lui en avaient fait partie. Je ne ressentais aucune autre émotion qu'un léger goût d'amertume.

— Je suis à toi, commença-t-il en posant son stylo. Je ne vais pas te demander la raison de ta présence ici, je suppose qu'elle a un lien avec ton homme de main, et avec ta mère.

— Effectivement, mais pas seulement.

— Ah ? Je t'écoute, alors.

Je frottai mes mains l'une contre l'autre, allant droit au but.

— J'aimerais que Gabrielle réintègre ses fonctions au sein de l'équipe.

— Oui, la petite Ferry…

Je n'aimais pas beaucoup qu'il l'appelle ainsi, mais je ne relevai pas. Mon espoir de résoudre un de nos soucis résidait entre ses mains, et je ne voulais pas me le mettre à dos.

— Mlle Ferry reprendra ses fonctions lorsque nous aurons éloigné Anna.

— Nous ? répétai-je sans comprendre.

— Oui, nous. Tu n'es pas le seul à souhaiter la voir déguerpir d'ici, crois-moi.

Il y avait bien des perches à saisir dans sa phrase, mais je ne cherchai pas à approfondir. Ses problèmes n'étaient pas les miens. Je m'en fichais.

Mais il s'en chargea lui-même.

— Ta mère a mis un grand bordel dans ma vie il y a longtemps. En me faisant du chantage sur le fait qu'elle pouvait détruire ma carrière, elle t'a éloigné de moi, et ça…

Je le coupai.

— Je ne suis pas ici pour régler mes problèmes de famille. Je ne vous connais pas. Je suis seulement présent pour Gabrielle.

— Je comprends. Je t'explique seulement mes raisons de vouloir l'éloigner moi aussi. Je t'épargne le récit de tout ce qui s'est passé. Mais sache simplement que je ne la porte pas dans mon cœur, et ce depuis très longtemps. La voir débarquer à Chicago ne m'a pas plu, car je sais parfaitement de quoi elle est capable. Alors, quand j'ai vu qu'elle s'en prenait à ton amie… Disons que j'aimerais faire en sorte qu'elle quitte le pays au plus vite.

— Et c'est pour cette raison que vous avez viré Gabrielle ?

Il posa les coudes sur le bureau et secoua la tête.

— Non, tu te trompes. Ce n'est pas moi qui l'ai virée. Je vous ai suivis de loin depuis le jour où tu as intégré l'équipe.

Je ne suis pas idiot, je sais parfaitement que votre relation ne s'est jamais vraiment terminée, même si vous avez essayé de le faire croire. Mais ça ne me regarde pas. La seule raison pour laquelle tout cela m'a intrigué, c'était pour savoir jusqu'où ta mère irait. Elle n'a pas changé. Elle est prête à tout. Et je ne veux pas de ça ici. Je ne veux pas d'elle.

— Je le comprends parfaitement. Donc vous ne pouvez rien faire pour réintégrer Gaby ? C'est l'unique chose qui m'intéresse. Je ne suis pas ici pour vous revendiquer comme mon oncle. Ni pour vous parler de tout ce que vous avez raté auprès de moi. De ça, je m'en fiche, on ne revient pas sur le passé. J'aimerais juste que Gabrielle retrouve son poste.

— Elle le retrouvera, m'assura-t-il en s'enfonçant à nouveau dans son siège.

— Comment ? demandai-je, pressentant que sa phrase n'était pas finie.

— Je n'ai pas de conditions. Je ne suis pas de ceux qui font du chantage pour obtenir ce qu'ils veulent. J'aimerais simplement te donner un conseil si tu veux frapper là où ça fait mal : fais croire à ta mère qu'elle a obtenu ce qu'elle voulait. Et montre-lui que, malgré tout, elle t'a quand même perdu.

— Je ne suis pas mesquin à ce point.

Il haussa les épaules.

— Tant pis. Je te garantis que Gabrielle retrouvera sa place, mais pas avant que la tempête s'apaise autour de vous. Je ne suis pas le seul investisseur des Monsters, et donc pas le seul à décider, mais j'ai du poids. Fais au moins déguerpir ta mère d'ici, et je plaiderai en faveur de Mlle Ferry.

J'acquiesçai, puis me levai sans le quitter du regard.

— Finalement, il y a des conditions.

Il s'esclaffa.

— Je pense que c'est une déformation professionnelle. Ce sont les lois du métier.

— Ne pensez pas que j'écoute vos recommandations.

Si j'éloigne ma mère d'ici, ce sera uniquement parce que je le souhaite.

— C'est noté.

Je lui tournai le dos mais, la main sur la poignée, fus pris d'un doute dérangeant.

— Est-ce que je suis arrivé dans cette équipe grâce à vous ?

Il me fit un sourire que je trouvai sincère. C'était la seule émotion depuis le début de notre échange qui me paraissait vraie. Comme s'il s'autorisait à me montrer sa sensibilité.

Puis il secoua la tête.

— Ce sont les autres investisseurs qui ont voté pour ta candidature. J'étais contre.

Je restai muet quelques secondes, puis sortis rapidement.

Une part de moi était blessée, mais l'autre n'en avait rien à foutre. J'optai pour l'indifférence. Ce type n'était rien à mes yeux. Nous ne partagions rien d'autre que cet inutile lien du sang.

Je respecterais malgré tout ses conditions. Pas parce qu'il le souhaitait, mais parce que j'avais besoin moi aussi que ma mère nous laisse tranquilles.

Quelque chose me disait que, même s'il n'était pas quelqu'un de très fréquentable, Tom Carter tiendrait parole. Enfin… je l'espérais.

27

Gabrielle

J'ai une petite heure devant moi. Je peux passer te chercher et qu'on aille se balader, si tu veux.

Je relus le message d'Eddy en me demandant si c'était vraiment une bonne idée de lui parler. Il y avait tant de pertes autour de moi que si lui aussi me rejetait… Je ne savais pas comment je réagirais.

Mais il fallait que je sois courageuse et que j'affronte les choses et les gens. En plus, je souhaitais sincèrement voir Junior épanoui. Même si ça n'avançait à rien, j'aurais au moins essayé.

Je suis à la maison et j'ai tout mon temps.

OK. J'arrive dans moins de quinze minutes.

Un peu angoissée, je m'habillai correctement et patientai sagement. Je regrettais de ne pas être au stade à ce moment précis, de ne pas être en train de préparer ma salle de soins, de sentir la tension d'avant-match couler dans mes veines. Je ne travaillais plus que depuis quelques jours, mais ça me manquait terriblement.

Je descendis avant qu'Eddy m'informe de sa présence.

J'étais impatiente mais, lorsqu'il se gara en bas de la maison, je le rejoignis sans savoir par quoi commencer.

On se fit une bise gênée, puis je l'entraînai vers le chemin du parc. Finalement, ce fut lui qui ouvrit le bal :

— Je suis désolé que tu aies été virée. Je ne trouve pas ça juste.

— Je suppose que c'était la décision la plus logique.

— Oui, probablement. Mais ça n'aurait pas dû se passer comme ça.

Je m'arrêtai et lui fis face.

— Ce n'est que le juste retour de bâton pour mes mensonges.

— Pas seulement, Gaby. J'ai compris avec la fuite de la vidéo tout ce que tu ne me disais pas et la relation compliquée que tu avais avec Kylian. Tu n'aurais pas dû être la seule à pâtir de tout ça.

— Mais je ne suis personne. Il est plus facile de tout me mettre sur le dos.

Il ne répondit rien, mais secoua la tête comme si l'ensemble des événements continuait d'échapper à sa compréhension. Je me lançai.

— Je suis sincèrement désolée, Eddy. Pour cette fausse relation, pour cette demande en mariage et aussi d'avoir accepté d'être actrice de ce mensonge. Je n'aurais jamais dû.

— Ce n'est pas à toi que j'en veux.

— Mais j'ai quand même participé à te blesser et je m'en veux beaucoup aujourd'hui.

Il inspira et haussa les épaules. Son regard sombre se perdait loin devant nous.

— Comme je te l'ai dit : j'ai compris pas mal de choses suite à la diffusion de la vidéo et à la déclaration de Kylian. Je suis désolé que tu aies à vivre ça.

— Je m'en remettrai, je suppose.

Il entoura mon épaule d'un bras et me réconforta sans s'arrêter de marcher.

— Tu es bien plus forte que tu ne le penses. Je suppose que, comme moi, tu ne fais que subir ce monde agressif des médias. On doit malheureusement faire avec les bons et les mauvais côtés. Tu ne mérites pas de vivre tout ça.

Je souris, sentant un poids alléger mon ventre. L'amitié d'Eddy, de mon tuteur, m'était chère. Tout n'était peut-être pas perdu.

Je lui lançai un coup d'œil et demandai :

— Si je réussis un jour à reprendre ma place, tu continueras de m'instruire ?

Il rit doucement et s'arrêta à nouveau.

— Je garde ta place jalousement, ne t'en fais pas. Je suis sûr que tu finiras par retrouver ton poste.

— Je l'espère.

Il me fit un sourire sincère. Je souhaitais de tout mon cœur qu'il ait raison.

Eddy regarda sa montre et m'avertit que nous devions faire demi-tour.

Je saisis la balle au bond.

— Tu es venu en voiture pour ne pas prendre le car avec le reste de l'équipe ?

— Effectivement.

— Pour éviter Junior ?

— Tout à fait.

— Tu ne veux pas en parler ?

Il prit une longue inspiration et haussa les épaules.

— Est-ce qu'il y a quelque chose à dire ?

— Il est malheureux sans toi.

Mes mots le touchèrent. C'était très visible, même s'il fit un gros effort pour ne pas le montrer. Un cœur amoureux restait le même, qu'on soit un homme ou une femme. Il y avait des choses qu'on ne pouvait pas cacher…

— Son malheur résulte de ses choix. Je ne vais pas te dire que, de mon côté, je suis heureux. Mais je ne veux pas non plus continuer après tout ce qui s'est passé.

— Tu ne veux vraiment plus être avec lui ?

— Pas alors qu'il continue à faire semblant et à mentir à tout le monde. J'ai quitté ma famille pour lui. Je n'en demandais pas tant à Junior, je ne cherche pas à le changer. Mais je veux avancer. Et arrêter de souffrir à cause de ses mensonges.

— Je ne peux que le comprendre, mais tu sais aussi que c'est dur de son côté.

— Et ça aussi je le comprends. Je prends tout ça en compte. Mais à un moment il faut évoluer. C'est aussi parce que je ne veux pas le mettre au pied du mur que je préfère avancer sans lui. Je ne suis pas idiot, je sais qu'il n'assume pas notre relation vis-à-vis de sa famille, et toute cette histoire m'a fait prendre conscience qu'il était prêt à tout pour ne pas le dire. Je ne veux pas le forcer à quoi que ce soit, mais je ne veux pas non plus continuer sur cette lancée. Il faut que je pense à moi et, dans cette situation, je ne suis pas heureux.

Je grimaçai sans savoir quoi répondre. Je comprenais son point de vue, mais c'était si dur de les savoir tous les deux malheureux, alors qu'ensemble ils semblaient… plus forts.

— Tu penses que tu seras plus heureux sans lui ?

Eddy plongea son regard plein de désarroi dans le mien.

— Pour le moment, c'est dur. D'autant plus que je le côtoie tous les jours. Mais je suppose qu'avec le temps la douleur cessera.

— Qu'est-ce qu'il pourrait faire pour que tu acceptes de continuer avec lui ? m'enquis-je, pleine d'espoir.

— Je ne lui demanderai rien, Gab. Je ne peux pas lui réclamer quelque chose dont il est incapable. Je me suis résigné à l'idée qu'il restera toujours bloqué par les idéaux de sa famille.

Je baissai la tête, me sentant impuissante. Mais j'aimais bien trop ces deux hommes pour me résigner moi aussi à cette situation. Je voulais les savoir heureux. Ensemble.

Eddy me releva le menton et me sourit.

— Ne t'en fais pas pour nous. Tout ira bien.

Il me prit dans ses bras un court instant, puis monta dans sa voiture. Il mit le moteur en route, baissa sa vitre et, avant de partir, me lança :

— Prends soin de toi, Gab. Et reviens-moi vite.

J'acquiesçai, puis le regardai s'éloigner, le cœur lourd…

Finalement, j'avais eu la bonne intuition : parler à Eddy avait été fructueux pour notre amitié, mais pas pour la relation qu'il avait avec Junior.

Je rentrai tranquillement. Au pied de mon immeuble, mon cœur s'arrêta net, avant de repartir à une vitesse folle.

Talina.

Elle patientait devant la porte, comme si elle hésitait à entrer. J'aurais tellement aimé que tout soit comme avant, l'empoigner par le bras et discuter toute la soirée autour d'un verre de vin. Mais tout avait changé.

Elle n'était pas la femme que je connaissais. Elle n'était pas l'amie que j'avais invitée dans ma vie. Elle m'avait trahie.

28

Gabrielle

J'avançai d'un pas rapide jusqu'à l'entrée que j'ouvris d'un geste avec mon pass. Talina sursauta et plongea son regard bleuté dans le mien. Je lui tins la porte sans dire un mot, lui faisant comprendre qu'elle pouvait entrer. J'étais prête à avoir une conversation.

La montée jusqu'à l'appartement se fit dans un silence de plomb. Lourd et gênant. Mais la personne la plus mal à l'aise n'était probablement pas moi.

J'imaginais qu'elle était venue pour récupérer ses affaires, mais je ne la laisserais pas repartir sans avoir entendu ses explications.

J'entrai dans l'appartement, toujours en silence. Je fis comme d'habitude, enlevai mes affaires et me rendis dans le salon.

Toujours à l'entrée, Talina retira simplement son écharpe, hésitant à venir à ma rencontre. Je l'observais sans détourner le regard. Plus les secondes passaient, plus je me sentais en colère en voyant la culpabilité sur son visage. Toute cette peine, toutes ces incompréhensions qui me torturaient depuis la veille se muaient progressivement en une fureur sauvage. Je parvenais pour l'instant à me contenir.

— Je comprends ta colère, dit-elle calmement.

Je haussai les sourcils sans ouvrir la bouche. Je voulais qu'elle poursuive mais, n'entendant rien d'autre venir, je pris la parole.

— Au contraire, je ne crois pas que tu puisses te rendre compte de la puissance de ma colère.

Elle s'approcha, puis s'assit sur l'accoudoir du canapé, au plus loin de moi.

— Je ne voulais pas en arriver là, Gaby. Il faut que tu me croies lorsque je te dis qu'à aucun moment je n'ai voulu tout ça.

— Alors la vidéo s'est retrouvée sur Internet comment ? Si tu ne voulais pas que ça se produise, il ne fallait pas le faire.

— Ce n'est pas aussi simple, malheureusement…

Je fronçai les sourcils, ne supportant plus ces non-dits. J'avais besoin d'éclater, de me mettre en colère, de crier, de comprendre.

Mon cœur me faisait mal. La voir devant moi aussi belle qu'à son habitude, réaliser qu'elle n'était pas l'amie que je croyais connaître me faisait atrocement souffrir.

— C'est pour cette raison que tu m'as rejointe ici, à Chicago ? demandai-je, la gorge nouée. Pour être l'espionne d'Anna ?

— Pas du tout ! Il n'a jamais été question d'Anna lorsque je suis venue te rejoindre.

— Alors quand ? Quand est-ce que ça a commencé ?

Elle se tritura les doigts, mal à l'aise, puis affronta enfin mon regard.

— Lors de ton premier déplacement. Je t'avais dit par message que j'avais croisé Anna. Je pense que c'est à ce moment-là qu'elle a vu en moi quelqu'un qui pourrait l'aider à savoir des choses sur toi et Kylian. Je ne connaissais pas ses intentions, je te le jure, Gaby, sinon j'aurais évité à tout prix son chemin.

— Et ensuite ? Qu'est-ce qui s'est passé pour que tu en arrives à devenir son toutou ?

Elle tiqua sur le mot, serra les dents, mais encaissa, avant de se reprendre et de continuer :

— Anna est pleine de ressources. Elle a fait des recherches sur moi. Elle a fouillé au plus loin. Je t'assure que c'est la personne la plus folle que j'aie jamais croisée et, crois-moi, j'en ai rencontré des gens…

Elle secoua la tête en prenant une longue inspiration. Je continuai à sa place :

— Elle a trouvé quelque chose sur toi pour te faire du chantage ?

— Oui.

— C'était quoi ?

Je vis l'incertitude et la crainte dans son regard. Je voulais savoir. Je n'allais pas lui pardonner sans une véritable raison. Elle dut le comprendre dans mes yeux, car elle soupira bruyamment et se lança.

— Tu connais ma vie, reprit-elle, les mains face au ciel. Tu sais tout de moi. Je me suis ouverte à toi, alors que jamais je n'avais raconté mon enfance à qui que ce soit. Tu connais également la vie que je mène. Tu sais que je fréquente un nombre incalculable d'hommes, et pas que des enfants de chœur. Il y a plusieurs années, quand je ne vérifiais pas encore qui étaient les hommes avec qui je sortais, je me suis retrouvée dans un réseau de prostitution. Au début, l'homme que je « fréquentais » me faisait voyager, jusqu'au jour où je me suis retrouvée piégée. Je te passe les détails, mais c'était moche. Mordre ou se faire manger.

— Qu'est-ce que tu veux dire ?

— Que je n'ai pas été une bonne personne. J'ai été entraînée malgré moi dans un cercle vicieux et j'ai dû faire des choses très moches pour pouvoir m'en sortir.

— Comme quoi ?

Elle secoua la tête.

— Je ne veux pas en parler. Je t'explique simplement en surface pour que tu comprennes où je veux en venir.

— D'accord… Mais j'aimerais quand même savoir.

Elle détourna le regard et se perdit un instant dans ses pensées, se laissant happer par ses souvenirs et ses vieux démons.

— Je n'ai tué personne, finit-elle par dire. Mais j'ai dû participer à toute l'organisation pour me faire une place crédible avant de filer. Ça a duré un peu plus d'un an. J'ai contribué à tout ce qui se passait, dans les moindres détails, y compris au recrutement de jeunes femmes.

Je l'observais en ne laissant rien filtrer de mes émotions. Lorsque j'avais fait sa rencontre au Vandôme quelques années plus tôt, des bruits de couloir évoquaient ce passé, mais je n'y avais jamais prêté attention. Je n'étais pas de celles qui écoutaient les ragots pour les répandre ensuite. À l'époque, on ne l'associait qu'à la prostitution et, au fond, chacun pouvait gérer sa vie comme il le souhaitait, cette révélation ne changeait pas ma manière de voir cette femme.

— Très bien, mais quel rapport avec Anna ?

— Cette partie de ma vie n'a jamais été un secret. Pas mal de monde était au courant, et je ne me suis jamais aventurée à faire des projets où ce passé aurait pu me nuire. Sauf que je t'ai rejointe ici et que je me suis mise à rêver. J'ai signé avec une agence de mannequinat, je m'y plais, j'ai l'impression de vivre à nouveau. Pas seulement dans le lit d'un homme, mais par moi-même…

Lentement, je comprenais où elle voulait en venir. L'amertume n'en fut que plus corsée.

Elle poursuivit :

— Quand j'ai croisé Anna une deuxième fois, quelques semaines avant que tu partes à La Nouvelle-Orléans, elle m'a demandé des détails sur toi, que j'ai refusé de dévoiler. Alors elle s'est mise à faire des allusions à mon passé. Mon contrat commençait tout juste, et je ne voulais pas que ça s'arrête. Alors je me suis dit que, si je ne lui disais que des bribes de réalité en masquant le fond de votre histoire, je ne te trahirais pas vraiment.

Je m'esclaffai nerveusement, puis me levai, incapable de tenir en place. Je ne pus m'empêcher d'élever la voix.

— Parce que te ranger de son côté, ce n'était pas une trahison en soi ?

— Je ne suis pas de son côté, Gaby !

— Ah non ? Dis-moi que tous les soupçons qu'elle a pu avoir autour de ma relation entre Kylian et moi ne venaient pas de toi ? Que tu n'as rien dit à propos de ma fausse relation avec Junior ? Que tu n'as pas balancé cette putain de vidéo ? !!

— Non, je n'ai rien dit par rapport à Junior parce que, au fond, tu ne m'avais rien dit et je t'assure que je n'aurais rien dévoilé. J'ai tout compris de cette histoire seulement après la demande en mariage lorsque je te l'ai demandé. Tu crois que ça a été simple pour moi ?

— Mais tu as donné des informations sur ma relation à la femme qui veut me voir hors jeu, Talina ! Bon sang, je savais que tu étais égoïste, mais pas à ce point-là. Si on m'avait seulement posé la question, je n'aurais jamais pensé que tu serais capable de me trahir. Tu sais pourquoi ? Parce que j'avais confiance en toi !

— Encore une fois, tu penses que ça a été simple pour moi, mais ce n'est pas du tout le cas. Quand Anna me demandait des choses, il fallait seulement que je lui donne une petite info, parfois je mentais, l'emmenant sur un autre terrain, parfois je disais un bout de vérité, mais si tu crois que c'était confortable de trahir ton amitié tu te trompes. Je ne voulais simplement pas perdre la vie que j'étais en train de me reconstruire. Anna me tenait, elle le savait. Une information aussi facile à confirmer que celle de mon passé dans ce réseau mafieux aurait ruiné ma carrière. Et ce n'est pas ce que je voulais sur le moment.

— Donc, tu t'es choisie, toi.

— Oui, mais en te protégeant aussi. J'aurais très bien pu tout balancer, mais je n'ai jamais rien dit qui aurait pu te mettre en difficulté. Ce que tu ne comprends pas, Gaby, c'est que tu es ma seule amie et jamais, je dis bien jamais, je n'aurais dit quelque chose qui aurait pu détruire ta vie.

— Et la vidéo ? Tu l'oublies ?

— Non. Je ne savais pas ce qui se trouvait sur la clé lorsqu'elle me l'a confiée.

— Comme c'est facile !

— Je ne voulais pas le faire. Je t'assure. Elle m'a simplement donné une enveloppe et m'a demandé de la transmettre à une personne précise. Jamais de ma vie je n'ai imaginé que ça pouvait être une sextape !

Je la vis se contracter, puis lever les yeux au ciel, comme pour retenir ses larmes. Peut-être commençait-elle à comprendre les conséquences de ses actes. Je voyais sur son visage qu'elle se sentait prise au piège, acculée.

Je me sentais lasse. J'étais triste et déçue. J'avais mal.

Lorsqu'elle reprit, je vis qu'elle faisait un gros effort pour garder une voix stable, mais quelques trémolos s'infiltrèrent dans ses paroles :

— Quand elle m'a donné l'enveloppe, je me sentais affreusement coupable. Je l'ai contactée le soir même pour lui dire que j'avais réfléchi et que je refusais, qu'elle pouvait faire ce qu'elle voulait, je m'en fichais. Elle a alors changé de discours en me disant qu'elle te raconterait tout à toi. Ce que j'avais pu lui dire, la trahison dont je m'étais rendue coupable… Tout. Alors, oui, je l'ai fait, parce que je ne voulais pas te perdre. Je suis tellement désolée, Gaby.

Entendre ses excuses me fit fondre en larmes. Moi non plus je ne voulais pas la perdre, mais j'étais incapable de lui pardonner…

Elle poursuivit :

— J'ai voulu tout te dire juste avant que tu partes avec Kylian la semaine dernière. Mais, quand tout le monde est arrivé, JB m'a dit que Kylian t'emmenait te reposer quelques jours. Je n'ai pas pu me résoudre à te dire la vérité. Je ne voulais pas gâcher ton voyage…

— Ça ne change rien à ce qui a été fait, Tal.

— Je sais.

Le silence retomba. J'étais à court de mots, mais ma tête ressemblait à un chantier improbable. J'étais toujours aussi en colère, toujours aussi triste.

Ce qui était fait était fait. Nous ne pourrions jamais revenir là-dessus. Étais-je prête à accorder mon pardon ? Non.

Je pris une grande inspiration et, le cœur déchiré, je lâchai :

— Je te laisse jusqu'à la fin du mois pour partir. Après ça, je ne veux plus jamais te revoir.

Elle déglutit, acquiesça sans croiser mon regard, puis se leva en me tournant le dos, avant de me faire face à nouveau. Les larmes inondaient ses joues.

— Je suis désolée, Gaby. Je te jure que si je pouvais revenir en arrière…

— Mais on ne peut pas.

— Je ne ferais pas les mêmes erreurs.

— Mais on ne peut pas, répétai-je, à deux doigts de pleurer à nouveau.

— Je sais.

Elle remit son écharpe et regarda autour d'elle, souffla un grand coup et me fixa.

— Je te remercie pour tout ce que tu m'as offert. De m'avoir ouvert la porte de chez toi, de ton amitié, même si je n'ai pas été à la hauteur. J'espère qu'un jour tu réussiras à me pardonner. Je suis vraiment désolée pour tout ce que j'ai fait…

J'acquiesçai sans pouvoir la regarder. Lui dire de quitter mon appartement, ma vie, me tuait. Cette femme était comme une sœur, une amie précieuse, mais je n'arrivais tout simplement pas à passer outre à ce qu'elle avait fait.

Une fois de plus, je me sentais partagée entre le cœur et la raison. Mon cœur voulait la voir rester, mais ma tête était bien trop en colère et blessée pour lui pardonner.

— Je vais retourner en France. Laisser ce que j'ai commencé ici. Ça ne sert plus à rien si je ne t'ai pas à mes côtés pour le partager.

— Donc tu auras fait tout ça pour rien ?

— C'est à moi de payer les pots cassés. Continuer ma vie ici ne rimerait à rien…

J'encaissai en silence.

En la voyant se diriger vers la porte, j'eus envie de crier, de la retenir, de lui dire de rester ici, à Chicago. Sans elle, ma vie serait tellement différente… Et c'est ce que je fis, je l'interpellai, mais pas pour les raisons qui bouillonnaient au fond de moi :

— Pour info, Morgan est passé à la maison un peu plus tôt dans la journée. Il te cherchait.

— Morgan ? Ici ? Pourquoi ?

Je haussai les épaules.

— Je sais que tu m'as aussi menti sur le fait que Morgan t'avait contactée et qu'il voulait discuter. Mais c'est pourtant ce qu'il souhaite. Il tient à toi et, si tu veux un dernier conseil de ma part, écoute un peu plus ton cœur au lieu de ne regarder que ce que les autres pourraient t'apporter. Tu vaux bien plus que tu ne le penses, Talina. Morgan pourrait t'apporter ce plus. Bonne continuation.

Je me levai sans attendre de réponse et regagnai ma chambre, sans la regarder partir. J'entendis la porte d'entrée claquer. Notre amitié venait de prendre véritablement fin.

M'effondrant sur le lit, je parcourus le fil de notre discussion, cherchant encore une excuse qui me ferait regretter mes paroles, mais je ne pouvais pas passer sur ce genre de choses. Même si j'essayais, Talina avait brisé la confiance que je lui portais. Les choses ne pourraient plus jamais être comme avant entre nous.

Quand bien même je l'aimais comme une sœur, la douleur était bien trop vive, la déception bien trop grande et la colère trop présente pour que je réussisse à lui pardonner.

Pendant tout ce temps, j'avais eu peur de perdre Kylian, mais c'était finalement ma vie sans Talina que je devais maintenant imaginer. Je m'en remettrais probablement un jour, mais pas aujourd'hui. Ce soir, je me laissai aller à ma douleur, me promettant que, demain, je me relèverais.

29

Kylian

La rencontre fut énorme. Le genre de matchs pour lesquels j'aimais mon métier. Des adversaires à la hauteur, qui s'étaient battus avec rage et qui avaient remporté la victoire de peu.

J'étais épuisé. Le manque de sommeil de ces derniers jours n'arrangeait rien à mon état, mais l'adrénaline coulait encore dans mes veines bien longtemps après la fin du jeu. Le coach nous passa un savon, comme d'habitude après une défaite. Moi, j'étais satisfait de ce que nous avions fait sur le terrain contre la meilleure équipe de la conférence Est de la saison.

En quittant le stade, je discutai avec quelques fans, puis croisai Morgan, qui me remercia pour les informations que je lui avais données le matin. Il me félicita pour le match, et on se promit de déjeuner ensemble avant qu'il reparte. Puis je rejoignis JB à sa voiture.

— Très beau match, me dit-il en souriant.

— Ouais, c'était excellent.

Je montai et poussai un râle de soulagement en sentant mon corps se poser enfin. Je fis craquer mon cou, puis attendis que JB démarre pour demander :

— Qu'est-ce que ça a donné avec Talina ?

JB secoua la tête comme s'il regrettait déjà de devoir me répondre :

— Elle refuse de témoigner contre qui que ce soit. Elle

ne veut plus jamais avoir affaire à Anna et comme elle sait que Gabrielle ne veut plus la voir…

Il laissa sa phrase en suspens. Je connaissais JB, il détestait ne pas atteindre les objectifs qu'il s'était donnés. Ne pas avoir réussi à faire changer Talina d'avis devait le ronger.

— Et si j'allais la voir ? lançai-je.

— Je pense qu'il est préférable de laisser quelques jours s'écouler avant de retenter.

— Mais je vais bientôt devoir partir pour la Pennsylvanie…

— Toi, oui. Moi, je ne suis pas obligé d'y aller.

Il me coula un regard en coin. Ce type ne lâchait jamais rien. Sa détermination à obtenir ce qu'il voulait était une de ses plus grandes forces.

— Je ne sais vraiment pas ce que je ferais sans toi.

— De rien, dit-il, le sourire aux lèvres.

Il prit la direction de chez moi, et je décidai de changer mes plans.

— Je pense que Gabrielle est toujours chez elle. Si ça ne te dérange pas, je vais aller là-bas. Morgan m'a dit qu'il l'avait croisée. Je ne pense pas qu'elle soit revenue d'elle-même si aucun de nous deux ne se trouvait à la maison.

Il acquiesça et se dirigea vers chez Gaby, à quelques rues de chez moi. Lorsqu'il coupa le moteur, je lui demandai :

— Qu'est-ce qu'on peut faire contre ma mère si Talina ne veut vraiment pas témoigner contre elle ?

— Elle témoignera. Je n'accepterai pas qu'il en soit autrement.

— OK… Donc on reste sur notre première idée ?

— Absolument !

Je lui souris et descendis de la voiture.

Sur le chemin, je repensai à la discussion que j'avais eue avec notre kiné, Eddy. Ce type était étrange. Le plus souvent, il gardait cette distance qu'il y avait traditionnellement entre le staff et les joueurs, mais chaque fois qu'il me parlait de Gabrielle son ton changeait, devenant plus amical. J'étais content qu'elle ait un allié dans cet univers étrange, voire parfois hostile, qui était le mien.

J'attendis un moment après avoir frappé, à tel point que je me demandai si je ne m'étais pas trompé sur la présence de Gaby chez elle. Mais elle finit par ouvrir, avec une expression de lassitude sur le visage.

Elle sembla soulagée de me voir, et je me demandai ce qui avait bien pu se passer.

Pas que ça me dérangeait, mais elle était étrange.

— Tout va bien ? m'enquis-je lorsqu'elle desserra ma taille.

— Oui, je vais bien.

Je la fixai, jaugeant le degré de sincérité de ses paroles. Je vis que ce n'était pas encore tout à fait ça, mais elle essayait de prendre le dessus, et ça, ça changeait tout.

J'enlevai mes affaires et m'affalai sur le canapé avec un soupir de bien-être. J'avais tout donné ce soir. Maintenant que mes muscles refroidissaient, j'avais mal partout.

— Qu'est-ce que tu as fait, aujourd'hui ? lui demandai-je en l'attrapant pour la ramener près de moi.

Elle se laissa faire en souriant, puis haussa les épaules.

— Morgan est passé à la maison, il cherchait Talina. Ensuite, j'ai discuté un moment avec Eddy et je suis finalement tombée sur Talina en rentrant.

Je fronçai les sourcils.

— Comment ça s'est passé ?

— Bien, je suppose. Elle m'a tout raconté, et je lui ai demandé de partir avant la fin du mois.

Je lui dégageai les cheveux qui me masquaient la vue de son visage.

— Et comment tu vas ?

Elle haussa une fois de plus les épaules.

— Je crois que ça va. J'ai mal, bien sûr, mais je pense aussi avoir pris la bonne décision, même si Anna l'a fait chanter, elle ne m'a pas moins trahie. Tu aurais fait quoi à ma place ? Tu aurais pu pardonner ?

Réfléchissant sérieusement à la question, je tentai de lui donner la réponse la plus juste possible :

— Je pense qu'il m'aurait fallu un peu de temps, mais, oui, j'aurais fini par pardonner.

— Alors je n'ai pas pris la bonne décision…

— Ce n'est pas ce que j'ai dit. Laisse-toi un peu de temps. C'est aussi la faute de ma mère, je la connais. Quand elle veut quelque chose, rien ne l'arrête. Je suppose que Talina est simplement tombée dans son piège, elle aussi.

— Oui…

Je resserrai les bras autour d'elle et changeai de sujet pour la faire penser à autre chose qu'à qui la tirait vers le fond.

— Tu as regardé le match ?

— Je n'en louperai jamais aucun, même si c'est vraiment différent de regarder à la télévision… Pas trop déçu de la défaite ?

— Pas du tout. Boston est l'une des meilleures équipes, toutes conférences confondues. On a bien tenu le coup, je trouve.

— Je trouve aussi.

Me redressant légèrement, j'attrapai son regard.

— Tu sais que l'équipe part pour Philadelphie dans quelques jours. Est-ce que tu veux venir ? Je ne veux pas te laisser seule ici… Et j'ai tout organisé pour ta venue.

Son sourire me réconforta. Lorsqu'il s'agissait de Gabrielle, j'avais tendance à prendre constamment les devants. Toutefois, je me moquai de moi-même :

— Je te promets que je suis en train de travailler sur ma possessivité.

— Non, je l'aime, ta possessivité. Et tu sais que je ne refuserai pas de venir avec toi. Mais je n'ai pas accès au stade… Je vais sûrement m'ennuyer.

— On ne sera pas à Chicago. Tu pourras venir comme bon te semble, je te récupérerai un pass dès qu'on arrivera.

— Alors, allons à Philadelphie.

— Parfait. Et…

Elle se redressa et attendit que je poursuive.

— Il va y avoir une grande cérémonie là-bas. Je sais qu'on avait dit qu'on attendrait pour se montrer ensemble, mais je tiens vraiment à ce que tu viennes avec moi.

— La League Awards, c'est ça ?

J'acquiesçai et la regardai réfléchir à ma proposition.

— Si on y va ensemble, ça voudra dire défiler devant les photographes et tout le toutim ?

— Il y aura un peu de ça, mais pas seulement. On pourra y aller en sous-marin et éviter les paparazzis.

— Tu es sûr de ce que tu dis ?

Son air dubitatif me fit sourire.

— Presque.

— Il ne vaut mieux pas, Kylian. Je ne suis pas stupide, je sais que les journalistes s'acharnent toujours sur nous dans les médias. Se montrer ensemble n'est pas une bonne idée pour le moment.

— Je pense que, au contraire, c'est le bon moment.

— Tu ne penses pas que ça leur donnerait plutôt un peu plus de matière pour me descendre, pour décortiquer ta vie et la mienne ?

Je secouai la tête, lui caressant doucement la joue.

— Est-ce qu'on ne pourrait pas s'en foutre tout simplement, de ce que les autres peuvent dire ?

— Pas quand ta carrière est en jeu. Tu sais que cette histoire te suivra ?

— Mais je m'en fous, Gaby. Le regard des autres ne m'intéresse pas. Ni ce qu'ils peuvent dire. C'est notre vie, et personne d'autre n'a le droit d'en dire un mot.

— Je comprends ce que tu veux dire et je travaille sur moi pour passer au-delà de toutes les insultes que je peux voir sur moi dans les journaux. Mais c'est dur, et je pense sérieusement que c'est encore trop tôt.

Je rendis les armes et la serrai à nouveau contre moi, décidant de la laisser tranquille… Pour le moment.

J'avais encore quelques jours pour la faire changer d'avis et j'étais certain que ne plus mentir à quiconque était la meilleure solution pour avancer. Cela ferait couler de l'encre, mais qu'importait. Ils finiraient par s'épuiser.

Je ne lui en reparlai pas immédiatement. Les médias ne semblaient pas vouloir s'essouffler, même si ce n'était déjà plus aussi vif qu'au premier jour.

Gabrielle se fit même insulter lorsqu'elle alla faire les courses, ce qui la démoralisa et me mit hors de moi. J'étais persuadé que personne ne m'aurait insulté, moi. C'était tellement injuste.

Le départ approchait, mais je pus tout de même prendre du temps avec elle entre deux entraînements.

Je ne lui avais pas dit un mot sur l'accord que j'avais passé avec Tom Carter. Je ne voulais pas créer un espoir s'il ne se concrétisait pas. Je ne doutais pas vraiment des paroles de l'investisseur, mais on ne sait jamais… Toutefois je lui racontai la discussion que j'avais eue avec lui autour de notre lien. Elle avait écouté attentivement, surprise, pensive, et avait ensuite essayé de me faire changer d'avis dans l'espoir que je noue une relation avec Tom Carter. Lorsqu'il ne s'agissait pas d'elle, elle était constamment positive. Mais, face à mon indifférence, elle avait fini par abandonner l'idée.

La veille du départ, je l'emmenai au restaurant, pour un moment simple, juste pour nous. Son moral semblait s'améliorer, elle essayait de reprendre le dessus. J'essayais de mon côté de ne pas m'inquiéter et m'autorisais à la charrier et à l'embêter comme je le faisais en temps normal. Ce n'était pas très prudent de nous montrer ensemble, mais je n'en pouvais plus de la prudence.

Lorsqu'on sortit du restaurant, je lui proposai d'aller marcher un peu. Le temps était glacial, mais dernièrement le froid se faisait plus sec, plus respirable.

— Que dirais-tu de nous enfuir au soleil cet été ? demandai-je en soufflant dans mes mains.

— Oh que oui ! Je dis oui, oui, oui, je n'en peux plus de ce froid.

Je ris et me moquai encore plus en la voyant grelotter, avant de prendre pitié et d'entourer son épaule de mon bras. Soudain, je perdis brutalement le sourire. Ma mère nous fixait un peu plus loin. Je la connaissais et savais pertinemment que, si elle était présente, c'était qu'elle voulait qu'on croise sa route.

— Kylian, me dit Gabrielle en serrant mon bras.

— J'ai vu. Ignore-la.

Je la sentis se contracter. La voiture se trouvant de l'autre côté de la rue, nous étions obligés de passer devant elle.

— Mon fils, commença Anna en se mettant bien en travers de notre chemin.

— Ne me parle pas, répondis-je en traçant ma route, mais elle me retint.

— Tu ne réponds ni à mes appels ni à mes messages. Je suis contente de te voir ce soir et de te voir en forme.

— Je t'ai déjà dit que je ne voulais plus te voir. Qu'est-ce que tu ne comprends pas là-dedans ?

Anna fronça les sourcils, contrariée.

— Est-ce que tu te rends compte que tu souhaites me faire disparaître de ta vie à cause d'une fille ?

— Tu n'as rien compris. Ce n'est pas Gabrielle qui t'a éloignée de moi. Tu t'es éloignée seule en t'opposant systématiquement à nous. Mais tout ça, on en a déjà parlé. Si ton avis n'a pas changé, le mien non plus.

Je la contournai en entraînant Gabrielle avec moi, mettant un terme à cet échange inutile.

J'entendis ma mère ricaner, puis lancer :

— Je savais que tu dirais ça. Tu es bien trop aveuglé par cette petite peste. Tu le regretteras.

Je ne voulais pas répondre à ses provocations, mais je ne

supportais pas qu'elle parle de Gabrielle ainsi. Je stoppai net et me retournai dans sa direction.

— Regarde tes propres agissements avant de traiter quiconque de peste. Et, comme je te l'ai déjà dit, elle compte bien plus que ce que tu veux bien admettre…

Je sentis la pression de la main de Gaby retenir mon bras et réalisai que je m'avançais bien plus près de ma mère que je ne le voulais. Peut-être étais-je beaucoup plus en colère que je ne le pensais…

Anna me souriait avec provocation. Je n'aimais pas ça et compris bien vite que j'étais entré dans son jeu une fois de plus. Je serrai Gaby contre moi en expirant un grand coup.

— Au revoir.

— Je te connais comme ma poche, je savais que tu réagirais ainsi. Kylian ?

Je ne me retournai pas dans sa direction, mais n'avançai pas non plus. Elle allait abattre une nouvelle carte. Je le savais.

— Pense à sourire, tu es bien plus beau lorsque tu souris.

Je tournai la tête, fou de rage.

— Qu'est-ce que ça veut dire, ça ? chuchota Gaby, comprenant que quelque chose clochait dans sa phrase.

Je fis un panorama mental du lieu et soudain les vis. Sur le trottoir d'en face, deux appareils photo étaient braqués dans notre direction.

— Elle a appelé des paparazzis. Je suis désolé, Gaby.

30

Gabrielle

Le jour du départ arriva. À cause d'Anna, nous avions dû changer nos plans. J'avais donc pris le vol suivant celui de l'équipe.

Seule.

Ce n'était plus de la colère que je ressentais envers Anna, c'était carrément de la haine.

Une fois de plus, elle avait réussi son coup. Avec ces nouvelles photos dans la presse, les ragots allaient bon train. Cela avait ravivé en une fraction de seconde tout ce que j'avais tenté de mettre à distance ces derniers jours. Les questions et demandes d'interview fusaient de tous les côtés, mais Kylian ne voulait pas y prêter attention.

Est-ce que ça allait finir par s'arrêter ?

Je savais qu'un jour ou l'autre nous pourrions nous montrer ensemble à nouveau, mais pour moi il était encore bien trop tôt, surtout avec ce qui s'était passé à la sortie du restaurant.

J'avais toujours détesté les journalistes, mais c'était carrément devenu une phobie depuis ma rencontre avec Kylian. Je l'aimais tellement que je pourrais essayer de faire l'impasse, mais pas tout de suite. Tout de suite, je les détestais de tout mon être.

Ce n'était pas l'avis d'Elijah.

— Gab… arrête, grogna-t-il, allongé en étoile sur le lit de notre chambre d'hôtel. Les journalistes ne sont pas tous mauvais. Leur travail, c'est de faire des révélations. Et en ce moment, malheureusement, les seules infos croustillantes qu'il y ait tournent autour du basket-sex-ball.

Je le frappai à la jambe, ce qui le fit râler encore plus fort, mais de douleur cette fois.

Je n'aimais pas qu'il reprenne les mots des torchons qu'il y avait sur le Net. Ça m'était déjà assez insupportable de les lire, je ne voulais pas qu'il m'en rajoute une couche.

— OK, d'accord ! Je suis désolé, je n'aurais pas dû dire ça. Mais on s'en fiche, de ce qu'ils peuvent dire, Gab. Fais ta vie sans t'occuper des autres.

Je hochai la tête en me réinstallant sur le canapé près des fenêtres.

— Je ne veux pas être au centre de l'attention, ni me retrouver photographiée par des rapaces. Ce genre de soirées, cette cérémonie, tous ces gens richissimes, ce n'est pas mon truc.

— Mais Kylian n'a pas le choix. Fais comme lui, il se moque de ce qui se dit de vous. Et, si tu viens à la League Awards, tu pourras me voir remporter un magnifique trophée en or et m'entendre te remercier chaleureusement devant un public en folie qui m'acclamera comme…

Je venais de lui balancer un coussin dans la tête pour qu'il se taise.

Il rit brièvement, puis me regarda intensément.

— Gab… Ne t'empêche pas de vivre pour les autres. Si tu ne veux pas venir à cette soirée, ce n'est pas parce que tu n'aimes pas ce genre d'événements, d'autant plus que tu sais que Kylian pourrait également remporter un trophée. Je suis sûr que tu voudrais être présente pour le voir grimper un peu plus haut. Être à ses côtés pour vivre cette aventure, tout simplement. Si tu ne veux pas venir, c'est parce que tu t'inquiètes de ce que les autres pourraient dire. Ne me dis pas que je me trompe, je sais que c'est la vérité.

Je voulus lui lancer autre chose en pleine face, je pensai

même au canapé, mais je n'avais ni la force ni les économies pour rembourser les objets cassés. Déjà que j'allais devoir vivre aux crochets de Kylian d'ici peu… Je détestais ça !

Mais le plus insupportable, c'était qu'Elijah avait raison. Il le vit dans mon regard.

— Je suis trop fort, scanda-t-il, fier de lui.

Je levai les yeux au ciel, quand Kylian entra dans la pièce. Je vis Elijah lever les pouces en direction de son coéquipier pas très discrètement et compris qu'ils étaient complices.

Je fronçai les sourcils à l'intention de Kylian, mais il leva les mains en signe d'innocence.

— Je ne sais même pas de quoi vous parliez, dit-il en s'esclaffant.

— Pfff… Il le sait parfaitement, me souffla Elijah en souriant.

— Tu cherches les ennuis ? plaisanta Kylian.

— Moi, non, mais que toi tu en aies… Carrément, oui !

Il évita de justesse une bourrade de Kylian qui lui aurait probablement fait mal et éclata de rire.

— Bon, d'accord, je sais de quoi vous parliez, m'avoua finalement Kylian en s'asseyant autour de la table. Tu as changé d'avis ?

— Je ne sais pas, répondis-je sincèrement. Elijah n'a pas tort lorsqu'il dit que j'aimerais être près de toi pour te voir récompensé, mais en même temps…

— C'est à toi de prendre la décision, je ne te forcerai pas.

— La cérémonie est demain soir ?

— Oui.

— Je vais y réfléchir, alors.

— Elle viendra, marmonna Elijah, le sourire aux lèvres.

Kylian se leva, m'embrassa sur la tempe et fit un signe à Elijah.

— Toi, laisse-la tranquille, dit-il en riant. Gaby, je dois aller me préparer pour l'entraînement. Je n'aurai probablement pas le temps de repasser ici avant le match en fin d'après-midi. Je t'ai laissé le pass près de l'entrée. Viens quand tu veux.

Je souris en guise d'accord. Alors qu'ils quittaient la chambre, j'entendis Elijah susurrer à Kylian :

— Je t'avais dit qu'elle m'écouterait. Elle m'aime, j'en suis certain. Ne sois pas jaloux.

Je secouai la tête, le sourire aux lèvres.

Mon téléphone m'annonça un message quelques minutes plus tard. Je fronçai les sourcils lorsque je vis de qui il provenait.

Tu peux venir me rejoindre à côté de la salle de jeu dans cinq minutes ?

Junior…

Il ne m'avait pas recontactée depuis notre dernière conversation, et je n'avais pas osé le faire non plus. J'avais bien compris qu'il était très énervé et complètement pris au dépourvu par la situation. Je m'étais dit qu'il était préférable de le laisser revenir lorsqu'il en aurait envie.

Apparemment, c'était aujourd'hui…

Je répondis simplement « OK » et descendis. À la réception, l'hôtesse m'indiqua le chemin de la salle de jeu.

Alors que je passais devant la rangée d'ascenseurs, l'une des portes s'ouvrit sur Aïssa.

— Salut, dis-je, incertaine.

Elle me regarda, mais ne répondit même pas, comme si je n'existais pas.

Ça aussi, c'était douloureux… Je pris une longue inspiration et tentai de passer outre. Si je m'arrêtais sur tout ce qui n'allait pas dans ma vie, je n'allais pas m'en sortir.

J'arrivai un peu avant les cinq minutes annoncées, mais Junior était déjà là. Il était assis dans un fauteuil, et la salle de jeu semblait à l'abandon. Vide. Ce n'était pas plus mal.

— Comment tu vas ? demandai-je en m'installant en face de lui.

— Je vais bien.

Il marqua une courte pause.

— Je suis désolé d'avoir réagi comme je l'ai fait la dernière fois.

— Ce n'est rien. Je comprends ta réaction…

— De mon côté, j'ai compris que tu avais raison. Je ne suis pas assez bien pour Eddy.

— Je n'ai jamais dit ça !

— Non, c'est ma conclusion à moi. Il continue de m'ignorer, et je suppose que c'est sa manière à lui de me dire qu'il veut continuer sa vie sans moi. Il sera plus heureux ainsi.

Je soupirai. Une fois de plus, je ne savais pas comment gérer tout ça, ni même quoi dire pour le réconforter.

— Je ne dis pas ça souvent, mais je t'aime vraiment, Gab. Je n'ai fait qu'une bouchée de ton prédécesseur, mais toi… C'est différent. Tu es une vraie amie. Et je suis sincèrement désolé pour toutes les galères dans lesquelles je t'ai entraînée malgré toi. Je sais que, si la presse te salit autant, c'est surtout parce qu'on a inventé une relation totalement fausse. Juste parce que je suis leur chouchou, ils vont dans mon sens. Je savais que je ne craignais rien, c'est pour ça que j'ai fait tout ça. Sans penser à toi. Et je te demande pardon.

— Je ne t'en veux pas. Tu ne m'as pas forcée, alors ne prends pas tout sur toi. C'est inutile.

Il acquiesça sans pour autant retrouver son sourire. Comme si toute sa personnalité était morte en même temps que son histoire avec Eddy. Ça m'atteignait bien trop, j'avais mal pour lui. Pour eux.

Il changea de sujet.

— Tu comptes venir à la League Awards ?

— Je ne sais pas encore.

— Je pensais que Kylian aurait fini par te convaincre d'y aller.

— Il a essayé, mais je ne suis pas sûre d'avoir envie d'affronter les regards.

— On peut toujours y aller ensemble, mais je crains que ce ne soit pas mieux.

Son léger sourire me fit plaisir. C'était un début, mais Junior n'était toujours pas lui-même, et ça c'était difficile à vivre.

— Tu penses qu'Eddy viendra ?

Son expression changea. Pour la première fois depuis notre rencontre, je décelai une grande incertitude sur ses traits.

— Je ne sais pas. Il a l'invitation comme tout le staff des Monsters. Mais est-ce qu'il viendra ? C'est une bonne question. J'espère que oui.

— Tu as essayé de lui parler ?

— Non. Je ne veux pas le forcer à faire quelque chose qu'il ne veut pas. Il doit déjà me supporter quasiment tous les jours avec les entraînements et les matchs, alors si en plus je m'impose dans sa vie alors qu'il ne veut plus de moi…

Je pinçai les lèvres, tentant de lutter contre l'envie d'intervenir dans une histoire qui n'était pas la mienne, mais ce fut plus fort que moi.

— J'ai parlé avec lui.

Une lueur s'alluma dans son regard sombre, ce qui me fit regretter instantanément mes paroles. Je connaissais trop bien cette lueur.

Elle s'appelait Espoir.

— Et ?

— Il pense que tu n'auras jamais le courage d'assumer votre relation devant ta famille. Il voudrait avancer, mais, tout comme toi, il est malheureux.

Junior se prit la tête dans les mains.

— Je ne peux pas le forcer à vivre une vie qu'il ne souhaite pas mener. J'ai mon train de vie, mes habitudes, mon rythme. Je ne savais pas qu'il bouleverserait tout ça. Moi aussi, je veux avancer avec lui, mais…

Il s'arrêta sur sa lancée. Nous avions déjà eu cette conversation plusieurs fois. S'il me disait le fond de ses pensées, je lui répéterais les miennes, et cela se terminerait par de l'agacement mutuel.

— Merci d'avoir essayé, termina-t-il.

Je me penchai dans sa direction et l'embrassai sur la joue.

— Tu mérites d'être heureux, Eddy aussi. Je suis sûre que vous finirez par trouver ce qui vous convient. Ensemble, ou non. Ça me fait bizarre de t'avouer ça, mais moi aussi je t'aime, Junior. Tu es chiant comme personne, mais c'est comme ça, je t'adore. Et je te souhaite de trouver la paix dans ton cœur.

Il me fit un sourire franc qui atteignit ses yeux fatigués.

— Je savais que tu finirais par m'aimer. Je suis irrésistible.

— Ne pousse pas trop loin la provoc non plus.

Il rit et se redressa.

— Je dois aller à l'entraînement. On ne se croisera peut-être pas, mais au fond tu devrais venir à la League Awards.

— Ah bon ? Pourquoi ?

— Pour me voir rafler tous les trophées.

Je me levai aussi et m'esclaffai :

— Oh ! oh ! tu es bien présomptueux…

— Non. Tu as juste oublié que je suis le meilleur.

Je souris en le regardant s'en aller.

Je n'aurais jamais pensé éprouver ça un jour, mais le retour du Junior arrogant me faisait un bien fou.

31

Kylian

Dans la salle de bains, je retirai la housse de la robe que j'avais soigneusement apportée avec moi. Je ne perdais pas l'espoir de voir Gabrielle venir à la cérémonie ce soir.

Nous avions encore perdu le match d'hier, mais ce n'était même pas un beau moment cette fois. C'était comme si chacun de nous avait eu l'esprit ailleurs. Même le coach avait abandonné l'idée de nous engueuler. Il avait sorti mille grossièretés avant de nous demander de nous ressaisir et de nous libérer.

J'entendis la porte d'entrée s'ouvrir.

Nous n'avions pas rediscuté de la soirée depuis la veille avec Gaby, mais je savais qu'elle y pensait.

Elle s'affala sur le lit, et je pris un malin plaisir à me laisser tomber sur elle, l'étouffant au passage. Elle rigola, puis se débattit pour s'extraire de mon imposante présence. Reprenant tranquillement son souffle, elle passa les bras autour de moi, le sourire aux lèvres.

— C'est ton nouvel objectif : m'étouffer ?

Je haussai un sourcil et l'embrassai doucement, avant de lui laisser un peu plus de place.

— Il ne faut pas que tu te prépares ? enchaîna-t-elle.

— Si, je devrais. Mais je n'ai pas envie d'y aller si tu ne viens pas avec moi.

— Tu me vois débarquer à une cérémonie internationale habillée comme un patapouf ?

Je souris, ravi de la tournure de cette conversation.

— Il se peut que j'aie prévu le coup et que j'aie tout ce qu'il faut…

— Tu as une robe ou un tailleur en stock ?

— Il se pourrait bien que oui.

Elle perdit son sourire, comprenant que j'étais sérieux.

— Comment tu as fait ?

— Joker ?

— Kylian…

Elle me repoussa et s'assit sur le bord du lit, attendant que je lui explique.

— Avant qu'on parte quelques jours la semaine dernière, j'ai demandé à quelqu'un de trouver une robe pour toi.

Elle fronça les sourcils, puis comprit.

— Talina ? C'est ça ?

J'acquiesçai sans savoir comment elle réagirait. Je m'en serais bien occupé moi-même, mais je n'étais pas très doué pour ça.

À ce moment-là, je n'avais évidemment aucune idée de la trahison de son amie.

— Malgré tout, elle te connaît bien. Je ne voulais pas te brusquer sur le moment avec cette cérémonie, mais j'avais dans l'idée de t'emmener depuis un bout de temps. Alors, pour ne pas m'y prendre au dernier moment, j'ai demandé à Talina qu'elle s'en occupe avec JB.

Je l'observai se plonger dans ses réflexions, sans réussir à savoir si ce qu'elle pensait était positif ou négatif. Elle haussa finalement les épaules.

— D'accord. Je vais venir pour être à tes côtés. Mais promets-moi qu'on pourra passer incognito ou presque ! Qu'on pourra éviter les photographes et tout ce qui ressemble de près ou de loin à des journalistes !

Je ne voulais pas lui mentir.

— Honnêtement, Gaby, je ne sais pas s'il est possible d'arriver directement dans les coulisses du théâtre, mais je vais me renseigner avant qu'on y aille. Mais, même si on ne le peut pas, je te promets qu'on ne traînera pas un seul instant devant les caméras.

— Les caméras ?

Autant la préparer à toutes les éventualités.

La repoussant sur le lit, je m'allongeai sur elle et dégageai les cheveux qui cachaient son visage.

— Peu importe ce qu'il y aura là-bas. Ne t'occupe pas des regards qu'on nous portera. Il faut que nous vivions pour nous-mêmes. Égoïstement. On s'est déjà suffisamment sacrifiés, tu ne crois pas ?

— C'est facile pour toi, tu es habitué, et on ne t'insulte pas au moindre faux pas.

— Tu penses sincèrement que ce qui se dit sur toi ne m'atteint pas ? Gaby… Je t'aime. Je déteste chaque mot déplacé qui peut être dit sur toi, mais je sais aussi que chacun de ces mots est totalement faux. Oui, je préférerais de loin qu'on s'attaque à moi. Je le vivrais beaucoup mieux, crois-moi, parce que je sais que, si c'était moi, aucun d'entre eux n'arriverait à m'atteindre. Sauf qu'il s'agit de toi et que ça te touche, alors forcément ça me touche aussi. Mais je veux leur montrer que, quoi qu'ils puissent dire, ça ne nous empêchera pas de vivre. Ça ne nous empêchera pas d'être ensemble et d'être heureux. J'aimerais qu'on traverse ça et que tu parviennes à ne plus faire attention aux autres. Ni à leurs regards. Ni à leurs propos.

Elle ferma les yeux et prit une longue inspiration.

— D'accord, je veux bien essayer. Mais je ne veux pas que ma réputation te fasse perdre l'amour du public.

— Je m'en fiche, Gaby.

— Mais ce n'est pas ce que je souhaite pour toi.

— Ils peuvent aller se faire voir. Je n'irai pas sans toi.

Elle soupira, puis finit par céder.

Je souris et l'embrassai dans la foulée, avant de me relever en l'entraînant avec moi.

— Alors, file dans la salle de bains, ta robe t'attend.

Elle se mordilla la lèvre, et je n'eus pas à le lui répéter une seconde fois. Je la regardai quitter la pièce et sortis mon propre costume.

Derrière la porte, j'entendis des tas de bruits curieux que je ne sus pas interpréter. Entre couinements, geignements, grognements… C'était bien trop étrange.

J'étais en train de fermer les boutons de ma chemise lorsque j'entendis :

— Non, ça ne va pas du tout. Je ne peux pas y aller comme ça… C'est ridicule.

Je me rendis dans la salle de bains en riant et la vis dans cette magnifique robe grise aux coutures fuchsia, sans savoir quoi dire. Dans son dos, la fermeture était encore ouverte et, en croisant son regard paniqué, je retrouvai mes esprits.

— Tu es magnifique.

— Non ! me contredit-elle en secouant la tête. Je suis grosse dans cette robe, elle me moule le corps, ça déborde de partout, c'est juste immonde !

Me rapprochant d'elle, je croisai son regard dans le miroir et secouai la tête.

— Tu ne te vois pas du tout comme moi je te vois.

— Arrête, Kylian. Sois sérieux un instant. Je ne peux pas y aller comme ça.

Je remontai doucement la fermeture dans son dos sans la quitter des yeux.

— La seule raison de ne pas aller à cette cérémonie serait que j'aie envie de te garder pour moi seul. Mais je vais prendre mon mal en patience, en pensant à tout le reste de la nuit que cette robe sur ton corps m'inspire.

Elle garda le silence, ne bougeant pas d'un pouce. Pour le coup, j'avais réussi pour la première fois de ma vie à lui clouer le bec. J'étais presque fier de moi. Mais ça ne dura pas.

— Tu me dis ça seulement pour que je me rende à cette soirée. Mais sérieusement, regarde-moi, c'est un désastre.

— Gaby. Je te vois. Je vois chacune de tes courbes. Tu es belle, qu'est-ce que tu ne comprends pas dans ces mots ?

Elle voulut me contredire à nouveau, mais je posai la main sur sa bouche.

— Tu es parfaite pour moi.

Je l'embrassai dans le cou, passant les mains le long de ses hanches, puis sur chacune de ses courbes en souriant. Elle savait que je les aimais, et je voulais qu'elle puisse se voir comme moi je la voyais.

Dans la voiture aux vitres teintées, Gabrielle resta droite et figée sur son siège. Elle ne cessait de râler.

— La robe va finir par craquer, et je vais me ridiculiser devant tout le monde.

J'avais arrêté de la contredire au bout de la troisième fois. J'avais compris que c'était le stress qui parlait et qu'il n'y avait rien à faire pour la convaincre.

— Pourquoi je suis venue, déjà ?

Nous n'étions plus très loin, et je me demandais vraiment ce qui allait se passer quand elle verrait les caméras et les photographes…

— On ne pourrait pas faire demi-tour ? Kylian, ce serait mieux qu'on rentre. Dis au chauffeur de nous ramener.

Je ne relevai pas. Nous étions tout près du but.

— Je vais salir ta réputation avec la mienne. Tu ferais mieux d'y aller sans moi.

— Ne dis pas de bêtises.

— C'est la vérité. Ma présence avec toi ne peut pas être une bonne chose…

Le chauffeur commença à ralentir, pour finalement s'arrêter devant un long tapis rouge. Il menait au théâtre où se déroulait la cérémonie des Awards, spécialement prévue pour les basketteurs de la League.

— Je ne descendrai pas de cette voiture, grogna-t-elle, toujours figée sur sa place.

— Si, tu vas descendre, Gaby.

Je sortis de mon côté, fis le tour du véhicule et ouvris sa portière.

— Non, je ne veux pas descendre.

— Gaby, dis-je, menaçant.

Elle me regarda et gémit, comme si elle était prête à pleurer.

— On file en direction du théâtre, dis-je d'une voix adoucie. Tout ira bien.

Je lui tendis une main. Elle la regarda quelques secondes avant de la saisir.

Lorsqu'elle sortit, je soupirai discrètement de soulagement.

Les photos fusèrent, et mon nom commença à être crié de tous les côtés. Ça ne durerait que quelques secondes, le temps que la prochaine voiture arrive et que l'attention soit détournée de nous. Mais Gaby resta tendue. J'eus beau serrer sa main dans la mienne, rien n'y faisait. Elle pressait la mienne, comme si elle était mortifiée.

Regardant droit devant elle, elle ne dit pas un mot.

— Monsieur Foster ? ! Une photo ?

Cette phrase était répétée en boucle, tandis que les objectifs nous mitraillaient.

Plus que quelques secondes et ils s'intéresseront à la personne suivante, me répétai-je.

— Tout va bien, Gaby, lui dis-je, le plus décontracté que possible.

— J'imagine déjà tout ce que je vais lire sur nous ce soir…

— Regarde-moi.

Elle n'obtempéra pas, alors je pressai sa main.

— Gaby, regarde-moi.

Elle ne m'écoutait toujours pas. Je m'arrêtai donc brutalement, la forçant à faire la même chose.

— Qu'est-ce que tu fais ? On ne doit pas s'arrêter.

— Arrête de penser à eux. Arrête d'avoir peur des autres. Il n'y a que moi qui te regarde.

— Non, eux aussi nous regardent.

Je secouai la tête et bloquai son visage en face du mien.

— On s'en fout des autres. Il n'y a que toi et moi.

— Tu ne devrais même pas te montrer avec moi, Kylian. C'est bien trop tôt…

— Je. Me. Fiche. D'eux, lâchai-je lentement. Je me fiche de ce qu'ils pensent. Je n'ai pas honte de toi.

Je me penchai alors vers elle et plongeai le regard dans le sien.

— Il n'y a que moi qui te vois.

Puis je l'embrassai. J'étais fier d'être à ses côtés. Je n'adorais pas afficher ma vie en public, mais sur ce coup-là c'était un bon moyen de faire passer un message.

Ce message qui leur dirait à tous qu'on les emmerdait. Eux et leurs ragots.

Gabrielle se contracta d'abord, puis finit par se détendre. Lorsque je sentis qu'elle était enfin totalement sécurisée, je la relâchai et lui souris.

— C'était quoi, ça ?

Je ris doucement et repris notre ascension.

— C'était un doigt d'honneur à leur intention. Et ma façon de te dire que je t'aime, quoi qu'il puisse se passer.

Elle ne répondit rien, mais du coin de l'œil je la vis sourire, émue.

32

Gabrielle

Kylian était complètement malade. Bon sang, ce baiser était comme une gifle qui m'avait réveillée. Je venais de comprendre qu'il se fichait vraiment des qu'en-dira-t-on.

Je fis le reste du trajet le sourire aux lèvres, marchant plus souplement qu'avant. Et, si je n'étais pas encore parfaitement à l'aise, je me sentais tout de même mieux.

À l'entrée du théâtre, Kylian salua les fans qui s'étaient déplacés pour l'occasion, portant les couleurs de leur équipe favorite.

Une hôtesse nous conduisit jusqu'à nos places. Elijah arriva presque aussitôt, avec une magnifique petite fille dans les bras.

Les cheveux tirés en arrière, elle avait un métissage parfait, une bouille solaire. Je fus aussitôt complètement gaga devant cette petite fille qui ressemblait beaucoup à son père.

— Bonjour, Lana, lui dis-je en souriant.

Elle marmonna un bonjour timide en serrant rapidement la main que je lui tendais, puis se cacha dans le cou de son père. Une femme se tenait à ses côtés et, d'un sérieux presque troublant, Elijah fit les présentations.

— Gab, je te présente Miranda, une de mes sœurs.

Je la saluai et entamai la conversation avec eux, tandis que Lana jetait son dévolu sur Kylian. Miranda était aussi calme et posée qu'Elijah était fantasque. Pourtant, ce soir, dans son costume solennel, il semblait presque… nerveux.

Je croisai au loin le regard d'Eddy qui me salua, puis, à l'opposé, j'aperçus Junior qui ne me vit pas. Regardant droit devant lui, il semblait… terriblement seul.

La cérémonie démarra. Pas mal de prix allaient être distribués entre des projections de vidéos et de concerts et, comme si la vie souhaitait pousser Junior à se penser toujours le meilleur, il fut le premier à remporter un prix.

S'ensuivit une vidéo des moments les plus marquants de la saison qui s'achèverait bientôt.

Elijah remporta le trophée du meilleur défenseur, mais ne fit aucun discours. Il prononça simplement un bref merci, avant d'ajouter :

— Il est pour toi, ma fille.

Il s'éloigna, mais fit volte-face rapidement.

— Je ne t'oublie pas : pour toi aussi, Gab.

J'éclatai de rire et cachai le visage dans mes mains. Il était complètement fou.

Les prix s'enchaînèrent. Kylian remporta le trophée du meilleur espoir international. Tout comme Elijah, il ne se lança pas dans un long discours, remercia simplement le public avec une main sur le cœur et revint à sa place.

Il y eut plusieurs pauses entre les remises de prix, puis les derniers trophées, les plus imposants, les plus marquants, furent annoncés, jusqu'au dernier : celui du meilleur joueur de la League.

Le suspense fut long, la tension palpable. Lorsque le nom de Junior McCoy résonna dans les haut-parleurs, je faillis pleurer de joie. J'étais très sensible, et tellement heureuse pour lui.

Bon, cela voulait aussi dire qu'on en entendrait parler toute l'année, et ça ce n'était pas une bonne nouvelle…

Il souleva son trophée en l'air, le sourire aux lèvres, puis le reposa sur le pupitre.

— Je m'étais dit que si je gagnais ce prix je ferais un vrai discours, alors désolé, les gars, mais je vais prendre possession du micro un petit moment…

Des rires fusèrent dans la salle. Il attendit que le silence revienne, puis redevint sérieux.

— J'ai travaillé dur pour en arriver là. Je n'ai pas forcément fait les bons choix, j'ai commis des erreurs, mais tout ça m'a permis d'être ici aujourd'hui. D'être qui je suis. Alors, si je devais refaire ma vie, je ne la ferais pas autrement. Je suis ce que je suis avec mes bons et mes mauvais côtés. Ça en agace certains mais, pour la majorité d'entre vous, je sais que vous m'adorez…

D'autres rires éclatèrent, notamment les nôtres. J'étais contente de le voir redevenir lui-même. Malgré tout, je devinais à son visage et à ses gestes qu'il était loin d'être à l'aise.

Il se racla la gorge et poursuivit :

— Je dois quand même remercier mes coéquipiers. Ils me supportent et, sans eux, je ne serais pas capitaine de l'une des meilleures équipes du monde. Mais, assez parlé de vous, n'oubliez jamais que c'est moi qui ai remporté ce trophée, je le placerai sous votre nez lorsque vous râlerez contre moi.

Éclat de rire général.

Junior perdit son sourire, lâcha un rapide « merci », puis fit quelques pas en direction des coulisses avant de s'arrêter. Il baissa la tête, comme perdu, puis revint, hésitant, vers le pupitre.

— En fait, je n'ai pas fini. Je dois aussi beaucoup aux kinés de mon équipe. C'est vrai… Ils font un gros travail avec nous, pour qu'on puisse rester en forme. Vous connaissez tous mon histoire avec Gabrielle Ferry. Une kiné géniale qui était dans notre équipe, virée à cause de mes propres conneries.

Le silence total se fit dans la salle. Je sentis Kylian se contracter, prêt à charger au moindre dérapage. Je ne l'avais jamais senti aussi tendu qu'à cet instant.

— Tout le monde s'en est pris à elle, alors qu'elle n'a fait que subir mes propres erreurs. Le seul tort de Gabrielle a été d'être amie avec moi. Elle a toujours été amoureuse de mon coéquipier Kylian Foster et l'aime toujours aujourd'hui. Je le savais depuis le début.

Des murmures parvenaient d'un peu partout, mais ça ne l'empêcha pas de continuer :

— Vous avez tous cru qu'elle m'avait trahi, mais il n'en est rien. Au vu de la situation compliquée dans laquelle ils étaient piégés, Kylian et elle, avec les menaces de Mme Foster de dévoiler une vidéo compromettante, je lui ai proposé un deal : faire croire à une fausse relation entre elle et moi, qui serait une couverture pour protéger son couple, et de mon côté… cela m'en fournissait également une pour que je puisse me faire enfin accepter par ma famille. Je me tourne vers toi ce soir, Gab, et je m'excuse encore une fois de t'avoir entraînée dans ce mensonge.

Je posai la main sur mon cœur, la gorge nouée. Je ne pouvais rien dire, de toute façon il ne m'aurait pas entendue, mais il vit mon émotion.

Dans la salle, un silence de plomb s'installa. Mais Junior n'avait pas fini.

— Je ne comprends pas pourquoi tout le monde s'est acharné sur elle après la vidéo. Parce qu'elle n'est pas connue ? Parce que c'est une femme qui a une vie sexuelle épanouie ? Toute cette histoire m'a sincèrement atteint, mais je sais que j'ai ma part de responsabilité. Et je suis désolé de vous avoir menti à tous. Ce n'était pas pour vous tromper, mais parce que j'avais peur. Peur d'être rejeté par les membres de ma propre famille. Un jour, quelqu'un m'a dit qu'il était temps de vivre pour moi-même. Cette même personne m'a dit que ce qu'on attendait tous, au fond, c'était d'avoir une place. Une vraie place auprès des gens qu'on aime. C'est ce que j'ai cherché auprès de ma famille, je l'ai presque trouvée, mais uniquement parce que j'ai menti…

En voyant son visage et son regard terrifié, j'attrapai la main de Kylian. Mon cœur s'accéléra subitement. Je compris.

Il allait le faire. Il prit une immense inspiration.

— La personne dont je suis amoureux est bien kiné. Mais ce n'est pas et ça n'a jamais été Gabrielle Ferry. Le seul kinésithérapeute que j'aime s'appelle Eddy Gibson. C'est un homme. Et je lui demande pardon pour tout le mal que je lui ai fait.

Je posai la main sur ma bouche pour tenter de retenir mon émotion, mais elle était si forte qu'elle déborda. Les larmes brouillèrent ma vision. Je me sentis si fière de mon ami !

Il l'avait fait. Junior l'avait vraiment fait.

— C'est vrai ? demanda Kylian, ahuri. C'était ça, son secret ?

J'acquiesçai sans pouvoir dire un mot. À ses côtés, Elijah s'exclama :

— Putain de merde ! Je ne l'avais pas vue venir celle-là !

— Papa, c'est des gros mots, ça.

— Pardon, ma fille.

Les murmures se transformèrent en brouhaha, puis de légers applaudissements résonnèrent.

— Merci de m'avoir écouté, finit Junior en levant son trophée. J'ai fait ce que j'aurais dû faire depuis longtemps. Acceptez-vous comme vous êtes. Vous n'en serez que meilleurs dans votre vie, dans vos actions et dans vos paroles. Soyez vous-mêmes. Vous êtes beaux comme vous êtes.

Son regard se perdit quelque part derrière moi, et je n'eus pas besoin de me retourner pour savoir qu'il observait Eddy. La connexion cessa au bout de quelques secondes, puis Junior quitta la scène sous les applaudissements du public.

Je ne m'en remettais pas… Je n'arrivais pas à couper le robinet.

— Alors, il ne fait vraiment que t'apprécier depuis le début ? demanda Kylian, toujours sous le choc. Quel imbécile j'ai été !

Je rigolai, puis l'embrassai, avant de récupérer un mouchoir dans mon sac.

À côté de Kylian, Elijah s'exclama :

— Cet enfoiré nous avait dit qu'il fallait quelque chose de plus énorme que votre sextape ! Il a non seulement lavé l'honneur de Gab, mais complètement attiré l'attention sur lui de la meilleure des façons.

— Il a encore réussi, là où j'ai échoué, marmonna Kylian.

— Comme il l'a dit : il est le meilleur, lançai-je en me moquant de lui.

— Tu n'as pas dit ça ?

— Je plaisante.

— Je vais finir par développer un sentiment d'infériorité avec toi.

— Je plaisantais ! répétai-je. Tu réussis à tous les niveaux, Kylian Foster. En premier lieu, tu me rends heureuse.

— Je préfère ça.

— Et tu auras tout le temps plus tard de me montrer combien tu es loin d'être inférieur à qui que ce soit.

— Je préfère ça encore plus.

Je souris et fermai les yeux, dans l'euphorie de cette soirée irréelle. En sortant, dans les couloirs de l'immense théâtre après le concert de clôture, je croisai Eddy que j'interpellai.

Happé par plusieurs personnes, il s'esquiva avec ce qui ressemblait à du soulagement.

— Je n'aime définitivement pas être sous les projecteurs, me dit-il en soupirant.

Je lui fis le plus grand sourire dont j'étais capable. Le sien se fit plus énorme encore.

— Je n'arrive même pas à y croire, me souffla-t-il. Je me suis trompé. Peut-être que finalement il m'aime assez pour vouloir avancer.

— Je crois qu'il t'aime beaucoup. Et je suis vraiment heureuse qu'il ait réussi à le faire.

— Mais sa famille…

— Sois présent pour Junior. Je pense qu'il aura besoin de tout le soutien qu'on pourra lui apporter. Qu'est-ce que tu en penses ?

— Que tu as raison. Je ne sais pas ce que ça va donner maintenant qu'il a tout révélé. Je n'arrivais pas à me faire à l'idée de passer ma vie sans lui mais, je me forçais à avancer car j'étais persuadé qu'il ne ferait jamais une chose pareille. Surtout pas comme il l'a fait ce soir, mais comme toujours, Junior est surprenant. Je file. Bonne soirée, Gab.

Je le saluai et pris une grande inspiration. La révélation de Junior était également ma libération. La vérité venait d'être rétablie.

Je pris quelques secondes pour moi, me rendis aux toilettes et enlevai le mascara qui avait coulé sous mes paupières. Lorsque je revins auprès de Kylian, il parlait avec Junior.

Je pris donc la conversation en route.

— Je t'ai toujours dit que mes intentions étaient bonnes, déclara simplement Junior.

— On va dire que je ne te croyais pas. Tu as quand même parié que tu finirais par la mettre dans ton lit !

— Ce n'était que du cinéma.

— T'es simplement un enfoiré, intervint Elijah en riant. Et un putain de bon acteur.

Junior éclata de rire, et les deux hommes se frappèrent dans les mains. Elijah reprit :

— Du coup, toutes les filles avec qui tu défilais, c'était juste pour faire parler les médias ?

— T'as tout compris, mec.

— Et pourquoi ce soir ?

— Parce que j'ai compris qu'en continuant à mentir j'allais perdre ce qui comptait vraiment.

Elijah lui donna une tape sur l'épaule en signe de soutien.

— Merci, dit finalement Kylian. J'étais persuadé que tu aimais Gaby, mais je devais être trop aveuglé pour comprendre. Je ne le dirai qu'une fois, mais tu le mérites, ce trophée.

J'ouvris grands les yeux, me disant que Kylian n'aurait pas pu faire plus pour gonfler l'ego de Junior. Ce dernier rigola en acquiesçant, mais ne rebondit étrangement pas.

— Si j'ai bien compris ton discours, reprit Kylian plus sérieusement, c'est le jugement de ta famille qui te retenait.

On n'est pas si différents, même si ce n'est pas pour les mêmes raisons. J'ai trouvé dans l'équipe une famille, et tu sais que tu comptes. Alors, même si les liens sont différents, ça ira quoi qu'il arrive. On est avec toi.

Junior détourna le regard, gêné par la soudaine émotion qui semblait l'envahir. Il donna une tape à Kylian, pendant qu'Elijah éclatait de rire.

— À quel moment tu es devenu un sentimental, toi ?

Il continua de le charrier jusqu'à ce que Kylian le repousse.

Pendant ce temps, Junior s'était tourné vers moi.

— J'ai finalement écouté tes conseils, me dit-il en haussant les épaules.

— Je suis tellement fière de toi. Et je te remercie d'avoir tout avoué. D'avoir remis les choses à leur place.

— Je te le devais, mais surtout je le devais à Ed. Je l'ai fait bien trop souffrir.

— Tout ira bien. Et pour ta famille, quoi qu'il se passe, n'oublie pas pourquoi tu as fait ça ce soir. Pour avancer. Pour être toi-même.

— Je n'oublierai pas, mais je crains tout de même la réaction de mes proches… On verra bien.

Il me serra un peu trop fort dans ses bras.

— Je crois qu'il est temps de reprendre mon rôle principal. Tu me l'as volé depuis trop longtemps.

Il me pinça la joue et, avec un sourire, se dirigea vers la sortie. Je n'eus pas le temps de l'informer qu'Eddy était toujours présent. Peut-être qu'il était préférable que le reste de leur histoire se déroule à l'abri des regards…

Kylian m'embrassa dans le cou et me colla contre son torse.

— Il est temps de rentrer.

J'acquiesçai, pris son bras et le suivis à l'extérieur. Comme Junior l'avait annoncé, il venait de reprendre son rôle, celui de centre de l'attention. Nous pûmes traverser le tapis rouge sans qu'aucun journaliste ne nous happe. Nous étions devenus le cadet de leurs soucis.

Lorsqu'on monta dans la voiture, je soupirai, soudain fatiguée. Kylian glissa jusqu'à moi et sourit contre mes lèvres.

— Je n'accepte aucune fatigue. Je me suis retenu toute la soirée. Maintenant, je veux te montrer tout ce que cette robe m'inspire…

Je souris, convaincue que oui, pour lui, je saurais tenir encore quelques heures.

33

Gabrielle

Le calme revint enfin dans ma vie. Ou, du moins, tout ce qui me semblait négatif s'atténua. La roue commençait à tourner.

Dans la presse, c'était toujours aussi intense. Beaucoup de questions étaient soulevées, notre histoire à Kylian et à moi était encore bien présente, mais c'était surtout sur Junior que se focalisait l'attention générale.

Il m'avait donné de la force. L'opinion publique ne me paraissait plus aussi terrifiante. Si Junior avait réussi à faire son *coming out*, je pourrais moi aussi surmonter l'insurmontable.

Assister aux victoires des Monsters sur le terrain, lors des matchs à Philadelphie les jours qui suivirent la cérémonie, me fit le plus grand bien. Retrouver cette osmose avec l'excitation des joueurs, du public, me fit revivre.

Nous étions toujours les mêmes, mais les secrets et les voiles encore obscurs s'étaient effacés. Chacun retrouvait la place qui lui revenait.

Je rentrai à Chicago avec l'équipe, retrouvai l'ambiance que j'aimais tant auprès d'eux. Même si j'étais toujours sans emploi, ce n'était plus une impasse dramatique dans mon esprit. Je rebondirais, je le savais, quand bien même une sextape de Kylian et moi avait circulé sur le Net et refaisait parfois surface.

Je restai chez Kylian les jours suivants. Je n'avais pas recroisé Talina, mais je savais qu'elle préparait son retour en France.

La trahison et la perte de mon amie me faisaient toujours aussi mal. J'avais beau réfléchir, et j'avais beaucoup de temps pour ça, je n'arrivais pas à lui pardonner. J'avais repensé aux paroles de Kylian sur le pardon et j'en avais conclu qu'il était bien meilleur que moi. Moi, je n'arrivais pas à enlever cette rancune amère de mon cœur. Ça me rongeait, mais je n'étais tout simplement pas prête.

J'étais en train de ranger quelques affaires chez Kylian lorsque je reçus un message de Talina.

Mon ventre me fit tout de suite mal. Je déverrouillai mon téléphone et lus :

Tu peux dire à JB que j'accepte.

Je fronçai les sourcils. Accepter quoi ?

Je me demandai si elle ne s'était pas trompée de destinataire, mais à qui d'autre pourrait-elle parler de JB ?

Kylian entra au moment où j'allais répondre pour demander des précisions. Je remis ça à plus tard et courus le rejoindre.

Il n'avait eu que des tests d'effort et d'antidopage aujourd'hui, ce qui n'avait pas pris très longtemps.

Il m'observa, sentant que j'avais quelque chose à lui dire, et attendit tranquillement.

— Talina m'a envoyé un message.

— Qu'est-ce qu'elle t'a dit ?

— Que je dois dire à JB qu'elle accepte... Je ne comprends rien, ça n'a pas de sens.

Au grand sourire de Kylian, je compris que, si pour moi ça ne voulait rien dire, pour lui en revanche ça semblait cohérent.

— Tu peux m'expliquer ? Je ne comprends rien, ajoutai-je rapidement.

— Je t'explique tout dans une petite minute, me dit-il, pressé.

Il passa immédiatement un coup de téléphone en s'exclamant et en arpentant le salon de long en large. J'en déduisis qu'il était avec JB, ce qui dura finalement plus d'une petite minute. Lorsqu'il raccrocha, j'étais au bord de l'implosion. Je n'étais pas du genre très patient, j'avais besoin de savoir.

Il revint vers moi et me fit un grand sourire.

— JB pense depuis le début de ces histoires que la seule solution pour tenir ma mère loin de nous est de porter plainte contre elle pour nous avoir filmés à notre insu et avoir publié la vidéo sur le Net.

— Je suis presque sûre que ce n'est pas elle qui nous a filmés, Kylian. Je pense qu'elle a envoyé Marie le faire, elle ne s'abaisserait pas à faire le sale travail elle-même.

— Je suis d'accord, et c'est exactement ce que j'ai dit à JB, mais peu importe, ça n'enlève rien au fait que c'est bien elle qui a tout manigancé. Je n'avais aucun moyen de le prouver mais, quand on a su que c'était Talina qui était de mèche avec elle, JB est allé la voir pour essayer de la persuader de témoigner à charge.

Je saisis le fil et terminai sa phrase à sa place.

— Et elle vient d'accepter.

— Exactement. Je ne sais pas si ce sera suffisant mais, selon l'avocat de l'équipe, ça pourrait le faire.

— Ce qui veut dire ? Qu'est-ce qu'Anna risque ?

— Ça dépend de ce qu'on demandera.

— Et Talina ? Elle peut avoir des problèmes ?

— Ça dépend aussi de nous.

Je ne pris pas vraiment le temps de réfléchir.

— Je ne veux pas qu'elle ait de problèmes, dis-je spontanément. Je suppose que ce ne sera déjà pas facile pour elle...

— Alors elle n'en aura pas.

J'acquiesçai, puis observai Kylian sans pouvoir réussir à me réjouir totalement. Nous étions en train de parler de sa mère et, malgré tout, c'était une sacrée étape pour lui.

— C'est ce que tu veux ? m'enquis-je, inquiète.

— Non. Dans un monde idéal, ma mère aurait accepté notre relation et nous aurait soutenus, mais elle s'obstine et ferait n'importe quoi pour nous détruire. Elle ne nous soutiendra jamais, et ses sentiments pour moi ressemblent plus à de l'obsession maladive qu'à un amour maternel.

Il soupira.

— J'ai beaucoup réfléchi à tout ça. Ce que je souhaite, c'est qu'elle nous laisse tranquilles, et pour ça il nous faudra passer par la justice. Demander une injonction d'éloignement, une ordonnance de quitter l'État de l'Illinois ou, mieux, les États-Unis, mais je ne suis pas sûr que ce soit possible.

— Qu'est-ce que l'avocat t'a dit ?

— Que l'injonction d'éloignement était la sanction la plus probable. Qu'on pouvait aussi demander des dommages et intérêts pour le préjudice moral. Mais je ne veux pas d'argent. Ce serait ridicule.

Je dus faire une drôle de tête en approuvant, car il éclata de rire. Me faisant basculer sur le côté, il posa le front sur ma poitrine et glissa les bras autour de ma taille.

— On réussira peut-être à retrouver notre équilibre.

— Je n'en ai jamais douté, répondis-je, solennelle.

Il releva la tête et haussa un seul de ses sourcils, ce qui me fit sourire.

— Bon, d'accord… J'ai douté. Beaucoup. Ce qui m'embête vraiment, c'est que tu en viennes à devoir éloigner ta mère de toi. Une maman, c'est important.

— Après tout ce qu'elle a fait, tu réussis à la défendre ?

— Je déteste ta mère du plus profond de moi-même, je t'assure. Mais je ne peux m'empêcher de me dire qu'une part d'elle doit énormément t'aimer, et ça…

— Si c'était le cas, elle accepterait mes choix et m'encouragerait. Ce n'est pas facile pour moi, je t'assure. Mais je sais aussi ce que je veux et ce que je ne veux plus. Je veux vivre par moi-même, pour moi-même, sans agir en fonction de ce que les autres attendent.

Je lui souris en promenant les doigts sur son visage, soulignant ses yeux noisette, qui semblaient attendre mon accord.

— Donc tu es sûr de toi ? De ce que tu veux engager ?

— Oui, j'en suis certain.

— Dans ce cas, je me tiendrai à tes côtés pour affronter tout ça avec toi.

Il me fit un sourire satisfait, mais sans aucune joie. Je le connaissais assez pour savoir qu'il me cachait ses vraies émotions. Peut-être pour ne pas m'inquiéter, mais cela ne fonctionnait plus. Je savais aujourd'hui qui était cet homme qui se trouvait dans mes bras. S'il était sûr de lui – ce que je ne mettais pas en doute –, ça ne l'empêchait pas d'être blessé.

Anna avait atteint le point de non-retour pour Kylian. Ça me chagrinait pour lui, non pour elle.

Si c'était finalement ce qu'il souhaitait, alors je le soutiendrais quoi qu'il entreprenne.

Le lendemain soir, on se rendit à un gala de charité qui était organisé au musée des Sciences de Chicago. L'objectif était de réunir des fonds pour les enfants atteints de cancer.

Pour la première fois, assister à ce genre de soirées ne me parut pas rebutant. Sûrement parce que la cause m'importait.

Je restai longtemps près du buffet qui longeait la grande salle de réception. Les petits-fours étaient bien trop délicieux pour que je n'en profite pas. Elijah pouvait toujours dire que j'étais une gloutonne, il ne savait pas ce qu'il ratait. Monsieur faisait attention à sa ligne, tant pis pour lui !

J'accompagnai Kylian saluer un tas de gens qui m'étaient inconnus, mais qui tous me connaissaient. C'était énervant, mais je finirais probablement par m'y faire un jour.

Une vente aux enchères se déroula ensuite. Je faillis tomber à la renverse à maintes reprises en entendant le prix exorbitant de chaque objet. C'était absurde.

La soirée se termina en musique. Certains se mirent à danser, d'autres continuaient de bavarder.

— Tu ne t'es pas ennuyée ? me demanda Kylian.

— Bizarrement, non.

— Même avec les enchères ?

Je ris et secouai la tête.

— Si ça avait été pour quelque chose d'inutile, j'aurais sûrement perdu tous mes cheveux. Mais je sais que c'est pour une bonne cause.

Il m'embrassa sur le front en souriant, quand Elijah débarqua avec plusieurs petits-fours dans les mains et sûrement deux ou trois dans la bouche.

— T'avais raison, Gab. Ils sont trop bons. J'ai craqué.

Il se fit interpeller et disparut au moment où Junior arrivait, les mains dans les poches. Vêtu d'un costume sombre, il fit un signe de tête à Kylian, puis me tendit la main.

— Tu veux bien m'accorder une danse ?

— Mais tu ne sais pas danser, Junior, répondis-je en riant.

— J'étais gentil, pourquoi tu gâches tout ? me répliqua-t-il avant de me prendre par le bras et de m'entraîner de force au milieu de la piste.

Hilare, je le suivis sous le regard amusé de Kylian. Je savais que Junior le crispait toujours parfois mais, depuis la cérémonie, il semblait apaisé lorsque je me trouvais avec lui.

Oui, bien des choses avaient changé.

Junior plaça mes mains derrière sa nuque, entoura ma taille et piétina lentement en me faisant un sourire satisfait.

— Je sais danser, me contredit-il finalement. Je fais simplement semblant de ne pas savoir. Tout le monde doit avoir un défaut, ce serait dangereux si on savait que j'étais parfait.

— Ah bon ? Tu ne m'as pas dit récemment que tu n'avais aucun gène de danseur dans les veines ?

— Je t'ai menti, souffla-t-il, ironique.

J'éclatai de rire.

— Comment tu vas ? poursuivis-je plus sérieusement.

— À peu près bien.

Junior n'allait jamais à peu près bien. Je compris que c'était sa façon à lui de m'indiquer qu'il n'était pas au mieux de sa forme.

— Avec Eddy ?

— On n'a pas vraiment réussi à parler très longtemps. Mon emploi du temps est surchargé, mais on a rendez-vous tout à l'heure. Je pense qu'il n'est pas encore prêt à se montrer ouvertement avec moi.

— C'est un grand changement.

— Oui, et je crois qu'il n'était pas vraiment prêt à ça, malgré ce qu'il pouvait dire. Je l'ai vu plusieurs fois mal à l'aise lorsqu'il est interpellé par les journalistes et les fans…

— Ce n'est peut-être pas pour les raisons que tu imagines. Être propulsé sous le feu des projecteurs n'est pas forcément facile.

— Tu en sais quelque chose… Mais je crois qu'on est sur la bonne voie. Je ne vais donc pas traîner ici, mais je ne voulais pas partir sans t'avoir vue. Pour Ed, il faudrait juste qu'il comprenne que je suis vraiment le meilleur, je suis certain que ça changera la donne.

Voyant son arrogance refaire surface, je souris, soulagée de le retrouver.

— Et ta famille ?

Un éclair de tristesse traversa son regard sombre.

— Disons que c'est loin d'être simple et beau. Mon père m'a banni de la famille. Ma mère continue de m'appeler en douce. Mes frères et sœurs ne me parlent pas vraiment et Aïssa… Elle m'en veut de lui avoir menti. Elle t'en veut aussi, mais j'espère que ça lui passera. C'est elle que j'avais le plus peur de perdre dans toute cette histoire. Je savais en disant la vérité que je perdrais mon père, mais ma petite sœur…

— Elle te pardonnera.

— Je ne sais pas. On verra. J'essaye de me concentrer sur ma vie à Chicago. Sur Ed aussi. Je crois vraiment que j'ai pris la bonne décision en racontant tout. Et puis, étrangement, les gens m'adorent ou me détestent encore plus. Les femmes semblent attirées par ce qu'elles ne peuvent avoir, et je ne te parle pas des hommes. C'est presque pire que la séduction des femmes.

Je ris en imaginant le tableau.

Le regardant attentivement, je me rendis compte que, malgré la fatigue, Junior semblait… en paix avec lui-même.

— Je te remercie encore une fois pour ce que tu as fait.

Il me serra fort dans ses bras, puis me relâcha lorsque Kylian vint vers nous. Ce dernier lui tapa sur l'épaule, avant de m'enlacer la taille.

— Je prends le relais, McCoy.

— Toujours aussi jaloux, hein ? N'oublie pas que je suis et resterai le meilleur. D'ailleurs, tu devrais me remercier, grâce à moi, Gab n'a plus peur.

Kylian balaya ses mots en le repoussant loin de nous. Junior rit, nous fit un signe de main et s'en alla. Je le regardai partir, espérant sincèrement que les choses s'arrangeraient rapidement pour lui.

Les doigts de Kylian ramenèrent mon visage dans sa direction et, passant les bras autour de son cou, je le laissai nous bercer doucement au rythme de la musique. Je ne cessais de sourire, ce qui lui fit froncer les sourcils.

— Qu'est-ce qui t'amuse ?

— Ta jalousie.

— Je ne suis pas jaloux.

— Ah non ?

Notre bulle d'amour fut soudain rompue par Tom Carter. Kylian prit son air le plus sérieux.

— Bonsoir à tous les deux, commença-t-il. Je ne vais pas vous déranger longtemps. Je voulais simplement vous dire que j'ai eu vent par l'avocat de l'équipe des démarches entreprises à l'encontre de ta mère, Kylian. Tu as fait ta part du marché, j'ai donc effectué la mienne.

— C'est positif ?

Je fronçai les sourcils, ne comprenant rien à leur conversation.

— Oui, personne n'a émis d'objection à ma proposition. Mademoiselle Ferry, bienvenue à nouveau parmi les Monsters.

Il fit un signe de tête en direction de Kylian, puis s'éloigna.

— Qu'est-ce qu'il vient de dire ?

— Que tu peux reprendre tes fonctions, me répondit-il, un sourire immense aux lèvres.

— C'est vrai ?

Il acquiesça simplement, tandis que je me retenais de hurler de joie. J'entourai son cou et l'embrassai, parcourue soudain d'une énergie immense. J'aurais presque pu aller faire un footing.

Presque.

Kylian attendit que l'euphorie retombe un peu avant de m'expliquer :

— Quand j'ai su que c'était mon oncle, je suis allé le voir pour parler de toi. Il m'a dit que, si je parvenais à chasser ma mère et à calmer les tensions autour de nous, il parlerait aux autres investisseurs de ta réintégration.

— Pourquoi tu ne me l'as pas dit ?

— Je ne voulais pas te donner de faux espoirs dans le cas où il n'aurait pas tenu parole…

Émue, je ne cessais de sourire. Kylian se remit à danser, m'entraînant avec lui.

Cette soirée était parfaite.

Dans les bras de l'homme que j'aimais, mon travail retrouvé et une vie en phase d'être apaisée, c'était tout ce dont je rêvais depuis un long moment.

Fermant les yeux, je m'abandonnai au bonheur, tout en me laissant guider.

Épilogue (Partie 1)

Gabrielle
Quelques mois plus tard…

Le retour des beaux jours annonça les vacances, que j'attendais depuis bien trop longtemps.

Les Monsters allèrent jusqu'aux *playoffs*, qu'ils perdirent en huitième position. La déception fut grande, mais le rêve était intact, et leur détermination n'en fut que plus grande pour triompher l'année suivante.

Mon contrat avec l'équipe fut renouvelé pour les deux années à venir. Achevant mon année de stage, je devenais donc officiellement kinésithérapeute des sportifs de haut niveau des Chicago Monsters. Il était certain que sans Kylian je n'en serais jamais arrivée là, mais j'adorais mon parcours, le travail effectué et l'univers dans lequel j'avais fini par me faire une place. J'aimais le chemin que j'avais parcouru et l'homme à côté duquel j'évoluais.

Les médias finirent par nous laisser tranquilles, ou presque. Cela avait pris du temps. Beaucoup de temps. Sans doute certains parlaient-ils encore de nous d'ailleurs. Mais, lorsque j'avais compris que leurs propos ne changeraient en rien qui j'étais et qui je voulais continuer d'être, j'étais parvenue à trouver une paix totale en moi.

Alors, les choses avaient véritablement commencé à s'améliorer. Il n'y avait pas mieux que l'indifférence.

Lorsque Kylian déposa plainte contre Anna, je craignis qu'une autre tempête se soulève. Qu'elle finirait par abattre ses foudres sur nous. Mais cela n'avait pas eu lieu. Non qu'elle n'en ait pas rêvé, mais elle n'avait finalement plus aucune carte en main pour nous blesser.

La procédure fut longue, et elle nous harcela durant tout ce temps, aggravant son cas. Plus les jours passaient, plus ses agissements devenaient désespérés.

Kylian en avait énormément souffert, au point que, doucement, il s'était enfermé dans un mur de silence me laissant complètement démunie.

Lorsque Anna avait été reconnue atteinte de névrose obsessionnelle envers son fils et moi-même, que le juge nous avait accordé ce qu'on demandait, autrement dit des mesures d'éloignement, et qu'il avait ordonné un suivi psychologique à Anna, ça avait été un désastre. Elle avait perdu totalement la face qu'elle se composait chaque jour et, pour la première fois de ma vie, j'avais vu quelqu'un devenir fou.

Cela n'avait pas arrangé son cas. Ni celui de Kylian qui, pendant plusieurs jours, s'était encore plus replié sur lui-même. Je me doutais qu'il se sentait coupable, blessé et triste de voir sa mère ainsi.

Depuis ce jour où le délibéré avait été rendu, nous n'avions pas revu Anna. Ce n'était qu'au terme de longues recherches de la part de JB que nous avions appris qu'elle était retournée en France.

Probablement pour échapper au suivi psychologique…

À présent, tout semblait être revenu à la normale. Mais aujourd'hui, ce n'était pas un jour normal.

Nous étions le 27 juin. C'était l'anniversaire de Kylian.

Je préparais cette journée depuis plusieurs semaines, j'étais excitée comme une puce à la maison. Si tout se passait comme je l'avais prévu, j'allais enfin pouvoir le surprendre.

Depuis notre rencontre, Kylian me comblait de cadeaux et d'attentions en tout genre. Cette fois-ci, c'était mon tour.

J'avais mis JB dans la confidence bien sûr, et il m'avait aidée à tout préparer.

Enfin ce jour était arrivé…

— On peut y aller, maintenant ? demandai-je à JB, qui ne cessait de regarder l'heure. On va être en retard.

— Oui, je crois que le timing sera parfait, à présent.

Je frappai dans mes mains, l'excitation grandissant chaque seconde un peu plus. JB roula tranquillement alors que je n'avais qu'une envie, qu'il appuie sur le champignon au maximum. J'avais hâte de retrouver Kylian au stade pour le récupérer après son entraînement.

J'avais demandé ma journée pour pouvoir tout préparer.

JB s'engagea dans la rue du stade, mais ne s'arrêta pas sur le parking comme prévu.

— JB… Qu'est-ce que vous faites ? Le parking est de l'autre côté !

— Je sais.

— Les plans ont changé ?

— Oui.

— Merci de me le dire au dernier moment, qu'est-ce qu'on fait, maintenant ?

— On patiente.

— Hein ? Comment ça ?

Il sourit sans pouvoir se retenir, ce qui me mit la puce à l'oreille. Je le fixai.

— Non ! Il n'a pas fait ça ? !

— Fait quoi ? demanda-t-il innocemment.

— Kylian a compris que je préparais quelque chose et il a pris les devants ? C'est ça ?

— Pas du tout.

— Alors quoi ? On va où exactement ?

— Patience.

— Au moins un indice ?

Il secoua la tête.

— Un petit indice ? insistai-je. Un micro-indice ? Un atome d'indice. Ce n'est rien un atome ! Allez, JB !

Il s'esclaffa. Comprenant que rien ne sortirait de sa bouche, je croisai les bras sur ma poitrine, déçue que ma surprise tombe à l'eau. Elle était tellement parfaite…

— Ne soyez pas déçue, Gabrielle. Si vous voulez savoir, Kylian avait prévu le coup bien avant que vous pensiez à lui faire une surprise.

— Ça ne me réconforte pas du tout. Si je veux réussir à lui faire une surprise, il faudra que je m'y prenne dix ans à l'avance.

Il rit doucement en acquiesçant.

— C'est effectivement probable, mais c'est le hasard qui a voulu que cela tombe le jour de son anniversaire.

— Où est-ce qu'on va ?

J'eus la réponse très rapidement. JB s'engagea sur un parking où nous attendait Kylian, appuyé contre sa voiture, les mains dans les poches.

Je pris une longue inspiration, j'étais toujours aussi déçue de ne pas avoir réussi mon coup. Je compris que JB avait même fait exprès de tarder à partir de la maison, pour que Kylian finisse son entraînement.

Je descendis de la voiture en plissant les yeux à cause du soleil encore bien trop irradiant pour une fin d'après-midi. En jean et débardeur, je respirais en sentant une petite bourrasque de fraîcheur souffler.

Je rejoignis alors Kylian en boudant.

— Je suis désolé d'avoir gâché ta surprise, me dit-il en souriant. Mais je suis certain que je saurai me faire pardonner.

— Seulement si tu me dis ce que tu as préparé.

Il rigola et m'ignora royalement. Il s'entretint rapidement avec JB avant de m'inviter à monter dans sa voiture. Il dut m'attacher parce que je refusais de lui obéir, puis il roula en silence. Il tenta plusieurs fois de me taquiner pour me dérider, mais rien n'y faisait, je continuais de le détester.

Finalement, je craquai.

— Kylian, on ne fait pas des surprises aux autres le jour de son propre anniversaire. Ce n'est pas comme ça, la vie !

Mes paroles l'amusèrent plus qu'elles ne le culpabilisèrent. J'étais tellement frustrée !

Lorsque je reconnus les longues routes bordées d'arbres que nous avions empruntées quelques mois plus tôt, je compris.

La maison au bord du lac, me dis-je, ravie.

Je trépignais à l'intérieur, mais n'en montrais rien à Kylian. C'était un peu ma vengeance pour avoir dû renoncer à ma surprise.

Je vis la voiture de JB nous doubler, puis s'engager dans l'allée de gravillons. Il nous ouvrit le grand portail électrique menant à la maison. Je fronçai les sourcils en voyant une voiture bien connue dans la cour.

— Qu'est-ce qu'Elijah fait là ?

Kylian garda le silence. Je me demandais s'il avait invité toute l'équipe dans cette maison, sans y voir un intérêt réel. Je les voyais déjà tous les jours, la surprise ne pouvait pas être ça.

Kylian descendit de voiture et dut faire le tour pour me forcer à faire l'imiter.

J'étais décidée à ne pas lui faciliter la tâche.

Il me poussa ensuite vers l'entrée de la maison et, lorsque j'ouvris la porte, je compris combien son cadeau était extraordinaire : ma famille.

— Bibi ! s'exclama Mike.

Fait rarissime, mon frère me serra dans ses bras. Il ne me frappa pas, il ne m'embêta pas, il me prit simplement contre lui, en m'étouffant un peu. Beaucoup.

Je faillis pleurer en les voyant tous dans cette grande maison. Cela faisait six mois que je ne les avais pas vus, et leur absence m'était devenue extrêmement difficile. C'était pour cette raison que j'avais hâte d'être en vacances, mais comme elles n'arrivaient que dans quelques semaines… Kylian avait apparemment décidé d'écourter l'attente.

Je me retournai vers ce dernier après avoir embrassé ma famille et lui fis le plus immense sourire du monde.

— Ta surprise est magnifique. Merci.

Satisfait, il s'esquiva avec JB et Elijah pour me laisser un peu de temps avec ma famille. Lorsqu'ils réapparurent, ils n'étaient plus trois… Mais six.

Junior, Eddy et Raphaël.

— Je vais mourir, souffla Mike à mes côtés. McCoy est là. Je suis dans une maison en présence de McCoy. Je vais tomber dans les pommes.

Je rigolai, puis rejoignis Raphaël que je serrai contre moi. Une seule personne manquait au tableau : Talina.

J'avais gardé contact avec elle. On s'envoyait des messages de temps en temps et, même si ce n'était plus comme avant, j'avais retrouvé un semblant de paix à son sujet. Elle essayait de trouver un équilibre avec Morgan à Paris. Leur relation était repartie de plus belle, et j'en étais contente. Au fond, Morgan était un peu fou, mais il était bon pour elle et tout de même assez stable pour lui apporter ce dont elle manquait cruellement : l'amour.

Tout le monde se rendit finalement dans le jardin, où une table avait été dressée, à quelques mètres du lac. Le moment ne pouvait pas être plus parfait.

Je rejoignis Kylian dans la cuisine pour aller chercher les plats que ma mère avait préparés dans la journée et regardai l'homme que j'aimais sans cesser de sourire.

Me souriant en retour, il attrapa un cake et m'embrassa avant de se diriger vers le jardin, mais je le retins.

— Comment tu as fait pour que je ne me rende compte de rien ?

— JB m'a aidé. Tes parents aussi, ils voulaient te faire plaisir.

— Ça a fonctionné, merci. Tu n'es pas allé à l'entraînement aujourd'hui pour tout préparer ici, c'est ça ?

— Si, j'ai été au stade.

— Alors, comment as-tu fait pour être à l'heure ?

— J'ai reculé l'heure de toutes les horloges à la maison. Quand tu es partie avec JB, il n'était pas l'heure que tu pensais, il était bien plus tard. La seule crainte que j'avais, c'était que tu le remarques sur ton téléphone.

J'ouvris la bouche, choquée de m'être fait avoir ainsi. Je comprenais mieux comment il avait réussi à avoir un timing parfait et surtout, qu'Elijah ait pu se trouver dans cette maison avant nous.

— Tu es complètement fou.

— De toi, oui.

Il m'embrassa, puis disparut avec deux plats dans les mains, en direction du jardin.

Attrapant le dernier plat restant, je m'arrêtai dans la véranda, observant ma famille, l'amour de ma vie et mes amis discuter et rire autour de la table. Voir Junior et Eddy complices, au grand jour, sans plus de secrets, mes parents qui parlaient avec JB et Elijah, mon frère totalement perturbé par la présence des grands joueurs de la League, sans parler de Kylian qui les rejoignait en soulevant les plats comme un trophée me combla de bonheur.

Le soleil encore assez haut dans le ciel se reflétait sur le lac, offrant un panorama magnifique.

Je ne me rappelais plus du tout pourquoi ni de quoi j'avais douté. Ce genre de moments me laissait croire à un avenir paisible, stable, avec sûrement des hauts et des bas, mais heureux. J'avais eu tort depuis le début : Kylian ne me laisserait pas tomber.

Il m'aimait vraiment. Moi. Gabrielle Ferry, la fille simple à l'humour douteux et aux imperfections que j'avais appris à accepter au fil du temps.

Ne réussissant pas à contenir mon sourire, je franchis les portes de la véranda avec une confiance, une force et une détermination que je n'avais jamais ressenties auparavant.

J'en étais persuadée : Kylian et moi, ensemble, étions plus forts.

Épilogue (Partie 2)

Kylian

Un peu avant 23 heures, alors que la nuit était en train de tomber, que Junior et Eddy étaient partis et que la famille Ferry se promenait avec Raphaël et JB pour digérer, je raccompagnai Elijah à sa voiture.

— Qu'est-ce que tu comptes faire les jours prochains ? demandai-je en sortant dans la cour.

— Je pars à Los Angeles demain matin pour passer un peu de temps avec ma fille. Ensuite, je m'envole pour Paris ! J'ai été invité au Quai 54 si tu n'as pas oublié mais, comme tu n'as pas voulu venir pour me faire visiter ton pays, je vais être obligé d'engager une belle guide…

Je rigolai en esquivant la bourrade qu'il m'adressait.

Le Quai 54 était un événement organisé à Paris chaque année, réunissant des joueurs de tous les pays. Des spectacles, des matchs de basket-ball, des concours de *dunk* et des concerts y étaient organisés le temps d'un week-end. Elijah y était invité cette année, mais, contrairement à lui, je n'avais pas l'autorisation de sécher les premiers matchs de l'été.

— Je pars une semaine et je reviendrai pour les matchs du Summer Game, continua-t-il. Ça ne devrait pas durer longtemps, ce sont principalement les remplaçants qui vont jouer, pendant que nous, on pourra se la couler douce.

— Donc je te revois dans environ deux semaines ?

— Je vais te manquer, hein ?

Je secouai la tête et le repoussai vers sa voiture. Elijah rit, puis s'éloigna doucement en me faisant un signe de la main.

Je retrouvai Gabrielle en train de ranger les restes de vivres dans la cuisine.

Je l'entraînai vers le jardin et empruntai le chemin qui longeait le lac, dans l'idée de rejoindre sa famille qui ne devait pas se trouver bien loin.

Gabrielle retira ses chaussures et marcha sur la courte bande de galets.

La vue était belle.

À aucun moment de ma vie je n'avais imaginé que l'amour pourrait un jour me frapper aussi fort. Pourtant, mon monde avait été bouleversé le jour où j'avais décidé d'aller dîner dans ce restaurant chic de la capitale où elle travaillait alors. Depuis, je n'avais jamais regretté une seule seconde cet instant où nos chemins s'étaient croisés.

Nous avions tous les deux fait des erreurs, mais cela nous avait permis de nous rapprocher, de nous renforcer.

Je la stabilisai alors qu'elle manquait de perdre l'équilibre sur un rocher qui la hissait presque à ma hauteur, puis l'embrassai sans attendre.

Lorsqu'il s'agissait de Gabrielle, j'avais arrêté d'hésiter. À présent, je savais qu'elle ne fuirait plus. Je savais que je pourrais lui offrir la vie qu'elle méritait. J'espérais toujours pouvoir lui apporter plus, mais chacun de ses sourires m'assurait que nous avions réussi à surmonter le pire et que l'avenir ensemble n'était plus du tout incertain.

Bien au contraire.

Je finis par ouvrir les yeux sans m'éloigner d'elle.

— Tu ne regrettes pas d'avoir quitté la France pour vivre cette vie, loin de ta famille ?

Elle secoua la tête, le regard plongé dans le mien.

— Non. Je n'ai aucun regret.

— Donc tu ne comptes pas t'enfuir loin de moi ?

— Non plus, dit-elle en riant.

— Alors tu voudrais bien me faire le plaisir de quitter ton appartement pour venir t'installer dans le mien ?

Elle me sourit et haussa les épaules.

— Je suis toujours chez toi, qu'est-ce que ça change que je le garde ou non ?

— Pour quelqu'un qui n'aime pas jeter l'argent par les fenêtres…

— D'accord ! OK, tu as raison. Je rapporterai tout ce dont j'ai besoin lorsqu'on rentrera.

Je lui fis un grand sourire en écartant les bras.

— Je ne suis pas tout ce dont tu as besoin ?

— Si, mais je tiens quand même à certaines petites choses que j'aimerais récupérer.

— Comme quoi ?

— Le bracelet en diamants que tu m'as offert lors de notre première soirée. La photo qu'on a faite dans le train de la mine à Disney, même si j'ai l'air crispée dessus. Et aussi quelques affaires et babioles complètement inutiles, mais que j'affectionne.

Je ne pus m'empêcher de sourire. Du moment qu'elle venait vivre avec moi, ce qu'elle apportait m'importait peu. Et j'étais heureux qu'elle ait gardé toutes ces petites choses qui me rappelaient nos débuts.

— Bibi !

Alors que Mike, ses parents, mais aussi JB et Raphaël s'approchaient, elle ne se gêna pas pour me donner un baiser, puis courut dans leur direction. Je la suivis en souriant.

Si j'avais d'abord cru perdre mon unique famille lorsque j'avais banni ma mère de ma vie, je comprenais doucement qu'une autre m'avait ouvert grands les bras.

Sans lâcher Gaby du regard, je compris aussi que, malgré tout ce que nous avions traversé, nous avions surtout réussi à surmonter toutes les épreuves.

À présent, nous nous devions de profiter, de vivre pour nous, pleinement. Je lui avais dit que je refusais de mourir avant d'avoir pu vivre véritablement notre vie à deux, je comptais bien mettre en œuvre ces paroles.

Le pire était à présent derrière nous, et il ne nous restait plus qu'à vivre le meilleur.

Avec toi, ailleurs c'est ici

1

Paris. Cette ville qui m'avait tant fait rêver. Aucune autre ne m'avait autant attirée. À présent que je m'y trouvais, j'avais l'impression de courir après le temps pour faire, voir et visiter tout ce que j'avais planifié.

Armée de mon appareil photo, qui m'avait coûté un bras, dix dents, mes cheveux et mes orteils, je déambulais dans les rues de cette capitale magnifique, prête à dégainer à la moindre trouvaille.

Même les pigeons me semblaient plus jolis, ici.

J'adorais Paris depuis mon adolescence, et rien ni personne n'aurait pu m'ôter les étoiles que j'avais dans les yeux.

Ce jour-là, je descendais tranquillement les Champs-Élysées, faisant du lèche-vitrines, sans m'autoriser à me ruiner plus. Ce voyage m'était déjà revenu bien trop cher, mais je le méritais.

Après six ans de relation avec un homme dont je pensais qu'il me comblerait jusqu'à ma mort, j'avais découvert qu'il entretenait une liaison avec deux autres femmes.

Quelle conne !

Mais je refusais de laisser la colère prendre le pas sur mes émotions.

Je l'avais rencontré à dix-huit ans. Je venais tout juste d'être diplômée, tandis que lui avait sept ans de plus que moi. Il était commercial dans une grande agence de télécoms. Le plan parfait pour moi : il exerçait le travail qu'il souhaitait et disposait de revenus assez conséquents pour me permettre de continuer mes études.

Malheureusement, ce plan, deux autres étudiantes y avaient songé aussi. J'avais vécu six années d'un amour totalement faux et malsain. Alors, quand j'avais fini par découvrir le pot aux roses, j'avais décidé de vivre égoïstement. Pour moi. Quitte à me ruiner... Et je l'avais fait de la plus belle des manières : du Vermont, j'étais venue à Paris.

La soirée était déjà bien avancée, pourtant, je ruisselais tant la chaleur était étouffante. On avoisinait les cinquante degrés au moins. Bon, d'accord, peut-être pas, mais la journée avait été cuisante, pas loin des quarante degrés, et, malgré le soleil qui se couchait lentement, la fraîcheur se faisait encore attendre.

Émerveillée par tout ce que je voyais, je marchais, le sourire aux lèvres. Les gens pouvaient bien me prendre pour une folle, peu m'importait. J'étais heureuse, c'était tout ce qui comptait.

Je souris davantage en passant devant la boutique Disney. J'avais toujours rêvé d'aller à Disneyland, à Los Angeles, mais mes parents n'avaient jamais eu les moyens de nous y emmener.

Je longeai ensuite plusieurs restaurants et m'arrêtai pour prendre en photo un vendeur de roses, ou encore un homme qui jouait de la trompette à merveille. Je ne connaissais pas de ville aussi vivante que celle-ci.

Soudain, des cris et une foule agglutinée attirèrent mon attention. Je m'approchai, curieuse.

Un immense maillot de basket-ball rouge était accroché à la devanture d'une boutique de chaussures. Il portait les inscriptions « Turner » et « 40 ».

Je fis quelques pas de plus, tentant de comprendre qui pouvait être la personne que tout le monde semblait attendre. De la musique résonnait dans la rue, musique qui n'était pas du tout mon genre, mais l'engouement des gens étant contagieux, je me mis à remuer la tête au rythme des basses.

Après plusieurs minutes d'attente, et ne voyant aucun mouvement annonçant l'arrivée de la célébrité, je m'éloignai de la foule, poursuivant mon chemin. Je voulais atteindre la grande roue et, pourquoi pas, en faire un tour.

Lorsque, loin derrière moi, les cris redoublèrent, je regrettai de ne pas être restée quelques minutes de plus. Mais je n'avais pas le temps. Je me retournai cependant une seconde pour voir si j'apercevais quelque chose d'où j'étais, mais tout ce que je réussis à faire fut de bousculer violemment quelqu'un.

— Pardon ! m'exclamai-je en anglais. Je ne regardais pas où j'allais, je suis vraiment désolée.

Je me trouvais face à un groupe d'hommes dont certains portaient un costume sombre et reculai. L'homme immense que j'avais percuté m'observa en plissant les yeux, puis fit un pas vers moi, m'obligeant à lever la tête pour le fixer à mon tour.

— C'est moi qui dois m'excuser, dit-il dans un anglais parfait. J'espère que vous ne vous êtes pas fait mal ?

Je lui fis signe que non.

Habillé comme pour une séance de jogging, il portait sa capuche basse sur le visage. Il la poussa en arrière, me laissant le voir pleinement. Il avait une beauté étrange. Des cicatrices légères, sur la figure, lui donnaient un air mystérieux. Pourtant, il était très agréable à regarder. J'eus envie de le prendre en photo, pour pouvoir l'examiner plus tard en profondeur.

Me rendant compte de mon indiscrétion, je détournai le regard, puis souris.

— J'espère que vous ne vous êtes pas fait mal non plus.

— Je crois que je survivrai.

Le dévisageant à nouveau, je vis un sourire illuminer doucement ses traits.

Je me sentis envoûtée. C'était étonnant, de ressentir ce genre de choses… Cela ne m'était pas arrivé depuis… *l'autre*.

Je me renfrognai, puis secouai la tête.

— Pardonnez-moi encore une fois, finis-je par dire en le contournant. Bonne soirée !

Je vis la surprise traverser son visage, puis il m'interpella.

— Attendez ! Comment vous appelez-vous ?

— Cassie, répondis-je sans savoir pourquoi je le faisais.

Il effaça la distance que j'avais mise entre nous d'une seule enjambée. Puis il me tendit un papier cartonné et attendit que je le prenne pour m'expliquer :

— C'est une invitation. Il se peut qu'on ne se revoie pas, mais j'espère tout de même que si. Cherchez le numéro 40. Bonne soirée, Cassie.

Il me fit un dernier sourire discret, puis rabattit sa capuche, comme pour se cacher à nouveau.

Je le regardai s'en aller, totalement incrédule.

C'était quoi, ça ?

Je portai les yeux sur le papier cartonné et lus :

Quai 54

8 et 9 juillet

Ces indications étaient suivies d'une adresse.

Nous étions déjà le 8 juillet.

Le Quai 54…

Qu'est-ce que c'était que ça ?

Dans ma tête, ce mot résonnait comme le nom d'un club de strip-tease. Très peu rassurant.

Je souris néanmoins, puis fourrai l'invitation dans ma sacoche, avant de poursuivre mon chemin.

Je n'avais pas de temps pour ces bêtises. J'avais encore beaucoup de choses à faire. Je ne pouvais pas me permettre de dévier de mes projets.

Cette rencontre était sympa, mais je voulais vivre cette aventure avec un grand A. Penser à moi, égoïstement. Ce que je n'avais pas fait depuis tant d'années.

Paris était à moi durant une semaine, et je comptais en profiter pleinement, sans interférence et sans présence masculine d'aucune sorte.

À bas les pénis ! me dis-je gaiement. *Enfin, non, pas tous.* Mais loin de moi pour le moment.

2

Mais qu'est-ce que je fous ici ?

Ma visite du Parc floral aux portes de la capitale m'avait finalement donné envie de me rendre à ce fameux Quai 54, situé non loin. Mais à présent, je ne savais plus pourquoi j'étais venue.

J'avais l'impression d'être descendue dans la fosse aux lions. Le Quai 54 était un événement sportif en plein air et non un club de strip-tease, comme je l'avais d'abord pensé. Des centaines de personnes étaient rassemblées sur des gradins montés pour l'occasion. Au centre se trouvait un terrain de basket-ball, où se jouaient des battles de paniers.

C'était assez impressionnant, je devais l'admettre, et je me sentais perdue au milieu de ce public qui hurlait ou chantait au rythme de la musique, connaissant les paroles par cœur, tandis que moi… je restais droite comme un piquet à me demander ce que je faisais là.

C'était inédit, car je n'étais pas du genre à me mêler à la foule, ni à assister à des concerts. Bien au contraire. Je préférais passer mes journées à la maison avec un bon livre.

Je décidai de rester tout de même encore un peu, profitant de cette expérience pour savoir si j'appréciais d'être entourée d'autant de gens.

Autour de moi, on parlait français principalement, mais pas uniquement. C'était comme si cet événement rassemblait toutes les nationalités. Et, si je ne comprenais que partiellement ce que le présentateur disait grâce à mes cours de

— Vous ne savez rien de moi, finis-je par dire. Je suis peut-être une fan psychopathe et j'ai monté tout ce cinéma pour attirer votre attention.

— Une psychopathe ne le reconnaîtrait pas.

— Peut-être que ça fait partie de mon jeu pour vous attirer.

Il s'approcha encore un peu, puis me sourit, comme s'il ne trouvait plus rien à ajouter. Ses yeux brillèrent d'amusement, puis il haussa les épaules.

— Dans ce cas, vous devriez être contente, parce que ça fonctionne.

Je perdis mon sourire et fronçai les sourcils. Son intonation plus personnelle et son rapprochement physique déclenchèrent une alarme dans ma tête. Une grosse alarme bien multicolore, pour me sortir de cet échange étrange mais agréable.

— Oui…, repris-je en hésitant. Je ne sais pas si j'en suis contente mais, ce que je sais, c'est qu'il faut que je rentre. Bonne soirée, Turner.

— Elijah, déclara-t-il, en mettant les mains dans les poches. Je m'appelle Elijah.

J'acquiesçai en me demandant si ça changeait quelque chose que je connaisse son prénom, avant de me rendre compte que je l'adorais, ce prénom, et qu'il lui allait très bien.

— Dans ce cas, bonne soirée, Elijah.

Il me sourit une fois encore.

— Bonne soirée, Cassie.

Je répondis à son sourire, puis lui tournai le dos, empruntant le chemin de terre sombre qui me ramènerait à la civilisation.

J'entendis quelques froissements, puis sa voix.

— En même temps, je ne peux pas te laisser rentrer seule.

Je m'arrêtai et étouffai un petit rire, avant de me tourner vers lui en secouant la tête.

— Si, tu peux.

— Tu sais… Je connais les grandes villes. Il est tard, et les transports en commun ne sont pas toujours très sûrs.

— Vous partez déjà ?

Je m'arrêtai, puis souris, surprise d'entendre *sa* voix.

Me tournant vers lui, je coulai un regard curieux autour de nous, étonnée de ne pas voir une horde de fans lui sauter dessus. Une seule personne se trouvait dans les parages et ne faisait pas du tout attention à nous.

Les échos du concert de clôture retentissaient toujours, et je supposai que c'était l'unique raison pour laquelle nous étions seuls.

— Oui, répondis-je en jonglant d'un pied à l'autre. Je ne connais pas vraiment la ville, et il est tard. Je préfère rentrer.

— Je peux vous raccompagner…

— Pourquoi ?

Il s'approcha et, comme la fois précédente, retira partiellement sa capuche, pour que je puisse voir son visage.

Je ne pus m'empêcher de sourire, lorsque je le sentis hésiter. Il semblait un gentil garçon, malgré ses cicatrices.

Je me demandai d'ailleurs ce qui avait causé toutes ces petites blessures, qui avaient dû être assez profondes pour laisser des marques.

Turner se frotta les mains, comme si cela l'aidait à réfléchir, puis haussa les épaules.

— Pour être tout à fait franc, je ne sais pas pourquoi je vous propose de vous raccompagner. Sûrement parce que vous êtes la seule personne à ne pas m'avoir reconnu, hier. C'est… rafraîchissant.

Je haussai les sourcils, ne cessant d'être surprise.

— En quoi est-ce rafraîchissant ? Je vous connais, maintenant.

— Oui, mais vous n'allez pas me demander d'autographe.

Il semblait si sûr de lui que je sortis le carton d'invitation et le lui tendis en souriant.

— Je pourrais avoir un autographe, s'il vous plaît ?

Il se mordilla la lèvre inférieure, prêt à rire, mais se retint.

— L'esprit de contradiction… J'aime beaucoup.

Je laissai mon bras retomber, puis rangeai le carton.

français, je comprenais parfaitement qu'il savait exciter le public au plus haut point.

Si je ressortais de cet endroit avec les tympans intacts, ce serait une chance !

La nuit était tombée depuis quelques minutes, lorsque je décidai de rentrer. J'étais loin de mon hôtel et je ne connaissais pas la ville. En cas de pépin, je n'avais personne à contacter.

J'avais laissé mon ancien moi dans le Vermont pour prendre des risques. Venir ici en était un. Je l'avais pris, à présent, je pouvais rentrer.

Tandis que je quittais mon siège, le présentateur fit une annonce qui attira mon attention. Je ne compris pas tout, seulement le nom « Turner » suivi du numéro « 40 ».

Je me rassis brusquement, alors que tout le monde se levait en hurlant. Je ne voyais plus rien.

Je bondis, et me mis sur la pointe des pieds pour savoir qui les gens acclamaient, sans succès. Ce ne fut que lorsque l'excitation retomba un peu que j'aperçus enfin le numéro 40.

C'était l'homme que j'avais percuté la veille.

Il était donc connu ? Je rigolai intérieurement en me disant que mon rêve d'adolescente s'était finalement réalisé… dix ans trop tard.

Turner salua la foule, puis signa une poignée d'autographes pour les chanceux qui se trouvaient près de lui, avant de marquer quelques paniers.

Lorsqu'il eut fini et qu'il signa de nouveau des autographes, j'en profitai pour me sauver des gradins. Je bousculai plusieurs personnes, mais tout le monde semblait avoir des jambes à rallonge. Les gens n'étaient pas normalement constitués, ici !

J'entendis la voix du numéro 40 résonner dans les haut-parleurs, annonçant une autre star : un rappeur américain.

Je ne loupais donc pas grand-chose…

Lorsque j'empruntai la sortie et m'éloignai un peu, je respirai un grand coup, ravie de retrouver mon espace vital.

Ce genre d'événements n'était définitivement pas pour moi !

Son air innocent était adorable. Il était clair qu'il cherchait une raison pour me raccompagner, mais je n'avais pas dit mon dernier mot.

— Je connais aussi les grandes villes, mentis-je. J'ai encore la possibilité d'appeler un taxi…

— Qui coûterait extrêmement cher !

— Restent, malgré tout, les transports en commun…, répliquai-je en me rendant compte combien il avait raison.

— Je n'en doute pas.

Il s'approcha à nouveau de moi. Et plus il s'approchait, plus je constatais à quel point il était grand. Il avait vraiment la carrure d'un basketteur.

— J'insiste, finit-il par dire, avant de tendre les paumes vers le ciel. C'est par ma faute que tu te retrouves ici aussi tardivement, alors, laisse-moi au moins t'offrir un retour confortable. Je te jure sur tout ce que j'ai de plus cher que je n'ai aucune mauvaise intention.

Je le jaugeai longuement. Pendant ce temps, il ne bougea pas, restant figé, les paumes tendues. J'eus envie de le prendre en photo, de l'immortaliser ainsi, dans cette position exprimant la sincérité.

Même si je ne le connaissais pas, je le crus. Néanmoins, la fille bien élevée en moi secoua la tête.

— Tu me ferais presque penser à ces types qui s'obstinent à essayer d'obtenir le numéro d'une inconnue.

Il sourit franchement, puis remit les mains dans les poches.

— Tout est dans le « presque ». C'est peut-être l'image que je donne, mais je te le répète : je n'ai aucune mauvaise intention.

Je l'observai encore quelques secondes, avant de diriger le regard vers le chemin sombre, et cédai enfin.

— D'accord. Mais ne tente rien : je suis armée !

Il éclata d'un rire bref et leva les mains en l'air.

— Je te le promets.

Je soupirai en me disant que j'étais en train de commettre une nouvelle folie.

J'espérais simplement qu'elle ne me coûterait pas la vie…

3

J'aurais probablement imaginé mille scénarios catastrophe, sur ce chemin sombre bordé d'arbres, si j'avais été seule, mais avec Elijah à mes côtés je me sentais… bien.

En sécurité.

Sauf si, bien sûr, c'était de lui que je devais me méfier mais, si tel était le cas, il cachait parfaitement son jeu. Cela dit, je n'avais pas su voir le double jeu de mon ex durant six ans. Il fallait croire que je n'étais pas très perspicace…

Elijah avançait silencieusement, les mains toujours fourrées dans ses poches. Je n'osais pas jeter de coups d'œil dans sa direction, ni faire la conversation. De toute manière, je ne savais pas quoi lui dire.

Apparemment, il n'en allait pas de même pour lui, car il sortit de son silence et entama tranquillement la discussion.

— Comment tu trouves Paris ?

Je souris, ravie d'avancer sur un terrain neutre et surtout sur un sujet que je maîtrisais.

— J'adore ! J'ai toujours aimé cette ville de loin. Aujourd'hui, je peux affirmer que c'est encore mieux que je ne le pensais.

— Tu as fait le voyage seule ?

— Oui.

Je le sentis me regarder, comme s'il ne trouvait pas ça normal.

— Voyager seule dans une ville inconnue ne te fait pas peur ?

Je lui jetai un coup d'œil, et ce que je vis me fit sourire à nouveau. Il semblait vraiment intéressé par ma réponse. Il avançait doucement, totalement à mon écoute.

— Pour être tout à fait honnête, j'ai pleuré dans l'avion, me demandant pourquoi j'avais fait cette folie. Mais, quand je suis arrivée à l'hôtel, je n'ai plus eu peur.

Il détourna le regard ; l'amusement pétillait dans ses yeux.

— Et toi…

— J'ai toujours pensé que les filles ne savaient pas vivre sans leurs copines, m'interrompit-il. Tu me prouves que les exceptions existent.

— J'avais surtout besoin de changer d'air.

En réalité, je n'avais plus d'amies. Mon ex avait pris soin de me couper de toutes les amitiés que j'avais entretenues pendant des années. Mais c'était un élément que je ne voulais pas dévoiler.

— Lorsqu'une femme dit ça, c'est souvent parce qu'une mauvaise expérience la pousse à vouloir passer à autre chose, et ça se traduit par un changement, comme une nouvelle coupe de cheveux, une nouvelle garde-robe ou encore un départ de sa ville natale pour respirer…

Il laissa sa phrase en suspens et me regarda, comme pour jauger ma réaction. Je tentai de ne pas laisser la surprise s'exprimer sur mes traits, parce qu'il avait entièrement raison.

Si je n'étais pas perspicace, lui, en revanche, l'était.

— Tu sembles connaître beaucoup de choses sur les femmes.

Il ne répondit pas tout de suite, comprenant sans doute que je ne parlerais pas de mon passé. Encore moins de mes mauvaises expériences.

Il passa la main dans mon dos, sans vraiment me toucher, puis m'invita à entrer dans un parking. Il me demanda l'adresse de mon hôtel, puis ce ne fut qu'une fois que j'eus attaché ma ceinture qu'il reprit la parole.

— Pour te répondre, j'ai trois sœurs. Je suis le dernier de la fratrie, alors, j'ai pu suivre toutes leurs aventures et leurs changements de comportement au rythme de leur évolution. Je ne dirais pas que je connais les femmes, mais il y a des choses qui ne me trompent pas.

— Tu es le dernier enfant ?

— La dernière, c'est ma fille, mais sinon, oui.

Il avait une fille… Quel genre d'hommes était-il ? Quel genre de père ?

Mon Dieu ! Il doit donc avoir une femme !

— Où se trouve la mère ? m'enquis-je immédiatement. Et sois franc, s'il te plaît. Ne fais pas comme tous ces hommes qui prétextent je ne sais quel problème, pour qu'on les croie célibataires.

Il me jeta un petit coup d'œil amusé. Sa beauté était incontestable. À mesure que les minutes passaient, qu'il me parlait, je le trouvais de plus en plus charmant. Mais je n'oubliais pas qu'il n'en restait pas moins un homme.

— Si tu veux la vérité, j'ai vécu de très belles années avec cette femme. Mais elle n'a pas supporté mon train de vie, ni ma célébrité. Lorsqu'elle a mis au monde notre fille, elle a compris que cette existence n'était pas pour elle et elle a fini par me quitter pour un autre.

Son regard se perdit sur la route. Je l'observai et me sentis triste pour lui.

Il l'aimait toujours.

J'en éprouvai de l'envie. Pas parce qu'il l'aimait toujours, mais parce que je me rendais compte qu'un homme pouvait aimer, ce qui ne m'avait pas été donné. J'ignorais ce que c'était que d'être aimée par un homme et, en cet instant, j'étais envieuse de cette femme que je ne connaissais pas, et qui avait eu la chance d'être aimée réellement.

Je ne savais pas comment nous en étions arrivés à cette conversation, mais cela jeta un froid dans l'habitacle.

— Je suis désolée, dis-je finalement, pour briser le silence inconfortable.

Il sortit instantanément de sa bulle et me jeta un rapide regard.

— C'est moi qui m'excuse. Je n'aurais pas dû te raconter ça, je ne sais même pas pourquoi je l'ai fait.

— Peut-être parce que tu voulais être franc ?

— Sûrement. Je dois t'avouer une chose, Cassie…

Il se gara tout près de mon hôtel, puis coupa le moteur. J'étais presque déçue que le chemin ne soit pas plus long. La circulation avait été bien trop fluide à mon goût.

Je détachai ma ceinture et me tournai vers lui.

— Qu'est-ce que c'est ?

— Tu as un pouvoir.

— Ah oui ? Lequel ?

— Celui du sérum de vérité.

J'éclatai de rire, puis secouai la tête.

— Crois-moi, si c'était le cas, j'aurais évité bien des erreurs !

Il fronça une petite seconde les sourcils, comme s'il enregistrait toutes mes paroles, sans vouloir que je m'en rende compte.

— Mais tes erreurs t'ont amenée jusqu'ici, à Paris, et pas avec n'importe qui…

— Oui, c'est vrai.

Comme il gonflait fièrement le torse, je poursuivis :

— Je suis avec le super, méga, gigantesque numéro 40… que je ne connaissais même pas avant-hier !

Ses épaules s'affaissèrent, puis, me voyant rire de sa réaction, il se joignit à moi.

— Je te l'accorde, tu m'as eu. J'espère néanmoins que tu as passé une bonne soirée et que le trajet n'a pas été une grande torture.

Je dodelinai de la tête, faisant mine de réfléchir, puis lui souris.

— Je n'ai absolument rien compris aux règles du Quai 54, mais j'ai quand même passé une bonne soirée. Merci de m'avoir raccompagnée.

— Avec plaisir !

Je descendis de la voiture, puis me retournai pour l'observer une dernière fois. Il reprendrait le cours de sa vie vers je ne savais quelle destination, tandis que je resterais à Paris, profitant pleinement de la ville.

— Merci encore, dis-je, une main sur la portière, comme pour prolonger l'instant.

Il tenta de retenir son rire sans y arriver.

— Tu n'as pas envie de me quitter, hein ?

Je secouai la tête sans me départir de mon sourire, puis je levai les yeux au ciel, en soupirant exagérément.

— Je voulais juste que tu comprennes que j'ai apprécié ton geste et le fait que ne m'aies pas tuée, plaisantai-je. Mais si tu le prends comme ça…

Je claquai la portière et éclatai de rire devant son air surpris.

Je lui fis un signe de la main, puis lui tournai le dos et m'éloignai en direction de l'hôtel.

Je n'entendis aucun bruit de moteur, ce qui me rendit curieuse.

Ne te retourne pas, Cassie. Ne te retourne pas. Rentre…

Bien sûr, je me retournai.

Elijah était toujours au volant, le regard posé sur moi.

Je me détournai rapidement, puis passai les portes coulissantes de l'établissement.

Je m'arrêtai dans l'entrée ; je devais passer pour une folle, à sourire idiotement sans pouvoir m'en empêcher, mais qu'importait.

Depuis mon départ, c'était la première fois que je retrouvais un réel sourire de bien-être, et c'était agréable.

Je pris une longue inspiration, comme pour m'imprégner de ce sentiment de plénitude, puis gagnai les ascenseurs.

Le seul regret que j'avais, c'était que je ne le reverrais probablement jamais.

4

Je passai le lendemain à suivre mon planning bien chargé. Le temps s'était montré plus clément, les températures étaient un peu redescendues, m'offrant une journée plus respirable. Entre la visite au Louvre, le pique-nique que je m'étais autorisé à faire sur le Champ-de-Mars, les quelques boutiques où j'avais acheté des souvenirs pour mes proches, et l'Arc de Triomphe, j'étais épuisée lorsque je me décidai à rentrer.

Je n'avais jamais autant marché que depuis que j'étais ici.

Tout au long de la journée, j'avais pu observer les Parisiens, ainsi que les touristes, et tous m'avaient semblé heureux. Je m'étais rendu compte que, moi aussi, je l'étais. Loin de ma ville, de mes soucis, je me sentais bien. Je n'avais aucune envie de repartir.

Entreprendre ce voyage avait été l'une des plus belles idées que j'avais eues. Durant toute ma vie, j'avais été une bonne fille, une bonne élève, une bonne compagne, ne vivant que pour plaire aux autres, sans vraiment penser à moi. Aujourd'hui, je prenais conscience qu'il me manquait une chose : ce grain de folie qui ferait qu'une fois vieille je pourrais me retourner sur mon existence et me dire que j'avais véritablement vécu. Sans éprouver aucun regret.

Ce séjour n'était que le début…

Mais les folies devraient attendre demain. Ce soir, je ne pourrais rien faire de plus de mon corps déjà bien trop fatigué.

Je soupirai de soulagement, lorsque j'aperçus mon hôtel. Mon lit ne se trouvait plus très loin.

En m'approchant, je reconnus une silhouette que je ne pensais sincèrement pas revoir de sitôt ; Elijah était assis sur un banc proche de l'entrée. Je m'arrêtai à une certaine distance de lui, puis me sentis sourire, comprenant qu'il n'était pas là par hasard, mais pour me voir. La coïncidence aurait été, sinon, bien trop grande…

Quelque chose se passa alors en moi, sur quoi je ne parvins pas à mettre de mots, mais j'eus subitement l'envie de me regarder dans un miroir pour arranger mon apparence. J'étais habillée comme un sac et je dégoulinais de transpiration. Je n'imaginais même pas l'odeur que je pouvais avoir !

Ignorant toutes ces pensées ainsi que ces envies subites, je me remis en marche, hésitant tout de même à lâcher mes cheveux blonds bouclés. Je ne fis rien de tout cela et fonçai sur lui.

Lorsque je ne fus plus qu'à quelques pas, je le vis secouer la tête, puis se lever. Je m'arrêtai, en me demandant ce qu'il comptait faire, puis, voyant qu'il s'éloignait, je l'interpellai :

— Elijah ?

Il se retourna en une fraction de seconde et sembla totalement perdu. Il se frotta l'arrière de la tête, comme s'il venait d'être pris en faute, puis mit les mains dans les poches.

— Salut, dit-il simplement en haussant les épaules.

— Salut, répondis-je en le sondant. Est-ce que c'est le moment où je commence à avoir peur ?

— Peur de quoi ?

— Peur de toi.

Il se passa la langue sur les lèvres, visiblement mal à l'aise, puis me fit un sourire si craquant que je le lui rendis.

— Tu n'as pas à avoir peur de moi.

— Donc, tu n'es pas un harceleur psychopathe ?

— Non. Enfin… Je ne crois pas.

— D'accord… Alors, tu voudras bien me prévenir quand je devrai m'inquiéter ?

Il fit un tour sur lui-même, comme s'il ne voulait pas que je voie son air amusé, puis tenta de reprendre son sérieux.

— Je te promets de te prévenir.

— Bien ! Sinon, qu'est-ce que tu fais ici ?

— Eh bien… J'étais juste à côté, pour… acheter des fleurs. Chez le fleuriste.

— Ah oui ? Il y a un fleuriste, ici ?

— Tout près, répondit-il, prenant son rôle très au sérieux. Mais la boutique était malheureusement fermée.

— J'ai le droit de te demander pour qui étaient ces fleurs ?

— Pour… ma tante. Elle est de passage à Paris, tout ça, tout ça.

— Je vois. Je vais te laisser lui rendre visite, dans ce cas.

Il eut la mimique d'un homme qui se sent coincé. Lorsque je fis un pas pour m'écarter de lui, il me barra le passage.

— Maintenant que je suis ici et que tu es aussi présente, que dirais-tu, si nous allions manger quelque chose ?

Je ne pus m'empêcher de pouffer.

— Et ta tante ?

— Je crois qu'elle s'en remettra.

— Tu fais surtout un piètre menteur !

Il posa la main sur son cœur, continuant son cinéma.

— Moi ? Mentir ? Sur une fausse tante et de fausses fleurs ? Insinuerais-tu que je suis resté assis là pendant une heure et demie simplement pour t'attendre ?

Je ne sus quoi répondre, à présent qu'il m'avouait ses véritables intentions. Je l'avais compris, mais l'entendre me le confirmer m'ébranla.

— Est-ce que tu m'autorises à te faire attendre encore un peu, le temps que je prenne une douche et que je me change ?

— Ça veut dire que tu acceptes ?

Il semblait si surpris que je fus plus troublée encore.

À bas les pénis ! me répétai-je.

— On verra… Si je ne change pas d'avis durant ma douche,

et que tu me vois revenir dans environ quinze minutes, c'est que j'aurai vraiment accepté.

Il me regarda comme s'il se demandait si je plaisantais ou non. Je ris, essayant de me soustraire à son regard presque choqué, ce qui dut lui mettre la puce à l'oreille.

Je le ferais attendre parce qu'une douche m'était indispensable, mais je n'étais pas du genre à poser des lapins.

Je filai rapidement jusqu'à ma chambre. Je passai sous l'eau et me surpris à prendre soin de moi pour la première fois depuis… bien trop longtemps. Je mis un peu de mascara, et même du parfum.

Avant de redescendre, je jetai un coup d'œil dans le miroir de l'entrée puis, satisfaite de ce que j'y vis, quittai ma chambre pour le retrouver.

De nouveau assis sur le banc, il attendait, les jambes tendues, le regard rivé devant lui.

Je n'étais pas certaine de réaliser que j'allais vraiment passer une autre soirée avec le numéro 40 des Chicago Monsters. J'avais fait quelques recherches sur lui. Sans dire qu'il me plaisait, Elijah était le genre de rencontre qui ne me laissait pas indifférente. Il était mondialement connu, son numéro de maillot était porté par bon nombre de personnes, et lui souhaitait passer les heures à venir avec moi.

Je me sentais flattée.

M'arrêtant à côté de lui, j'écartai les bras.

— Je me suis dit que te laisser seul ne serait pas très gentil. Alors, me voilà.

Il se pencha vers moi, sans toutefois se lever, et retint un sourire.

— Très charitable de ta part.

— Oui, je suis très généreuse.

Il étouffa un rire en baissant la tête, puis se leva du banc et m'offrit le bras.

— Tu as faim ?

— Oui, très ! dis-je en redevenant moi-même et en prenant le bras qu'il m'offrait.

— Tant mieux. Parce qu'il va te falloir un estomac d'ogre !

— Où est-ce qu'on va ?

— Même si je te le disais, tu ne saurais pas où c'est.

— Non, effectivement.

— Dans ce cas, laisse-toi guider.

Je lui jetai un coup d'œil, comme pour le jauger. Il semblait sincère, mais je ne pus m'empêcher de demander :

— Tu me raccompagneras ici, ensuite ?

— Promis. Si c'est ce que tu souhaites. Tu ne dois pas rentrer à l'heure de Cendrillon, rassure-moi ?

— J'ai un deal avec ma marraine la Bonne Fée. Je vais m'arranger.

Il déverrouilla sa voiture, le sourire aux lèvres, puis me laissa prendre place, avant de faire le tour en secouant la tête, l'air de se demander pourquoi il avait proposé à une fille qui semblait complètement folle d'aller manger avec lui.

Ça lui apprendrait !

Quant à moi, je constatai que c'était le genre de folie qu'il me manquait dans la vie.

Et Elijah m'offrait une porte de sortie. Avec lui, j'oubliais pendant quelques heures cette existence que j'avais pris soin de fuir.

Peu importait ce qu'il attendait de moi. Tant que l'oubli perdurerait, je profiterais de chaque instant.

5

Les 40 Voleurs.

C'était le nom de la crêperie où il m'emmena. Plusieurs personnes attendaient déjà à l'extérieur pour avoir une place, mais Elijah nous guida à l'autre bout du restaurant, où nous pouvions acheter des crêpes à emporter.

Il ne comptait donc pas rester ici… Où souhaitait-il que nous allions ?

Je me laissai guider, puis passai une dizaine de minutes à me demander ce que j'allais bien pouvoir prendre. Elijah patienta, passant sa propre commande, puis, une fois mon choix fait, ajouta la mienne.

— Où est-ce que nous allons, maintenant ? demandai-je en faisant comme si cela m'importait peu.

— Je n'en suis pas encore sûr. Tout dépendra de toi.

Il me fit un sourire énigmatique, qui me noua un peu le ventre. Peut-être voulait-il m'engraisser avant de me manger. N'avait-il pas parlé d'ogre ? Bien sûr, j'occultai le double sens de cette pensée.

Lorsque nos commandes furent prêtes, Elijah récupéra nos crêpes, puis discuta avec le serveur, qui avait un accent fort prononcé, avant d'accepter de poser discrètement pour un selfie avec lui. Il me guida ensuite vers sa voiture.

En chemin, il me lança un regard incertain, puis me dit :

— Je suis désolé. Normalement, je peux passer une soirée sans qu'on me reconnaisse, mais pas ce soir, apparemment.

— Tu n'as pas à t'excuser, Elijah. Tu es un basketteur connu, c'est ton métier…

Il fit une drôle de tête, comme s'il avait déjà entendu ces paroles, puis passa outre et m'ouvrit la portière.

Je me demandai si c'était ce même discours que son ex avait pu lui tenir, ou s'il s'excusait de crainte de me voir fuir. Pourtant, je le pensais sincèrement, mais je compris aussi qu'il était dur de se détacher des blessures du passé.

— Alors ? me demanda-t-il, attendant que je rende mon verdict.

— Cette crêpe est délicieuse ! répondis-je la bouche pleine, en extase totale.

Il s'était garé non loin d'un carrefour, près d'un grand carrousel. La nuit était tombée depuis quelques minutes, quand, ne trouvant pas de place pour que nous puissions nous installer dans un parc, il s'était simplement arrêté à proximité, dans un coin plutôt sombre, qu'éclairait faiblement le carrousel.

Ma crêpe était exquise – une pâte assez épaisse, et le mélange saucisses, poulet, fromage, parfait.

— Je peux donc manger l'esprit tranquille, déclara-t-il, l'air solennel.

Je ne m'autorisais que très rarement des fast-foods ou ce que j'appelais des cochonnerie et je me demandai pourquoi. C'était bien trop bon !

— Tu as le droit d'avaler ce genre de choses ?

J'avais parlé la bouche pleine. C'était impoli, mais à cet instant je ne me serais arrêtée de manger pour rien au monde.

— Non, pas vraiment, me répondit-il en souriant. Mais la saison des Monsters est terminée. J'ai quelques semaines devant moi pour profiter de la vie comme je le souhaite, sans qu'on calcule mon poids et ma masse corporelle. Je ferai de nouveau attention en reprenant un régime normal, lorsque la prochaine saison approchera.

J'acquiesçai sans répondre, j'en avais bien trop dans la bouche pour parler sans lui cracher dessus et je préférais éviter.

Lorsque je terminai ma crêpe, il me regarda presque choqué.

— Tu as vraiment un estomac d'ogre !

Je haussai les épaules, puis éclatai de rire devant son expression pensive, comme s'il se demandait à quelle femme il avait affaire.

— Nous aussi, nous pouvons être de grandes mangeuses, précisai-je finalement, comme il n'ajoutait rien.

Il termina sa crêpe en acquiesçant, songeant sans doute que je n'étais pas normale.

— Quel est ton programme pour demain ? s'enquit-il en s'installant plus confortablement.

— Je ne me suis pas encore aventurée au Sacré-Cœur, ni ne suis montée à la tour Eiffel. Il y a toujours beaucoup de monde, et je n'ai pas envie de perdre mon temps dans la file d'attente.

— D'accord. Mets ta ceinture, nous repartons à l'aventure.

J'obéis, curieuse de savoir où il m'emmènerait, sans toutefois poser la question. Je le laissais faire.

Il conduisit silencieusement pendant les cinq premières minutes, puis me jeta deux rapides coups d'œil, avant de se lancer.

— Tu es venue ici sur un coup de tête ?

— Oui, comme je te l'ai dit, j'avais besoin de changer d'air.

— Pourquoi Paris ?

— J'en rêve depuis que je suis ado. Et je ne regrette pas du tout.

Il bomba le torse, comme s'il considérait que c'était en partie grâce à lui que j'adorais mon voyage.

— Ne pense pas que c'est grâce à toi. J'aime cette ville, rien d'autre, précisai-je en souriant.

Ses épaules s'affaissèrent, et il me lança un regard faussement noir, avant de reporter son attention sur la route.

— Tu aurais pu me laisser croire que c'était le cas…

— Oh non ! Bien trop de gens te caressent déjà dans le sens du poil, ne compte pas sur moi pour les imiter !

Il laissa fuser un petit rire, puis redevint sérieux. Je sentais qu'il avait une question sur le bout des lèvres, qui ne tarda pas à sortir.

— J'ai le droit de te demander ce que tu as fui ? Je sais que ça ne me regarde pas, mais tu me donnes l'impression d'avoir fui quelque chose, en venant ici.

— Je n'ai pas fui, mentis-je, tout en complétant par une bribe de vérité : mais, si je suis ici, ce n'est pas pour me rappeler ce que j'ai laissé dans le Vermont.

— Message reçu.

Il me lança un nouveau coup d'œil inquisiteur. Il semblait curieux, et je sentais qu'il se retenait de me poser tout un tas de questions.

Pour le moment…

Il finit par se garer non loin de la tour Eiffel, puis m'invita à descendre de voiture.

J'observai la Dame de fer amoureusement. Un éclat doré dans la nuit sombre. Un moment magnifique.

— Puisque tu n'es pas encore montée dans la Tour, que dirais-tu de le faire maintenant ?

J'eus envie de sautiller sur place de joie et d'impatience mêlées.

— C'est une excellente idée, merci ! Je ne savais pas que c'était encore ouvert à cette heure.

— Elle ne devrait pas tarder à fermer. On ne pourra sûrement pas monter au dernier étage mais, si on réussit à atteindre le deuxième, tu auras déjà une vue magnifique.

Je lui lançai un regard de gratitude infinie. Jamais je n'aurais osé y monter seule de nuit. On se fit fouiller par la sécurité, en arrivant au pied de la Tour, puis je déchantai légèrement, lorsque je vis où il nous emmenait.

— On n'utilise pas l'ascenseur ?

— Tu as vu la queue ? On ne pourra pas monter, si on s'y

aventure. Prendre l'escalier sera plus rapide et un bon moyen pour éliminer ce qu'on a mangé.

En voyant son air amusé, je levai les yeux au ciel. Il était sportif, tandis que moi, le sport n'était pas ma passion, même si je n'avais rien contre.

Après avoir payé notre droit de passage, nous entamâmes la montée en douceur.

Au bout d'un moment, la fatigue se fit sentir. J'avais l'impression d'avoir monté quarante étages, pourtant, nous étions encore loin du premier palier. Les mains dans les poches, Elijah progressait tout en regardant autour de lui, puis il sembla s'ennuyer, alors il grimpa les marches deux par deux.

— Une petite course ? me défia-t-il.

— Je suis à deux doigts de cracher un poumon ou deux, alors, si tu veux courir, fais-toi plaisir, mais laisse-moi reprendre mon souffle.

Il éclata de rire, puis monta le niveau en courant. Il n'était même pas essoufflé. J'étais jalouse.

Lorsque je le rejoignis enfin, il me félicita, puis annonça :

— Il nous reste environ l'équivalent de trois étages d'immeuble pour arriver au premier palier.

— On pourrait s'arrêter ici, aussi…

Il me prit par les épaules, puis me fit pivoter. Devant moi s'offrait Paris. J'agrippai le grillage métallique qui entourait l'escalier, subjuguée par ce que je voyais.

Derrière moi, j'avais une perception intense de la proximité d'Elijah. Son torse frôlait mon dos, et cela me fit plus d'effet que l'impressionnant spectacle de la capitale.

Je baissai le regard et tentai de me reprendre, mais, sans s'en rendre compte, il accentua mon trouble en me parlant tout près de l'oreille.

— La vue est encore plus belle en haut. Ce serait dommage de s'arrêter maintenant. On y est presque.

Il recula ensuite. Me tournant alors vers lui, je vis qu'il me tendait la main. Je la repoussai, offusquée.

— Je ne suis pas une mémé ! Je n'ai pas besoin de ton aide, je vais y arriver seule.

Il s'esclaffa, puis croisa les mains derrière le dos et attendit que je me remette en route pour se caler sur mon rythme.

Chassant toute pensée étrange de mon esprit, je tentai d'amener le sujet de la conversation sur un terrain plus neutre.

— Pourquoi le numéro 40 ?

Il prit une profonde inspiration, puis haussa les épaules.

— Ce n'est pas une histoire très gaie. Tu veux quand même l'entendre ?

— Si ça ne te dérange pas, oui.

— J'ai chassé mon père de ma vie lorsqu'il avait quarante ans. Puis j'ai vécu trois années magnifiques avec ma mère, avant qu'elle perde la vie, à quarante ans. Le nombre 40 a pas mal de significations pour moi.

— Je suis désolée pour ta mère. De quoi est-elle décédée ?

— D'un AVC. Elle s'est levée un matin, puis elle est tombée. J'étais à un entraînement de basket-ball, je n'ai rien vu. Mes sœurs, elles, étaient à la fac. Quand les secours sont arrivés, il était trop tard. Elle a tenu deux jours à l'hôpital avant de s'éteindre.

Je regrettai d'avoir posé la question. Je n'imaginais pas la peine que j'aurais, quand je perdrais ma mère.

Je lui jetai un coup d'œil et ne vis aucune trace de peine. Juste une nostalgie intense.

— C'était il y a longtemps ?

— Six ans. J'avais dix-huit ans.

Je fis un rapide calcul pour obtenir son âge.

— À quel âge ta mère a eu tes sœurs ? Elle devait être jeune.

— Elle a eu les deux grandes, qui sont jumelles, à dix-sept ans, mon autre sœur à vingt ans, puis moi, à vingt-deux.

Ses confidences suscitaient en moi bien des questions que je refusais néanmoins de lui poser.

— Ne sois pas triste pour moi. J'ai vite compris que c'était le destin et que je ne pouvais rien faire pour la ramener à la vie. Je n'ai aucun regret, et ce numéro 40, sur mon maillot, est là pour me rappeler chaque jour que je joue au basket pour la rendre fière de moi. Où qu'elle soit.

Je lui souris, d'un sourire sans joie. Il dut sentir que son histoire m'avait touchée, car il passa un bras autour de mes épaules et me serra brièvement contre lui, avant de reprendre :

— J'ai eu ma fille quelques mois plus tard, et regarde-moi aujourd'hui : je suis avec une belle femme que j'ai finalement réussi à emmener au premier palier de la tour Eiffel !

Je regardai les quelques dernières marches qu'il nous restait à franchir et, effectivement, le premier palier était atteint.

Oh ! joie ! Je soupirai de bonheur, mais surtout de soulagement : j'allais pouvoir me reposer.

Je repensai au compliment qu'il avait glissé comme si de rien n'était, mais qui m'avait fait extrêmement plaisir. Cela faisait bien longtemps que je n'avais pas entendu un homme me dire que j'étais jolie.

— Tu ne comptes pas monter au deuxième palier, n'est-ce pas ? demandai-je, pleine d'espoir.

— Je crois que nous n'en aurons pas le temps, malheureusement.

Il me fit un signe de tête pour que je le suive, ce que je fis. Il m'emmena alors dans une petite alcôve où des gens prenaient des photos, avant de poursuivre leur chemin. J'oubliai absolument tout lorsque je vis ce qui s'étendait devant moi. La vue était magnifique. Magique.

Les lumières de la ville me permirent de reconnaître certains endroits que j'avais visités, mais rien, dans ma vie, n'avait jamais ressemblé à cette vision. Je regrettai amèrement d'avoir laissé mon appareil photo dans ma chambre. C'était pour ce genre de choses que j'avais acheté cette petite merveille.

— C'est beau, souffla Elijah à mes côtés.

— Non, c'est bien plus que ça, répondis-je, sans pouvoir détacher les yeux de ce que je contemplais.

— Tu as raison.

Je me figeai en sentant son regard sur moi.

Je tournai la tête et constatai qu'il me fixait, effectivement, ce qui me fit perdre le fil de mes pensées.

Je cherchai dans mon passé un moment comme celui-ci, où quelqu'un m'aurait regardée ainsi, sans trouver. C'était le genre de regard qui vous ôtait toute force dans les jambes. Le genre de regard qui précédait de peu le moment où l'on vous embrassait.

— Tu m'intrigues, Cassie.

— Pourquoi ? Je n'ai pourtant rien fait.

Ses yeux se posèrent sur mes lèvres un court instant. Je ne pus m'empêcher de l'imiter, observant rapidement ses lèvres pleines.

Qu'est-ce que je suis en train de faire ?

Je ne reculai cependant pas, me demandant jusqu'où il irait. *Des folies*, me dis-je. *Une prise de risques. Mais laisse-toi porter.*

— Il y a quelque chose chez toi…, commença-t-il sans terminer sa phrase.

Il me jaugea, puis passa la main sur ma joue, tout en continuant d'observer ma réaction.

C'est le moment où il va m'embrasser, là ?

Mon cœur s'affola subitement. Est-ce que c'était ce que je voulais ? Est-ce que j'étais prête, même, pour recevoir le baiser d'un autre homme ?

Je n'en savais rien.

Il se pencha. Je sursautai lorsque tout ce qui se trouvait autour de moi se mit à scintiller silencieusement.

23 heures. Comme chaque soir, la tour Eiffel s'illumina.

Il cligna des yeux et, sans s'éloigner, regarda autour de nous en souriant. Je fis la même chose, complètement émerveillée.

Lorsque je le regardai à nouveau, il n'eut plus d'hésitation et m'embrassa.

6

Mais qu'est-ce que je fous ?

Je suis vraiment en train de l'embrasser ?

Dis donc, il embrasse bien…

Mon esprit partait dans tous les sens, ne me donnant pas le temps de comprendre si ce que je faisais était agréable ou non. Pas même celui de profiter de l'instant, de cette folie, de ce risque, ou simplement de me concentrer sur ce moment.

Restant droite comme un I, je lui laissai pleinement le contrôle de la situation.

Depuis combien de temps ne m'avait-on pas embrassée ainsi ? Le dernier en date n'avait pas été foutu de se montrer sincère.

Qu'est-ce qui me garantissait qu'Elijah l'était ? Rien. Mais je n'attendais rien de sérieux. Je voulais juste profiter de ce baiser.

Passant les bras autour de son cou, je me hissai sur la pointe des pieds, puis l'embrassai en retour.

J'ouvris les yeux. Même dans mes rêves les plus fous, je n'aurais jamais imaginé qu'un truc aussi romantique puisse un jour m'arriver.

La tour Eiffel brillait toujours. Scintillait sans s'arrêter. Je l'avais vue s'illuminer, mais toujours de loin. Cette fois-ci, j'étais au cœur même de ce monument, avec Elijah, basketteur reconnu, qui m'embrassait.

Il était certain que je m'en souviendrais toute ma vie.

Je finis par me détacher de lui, pour regarder autour de nous, toujours aussi émerveillée. Puis je m'éloignai de quelques pas pour reprendre le contrôle de mon esprit et de mes émotions.

— Merci de m'avoir amenée ici, ce soir, dis-je finalement, comme si ce qui venait de se passer entre nous n'avait pas eu lieu.

Il fronça légèrement les sourcils, paraissant un peu déçu, et finit par acquiescer.

— De rien, c'était de toute façon dans tes projets.

— Je ne serais probablement jamais venue seule ici de nuit. Alors, merci.

Il me gratifia d'un sourire sincère, puis me tendit le bras.

— On peut sûrement faire le tour de cet étage, mais nous allons devoir redescendre.

J'acceptai son bras et me laissai guider. Mes yeux ne cessaient d'observer les lumières de la ville et, lorsque la Tour cessa de scintiller, ce fut un peu comme si la bulle dans laquelle je me trouvais éclatait.

Le rêve semblait prendre fin.

Malgré tout, mon voyage devenait chaque jour plus intéressant. Surtout lorsque je compris que je n'attendais rien d'Elijah.

Il avait sa vie et moi, la mienne. Le hasard avait seulement rapproché deux âmes perdues le temps d'une ou deux soirées.

Non, à présent, trois, réalisai-je.

— Est-ce que tu voudrais un dessert ? me demanda-t-il lorsque nous prîmes l'escalier pour redescendre.

— Parce que tu as encore de la place dans l'estomac ?

— J'ai toujours de la place !

Je secouai la tête.

— Je peux t'accompagner, mais je ne ferai que te regarder.

— Je saurai te donner envie, j'en suis sûr.

Je n'en doutais pas.

— Qu'est-ce que je t'avais dit ? se moqua-t-il en me regardant lécher ma cuillère.

Je terminai son tiramisu, le sourire aux lèvres.

— Je n'en avais jamais mangé, me défendis-je.

— Je suis content d'avoir pu te faire découvrir quelque chose.

Je remis le petit pot vide dans le sac, puis bâillai.

— Tu veux rentrer ?

Je haussai les épaules.

— Désolée. Je ne m'ennuie pas du tout, c'est juste que j'ai eu une longue journée.

— Je te raccompagne à ton hôtel, alors. Si tu loupes une des activités que tu as prévues, tu vas dire que c'est ma faute.

— Règle numéro 1 : ce sera toujours ta faute, même quand ce ne sera pas le cas.

— Pourquoi ça ne m'étonne pas ? s'esclaffa-t-il en mettant le moteur en route.

Sur le chemin du retour, je me sentis nostalgique. J'avais passé une excellente soirée, et cela n'avait rien à voir avec notre baiser. Je laissai le regard errer sur les lumières de la ville, consciente de la chance que j'avais de vivre ce moment.

Je n'arrivais pas encore à déterminer ce que cela me faisait d'avoir embrassé un autre homme que celui avec qui j'avais vécu mes premières expériences. Ce n'était qu'un baiser, et je n'étais plus une enfant, mais, après avoir passé toutes ces années enfermée dans l'idée qu'il n'y aurait qu'un homme dans ma vie et que j'avais trouvé le bon, cela me paraissait étrange.

Elijah ne reparla pas de ce baiser, comprenant sans doute mon souhait de faire comme s'il ne s'était rien passé. J'avais pourtant envie de recommencer, pour savoir jusqu'où je pouvais aller, mais bien trop peur de me brûler.

Malgré tout, j'étais à Paris, et avant-hier encore Elijah était un inconnu. Aujourd'hui, je pouvais dire que j'avais fait des folies.

Mais pas assez...

En arrivant devant mon hôtel, Elijah coupa le moteur et

se tourna vers moi. Il semblait avoir beaucoup de choses à dire, mais resta silencieux.

Je jetai un coup d'œil à l'entrée de l'établissement, puis me tournai aussitôt vers lui.

— Ne pense pas que je vais t'inviter dans ma chambre. Ça n'arrivera pas.

Il éclata de rire, ne s'étant sûrement pas attendu à ce que je sois aussi franche, mais sa réaction eut le don de me détendre.

— Ce n'est pas ce que j'attends de toi, ne t'en fais pas.

— Et qu'est-ce que tu attends de moi, au juste ?

— Rien de particulier. J'aime simplement ta compagnie.

J'appréciai ces paroles.

— Et toi, Cassie ? Qu'est-ce que tu attends de moi ?

Je haussai les épaules.

— Je n'en sais rien. Je n'attends plus rien de personne, alors de quelqu'un que je connais depuis trois jours…

— Touché !

— Mais j'apprécie ta compagnie également.

— Tu es en train de me passer de la pommade ?

Je me retins de rire et secouai la tête.

— Absolument pas. C'était simplement ma minute de franchise.

— J'en suis content, alors. Est-ce que tu crois que tu pourrais me supporter encore demain ?

— Demain ? Qu'est-ce que tu as en tête ?

— Je n'ai jamais visité le Sacré-Cœur. J'ai un rendez-vous professionnel le matin, mais accepterais-tu que je t'accompagne dans l'après-midi ?

Je me réjouis de sa proposition. Je l'appréciais vraiment.

— Je ne sais pas si j'y arriverai, répondis-je cependant. C'est tellement dur de te supporter !

Il me sourit, puis me repoussa doucement.

— Je savais que tu finirais par m'apprécier.

Je levai les yeux au ciel, amusée.

Le silence revint dans l'habitacle. C'était le moment de rentrer. Pourtant, je n'en avais pas du tout envie.

Je jetai un coup d'œil en direction d'Elijah ; il m'observait, perdu dans ses pensées.

— À quoi tu penses ? À l'endroit parfait pour m'enterrer ?

Il s'esclaffa et secoua la tête.

— Je me demandais simplement à quel moment je pourrais t'embrasser de nouveau.

Je sentis mes joues s'échauffer et ne pus m'empêcher de sourire.

— Qu'attends-tu de moi, numéro 40 ?

— Rien de particulier. C'est simplement qu'avec toi j'oublie. Tout devient facile, même si je ne comprends pas pourquoi.

Je cessai de sourire. Je partageais ce sentiment. Moi aussi, j'arrivais à oublier.

J'inspirai longuement et décidai de prendre un nouveau risque.

— N'attends rien de moi, répétai-je tout bas.

— N'attends rien de moi non plus.

J'acquiesçai, puis, trouvant un courage que je n'avais jamais eu, je me tournai vers lui, changeai de position et m'avançai pour l'embrasser.

Il ne bougea pas, la première seconde, puis sa main vint se poser sur ma nuque. L'autre entoura ma taille.

La température monta soudain à quarante degrés dans la voiture, pourtant, je me sentais parfaitement bien.

Le vide se fit dans mon esprit. J'occultai tout ce qui n'était pas Elijah.

Ses lèvres pleines caressaient les miennes. M'engloutissaient parfois et, chaque fois que sa langue rencontrait la mienne, des décharges électriques me parcouraient le corps.

Ce baiser dura longtemps, mais fut également trop court. Les vitres de la voiture étaient embuées et, lorsque je voulus reprendre ma place, il me retint encore un peu, m'embrassa de nouveau et me garda contre lui. Ses lèvres glissèrent ensuite dans mon cou, titillant des points sensibles, suscitant en moi des images et des envies que je m'étais promis d'oublier.

Des risques…

Je pris son oreille entre les dents, puis promenai la langue le long de son cou, comme il l'avait fait pour moi.

Je le sentis plus que je ne le vis frissonner. Je souris, ravie de l'effet que je lui faisais, puis me demandai si…

— Je vais peut-être t'inviter dans ma chambre, finalement…

Je me tus, prenant conscience de ce que j'avais dit, des mots que j'avais employés, me sentant terriblement gênée. Voilà que je me dévergondais.

Il passa le pouce sur ma pommette, puis me sourit.

— On ne doit rien attendre l'un de l'autre, mais je ne veux pas que tu aies de regrets.

J'acquiesçai, puis haussai les épaules.

Cette relation ne durerait que quelques jours, de toute manière. Jamais plus je ne le reverrais, ensuite. Il m'aiderait simplement à rendre mon séjour encore plus agréable.

Était-ce ce que je voulais ? Absolument. J'avais envie de lui. J'avais pendant trop longtemps bridé mes élans pour plaire à cet autre, qui ne l'avait jamais mérité. Alors il était temps que je m'écoute.

— Je n'aurai aucun regret.

Il me jaugea, comme pour évaluer ma sincérité.

— Dans ce cas, je te suis.

Je me mordillai les lèvres, nerveuse.

Une voix, dans ma tête, ne cessait de me répéter : *Tu es complètement malade, ma pauvre fille !*

Mais, si je n'attendais rien de lui et lui rien de moi, qu'avais-je à perdre ?

Non, je n'étais pas folle. Je prenais simplement ma vie en main, je décidais enfin égoïstement de ce que je voulais vraiment pour moi.

Et cela commençait par de nouvelles expériences.

7

Le courage que j'avais trouvé dans la voiture s'effilocha au fur et à mesure qu'on se rapprochait de ma chambre. Dans l'ascenseur, Elijah ne cessa pas de m'observer en silence. Rien ne me sembla plus stressant que son regard.

Malgré le sentiment de me sentir vraiment désirée, n'avoir connu qu'un seul homme me donnait l'impression d'être totalement inexpérimentée. Je doutais de moi.

Pourtant, je ne reculai pas.

Je l'emmenai jusqu'à ma chambre, au quatrième étage, puis, lorsque j'ouvris la porte, j'eus subitement honte.

Le désordre régnait. J'avais totalement oublié de ranger ! Des vêtements traînaient un peu partout, des sacs contenant les achats que j'avais faits. Un vrai bazar.

— Je suis désolée, dis-je précipitamment en récupérant le tas de linge sur mon lit pour le ranger à la va-vite. Comme tu peux le voir, je n'avais pas prévu de recevoir quelqu'un.

J'entendis son rire doux dans mon dos, puis me figeai lorsque je le sentis se coller contre moi. Il passa un bras autour de ma taille et me fit lâcher ce que je tenais.

— Je me fiche du désordre.

— D'accord, répondis-je, le cœur battant.

Il m'embrassa dans le cou, jusqu'à ce qu'il me sente me détendre contre lui. Je fermai les yeux, pour mieux apprécier ces attentions.

Ses grandes mains attrapèrent le bord de mon T-shirt,

puis il caressa mon ventre, avant de remonter doucement jusqu'à ma poitrine.

Ce soir était le premier jour du reste de ma nouvelle vie.

Lorsque j'en eus le courage, je me retournai pour trouver ses lèvres. Il m'embrassa alors doucement, en prenant son temps.

Il garda les yeux ouverts, comme pour jauger chacune de mes réactions.

Tout comme lui, je passai les mains sous son haut, caressant sa peau chaude, remontant jusqu'à ses épaules, puis je fis basculer son vêtement par-dessus sa tête.

Je jubilai en découvrant le corps qui s'offrait à moi. Digne d'un sportif. Même plus encore. Une sculpture parfaite qui me donnait l'eau à la bouche.

— Ce que tu vois te plaît ? me demanda-t-il avec un sourire satisfait.

Il savait l'effet qu'il faisait. Il avait conscience de la beauté de son corps. Et sa confiance en lui le rendait encore plus attirant.

Je ne répondis pas pour ne pas encourager son ego. Mon regard devait lui suffire.

Je tirai ensuite sur le cordon de son pantalon pour le détendre, puis promenai les mains sur sa peau, appréciant chacune de ses courbes.

Il prit en douceur mes joues entre les paumes et m'embrassa à nouveau, avant de m'enlever mon haut. Je n'avais pas une forte poitrine et j'en avais souvent été complexée, mais pas aujourd'hui. Je me sentais bien dans mon corps.

Il me souleva ensuite en s'accaparant ma bouche et m'appuya contre le mur.

Ce ne serait pas si doux que ça, finalement.

Il raffermit sa prise, puis fit glisser la main sur ma cuisse, provoquant en moi une vague de frissons.

La seule chose que je pouvais faire, c'était le toucher, alors j'en profitai, sentant à certains endroits de petites boursouflures que je caressai plus longtemps, pour imprégner ma mémoire tactile de chacune de ces imperfections.

Me maintenant toujours contre le mur, il défit le bouton de mon short d'une main, puis me porta jusqu'au lit.

Je me laissai complètement aller dans ses bras.

Il me déposa sur le matelas avec une précaution que démentait son regard très sombre. Comme s'il se retenait.

Tout, en lui, me fascinait. Au-delà de l'attirance physique, son comportement ainsi que sa douceur me bouleversaient.

Restant un instant au-dessus de moi, il m'observa, comme s'il redoutait que je l'arrête, mais plus les minutes passaient, plus je souhaitais que ce moment se prolonge.

Je ne me rappelais pas avoir vu autant de désir dans le regard d'un homme.

Elijah était décidément surprenant ! J'aimais ce qu'il me montrait de lui et, même si je ne le connaissais pas vraiment, j'avais l'impression que tout était entièrement normal avec lui. Comme si notre rencontre remontait à bien plus longtemps.

Je mis mes pensées sur pause et me concentrai sur lui.

Il me poussa en travers du lit, puis se mit à genoux devant moi. Il me retira mon short et me sourit. Il déposa un baiser sur le bas de ma cuisse, puis remonta doucement jusqu'à mon sous-vêtement. Je le laissai faire, appréciant chaque instant de ces sensations qu'il me procurait.

Il me retira ma culotte, et je pris soin d'ôter moi-même mon soutien-gorge, sans le quitter des yeux.

— Regarde dans le tiroir de la table basse, lui indiquai-je, lorsque son regard se fit un peu trop intense pour moi.

Il s'exécuta, puis me lança un regard curieux, presque obscène.

Je rigolai, cachant ma poitrine, puis expliquai :

— Ce n'est pas moi qui ai acheté ces préservatifs. Les clients précédents les ont oubliés.

Il me sourit, puis jeta l'emballage intact, avant de s'allonger sur moi.

— Tu es gênée parce que tu as des préservatifs dans ton tiroir ?

— Non, pas du tout. C'est plutôt ton regard qui m'a… intimidée.

— Je t'intimide, alors ?

— Non.

J'avais conscience de ma contradiction, mais il ne releva pas, préférant jouer.

Sa main parcourut mon flanc, jusqu'à ma hanche.

— Et là ?

— Absolument pas, soufflai-je contre sa bouche.

Il descendit jusqu'à ma cuisse, puis s'aventura entre mes jambes et sourit, tout contre mes lèvres.

— Toujours pas ?

Je secouai la tête. Ses caresses n'étaient qu'effleurements. Je voulais qu'il y aille franchement, mais il ne semblait pas de cet avis.

Il se releva, puis enleva son pantalon et son boxer, avant d'écarter les bras.

— Et là ?

J'éclatai de rire en roulant sur le côté. Comment pouvait-il encore faire le pitre, alors que, de mon côté, j'étais en train de me liquéfier de désir ? Il avait pourtant envie de moi, c'était très visible.

Il se rallongea sur moi, le sourire aux lèvres.

— Maintenant, tu es détendue, dit-il en m'observant, satisfait. J'aime te voir comme ça.

Je ne m'étais même pas rendu compte que j'étais un peu sur la réserve. Il n'avait pas tort. À présent, j'étais prête.

Le fait qu'il s'en soit rendu compte et fasse autant attention à moi me toucha au plus profond de moi-même.

Elijah m'embrassa, puis me caressa, avant de promener les lèvres sur toutes les parcelles de ma peau.

J'en profitai pour le caresser aussi. Pour appréhender à l'aide de ma main le degré de désir qu'il avait pour moi.

Lorsqu'il me toucha pour de bon, en insérant deux doigts en moi, je me sentis décoller, désirant plus.

— Ce n'est pas assez, dis-je en riant doucement contre sa bouche.

— Ah oui ? s'étonna-t-il, avant de regarder ses doigts. Ils ne sont pourtant pas petits.

Je souris, avant de l'embrasser à nouveau, lui entourant le cou de mes bras.

Il comprit le message et mit la protection.

Puis il prit son temps. Il entra en moi avec cette douceur que j'appréciais tant.

Il me fit l'amour et me laissa même prendre le contrôle, lorsqu'il sentit qu'il n'était pas loin du gouffre. Sauf que je me fichais totalement de mon propre plaisir. Je voulais le voir jouir.

— Ralentis, murmura-t-il, contracté.

Je souris, puis secouai la tête.

Je l'embrassai et ondulai plus encore sur lui. Je trouvais mon plaisir dans le sien.

Quand je l'entendis jurer doucement et qu'il attrapa mes fesses à pleines mains, je sus que j'avais réussi à lui donner ce que je voulais : l'extase.

Je l'embrassai dans le cou en cessant tout mouvement. Elijah fit le mort pendant une minute, puis me serra dans ses bras.

Chacun de ses gestes, chacune de ses attentions était empreinte de cette douceur qu'il n'avait cessé d'avoir à mon égard.

Une petite pensée me vint : je n'étais définitivement plus la femme que j'avais été. Cette fois-ci, j'avais tourné la page, laissé derrière moi mon passé. Je voulais avancer, entièrement tournée vers l'avenir, et même si je n'espérais rien de cette relation avec lui j'étais heureuse qu'il soit celui qui m'avait permis de comprendre que, par cette expérience même, j'étais en train de renaître.

— Je vais me venger, tu sais ? grogna-t-il d'une voix éraillée de sommeil.

— Ah oui ?

— Oh oui ! Attends juste quelques minutes, que je retrouve des forces.

Je roulai sur le côté, amusée, ne cessant de le regarder.

Je m'attendais d'un instant à l'autre à éprouver des regrets, mais il n'en fut rien. J'embrassai alors son épaule, en un remerciement silencieux, puis y nichai la tête.

Il referma les bras autour de moi, puis murmura :

— Juste cinq minutes, et je m'occupe de ton cas.

Je n'attendais que ça.

8

Je me réveillai, le lendemain, le corps agréablement engourdi. Tâtant le lit d'une main, je ne sentis aucune présence à mes côtés.

Ouvrant les yeux, je constatai que j'étais effectivement seule.

Je regardai l'heure : la matinée était déjà bien avancée, pour ne pas dire entièrement passée… Mais je souris.

Elijah m'avait prévenue qu'il avait un rendez-vous. J'ignorais s'il avait prévu de revenir me voir et de m'accompagner au Sacré-Cœur, comme il en avait exprimé l'intention, mais me retrouver seule un moment me parut une bonne chose.

Je m'étirai longuement, puis fis l'étoile dans le lit, me remémorant les événements de la nuit.

Comme il me l'avait promis, Elijah s'était vengé de la plus belle des façons. Il m'avait embrassée à des endroits totalement inédits pour moi. Et, avec ce que j'avais expérimenté la veille, je me demandais comment je ferais pour m'en passer à présent.

Une petite alarme résonna soudain dans ma tête : allais-je un jour retrouver un homme comme lui ? Aussi attentionné, doux, gentil et… doué ?

Je chassai cette pensée, me disant que des hommes, il en existait des milliards. Un homme doué finirait bien un jour par croiser mon chemin…

Je pris le temps d'une longue douche, de me dégourdir les jambes, puis de m'habiller tranquillement, avant de me poser pour établir mon planning du jour.

La porte de la chambre s'ouvrit à ce moment-là, laissant apparaître le numéro 40 des Chicago Monsters. Un sac coincé dans la bouche, Elijah referma la porte d'une main, puis posa la clé de la chambre sur le petit meuble de l'entrée.

Je fronçai les sourcils, sans comprendre.

— Qu'est-ce que tu fais là ?

Il se figea.

— Tu en as déjà marre de moi ?

Je me détendis et secouai la tête.

— Non, pas du tout ! Mais… tu n'avais pas un rendez-vous, ce matin ?

— Si. J'y suis allé et je suis revenu, dit-il simplement. J'ai même pris des croissants en passant.

Je souris, puis regardai une nouvelle fois l'heure. Il était presque midi…

— Tu t'es changé ?

— Oui. J'ai fait un détour par mon hôtel, avant mon rendez-vous.

Il vint s'asseoir à côté de moi, puis me tendit un croissant que je mangeai avec délectation.

— Tu veux toujours que je t'accompagne, aujourd'hui ?

J'acquiesçai d'un signe de tête, concentrée sur ma viennoiserie.

— C'est dingue… Tu avais la même expression, cette nuit. Le croissant est aussi bon ?

J'éclatai de rire, puis m'étouffai, ne m'étant pas du tout attendue à ce genre de remarques.

— Tu peux me le dire franchement, si j'ai mal fait mon travail, ajouta-t-il, presque soucieux.

Comment pouvait-il douter ?

Je lui lançai un coup d'œil et compris qu'il savait très bien qu'il avait été parfait. Il voulait juste m'embêter ou que je le rassure. Je m'éloignai de lui, toujours occupée à manger.

Je l'entendis rire. Quand j'eus terminé, il me repoussa sur le lit.

— On pourrait aussi profiter de cette journée pour ne pas sortir, suggéra-t-il, les yeux brillants de malice.

— Je te vois venir, dis-je en secouant la tête. Mais il est hors de question que je reste dans cette chambre à ne rien faire !

— Qui a parlé de ne rien faire ?

— J'ai trop de choses à voir encore.

— Et j'ai trop de choses à faire avec toi, sur toi, en toi.

J'éclatai de rire, puis m'écartai de lui, avant qu'il me retienne pour de bon. Ce n'était pas l'envie qui me manquait, mais j'avais déjà pris du retard sur mon programme de visites.

— Tu es sûre de toi ? demanda-t-il d'un air confiant.

— Oui. De toute façon, on a épuisé la réserve de préservatifs.

Il en sortit une boîte de sa poche de jogging, un sourire triomphant sur son beau visage.

J'ouvris la bouche, puis secouai la tête.

— Tu es incroyable, mais je refuse quand même de passer la journée au lit.

— D'accord… Allons visiter le Sacré-Cœur, dans ce cas.

Je fis le signe de la victoire, puis piquai un autre croissant, avant de prendre mon sac, prête à partir.

Assis sur le lit, Elijah continuait de me regarder avec le sourire. Je ne savais pas à quoi il pensait, mais j'aimais ce regard.

— Je n'en peux plus de ces marches ! râlai-je en m'arrêtant.

— C'est toi qui as voulu venir ici, après avoir passé la nuit à faire l'amour.

— Chhhht ! fis-je en posant la main sur sa bouche.

— Dois-je te rappeler que tout le monde parle français ? Personne ne nous comprend, Cassie.

— Il y a d'autres touristes. Je vais m'asseoir ici. J'ai mal aux jambes.

Nous n'étions même pas au milieu de la montée. Le monument me paraissait bien trop loin, et j'étais fatiguée. Il faisait lourd. Très lourd. Il n'y avait pas un brin d'air et, si l'on en croyait le ciel sombre et chargé, il ne tarderait pas à pleuvoir. J'attendais cela avec impatience.

— Tu ne vas pas t'arrêter, dit-il en me montrant le chemin restant. On n'est pas loin du sommet ! Le sport, c'est bon pour la santé.

— C'est surtout trop fatigant !

Il rit, puis m'attrapa par le bras et me hissa sur son dos. J'entourai ses hanches de mes jambes et m'accrochai fermement à lui. Je l'embrassai dans le cou, le sourire aux lèvres.

— Merci.

— Fainéante ! grogna-t-il en reprenant son ascension.

J'ignorais où il trouvait la force de monter avec autant d'entrain, sans le moindre essoufflement, alors que nous avions déjà gravi un nombre incalculable de marches la veille et que nos efforts s'étaient prolongés une bonne partie de la nuit.

Une fois que nous fûmes en haut, il m'accompagna partout où je le souhaitais. Je pris beaucoup de photos, et même quelques-unes de lui à la dérobée. Je voulais des souvenirs.

On finit par redescendre. Je tentai de le porter, mais ne réussis qu'à tomber comme une pierre sur le sol. Il se moqua de moi pendant le reste du trajet jusqu'à la voiture : chaque fois qu'il me regardait, il repartait dans un fou rire incontrôlable.

Nous arrivâmes sur une grande place où des jets d'eau sortaient du sol par intermittence. Les enfants y jouaient à s'éclabousser. Ils étaient entièrement trempés et semblaient heureux de barboter. Étant donné la chaleur, cela m'aurait bien dit d'en faire autant pour me rafraîchir.

Je photographiai la place, puis rangeai soigneusement mon appareil au sec. En passant près d'un jet, j'en profitai pour éclabousser Elijah qui chercha à se protéger, sans y parvenir à temps.

Quand il se retourna, je vis dans son regard un mélange de défi et de désir de vengeance : nous n'en resterions pas là, c'était certain !

J'en eus la confirmation aussitôt après. Il courut vers moi, et j'eus beau prendre mes jambes à mon cou, il me rattrapa et me jeta sur son épaule, avant de me placer directement sur un geyser. Je fus trempée en un instant, mais réussis tout de même à le mouiller presque autant que moi.

Lorsque nous retrouvâmes notre calme, il me lança un regard complice et écarta les bras, s'esclaffant :

— On ne peut pas aller dîner comme ça !

— On devait aller dîner ? m'étonnai-je, tout en étant contente qu'il veuille continuer de passer du temps avec moi.

— Tu n'as pas faim ?

— Si, très.

— Alors, que dirais-tu d'aller nous changer ?

— D'accord.

Je ne réussis pas à me départir de mon sourire : ce voyage était décidément le plus beau de ma vie.

9

En sortant du restaurant, je me sentais lourde. J'avais bien trop mangé, cette fois encore ! Elijah, lui, semblait flotter, comme s'il n'avait rien avalé. J'étais jalouse.

— Si on allait s'installer dans le parc derrière la tour Eiffel, le temps de digérer ?

J'acquiesçai avec enthousiasme, tout en craignant de m'endormir durant le trajet.

— Je peux aussi te ramener à l'hôtel, si tu es trop fatiguée...

Je secouai vivement la tête.

— Non, ça va aller. J'ai juste trop mangé. Merci pour le repas, d'ailleurs.

Il me fit un salut de cow-boy, puis m'invita à monter dans sa voiture.

Je restai silencieuse pendant le court trajet, et lui aussi. Toute la soirée s'était passée sous le signe de la rigolade et des blagues, mais à présent le calme était revenu entre nous.

On s'installa sur l'herbe, sous un arbre, puis je finis par m'allonger et lui poser des questions.

— Combien de temps tu restes à Paris ?

Il se mit sur le ventre, comme pour mieux me regarder, puis répondit :

— Je repars samedi matin, à l'aube.

Cette réponse me noua un peu le ventre. Elle me rappelait mon propre retour et, même s'il nous restait encore quelques jours, la nostalgie commença à m'envahir.

— Et toi ?

— Dimanche, en fin d'après-midi.

— Tu vas t'ennuyer sans moi, avoue !

— Pas le moins du monde ! le contredis-je en fermant les yeux.

— Menteuse…

Je ne répondis pas, ne sachant pas s'il me manquerait… Sans doute un peu.

— Qu'est-ce que tu comptes faire, une fois de retour aux États-Unis ? repris-je, pour m'éviter de trop penser.

— Je vais d'abord voir des amis, ensuite je récupérerai ma fille à Los Angeles, puis je retournerai à Chicago pour jouer certains matchs du Summer Game.

— Qu'est-ce que c'est ?

— Des matchs pour évaluer la composition des équipes. C'est le moment pour les coachs de faire des ajustements, si besoin, et de recruter de nouveaux joueurs.

— Tu pourrais perdre ta place ?

— Je ne le pense pas. Sans vouloir me vanter, je suis un bon élément. Si les recruteurs m'ont proposé de renouveler mon contrat, ce n'est pas pour rien.

J'acquiesçai en me promettant de regarder un replay d'un de ses matchs. Je ne connaissais rien au basket, et ce sport ne m'intéressait pas, mais j'étais curieuse de le voir en pleine action.

— Et toi… Qu'est-ce que tu fais dans la vie ?

Je glissai mon sac sous ma tête pour avoir une meilleure vue sur ce qui nous entourait, puis répondis :

— Pour le moment, absolument rien. Je travaillais dans une librairie, et puis il est arrivé un moment où je me suis rendu compte que je ne menais pas la vie que je voulais vivre. Alors j'ai tout plaqué, j'ai pris mes économies et je suis venue ici.

— Sur un coup de tête ?

— Oui.

— Rien ne t'a poussée à partir ?

Je trouvai son regard et fus certaine qu'il se doutait de quelque chose.

— Même si c'est le cas, je ne veux pas en parler.

— Je comprends.

Il ne semblait pas vexé par ce que je venais de lui dire, mais je vis qu'il avait des tonnes de questions. Questions auxquelles je ne répondrais pas. Je ne voulais pas qu'il connaisse cette partie de ma vie, encore moins qu'il se rende compte combien j'avais été idiote de m'être fait avoir durant six années.

— Quel âge a ta fille ? demandai-je pour changer de sujet.

— Cinq ans. Elle aussi aime les tiramisus à la fraise.

— J'adore la fraise.

— Tu t'entendrais à merveille avec elle.

Son regard se voila un instant d'une immense nostalgie. Je me retins de parler les dix secondes suivantes, puis ne pus me contenir plus longtemps.

— Tu n'as jamais essayé de reconquérir la mère de ta fille ?

— Si. Mais il faut croire que, pour elle, je n'étais pas assez bien.

— J'ai du mal à le croire !

Il me lança un regard surpris, puis finit par sourire.

— Finalement, tu m'apprécies quand même un peu ?

— Non, pas particulièrement, plaisantai-je. Tu me tiens compagnie, tu me fais rire et, surtout, tu me portes quand j'en ai marre de marcher. Tu m'es donc utile.

Il me pinça le flanc, puis soupira :

— Je me demande encore où je vais bien pouvoir t'enterrer…

— Je savais que tes intentions étaient mauvaises.

Il me sourit, puis posa la tête sur mon ventre. La tour Eiffel se mit à scintiller, et nous la contemplâmes quelques minutes en silence.

— Quel est ton programme, demain ?

— Je ne sais plus. Je crois que c'est Notre-Dame.

— D'accord.

Lorsque la Tour cessa de briller, je posai la main sur le front d'Elijah qui ne réagit pas. Je relevai un peu la tête et constatai qu'il dormait.

Je pris doucement mon appareil photo et le photographiai.

Un autre souvenir.

Je rangeai ensuite l'appareil et restai sagement allongée, pour ne pas le déranger dans son sommeil.

Je le réveillai doucement, lorsque je sentis une goutte de pluie sur le bras. Il sursauta, puis me dit :

— Je ne dormais pas !

Il se redressa et me regarda. J'explosai de rire. Il se recoucha sur moi, totalement endormi.

— Il pleut, Elijah, repris-je, sentant une autre goutte. On ferait mieux de rentrer avant qu'un déluge nous tombe dessus.

Il grogna quelque chose d'incompréhensible, puis bougea sa grande carcasse. Le réveil était apparemment très dur.

— Pourquoi tu m'as laissé dormir ? râla-t-il sur le chemin, les paupières encore lourdes.

— Je ne voyais pas l'intérêt de te réveiller.

Les petites gouttes se transformèrent en grosses. Elijah me prit par la main, et nous trottinâmes jusqu'à sa voiture, qu'il déverrouilla rapidement.

Je le retins cependant.

— Attends !

— Il pleut, Cassie. Qu'est-ce que tu fais ?

Je fermai les yeux et offris mon visage au ciel.

— J'adore la pluie après les grosses chaleurs. Ne t'inquiète pas, tu n'es pas en sucre, tu ne vas pas fondre.

— Mais ça mouille !

— Oui, mais ça fait du bien.

Rouvrant les yeux, je le vis qui me regardait curieusement. Il devait sans doute croire que j'étais folle à lier. Pourtant, il finit par sourire et secoua la tête, sûrement en réponse à l'une de ses pensées.

Il s'approcha de moi et m'embrassa, me prenant de court.

Comment ce moment aurait-il pu être plus parfait ? Je n'en avais pas la moindre idée.

Il me poussa cependant côté passager, lorsqu'un coup de tonnerre retentit.

Je grimpai dans la voiture en riant, puis le regardai monter à son tour en grimaçant.

— Tu ne rentreras pas ce soir, déclara-t-il d'un ton ferme.

— Ah oui ? Tu t'es enfin décidé à me tuer ?

Il mit le moteur en route et me lança un regard coquin.

— Quelque chose comme ça, effectivement…

10

— D'où vient cette cicatrice ? demandai-je à Elijah en caressant la peau douce de son épaule.

Nous étions dans son lit. Du moins, dans sa chambre d'hôtel, situé en plein cœur de la capitale. Nous ne jouions pas du tout dans la même catégorie. L'établissement était beaucoup plus luxueux que celui où je logeais.

Cela m'importait peu, et je pourrais toujours me vanter d'avoir un jour dormi dans un hôtel comme celui-ci.

Nous avions pris une douche, chacun à notre tour, puis nous avions fait l'amour dans son lit ultra-confortable.

— C'est à mon père que je dois ces marques, m'avoua-t-il sans une once d'émotion dans la voix. Lorsque je revenais de l'école avec de mauvaises notes, ou que je faisais une bêtise, il m'écrasait son mégot de cigarette sur la peau, comme on l'écrase dans un cendrier.

— Oh… Je comprends mieux pourquoi tu as décidé de couper les ponts avec lui.

J'embrassai sa marque, ce qui le fit sourire.

— Le bon côté des choses, c'est que je reçois tes baisers chaque fois que tu remarques une nouvelle cicatrice.

Je souris en retour, puis fis l'inventaire de toutes ses cicatrices. Il resta stoïque, m'observant.

Lorsque j'arrivai au niveau de sa hanche et que je traçai une fine ligne du bout des doigts, je vis sa peau se couvrir de chair de poule. Je fus ravie de l'effet que je lui faisais, et pour cacher mon contentement je relevai la tête et repris :

— Celle-ci n'est pas comme les autres.

— Avec le temps, mon père n'a plus trouvé si amusant d'écraser sa cigarette sur moi. Il a opté pour d'autres méthodes. Cette marque-ci provient d'un martinet en cuir. Le coup a été assez violent pour me transpercer la peau.

Je fronçai les sourcils, détestant cet homme.

— Tes sœurs ont reçu le même traitement ?

— Non. Elles étaient des princesses à ses yeux. Moi, j'étais le chouchou de ma mère. Je pense que c'est en partie pour cette raison qu'il nous battait.

— Ta mère aussi se faisait battre ?

Je n'imaginais pas ce que cela avait dû être de vivre avec un père violent.

— Ne me regarde pas comme ça, Cassie. Je ne vais pas te mentir en disant que je n'en ai pas souffert, mais aujourd'hui je suis heureux. J'ai mis ces souvenirs dans une malle que j'ai jetée au fond de la mer, il y a bien longtemps. J'ai tracé ma route par mes propres moyens et je m'en sors plutôt bien, tu ne penses pas ?

— Tu mérites d'être heureux.

— Tu le mérites tout autant que moi.

Je me rapprochai de lui, me demandant ce qu'il devait penser de moi, puis lui grimpai dessus, avant de l'embrasser.

Les volets étaient ouverts et, dehors, la pluie tombait à torrent. Au sec, dans ses bras, j'éprouvais une sensation de plénitude.

Nous refîmes l'amour, avant qu'il s'endorme tout contre moi.

Ne trouvant pas le sommeil, j'observai un moment la pluie, puis me levai en prenant soin de ne pas le réveiller et me glissai sous la douche.

Lorsque je me réinstallai à ses côtés, il écarta inconsciemment les bras pour m'offrir un endroit douillet où poser la tête. Calée contre lui, je regardai le ciel par la fenêtre ; les éclairs se succédaient, m'offrant un spectacle magnifique.

J'ignorais à quel moment j'avais fermé les yeux, mais,

bercée par le bruit de la pluie, j'avais fini par m'endormir en souhaitant que ce voyage ne s'arrête jamais…

Elijah me retint en otage la journée suivante, sous prétexte qu'il n'allait pas cesser de pleuvoir et que nous ne pourrions rien faire de bien intéressant. Nous passâmes donc des heures à traîner au lit.

On se fit livrer une tonne de nourriture. Elijah alla même au coin de la rue m'acheter des vêtements de rechange mais, l'unique fois où je m'habillai, je pris ses vêtements, plus confortables.

Durant la nuit, j'eus encore plus de mal à trouver le sommeil. Il ne nous restait plus que le lendemain, avant qu'Elijah reparte, signant la fin de mon séjour parisien par la même occasion. Mais rentrer dans le Vermont m'angoissait. Retrouver ma vie banale me rebutait.

Cependant, lorsque je me réveillai au matin, je chassai toutes les pensées négatives qui pouvaient obscurcir ma dernière journée ensoleillée avec lui.

Il ne m'emmena pas voir la cathédrale, ni aucun monument que j'avais prévu de visiter. Il récupéra simplement un grand sac à la réception de son hôtel, puis me conduisit au jardin du Luxembourg.

Il avait tout prévu en prenant le kit complet pour un pique-nique. Nous discutâmes longuement, nous chamaillant à la moindre occasion. Il était beaucoup plus câlin qu'habituellement, et je chassai l'idée que cette attitude résonnait déjà comme un au revoir.

Le soir venu, il m'invita dans ce qui ressemblait à un immeuble banal, avant que je découvre l'endroit où nous allions passer notre dernière soirée ensemble.

Des tables étaient dressées sur le toit, face à la tour Eiffel. Elle me semblait assez loin, mais je pouvais tout de même la voir entièrement.

Subjuguée par ce lieu spécial, je me sentis dans un état second. Me rendant compte de la chance que j'avais, je me tournai vers Elijah et le serrai contre moi.

— Merci.

Il me fit un sourire sincère, puis m'indiqua une table.

Je pris place, les yeux rivés sur le panorama qui s'étendait devant nous, n'en revenant toujours pas.

— À quel moment tu as planifié cette journée ?

— Ce matin, pendant que tu dormais encore. Dans la nuit, tu as parlé de feux d'artifice et, aujourd'hui, c'est un jour de fête nationale, en France. Alors, je me suis dit que ce serait l'endroit parfait pour notre dernière soirée. Le soir du 14 Juillet.

Je ne sus quoi répondre. Ses intentions me touchaient énormément et, le cœur serré, je n'imaginais pas pouvoir retrouver un jour une personne aussi adorable.

Le dîner se déroula comme les précédents, dans les moqueries et chamailleries, la bonne humeur.

— Finalement, est-ce que ce voyage aura été mémorable, Cassie ?

Il connaissait déjà la réponse.

— Bien plus que mémorable !

— Je devrais avoir peur ? Tu finis par être gentille, ce n'est pas normal.

— Ne te méprends pas. Ce voyage a été mémorable grâce à tous tes petits cadeaux, tous ces restaurants, et grâce aussi … je dois bien l'avouer… à ces parties de jambes en l'air fantastiques.

Il se tapota le torse en se redressant fièrement.

— Je savais que j'étais doué. Appelle-moi super-héros.

Je lui jetai ma serviette au visage en riant.

— Non, pas à ce point.

Il me sourit et s'appuya sur le dossier de sa chaise.

— Les feux ne devraient pas tarder. Tu ne veux pas venir plus près de moi ?

Je lançai un coup d'œil vers la tour Eiffel, qui brillait dans la nuit, puis me levai pour le rejoindre.

Il m'indiqua sa cuisse.

— Viens sur les genoux de papa.

— Non, ça, c'est bizarre.

Il m'attrapa par la main et ne me laissa pas d'autre choix que de prendre place sur ses genoux. J'observai nos deux mains, ainsi que le contraste de nos peaux.

— Je crois que je n'ai jamais fait un truc aussi romantique de toute ma vie, déclara-t-il en fourrant le nez dans mon cou. J'en apprends tous les jours sur moi, tu vois ?

— Tu n'es pas du genre romantique ?

— Pas du tout. Enfin, je ne crois pas. Mais je ne cesse de me remettre en question depuis que je t'ai rencontrée.

— Ce n'est pas mal, d'être romantique. Ta future femme sera pleinement heureuse avec toi.

Il leva le visage vers moi et plongea le regard dans le mien, tout en me serrant contre lui.

— Tu crois ?

— J'en suis sûre.

Il sourit et me tendit ses lèvres, que je me fis un plaisir d'embrasser.

Un coup de canon retentit alors. Presque toutes les lumières de la ville étaient éteintes. Même le restaurant se mit au diapason, pour que nous puissions mieux profiter du spectacle.

L'excitation monta en moi. Ce n'était qu'un feu d'artifice, mais pas n'importe lequel. C'était celui que je partageais avec Elijah, à Paris.

Les fusées commencèrent à éclairer le ciel, suivies de bouquets aux couleurs magnifiques.

Plus loin, d'autres feux illuminaient la nuit. Surprise, je les montrai du doigt comme une enfant, ce qui sembla amuser Elijah. Mais il ne vit rien de ce que je désignais, il me mangeait des yeux.

— Ça ne va pas durer indéfiniment, tu sais ? Tu devrais profiter du spectacle.

— C'est ce que je fais, répondit-il avec un sérieux déconcertant.

— Insinuerais-tu que je suis un clown ?

— Je ne dirais pas ça, mais te voir redevenir une fillette émerveillée est bien plus attrayant à mes yeux.

Je lui souris, puis fixai brièvement l'horizon, sans réussir à m'émerveiller à nouveau.

Mon attention n'était plus tournée vers les fusées multicolores, mais vers lui. Je plongeai le regard dans le sien, m'imprégnant de chaque seconde qui s'écoulait.

Il m'embrassa, me caressa la joue, puis déclara avec un sérieux qui me fit frissonner :

— Le deuxième soir, tu m'as demandé de te prévenir lorsque tu devrais t'inquiéter. Eh bien… Je te préviens maintenant.

Je cessai de respirer, enregistrant ses paroles sans être certaine de les comprendre.

Qu'est-ce que c'était censé vouloir dire ?

Il ne me laissa pas le temps de réfléchir, car il m'embrassa et me serra si fort que j'eus du mal à reprendre ma respiration.

Je loupai le reste du feu d'artifice, mais c'était le cadet de mes soucis.

C'est le dernier soir, songeai-je tristement.

Je ne voulais pas que tout s'arrête là. Je ne voulais pas rentrer. Je ne voulais pas le voir partir. Nous n'avions pas eu assez de temps ! J'avais encore bien trop de choses à découvrir sur lui…

Un sentiment proche du désespoir me terrassa, et je ne pus le surmonter.

Nous rentrâmes à mon hôtel en silence, comme si nous partagions la même nostalgie, la même tristesse. La fin de ces moments partagés me brisait le cœur.

Une fois dans la chambre, alors que je pensais qu'on

ferait une dernière fois l'amour, il s'installa simplement sur le lit et me prit les mains pour que je vienne devant lui.

— J'ai un cadeau pour toi.

— Encore ? Tu m'en as déjà fait des tonnes.

— Oui, mais celui-ci sera un souvenir que tu garderas précieusement, j'espère.

Je l'observai, curieuse.

Les plus beaux cadeaux se trouvaient déjà dans ma mémoire. Elijah m'avait permis de m'affirmer. Il m'avait fait comprendre qu'il était inutile de ressasser le passé, et tourner la page avait été la meilleure décision que j'avais prise.

Il me tendit néanmoins un sac en plastique blanc, sobre.

— Je ne sais pas faire les paquets-cadeaux, tu m'excuseras.

Je souris en me retenant de me moquer de lui, puis pris le vêtement qui se trouvait à l'intérieur.

Il s'agissait de son maillot.

Le numéro 40.

Celui qu'il portait sur le terrain. Je le vis parce qu'il était légèrement abîmé.

Je me retins de le plaquer sous mon nez pour voir s'il sentait son odeur, mais le serrai tout de même contre moi.

— Merci, soufflai-je en lâchant le vêtement pour prendre le véritable numéro 40 dans mes bras.

— Prends-en soin, d'accord ? me dit-il, la bouche collée contre ma joue.

— Promis.

Ces paroles résonnèrent comme un au revoir.

Mon Dieu ! Il allait me manquer.

11

Lorsque je me réveillai, le lendemain, la place à mes côtés était vide. Et le silence dans la chambre bien trop pesant pour que je prenne mon temps.

Je fis rapidement ma valise et faillis passer à côté d'un court mot griffonné de la patte d'Elijah.

Je m'assis à même le sol et lus :

Ma belle Cassie,

Merci pour ces quelques jours et pour avoir supporté ma présence près de toi.

Prends soin de toi et sois heureuse.

Bon retour,

Ton super-héros
E. n° 40

Je relus le mot une dizaine de fois avant qu'une larme coule. La première en appelant une autre, je me retrouvai à pleurer comme une idiote, parce que le plus beau voyage que j'avais fait était vraiment fini.

Il était parti…

Je me ressaisis vite et terminai ma valise pour pouvoir être tranquille le reste de la journée.

Je bouclai ensuite mon programme, me rendant à Notre-Dame, que je visitai sans conviction.

Ma journée me parut vide. Sans intérêt.

Elijah hantait mes pensées, et tout l'attrait de ce voyage s'en était allé avec lui.

Je passai la pire soirée de la semaine. Je regardai la télé sans vraiment la regarder.

« Je te préviens, maintenant. »

Ses mots ne cessaient de tourner dans ma tête. Je n'avais pas osé m'étaler sur le sujet mais, à présent, ne pas savoir me torturait.

Je m'étais promis de prendre des risques.

Je relus le mot qu'il m'avait laissé et cherchai à nouveau un numéro de téléphone, quelque chose qui aurait pu me permettre de rester en contact avec lui, mais il n'y avait rien.

Comme il me l'avait dit : je ne devais rien attendre de lui. Je lui avais répondu la même chose.

Seulement, j'aurais voulu qu'il y ait un après. Que nous puissions nous parler de temps en temps, mais je n'avais rien pour le faire.

Pas de numéro, d'adresse… Rien.

Je gardais néanmoins des souvenirs, gravés immuablement dans ma mémoire. Je les chérirais jusqu'à ce que la nostalgie de ces beaux jours s'en aille. Mais ce n'était pas pour aujourd'hui, car je ne cessais de regarder les clichés que j'avais pris de lui.

Je passai son maillot portant le numéro 40, ainsi que son nom, et m'endormis difficilement, essayant de trouver un petit réconfort dans le fait d'avoir une micropartie de lui avec moi.

Ma vie ne sera plus jamais la même. Je m'en fis la promesse. De toute manière, ma rencontre avec Elijah ne m'en avait pas laissé le choix. J'étais devenue quelqu'un d'autre. J'avais connu autre chose.

Je pensais tristement que j'aurais pu m'habituer à cet *autre chose.*

Il me fallait à présent aller de l'avant.

Elijah

Un mois que j'étais revenu à Chicago.

Je regardai la photo accrochée dans mon casier, l'esprit à des milliers de kilomètres de là.

C'était le premier jour du Summer Game et, bien heureusement, je n'avais que très peu de matchs à jouer.

Je jetai un dernier coup d'œil à la photo de Cassie endormie, prise à son insu…

— Ça fait deux jours que tu regardes la photo de ton ex, s'exclama Junior, un titulaire arrogant que je détestais autant que je l'adorais, et avec qui j'échangeais des balles chaque fois que l'occasion se présentait.

Il s'appuya à côté de mon casier et me lança un regard suspicieux.

— C'est malsain. Tu devrais la brûler et oublier la fille.

— L'écoute pas, intervint Kylian en finissant de s'habiller.

Kylian était le dernier arrivé au sein des Chicago Monsters. Son histoire avait remué bien des choses en moi. Heureusement, il avait réussi là où j'avais échoué. Au fil des mois, ce type était devenu un ami sincère. Le frère que je n'avais jamais eu.

Il me tapa sur l'épaule, comme un encouragement à ignorer les paroles de Junior, puis il me lança un regard complice et s'éloigna.

Il était parisien. Difficile d'oublier, avec lui.

Paris…

Je refermai mon casier brusquement et enfilai mon maillot.

Junior se trompait sur un point : ce n'était pas mon ex, mais… *Elle*.

J'avais passé en revue les photos qu'elle avait prises avec son appareil et, en découvrant qu'elle avait quelques clichés de moi, je m'étais autorisé à la photographier aussi. Endormie. Seul le drap blanc cachait sa nudité.

J'étais accro à cette image.

C'était stupide, mais je n'y pouvais rien.

« Je te préviens, maintenant. » Je me repassais en boucle mes propres paroles. Elle n'avait pas répondu.

À quoi aurais-je dû m'attendre ? Elle m'avait prévenu de ne rien attendre d'elle.

Je n'étais qu'un pauvre con qui s'était bêtement attaché à une personne qui n'avait pas la force de se lancer dans une nouvelle relation.

La nuit, je l'avais entendue parler. C'était incompréhensible, mais, par deux fois, elle avait dit des mots qui m'avaient indiqué qu'on lui avait fait beaucoup de mal.

Je détestais le type qui s'était aussi mal comporté avec elle.

La seule chose que je ne regrettais pas, c'était cette aventure. Cassie m'avait permis de comprendre que la femme qui avait mis au monde ma fille faisait dorénavant partie de mon passé. Qu'elle n'était pas la femme de ma vie.

J'ignorais à quel moment j'avais cessé de l'aimer, mais j'avais tourné la page.

En quelques jours, grâce à Cassie, j'étais devenu prêt à m'investir dans une nouvelle relation.

Je m'étais ouvert à elle, alors que, jamais, je ne m'étais ouvert à aucune autre personne. Comme si c'était normal. Comme une évidence…

Elle me manquait.

Je rejoignis mes coéquipiers sur le terrain et effectuai le match comme un automate. L'esprit totalement ailleurs. Je réussis néanmoins à faire ce qui m'était demandé mais, pour la première fois de ma vie, je ne m'amusai pas.

— Qu'est-ce que tu as ? me demanda Kylian à la fin du jeu.

— Rien. Pourquoi ?

Il me regarda curieusement, comme s'il ne me croyait pas.

— Tu n'es pas comme d'habitude depuis que tu es allé en France. Alors, je te repose la question : il s'est passé quelque chose, là-bas ?

— Rien qui vaille la peine d'en parler. Ça va aller, mec. T'en fais pas pour moi.

Je tentai de me montrer aussi enjoué que d'habitude, mais je vis bien qu'il n'était pas dupe. Il me laissa néanmoins tranquille et quitta le terrain pour regagner les vestiaires.

J'attendis un moment avant de m'y rendre à mon tour. Je pris une douche rapide, puis, évitant tout le monde, empruntai la sortie principale de l'United Center.

— Je vous dis que je le connais personnellement ! Appelez-le !

Qu'est-ce que c'était que ce grabuge ?

Je tournai machinalement le regard vers l'entrée.

Elle était là.

Cassie.

Fermement campée devant le type de la sécurité, elle semblait déterminée à se faire entendre.

— On me sert cet argument des centaines de fois par mois, mademoiselle, répondit le vigile calmement.

— Mais dans mon cas, c'est vrai ! protesta-t-elle. Regardez ! J'ai même son maillot personnel. C'est lui qui me l'a donné.

Je rigolai doucement en observant la scène, sans intervenir. Du moins, pas encore.

— Ça ne prouve rien. Si vous saviez le nombre de fans qui ont ce maillot…

Elle tapa du pied, visiblement à court d'arguments. Elle tourna sur elle-même, puis croisa les bras sur la poitrine.

— Je ne partirai pas d'ici tant que vous ne lui aurez pas dit que je suis là.

Le vigile la regarda comme si sa menace l'amusait plus qu'autre chose.

Mon ventre se noua doucement, et je me décidai.

— Tu me cherches ?

Son air contrarié disparut aussitôt, faisant place au soulagement, puis à quelque chose d'autre, que je ne sus qualifier. De la peur ? De l'espoir ?

Je ne cessai de l'observer, sans même cligner des yeux, tout en me rapprochant d'elle. Sa présence me paraissait insensée.

— Tu la connais ? me demanda le vigile.

— Pas du tout, répondis-je en secouant la tête.

Cassie ouvrit la bouche, choquée.

Le vigile l'attrapa alors par le bras, voulant l'éloigner de moi. Il devait la prendre pour une fan folle furieuse, mais elle ne se laissa pas faire.

— Lâchez-moi ! Il ment !

Voyant qu'il allait l'éloigner réellement, je ne pus m'empêcher de rire et attrapai son bras libre.

— Je plaisantais, Carl. Je la connais.

J'attirai Cassie à moi et la serrai contre mon torse, savourant de sentir à nouveau sa présence.

— Crétin ! m'insulta-t-elle. Tu m'as fait peur.

Je me penchai vers elle pour lui embrasser le front, puis l'entraînai vers le parking, saisi d'une joie immense, et me félicitant de ne pas avoir pris le car avec le reste de l'équipe.

En arrivant près de ma voiture, je l'arrêtai et lui demandai :

— Je t'ai manqué tant que ça ?

Elle rattacha ses cheveux blonds, comme pour s'occuper les mains et prendre le temps de réfléchir à la question.

— Qu'est-ce qui se passe, Cassie ? Pourquoi tu ne réponds pas ?

— Je suis enceinte, m'avoua-t-elle enfin.

Une seconde plus tard, elle éclata de rire. Je m'étais décomposé, tous les muscles de mon visage s'étaient subitement relâchés.

Comprenant que c'était une blague de mauvais goût, j'eus envie de la jeter dans le coffre de ma voiture.

— C'est ma vengeance ! Il ne fallait pas me faire croire que tu ne te souvenais pas de moi ! s'esclaffa-t-elle, les larmes aux yeux à force de rire. Tu aurais dû voir ta tête… C'était trop facile.

— Là, maintenant, je n'ai qu'une chose à dire : je te déteste.

Elle redoubla de rire, incapable de s'arrêter, et je ne pus que l'imiter.

Que c'était bon de l'entendre à nouveau !

— C'est faux, tu ne me détestes pas. Tu *m'as prévenue*. Tu n'as pas le droit de revenir sur tes paroles.

J'eus l'impression que ma cage thoracique se resserrait. Je pris une grande inspiration pour me libérer de cette gêne. Si Cassie était là, ce n'était certainement pas pour m'annoncer qu'elle ne voulait plus entendre parler de moi, mais je ne pouvais m'empêcher de le craindre.

— C'est vrai, finis-je par concéder. Je ne reviens pas dessus.

— Tant mieux.

Elle n'ajouta rien, mais redevint sérieuse. J'attendis patiemment qu'elle reprenne la parole, tout en me disant que si elle ne parlait pas rapidement j'allais devenir fou.

— Je n'avais aucun moyen de te contacter. Alors, je suis venue… Je t'ai dit de ne rien attendre de moi, tout comme tu m'as dit de ne rien attendre de toi, mais… je te préviens à mon tour.

Le soulagement m'envahit.

Je fermai les yeux et, n'y tenant plus, j'attrapai son visage et l'embrassai.

Je m'étais remémoré toutes les fois où je l'avais embrassée, mais ce n'était en rien comparable.

Je la sentis se détendre contre moi, puis elle me rendit mon baiser avec passion.

Elle m'avait manqué à un point incroyable, et je n'en prenais la mesure véritable qu'à cet instant.

Elle me frappa ensuite et recula.

— Ça, c'est pour m'avoir fait croire que tu ne me connaissais pas. J'ai marché, figure-toi !

Je l'attrapai par les épaules en souriant et répondis :

— Qu'est-ce que je devrais te faire, moi, pour m'avoir annoncé que tu étais enceinte ? J'ai marché aussi.

Elle pouffa et passa les bras autour de moi, avant de poser le visage sur mon torse.

— Je ne m'excuserai pas. C'était vraiment drôle.

Je souris en la serrant contre moi, puis déverrouillai ma voiture.

— Je trouverai un moyen de me venger.

Elle me gratifia d'un sourire éclatant et, avant de s'installer sur le siège passager, me lança :

— Je n'en attendais pas moins de ta part !

— Tant mieux. Prépare-toi, dans ce cas, parce que tu risques de prendre très, très cher.

— Sors ta cape, héros ! Il est temps de passer à l'acte.

Je claquai la portière sans me départir de mon sourire.

J'avais encore beaucoup de choses à apprendre sur elle. Et j'espérais qu'elle n'avait pas l'intention de repartir dans les prochains jours, parce que je comptais bien la retenir.

J'étais certain de moi, aujourd'hui. Je n'avais aucun doute. J'ignorais ce que l'avenir nous réservait, mais je la voulais près de moi.

J'éloignai les doutes qui se présentèrent à mon esprit. Cassie n'était pas mon ex. Si elle avait fait tout ce chemin, c'était en connaissance des bons et des mauvais côtés de ma vie de sportif de haut niveau. Si elle était présente, c'était qu'elle pensait pouvoir les supporter.

Il ne me restait qu'un match à jouer, avant de profiter de vacances bien méritées. Et je ne comptais pas laisser Cassie de côté.

Remerciements

L'aventure *Stay* a été remplie d'émotions, de stress, de doutes, mais aussi de joies et de partages. J'écris ces lignes le cœur gros à l'idée que l'histoire de Kylian et Gaby est bien terminée. Je la laisse à présent entre vos mains et j'espère qu'elle vous aura transporté(e)s comme je l'ai été pendant son écriture.

Comme toujours, je ne pourrais pas terminer un livre sans remercier plusieurs personnes qui m'aident chaque jour à avancer en me tirant vers le haut.

Je vais commencer par Tatiana, nos heures passées au téléphone et tes relectures à voix haute m'ont permis de voir l'histoire d'un nouvel œil. Ton oreille m'a été également une aide précieuse. Je ne te remercierai jamais assez d'être une amie aussi chère à mon cœur.

Françoise… Je te le dis et le répète, mais je te remercie pour tout le travail que tu fais chaque jour. De vivre cette aventure à mes côtés et d'être un soutien immense pour moi.

Ma belle Juliette… Merci de ta gentillesse, merci de m'avoir fait rire, de croire en moi et croire en *Stay*. Merci pour ces longs échanges, délires, mais aussi pour ton soutien qui compte énormément.

Pour pouvoir terminer *Stay*, j'ai dû faire des concessions et je remercie ma sœur, ma famille et mes proches pour leur compréhension, quand depuis plusieurs semaines je ne suis que très peu présente pour eux. Merci de me soutenir, de comprendre et d'être ce que vous êtes : la meilleure famille à mes yeux. Une grosse pensée à l'homme que j'aime : le pire, avant le meilleur…

Je ne peux également pas terminer cette série sans remercier Léna, mon éditrice, qui a dû me supporter, me rassurer et traverser mes incertitudes durant ces longs mois. Je te remercie encore une fois pour tout le travail accompli et d'avoir été là, disponible et toujours ouverte.

Merci à Sophie, ainsi qu'à toute l'équipe d'Harlequin pour leur confiance, de croire en moi et d'avoir laissé l'histoire de Kylian et Gaby voir le jour. Je suis certaine d'être au bon endroit, dans la meilleure des maisons d'édition.

J'aimerais pouvoir citer toutes les personnes qui m'ont envoyé des messages après les sorties de *Avant que tu partes* et de *Pour que tu reviennes*, mais je pense que la liste serait bien trop longue. Vos messages d'amour, de frustration, de colère, de menaces en tout genre m'ont fait rire et culpabiliser à la fois de vous avoir torturé(e)s pendant ces six mois. J'espère en tout cas, cher lecteur, chère lectrice, que leur histoire t'aura fait voyager, que tu auras ressenti des émotions et que tu refermeras ce livre le sourire aux lèvres.

Comme toujours, je ne clôturerais jamais un livre sans un mot pour ma maman. Celle qui ne quitte jamais mes pensées, qui m'a transmis sa passion pour les mots. Indéniablement, je n'en serais pas là aujourd'hui sans elle.

Sa passion a fait naître la mienne. Merci à elle…

Vous avez aimé *Stay* ?

Découvrez les derniers romans de N. C. Bastian

Composé et édité par HarperCollins France.

Achevé d'imprimer en août 2019.

BLACK PRINT

Barcelone

Dépôt légal : septembre 2019.

MIXTE
Papier issu de sources responsables
FSC® C108412

Pour limiter l'empreinte environnementale de ses livres, HarperCollins France s'engage à n'utiliser que du papier fabriqué à partir de bois provenant de forêts gérées durablement et de manière responsable.

Imprimé en Espagne.